EDMUND
SPENSER
Colin Burrow

スペンサーとその時代

コリン・バロウ
著
小田原謠子
訳

南雲堂

Edmund Spenser
by Colin Burrow

First published in 1996 by Northcote House Publishers Ltd.
Japanese translation rights arranged with Northcote House
Publishers Ltd, Tavistock, Devon, England through
Tuttle-Mori Agency, Inc., Tokyo

EDMUND SPENSER

from a portrait at Pembroke College, Cambridge reproduced by kind permission of the Master and Fellows

日本語版に寄せて

コリン・バロウ

本書は、イギリスの著名な作家を簡潔に紹介するためにブリティッシュ・カウンシルが企画した「作家と作品」シリーズの一冊である。このシリーズは、とりわけ海外の読者に向けられたものである。だから、私は、日本の読者が本書を翻訳で入手できるように配慮し、そうすることで本来の目的の実現を助けてくれた友人小田原謠子氏にとても感謝している。翻訳という作業は、困難で、しばしば感謝されない仕事でもあるので、私は彼女への感謝をここに記しておきたいと思う。

私の母ダイアナ・ウィン・ジョーンズ（Diana Wynne Jones）は、子供向けのファンタジー作家で、家具たちが生きて活躍する物語をはじめ、何冊かが日本語に翻訳されている。その日本語訳では、グランドピアノがどのようにしてその長さになったかを図入りで説明する注がついていた。母はまた、自分の小説のひとつ『ハウルの動く城』を宮崎駿によって映画化される幸運にも恵まれた。私は勿論それほど好運であることは望めない。母は英文学の中で並はずれてすぐれた作品のひとつ、影響力といい、想像力といい、シェイクスピアとミルトンの作品と同等である『妖精の女王』をとてもほめている。『妖精の女王』は、十九世紀、バニヤンの『天路歴程』と並んで、しばしば子供向きのお話として読まれた。巨人、小人、逃げる乙女、魔法の盾、包囲、あずまや、城と並んで、わくわくするようなファンタジーの生の材料がそこにある——もし宮崎がこれをアニメ化するとしたら、彼は空飛ぶマシンを持ち込むに違いないと思うし、そういうものが多分『妖精の女王』に欠けていると思っているのだが。『妖精の女王』の物語は、また、しばしば現実の世界の時間と空間とは異なる法則で作動しているように見える。何世代にもわたる読者は、児童文学の大作家C・S・ルイスの助言に喜んで従い、寓意の意味よりもむしろ「お話を読んで」きた。スペンサーを愛する人なら誰でも、おそろしく肉体離脱した悪党ども(「絶望」、マルベッコー)に驚嘆し、城の内装と美術品の完璧な描写に感嘆しながら、夢中になって午後のひと時をすごしたことだろう。

しかし『妖精の女王』は、イギリスの読者にとってはこれ以上の意味があった。エリザベス朝人には、この詩はただちに英詩の詩作の新しい基準を定めるものであった。その詩行は、当時、ことによるとサー・フィリップ・シドニーとシェイクスピアしかこれに匹敵し得なかった巧みな言葉遣いと音楽性をもって展開され、一方その顕著な古語と綴字は、すぐ「スペンサー風」とわかる文体を作り上げた。クリストファー・マーロウは、自分の『タンバレン大王』で使うために『妖精の女王』から（出版される前に）数行を抜き取り、この詩の初めの三巻が一五九〇年に出版されるや否や、たちまち模倣者が出現した。若き日のジョン・ミルトンは、貞節についての話と、神話的また道徳的に意味を持つ風景の描写に惹かれた。スペンサーの作品を読んで徹底的に消化していなければ、彼はあんな風には書かなかったことだろう。ミルトンの語彙は深いところでスペンサーに形作られていて、「アレグロ」「イル・パンセローソ」、また『コーマス』の貴婦人を成功させた情緒的に意味のある風景を作り出すことを、彼はスペンサーから学んだのである。これが、今度はロマン派の詩人とその後継者に、スペンサーの大きな影響を与えることになった。並はずれて人気のある『四季』と、大いにスペンサー的な『怠惰の城』（一七四八年）の作者ジェイムズ・トムソンは、描写するエネルギーの多くをスペンサーから採り、一方ウィリアム・ワーズワースは、情緒を喚起する場面を描写する技を、幼児期の『妖精の女王』の読書体験から学んだ。スペンサーの詩歌はイギリス文学史中を流れ、T・S・エリオットのモダニスト的古典『荒地』の中で、エコーとして浮かび上がりさえする。

スペンサーは、また、当惑するほど多くの評論に刺激を与えてきた。本書が出版されてから十年のうちに、A・C・ハミルトン編の大部な『妖精の女王』第二版（二〇〇一年）を豊かにした山下浩氏と鈴木紀之氏の細心な本文研究を含めて、スペンサー理解に貢献する優れた研究が現れた。この詩の性の政治学についての巧妙で心を乱されるほどの研究に、スペンサーにおいては両性の戦いの結果、相手に権利を委ねた平等が生じ得るという本書第五章の私の見方は、あまりに変化がなさすぎるだろうかと思わせられる。しかしこの十年間、批評家は、スペンサーの作品の歴史的、政治的基盤、とりわけイングランド人がアイルランドで行った植民活動との複雑な関係に焦点を当てて精力を注いできた。アンドリュー・ハドフィールド（Andrew Hadfield）の *Edmund Spenser's Irish Experience: Wilde Fruit and Salvage Soyl*（Oxford, 1997）は、アイルランドの吟遊詩人の詩に対するスペンサーの反応についての素晴らしい論述であるリチャード・マッケイブ（Richard McCabe）の *Spenser's Monstrous Regiment: Elizabethan Ireland and the Poetics of Difference*（Oxford, 2002）と共に、とりわけ興味を引くものだ。素晴らしいマッケイブ版『スペンサー短篇詩集』（*Edmund Spenser: The Shorter Poems*, London, 1999）は、これを参照していれば、スペンサーの短篇詩についての私の論述は本書よりもきっといいものになっていただろうと思われる一冊であり、一方、近刊のオックスフォード版スペンサー全集は、たしかに私たちの知識を一層豊かにしてくれることだろう。すでにアンドリュー・ザーカー（Andrew Zurcher）とクリストファー・バーリンソン（Christopher Burlinson）は、スペンサーがアイルランドでグレイ卿の秘書だった時に筆写し、署名した手紙を求めて公文書を徹底して調査し、スペンサーの職業人としての経歴についての私たちの理解に新たな広がりを加えてくれた（Richard Rambus の *Spenser's Secret Career*

(Cambridge, 1993) で、すでに精力的に探究されたテーマ)。一方、アンドリュー・ハドフィールドの *Cambridge Companion to Spenser* (Cambridge, 2001) とバート・ヴァネス (Bart van Es) の *Critical Companion to Spenser Studies* (Houndsmills, 2006) は、学生と一般読者に学問的成果を紹介するきわめて価値のある入門書となっている。

ここにあげた素晴らしい研究すべてにもかかわらず、もっと言うべきことがあると私は感じる。それは、スペンサーが無尽蔵だからというだけではない。私が本書で伝えようと試みたのは、スペンサーを読むとはどんなことかということ——異なる世界に没頭し、時折、いとも残忍に歴史的現実に引き戻される感覚——だった。『妖精の女王』が、エリザベス朝後期のイングランドの歴史的、政治的出来事に基づきながら、その土壌から、源泉を越えてはるか遠くまで旅をする一連の神話を生み出しているという事実は、今も変わらぬ驚異である。この詩の主要な幻想の場——「アドーニスの園」、「アシデイルの山」、「無常篇」のアーロ・ヒル——は、人を圧倒する歴史上、文学上の先例の混合——チョーサー、植民地主義、オウィディウス、一五九〇年代の王位継承問題、アリオスト、正義と公正の関係についての議論、タッソー、性の政治学、神話学の入門書——に呼応しているので、こういったものが、専門家にとってはエリザベス朝後期イングランドの濃密な寓意として読み解かれ得る詩であると同時に、子供にとってはファンタジー小説として読まれ得る詩を作り上げるのである。この三十年間の英米の批評は、政治と権力に強い関心を向けてきた。近年、新しい世代の批評家が、美学に――前世代の学者の歴史研究を、ただ忘れてというのではなく、歴史的な影響力と、文学テキストの予言できない美しさとの隔たりを埋めようとするやり方で――向かう兆しがあらわれている。『妖精の女王』は、いくつもの顔を持つ詩である。それは、濃密に歴史的な詩である。それはまた、歴史の外にあり、歴史のかなたにあるように見える詩である。本書は、スペンサーの作品のこの二つの側面が、どのように結合し、どのように相互作用を及ぼしているかを説明しようとする試みである。スペンサーの作品の倫理的観点から最も賞賛すべき側面のひとつは、野心と慎みの結合である。彼の「終わりのない仕事」(四・十二・一・一)は、もちろん未完のままであり、死を免れない芸術家にとって最終的に手に余るものと見える。もし私自身の批評の企て――無数の異なった読み方のできる詩の起源を説明すること――が、まだ進行中の仕事だと私が感じたとしたら、私にはいい先例があることになる。そして、この本が私の予想もしなかった読者に向けて発行されることを、驚きと大きな喜びをもって眺める時、私の耳にスペンサーの『羊飼いの暦』の結びの言葉が鳴り響く。

行け、小さい暦よ、通行証はあるのだから、
行け、低い門地の、卑しい生まれの人たちの間をつつましく歩け。
おまえの笛をティテュルスの吹き方とも、

しばし農夫を演じた巡礼とも競わせず、
ずっと離れて二人に従い、気高い足取りを敬い
善人を喜ばせ、悪者を蔑め。私はそれ以上を求めない。

オール・ソウルズ・コレッジ、オックスフォード
二〇〇七年八月

スペンサーとその時代　目次

スペンサーとその時代

はじめに

これは小著ではあるが、扱っているのは大作家である。ここに書いてあることを手短に述べておこう。はじめの二つの章ではスペンサーの生涯と小品を扱うが、最終章で考察する『四つの賛歌』と『アモレッティ』は除く。次の五つの章では、『妖精の女王』の息を呑むような複雑さから生じる、もっと大きな問題をいくつか扱う。これら五つの章は、物語の流れに沿ってではなく、むしろ主題の観点から『妖精の女王』を考察するものであるが、第三章と第四章であげる例の大半は、この詩のはじめの三つの巻から取った。第五章、第六章、第七章では、考察はより広い範囲にわたるが、重点はこの詩の後半の三つの巻に移る。これら後半の三つの章は、前半の第三〜第四章より少しばかり難しくもある。というのは、問題が、もともと複雑な詩の、特に複雑な領域へ踏み込むからである。スペンサーの死後出版された「無常篇」については、いくつかの章で論じているが、それは、スペンサーが『妖精の女王』の他の部分で探求している領域の多くを反映しているので、「無常篇」を扱うには、いくつもの角度から取り組むのが最良のやり方と考えたからである。この本の終わりに、『妖精の女王』を全部読んでいない人、あるいは全部を思い出せない人のために、詩の中の主な出来事を要約して示しておいた。注は、私が恩恵を受けた多くの学者に失礼になるのではと懸念されるほど、最小限にとどめた。文献リストがその埋め合わせになっていることを願っている。

ギャビン・アレキサンダーとJ・A・バロウの専門的助言を感謝する。私がいるべきところにいないで上の書斎で本書を執筆していた時、寛容な心を持ち続けてくれたミランダに感謝し、小著ではあるけれど、愛をこめてこれを捧げる。

テキストについて

『妖精の女王』からの引用はすべて A. C. Hamilton 版（Longman Annotated English Poets; London, 1977）による。スペンサーの短詩とその序文、献辞からの引用は、William A. Oram 他編 *The Yale Edition of the Shorter Poems of Edmund Spenser*, ed. William A. Oram *et al.*（New Haven, Conn. and London, 1989）による。『アイルランドの現状管見』（*A Vewe of the Present State of Ireland*）と『適切、機知に富み、親密さの表れた三通の手紙』（*Three Proper and Wittie, Familiar Letters*）は、*The Works of Edmund Spenser: A Variorum Edition*, ed. Edwin Greenlaw *et al.*（10 vols.; Baltimore, 1932–57）, vol.x, *The Prose Works*, ed. Rudolf Gottfried（Baltimore, 1949）による。初期刊本からの引用では、i/j u/v については現代綴りを採用しているが、『妖精の女王』からの引用は大きな例外とする。この詩の現代の編者が認めているように、スペンサーの言葉の効果は、しばしば古い綴りを用いたテキストの方がはっきりわかるからである。『妖精の女王』の登場人物の名前は、本書の引用ではひとつの形に定めているが、必ずしもスペンサーが最も多用した形ではない。スペンサーでは「アーティガル」（Arthegall）は「アーテガル」（Artegall）とされていることの方が多い。正義の騎士はアーサー（Arthur）に比べられるというスペンサーの含意が表せるように、本書では「アーティガル」（Arthegall）の形を用いている。「レッドクロス・ナイト［赤十字の騎士］」は、彼の貴婦人ユーナによって一度だけ「レッドクロス［赤十字］」と呼ばれている。ユーナの使うこの聞き慣れた短縮形を、容認されたものとして、本書でも使っている。

第一章

伝記的に

エドマンド・スペンサーの墓石は（彼の人生の終わりから話を始めることになるが）、伝記を執筆しようとする者に、ひとつの警告を与えている。

ここに（われらが救世主イエス・
キリストの再臨を期待して）
在りし時代の詩人の王エドマンド・
スペンサーの遺骸が葬られている。
　その天来の卓越した精神は、
　　彼が残した作品の他に
　証人を必要としない。
　　彼はロンドンで
　一五一〇年に生を
受け一五九六年に
　没した。

墓碑は、『四つの賛歌』を献じられた人物たちのうちの一人の娘、ドーセット伯爵夫人アン・クリフォード[1]によって一六二〇年に建てられたが、ここに記された事実にはひとつ誤りがある。もしスペンサーの『アモレッティ』六〇番という「証人」を信じるべきだとすれば、彼は一五九四年には四十歳だったから、一五五四年頃生まれたことになる。彼は新世紀のはじまりを見損なって、一五九九年一月十三日に死んだ。しかし、彼がロンドンで生まれたというのは、おそらく正しい。というのは『プロサレイミオン』では、ロンドンのことを「私に生命の源を与えてくれた／いとも心やさしき乳母」(一二八―九行)と言っているからである。

しかし、墓碑は、記された事実の希薄さの点で、スペンサーについての真実を示している。墓碑は、いみじくもニコラス・ストーン[2]「「ストーン」は「石」」と、職にぴったりの名を持つジェイムズ一世[3]おかかえの名石工によって刻まれたものだが、この石工は後にジョン・ダン[4]の一見異様な記念碑を創った人物で、この詩人はそこに、経帷子を着て死神の顔をつけた姿で刻まれている。スペンサーの墓碑は、それとは対照的に控えめで、墓石でなければこうは冷たくなれないと思われるほど冷たい。ダンが大量の書簡、私信と、親密さのこもったぶっきらぼうな率直さをもって話しかけ、命令する詩を残しているのに対し、スペンサーの方は、墓碑も、伝記的記録も、詩作品も、彼がどんな人物だったかをうかがえるものは、あまり残していない。彼の人生についての証拠は、概して二つのカテゴリーに分かれるが、どちらも注意をもって扱う必要がある。第一のカテゴリーには、彼の経歴について、彼自身がその詩と序文の中で書いていることが含まれる。これらは、スペンサーがどういう人物であったかというよりも、世間からどう見られたいと思っていたかを描くものとなりがちである。第二のグループは――不動産の賃貸借の記録や任命書その他――公文書を含むもので、これもまた注意深く扱う必要がある。それらはスペンサーの経歴のいわば物質的な一面、彼の金銭上、法律上の自己を示すが、その他の面を排除してしまう。誰にしろ、彼あるいは彼女の銀行の明細書を見ただけでは、魅力的な人物には見えないだろう。スペンサーの人生は、前述の二種の資料の間のどこかに発見されるべきなのである。

マーチャント・テイラー校[5]の記録は、スペンサーがそこで教育を受け、一五六九年に葬儀用のガウンを支給されたこと[6]を示している。これは、彼の父親が実入りの少ない洋服屋だったという憶測と一致する。エリザベス朝のグラマー・スクールは、貧しい生徒に、自分が貧しい生徒であることを知らしめるやりかたを心得ていた。しかし、グラマー・スクールは、また、貧しい生徒を入学させて、ラテン語と、高学年になるとギリシア語とヘブライ語を、毎日、朝は七時から十一時まで、午後は一時から五時までたたき込み、彼らを一級の著述家に仕上げるというめざましい記録を持っていた。スペンサーの学校の校長はリチャード・マルカスター[7]だったが、彼の教育論は、雄弁で、道理をわきまえたもので、彼は自国語［英語］の語彙、語法を拡大し、自国語［英語］の重要性を高める立場にあった。彼はまた、寓意的な意味をひそませた作品にも関心を持っていた。在学中、スペンサーはおそらくマルカスターの影響を受けて、フランス詩人ジョアシャン・デュ・ベレー[8]のソネットを訳したが、このソネット訳はプロテスタントのヤン・ファン・デル・ヌート[9]による詩と版画の選集『俗人劇場』(*A Theatre for Worldlings*)に載った。この本の、大惨事の発生を予言する熱意と戦闘的反教皇の姿勢は、のちのちまでスペンサーに影響を及ぼした。

同じ一五六九年に、スペンサーはケンブリッジ大学ペンブルック・ホールにサイザー(自分の学費を払うために雑仕事をした貧しい学生)として入学した。ケンブリッジで彼は修辞学、論理学、哲学、そして音楽、天文学、幾何学、数学を学んだ。彼がそこで過ごした時期は、その時代の最も激烈な神学論争のひとつ、一五七〇年のトマス・カートライト[10]とジョン・ウィットギフト[11]の論争の時期と重なり合う。神学部レディ・マーガレット教授[12]に新しく就任したカートライトは、エリザベス朝の教会を「使徒行伝」一、二章に述べられている原始キリスト教会と一致させるために、急進的な改革を主張していた。これは主教と大主教の名を廃し、司祭と助祭の名だけを残すことを伴うものだった。彼は大学の若い世代から熱烈な支持を集めたが、結局、後にカンタベリー大主教になるジョン・ウィットギフトの巧妙な運動で教授の座を追われた。カートライトの見解は、スペンサーの『羊飼いの暦』における牧歌的素朴さの擁護に影響を及ぼしたかもしれず、『俗人劇場』の反教皇的プロテスタンティズムを基盤にしたものかもしれない。

ケンブリッジでスペンサーは、裕福なロープ・メーカーの息子で、気難しい、学識にむらのあるゲイブリエル・ハーヴィー[13]に出会った。ハーヴィーは一五七〇年にペンブルック・ホールのフェローになり、一五七四年に修辞学の講師になった。誠実な同僚たちは、彼の激しい野心にいらいらし（彼の最良の散文は、地震がいかにして地中に風がたまって引き起こされるかを説明したもの）、彼の修士号取得を邪魔しようとした。ハーヴィーはフェローの職を失い、トマス・ナッシュの筆で酷評された[14]後、サフロン・ウォールデンで人知れず人生を終えた。しかし一五七〇年代、彼はフランスの教育者ラムス（ピエール・ラ・ラメー）[15]の新理論の擁護者として精力的に改革を試みていたらしい。スペンサーは一五七四年から一五七八年まで（彼の生活について私たちがごくわずかしか知らない時期）の多くの時間を、ハーヴィーと一緒に、ことによると親友として過ごしたらしい。二人はベッドで一緒に本を読んだ。『羊飼いの暦』に登場するホビノルは、まぎれもなくハーヴィーの面影を宿し、詩人コリン・クラウトにむくわれぬ恋をしている。

ハーヴィーとのつながりによって、スペンサーの生涯のうち一五七八年から八〇年までが最もよく記録に残るものになった。一五七九年には、ハーヴィーはほぼ確実に『羊飼いの暦』の出版に協力しており――彼はＥＫの注[16]の背後にいる折衷的かつペダンティックな人物でさえあるかも知れない（ＥＫの他の可能性として、スペンサー自身、あるいはキーズ[17]のフェローで、他のことではあまり知られていないエドワード・カークという名の男がいる)。一五八〇年に『適切、機知に富み、親密さの表れた三通の手紙および他の二通の大変立派な手紙』(*Three Proper, and Wittie, Familiar Letters with Two Other, Very Commendable Letters*)(エリザベス朝の本の扉は、めったに題を短くして売りこもうとはしなかった)が出た。それには返信と、返信からの脱線と、ハーヴィーによる脱線からの脱線が散見されるが、現存するスペンサーの「親密さの表れた」手紙はこれだけである。この書簡集からいくつかの事実がわかる――スペンサーが一五七八年の末頃ロンドンのカーク夫人宅に住んでいたこと、一五七九年にはレスター伯[18]の家にいて、その年まで、おそらく秘書としてレスターに仕えていたことである。書簡集はまた、彼がシドニー[19]とダイアー[20]にレスター・ハウスで会ったこと、彼が古典の「韻律が音節の長短による」韻文(つまり韻律がストレスやアクセントよりも音節の長さに基づく韻文)を英語に採り入れる最良の方法を彼らに伝授したことを熱心に記録している。書簡集はまた、スペンサーがエリザベス女王に会ったかも知れないことをほのめかし、現存しないスペンサー作品に興奮気味に言及している(「私の『暦』と同じくらい偉大な」彼の『夢』、少なくとも一人の証人がラテン語で読んだテムズ川の結婚の歌である『テムズの祝婚歌』(*Epithalamion Thamesis*)、『瀕死のペリカン』(*The Dying Pellicane*)、そしてレスター伯の家系詩であったと推測される『ステマタ・ダドリアーナ』(*Stemmata Dudleiana*))。全体として考えれば、こういった「事実」は、真実と考えるには立派すぎる。書簡集は書き手の自画自賛で、彼らの作品の評価をつりあげ、スペンサーを、当時の文人の最も有力なパトロンだったレスター伯の事実上の桂冠詩人として提示することに熱心すぎるという疑惑を招く。書簡集の前置きには、匿名の友人による善意の海賊版行為の結果、書簡集が印刷業者のもとに届いたと述べてあるが、スペンサーとハーヴィーが出版に協力しなかったとは信じられない。そういう抜けめのない偽造の擬似海賊版行為は、レスター・サークルのもう少し一人前の詩人、ジョージ・ギャスコイン[21]の好んだやり口だった。スペンサーは先ごろ『羊飼いの暦』を出版し、ハーヴィーはケンブリッジの大学代表弁士[22]になろうとしているところだったから、二人とも自分の評価をあげる必要があった。書簡集はまた、英詩の改革について、わくわくする、いくぶん陰謀者めいた違法の盗み聞きの喜びを読者に与えるよう構想を立てられている。シドニー、ダイアー、そしてスペンサーのグループは、「アレオパゴス」、(感銘深くも)アテネの議会と呼ばれていたが、彼らは自分たちの活動について、政治的な、議会派特有の用語を用いて述べている(「彼らは元老院全体の権威により、英詩のために『英語の音節の量に関する法律と規則』を定めている」)。たがいの文書を「緊密に」保つための共謀者めいた要請が、手紙に興を添えている。そのうち二つの要素しか、外部の情報源から確証を与えられない。ひとつは、ハーヴィーが大げさに詳述している一五八〇年四月六日にロンドンを揺さぶった地震である。二つ目は手紙の中で「コリナ・クラウタ」と認知されている端役に関係しており、スペンサーは彼女を恋しているらしい。これは『羊飼いの暦』中のスペンサー自身のペルソナ、コリン・クラウトが、ロザリンドに対して抱いている強迫観念を冗談にしているにすぎないのかもしれない。しかしそれは、一五七九年十月二十七日にウェストミンスターのセント・マーガレット教会で行われたエドマンド・スペンサーと「マカビアス（Machabyas）［マカベアス（Maccabaeus）と同じ］・チャイルド（Chylde）」の結婚記録が、この詩人のものだと想定することにいくらか根拠を与える。

　スペンサーはもちろん職業詩人ではなかった。彼は、自分の受けた教育に最もふさわしい職業、行政責任者という職業を遂行した。貴族の生まれではないが高い教育を受けたエリザベス朝人は、法曹界に入るか、聖職者になるか、執筆によって糊口の資を得るか、貴族あるいは高位の聖職者の個人秘書になるかを選ぶことができた。一五七八年、スペンサーは、この最後のコースを選び、ロチェスター主教ジョン・ヤング[23]の秘書になった。彼はそれからおそらく一五七九年に、レスター伯の秘書になった。レスター伯との何らかの（スペンサーが「ヴァージルの蚋《ぶよ》」の前書きでおぼろげに言及している）不和のため、一五八〇年にアイルランドへ事実上追放されることになったのかもしれないと考えられている。『羊飼いの暦』の中で、彼は、レスターが一五七八年にひそかに結婚したレティス・ノリス[24]に、無防備に言及しているのかもしれない（「レティスと一緒に愉しくやってさ」（「三月」二〇行）とあるが、「愉しくやる」（wexe light）とは「淫らになる」（become wanton）ことを意味する）。しかしアイルランドは、イングランドで職を見つけられない多くの野心的なエリザベス朝人が運をためしたところだった。どんな理由であれ、スペンサーが植民地の行政官かつ地主として、その後の人生の大半を過ごしたのはアイルランドだった。彼は一五八〇年以後、おそらく二回しかイングランドに長期滞在をしていない。一五八九年から一五九一年初頭までに、彼は『妖精の女王』と『嘆きの詩』（*Complaints*）の印刷を点検するために、ローリー[25]と渡英した。これは、エリザベス女王から年五〇ポンド[26]という気前のいい終身年金をもらうことにつながった。一五九五年から九六年までに、彼は『妖精の女王』第二部の印刷の点検のために、もう一度渡英したと考えられている。しかし、一五九五年頃、「家」は彼にとってアイルランドを意味するものになっていた。一五九四年六月十一日、彼はアイルランドでエリザベス・ボイル[27]と結婚した。

一五八〇年代、九〇年代のアイルランドは、反目しあう三つの集団に占領され、反乱の瀬戸際にあった。土着のアイルランド人、いわゆる「オールド・イングリッシュ〔古きイギリス人〕」（大半はウィリアム征服王[28]のもとでアイルランドを占領した貴族の子孫）、そして野心的な植民地の行政責任者という新しい世代〔いわゆるニュー・イングリッシュ〕――自分たちを、ついにはアイルランドをイングランドの法に従わせる者とみなす、しばしば強いプロテスタント的見解の持ち主――だった。スペンサーがその一人だったこういう人間たちは、アイルランド人を服従させ、彼らから生活の資を得ることを課せられていた。こうするための主要な手段のひとつは

「植民」――つまり、女王からいい値で広い土地を借りて、そこに自給自足の農民コミュニティーを作り上げること――だった。こういう企業は危険なものだった。自分に払い下げられた土地の権利の根拠を証明することはきわめて困難だったし、土着のアイルランド人とオールド・イングリッシュは、ニュー・イングリッシュに対してますます敵対するようになっていた。サー・トマス・スミスが一五七二年に行った、広く宣伝されたアーズ（the Ards）の植民[29]は、植民を行おうとする者の直面する危険の例証として役に立つ。この計画はエリザベス女王から資金を十分に与えられていなかったし、住人たちは、自分たちの土地を自分のものだと主張するイングランド人企業家の侵入に、当然のことながら激怒した。やはりトマスという名のスミスの息子の植民経営の尽力は、不気味な結末を迎えた。彼は、一家の使用人によって、ついには鍋で煮られて犬のえさにされたのである[*1]。

スペンサーは、アイルランドでの職業生活を、アイルランド総督グレイ卿[30]の秘書として始めた。これは事務的な仕事以上のもので、彼は反乱民鎮圧や、スペインのアイルランドへの侵入阻止のために奮闘するグレイについて戦場に行くことを求められた。一五八〇年十月、主としてイタリア人から成っているがスペインを後ろ盾にしたスマーウィック駐屯軍の虐殺をスペンサーが目撃したことは、ほぼ確実である。六百人の兵士がグレイに降伏し、グレイはこれを皆殺しにした。信頼のおける複数の報告によれば、男を拷問し、女を殺した。グレイは、無条件降伏の約束をとりつけていたから捕虜を自分の思うままに扱ってもよかったのだと主張した。しかし、彼らの降伏は無条件降伏ではなかったこと、少なくとも捕虜の命を助けてもいいとグレイがほのめかしたことを示唆する噂、しかも根強い噂があった。彼の虐殺は、特異な非人間的行為であったと同時に、不法行為のひとつであったかもしれない。にもかかわらず、スペンサーは、グレイの評判を言葉に表して擁護する者となった。

　グレイの乱暴な統治は、イングランドにいる女王や枢密院の気に入らず、彼は一五八二年の夏、召還された。グレイが去り、スペンサーは短期間の失業あるいは不完全就業の後、マンスター地方議会の書記官代理という、これまでほど有利ではないがより安全な職についた。この役目を、一五八四年七月、友人ロドヴィック・ブリスケット[31]にもらったようだ。任務でアイルランド議会に出席することを求められ、この地域の法に関する事件を直接体験した。植民者が直面する法的なもつれは、彼にとっては毎日の関心事であり、夜毎の悪夢だったことだろう。

　スペンサーは、この州から得られる利益で財産を作った。その財産のうちのある部分は、おそらく、きれいな金ではなかった。使者に支払うために彼が受け取る金額と、彼が実際に支払う額との間には一定の差がある。これは、必ずしも余剰金がスペンサーのふところに入ったということを示すわけではない。というのは彼の義務はスパイに報酬を支払うことも含んでいたかもしれず、受け取る者が誰かわからないようにすると同様、記録ができるだけわからないようにされていることが求められていたかもしれないからである。しかし、どうも賄賂のにおいがする。彼はワイン関税監督官という見返りのあるポストを確保し、エニスコーシー[32]とキルデア[33]に広い地所のリース権を得、ついには、年二〇ポンドでキルコルマン城[34]とその地所のリース権を獲得した。これはアイルランド南東にある三千エーカーほどの地所だった。スペンサーはオールド・イングリッシュの隣人ロッシュ卿[35]と絶え間ない境界争いをした。こういうことは、オールド・イングリッシュの貴族に歓迎されないニュー・イングリッシュ入植者にとって、通常の出来事だった。しかし、どうやらスペンサーは、夜、土地の境の支柱を歩かせておいて、昼間、隣人の土地へ挑発的に侵入するという罪も犯したらしい。

一五九六年頃――『妖精の女王』第四巻～六巻が出版された年――スペンサーは『アイルランドの現状管見』を完成させていた。これはニュー・イングリッシュの願望のラディカルな所説であった。イングランドの慣習法がアイルランド人の慣習と衝突する例をあげ、折り合いの悪さを終わらせるために、法の改正とアイルランド人の慣習の抑圧を同時に強行することを提唱している。これは土着のアイルランド人とオールド・イングリッシュ双方に、容赦なく敵対するものである。『管見』の中心に、「刀にかけても」アイルランド人を完全に服従させるために、技量のすぐれたイングランド人部隊から成る軍の派遣を求めるラディカルな要請がある。この地方は、負かして、飢えさせて、服従させて、それから自給団に分けて、その各々にイングランド人駐屯地を置くのだ。ニュー・イングリッシュの政策を支持するために書かれた多くの著作同様、『管見』は、アイルランドにイングリッシュネスを押し付ける過程を描写するために、農業の比喩をひんぱんに用いている。「植える《プラント》」という動詞が、法律、慣習、駐屯地について用いられている。食物を栽培し、「社会的慣習」を育て、人を殺すことは、ニュー・イングリッシュにとって緊密に絡み合った行為とみなされた。『管見』は、トマス・モア[36]の『ユートピア』の、当代の実生活版を具現している。それは社会を再編成したいというモアの願望のすべてと、人間の行動を決定する上での慣習と先例の役割に対する、彼の法律家としての感受性のすべてを示している。しかし、モアのナレーターであるヒスロディー［ヒュトロダエウス］のおだやかな空想とは違って、スペンサーのスポークスマンであるイレニアスの空想は、実現のために大量殺戮を求め、軍事規律という結果を生む。『管見』は、文明の不確実性について、いかにその慣習が広がるかについて、そして慣習を作り替える《リファッション》可能性について、おそろしく事情通の著作である。それはまた、冷酷な残忍さについての著作でもある。

スペンサーの計画は実現しなかった。『管見』にあらわされた大望は、女王の（エリザベス朝の外交政策の大半がそうであったように、行動を制限し、出費はさらに出し惜しむ）アイルランド政策と逆行するものだった。スペンサーが一五九八年に検閲を通そうと努力したにもかかわらず、一六三三年まで印刷されなかった。一五九八年に、スペンサーが、アイルランドについておそろしく正しかったか、ひどく誤っていたかが証明された。イングランド人を手本に訓練された軍隊に先導されたティローンの反乱[37]が、この地で圧勝した。反乱民はキルコルマンを略奪し、スペンサーをロンドンへ追い帰し、彼は一五九九年のはじめにロンドンで死んだ。ベン・ジョンソン[38]は、スペンサーが貧困のうちに死に、キルコルマンを破壊した猛火の中で「新生児が死んだ」[*2]と報告している。これに確証を与える証拠は他にはなく、ジョンソンの主張は、どうやらスペンサーに対する彼自身の関心の投影らしい。というのは、ジョンソンの詩における最も強い主題は子供の死だからである。そして、スペンサーが貧困のうちに死んだということも、ありそうにない。彼は、死ぬ少し前、手紙をアイルランドからロンドンの枢密院に届ける任務を与えられ、八ポンドを支払われているので、ジョンソンが一六一八〜一九年に記したように、スペンサーが「パンにも事欠いてキング・ストリートで死んだ」というようなことにはなりそうにない。しかし、彼はアイルランドでの人生の失敗に絶望して死んだかもしれない。

最近のスペンサー批評の最良のものの多くは、彼の詩を彼のアイルランドでの体験と結び付けている。彼の人生が、『妖精の女王』の寓意的主人公によって行われる使命の暴力ともろさの両方に、疑惑の目を向けさせるのだ。主人公たちの悪魔に取り付かれたような激情の克服、飢えて幽鬼のようになった人物との何度も起こる邂逅、寓意世界の未開の地から洗練された自己を作り上げる《ファッショニング》という包括的な目標、そのすべてが、イングランド人入植者が洗練とみなすものを、野蛮な民族とみなすものに持ち込む試みを、屈折させてフィクションにしている。また、スペンサーが『管見』の中で抵抗と反乱にふさわしい神話を作り上げるものとして登場させているアイルランド人の詩人と、征服と支配にふさわしい神話を作り上げるスペンサー自身の作品との間には、魅惑的な類似がある。アイルランドはしばしばスペンサーのイングランド人的想像の双生児で、これから見ていくように、彼の経歴のもっと後の局面は、土着民に近い土地への関心と、野蛮人との居心地の悪い《アンイージー》類似を身に着けていく、一人のニュー・イングリッシュを浮かび上がらせる。しかし、スペンサーの初期の作品を、『管見』そのものの硬質のプリズムを通して読むことは、読みをゆがませることになり得る。『管見』は、おそらく(『プロサレイミオン』を除いて)スペンサーが書いた最後の著作だったのだ。それは、恐怖の時期、ためらいがちで爪に火をともすような女王の政策に不満をつのらせる時期の終わりを記している。それはスペンサーの初期の作品の多くが向かっているところであるが、常に向かっていたところなのではない。

　多くの場合、スペンサーはあたかも典型的な宮廷詩人で、エリザベス朝の権威の中心近くの安全な場所から女王におべっかの詩を書いたように言われ、かつ書かれている。詩作品のありようはそうかもしれないが(彼の詩について、本書はいささか異なった見解を提示することになる)、彼の実人生はそうではなかった。いかにも彼は『妖精の女王』の出版後、五〇ポンド[39]という相当な額の終身年金をもらっていた。しかし、概して、彼と権力の中心との関係は安逸からは程遠く、彼の詩をエリザベス朝の正統派と単純に認定することはできない。彼の作品には、詩人の二つの重要な肖像がある。はじめの肖像は『羊飼いの暦』の中で悲歌を歌うコリン・クラウトで、「羊飼いの女王」イライザ（Eliza）賛歌は、コリンに代わって友人ホビノルが歌わなくてはならない。これはコリンが、絶えず女王を黙想するというよりも、ロザリンドへの満たされない情熱を嘆いているからである。コリン・クラウトは一五九五年に帰ってきて、『コリン・クラウト故郷へ帰る』で宮廷のやり方を攻撃し、題名にある「故郷」は、イングランドではなくアイルランドを意味している。彼がスペンサーの作品の中で最後に姿を現すのは、『妖精の女王』第六巻で、〈礼節〉の騎士サー・キャリドアが、人里離れて三美神の幻を見ている詩人を見るという、じれったい一瞥による。詩人は政治的環境から明白に取り除かれている。彼は喪失と追放と孤独の詩人なのである。

スペンサーの作品中の、詩人のもうひとつの主な肖像は、『妖精の女王』第五巻第九篇のマーシラの宮廷の入り口で描写されている、ボンフォント（Bonfont）の肖像である。ボンフォントのもとの名（「よきものの泉」）は、特定されない罰のために消され、「マルフォント」（Malfont）（「悪しきものの泉」）にとって代わられる。女王を中傷したため、彼の舌は柱に釘付けにされている。スペンサーはボンフォントのような苦しみ方をしたことはなかったが、彼の作品は検閲と安楽な関係にはなかった。幾人かのスペンサーの同時代人は（ハーヴィー[40]もその一人）、一五九一年の『嘆きの詩』（*Complaints*）に印刷されている猿と狐の動物寓話「ハバードばあさんの話」（この風刺の中で、猿がライオンの即位の宝器を盗む）が、高位の宮廷人が王室の権威を不当に我が物とし、巧みに操るさまをあからさまに風刺したために、エリザベス女王の主要な大臣バーリー卿[41]の機嫌を損ねたと記している。こういう証人たちは、この本の公刊を禁じる企てがあったと主張している。『妖精の女王』第五巻は、スコットランド王ジェイムズ六世[42]の母スコットランド女王メアリー・ステュアート[43]を、敵意をもって描写したため、王の怒りを買った。この詩はスコットランドでは公刊を禁じられ、ジェイムズ六世は、「かのエドワード・スペンサー（Edward Spencer）［誤］が、過失のゆえに、しかるべき裁判にかけられて罰せられる」ことを望んだ。『管見』は、一五九八年には出版許可を与えられなかった。スペンサーの声は、政府の公の政策と決して調和音を奏でたわけではなかった。低地諸国［現在のベルギー、オランダ、ルクセンブルグ］における、強硬な（費用のかさむ）反スペイン政策を支持し、かつ終始一貫して本国のプロテスタント教会の継続的改革を切望する者たちのパトロンであったレスター伯の急進的プロテスタント政策[44]に、スペンサーは生涯を通じて強い好意を示している。レスターは一五八八年に亡くなったにもかかわらず、スペンサーの後期の作品――とりわけ一五九六年に印刷された『妖精の女王』第五巻――でさえ、この理想に戻っている。エセックス伯[45]がスペンサーの葬儀の責任を取ったという事実が、また宮廷の改革党派と彼のつながりを暗示している。

レスターとシドニーなき後、エセックスは、本国での継続的教会改革と外国での積極的な反カトリック政策を強く求めるプロテスタントの詩人たちに庇護を与えた[46]。実際、スペンサーの人生から浮かび上がる主な特質は――いささか、奇妙な言い方だが――「エッジネス」と呼んでもいいものである。彼は文化の境界線に位置することの達人だった。貧しい学生から身を起こし、やっと宮廷生活の端［エッジ］、末席に到達した人物だった。女王が遂行したいと思った政策に必ずしも同調したわけではなかったが、女王を賛美した。彼はアイルランドで、文化と野蛮の境界に居心地悪そうに座っていた詩人だった。彼の詩は、これから見ていくように、この識閾《しきいき》を利用している。

第二章

ルネサンスの詩人として

エリザベス朝イングランドで、文筆業には二つの極端なタイプがあった。第一のものは、紳士階級のアマチュアのタイプで、彼らは写本の形で私的に回覧に付すために詩や散文小説を書き、そういう作品で活字になったものは自分の責任ではないという風に見えるように気を使ったものだった。このタイプの作家で最も強力な例はサー・フィリップ・シドニー[1]で、彼の文学作品はどれも彼の生存中は活字にならなかった。スペンサーがアイルランドで会ったサー・ウォルター・ローリー[2]も「活字の恥辱」と呼ばれるものを極力避けようとした。現存する好評の詞華集『イングランドのヘリコン山』[3]には、ローリーのイニシャルの上に「イグナート［無知なる者］」のラベルを貼ったスリップが入っているが、推測するに、これはいらだった著者に迫られて神経質になった印刷業者が挿入したものだろう。ジョージ・パトナム[4]は、「立派に本を書きながら、本の公刊を禁じたり、あるいは自分の名を本に記さないで出版させている宮廷の著名な紳士をたくさん知っている。学問があると見えること、芸術に魅せられていることを示すことが、あたかも紳士にとって不名誉であるかのようだ」[*1]と述べている。文筆業の広がりのもう一方の端に職業作家がいた。彼らはしばしばグラマー・スクール出身の貧しい学生で、サイザーとして大学へ行き、それからロンドンの出版社、あるいは舞台で生活の糧をあさろうとした。クリストファー・マーロウ[5]とトマス・ナッシュ[6]が、このタイプの作家の最も著名な例だったが、その背後には、彼らほど才能に恵まれず、成功もせず、食べていくのが難しく、社会における自分の役割を規定することはいっそう難しい三文文士がたくさんいた。たとえばロバート・グリーン[7]は、一五九二年に貧困と後悔のうちに亡くなるまで、パンフレットと芝居を書いて生計をたてようとあがいた。この中間に、何とか貴族の男女あるいは女王その人の庇護を得た「職業」作家がいた。ジョージ・ギャスコイン[8]は、一五七五年にレスター伯[9]のためにいくつかエンターテインメントのシナリオを書き、ウィンチェスター校でウィリアム・カムデン[10]の弟子だったベン・ジョンソン[11]は、のちにジェイムズ一世[12]のために宮廷仮面劇を書いて報酬をたくさんもらった。このような作家の地位は、経済的、社会的に微妙だった。彼らは世に知られるために作品を活字にしなくてはならず、作品で報酬を得るために著名な人物に作品を献呈しなくてはならなかった。しかし、出版は職業作家の群れに混じりこむ危険をもたらし、またおそらく、自分のパトロンの評判をおとしめる危険をもたらした。このような困難と折り合いをつけるひとつの方法は、自分が何者か漠然とした手がかりを与えて匿名で出版するか、あるいは、自分の作品があたかも無節操な印刷屋に海賊版を出されたかのように見せかけることだった。こうすれば、出版で世間の注目を集めながら、私的に回覧される手稿の詩の威信を保つことが出来ただろう。

スペンサーの最初の詩集は『羊飼いの暦』で、一五七九年に匿名で出版され、ためらいがちにサー・フィリップ・シドニーに献呈された。この本は、最大限の衝撃と神秘性を与えて読者の文学的予想を超えるよう、念入りに作られている。題名は、一五〇三年にはじめてフランス語から翻訳された『羊飼いのカレンダー』(*The Kalender of Shepherds*)という題の大衆向きのハンドブックから取られた。これは薬の戸棚とカトリック傾向の祈祷書を兼ねた素朴な暦で、頻繁に重刷されたので、国中の家々、小屋小屋で、聖書の隣に置かれていたに違いないものだった。読み書きのできる人だけでなく、読み書きのできない人の心も木版画が確実にとらえたことだろう。スペンサーの本は、手本にした本の人好きのする魅力を持つようデザインされている。彼の牧歌はどれも木版画付きで、あるものは読み書きのできない人に人気のある本を思い起こさせ、また、あるものはウェルギリウス[13]の教科書版を思い起こさせたかもしれない。詩を印刷した黒の字体は、一五七九年には確実に古風に見えたことだろう。本を買おうと思う人は一冊パラパラめくってみて、十六世紀初頭の詩人ジョン・スケルトン[14]の風刺好きで人気のあるペルソナ、コリン・クラウトへの言及を何度も発見したことだろう。本の形状はイングランドの宗教改革初期の段階に養われ、作品全体はこの国の民衆のエネルギーに浸っていると見えるようにデザインされている。しかし、この本は古典のテキストの学者的な版の荘重さを示すようにデザインされてもいた。各々の牧歌の前には「アーギュメント」すなわち要約がついていて、牧歌の後には、ＥＫ[15]による、造詣の深い、時に滑稽味のある一連の注がついている。本を買おうとする人は、一五七九年にこの本の印刷業者ヒュー・シングルトン[16]の売店をざっと見て、『羊飼いの暦』にとまどい、興奮したことだろう。ここには、読み書きがほとんどできない人のための、［行商人が売り歩いた］最もつつましい呼び売り本を手本にしながら、自国語［英語］で書く匿名の詩人の作品を壮麗に紹介して、まったく新しく見える本があった。それは、エリート向きの出版と大衆向きの出版の境目にまたがる鋭い（edgy）作品だった[*2]。

『羊飼いの暦』には、また、しばしばスペンサーの作品から発散される政治的抵抗の趣がかすかにある。出版したのはヒュー・シングルトンだが、彼はその五ヶ月前、好戦的プロテスタントのジョン・スタッブス[17]の『大きくあいた裂け目の発見…』（*The Gaping Gulf …*）を出版したため、あやうく片手を切り落とされるところだった。『大きくあいた裂け目の発見』は、エリザベス女王のカトリックのアランソン公[18]との戯れ、もし結婚に発展していれば英国国教会をローマ・カトリックに戻したかもしれない戯れに対する攻撃だった。スペンサーの「十一月」の牧歌には、（ＥＫが、その人の「正体は不明で、作者の考えの中に隠されている」（一九六ページ）と神経質に抗議している）ディドー[19]と呼ばれる正体不明のプリンセスを嘆く嘆きの詩があり、信仰に無関心になる危機に瀕した女王に対する国民の嘆きの表現と見られてきた。（ウェルギリウスの『アエネーイス』の中で、ディドーは「エリッサ」（Elissa）――イライザ（Eliza）と完全に同じではないが、ほとんど同じ――とも呼ばれている。）また、『羊飼いの暦』は、純粋さがあらゆる精神的指導者《パスター》／羊飼いの模範として示されているアルグリンドと呼ばれる羊飼いを何度も賛美している。アルグリンドは、自分の主教区で平信徒による説教の禁止を拒否して、一五七七年にカンタベリー大主教の職務停止処分を受けたグリンダル大主教[20]をあらわすことが透けて見える。グリンダルは、教会と平信徒の信心への国王の影響力には限度があるはず、と抗議する手紙を女王にあてて書いた。彼は、女王の保守的な教会政策が和らぐことを望む人々すべての模範だった。この人気のある宗教的英雄は宮廷の意思とは不仲だったが、『羊飼いの暦』の中の教会に関する牧歌の英雄である。抵抗のにおいにもかかわらず、あるいは抵抗のにおいのために、『羊飼いの暦』はスペンサーの作品中、最も人気があった。彼の生存中、五回、版を重ね、急速に賞賛の世評、時には羨望の世評を引き出した。それは一五七〇年代の文学的な大事件だった。

　今、その興奮を再体験することは難しい。『羊飼いの暦』は、幾分は、彼以前のウェルギリウスのように、一生の仕事を始めるために、洗練されていながらつつましい牧歌という形式を用いる新しい詩人の出現を合図するよう構想をたてられていた。『羊飼いの暦』には、スペンサーの後期のスタイルの予兆となるものがたくさん含まれている。スペンサー自身が『妖精の女王』の序文で「激しい戦いと誠の愛が歌の心を説き明かそう」と約束することになるように、「九月」のカディは「激しい戦い」を歌うことを約束する。「六月」のホビノルは、「周りの森にこだまを響かせ」た（五二行）歌、スペンサー自身の『祝婚歌《エピサレイミオン》』の変奏コーラス、「森は私に答えて、こだまを返そう」の楽しい予兆となっている歌を思い起こさせる。しかし『羊飼いの暦』の大部分はつつましいもので、未来を向いているというより、今では古本屋のかび臭いにおいを持っている。現代の読者は、この本のいたるところで羊飼い風の古文体と方言に出くわすことだろう。時には、「四月」のはじめにあるように、読者はいきなり中世英語の中に放り込まれる。「どんなガレス（garres）がお前にあいさつするのか？」（What garres thee greete?）とテノットが尋ねる。EKの注は、現在必要であると同様、彼の最初の読者に必要だったのだ——「なぜ泣いて嘆いているのか？」最初の出版の時でさえ注が必要な詩を、何故書くのか？　スペンサーは、幾分、フランス詩人デュ・ベレー[21]の理論を模倣していたのだ。デュ・ベレーは、『フランス語の弁護と例証』（一五四九）で、古語と新しい造語で自国語を増やすべきだと論じている。つまり、スペンサーは、古い言葉を使って「革新」を行っていたのだ。そして『羊飼いの暦』の中で古めかしくされたように見える言葉の多くは、実はスペンサーが彼の時代に活字の文芸言語に導入した言葉だったのである。『オックスフォード英語辞典』は、「ベリボーン［美しい婦人］」（bellibone）、

「ウィンブル［敏捷な］」（wimble）（「ニンブル［敏捷な］」（nimble）に相当する北部方言と考えられる）、そして「スウィンク［働く］」（swink）を最初に使ったのはスペンサーだとしている。スペンサーはこのような言葉のかすかに古めかしい響きを、力強く詩的に用いることができる。[c] 彼は「七月」で、「フラウィ」（flowie）（「マスティ［かび臭い］」（musty））な干草のことを書いている。それ自体がかび臭い農耕の言葉が、古くなった干草を描写するためにすばらしく精密に使われている。この言葉は実は擬古的手法ではなく、スペンサーが英語の中に持ち込んだひとつの言葉である。干草のように、見かけは古くなっていても潜在的には生きていて新しい。スペンサーの昔風の言葉には、いくつかのしくじりがある。彼はチョーサー風の動詞「デリング・ドン」（derring-don）（「…する勇気がある」（daring to do））から、間違った擬古的名詞「デリング・ドゥ［英雄的行為］」（derring-do）を造っている。彼はまた誤って、チョーサー[22]の「ザ・タイガー・ヨンド・イン・インディア［遠くインドにいるトラ］」（The tigre yond in Inde）というフレーズが「インドにいる獰猛《どうもう》なトラ」（the fierce tiger in India）を意味すると思い、「獰猛な」の意味で「ヨンド」（yond）を使えると思った。こういった例は、「スペンサーは古人を気取っているが、言葉がなっていない」[*3]というベン・ジョンソンの非難にいくらかの実質を与えるが、『羊飼いの暦』の圧倒的な衝撃は驚くべき言語上の革新にあり、誤りでさえ言葉を刷新し、言葉の公認の領域を方言の新しい範囲に広げている。ＥＫが序文で述べているように、『羊飼いの暦』は復活の作品である。「長い間使われず、殆ど完全に廃嫡されていた立派な自然な英語の語法を、いわば英語の正統を継ぐものとして復活させようと彼は努めた」（十六ページ）。スペンサーの学校の校長リチャード・マルカスター[23]は、外国語に「公民権を与えて」英語の範囲を拡大することを述べた時、同様に政治的な語彙を用いた[*4]。スペンサーの言葉は土着の英語の解放を示しているというEKの示唆は、まじめに考える価値がある。『羊飼いの暦』の出版から十年後、ジョージ・パトナム[24]の『英詩の技法』は、詩人になろうとする者は、「宮廷の日常の言葉と、ロンドンとロンドンから六十マイル内外に位置する州の日常の言葉を身につけなくてはならない」[*5]と主張して、『羊飼いの暦』の持っている語彙の社会的包括性を閉鎖しようとした。『羊飼いの暦』にそんな排他性はない。成功した貧しい学生によるこの作品は、北部とケントの語形を喜んで迎え入れている。

『羊飼いの暦』について言うべき最も明白なことは、それが暦だということである。一年を一周し、一月の凍りついたつぼみから、三月の気まぐれな暖かさ、四月の雨と花を経て夏に入り、もの皆枯れる九月[25]、死んだような十一月、そして震え上がる十二月に至る。この過程のどの段階でも、この詩集は、各々の段階がある過程における一段階に過ぎないことを知っている。内的対応の混乱と繰り返されるイメージが、この本のいたるところに見られる。涙は「一月」では凍ったつららのようだが、「四月」頃、落ちて流れて溝を作り、豊饒を約束する。「六月」で、涙は木々の葉から過剰な樹液のように流れ、「十一月」で、救われない嘆きとなって落ち、最後に「十二月」で、コリン・クラウトのしおれた花をしっとりと濡らして保存する。「つぼみ」は「一月」では嘆きで無駄にされ、「五月」に「花開き《ブルースミング》」(blooming――blossoming と blooming の両方)、そして「十月」頃、凍結乾燥された活力「詩のつぼみ」になっている。このような連続するイメージは、これまでの出来事を思い出して振り返り、季節に応じて調整された一年とその変化を、広範囲にわたって概観することに読者を誘う。つぼみは、冬の霜からしっかり自分を囲い込み、怖がっているものであると同時に、春の割り込む兆しでもある。涙は冷ややかに孤立したものであり得るが、他人を思ってうちとけ、悲しみをあらたにするしるしでもあり得る。つまり『羊飼いの暦』は、悲しみと喜び、冷たさと生気が、対立するものではなく、ひとつの連続した過程の諸相なのだということを納得させようとして、連想の深層パターンを築くために広範囲にわたる構成を用いているのだ。この本の支配的なレトリックは、それ自体が明らかに矛盾している語法、オクシモロン[撞着語法]である。『羊飼いの暦』は、生命に関わる死のイメージ、暖かさを約束する冷たさの瞬間を提供し――そして生まれかわった古さを提供するものとして己を提示する。一年を生きぬくこと、そして、乾いた小枝がやがて芽を出すことを一月になかば思い出すのがどんな感じかということを、これほど喚起する英語の作品は他にない。

『羊飼いの暦』は、対立する気分の一致をねらっている。話し手はしばしば対立する組み合わせで、めったに折り合わない。たとえば「八月」で、ペリゴットはウィリーと歌合戦をする。ペリゴットが「愛の神」の矢で受けた傷を歌えば、ウィリーはそぐわない陽気さで応酬する。「傷がますますずきずき痛み」とペリゴットが嘆けば、「ヘイホー、その矢が！」とウィリーが応じて唇を鳴らす。「二月」で冷淡な年寄りのテノットが若いカディに逆らうように、気分は交錯するが決して完全には重なり合わない。『羊飼いの暦』は多重遠近画法の芸術である。ある人物では生気にあふれて楽天的に見えるものが、同時に、他の人物にとっては憂鬱の種である。「五月」で、ピアスは狼に食われる子山羊のイソップ寓話を語る。この子山羊は、五月のエネルギーにふさわしい、突き進むようなエネルギーを持っている。

子山羊のビロードみたいな髪の毛も伸び、
曲がった角も新しく生え始め、
若さの花も開き始め
あごの下豊かに生えかけていた。

（一八五〜八八行）

「伸びる《シュート》」「生える《スプラウト》」「つぼみをつける《バッド》」「生える《スプリング》」といった動詞は、子羊の生命を五月の植物のエネルギーとつなぐ。しかし子山羊の母親に、生命のしるしは悲しい記憶を呼び起こす。

ぞくりとする動悸がこみあげて
ほかには何も言えなくなった、
古い悲しみが、新たに口を開いたので。
どうやら息子の顔に、品の良い父親の
なつかしい面影を見てとったのだ。

（二〇八～一一行）

「ぞくりとする《スリリング》」は、スペンサーの好んだ言葉のひとつだ。感情のにわかの激痛、予期せぬ声の乱入と静寂、あるいはキューピッドの不意の矢傷を呼び起こすために、彼はよくこの言葉を使う。ここでこの言葉は、新しいものに昔の悲しみを思い出させられる鋭い苦悶をとらえている。『羊飼いの暦』で新しさと生命が祝われているが、悲しみとつながっている。新しい世代の再生は、古い世代の死による。『嘆きの詩』の印刷業者ウィリアム・ポンソンビー[26]は、スペンサーが「伝道の書」を意訳したと語っている。彼が意訳したかしなかったかはさておき、「伝道の書」が悲嘆にくれて探求する生と死の混合と、生と死の互いへの依存が、スペンサーの苦痛なほど新しい作品の多くに見られる基本原理である。ＥＫの書簡風の献呈辞には、『羊飼いの暦』が「古い名を新しい作品に」（一九ページ）つけていると注がついている。「古い悲しみが新たに口を開いたので」という一行は、全体のエピグラフとなり得る。昔の痛みが新たな傷をつくる。新しい傷が、痛みを伴って古い傷の記憶を呼び起こす。

『羊飼いの暦』の中心人物は詩人のコリン・クラウトだが、スペンサーは文筆家としての生涯を通じて彼を自分のペルソナとしている。彼は成功した羊飼いではない。私たちが「一月」で彼に会う時、彼の羊は飢え、彼は恋人ロザリンドの心のかたくなさを嘆いている。私たちが「十二月」で彼と別れる時、彼は死の瀬戸際にある。彼の詩には喜ばしい支配の瞬間がただ一瞬だけ、「四月」で羊飼いの女王イライザ（Eliza）を歌う時、詩人と宮廷が一体化するように見える瞬間がただ一瞬だけある。

見よ、かの君が緑の草に座り給うのを、
　（ああ、うるわしい眺めよ）
処女王にふさわしく、緋色の衣と
　白貂《てん》［アーミン］の毛皮をまとい給うて。
頭にいただく深紅の王冠には、

淡紅のばら、水仙の花をあしらい給うて。

（五五〜六〇行）

この時、コリンは私たちの視線を彼女の方へ向け、彼が伝えたいと願う彼女のイメージを反映させるために衣服を形作り、ほとんど自分で女王を作り上げているように見える。これはこの詩人が一人の女性を中心に置いてページェントを作り上げている（『妖精の女王』中に、ふんだんにある）「枠」形式の幻想の、スペンサー的一瞬の最初のものである。しかし、この詩的求心性を持つ一瞬は、束の間のものである。コリンは自分のうまくいかない恋を嘆く孤独な作業に専念しているため、「四月」では、自分の詩を歌うためには登場しない（彼の友人ホビノルが、彼に代わって歌う）。宮廷詩人としての彼の役割は過去のものとされている。彼は嘆きを作風とする詩人、自分がさまよう森と岩から聞こえてくる自分自身の声のメランコリーなエコーに耳を傾ける詩人になっている。彼は「六月」では悲しげに訴え、「八月」では憂愁を帯びたセスティナ（六つの韻を踏んだ語のひとつひとつが、各連の行の終わりで繰り返される連詩）を歌い、「十一月」でディドーの死を嘆くために戻ってくる。「十二月」では、自分の生活がいかに宮廷から切り離され、生の源から隔てられ、冬の孤立に向かって衰えていくかを述べる。教訓的に解釈する批評家たちはコリンにつらく当たり、彼はスペンサーにとって呪い《アナテマ》であった内省的な詩の代弁者なのだと論じてきた。しかしスペンサーは、生涯、詩の源と喪失感の事実上の等価を強く求めた。実際、彼の短篇詩の主な目標は、多分、誰の庇護もなく、宮廷での積極的な役割もない詩人に意義を与える詩的表現を生み出すことなのだ。「十月」の要約には、「カディは、自分の身分と学門を支えてくれるものが見つからぬため、詩が軽視されていることとその原因について不満を述べる詩人の典型を表している（一七〇行）」と述べられている。カディその人は、彼が必ずしも「詩人の典型」ではないことをほのめかすやり方で、過去のパトロンを失った喪失感に付きまとわれている（「しかし、ああマエケナスは土くれをまとい、／偉大なアウグストゥスはとうの昔に亡くなった」[27]（六一～二行））。しかし、彼は『羊飼いの暦』の憂愁を帯びた中心的ペルソナ、コリン・クラウトと喪失感を共有しているのだ。とはいえ、コリン・クラウトの憂鬱に人を慰撫する力がないことは希だ。彼の嘆きは、『羊飼いの暦』全体のように、喪失感と喜ばしい再生を混在させる。コリンが理想的なイギリス詩人チョーサーの死を嘆く時、彼の悲しげな悲歌は、先人の死が後に続く詩人たちのために生命を生み出せることを知っている。

あの人は今は亡く、鉛に包まれて横たわる
（ああ、何故に死はそのような酷さをするのか）
あの人の類ない腕前も、ともに消えたが、

その名声は日ごとに高くなって行く。
あの人の学識すぐれた頭の泉の
数滴だけでも私のもとに流れて来れば、
今すぐこの森に、私の悲しみを嘆く術を学ばせ
木々に涙を滴らせることを教えるのに。

（「六月」八九〜九六行）

最初、これはただ陰鬱に見える。しかし、この連全体には、まさに『羊飼いの暦』全体に流れる陰気と生命力の逆説的な結合がある。チョーサーの名声は、六月の植物の生命と共になおも高まり、彼の流麗な影響力は（『羊飼いの暦』の泉［スプリング］は、名を共有する季節、春［スプリング］のように、生命を与え）、コリンの悲嘆にくれた歌に滋養を与える。死者を悼む術《すべ》を死者から学ぶことで、詩は育ち続けるのだ。『羊飼いの暦』は、しばしば「中世」と「ルネサンス」の境界にまたがる作品と見なされる。詩歌の力と不滅性に対する関心と、コリン・クラウトという力強いペルソナの断固とした構成は、「ルネサンス」特有の側面と見なされてきた。というのは、詩に対するルネサンス的姿勢の主要な要素は、詩人の力と自尊心の感覚だとしばしば考えられているからである。しかし、こういったことすべての先例がチョーサーとその後継者に見られ

る[*6]。むしろ、この詩集をルネサンスの詩人特有の作品にしているのは、はじめはきわめて中世的な要素と見える特徴、すなわち意識的な古めかしさ、そして、現代の詩人の力と、過去の喪失を嘆くその詩人の能力とを意識的に同一視することである。『羊飼いの暦』は、現在と文学的過去の間に隔たりがあること、そして、詩人はその間隙を埋める努力から新たに育っていることを読者に意識させる。「ルネサンス」という言葉は、もちろん十九世紀以前には英語で使われていなかった[28]。たしかにスペンサーその人によって使われてはいなかっただろう。しかし、それはペトラルカ[29]からミルトン[30]までの時代をあらわすのに適切な用語である。というのは、この時代の詩は、廃れた古典の学問を生き返らせたいという欲求に夢中になっているからだ。この欲求はこの時代の文学批評に浸透しており、この時代の文学批評は、発掘のメタファー、死者を生き返らせるメタファー、そして、新しい詩人がどのようにして古い詩人から育つかを描写するために生物学的再生のメタファーをしばしば用いている。『羊飼いの暦』は、イングランドにおける詩的再生を記すための意図的な試みである。しかし、再生は、奇妙なことに、古いものの死から生まれる。死と生は、互いを相互に育《はぐく》みあう。

『羊飼いの暦』は、おそらく、最初の読者に、この熟達してはいるが無名の作家が、さらに進んでより大きなことを試みるだろうということを予想させた。主な一般的手本はウェルギリウス[31]の『牧歌』で、ウェルギリウスは『牧歌』の後『農耕詩』(農業についての教訓詩)と叙事詩『アエネーイス』を書いた。『羊飼いの暦』の初期の読者は、この作者が同様な文学的経歴をたどるだろうと予想したかもしれない。このような予想は（後の章で論じる）スペンサーの寓意詩『妖精の女王』のはじめの三巻が一五九〇年に出版されたことで、ある程度実現した。しかし一五九一年に、スペンサーの経歴は『嘆きの詩――世の中の虚栄についてのさまざまな短詩を含む』という題名の短篇詩集の出版で、奇妙な横道にそれるように見えたかもしれない。印刷業者ウィリアム・ポンソンビーは、それまで「さまざまな持ち主の間に分散していた」（一二三ページ）詩を自分が「まとめた」詩集としてこの本を紹介しているが、この本が印刷された時おそらくロンドンにいたスペンサーが本の組み立てに関わり、すでに『羊飼いの暦』で嘆きの詩人として概略を述べてある彼のペルソナの輪郭を肉付けするために構想を立てたものらしい。『羊飼いの暦』には、ごく初期の詩がいくつかと（「ベレーの幻」は、一五六九年の『俗人劇場』に出た詩の改訂版で、「ペトラルカの幻」は「以前に翻訳された」と説明されている）、「ハバードばあさん」のような、ごく最近の時事問題への関心事を反映させるために改訂されたらしいいくつかのものが奇妙に混じりあっている。この詩集は、普遍的な悲惨から特定のものに向けられた風刺的攻撃に至るまで、嘆きの主題の転調を響かせる。芸術が省みられないことを嘆く「ミューズの涙」から、古代のローマ系イギリス人の町ウェルラミウム[32]が、自分の没落、ローマの没落、そして全世界の切迫した堕落を嘆く「時の廃墟」まで、スペンサーは、広大な全世界の悲惨を探求する。鋭く風刺的な「ハバードばあさんの話」で、彼は宮廷、そして間接的にバーリー卿[33]への不満を述べる。軽くまとめあげた蝶々の話「ムイオポトマス」は例外だが、この一冊の雰囲気は陰鬱だ。シドニー[34]は死に、レスター[35]は死んだ。ウォルシンガム[36]は死んだ。ミューズはおろそかにされている。ローマとウェルラミウムは灰燼に帰した。「ああ惨めな人間の当てにならぬ身の上よ」(「時の廃墟」一九七行)という一行は、この一冊全体のエピグラフとして役立つかもしれない。この一冊の最も強い瞬間は、棍棒で打つような、ほとんど陳腐といえる陰鬱――「あの方は亡くなられ、後で、兄君も亡くなられた」(「時の廃墟」二三九行)――なのだ。その憂鬱な調子は――スペンサーの作品中それに勝るものはエレジー(悲歌)『ダフナイーダ』だけ――『羊飼いの暦』のカレンダー的構成から生じる、釣り合いのとれた楽観主義を欠いている。悲惨は、うつろう季節というコンテクストの中で見られるのではなく、悲惨として見られ、そして普遍化されている。

『嘆きの詩』は、喪失から作品を作る詩人、過去の過去性を強調することで新しいものを作る詩人として『羊飼いの暦』にあらわされているこの詩人の見方の上に構想を立てられている。しかし、それはまた、『羊飼いの暦』に内在するスペンサーの経歴のウェルギリウス的軌道を、彼が完全に無視しているわけではないことを示す要素を含んでいる。この本には、ウェルギリウスが書いたとルネサンス期に広く信じられていた、眠る羊飼いを刺して起こして蛇から救いながら、起こしたために殺された一匹の蚋《ぶよ》についてのラテン詩の翻訳「ウェルギリウスの『蚋』」が収められている。これは権力者がつつましい詩人の忠告を無視するやり方の寓意であることをこの詩は暗示している。「ウェルギリウスの『蚋』」の存在は、スペンサーの経歴の中で『嘆きの詩』が果たした役割を理解するために重要である。それは寓意詩にウェルギリウス的先達がいたこと、そして明白に辺境からの声によって権力者によき助言を提供出来る詩人の虐待を嘆く作品にも、ウェルギリウス的先例のあることを暗示している。『嘆きの詩』は、悲惨を超越するところで——そう頻繁に超越するわけではないが——嘆くことに積極的な力のあること、省みられない詩人に国家に関わる重大事で言うべきことがあること、そして、過去の喪失を嘆く詩人に嘆きを通して過去をよみがえらせる事が出来ることを暗示する。嘆きの詩はスペンサーが発明した形式ではない——それはチョーサーの作品の中で重要な役割を持ち、チョーサーの長編詩から採られた嘆きの詩が、しばしば手書きの雑録に編まれている——が、過去の消えゆく声を遠くからとらえ、また響かせようと試み、ルネサンスの詩人であることがどんなことかを探求するよう促し得るものである。「ベレー作ローマの廃墟」は、ローマの荒廃した遺跡から響き渡る過去からの鋭い声に耳を傾け、死んだ詩の再生にとらわれる詩人であることがどんなことかを示す、壮大でありながら脆《もろ》い、いくつかの幻を提供する。この詩集の最初のソネットは次のように始まる。

そなたたち天上の霊よ、そなたたちの灰燼は
巨大な壁に押し潰されて深い廃墟《ルーインズ》の下にあるが
その名声は麗しい詩文によって
決して死なず、灰の中に止まることもない、
　もしも、生きている者の甲高い声が
ここから暗い地獄の深淵の極みへも届くものなら
この深い淵々も裂けて開くがいい、
私のこの叫びを聞き分けられるよう。

（一〜八行）

このソネットの主旨は、すべてデュ・ベレー[37]のフランス語の原文にあるが、スペンサーは、それに鋭い音と刺すような孤独をもたらす。死者と言葉を交わし、彼らの声を聞こうと必死になって、彼の声は廃墟と暗闇をスケッチした風景から、戦慄をともなって震え出る。名声と詩の復興に約束される不滅は、死すべき運命の雰囲気に囲い込まれ、純粋にスペンサー的な、脆《もろ》さと復活への希求の混合を作り出す。「ローマの廃墟」への使者は、何とか「古いローマをその灰の中から蘇らせ、／死せる廃墟（decayes）に第二の生命を与えた」（四五三〜四行）デュ・ベレーに、再

生の力があるとする。デュ・ベレーが死者を蘇らせたことをほめると同時に、スペンサー自身は、死に関する新しい生きた語彙を作り出す。『オックスフォード英語辞典』（*OED*）は「廃墟《ルーインズ》」を意味する「ディケイズ」（decays）という複数形の初出を一六一五年としているが、スペンサーは、この言葉をここでこの意味で使っているに違いない。『嘆きの詩』は「ルーイン」のごく新しい語形を用い、「詩を朗読する《リサイト・ア・ポエム》」と「再び葬る《リ・エントゥーム》」の境界線で「リハース」（rehearse）という動詞を何度も使っている。そしてこの二重の意味がスペンサーの嘆きの側面の精神をとらえる。詩人の死後も詩はなお生き続け、古い悲しみを何度も語り、再び葬り、そして同時に生き返らせるのだ。『嘆きの詩』は過去の喪失に新しい言葉を提供し、そのエコーから新しい詩を作り出そうとする。

一五九〇年代の大半を、スペンサーはアイルランドで過ごし、彼の最も強いイングランドの思い出は、過ぎ去った時代の思い出だった。彼は、物理的な意味でも歴史的な意味でもエグザイル［追放者］だった。彼は地理的に宮廷から離れていて、一五七〇年代、一五八〇年代に彼に庇護を与えた、あるいは庇護の希望を与えたプロテスタントの貴族たち――シドニー、レスター、そしてウォルシンガム――は、もう宮廷にはいなかった。これは、彼の理想、彼のふるさと、そして彼自身の過去から孤立した位置に彼を置き――そして、自分の不幸な状況から強さを得ることを可能にし得る一連の詩的関心事を作る《ファッション》よう、彼に圧力をかけた。『嘆きの詩』を作った《ファッショニング》のは、このような事情からだったのかもしれない。しかし、一五九五年に出版された『コリン・クラウト故郷へ帰る』は、スペンサーの秩序の崩壊の感覚を詳細に表現している。コリンはアイルランドの羊飼いの聴衆に、自分が大洋の羊飼い、すなわちスペンサーのアイルランド植民の朋友サー・ウォルター・ローリー[38]と、どのように歌を交わしたかを語る。コリンはアイルランドの二つの川の結婚を歌ってアイルランドの風景詩人になるので、この部分は「家」をしっかりアイルランドに定めている。大洋の羊飼いはシンシアに省みられないことを歌うので、この詩のはじめの部分は、詩の源を嘆きと結びつけてもいる。この二人の羊飼いはそれから宮廷へ行き、その時点でこの詩は、宮廷の貴婦人、宮廷詩人、そしてシンシアという人への賛美と、宮廷人が学問を大事にしないこと、あるいは堕落した愛以上のことをしないことへの粗野な攻撃を一緒にする。この詩は、愛の賛歌、それもとりわけコリンの恋人ロザリンドへの賛歌で終わる。これは並外れた詩であり、この時期のスペンサーが、エグザイルであることから強さが生まれることを可能にする書き方を見つけようと、どれほど懸命に試みていたかを示している。アイルランドのエグザイルということが、宮廷での庇護の欠如を裁断し、宣告する永続的な位置となる。そして宮廷の堕落が、愛の賛歌の詩作に向かうことと、堕落した宮廷風の恋人たちに、「彼［愛の神］の宮廷から追い出された追放者（exul）[39]」（八九四行）になれと求めることの言い訳を用意する。この詩が収められた一冊は、スペンサーの「アストロフェル」、すなわちサー・フィリップ・シドニーのための牧歌詩風の追悼歌と、シドニーを歌った他のエレジー［悲歌］、とりわけスペンサーのアイルランドでの主な友人ロドヴィック・ブリスケット[40]のエレジー［悲歌］で分量が増えている。この詩集が出版されたのはシドニーが死んでから十年近くたった頃で、この死と嘆きの間の時差には意味がある。『コリン・クラウト』本は、ただ回顧的なのではない。それは論争的に回顧的なのである。この詩集は、失われたプロテスタントの過去を嘆くエグザイル、一五八〇年代の失われた世界から詩的エネルギーを引き出すニュー・イングリッシュの詩人のコミュニティーがアイルランドにあることを暗示するように構想を立てられている。それは、イングランドの生活の中心に位置していないことから、想像力に富む強さを作ろうとしている一冊なのである。

一五九〇年代中葉のスペンサーの他の詩は、宮廷からの著しい乖離を記しており、彼自身のアイルランド事情に根ざすものになっている。一五九五年の『アモレッティと祝婚歌』は、エリザベス・ボイル[41]への求愛に関わるもので、宮廷のことよりも愛についてより多くを歌うというコリン・クラウトの約束を果たしている。このソネット集は『妖精の女王』の公の領域から顔をそむけ、より私的な主題に向かう。友人ロドヴィック・ブリスケットにあてたソネット三三番で、スペンサーは『妖精の女王』を書き終える仕事からの脱線を詫びている。しかし、この一冊に収められた詩のスタイルから、詩人が女王と宮廷のことを忘れる機会を楽しんでいることは明白である。スペンサー自身の結婚についての詩『祝婚歌』（*Epithalamion*）は、最もよく知られ、また最も調和的に普遍的な詩のひとつである。詩の長い行の行数（三六五）はその年の日数をあらわし、そして、十六と四分の一の連の後に夜が来るが、これはスペンサーの結婚の当日（六月十一日）の昼の時間を反映している。この詩人の特殊な生活と関心事に合わされたものであるが、潜在意識下で普遍的な地位を主張している詩である。それは、スペンサー特有の憂愁を帯びた風景にうつろに響くコーラス（「そのように私も私のためだけに歌おう／森は私に答えてこだまを返そう」（一七〜一八行））から、詩人の結婚の社交的で宗教的な集まりの幻になる。あたかも彼の生涯のこの段階で、スペンサーが自分自身の完全な世界を作り上げ、そこに住むことに没頭しているかのように、この詩はほとんど耐え難いほど作り手《メーカー》に支配されている。その代価は花嫁が支払う。エリザベス・ボイルは、命じられ、かつ命じる彼の詩の中に、完全に封じ込められている。

そしてあの人の足が踏む地面には
石で柔らかい足を痛めぬよう
香りのいい花を一面に撒いてくれ。
（四八〜五〇行）

伝記上の伝説によれば、エリザベス・ボイルは、一五九八年にキルコルマン[42]を破壊したアイルランド人反乱民から、地下通路を通って逃げたという。彼女の結婚生活の始まりも閉所恐怖症的側面を持っている。『祝婚歌』の声音は、ショーを命じている神経質な花婿、あるいは恋人のために完全な構成を作ることに没頭している詩人の声音である。しかしエリザベスはほとんどそこにいない。この詩には、四三〇行中（ざっと数えて）百十五の命令形の動詞がある。その多くはやさしい「〜しょう《レッツ》」だが、累積効果は支配的な命令である。結婚の現実の瞬間は淑女の赤面で過ぎ、それに対して詩人は——やさしくではあるが——「愛する人よ、何故顔を赤らめるのか、そなたの手を／私たちの契りの固めを私に与えるのに」（二三八〜九行）と叱る。スペンサーは、「作り手」という言葉が十六世紀に持っていた、宇宙の聖なる作り手との類似を知っている強い意味で「作り手」となることを望んでいる詩人なのである。しかし『祝婚歌』の中で、彼はまた、彼自身の詩の構成の弱さも、詩が自分に支配できない時間を背景に存在する事実も知っている。感動的なのが太陽神フィーバスへの呼びかけだ。

この日を［レット］、この一日を私のものにして欲しい《レット》。
ほかの日は皆あなたのものにして《レット》。

（一二五〜六行）

同じ行の中で、「〜にして《レット》」という言葉が二度あらわれ、必死に訴えているのは、この詩の中でここだけである。それはスペンサーの短編詩の最も強い特徴の一つを示す。というのは、自分の詩の世界を支配しようとする努力にもかかわらず、詩の作り手はより大きな世界の一部であること、働きかけても早くも遅くもならない世界の一部であることを、彼は知っているからである。

　エリザベス・サマセットとキャサリン・サマセット[43]の婚約を祝う詩であり、スペンサーの生存中に活字になったスペンサー最後の詩『プロサレイミオン』（一五九六年）で、詩人の声は、いつものように悲しげに、一人、宮廷生活の端に位置して始まる――「長く実らぬ宮廷暮らしへの不満と…」（六〜七行）。しかしこの詩は、「麗しきテムズよ、おだやかに流れよ、わが歌の終わるまで」という魔術的なよどみないリフレインで、親しく自然界に織り込まれ、詩人の孤独な声は、儀式に参加するニンフの声とリー川の与える無言の喜びのしるしに加わり、こだまするハーモニーになっていく。とはいえ『プロサレイミオン』は、ルネサンスの詩人がもっと大きな世界に住むことをよく知っている。もちろんテムズ川は、スペンサーの詩が嘆き悲しむ前も、最中も、その後も、おだやかに流れるだろうし、背景でつぶやくその存在は、孤独な詩人をより広い枠組みの中に置き、彼の悲しげな歌の角を和らげている。この詩は、婚礼歌としては奇妙なことに、エセックス伯の幻で締めくくられている。エセックスはレスター伯の精神をよみがえらせ、イングランドを「外国の危害」（一五六行）から解放し、「そのことを後の世の人々に／雄々しい詩神が歌う（一五九〜六〇行）」ことになるだろうとスペンサーは予言する。このエセックスの幻のため、『プロサレイミオン』は、このプロテスタント貴族の後援を得ようとする試みであると同時に、亡きレスター伯の精神を蘇らせようとする努力として特徴づけられるものになっている。しかし、スペンサーはこの詩の出版から三年もたたないうちに死に、詩人の安寧へのエセックスの主たる貢献は、葬儀の費用を出すことだった。その二年後、エセックス自身、女王に対する宮廷のクーデター未遂で処刑された[44]。『プロサレイミオン』の懇願する声は、歴史と、詩人の形作れない影響力の背景に、かすんで消えていく。『羊飼いの暦』の終わりで、コリン・クラウトは意気揚々と彼の世界を支配しているのではなく、年の季節を形作るというより季節に形作られて、死に向かってのろのろと進んでいる。そして『祝婚歌』で、詩人は切なる懇願にもかかわらず太陽の沈むのをとめることが出来ない。スペンサーの想像力の一部は合計することである。自然の力を支配し、生と時の普遍的な過程を真似ようとする。しかし彼の想像力の同等で反対の側面は、自分が死すべき運命の詩人であること——時、変化、そして庇護と女王の寵愛の予言できない動きに支配される身であること——を知っている。この二つの側面を持つ見方は、驚くほど感動的な詩を生み出し得る。自然界の進行、また政治の世界の進行という垂れ幕、詩人の見方を支えると同時に侵食する垂れ幕を背景に、孤独な声は嘆き悲しむ。スペンサーの芸術のこの二つの側面は、彼の断然最高の詩『妖精の女王』で、見事に気まぐれに和解する。

第三章

王朝の叙事詩

『妖精の女王』は、並はずれてつかみにくい詩である。私は手に取りにくい本だということだけを言っているのではない――この詩のいくつかの版の本の背をつかもうとすれば、両手を目一杯広げることになるだろうが。主たる喜びはとらえどころのなさという作品である。わき道にそれるのだ。絶えず調子と方針が変化し、主な到達点と定めているところ（栄光に包まれたグロリアーナの幻）に決して到達しない。読んでいるうちに指の間から詩が滑り落ちる。スペンサー詩行[1]の滑らかな流れは、うわべはまぎらわしくも均質に見えるのだが、その中で一見英雄的な騎士が変装した魔法使いとわかることがあり、情けを求めて泣いている貴婦人が反キリスト的人物とわかることがある。小人、ドラゴン、隠者、魔女、雪で出来た女性、森に住む処女、すべてがスペンサーの言葉の流れにとらえられ、彼のユニークな九行連の音楽に封印され、なめらかに漂って行く。ababbcbcc の韻を踏み、十二音節の一行、すなわちアレキサンダー詩行[2]で終わるものと知られるようになったスペンサー詩形は、休息を招く。韻はからみあい、互いの中にほどき戻され、そして最後の一行はゆっくりと冗漫さを引きずり、絶えず読みの遅滞を招く。詩の形が詩の内容と絶えず善意の戦いを行っている。事件展開を左右する騎士たちは、悪党の追跡、民族の解放、あるいは恋人たちの和解といった任務を課せられている。目的を持って前に進もうとする彼らの努力は、絶えず後方へ引いていくスペンサーの韻文の内省的な流れに反抗してもがくことを求められる。

膨大で、脱線しがちで、生きるという仕事と同じくらいに大きくて、完成不可能で複雑なこの詩は、いつも少しばかり作者から逃げ出そうとしていた。一五九〇年に出版された（はじめの三巻を収めた）初版本にはローリー[3]あての手紙が付いていて、十二巻になる予定のこの詩で語られるすべての冒険は、妖精の女王グロリアーナの恒例の宴会で最終的に終わると述べてある。この詩の活字になった部分――六つの巻と「無常の二篇」――では、この壮大な計画は決して達成されず、妖精の女王グロリアーナをちらりとしか見せていない。彼女はただ夢の中で描写されるだけであり、アーサーが描写しているように、夢から覚めたときには、夢を見ていた人には喜びの芳香しか残らない。（「しかし、夢にたぶらかされたのか、本当だったのか、／心があれほど喜びに震えたことはありませんでした」（一・九・十四））。この詩は、せいぜい読者に、自分たちがどこかへ行こうとしていること、そして行こうとしているところは、何と言うか、実在するものではなく、また到達し得るものでもないかもしれないことを納得させるにすぎない。ローリーあての手紙もそれに続く何巻かのプロットを不正確に要約し、読者はこの作品と最初に接触した時点から不意打ちをくらわせられる。『妖精の女王』の構造、語りの筋道と構成、意味と形は何度も読者を挫折させるが、読者は、この詩がしばしば作者にも手にあまるものだったことを知って、安心していいのである。何度もスペンサーは自分の詩を間違えている。いくつかの篇のあら筋で、登場人物の名前、あるいはそれに続く出来事の説明を間違え、また二、三度、彼の多様な騎士たちのうち、誰がどこにいるのか忘れているようだ。第三巻のはじめで、彼はガイアンがアルマの館をすでに出立していることを忘れ、第三巻第二篇では、ガイアンとレッドクロスを混同している。第六巻第十七篇では、カレパインのつもりでキャリドアと書いている。第三巻第四篇では、ブリトマートにマリネルを負傷させ、それによってフロリメルに逃走を始めさせるが、逃走はすでに三篇も前に起きたことなのである。第四巻の題は、こういった矛盾の最たるものを含んでいる。第四巻に「キャンベルとテラモンドの物語」が入っていると私たちに伝えておきながら、四巻の主人公は「トライアモンド」と呼ばれている。こういったことの多くは校正の遅い段階で起きた単純で機械的な誤りであるしるしがあるが、あるものはからかうように気が利いている。結局、未完の詩が、世界の終わりあるいは完成(telos)を暗示する「テラモンド」(Telamond)という名の人物を入れそこなうのは、まったく適切なことなのだ。しかし、それらはまた『妖精の女王』のもっと大きな特徴を示している。スペンサーには書きたいと思ったとおりの詩を書くことが出来なかったのだ。というのは、彼は、完全には支配できない力に支配されていたからである。すべての作家は状況の弱さに支配されている。しかしスペンサーは、彼の詩を押し動かして奇妙な形にする力を、他のどの作家も彼をしのぐことの出来ない巧みさをもって用い、また劇化している。政治的状況、そして、彼が受け継ぎ、形を変えようとした詩作の伝統、すべてが彼自身と半ば結託して彼の詩を急回転させ、計画されたゴールからそれさせてしまうのだ。形作る芸術家になりたいという彼の願望にもかかわらず、コリン・クラウトは「十二月」の牧歌で、自分の生活を一年の推移と消極的に比べる詩人になる。『妖精の女王』で、詩人を道筋から外れさせようと引っ張る力は、彼が用いる素材の肌理に、より強く、より深く埋め込まれている。しかし、それは彼の初期の詩とこれだけ共通するものを持っている。それは少しばかり——ことによると雄々しく——かくあろうとした詩になりそこねているのだ。そして、それは重くのしかかる圧力を用いて、英語で書かれた最も無限にとらえどころがなく、なぶるように魅惑的な詩のひとつになっている。

圧力のひとつはスペンサーのもとに届いた叙事詩の伝統である。これは近頃流行遅れになっていて、過酷なほど長くてやっかいなものと一般にみなされるジャンルである。しかし、もともと叙事詩は、英雄の行為を記録した単に長い詩だった。最も初期の西洋の叙事詩は、連続する多彩な歌を作るために、新しい文脈に改作可能な、変えられる言い回しのレパートリーに精通している吟唱詩人によって、口頭で（つまり詩人が朗誦したように）創作された。こういう詩人の中でホメーロスがおそらく最も偉大で、彼は、より早い時期に作られた、今では現存しない英雄詩の詩人たちが語った物語のレパートリーを、並外れて整った形にした。彼の話はすでに過去のものとなったことについてのものだった（彼、あるいはひょっとすると私たちがホメーロスと呼ぶ人々の一団は、おそらく紀元前八世紀に生きていて、おそらく紀元前十三世紀に起きた事件にルーツを持つ神話的出来事について書いた）。彼の英雄たちの驚くべき偉業に対する驚嘆の要素、そして、今日では彼らの行為と競うことを望めないという感覚が、彼の確立した叙事詩のスタイルの一部である。スペンサーは、おそらくホメーロスを学校でいくらか読んでいたが、『イーリアス』と『オデュッセイアー』が『妖精の女王』に与えた影響はわずかだ。第二巻の終わりのガイアンの「至福の園」への英雄的航海のような時には、ホメーロス的な趣がある。ホメーロスのオデュッセウスがスキュラの住む岩とカリュブディスの渦巻きを避けるところで、近代の寓意的英雄ガイアンは「叱責の岩」と「衰退の渦巻き」を避けなければならない。スペンサーはホメーロスのロスに言及したり手本にしたりする時、普通、作品それ自体よりも、作品のまわりに何代にもわたって出来上がった寓意的注釈をまず考えるようだ。

『妖精の女王』により大きな影響を与えたものは、ウェルギリウス[4]の叙事詩『アエネーイス』

である。ウェルギリウスの初期の注釈者セルヴィウス[5]は、ウェルギリウスの詩作の目的がホメーロスを模倣すること、そして皇帝アウグストゥスの祖先を讃えることを通して自分の皇帝アウグストゥスを讃えることだった[6]と書いている。当然のことながらこれがすべてを語っているわけではないが、ウェルギリウスとホメーロスの主な違いを効果的に指摘している。ウェルギリウスは自国の初期の段階の歴史を讃えて語ることを目的としたのだ。またその過程で、彼の主人公アイネイアースの中に——自国の民族が歴史を持っていることを知っていて、その歴史を如実に見せる中に問題のあることを知っていて、そしてまた、とりわけ、ホメーロス風の先人たちよりもすぐれている——新しいタイプの英雄を創造することを目ざしたのである。『アエネーイス』の大きな特徴は、ホメーロスの常套句のスタイルによって必要条件とされた繰り返しを芸術的に使うやり方である。ウェルギリウスは異なる用い方における響きを心得ていて、同じ言い回しを異なる文脈で繰り返している。アイネイアースと戦って死ぬ者たちは（たくさんいるが）、しばしば、彼のために戦う者たちの死を描写するために用いられている言い回しを、意図的に思い起こさせる言い回しで描写されている。『アエネーイス』の中で、帝国と帝国の敵は不安になるほど似ていて、この類似性が英雄その人にまで及んでいる。『アエネーイス』の最後の巻で、アイネイアースは敵トゥルヌスを怒りに駆られて殺し、トゥルヌスの魂が黄泉の国に逃げて行くところでこの詩は衝撃と共に終わる。この英雄は、敵を倒すために怒りっぽい敵のようにならなければならない。この不穏な行動によって、アイネイアースはトゥルヌスの婚約者ラヴィニアとの結婚を可能にし、そしてそれによって、彼の王朝が繰り広げられる未来を確実にする。

ルネサンス期に出版されたウェルギリウスの作品のほとんどの版には、十五世紀の詩人マフェウス・ヴェギウス[7]が『アエネーイス』に付け加えた第十三巻が収められている。この巻でアイネイアースは、ウェルギリウスの、未完になり得る、あるいは意図的に苦いものにされた可能性のある、締めくくりのエピソードにおけるように死んだ敵の上に立ちつくすのではなく、キリスト教徒の英雄にふさわしい穏やかさを知っているといった風情でラヴィニアと結婚する。ヴェギウスは効果的に『アエネーイス』を王朝の叙事詩と呼ばれるものにした[*1]。つまり、彼はこの詩を、結婚と、英雄の血統の始まりで終わるものにしたのである。叙事詩の性質に加えられたこの変更は、結婚が一家を支える力として重要ではあっても、情緒的な絆、あるいは英雄行為の動機としてはほとんど力を持たないホメーロス的な詩の中心的原理と、深いところで逆行する。しかし、中世の騎士道ロマンスに浸り、また叙事詩という古典の伝統も知っていた世代の作家たちが、ルネサンスの最も偉大な混血のジャンルのひとつ、すなわちエピック・ロマンスを生み出していた十五、十六世紀のイタリアでは、好意的に採用された。マテオ・マリア・ボイアルド[8]（?一四四一～九四）は、『恋するオルランド』（*Orlando inamorato* 恋にやられたオルランド）という、題名からして冗談の、膨大な、脱線だらけのこっけいな詩を書いた。オルランドは『ローランの歌』（*Chanson de Roland*）のフランス人戦士英雄で、彼は英雄にふさわしく破壊的な武勲に人生を費やす。ボイアルドは彼を恋に狂わせ、ひとつにはサラセンの姫君アンジェリカの愛を得ようとするオルランドの（決して成功しない）努力について、またひとつには他の人物たちの結婚しようとする（めったに成功しない）努力について、無秩序に広がる未完の連詩を創作している。巨人と怪物がいっぱいだ。ルドヴィーコ・アリオスト[9]（一四七四〜一五三三）――イタリア・ルネサンス最大の、あふれんばかりに才気煥発な作家――が、ボイアルドの詩を『狂えるオルランド』（*Orlando furioso*）で完成させようとした。ルネサンス期ヨーロッパで最も人気のある物語詩だったアリオストの詩の中で、オルランドはまだ必死にアンジェリカを求めていて、まだ彼女の愛を得られないでいる。またルッジェロと彼の勇ましい貴婦人ブラダマンテという王朝のカップルもいて、彼らは、怪物、邪悪な魔法使い、魔法の指輪等との無数の小競り合いの後で首尾よく結婚する。彼らの結びつきは、フェラーラ宮廷でアリオストのパトロンだったエステ家[10]の王朝の土台を築く。

十六世紀のエピック・ロマンスには、不完全なところ、あるいは（この言葉がふさわしいものとすれば）未完成性といった趣がある。アリオストは詩を完成させたが、彼の死後、今ある形の詩の展開とはつながりのない後続の五篇の詩が印刷された。彼はまた、生きている間に、詩をかなり改訂した。暫定性と即興性が彼の流儀の要の特徴だ。アリオストのような語り手のゲームは、出来るだけ多くの異なった話を「織り交ぜる」（つまり、互いの中に織り込む）ことである。それで、すばらしく織りすぎたテキストの一本の撚り糸がクライマックスに達しそうになると——たとえば一人の騎士がアンジェリカをめぐる挑戦に応じそうになると——彼は茶目っ気たっぷりに介入し、物語の別の撚り糸が注目を求めていることを私たちに思い出させる。その結果、話の筋を追うことを故意に難しいものにしているが、それは話が互いにコメントしあうことを許し、また、作者が読者よりも常に一歩先んじることを許す。それはまた、人間の欲望が限りなく満たされがたい世界、満たされた愛の王朝史が今にも始まりそうな世界を喚起する。

アリオストの詩は、シモン・フォルナーリのようなあつかましい編纂者が、『狂えるオルランド』の明らかに過度な横溢と性的軽薄さを抑えるために加えた、おびただしい寓意的な注釈に囲まれてスペンサーのもとに届いた。スペンサーは一五八〇年代の初め『妖精の女王』を書き始めた時にはおそらく知らなかっただろうが、トルクワート・タッソー[11]（一五四四〜九五）の『解放されたエルサレム』（*Gerusalemme liberata*）という、より真面目な例も知っていた。タッソーの理論書（『英雄叙事詩論』（*Discourses on the Heroic Poem*））は、彼以前のイタリアのロマンスにある驚異的な出来事や形式上の不統一を気にして、叙事詩は世界そのもののように統一性と複数性を結合させるべきだと論じている。彼の詩は、主としてその努力のために、つまりロマンス・モードの無秩序に広がる性愛のエネルギーを制御し、そういうものからウェルギリウスの『アエネーイス』の線に沿って、ひとつの主な事件展開を持つ、ひとつにまとまった作品を作り上げようとする、痛ましい無理強いの努力のために興味深い。それはまた、明らかにキリスト教徒的な主題を持っている。キリスト教徒の軍勢が、怒りっぽい涜神の異教徒の敵からエルサレムを解放しようと骨折るのだ。この詩はスペンサーが気付いたように、エロティックな逸脱と牧歌的な脱線にロマンス・モードの痕跡をたくさん持っていた。続いてタッソーは、こういったものの多くを詩から除き、単に勝利主義的でしばしば退屈な『征服されたエルサレム』(*Gerusalemme conquistata*)を創った。彼はまた、英雄たちが聖なる都市の解放に専念するために異教徒の貴婦人への恋を押える努力をする時の彼らの行為を寓意的に表現し、手に負えない激情を抑制しようとする理性の努力とみなすひとつの寓意をこの詩に書き添えた。エドワード・フェアファクス[12]によるタッソーのすばらしい翻訳がある。この翻訳(一六〇〇年)はスペンサーのスタイルの影響を受けていて、スペンサーはこの作品をこのように理解していただろうという印象を強く与える。

そうすると、十六世紀後半のエピック・ロマンスは、それ自身と創造的に戦っていた形式だったのだ。それは、きらきらしく軽い形式に根ざし、逸脱から逸脱を生み、結婚の成就に向かって自身を駆り立てた。しかしそれは、より重い事柄――厳格な倫理的重要性と、それに適合する語りの筋の節約に向かう大望――を引き受けるようになった。現代の叙事詩がとるべき形について十六世紀の長い複雑な議論――好戦的な英雄行為に集中して無情に統一の取れた構造を持つべきか、それとも色好みの英雄が恋人を探しそこねて世界中をさまようように、果てしなく逸脱することを許すべきか――すべてが、『妖精の女王』の、交互にとりとめがなくなったり、目的がはっきりしたりする構造に燃料を供給している。時々スペンサーが、主人公の探求を遅らせる瞬間に恍惚となっていることを感じそこなう読者はいない。淫らな目が挑発的にきらりとのぞく夕ペストリーの前に立ち止まること、水浴びをする乙女たちに物欲しげな目を向けること、哀れだが惑わせる女を助けに飛んで行きたいと思うこと、これはみな、騎士と読者が作者の密かな願望と協力しているような行為である。エピック・ロマンスの形についての論争は、何度も、『妖精の女王』内の、遅れて逸脱したいという願望と、目的どおり意味を持って前進する必要との内的構造上の論議になる。第一巻と第二巻は、プロットと構想の上でおおむね直線的で、おおむね平行している。つまり主人公は主な目的――レッドクロスの場合は竜退治、ガイアンの場合はアクレイジアの征服――を持っていて、それぞれの巻の最後の二篇で目的を達成する。彼らの冒険には、彼らが魅惑的な惑わせる女たちに道を踏み外させられるとか、あるいは〈絶望〉や〈マモン〉といった寓意人物に暗い所へ誘い込まれる逸脱が点在するが、こういった逸脱は二義的な出来事で、彼らの主目的に従属するものだという合図が送られている。しかし、第三巻ではこの直線的な構造のバランスが崩される。事件展開は極端に逸脱的になり、プロットは十六世紀初頭のロマンスの流儀で複雑に絡み合っている。私たちがはじめてブリトマートに出会う時、彼女は明らかに何ら明確な探求を持っていない。彼女は第一篇でたまたまガイアンを落馬させる。それからスペンサーは彼女の少女時代を物語るフラッシュ・バックを挿入し、遅ればせに彼女の探求の動機が明かされる。ブリトマートは、彼女の王朝の伴侶となるとわかった、魔法の鏡で見ただけで所在の知れない恋人アーティガルを探しているのだ。第一巻と第二巻では、ほとんどいつも主目的の危険な放棄を合図するものだった性的逸脱は、第三巻では楽しむべきものとなっている。偽騎士ブラガドッチョとのとりとめのない間狂言を入れるために、事件展開が遅くなることがあり、あるいは「アドーニスの園」の生殖エネルギーを詳細に語るために、明記されない過去に後退することがある。そして結末として計画しているブリトマートとアーティガルの結びつきには、決して到達しない。

スペンサーが一五八〇年代初頭に『妖精の女王』の詩作に取り掛かったことを、私たちはかなり確信出来る。というのは、ハーヴィー[13]が『適切…手紙』の一通で、「エルフの女王」について不賛成の所見を述べ、代わりに劇作に専念してはどうかと勧めているからである。この段階でスペンサーが『狂えるオルランド』をモデルにした王朝ロマンスの執筆を計画していたこと、そして書き上げられていたその詩のごく初めの部分の一部が第三巻に含まれていることはあり得る。この時期の彼の文学上の偉人は、フランス詩人クレマン・マロ（一四九六〜一五四四）[14]のような十六世紀初頭の数十年間のヨーロッパの作家で、マロについては『羊飼いの暦』の中に数多くの言及があるが、アリオストがヨーロッパで最も人気のある作家だったのだ。一五八〇年には女王が結婚することはまだ何とか可能だった。すでに見たように、一五七九年のカトリックのアランソン公[15]の女王への求婚は、『羊飼いの暦』に衝撃を与えている。したがってレスター伯に雇われていたスペンサーは、グロリアーナと、理想化されたプロテスタントの英国を体現し、ある見方をすればレスター伯[16]の特徴を持っていたともとれる人物アーサーとの結婚で堂々と終わったかもしれない、逸脱の多い膨大な詩を当時は計画することが出来た。この種の詩を書くことは、かつては完全に実行可能であったとしても、急速に不可能になった。エリザベス女王の朝の化粧のしわと紅との戦いで、しわが勝利をおさめ始めるにつれ、彼女の結婚の可能性は少なくなった。スペンサーの詩は、一五八〇年代に詩作が進むにつれ、彼が学んだ叙事詩の形式の持つ解決の出来なさを利用するようになった。この詩をエリザベスに献呈する予定であれば、王朝の結婚は限りなく未来に後退させなくてはならなかった。『妖精の女王』はまた、叙事詩の流儀のせつなさ、英雄的な文明の真の時を、ホメーロスがやったように過去に置くか、あるいはウェルギリウスの『アエネーイス』のように、到達できない結末を延ばすため、帝国の運命が定まりそうになればなるほど隠れるように未来に置くかを繰り返す傾向を用いてもいる。この詩が再三約束する王朝の結婚は、決して起こらない。テムズ川とメドウェイ川は第四巻で結婚し、彼らの結びつきは、マリネルが最終的に恋人フロリメルと結ばれることを可能にする。この詩の他のところで、登場人物たちは互いを探し、時々探し当てる。しかし、彼らは男女の理想的な結びつきを私たちの視界の外に延期して別れる。第一巻の終わりでレッドクロスはユーナと婚約し、そして妖精の女王のための戦いに戻っていく。第四巻でブリトマートとアーティガルは出会い、婚約し、そして別れる。処女王のための王朝の叙事詩とは奇妙なものだ。処女性、すなわちスペンサーが詩を献じる当の女王の主たる美徳は、彼の詩全体を決定する計画を嫌悪するものだった。そして『妖精の女王』の大きな力は、その切なさ、からかうように理想化する精神が、ひとつにはそういう不可能な作品を書こうとする努力の産物だということである。

この詩はまた、英国史についての叙事詩となることを試みていて、英国の歴史とその統治者を古典的叙事詩の枠組に合体させることを望んでいる。一見したところ、これを行うための最も明らかなやり方は、『妖精の女王』の主人公とヒロインを、たとえばウェルギリウスの『アエネーイス』の主な登場人物の生物学上の子孫とすることだっただろう。こうすれば、英国史とスペンサーの作品の主な登場人物に古典の先例という権威を与えたことだろう。それはまた、スペンサーの詩をほぼ文字通り古典的叙事詩の復活と見えるようにしたことだろう。というのは、それがウェルギリウスの『アエネーイス』の生物学上の後継者の英雄行為を探求したであろうから。しかしながら、女王その人の一族は終わりかけているという事実をスペンサーが自覚していたことが、彼の作品のあらゆる水準を形成している。王朝の叙事詩の主人公の目的は、自分の先祖からの家系を存続させるために結婚して子を生むことであり、子を生むという意思が『妖精の女王』のイメジャリーの深いところで燃えている。私たちが初めてアーサーに出会う時、彼は九ヶ月すなわち人間の妊娠期間にあたる期間、グロリアーナを探し続けている。そして栄光の探求は、ある点で生物学的再生産の過程と比較されている。

高潔な思いを抱き、名誉を求める大志を
宿している気高い心は、
至高の名誉という永遠の子を
生み出すまでは休むことを知らぬものである。

（一・五・一）

しかし、文字通りの「名誉という子」は、この詩の中では決して日のもとに姿を現さない。『妖精の女王』は、再生産を通じて果てしなく続く成功した王朝の、統一され、完結した歴史を提示するのが極めて居心地悪そう《アンイージー》で、主人公を古典的過去の主人公と単純に結びつけることに、相応じて慎重である。第三巻第八篇〜九篇で私たちはパリデルという名の騎士に出会い、彼はヘレノアという名の既婚の女性を誘惑する。この出来事は、故意に安っぽい形で偉大な西欧の叙事詩の最初の事件、すなわちトロイの包囲[17]を引き起こしたヘレネの陵辱を思い起こさせる。パリデルの名はヘレネを略奪した「パリス」の韻を踏む改訂版、ヘレノアはこれもまたヘレネそっくりで、遅れて登場した偉大なホメーロス的原形の二番煎じだ。パリデルは、自分がトロイの血を引く、叙事詩的過去の文字通りの子孫、王朝の主人公なのだと主張する。彼は誇らしげに彼の血統を語る。ある一連がパリスについて「世界で最も有名な方」(三・九・三四)と語る。別の一連がヘレネの驚くほどの美貌を誉めそやす。私たちは、パリデルがかつての英雄的な時代のこの二人の真性の子孫で、彼らの美徳を現代によみがえらせると期待するかもしれない。しかし、彼がいくぶん恥ずかしげに告白するように、彼は実はパリスとオイーノーニーの結びつきで出来た子孫なのである。(「彼がまだイーダ山で羊飼いと呼ばれていた頃、/美しいオイーノーニーに可愛らしい男の子を生ませ」た(三・九・三六))。そして彼が自分の王朝史を語れば語るほど、それはますます連続性を満たさないものになる。

死ぬときに、それを譲ったのです
息子のパリダスに。
私パリデルは、この人の血を引いていまして。

（三・九・三七）

この半行（「息子のパリダスに」）は、一族の肖像画の列にある疑わしい隙間のようだ。それはパリデルが彼の家系図を慎重に切り詰めたかもしれないことを暗示する。注意深くあいまいな「血を引いていまして」という言い回しは、パリデルが、庶子として生まれた可能性を排除しない。そして彼自身の歴史は、王朝の袋小路である。彼はヘレノアと駆け落ちし、それから彼女を捨ててしまう。「厄介払いをしたのだ。この男は沢山の女をこんな目に遭わせて来たのだ。」（三・十・三五）

パリデルの胡散臭い系図を聴く聴衆の中に、第三巻の騎士で、英国王という子孫を生み出す王朝のヒロイン、ブリトマートが含まれている。人は彼女の物語が王朝の歴史の真の典型で、パリデルの王朝史がその対型[18]だと予想するかもしれない。しかし事態はそれほど単純ではない。ブリトマートは、アイネイアースの息子ユールスに由来する自分自身の家系を取り入れようとして、パリデルに話を続けるようナイーヴに求める。ブリトマートが古典的叙事詩の英雄の子孫であることを私たちが知るのは、英雄的過去の庶出の子孫パリデルからなのである。これは心を乱すものである。彼女は話をまっすぐ受け取る。彼女は英国の首都を、ギリシア・ローマの血統と倫理的資質両方をよみがえらせる新しいトロイとして褒め称えるため、嬉々としていかがわしい語り手をさえぎる。

　そう、そこに（とブリトマート）、現れたのです、
　　後の世になって芽生える栄光が、
　　　そしてトロイは再び廃墟の中から立ち上がりました。

（三・九・四四）

ヒロインの単純な楽天主義は、物語の設定と、英国史についてのスペンサーの知識の両方によって修正される。中世の歴史家モンマスのジェフリー[19]は、ローマ建国に赴いたトロイ軍の落伍者と考えられているブルータスという名の神話的人物によって英国が建国されたと信じた。しかし、初期テューダー朝の歴史家ポリドア・ヴァージル[20]はこの歴史的神話をくつがえし、後続の著述家たちがローマ帝国と英国史の間に確固とした歴史的つながりがあると主張することを困難にした。パリデルとブリトマートのエピソードはこの歴史的不確かさを持っている。スペンサーの女王が真のトロイの血を引く子孫であるとほのめかすのは、パリデルであってスペンサーではない。スペンサーは、英国の過去についての彼の神話と実際に起こったこととの間に、埋められない溝があったかもしれないことを常に意識している。

すでに見たようにスペンサーは「ルネサンス」の詩人だった。つまり、彼は過去をよみがえらせることを望んでいるが、再生のメタファーが、それに対応する死すべき運命にあるものの弱さをもたらすことを知っている。人は生き、子を生む。人はまた、死に、子を生み損なう。だから、詩の力を生物学的な生殖の力と結びつけることは、大きな強さを主張することであると同時に、痛ましい弱さを主張することなのだ。そしてこの弱さの感覚が、『妖精の女王』の王朝の要素の真只中を流れている。ブリトマートはこの詩の中で王朝の歴史の主な主体として表されているが、彼女の歴史は不完全で、また弱さに裂かれてもいる。魔法の鏡に現れたアーティガルの姿と恋に落ちた後、彼女は古代英国の魔法使いマーリンを訪ねるよう乳母に促され、マーリンから、アーティガルとの結びつきによって生まれる傑出した子孫の系譜について予言を与えられる。彼らの子供たちは血統を存続させるだけではない。過去の栄光を継続的に生き返らせるのである。

というのも、そなたの胎内からは、古のトロイ人の
血を引く高名な子孫が生まれ出て、
ギリシアとアジアの川をその血で染めた、
あの昔の祖先たち、神の子たちの

眠っている記憶を呼び覚ますであろうから。

（三・三・二二）

この予言は、王朝ロマンスの大きな伝統の中にあって、ヒロインの豊饒の結びつきを通して古典の英雄の果てしない再生を約束する。ウェルギリウスのアイネイアースは『アエネーイス』第六巻で黄泉の国に父を訪ねる時、ローマの未来史の一部を目の当たりにし、アリオストのヒロイン、ブラダマンテは、彼女の壮大な王朝の未来について同様な予言を得る。しかし、スペンサー版の王朝の予言は奇妙にずれている。それはブリトマートの前半生を物語る三巻の主筋からのフラッシュ・バックに現れ、私たちが決して実際には目撃出来ない未来を指している。ブリトマートとアーティガルは、私たちの手にするこの詩の中では決して結婚せず、子を生まない。そしてこの予言は、エリザベス女王の統治に至った時、意味深い唐突さ《アブラプトネス》をもって終わる（「そして処女王が統治する」（三・三・四九））。

しかしまだ終わりではない。そう言うとマーリンは言葉を切った、
自分の精神の力に圧倒されたか、
あるいはまた、他の恐ろしい光景にとまどったかのように。

エリザベスの統治の後、いったい何が起きるのをマーリンが見たのか、知る由もない。しかし彼の予言の唐突な、脅かすような結論は、あることを確かにする。ブリトマートに由来する英国トロイ人の血統が、永遠には続かないだろうということである。スペンサーには、王家の血統が果てしなくよみがえるものとして提示される王朝のロマンスを書きあげることが出来ない。その結果、彼は唐突で不完全な歴史、英雄的な過去の果てしない「再生」が事実上不可能であること、そして死すべき運命の影が、最も強い王朝の上にさえ落ちていることを暗示する歴史に引きつけられている。しかし、このことは、この詩を芸術上の失敗作とはしない。『妖精の女王』は、理想的な未来への期待を提供し、完璧な過去を瞬間的に見せる。そしてその中間で、主人公はこの二つの世界を現在に引き寄せようと奮闘し、やりそこなう。『妖精の女王』の活力の大部分は、時間的なとらえどころのなさから来る。私たちは古い過去と栄光の未来について読む。私たちはかつてあった世界と、今にも起こりそうな世界の束の間の一瞥を捉える。私たちは偉大な未来が間近にあり、それが過去の美徳の英雄的再生かもしれないという感覚を与えられる。しかし私たちは決して現在に心地よく休むことはなく、目のあたりにする行為が、実際に英雄的な未来につながるものと確信出来ない。処女王を称えるために書かれた王朝の叙事詩は、この民族の歴史を

（三・三・五〇）

生物学的に継続する王朝の栄光ある展開として提示出来るとは言いがたい。それは現在を過去の美点の英雄的再生と見ることが出来るとは言いがたい。そうしようと試みることが出来るだけであり、民族の歴史を瞥見出来るだけである。

この詩のもう一人の主たる王朝の英雄アーサーも、彼の国家の歴史の展望を持っているが、これもまた中断させられる。アルマの館で、彼はユームネスティーズ（記憶）の「廃墟のように古びた」部屋に連れて行かれ、そこで彼は虫に食われたいくつもの年代記のうち英国史を読むが——それが突然中断する。

その後をペンドラゴンと呼ばれるユーサーが
継いで、ここで唐突に終わり、
終止符も、あるべきほかの句読点もなく、
あたかも、残りを誰かの邪悪な手が引き裂いたか、
あるいは、作者自らが少なくともそれを書き終える気に
なれなかったかのようで、こんな急な途切れ方に、
王子は、少し気分を損ねたようであったが、
それでも、内心の喜びが腹立たしさを押さえ、

古い時代への驚異の念のためにしばし言葉もなかった。

（二・十・六八）

蜜の滴る流暢さを持つスペンサーが言語に導入した最も驚くべき言葉は、「唐突に《アブラプトリー》」である。しかし「唐突な《アブラプト》」は、自分自身の詩の構成を考えている時に彼の心に浮かんだ言葉なのである。ローリー[21]あての手紙に「作品全体の始まりは、唐突に見える」（七三七ページ）と注がついている。アーサーの読書を描写する際の「唐突に」の使用は、語源学的な効果を持っている。それは文字通り「途切れる」ことを意味する。スペンサーは流暢さで名高いにもかかわらず、唐突な行間休止の達人である。彼は驚きを呼び起こすために、断片的な形、時の腐食力によって中断されたように見える形を使える詩人である。『アイネイアース』には、ウェルギリウスの詩が不完全であったことを示し得る半行、あるいはスペンサーが他のところでテキストを朽ち果てさせる「呪わしい老年」と呼んでいるものの結果であり得る半行が、いくつもある。驚きを生み出し、彼の詩が時に摩滅させせられて古びて見えるようにするために、年代ものの家具の複製に人工的な消耗を加えるように、スペンサーはこういった唐突な欠落部を進んで利用している。理解をこえる感情や場面が、頻繁に、韻文の流れをわざとこわすように彼を急き立てる。ベルフィービーの服は威厳がありすぎて描写できないので、スペンサーは服の描写の試みを中断する（「そして裾のまわりには一面に／黄金色の縁取りがあり」（二・三・二六）――そしてそこで切断されたアレキサンダー詩行[22]は、句読点なしに終わる）。しかし、だしぬけに中断されるアーサーの年代記の読書は、いっそう根強くさえあるスペンサーの芸術のある面を見せている。アーサーの読書が現代に近付くと――彼はユーサーの息子なのだが――彼の読書は終わる。古い年代記は現在に入る。そしてその時点で、アーサーも彼の年代記作者も、次に何が起こるかわからない。王朝の歴史は未完だ。それは、時をあらわさない分詞を私たちに残す。「［ユーサーが］継いで《サクシーディング》…」、そして朽ちてもろくなったテキストの中で話が途切れる。

『妖精の女王』そのものが、「あたかも、残りを誰かの邪悪な手が引き裂いたか、／あるいは、作者自身が少なくともそれを書き終える気に／なれなかったかのよう」（二・十・六八）に未完である。この詩の第一部は一五九〇年に印刷され、第一巻から第三巻までを収めた。アモレットはブリトマートによってビュジレインの館から自由の身にされ、恋人サー・スカダムアと結ばれるので、ほぼ完全な解決のイメージで終わった。二人は恋の抱擁に溶ける。初版の第三巻の終わり方は、この詩の王朝の主人公になるはずの者すべてが結ばれるという、この詩の計画された理想的な終わり方を先取りしているかもしれない。

　この二人を見れば、きっとこう思ったことだろう、

あの金持のローマ人が白い大理石で造った、
あの美しいヘルマプロディトスだと。

（三・十二・四六　一五九〇年版）

男女がひとつになって、ヘルマプロディトス的完成の静的なイメージで静止している。ブリトマートだけがまだ一人で「その幸福がいささか妬ましく」、このシーンの終結的な釣り合いを乱し、スペンサーがまだ手がけている未完の作品を私たちに思い起こさせる。しかし第三巻が第四〜第六巻と一緒に一五九六年に再発行された時、初版の終わり方は改訂されていた。スカダムアとアモレットの結合はぞんざいに壊されてばらばらになっていた。新しい版では、ブリトマートがアモレットと共にビュジレインの城から意気揚々と現れるが、残念なことにスカダムアが絶望のうちに立ち去ってしまったことを知る。はじめの三巻と四〜六巻を収める『妖精の女王』第二部で、王朝の結婚と、解決のついた終わり方は、どちらも同様にとらえどころがない。一五九六年版を終わらせた第六巻は、悲観的な、はっきりした解決をもたらさない調子で終わっている。〈口やかましい獣〉は、第六巻第十二篇三十七連でキャリドアにつかまる。そのすぐ次の連で〈獣〉は世の人すべてをひどい目にあわせるためにまた逃げ出し、「気高い詩人の歌も容赦」しない（六・十二・四〇）。スペンサーは、終わりよりも継続する過程、勝利よりも果てしない戦いを表すことにますます惹かれていたのだ。

　詩人の死後一六〇九年に出版された『妖精の女王』の版で、「形式の上でも内容の上でも『妖精の女王』の続巻の一部と見える『〈不変《コンスタンシー》〉の物語』という題の『〈無常〉の二篇』」がはじめて発行された。終わりの（「未完の第八篇」と呼ばれる）祈りをこめた二連を含む（第六篇と第七篇と番号がついている）この二篇と『妖精の女王』の他の部分との関係が、大いに論議されてきた。この二篇は『妖精の女王』の主な主題のひとつ、変化を扱っている。女巨人〈無常〉は、自分が全世界を治めていると主張し、ジョーヴから主権を勝ち取ろうとする。彼女の一件は〈自然の女神〉の裁定にゆだねられ、〈自然の女神〉は、〈無常〉が宇宙を完全に支配していることの例証らしい季節のページェントを目の当たりにする。しかし〈自然の女神〉は、〈無常〉よりも大きな力が世界で働いていること、そして変化は究極の目的に向かうものであることを言いわたし、裁定を終える。

私はそなたの申し立てを勘案の上、
　万物は不変を嫌い、変化するものと認める。
しかしながら、正しく考えあわせてみると、
　万物は、最初の状態から変ってはおらず、

その変化によって、自己の存在を拡張し、
最後には、再び元の自己に帰って
運命に定められた自己の完成を成し遂げるのである。
それ故、〈変化〉が万物を支配し治めるのではなく、
万物が変化を支配し、状態を維持するのである。

（七・七・五八）

「無常篇」は、印刷業者マシュー・ラウネス[23]がスペンサーの主な印刷業者ウィリアム・ポンソンビー[24]の紙類を事業と一緒に引き継いだ時、彼の手に渡った未完の本の不完全な断片にすぎないかもしれない。ラウネスは自分の一六〇九年版を、本を購入する一般人向けに、より魅力的にするために「無常篇」を印刷したのかもしれない。しかしそれはまた、おそらく、いわば死すべき運命にある作品を侵食する時の力を反映する未完の巻で、自分の詩を「唐突に《アブラプトリー》」終わらせようとするスペンサーの意図的な試みを具現してもいたのだ。アリオスト[25]も『狂えるオルランド』の不完全な改訂版の一部と見える五篇を残した。「無常篇」は、スペンサーの詩を、国家を形成しようとする人間の英雄の力についての叙事詩、あるいは英雄的過去を美徳の新しい生きたイメージの中によみがえらせようとする詩人の力についての叙事詩ではなく、英雄と詩人が等しく変

化の過程に含まれる、死すべき運命についての叙事詩として特徴づけている。そして「無常篇」は、スペンサーの偉大さが、彼を支配していた力を切り抜ける能力と本質的につながっている詩人として彼を特徴づけている。現在私たちの手にする詩の最後部、〈自然の女神〉の裁定に続く「未完の第八篇」には、たった二つの祈りの連しかない。この詩はとぎれて、謙譲の調べで「唐突に《アブラプトリー》」終わる。この詩の詩人は、もはや自分の民族の歴史からフィクションを形作ることの出来る叙事詩の「作り手《メーカー》」ではなく、変わりやすく侵食するが、ついには——おそらく——よみがえらせる時の力に従属する人間なのである。

それから私は、〈自然の女神〉が言った、もはや
〈変化〉がなくなり、万物の揺るぎなき休息が
〈無常〉とは反対の
〈永遠〉の柱の上に
しっかりと据えられる時のことを考える。
動くものはみな〈変化〉を喜ぶけれども
それ以後は、万軍の主と呼ばれる
神と共に永遠に休息するであろうから。

ああ、偉大な万軍の主よ、われに永遠の休息の[26]日の姿を示したまえ。

（七・八・二）

十六世紀の詩の中で、これ以上感動的な詩行はない。祈りはその形態の中に自らの虚栄を認めるべきなのである。というのはそうすることによってのみ、よりすぐれた力への自らの従属が示されるからである。この連は滑らかに進みながら、奇妙に解決できないシンタクスを持っている。それは感動的な結論への推進力を必ずしも持っていないのである。この連の冒頭は、〈自然の女神〉の言葉を黙想した「後」、スペンサーが彼自身の結論を書き添えるだろうと私たちに期待させる。それはあたかも「そして私は考え始め——そして締めくくる」と読むべきであるかのようだ。作り手《メーカー》の声は、その代わりに、よりすぐれた力への祈願となって沈む。死すべき運命についての叙事詩は、このように唐突に途切れ、肉体の限界を超えるための祈りと共に終わるべきなのだ。スペンサーがそうするつもりであったのか、あるいはこの詩がそのように終っている事実が「呪わしい老年」の行為によるものであるのか、私たちには知る由もない。

第四章
寓意の叙事詩

スペンサーはローリー[1]宛の手紙の中で、『妖精の女王』を「連続する寓意［アレゴリー］あるいは暗喩」（七三七ページ）だと説明している。寓意は、この詩を読もうとする者を苦しめるかもしれない。寓意を、詩の中のある虚構の出来事――たとえば第五巻のアーティガルによるグラントートーの征服――と、スペインの無敵艦隊打破[2]のような指示対象、歴史上のひとつの事件との一対一の対応を要求する暗号とみなすことは魅力的だ。しかしこう考えては『妖精の女王』を読んでいらいらさせられるだけだ。もし寓意を解く簡単な鍵があるのに自分がそれを持っていないと考えれば、人は閉塞感をおぼえる。しかし寓意はひとつの書き方の流儀ではなく、いくつもの異なる表意方法の混成物なのだ。そしてこの混成物は、普通、特定の物語と特定の意味との間にひとつの関係を作ることよりも、むしろ複雑な概念を拡大し、探求することに関わるものである。中世の寓意詩の多くは「概念の」寓意と呼んでもいいかもしれない。つまり中心になる概念を取り上げて、その分枝を探求するのである。たとえばチョーサー[3]の『名声の館』は「名声」という概念を取り上げて、その意味の領域を――「噂」から「栄光」、「評判」まで――探求する。「名声」という言葉のこういったあいまいに深く浸透している側面をひとつひとつ例証するために、さまざまなエピソードを用いている。ラングランド[4]の夢物語、長篇寓意詩『農夫ピアス』のお得意のやり方は、「褒美」（meed）（「報酬」あるいは「賄賂」を意味することがある）のようなあいまいな語について瞑想し、そのさまざまな側面について物語と喩え話を生み出すことである。このような詩の終わりで、その詩の持つ中心的な用語の意味は、明確にされる（defined）というよりあいまいにされて（de-fined）いる。引き伸ばされ、広げられて、不安定なほど複雑なものになっている。いくつものからみあう語義と、さまざまな選択肢の物語によってはじめて、その意味が規定されるのである。この種の寓意は言葉を変容させて豊かにするもので、複雑な物語を通して、個々の語の限界を超えたところにある思想のために新しい空間を開くフィクションの同類である。

寓意的な思考習慣は、『妖精の女王』の統語論にまでたどることができる。クィンティリアヌス[5]のような古典の修辞学者は、比喩「アレゴリア」を、「インフレという岩に乗り上げて浸水沈没した国家という船」のような連続するメタファー［隠喩］以上のものではないと定義している。この種の書き方は、今日ならメタファーとフィクションと呼ぶものの中間の立場を占める。

それはメタファーに特徴的な属性の転換を取り入れる（国家は船のように時々浸水沈没する）が、ほとんどの人がフィクションの必要部分とみなすだろうと思われる文法上の首尾一貫性を保持している。国家という船は、いわばその寓意を通して一貫している特質なのである。スペンサーは、しばしばこのような書き方のしなやかな境界にまたがっている。『妖精の女王』の抽象名詞は、しばしば異常なまでの生命力を持っていて、この詩の喜びのひとつは、寓意とメタファーのあいまいな境界を歩くことから生まれる。これは暗黒の領域で、それをスペンサーはしばしば暗い感情を呼び起こすために用いている。フロリメルはプロテウスの海底の穴に閉じ込められ、擬人化されていない恐怖につきまとわれる。

そしてその真ん中には、恐怖と、
日の目を見たことのない恐ろしい闇が住んでいた。

（四・十一・四）

この箇所の恐怖のひとつは、「恐怖」あるいは「暗闇」と呼ばれるものがいないことである。この半擬人化は幽閉という状況にまったく似つかわしい。そこには寓意的な怪物がいるかもしれないが、そういったものはフロリメルの恐怖におびえる目の隅から垣間見られるだけだ。「恐怖」

はしばしば『妖精の女王』の中で、ある人物を追跡するのに十分な擬人化されたエネルギーを与えられているが（スールダンの軍勢は「さきほどの恐怖に追われて、／「高い山を越え、低い谷を渡って」逃げる（五・八・三九））、その人物と戦うのに十分なほど現実のものにはならない。これはスペンサーの寓意作品のみごとな暗示性を示している。恐怖の恐ろしい点のひとつは、それがひとつの対象とただ単に関係しているのではないこと、それが決してそこにあるというものではないことである。スペンサーは、この詩のいたるところで、もう少しで擬人化になる力強い抽象名詞を同様に用いている。ガイアンが〈至福の園〉に入り、水浴びする裸の乙女たちを見る時、「彼の堅固な胸は密やかな楽しみをいだき始めた」（二・十二・六五）。擬人化〈密やかな楽しみ〉ではなく、文字通りの意味で抱擁するのではない。というのは、それでは手に負えない一瞬の情欲をあまりに肉体的なものにしてしまうだろうからである。ガイアンが並外れた胸の乱れを抑制しようとするため、この寓意は文字上の描写のすぐ下に覆い隠されている。

いわばもうひとつ上のレベルの寓意が、明白な擬人化の寓意である。これは、ひとつの抽象名詞を人あるいは物にする、ごく単純なことのように見えるかもしれない。表面的には、これは言葉に逆らってというより言葉の木目に沿っていくことだと予想される。〈恐怖〉は恐ろしいもの以外ではあり得ない。オウィディウス[6]の『転身物語』における〈眠り〉は、とても眠いので絶えず自分自身を揺すぶっていなくてはならない。スペンサーの擬人化はときに機械的なことがある。人間の身体の寓意的表現〈アルマの館〉で、彼が「料理人頭は名をコンコクション(Concoction)と言い」(つまりダイジェスチョン〔消化〕)(二・九・三一)と誇らしげに言う時、思わずうめき声が出る。しかし擬人化の寓意が見事にあらわされた時は、驚きを禁じえない。中世の寓意作品は、寓意形象が何の擬人化か明かすのを何度も延期し、作者が好意で明かす前に、読者は自分の目にした抽象概念を推察出来る。寓意が明かされた後でも不確かさは残っている。これはスペンサーの寓意の主要素である。第四巻でサー・スカダムアは恋人アモレットを失い、「土が崩れ」たところに建てられた、鍛冶屋が住む鍛冶場らしい小屋にやって来る。

着物は粗末で、ぼろぼろに破れ、
これより良いものは持たず、持とうともせず、
熾の中で焼けて水ぶくれした手、
伸び放題の爪の汚い指、
これは、食物を裂くのにうってつけだった。
(四・五・三五)

すべてが文字通りの鍛冶屋のように見える——爪が長いという奇妙な細部に来るまでは。鉄を打

つ者は、ひび割れた短い爪を持っているものと予想されるかもしれない。これは何か字義以上のことが起こりつつあるという合図なのだ。その次の行は「その名は〈心配《ケア》〉だった」だ。この名はきわめて意外だ。というのは、特に先の引用の二行目で、〈心配〉が心配しない《ケアレス》とはっきり述べてあるからである。しかしその名があらわれれば、それはまさしくそのとおりなのだ。宮廷風恋愛の恋人の精神世界と、田舎の職人、とりわけ心労のあまり自分のことをかまわなくなっている職人の憑かれたような労働、この二つのものが異様に重ねられている。この用語は、いくつもの異なった経験世界を結合するために意味が拡張されている。

擬人化という寓意の究極の恐怖は、名状しがたいものとの接触である。これは『妖精の女王』の中で一度だけ起こる。それは、垂れさがった耳と巨大な赤鼻を持つ森の野人がアモレットを拉致する時のことだ。この篇（第四巻第七篇）の要約で、彼は「肉欲」（小文字活字が使用されているが、スペンサーがこの詩の印刷の監督のためにイングランドにいたとすれば、小文字活字には何らかの立場がある）と呼ばれ、たいていの読者には、彼が〈肉欲〉だとすぐわかる。つまり、あの鼻は警告の合図なのだ。『妖精の女王』は、愛を礼儀正しい生殖の形にすることを試みている詩なので、だから、口にするのがはばかられる猥褻さ、すなわち〈肉欲〉は、この詩の究極の敵なのである。またこの人物は（名前を取ってしまえば）、寓意が異種のフィクション間の急速なギア転換に関わり得るひとつのあり方を示している。エミリアもアモレットと一緒に捕えられている。彼女は一見アリオスト[7]がひんぱんに詩の中に挿入した写実主義のノヴェッラ[8]と見える話の中で、自分がどのようにしてその田舎者（carle（churl））に捕われたかを語る。エミリアは、自分がどのようにして〈身分の低い従者〉と駆け落ちするつもりだったかを語る。逢引の場所で、彼女は恋人ではなく、かの無名の人物に会う（四・七・一八）。その擬人化は、文字どおりフィクションを妨害すると同時に、間接的な解釈になっている。彼の唐突な登場は、結婚という確かな絆のない駆け落ちは、ふくれ上がった嫌なもの、投獄し破滅させるものとの不愉快な接触に至りそうだとほのめかしているのである。

スペンサーの作品における擬人化は、主人公が避けなければならない、あるいは殺さなければならない、単に外面化されたデーモンなのではない。彼らは遭遇する者の心の中にそっと入り込む。〈絶望〉は、単にレッドクロス［赤十字の騎士］に会って自暴自棄のことをするのではなく、もう少しで擬人化〈絶望〉から絶望に変身しそうだから、彼は脅迫的な敵なのである。彼の声はつきまとうように主人公の声の中に消えていく。

騎士は、男の鋭い頭脳に驚いて言った。

「人の寿命は定まっていて、

誰も延ばしも縮めも出来ない。

兵士は見張りの場所から、動くことも
離れることも出来ないのだ、隊長が命じる（bed）までは。」
全能の定めにより寿命を定めた者が（と男）
定められた期間を一番よく知っている。
歩哨の持ち場を決める者が、
暁の太鼓の音で、立ち去る許可を与えるのだ。

（一・九・四一）

〈絶望〉は、いかなる人間行為も救済に値しないという正統カルヴィン派の信仰を用いて、しかし神の恩寵は選ばれた少数者を救うという同様に正統な信仰を隠して、レッドクロスに自分は呪われているのだと信じさせようとしている。レッドクロスの最後の言葉「命じる」（bed（bid））は、〈絶望〉の助言に抵抗する勇士の、奮い立たせる命令である。しかしこの言葉は、また、絶望に屈しようとしている――ベッドで呪文を空想すらする――者の言葉でもある。次の行（「寿命を定めた者…」）では、騎士の声が〈絶望〉の声に入り込んでぼやけるので、一瞬、誰がしゃべっているのかはっきりしない。〈神聖〉は――あらゆる人間行為は堕落した本性の産物で、したがって救済に値し得ないという――自身の議論によって絶望に誘われる。

スペンサーにおける単純な擬人化は常に危険を意味しているが、そういったものの表す主な危険は単純化の危険である。各巻の主人公、女主人公は、複雑で多面的な美徳を表す。彼らの美徳は、ある種の悪徳への性向を内蔵している（ガイアンは、あらゆる形の快楽、とりわけ性的快楽に対して厳格すぎるほど抵抗する傾向がある。〈礼節〉の騎士サー・キャリドアは、行動する代わりに度量の広い受動性を示す傾向がある。〈正義〉の騎士アーティガルは、輪郭を明確にする法律尊重主義になりがちである）。理想的な美徳のイメージは、スペンサーと彼の主人公と彼の読者が常に捜し求めているものである。しかし近づけば近づくほど、より複雑になり、より遠いものに見える。〈神聖〉は、決してレッドクロスの単一の行為によって、直接、明示されるわけではない。それはむしろ、彼の物語全体が進む中で形づくられる属性である。スペンサーの騎士たちすべての主たる危険は、彼らの複雑な使命――それぞれの美徳の完全な、しばしばこの上なくあいまいな側面を実現すること――を単純化してしまうことである。擬人化になること――あいまいでない心の状態を単純平明に表現すること――は、スペンサーの世界ではたしかに可能だ。しかしそれはひどい代物で、彼の寓意のような複雑な寓意の目的ではなく、敵である。『妖精の女王』中、唯一人の人物だけが完全な擬人化になっている。第三巻で、ブリトマートはマルベッコーの城で休む。これは単純なファブリオー[9]の世界で、〈恋する老人〉マルベッコーは、魅力的《ディザイアブル》で好色《ディザイアリング》な若妻ヘレノアを、同じ名を持つもっと有名なトロイのヘレナのように、若い男と駆け落ちさせないでおこうとして必死になっている。しかし彼女はパリデルと駆け落ちし、好色なサテュロスの仲間になって女盛りを終える。マルベッコーは彼女の不貞を目のあたりにし〈夜明けまでにそのサテュロスが九度絶頂に達するのを聞いた（三・十・四八）〉、抽象概念としての〈嫉妬〉そのものに変身する。

だが、長い間の苦悶と責め苦のため
すっかりやせ衰え、窶れ果て、
肉体は消耗し尽くして無に帰し、
空虚な精に似たものしか残らず、
岩の上に、いとも軽やかにふわりと落ち、
そのために怪我一つせず
丁度、ごつごつした断崖の上に降り立ち、
そこから長いこと曲った爪で這って行き、
遂に小さい入り口のある洞穴を探し当てた。
・・・・・・・・
心の中の悲しみと空しい恐れとのために

醜悪な姿に変ったので、人間であったことを
全く忘れ、嫉妬という名で呼ばれている。

（三・十・五七～六〇）

スペンサーの寓意人物は、しばしば人に見捨てられた場所に住み、自分の精神であたりを満たし、そしてその場所は、今度はその住人の意義に解明の光を暗く投じる。〈迷妄〉は森にひそみ、〈心配〉は雑木林に朽ち、〈絶望〉は洞穴に生き続ける。マルベッコーは乾いた不毛な場所で、こうした独居者たちの一人になる。ブリトマートの使命は、人を当惑させる愛の複雑さに勇敢に立ち向かうことであるが、マルベッコーは、愛の諸相のただひとつの側面に支配されることを選び、第三巻の複雑な愛の寓意から、効果的に自分自身を特定している。

見捨てられた土地や森の生き物たちは（少なくともこの詩のはじめの方では）しばしば騎士を誘惑し、騎士の美徳の他の側面を犠牲にしてある一面を探求させようとする。スペンサーの騎士たちは、また、第一巻第十篇の〈神聖の館〉や第二巻第九～十篇の〈アルマの館〉のような、ひとつの場で擬人化されたさまざまな美徳に焦点をあわせる傾向のある教育の場に入る。この詩には、第三巻第六篇の〈アドーニスの園〉、第四巻第十篇の〈ヴィーナスの社〉、第五巻第七篇の〈イシスの宮〉、あるいは第六巻第十篇でコリン・クラウトが三美神に笛を吹いているのをサー・

キャリドアが見る〈アシデイルの丘〉のような、完全さの幻が現れる場もある。こういった場は、普通、悪徳の続くパレードではなく、むしろ美徳の空間的な（しばしば円形の）配列という特徴を持つ。ヴィーナスの社で、アモレットは〈女らしさ〉〈恥じらい〉〈快活〉〈慎み〉〈礼儀〉〈沈黙〉そして〈従順〉の中心に座り、これら制限的で女性的な美徳すべての焦点になっている。〈高慢の館〉と〈ビュジレインの城〉では——どちらも主人公を罠にかけようとするが——悪徳が次々と行進し、各々が、一瞬、中心舞台を奪う。この違いは重大である。スペンサーにとって、善は異なる原理の豊かな結合と事実上同じなのだと確認出来る。一群の抽象概念に囲まれて、あるいはまわりの風景の「中心に」位置するものは、ほとんどいつも豊かに意味を表し、この詩の倫理的体系の中ではほとんどいつも善である。

寓意的な作品のいっそう進んだ要素は、異なる時体系を結び合わせることをいとわない点である。聖書の初期の注釈者たちは、キリストの生涯を旧約聖書で起こった事件の予表論的実現と見ることも含めて、旧約聖書と新約聖書に記された実に異質なフィクションを調和させるやり方を発展させた。アブラハムが息子イサクを犠牲にしなくてはならない事態を避けるために、神が彼にいかに子羊を与えたかという旧約聖書の物語は、予表論的に読めば、人類のための神の子羊（キリスト）の犠牲を予示したことになるだろう。予表論は寓意的な作品の続編の一部なのである。『妖精の女王』の中では、それは第一巻で——ここでさえも、絶えず有効というわけではないが――最も前面に表れている。スペンサーの最良の歴史的寓意は、国家と民族の歴史における多くの出来事に同時に関わる複雑さを持つ事件展開を作り出す。それらは、多くの関心領域のある一点における危険な一致によって生み出される興奮を持っている。第一巻には、あるキリスト教徒の騎士の歴史と（かの影響力の大きい人文学者デシデリウス・エラスムス[10]は、『キリスト教徒兵士提要』（*Handbook of a Christian Knight*）の中で、この用語をどのキリスト教徒にもあてはまるものにしているが）十六世紀の英国国教会の歴史との間に、絶えず一致する重複部分がある。まことのユーナの二枚舌の双子デュエッサから逃れることが、レッドクロスの主な目的である。デュエッサは「ヨハネ黙示録」十七章に記述される〈バビロンの娼婦〉との見逃しようのない倍音を持っている。第一巻第七篇十六〜十七連で、彼女は乗り物の〈獣〉、紫の衣と法王の三重の冠を与えられている。彼女は殉教史家ジョン・フォックス[11]（一五一六〜八七）のようなプロテスタントの布教者がローマ・カトリック教会の信仰の中心部にあるものとして提示する偶像崇拝の形状と、何度も結び付けられている。レッドクロスが〈迷妄〉の穴へためらいながら降下することは、エリザベスの姉メアリー[12]の治世下でイングランドがカトリック教会の信仰にもどったことと明白な符合を持つ。しかしほんの二〜三連前、平野で、全速力で馬を駆っていたこの騎士が、ここで、恐るべき生殖力と錯綜力を持つ森の暗い生き物〈迷妄〉と一緒にいるという滑らかな造作なさは、単純な歴史的一致をはるかに超える響きを持っている。この逸話は、奇妙な場所で予期せぬ敵と繰り返し出会うものとしての人生表現の一部であり、また人間の――確かに詩的な――骨折りを、放浪願望との絶えまない戦いと見る見方の一部である。レッドクロスの放浪の人生は、エデンにおけるドラゴンとの最後の戦いで終わる。これは、キリスト的人物と年を経た蛇サタンとの、時の終わりを示す黙示録的戦いである。しかし、それは同時に、レッドクロスが〈生命の水〉に支えられ、あたかも洗礼を施されたかのような、個人的再生についての寓話なのである。第一巻のクライマックスは、また、教皇という反キリストの破壊、すなわち十六世紀イングランドのプロテスタントのプロパガンダで絶え間なく奏でられているもうひとつの主題を待ち望む。第一巻の寓意は、重なり合う歴史の三つの水準を連結する。啓示に向かって進むにつれ、個人的、精神的な歴史が世界の普遍的な歴史と結び合わされて、どちらもこの詩の国民的叙事詩の構想と結びつけられる。この種の寓意は、すべてが常に同じように存在しているわけではない。寓意作品の本質は、絶えず解釈上の柔軟性を読者に求めることである。

何がひとつの国家を構成しているかについて、そして国家の歴史を作り上げるためにいったい何が起きるのかということについての見解は、常に論争を呼ぶ。スペンサーは単にイングランドの過去における重要な出来事を物語るためだけでなく、過去についての彼独特の見解を押し付けるために、しばしば歴史的寓意を用いている。『妖精の女王』には、現実の歴史的出来事の比較的単純な陳述がいくつかある。そのほとんどは一五九六年に初めて出版されたこの詩の後半の、うんざりさせられる部分にある第五巻に集中しており、ほとんどがプロテスタント的歴史観を攻撃的に推進することを意図したものである。第五巻第十一篇後半でブルボンという人物がどのようにして自分の盾を譲るかということが述べてあるが、これは一五九三年七月のフランス国王アンリ・ブルボン[13]のプロテスタントからカトリックへの改宗を寓意的に表すものである。いくつもの内的矛盾から、このエピソードが遅い段階で、ことによれば第二部の印刷中にこの詩に挿入されたかもしれないことが暗示される。第五巻第十篇のアーサーがゲリオーニオからベルジを解放する話の中で、スペンサーは、理想化された一人のプロテスタント貴族によって低地諸国から追い払われるスペインのフェリペを表している。しかしこれはヨーロッパで起こっていたことを単純に表現したものではない。これは一五九六年の女王の絶え間ない政策の揺れを反映するというよりも、むしろそれより十年近く前のレスター伯の低地諸国への派遣[14]にさかのぼる。スペンサーの歴史的寓意は、しばしば彼の世界をただ映し出すというより、むしろそれを変えるように意図されている。彼は一五七十年代後半と一五八十年代初頭のレスター、シドニー[15]、ウォルシンガム[16]を連想させる積極的なプロテスタントの介入への熱い郷愁をもって、一五九十年代に書いたのである。『妖精の女王』の後半で、彼は国家の歴史と多分彼の女王を現実よりも彼の党派的なイングランド観によりぴったり一致したものに変えるであろう寓意作品を書きたいと望んだのだ。

スペンサーの作品のこの広がりに息を呑むために、私たちはこれまで細かく検討されてきたどれよりもはるかに彼に近い寓意の定義に向かわなくてはならない。ジョージ・パトナム[17]は『英詩の技法』(*Art of English Poesie*)(一五八九年)の中で、寓意を、宮廷人であることにつき物で必要不可欠な、もっともらしい話と結び付けている。

宮廷風の比喩《フィギュア》〈アレゴリア〉…とは、私たちがあることを言って別のことを考えている時、私たちの言葉と真意が一致しない時のことを言う。この比喩の使い道はとても広範で、その徳の効力はとても大きい。というのは誰もそれなしでは気持ちよく言葉を発することも人を説得することも出来ないと思われていて、実際、巧みに使えなくては、世の中で栄えることが決して出来ないか、ごくまれにしか出来ないことが確実で、すべての一般宮廷人のみならず、最重要な顧問官でさえも、そして最も高貴で賢明な王侯も、それを使うことを何度も余儀なくされているほどである。だから、二枚舌のために、私たちが〈似て非なる者、あるいは空とボケ〉と呼ぶ比喩について、他のすべての比喩の首謀者、長としてはじめに語ることにしよう。[*1]

この並外れて豊かな定義は、寓意が何か共謀者めいた(*OED* によれば「首謀者」(ringleaders))は、とがむべきことを行う者たちを率いる）もので、政治的な嘘という高貴な技巧の近親であることをほのめかしている。パトナムの定義は戦略としての保留、そして多分、二枚舌の要素が生き残りの技における必要な要素であった宮廷人の生活に合わせてある。こういう資質は、乗り気でない王侯に、自分たちが反対してきた行動を起こすよう助言したいと思う者にとって絶対欠かせない。すでに見たように、スペンサーはしばしば女王の政策に少々反目していて、『妖精の女王』という歴史的創作は、ひとつにはこうあって欲しいとスペンサーが願うイメージに女王を作り直す《リファッション》ことを意図したものだった。スペンサーは一五九〇年版の『妖精の女王』に付記したローリー宛の手紙の中で、「紳士を作り上げる《ファッション・ア・ジェントルマン》」という彼の野心について書いている。彼はまた、同じ動詞「作り上げる《ファッション》」を女王について用い、女王は自分を作り上げる手本の選択肢を与えられている（「選んでいただこう、グロリアーナか／ベルフィービーか、どちらの姿に作り上げるかを《ファッションド・トゥ・ビー》」（三・プローエム・五））。これは必ずしもホブソンの選択[18]ではない。しかし女王の選べるイメージは、どちらもこの詩人が女王の〈ために〉作ったもので、どちらも女王をそのイメージに「作り上げる《ファッション》」か、あるいは作り直すかするだろう。この詩は女王の周りにきらきら光る賛美の殻を作り上げ、その形に育つよう女王に促している。それは決してお世辞たらたらのものではない。ジョンソン[19]は「マスター・ジョン・セルデン[20]への献呈辞」の中で、彼が「ひんぱんに／限度を超えて男たちを選び、そしてある者たちを褒めすぎてきたのは／彼らをそういうものにしようという目的があったからだ」（二・二〇～二一行）と注をつけている。スペンサーのエリザベス賛美は、賛辞を通して変身させるための同様な勧告機能を果たしている。これは、彼の歴史的寓意を、歴史を記述する間接的なやり方以上のものにするかもしれない。それはこの詩が、スペンサーがこうあって欲しいと切望した歴史と、現実の歴史と、彼の女王と大臣たちがこうあって欲しいと思った歴史の間の、危険ではあるが戦慄的な境界線を行くことを意味するかもしれない。第四巻第七、八篇で、アーサーの従者ティミアスが、アモレットの傷の手当てをしているところを貞潔なベルフィービーに発見される話がそれにあてはまる。彼女は、あまりに急いで吐き出したため疑問符をつける暇もない怒りの質問と共に立ち去る。「これが信義か、と言うと、もう何も」言わなかった（四・七・三六）。これは女王の侍女の一人エリザベス・スロックモートン[21]と一五九二年に結婚して女王の寵愛を失った、エリザベス女王の寵臣サー・ウォルター・ローリーの失墜の寓意的イメージである。しかし、スペンサーは歴史的寓意を願望の成就に混合している。一五九六年頃、現実のローリーは女王の以前の寵愛を十分取り戻していないにもかかわらず[22]、ベルフィービーとティミアスは、その後（ほとんどスペンサー自身の創作の癒し効果を表しているかもしれない、か弱い仲介者の）鳩に和解させられる。

スペンサーの歴史的寓意の危険なバランスの最良の例が、マーシラによるデュエッサの罪状認否手続きを描写する第五巻第十篇に見出される。これは、エリザベスの近親でローマ・カトリック教徒でイングランド王位へのライバルのスコットランド女王メアリー[23]を裁く、一五八六年のエリザベスの仰々しい気乗り薄な裁判を表している。このエピソードは、はじめは、栄光の雲に取り巻かれ、天使の群れに囲まれて言葉に表せないほど威厳のある、間違えようもない女王賛美の肖像を提示するように見える。

女王の頭上には天蓋が張ってあったが、
それは、高価な薄絹でも金襴でもなく、
この上もなく高価と見える何か他のものでもなく、
雲のようと言うのが一番似つかわしく、
それは、広く広げた両の翼をゆったりと伸ばし、
その裾は、畳まれた襞の間に
黄金色に輝く明るい光線で縁取られ、
あちこちに銀色の線を放ち、
煌めく光の中に小さな天使たちが潜んでいた。

(五・九・二八)

寓意について書く時、スペンサーはいつもヴェールと雲について語る。ローリーあての手紙の中で、この詩は「寓意の趣向にもうろうと包まれる」（七三七ページ）と描写されている。マーシラは寓意の雲に覆い隠されているので、ほとんど目に見えない。「その裾」とは、マーシラのことを言っているのか、それとも彼女を取りまく雲のことを言っているのか？そして、彼女を隠している堂々たる布地は、主として似ていないものと比べられている。これは、完全さに目がくらみ、目に見えるものを見る気になれないでいる詩人の状態である。この慈悲深い王者の光景は、すばらしく憐れみ深い女性というエリザベス一世の広く確立された公のイメージと完全に一致する。しかしスペンサーの憐れみ深いヒロインが、その名が暗示するように単に慈悲を施すわけではないことが示されるマーシラのエピソード中の出来事によって、この評判は修正される。彼女は憐れみ深い涙にもかかわらず、熱狂的なプロテスタントの男性顧問官たちに、デュエッサに死を宣告するよう促される。第十篇の終わりと第十一篇のはじめにある沈黙の空間で、デュエッサは処刑される。スペンサーは、憐れみの心を起こしやすい女性という女王の注意深く培われた公のイメージを損なうことなく、慈悲よりも正義を高く評価し、男性顧問官の助言に従う統治者として女王を表している。

この詩の構造は、寓意の宮廷風のほのめかしの側面においても、ひとつの役割を演じることがある。あることを言って別のことを意味するやり方は、ひとつのフィクションの異なる構成要素から一見無害な結合を作りあげるが、事情に通じた読者には、その結合から言葉にされない意味の火花が散る。デュエッサの裁判の描写の直前に、「法の定めにより、柱に舌を釘付けにされた（五・九・二五）詩人ボンフォント（あるいはボンフォント改めマルフォント）の描写がある。このエピソードとマーシラによるデュエッサの裁判の関係を、詩人はわかりやすく説明していない。それはすばらしいマーシラのことを悪党だけが悪く言えるのだと無邪気に暗示しているのかもしれない。しかし、それはまた構造上のもっともらしい話のひとつかもしれないのだ。詩人は女王の忠実な描写を試みるので、プロテスタントの君主にとって慈悲は行動の最良の方策ではないかもしれないことをほのめかす前に、自分の舌をじっと見て、賞賛の雲を投げるよう注意しなくてはならない。寓意とは、パトナムが定義しているように「私たちの言葉と真意が一致しない」やり方である。スペンサーの手にかかると、それはフィクションのように変わりやすい表示のモードになる。それは読者にも作者にも暗黙の示唆に従う柔軟な自発性を求める。そして読者に、単純で固定した意味ではなく、ほとんど把握できない示唆を豊富に与える。

第五章

英雄、悪党、その間にあるもの

スペンサーが明言している『妖精の女王』の目的は、ローリー[1]あての手紙に述べてあるように「紳士、すなわち身分ある人を徳高く礼儀正しく作りあげる《ファッション》」（七三七ページ）ことである。「作りあげる《ファッション》」という動詞は、作りなおすことと教育の持続する過程を暗示し、それは作品中の人物と読者の双方に及び得るものである。『妖精の女王』はただ美徳を例示するだけではない。というのは、その寓意の形は、既知の徳が何であるかについての私たちの認識を、絶えず複雑にするからである。むしろこの詩は、その巻で試練を与えられている主たる美徳と目の前のエピソードとの関係を熟考するよう読者を誘う。各巻には「サー・某［名前］、すなわち何々［美徳］の物語」と見出しがついているが、この言い方は、たとえばガイアンは〈中庸〉と同一視されるとか、アーティガルは〈正義〉と同一視されるとか（ローリーあての手紙で、スペンサーはその同一視にかなり近づいているのだが）はっきり述べているわけではない。各巻は、一人の騎士について一連の話を物語り、ひとつの美徳を探求する。そして騎士たちは、しばしば美徳の逆、あるいはきわめて逆に近い例を通して美徳を探求する。〈節制の巻〉の主人公ガイアンは、誘惑されて〈マモンの洞穴〉に降りる気になる。彼は、赤錆におおわれたあるじに差し出された食べ物を食べず、誇り高いフィロタイミー（その名は栄光への愛を意味する）の求愛を拒むことで、節制のひとつの解釈をはっきりと示す。しかし彼は「地上の活気溢れる大気」中に再び姿をあらわすと、たちまち気を失う（二・七・六六）。ガイアンの失神は単純には解読できないが、彼が自己破壊的な禁欲に危険なほど近い一種の節制を表すことを暗示する。ガイアンはとりわけ自分の美徳を狭く解釈しがちである。第二巻のクライマックスのエピソードで、彼は使命から逸脱させられかねない多くの誘惑を通り過ぎ、〈至福の園〉に向かって航海する。助けを求めて泣く――アリオスト[2]の伝統的騎士道の主人公なら、助けようとして本能的に立ち止まっていたであろう――哀れな女性たちを無視して、容赦なく、無礼にも〈過度〉の差し出すカップを地面に投げつける。「節制」は複雑な用語である。それは「食欲をおさえる能力」を意味することがあり、「禁欲」（abstinence）の意味に近づく。しかし、アリストテレスにとって、「節制」は極端と極端のあいだの中庸に従う能力を意味し、そしてまた「特質《プロパティーズ》あるいは属性《アトリビューツ》の混合」――私たちが誰かの「気質」について話す時の話し方にまだ名残をとどめている感覚、あるいは、資質《クオリティーズ》をそのようなものにしている混合――を意味することもある。このようなさまざまな「節制」の定義と対比すると、ガイアンはこの巻の終わり頃には、多分、不審に思われるほど混じりものがなくなっている。たいていの読者は、彼が「情け容赦ない厳格さ」をもって〈至福の園〉を最後に破壊することに、居心地《アンイーズ》の悪さを感じてきた。

　しかしあの楽しい園と見事な建物全部を、
　ガイアンは情け容赦ない厳格さで打ち壊した。
　あの立派な造作は何ひとつ、
　騎士の怒りの嵐からわが身を救うことが出来ず、
　騎士はそれらの至福を破滅に変えた。
　あの森を切り倒し、あの庭を台無しにし、
　あのあずまやをいため、あの小屋をこわし、
　あの晩餐会場を焼き、あの建物を取り払い、こうして
　さきほどまで最も美しかった場所を、最も醜い所とした。

（二・十二・八三）

この一連のレトリックの型は、抑制の効いた中庸よりも無情な極端を引き出す。行のはじめと真

中で繰り返される「あの《デア》」は、ガイアンの怒りの猛打の反復を表す。そして、対照表現〈至福と禍、麗しいと汚らしい〉は、この騎士が節制をもって理想的な中道を行くというより、極端と極端の間を揺れていることを暗示する。初期の批評家たちは、〈至福の園〉の破壊を、スペンサーの中のモラリストが、彼自身の芸術性の持つ官能性に反抗したことから来る、彼の詩心に対する偶像破壊的ピューリタニズムの突進を示すものとみなしている。しかし、多分、ガイアンによる園の破壊の最も当惑させられる特徴は、彼の破壊的な激怒の対象が、節制の一形態をあらわすものとして二度描写されていることである。天は〈園〉の住人を「焼けつくような暑さ」と「度を越えた」(intemperate)寒さから保護し、そして

おだやかな《マイルド》空気を、ほどよい《モデラート》季節で
やさしく「調節し」(attempred)、うまく按配してくれるので
風はいつも甘い生気と健かな香りを漂わせていた。
(二・十二・五一)

〈至福の園〉のエピソードは、スペンサーの主人公たちの繰り返し表される特質を見せている。彼らはしばしば、自らの美徳の外面的限界と戦っているところを描かれている。これが意味する

ことは、彼らの最も強い葛藤の多くが、彼らが探求している、自らの特質でもあり得る美徳の一部を形成すると想像される生き物あるいは場所との葛藤だということである。彼らの敵は、しばしばパロディーとしてでもあるが、彼ら自身と本質的に対をなす。ガイアンは、自身の美徳の「やさしく調節」された解釈との戦いを終える。

『妖精の女王』を読む体験の中核は、はじめは正反対と見えたものが、共通する部分をたくさん持っているという印象が強まっていくことである。この詩は、執拗に人物を対にする。徳高いフロリメルは、雪で出来た、人をだます偽フロリメルと対になっている。聖者のようなユーナは二枚舌のデュエッサと対をなし、一見したところ取り違えをおこしかねない。これは、主人公とその敵との不安になるほど近しい連想、つまり主人公や恵みのある場所を描写する時の重要な言い回しを、脅迫的な人や場所を描写する時にスペンサーが繰り返して用いる傾向があるために絶えず強まる連想に導く。この詩を連続して流れる内的エコーを把握できるように、この詩は長時間読む必要がある。エコーは決して偶発的なものではなく、特定のエピソードにどう感応すべきかの糸口をただ提供しているだけではない。それらは善と悪とが相互依存的であることを示す独特の世界観、善も悪も自らを定義するために相手を必要とするという世界観を集合的に構築している。読者があるタイプの経験を別のタイプの経験と比較する任務を無視すれば、暗闇と欺瞞に引きずり込まれることになるだろう。

『妖精の女王』第一の英雄はプリンス・アーサーで、ローリーあての手紙に、彼は、より身分の低い騎士たちの持つ美徳すべてを包含すると書いてある。アーサーは各巻で足元の定まらない主人公を助けるために介入し、おそらくこの詩の創作の初期の段階では、英国王家の究極的な英雄としてグロリアーナの王朝を担う伴侶と考えられていたのだ。第一巻第七篇のスペンサーによるアーサーの最初の描写は、『妖精の女王』の騎士たちのある特質をさらに進んだ形で例証している。彼らはひとつの美徳を示すと同じ程度に、読者と敵を呆然とさせるように意図されている。スペンサーの主人公は、たいてい暗闇から突然現れ、あっという間に通り過ぎ、擬人化のように正体が明かされないまま描写されるので、読者は幻惑されたまま、自分たちの見たものが何なのか解釈するため手探りしなくてはならない。ブリトマートは名を知られる前に人の目をくらませ、アーサーは遠くから太陽のように輝く。「そのきらめく鎧は遠くまで輝き渡り、／フィーバスのいとも明るいきらめきのよう」だ（一・七・二九）。彼は遠くのかすかな光から、黙示録的な力を持つ存在に成長し、彼の隠された盾は破壊的エネルギーをもって輝く。「この盾を用いて彼は人を石に／石を塵に、そして塵を全くの無に変えることが出来た」（一・七・三五）。見る者に恐怖を感じさせる彼の能力は、竜の兜を着けたそのいでたちに明白である。

一面に金の彫刻がしてあるその高い兜は

燦然たる輝きと大変な恐れの両方を生み出していた。
というのは一匹の竜が、兜の前立てを欲深な足で
しっかりと抱き込み、その上に黄金の翼を
広げていたからである。

（一・七・三二）

「恐れ《テラー》」、「欲深な足《グリーディー・ポーズ》」は、「ブリスリング」（bristling）の「毛を逆立たせる」という語源学的な意味と、「恐怖を引き起こす」という後世の意味の両方で、人を怖がらせる英雄としてアーサーを特徴づけている。彼は、美徳と武人の畏怖が一致する境界点に存在する。

しかし彼の兜は、アーサーでさえ英雄らしからぬ双子を持っていることを示してもいる。彼の兜の頂点に「さまざまな色に変色した一房の毛」がついている。これは大敵アーキメイゴーがレッドクロスに変装する時にかぶる、これもまた「いろいろな色に変色した一房の毛」（一・二・一一）のついた被り物をただちに思い起こさせる。この類似は、スペンサーの対を作る想像力が読者とたわむれるトリックを示している——そして、頻発するタイプと反タイプの組み合わせに、この詩を読み慣れた読者でさえ惑わされることがある。A・C・ハミルトン編の『妖精の女王』では、二つの兜の類似に注がついているが、はじめの描写がアーキメイゴーのというよりむ

しろレッドクロスのものだと述べているのは誤りである[3]。アーサーの兜の文学的起源は、スペンサー的ヒロイズムのもうひとつの心を乱す側面を指し示す。というのは、主な文学的原型が叙事詩の英雄のものではなく、英雄の敵のものだからである。タッソー[4]の『エルサレム解放』でエルサレムを包囲する軍勢の指導者、怒れる異教徒ソルダンは、同様に竜のついた被り物をかぶっている。そしてウェルギリウス[5]の『アエネーイス』で竜の兜をかぶっているのは、主人公のアイネイアースではなく彼の敵、怒り狂ったトゥルヌスである。こういった言及は、スペンサーが善と悪の狂おしい類似を作ることを厭わないことを示すが、また十六世紀の叙事詩における彼の主な革新のひとつを示すものでもある。スペンサーの英雄たちは激怒出来る人間であり——彼らは「情け容赦ない厳格さ」を持つガイアンのように、美徳への奉仕のために怒りの破壊力に拍車をかけることが出来る。ホメーロスが彼のミューズにアキレスの怒りを歌いたまえと頼んで『イーリアス』を語り始めて[6]以来、怒りは英雄詩の主題となっているが、新約聖書で擁護される個人の美徳はほとんどが穏やかなものなので、キリスト教叙事詩の詩人の多くは、怒りを道徳的に価値あるものとするのが難しいと思った。聖パウロは、戦いと破壊に至る資質よりも、慈悲と愛を高く評価している。『アエネーイス』に注釈をつけたキリスト教徒の多くは、主人公が激怒してついにトゥルヌスを処刑するのを、居心地の悪い《アンイーズ》ものとしている。アリオストも含めてキリスト教叙事詩の作家の多くに、キリスト教徒の英雄ではなく異教徒の敵を怒りと復讐に駆り立てられる人間にする傾向があった。しかしタッソーは、英雄たちの多くを気高いステグノ（stegno）すなわち「軽蔑」に服従させ、彼らの怒りの性向を、エルサレム解放というキリスト教徒としての使命遂行を可能にしたものの一部とした。旧約聖書における神の懲罰的な憤怒には、義であり破壊的である怒りの典型もたくさんある。スペンサーは、ユダヤ-キリスト教的典型を持つ種類の怒りに英雄的理想の基礎を置いている点で、タッソーに一歩先んじる。彼は英雄たちの怒りの爆発をしばしば聖書の例と結び付ける。ガイアンの憤怒の「嵐」について語る時、彼は「列王記」下一三：一三～一四に言及する。アーサーの盾の破壊的エネルギーの描写のルーツは、激怒した神が罪深いものを殺す「ヨハネの黙示録」にある。『四つの賛歌』（一五九六年）の最後の「天上の美の賛歌」では、スペンサーは「正しく厳しい裁き」（一五八行）と「神の怒りの復讐の道具」（一八二行）を強調する神のイメージを提示する。これはスペンサーではただひとつの神の拡大表現であり、この神は、その天上の美が哀れみ深い愛情ではなく畏怖を誘発する、激怒が影を落とした神なのである。

そして、神の贖罪所の前に低く身を伏せるのだ、
公平の座に高く座し給う
神の正しい怒りの罰への恐れから

子羊の高潔さでしっかりとかばわれて。

（一四八〜五一行）

『妖精の女王』における英雄の怒りについてのスペンサーの評価は、論争の切れ味を持つものでもある。前章で示唆したように、スペンサーの寓意は、歴史に参加し、歴史を形作り、好戦的プロテスタントの党派的見解を作品の形にすることをねらっている。この詩は一貫して憐れみを敵視している。騎士が無力な貴婦人に憐れみを感じる時、ほとんどいつも罠にかけられるか、あるいは敵に遅れをとることになる。スペンサーは行動的で好戦的で他国への干渉を支持するヒロイズム、また同情あるいは同情のスペンサー的双生児である性的欲望に針路を外れさせられないヒロイズムを描きたいと思っていて、彼はこの形の好戦的行動主義を、憐れみ深い彼の女王に美徳の真の形として提示したいと思っているのである。レッドクロスが竜に対して「怒りに燃え」る（一・十一・三九）時、あるいはアーサーがオーゴグリオの牢の戸を「渾身の力」（一・八・三九）を振り絞って剥ぎ取るために「鋭い憐れみ」を振り払う時、単なる激情以上のものが問題とされている。この時、スペンサーの行動的な、他国への干渉を支持するプロテスタンティズムの形は、主人公の血管に根を伸ばしている。彼らの怒りっぽさは、教訓の寓意とスペンサーの歴史的構想の間に、絶え間なく興味をそそる絶え間ない緊張を生み出す。〈節制の物語〉の主人公が

「情け容赦ない厳格さ」をもって〈至福の園〉を破壊する時、破壊的憤怒を擁護するスペンサーの議論は、自己信頼の性質への彼の関心と、真っ向から衝突する。

ひとつにはプロテスタンティズムも、対をなす善悪のイメージをこの詩が並外れて志向することの説明となる。一五三五年のヘンリー八世のローマ・カトリック教会との断絶[7]以後、イギリス国教会の擁護者の主な使命は、ローマ・カトリックに対抗して自分たちの宗教を定義することだった。ジョン・フォックス[8]——（初めて英語で一五六三年に印刷された）『殉教者の書』（*Book of Martyrs*）として世に知られた彼の『行いと事跡』（*Actes and Monuments*）は、この国のどの教会にもおさめられていた——のような初期のプロテスタントの著述家は、イングランドにおける宗教史を二つの教会の戦いに翻弄されたものとしてあらわしている。すなわち十五世紀のロラードの殉教者[9]に起源を持つ真のプロテスタント教会と、偶像崇拝の偽りのローマ・カトリック教会の戦いである。スペンサーの詩がこの歴史観に負う創作上の恩義はきわめて大きい。『妖精の女王』には、偶像の作り手《メーカー》と偶像崇拝者が勢ぞろいして、美徳の偽ものを作る。第一巻のごく早い段階でレッドクロスはアーキメイゴーに出会うが、彼はその名が暗示するように偶像の作り手《メーカー》で、カトリック教会の偶像崇拝と容赦なく結び付けられている。アーキメイゴーは、レッドクロスの仕える貴婦人ユーナと同じ姿の幻影を作り上げる。幻影は魅惑的なまことしやかさをもってこの騎士の夢に入り込み、ユーナが不実だとレッドクロスに信じ込ませる。アーキメイゴーは、単なる偶像崇拝者ではなく、自分自身の作品の出来ばえに喜ぶ一種の詩人として提示されてもいる。

作り手《メーカー》自身、その素晴らしい才知にもかかわらず、
この立派な姿には目を欺かれかねぬ。

（一・一・四五）

パトナム[10]が『英詩の技法』の最初の文章に書いているように、「詩人は作り手《メーカー》と言ってもいい」のである。詩人は真実の本質をあらわすというより、むしろ真実のまことしやかなイコンを作り上げるだけなのではないかという恐れにあおられて、プロテスタント作家の間に広まっていた詩人の想像力と想像力の許容範囲についての不安を、アーキメイゴーのエピソードは反映している。サー・フィリップ・シドニー[11]は『詩の弁護』（印刷されたのは一五九五年だが、おそらく一五八三年頃書かれた）の中で、「ファンタスティケー」（fantastike）な――ケンタウロスのような奇妙な雑種を創造するために、感覚の印象をただ再結合させるだけの――想像力と、よきもののイメージを創造する「エイカスティケー」（eikastike）な想像力を（プラトンに基づいて）区別することで、この恐怖に本気で立ち向かおうとする[*1]。シドニーの見解では、「エイカスティケ

ー」な想像力は、読者が模倣を促されるよう、美徳のイメージを精力的に提示して道徳的に高めるという文学の機能を助長できる。しかしシドニーは、想像力が間違えようもなく有益だと自分自身を説得出来ないでいる。彼は「想像力の《イマジナティヴ》」という言葉を頻繁に軽蔑的な意味で使う。スペンサーは詩作の精神機能に対するシドニーの曖昧な態度を共有している。自分はアーキメイゴーのように、自身の芸術の持つ真実との類似性にたぶらかされている、人を欺くイメージの作り手《メーカー》に過ぎないかもしれないとスペンサーが恐れているかすかなしるしが『妖精の女王』に頻発する。

自分自身の詩の源泉についてのスペンサーの不安《アンイージーネス》は、自身の敵に不安になるほど共感し、自らの芸術の否定版を絶えず意識する作品を作り出す。第三巻第八篇第五連で、善の二枚舌の双生児を生み出すスペンサー自身の能力を複写して、魔女が雪で偽フロリメルを造る。「彼女はそこ［洞穴］で、素晴らしい作品を作り上げることに決めた、／地上ではまだ作られたことのない物を」——そして「作る《フレーム》」という動詞を、スペンサーは自身の詩作についてしばしば用いている。偽フロリメルは精巧なロボットで、彼女の目を魅惑的に動かしたり遊び女の振る舞いを真似させたり出来る霊に動かされている。彼女は生きた詩的奇想でもある。彼女の髪は、エリザベス朝のソネット集のペトラルカ風の女性の髪のように金の針金で出来ている。彼女の目は燃えるランプで出来ている。彼女は死んだものを生き返らせる詩の力のパロディーである。［魔女は］「命の代わりに、死体を支配する霊をおいた」（三・八・七）。

『妖精の女王』における最も強い二つの言葉は、「古い《アンティーク》」と「生き返らせる《リヴァイヴ》」である。どちらも十六世紀に意味の範囲が大きく広がった言葉であるが、その広がり方を見れば、過去との歴史的、文化的隔たりを表現するために、この時代にどのようにして語彙数がふえていったかがわかる。スペンサーは古い詩を再び生かすため、古いものを生き返らせることに意識的に着手するが、この野心のため、死んだものを生き返らせる偽フロリメルの作り手《メーカー》との心乱される類似関係に引きずり込まれる。第四巻でスペンサーは、ルネサンス期の多くの人たちと同様、エピック・ロマンスの最も早い試みと彼がみなしたチョーサー[12]の未完の「従騎士の話」を完成させようと試みる。詩のはじめの六百行に魔術の小道具を集めすぎてまとめられないでいる語り手従騎士の、熱意はあっても無能な姿を浮かび上がらせるために、チョーサーの話は意図的に未完にされたのだと考える現代の批評家たちがいる。しかしスペンサーは、この詩は完成されたが「立派な思想を荒廃させてしまう邪な時」の作用で終結部が失われたのだと信じた。

ああ、いまいましい時の老人よ、書物の害虫よ、
ご覧の通りのこの拙い詩が、どうして
永遠を望めよう、神の如き知者達の産物が、
すっかり食い荒らされ、次第に無に帰したのに。

（四・二・二三）

廃れて一部破損されたこの詩が、スペンサーに、脆《もろ》い再生をもたらすことを考えさせる。彼はチョーサーの亡霊に、「あなたの失われた仕事を、このように蘇らせ、／…あなた自身の魂の／やさしい注入により…／あなたが当然受けるべき報いを盗み取ること」（四・二・三四）の許しを乞う。彼は、チョーサーのエネルギーを注入しても、自分の詩がこの中世の先祖と同じようにひ弱いだろうということを十分承知した上で、「従騎士の話」の古い断片を再び生かそうとする。「この詩」は、チョーサーの詩と同じようにむさぼられそうだ。「従騎士の話」のスペンサーによる続編は、チョーサーの話の再生であるだけでなく、再生についての話であり、彼の主人公たちが、もとの話の主人公の生命力よりももっと大きな再生された生命力を持つだろうということをほのめかす。スペンサー版の話は、トライアモンドの二人の兄が死んだ時、彼が注入という工程でどのようにして兄たちの魂をもらったかを語る。この終わりのない再生の過程が、『羊飼いの暦』で強い役割をしている植物のイメジャリーによって呼び起こされる。長兄プライアモンドは、「髄も樹液もひからびた樫の古木」（四・三・九）のように死ぬ。キャンベルは魔法の指輪のおかげで、「しなびた木が農夫の骨折りで／生き生きと茂り、豊かな実を結ぶように」（四・三・二九）生き返る。この詩は、この詩の前に書かれた『羊飼いの暦』のように、その年のエネルギーと憂鬱の両方に浸されている。ルネサンスの詩、失われた過去をよみがえらせようとする詩で、生と死は互いを永遠にはぐくみあう。主人公たちは生気にあふれ、復活と再生が可能だ。

しかし、『妖精の女王』の中で、死者の復活はそのまま良いものとされているわけではない。スペンサーの休みなく生成する想像力は、死者を復活させる彼自身の努力をもじる生き物全種属を創り出す。第一巻第五篇で、〈夜〉は甥のサンズジョイがレッドクロスに傷つけられると、彼を生き返らせるよう外科医の神アスクレピオスに説得を試みる。アスクレピオスは死者を生き返らせる力を持っていたため、不死の生を生きるべく、ジョーヴによって地獄に閉じ込められていた。

死人を蘇らせ、尽きた命数を
再び新しくするほどの素晴らしい術が、
人間の意のままになるのをジョーヴは見ると、
無限の生命を奪うことはできないので、
きらめく稲妻で彼にひどい手傷を負わせ、
生きたまま地獄に投げ込んだ。

（一・五・四〇）

アスクレピオスは、この詩に登場する、死ぬことがかなわず、果てしなく続く小さな死とそれに続くパロディーめいた再生に人生を費やす人物全員の筆頭である。スペンサーの詩の中で最も記憶すべき人物たちが、消えて絶望的に無になる時に、それでも生命を捨てきれないで、詩の一葉からうつろな目でじっと見ている。〈絶望〉の「やせこけた頬は空腹と苦痛のため、／顎まで落ちくぼみ、まるで一度も食事をしたことがないかのよう」（一・九・三五）で、彼はレッドクロスを罠にかけ損なうと自殺を企てる。第二巻のパイロクリーズは、一時姿を消した後、燃えながらあわただしく詩に戻ってくる。「『燃える、燃える、燃える』と彼は大声で叫んだ。／『ああ俺はどうしても消えぬ火で燃えている。』」彼は安逸湖（Idle Lake）に飛び込むが、「炎に焼かれながら、炎は見えず、／毎日死にながら、毎日生き返っているのだ」（二・六・四四-五）。果てしなく苦痛な再生の形、自らを消耗させる活力のこの形は、スペンサー流の地獄の等価物である。そしてマモンの洞窟に見られるような、呪われた者に与えられる罰のひとつの描写で、タンタラス[13]は「日毎に死にながら、決して死にきれないで」いる（二・七・五八）。繰り返し、繰り返し、この詩は、身体の形状を持たない生に熱っぽくしがみつき、しなびた頬と衰えた肉体にもかかわらず存在に執着する、死なない人物たちを生み出す。〈心配〉の「目はくぼみ」（四・五・三四）、ぐずぐずと生きる。マルベッコーは嫉妬のために抽象概念に変身し、死ねないまま洞窟で永遠に生きる。「だが、決して死ねず、死にながら生き、／新しい悲しみで我が身を養う」のである

（三・一〇・六〇）。
この精神的枯渇は、スペンサーの詩中の敵だけに限られているわけではない。もし彼の主人公たちが——しばしばやるように——探求の主目的から逸脱する誘惑に屈すれば、彼らにも及ぶことがある。レッドクロスは、オーゴグリオに投獄されている間に、衰えて無になる。「力は失せ、全身、しおれた花のように縮んでいた」（一・八・四一）。無理やり自分の仕える貴婦人から引き離された者たちも、肉体の実質を失い、衰えてうつろになる傾向がある。ティミアスはベルフィービーの愛情を失って打ちひしがれ、「やがて憔悴した亡霊のような姿に」なり（四・七・四）、マリネルは恋人フロリメルから引き離されて「衰えはじめ、元気を全く無くし、／頬骨は突き出し、目は落ちくぼ」む（四・十二・二〇）。死中の生は、過去を蘇らせようというスペンサーの野心の負の側面だ。そしてそれは、英雄であれ、悪党であれ、詩中の誰にでも起こりかねない。

スペンサーの主人公は、ほとんどいつも軽やかなものと生気にあふれるものを連想させる。彼らがきわめて肉体的な行為を行う時、彼らの身体の実体は、しばしば「敏速《ニンブル》な」「軽やか《ライト》な」といった形容語句、あるいはスペンサーお気に入りの副詞「軽やかに《ライトリー》」で希薄にされている。『妖精の女王』には主要な言い回しのたくわえがあって（誰それが「地面から軽々と跳んだ」、あるいは「軽やかに馬から降りた」）、それはほとんどいつも、ある人物が戦いで正当に勝利を得そうだということを暗示する。しかし、大地の重い物質あるいは「肉体のぬめり《フレッシュリー・スライム》（slime）」との接触は、ほとんどいつも危険あるいは不面目を意味し、死の運命に染まるといった趣を持たらす。スペンサーの主人公は浄化された完全さと肉体の重さの中間で釣り合いを取らせられ、軽さの原理と地《アース》の原理の戦いをしばしば行う。クライマックスの竜との戦いで、レッドクロス——ジョージという[14]彼の名は、地をあらわすギリシア語に由来する——は、「厭わしい大地からすっくと立ち上がることが出来る」（一・十一・三九）。肉体的なものから軽々と上昇することは、彼の英雄的な使命の一面である。『妖精の女王』の中で「地《グランド》」という言葉は（「地上で最も美しい乙女」（七・七・三四）のように）、「世の中」を表す一般的な形容語句として使われることがある。しかしより一般的には、〈軽蔑〉が「泥の塊のように、大地に倒れ」た（六・八・十六）時のように、死んだ状態、あるいは敗北した状態を呼び起こす。それは負かされたものが倒れるところ、生命の軽やかさを失い、完全に向かう大望を失った時、彼らが変容するものである。

アルマの館の主たる敵、そして多分スペンサーの悪党の中で最も見事に描かれているのがマリジャーである。彼は人間の身体を恒久的に攻撃する〈原堕落〉をあらわすものと一般に見なされている。しかし彼の詩的な特質は、この章でこれまで探求してきた主題に合うものだ。彼はスペンサーが主人公に期待するであろう足の速さ（彼は「脚の速い獣」、虎に乗っている〔二・十一・二五〕）を、死んだようなものの不死性、すなわち過去に再び活力を与えたいというこの詩自体の願望の負の解釈と結びつける。

男の手足はひどく大きく、肩幅も広かったが
影の薄い、定かでないもので出来ていて、
まるで経かたびらの紐を結んでいない幽霊のよう。

（二・十一・二〇）

ここに引用した最初の行は、実体を持つ敵、多分『妖精の女王』中で破壊的に騒ぎを起こす大地の巨大な息子の一人である巨人が、実体のないゾンビ、すなわち死んでいながら生きているものに溶ける前の存在を期待させる。マリジャーは大地から生まれたため、アーサーが彼の死体を地面に切って捨てるたびに生き返る。彼の空気のような実体のなさと、土との重い絆の融合は、スペンサーの最良の直喩を誘発し、彼は、巨人を殺そうとするアーサーの最初の試みの後で、巨人が生き返るさまを描写する。

そのさまは丁度、ジョーヴの武器を運ぶ鳥が、
飛ぶさぎを目がけて空から傲然と襲いかかると、
息絶えたその獲物が激しく落下し、
低い平地に当たってはね返り、

さらにもう一度はね返る時のようだった。（二・十一・四三）

「息絶えた獲物《ストーン・デッド》」（quarrey）は、立派にルーツを大地に掘り当てる。「獲物」という言葉の石のような重さは死体を大地に引き寄せ、死体はどさっと落ち、生をもじって跳ね返る。マリジャーは古典神話のスペンサー的復活である。彼は、ヘラクレスに何度も殺されながら、母なる大地との接触がそやつに命の一服を永遠に与えるのだとヘラクレスが悟るまで、地面に落ちると何度も生き返る神話の巨人アンタイオスに起源を持つ。スペンサーの騎士たちの敵は、しばしば生物学上の起源か（スペンサーは何度も自分の騎士の敵を、大地から生まれた巨人族と結び付けている）、あるいは自分の死で大地とつながる生き物である。サンズフォイは死ぬ時「血だらけの口で母なる大地に接吻した」（一・二・一九）。グラントートーは死んで「母なる大地に倒れて土を噛」み（五・十二・二三）、「易々と《ライトリー》」（！）アーティガルに首を取られる。巨人のオーゴグリオは大地の子である。「何よりも大きい大地が彼の常人ならぬ母」で、大地が風で膨れ上がって「この泥の巨大な塊」（一・七・九）を産み落としたのだった。モンマスのジェフリー[15]と、アーサーが第二巻第一〇篇七～九連で読む英国年代記両方の述べるところによれば、巨人の征服は英国建国の前提条件であり、この文脈において、スペンサー風の敵には一日の長がある。存続する帝国を作り上げるためには、古い粗野なイングランドの大地を絶えず再征服しなくてはならないことが暗示されている。しかしマリジャーは、また、スペンサーの詩のために、世俗的な悪党の中でもとりわけ強力なものを具現している。というのは、彼は過去の作品を生き返らせるというこの詩の試みの、双子の片割れだからである。『妖精の女王』は、古代の英雄の作品に新しい活力を与えようとしている。王朝の英雄は、自分の血統を永続させようと努め、永遠に生かそうとし、生き生きと想像された彼らの敵どもは、こういった永遠の生命への欲求から命の糧を得る。

スペンサーは、特にC・S・ルイス[16]から、作品が「生のイメージ」を提供する活力の詩人と見られてきた。『妖精の女王』には生きた性的活力のイメージがあり、その活力の端緒となる生物学的再生の過程を賞賛しているということをルイスは意味しているのだ。実際『妖精の女王』には、ひとつの身体における両性の一体化から永続する活力を約束する両性具有者がたくさんいる。〈ヴィーナスの社〉でスカダムアが描写するヴィーナスは、「生ませ、そして孕《はら》」む（四・一〇・四一）。〈イシスの宮〉（五・七）で、ブリトマートは、ライオンとワニが結び合う夢を見て、男性原理と女性原理の融合を目の当たりにする。三巻を収めた一五九〇年版の詩の終わりは、すでに見たように「あの豊かなローマ人が白大理石で造った／あの美しいヘルマプロディトス」（一五九〇年版の三・十二・四六）のように融合しているスカダムアとアモレットのイメージを提示する。そのような性的結合のヴィジョンは、この詩にふさわしい終わりなき終結を与える。それらは、分岐した構成分子と離れ離れになった恋人たちの仲を解決すると同時に、生命の継続を約束するように見える。「無常篇」は、最も強力な両性具有――〈自然の女神〉の姿――で締めくくられる。

この方が本当は男性なのか女性なのか
しかとは誰にも見分けがつかなかった。
それは、一面襞になったヴェールで
頭と顔が隠されていて、誰にも見えなかったからである。

（七・七・五）

しかし、〈自然の女神〉は、芽吹く成長に取り囲まれ、宇宙の変化多い生命力を暖かく受け入れ、この詩を今ある形で終わらせるが、『妖精の女王』は、ルイスなら「生命の側」と位置づけただろうが、ただ「生命の側に」与するわけではない。それは生命を持たない人々にも引きつけられている。そして自然界の手に負えない生命力に、ただ引きつけられているのではなく、それを怖がってもいる。私たちがこの詩で出会う自然の豊饒の最初のイメージは、怪物〈迷妄〉で、彼女のひと腹の子が、彼女の血をすすり（「親の死をわが生とし」（一・一・二五））、彼女の反吐そのものが生きているのだ。〈迷妄〉は、恐ろしい生活を書き記したパンフレット[17]を噴き出し、パンフレットは、この詩全体における自然の自己再生力の最も強力なイメージのひとつ、「生き物を新しく作り出す肥沃なナイル」（四・十一・二〇）を導入する。

この反吐には、本やパンフレットがいっぱい入っており、
また、目のない醜悪な蛙や蝦蟇《がま》も混じっていて…
……
その有様は、父なるナイルの川が
時至ってエジプトの野にあふれ始め、
豊かな波が、肥えた柔らかな泥を吐き出し、
平野も谷も一面に浸してしまう時のよう。
（一・一・二〇～二一）

『妖精の女王』は、対立していながら深いところでつながっている二つの精神世界を喚起する。一方には、やせて、乾いて、絶望的に幽霊のようになった霊に、あるいは〈迷妄〉の豊富で手に

負えない多産性に駆り立てられる不死性があり、他方には生物体の永続への圧力がある。この二つの世界は、ほとんど識別できないほど言葉の対応網でしっかり縫い合わされている。叙事詩は常に内的対応を作り上げて成長してきた。ホメーロスは、ギリシア人、トロイア人両方の行為を描写するのに、同じ口頭の決まり文句をしばしば用いている。ウェルギリウス[18]は、ローマ帝国の敵の死と、帝国の未来のために死ぬ者の死を描写するのに、意識的に同じような言葉を巧みに用いている。スペンサーの詩は、自発的に予型と対型を結合させ、過去をよみがえらせるというそれ自体の野心に内在する危険を養分にしてテキストを織り上げることにおいて、これよりさらに先へ進んでいる。

〈アドーニスの園〉は、『妖精の女王』の六つの巻の中心、第三巻第六篇にあり、この詩の想像力にあふれた幻想の中心部である。この園は時の影響を受けず、人のいない場所である。第三巻の他の出来事と単純に関係付けることは出来ず、アモレットはここで育てられたと言われているが、妖精の騎士も人間の騎士もここに入ってこない。この園は、スペンサーの想像上の最も肥沃な場所にある。それは特定されない過去、歴史の背後にあって、人間行為と接触のない「古代の」申し分のない一時期を占めている。この園は変化の領域、再生の領域で、この詩の他のどこにも実現されていない絶えざる復活を通して、一種の不死を提示している。主な物語の中で、登場人物はたがいの恋人を探し求めるが、決して子を生まない。この園で、時の制約と、主人公たちの過ちを犯しがちな情緒から解放されて、スペンサーは生命力に満ちた変わりやすさの一形態を探求する。この園の描写は、太陽光線とニンフのクリソゴニーの結合による、双子のベルフィービーとアモレットの奇跡的な誕生についての物語の導入で始まる。これは、ひとつには悪いイメージを払拭する神話である。というのは寓意のレベルでベルフィービーはエリザベス一世のタイプのひとつだが、ヘンリー八世[19]とアン・ブリン[20]の結びつきによるエリザベス一世の現実の誕生は、それに続いて起こった姦通の科による彼女の母の処刑で汚されたからである。スペンサーのフィクションの中で、エリザベスの誕生は豊饒にまつわる自然の奇跡の一例となる。

このような、変わった受胎の例を読む人には
　不思議なことと思われようが
道理の教えるところでは、
あらゆる生き物の種子は、湿り気の中で
太陽光線の作用によって命を受け、
大自然の力で生育するのである。
このようにして、ナイル川の氾濫の後、
太陽が照らした泥の中に種々様々な生き物が

形を得て、生まれてくるのが見られるのである。

（三・六・八）

これは、太陽が激しく照りつけて子宮を生命で貫く、完全な性的融合の瞬間を描写している。それは、純粋に創造的で、意図的に言外に処女懐胎の含みを持つ一種の愛を呼び起こす。しかし、『妖精の女王』は善と悪のイメージをあまりに錯綜させるため、ベルフィービーの誕生の神話にさえ、混乱を生むような対がないわけではない。ナイル川のイメージは、〈迷妄〉が絶え間なく子を生むことを読者に思い出させ、プロテスタントのプリンセスの誕生と〈迷妄〉の一腹の子との間に、心を乱す直接のつながりを作りあげ、細心な読者に、エリザベス一世とそのカトリックの姉メアリー[21]が、同じ父親の子であることを思い出させたことだろう。真実と誤りは、『妖精の女王』の中で、決して完全には分離出来ない。「真実」は誤りとの対照で定義されるだけであり、対照の過程は比較の形のひとつでもある。

〈アドーニスの園〉の描写は、『妖精の女王』の他の部分の言語構造に絡まってもいる。とりわけスペンサーの描写は、ブリトマートがアーティガルとの王朝の結びつきをあてもなく切望している第三巻のはじめの部分の言い回しを拾い上げ、はじめに使われた時にはなかった生命力を与えている。双子のアモレットとベルフィービーは「不思議にも生を受け、育てられたのである」。

この言い回しは、太陽光線によってではなく「奸智に長けた霊の偽りの幻を見て／美人の尼」(三・三・十三)が身ごもった、マーリンの誕生にさかのぼる。〈アドーニスの園〉の完全な創造性でさえ、この詩の他の部分に撒き散らされている偽りの誕生とひそかに共鳴する。この園は、作ることの欺瞞、あるいは死んだ過去をよみがえらせようとするあらゆる努力に付きまとう悲しみからの、単なる逃げ道を提供しているのではない。園の中心にスペンサー最大の生中の死、死中の生のイメージ、アドーニスの姿がある。猪に突き刺されるが、この少年は愛の女神ヴィーナスに救い出され、絶えず生き返らせられる。

ここで、美しいヴィーナスは、しばしば
いとしいアドーニスとの逢瀬を楽しみ
この元気な少年から甘い快楽を得るのを常とする。
伝え聞くところ、今なお少年は女神によって
世間からも、彼女の愛を妬む地獄の神々の目からも
隠され、花と高価な香料に包まれて、
ひそかにここに横たわり、
女神自身は、気が向くといつでもこの少年を

わがものとし、心ゆくまでその美しさを味わうという。

この話は本当と思われると人は言う。彼は永遠に
死ぬことはなく、すべてが忘れ去られる
忌まわしい夜の中に葬られることは決してなく、
彼は死を免れぬ身ではあるけれども、
変化する点で永遠であり、
継続によって無窮となり、
しばしば変容し、千変万化する。
彼は形あるものすべての父と呼ばれているから、
万物に生命を与える者は生きねばならないのである。

（三・六・四六〜四七）

以上の連は時間を超越した終わりなき再生の世界を喚起するが、そこには、描写する世界がはっきり存在してさえいないかもしれないという（「この話は本当と思われると人は言う」）脆《もろ》いスペンサー的な自覚がある。「得るのを常とする」は、ヴィーナスが恋人の甘い悦びをかつて得て、

現在得て、また将来も得るであろうということをほのめかしている。アドーニスの幻は、過去を生き続けさせたいというスペンサーの詩の願望の中心的な例である。しかし、またもその仕上げは、前に起きた出来ごとのエコーによって修正される。アドーニスには、自殺しようとする〈絶望〉の、絶望的に果てのない、死ぬことの不可能さの名残以上のものがある。「しかし、こうしても、死にきれなかった。／既に千回も、このようなことをやったが、／命数が尽きて、永遠の死が訪れるまでは、／どうしても死ぬことはできないのである」（一・九・五四）。彼は、死ならぬもの、すなわちマルベッコー（「だが、決して死ねず、死にながら生き」（三・一〇・六〇））に向かう不死の前進を先取りしている。そして彼はまたブリトマートの乳母グローシが――エウリピデスの『ヒッポリュトス』[22]以来、文学作品にあらわされた乳母が持っている不謹慎さをもって――欲望のままに子を生むことを促す瞬間にさかのぼる。「そして忌わしい夜の中に／葬られる」は、乳母が自分に託されたブリトマートに言う、内気でいてはいけないという勧め、

すき好んでいつも苦しみに沈んでいる人のように、
実も葉も時ならぬ散り方をさせるなんて

（三・二・三一）

ことをなさらないようにという熱心な勧めのエコーを繰り返す。アドーニスの永続する生命力は、『妖精の女王』とグローシがブリトマートに約束する豊饒な王朝の結末に私たちが最も近づくものだ。彼女はアーティガルと決して結婚せず、彼女の物語は、彼女の話を果てしない死と再生の話につなぐこの希望的なエコーによって実現されるのみである。しかし、アドーニスの姿はこの詩全体の底にある希望的観測に憂鬱な光を投げかけてもいる。彼は「『継続《サクセション》』によって無窮」となる。一五九〇年、女王は年を取って、未婚のままだったので、理想的な永続する継承《サクセション》は——文字どおりの政治的な意味で——達成不可能だった。エリザベスは死ぬだろう。そして一五九〇年代に、多くの人はプロテスタントのイングランドが彼女と共に絶えるであろう事を恐れていた。アドーニスは『妖精の女王』の王朝の計画の未来における完成の唯一の約束なのだが、彼の世界でさえ、脆《もろ》い。「邪悪な〈時〉」がアドーニスの理想的な休息に侵入し、〈園〉の花と果実を無慈悲に損なう。

〈時〉は飛び回って、だらりと垂れた翼で、
　葉も蕾もお構いなしに打ち落とし、
哀れと思って酷い悪意を和らげることは決してない。

（三・六・三九）

スペンサーは脆《もろ》さを愛する。彼は生を歌う詩人というより、死すべき運命を歌う詩人なのであって、彼にとっては、生きるエネルギーと弱さの影響力の両方が、同等でつながりあう魅力を持つ。彼は、〈アドーニスの園〉が彼の想像力を完全に燃え立たせる前に、〈園〉の内部にそれを脆《もろ》くする力のあることを必要とする。そして〈園〉の完全さを無慈悲に破壊する〈時〉の姿は、ガイアンが〈至福の園〉を「情け容赦ない厳格さ」をもって破壊する乱暴な行為の記憶を、不気味に呼び起こす。スペンサーは、完全さを想像しようとしている時でさえ、過ちを犯しがちな、死すべき運命にある自分の主人公を忘れることが出来ない。アドーニス――『妖精の女王』の真の王朝の主人公になる何がしかの権利を持ち、果てしなく生み、そして果てしなく生き返る主人公――でさえ、この詩の中の良きもののイメージを反映《リフレクト》し、悪しきもののイメージを屈折《リフラクト》させるのである。

第六章

野生の人と土地

『妖精の女王』には、さらに、善人と悪人のあいだの中間的な位置で背景を占める登場人物の一群がいる。森のものたちと呼んでもいいかもしれない。この詩は、森で育ち、予測出来ない自然のエネルギーを持つ生き物でいっぱいだ。第一巻第六篇では、一群のサテュロスがサンズロイからユーナを救い、まるで偶像を崇拝するかのように彼女の前にひれ伏す。第六巻第八篇の「野蛮な民」は、セリーナを捕えて縛り上げ、彼女の百合のように美しい肉体を見て、飢えたようによだれをたらす。第四巻でアーティガルは木の枝をまとう野蛮な騎士に身をやつし、フロリメルの帯を賭けた馬上槍試合に勝利する。森の神々と野生の人間は、礼儀と野蛮の境界の表象として長い歴史を持ち、彼らの倫理的性質は、人間以下か、悪影響を与える宮廷儀礼の汚染効果の完全な対型か、そのどちらかである[*1]。一五九〇年代、そういうものたちは特別なエネルギーを持っていた。パトナム[1]は詩のジャンルの短い歴史を語る中で、「あたかもサテュロスとかシルバヌスとか呼ばれる森の神々があらわれて、譴責《けんせき》の詩を吟唱するかのよう」[*2]な風刺［サタイア］の源は彼らにあるとして、サテュロスと森のものたちに特別な優先権を与えている。スペンサーが彼の叙事詩を最初に計画していた一五七〇年代から一五八〇年代にかけて、森の鳥や獣と森に住む野人は宮廷のエンターテインメント[2]で影響力のある役割を演じ、レスター伯演出のエンターテインメントでは、そういう生き物が茂みや藪の中からしばしば現れ、女王を諭したり助言したりする。『妖精の女王』はそういうものたちの二通りの意味にとれる訓戒的な力に支えられている。第一巻第六篇で、ユーナがサテュロスの崇拝を受けた後、サー・サティレインが現れる。彼は、サテュロスが森で「穏やかな貴婦人」を情熱的に陵辱したことから生まれ、「野生の生活法に則って育て」られ（一・六・二三）、その血統からすれば、ユーナを救うというより、襲いかかりそうに見える。しかし「野生の《ワイルド》」は、スペンサーにとって「悪い《バッド》」の同義語ではない。サー・サティレインという森の住人は、野生と文明の不確かな境界にいて、ヒロインを救い、「彼女の信仰と真理の教えを学ぶ」（一・六・三一）。

一五九六年に出版された『妖精の女王』第二部は、全体としてはじめの三巻よりも、野生のもの、森のものに、はるかに大きな比重を置いている。英雄の扱い方がはるかに懐疑的でもある。第五巻のアーサーとアーティガルは、正義の敵を負かすために頻繁に計略を用いる。彼らは自分たちが殺した騎士たちの鎧で変装し（五・八・二五）、狡猾なマリンジャンを隠れ家からおびき寄せる餌に乙女を使う（五・九・八）。第六巻のキャリドアは、貴婦人の名誉を救うため優雅な嘘をつくことさえし、この巻の大部分を、活動的な生活から離れて静かな隠遁に費やし、人里離れた田園で、恋人の魅力について瞑想する。彼は少しばかり狡猾でもある。パストレラ救出を試みる前、彼は羊飼いの衣服の下に「密かに武装」（六・十一・三六）する。カレパインも彼と同じ手管を持っている。彼はある時、サー・ターパインの剣を避けるためにセリーナのうしろに隠れる（六・三・四九）。スペンサーの英雄たちの、新たに現れたこういった特質は、おそらく十六世紀末のヨーロッパの政治思想における重大な変化を反映している。エラスムス[3]（一四六六〜一五三六）のような初期の人文主義者にとって、美徳と政治関与には直接的な関係がある。徳高い者は、理想的な統治を行うか、あるいは徳高く統治するやり方を君主に助言するのだ。同様な政治理念が、スペンサーの友人ルドヴィック・ブリスケット[4]によって『市民生活論』（*Discourse of Civil Life*）（一六〇六年）に要約されていて、その前書きにスペンサーその人の話として、彼が『妖精の女王』で政治と美徳の関係を探求したという意味のことが含まれている。美徳と公民としての活動の相互関係は、この詩の第一部の寓意の構想に強い影響を与え、騎士たちは美徳が何なのか探求すると同時に、その美徳を彼らの女王グロリアーナへの奉仕にあてる。しかし一五九〇年代のはじめ、とりわけサー・ウォルター・ローリー[5]のサークルとエセックス伯[6]のサークルには、フランスとイタリアの不安定《アンイージー》な政治状況に根ざす、新興の「新しいヒューマニズム」のしるしが見られる。ボテーロ[7]、リプシウス[8]、そしてモンテーニュ[9]のような思想家を連想させるこのヒューマニズムは、美徳と政治についてそれほど単純でない見解を示している。よき市民なら、古典的禁欲主義者と同じように、国家への活動的な関与から退き、自分自身の情念の制御に集中するものだ。この伝統の更なる連鎖は「国家理由／レーゾンデタ」(ragion di stato)として知られるようになったものを強調した。それによれば、行動が評価される基準は行動自体の絶対的な美徳ではなく、その行動が正しい国家運営への貢献に有効かどうか*3だった。スペンサーは、キャリドアを行動的な生活から隠遁させた《ファッションド》時、またアーティガルとアーサーに狡猾なものを狡猾に倒させた時、このような思想の流れに反応していたのかもしれない。

しかし「サー・キャリドア、すなわち礼節の物語を含む」第六巻は、また『妖精の女王』がはじめに約束した、紳士を作り上げ《ファッション》るという文化的使命からそれつつあること、そしてスペンサー自身のアイルランドでの生活体験が、この詩の中心を宮廷風のものから移動させていること、そういったことのはるかに深いしるしを見せている。こういったしるしが、この巻のイメジャリーと情況の深層に書き込まれている。第六巻は『妖精の女王』の最終段階に属し、宮廷と、行動的な公民としての政治関与の要求に背を向けて、「心の奥底深くに」(六・プローエム・五)美徳の新しい座を捜し求めている。この私生活への新しい衝動は、「自分自身の人生における地位を作りあげるのは、／自分自身の中」(六・九・三一)というキャリドアの意見に反映されている。

紳士を「作り上げ《ファッション》」ようとするより、キャリドアはただ自分自身の人生を作り上げ《ファッション》ようとしている。彼の探求は〈口喧しい獣〉の「跡を追う《トラック》」（つまり最終的に殺すというよりも、追跡する）ことである——そして森の追跡を暗示するこの動詞（*OED* の quest の意味３ａ「猟犬による獲物の探索」）は、第六巻の情況について多くのことを明らかにしている。この獣は主として森に潜み、女や男が良からぬ振る舞いをしていると思われる時にはいつでも現れる。この獣は終の棲家を持たず（『妖精の女王』の中の怪物のほとんどは、しばしば岩だらけの不毛な土地に「住む」が）、殺すことの出来ない敵、中傷、無礼の一団の象徴なので、決して殺されない。第六巻の主人公は、全く勝ち目のない戦いに従事していて、彼が作り上げ《ファッション》ようとする試みにますます強く抵抗するようになる風景にとらわれる。第六巻の中心は、宮廷と文明にではなく森と野生の土地にある。森に生まれ育つ素性の知れない野蛮な男が、無礼な騎士に襲われる者たちの救出に何度も現れる。「森の神々の間に」（六・二・二六）住む貴族の生まれのトリストラムも、失敗しそうになっている主人公を助ける。「一面に蔦で覆われた」（六・五・三五）森の礼拝堂に住む隠者は、〈口喧しい獣〉に負わされた、この巻の主人公には治せない傷を何とか治すことが出来、そして礼節の力が及ばない時、「森の奥深く」に生える薬草が出血を止める（六・四・一二）。

　こういった樹陰の特徴は、すべて散文ロマンスに一般的な要素であるが、『妖精の女王』の文脈とスペンサーの人生の文脈の中では極端に強い響きを持っている。第六巻は、スペンサーが想像の上で宮廷から徐々に離れていく最後の部のひとつである。『コリン・クラウト故郷に帰る』は、一五九五年、第六巻の印刷の前年に印刷されるが、ここでコリンはアイルランドの家へ帰って、イングランド宮廷の過度を嘆き、国家の辺境の野生の地から中央の堕落を歌う詩人になる。一五九〇年代後半、スペンサーは、三千エーカーの地代を王室に払ったアイルランドにおける国外追放のイングランド人入植者としての利害から、グロリアーナのための探求を離れ、原野へ関心を向ける作家になりつつあった。掘ること、草を取ること、そして耕すことは、みな、アイルランドのニュー・イングリッシュが、土着の品種を根絶やしにして土地を「耕す《カルティベート》」過程を描写する時の語彙の主要な比喩表現だった。こういった連想が西洋文化の奥深くを流れている——「文化《カルチャー》」という言葉そのものが「教化・教養《カルティベーション》」のように、掘ることを意味するラテン語に由来し、また「植民地／コロニー」という言葉は、コロヌス（colonus）つまり「農夫」に由来する。第六巻で「文化《カルチャー》」が、結局土地の野生のエネルギーに影響を及ぼせないことが、この詩における危機を示す。スペンサーは、自分が試みている「耕作・教化《カルティベーション》」の過程が、景観をなす粗野な森のエネルギーを変容させる強さを持たないかもしれないことを、不確かながら悟り始めている。ますます隠喩的になる第六巻の自然環境は、未開で御し得ず、礼儀正しさという文化エネルギーに抵抗する。セリーナを捕える野蛮な民は「骨の折れる鋤《すき》」（六・八・三五）を使わず、善意の野人は「耕しもせねば種まきも」しない（六・四・一四）。この巻にはまた、鷹狩という森のスポーツに由来する比喩がたくさん含まれていて（六・四・一九）、主人公たちには野生の痕跡がある。カレパインは第六巻第三篇四九連で「野山羊」と比較されている。農耕の過程に由来する比喩は、第六巻では土地を征服する人間の力を勝ち誇って探求するのではなく、およそ御し得ないものとのむなしい戦いを呼び起こす。無礼な〈軽蔑〉がサー・エニアスを縛ろうとする時、彼の奮闘は、雄の子牛に無理やり「くびきをかけておとなしく」させる（六・八・一二）「たくましい農夫」の奮闘に喩えられている。そして、この小さなエピソードで、悪党であるはずのものが教化《カルティベート》願望を感じていることは注目に値する。一五九六年頃、スペンサーは本能的に、教化の過程を英雄行為と見ることをやめている。

第六巻は、また学校言葉で興が添えられている。「学ぶ《ラーン》」という動詞が他のどの巻よりも頻繁に使われていて、この巻の何人もの人物が、偉大な人文主義教育者との奇妙な連想を呼ぶ名を持っている。サー・アルダインの名は、最初の偉大なヴェニスの人文主義印刷業者アルダス・マヌティウス[10]の英語化された名を思い起こさせる。サー・カレパインの名は、「グラマー・スクールの」男子生徒だった多くの人に、ルネサンス期の主要な辞書編纂者カレピヌス[11]を思い出させたかもしれない。しかし、この巻における教育者への関心は、この巻が解き放つ野生のエネルギーと、創作の上でうまくかみ合わない。第一巻のもっと楽観的な世界のサティレインのように実際に学ぶ人物は、ごくわずかしかいない。野人は生まれながらに「物言うような身振り」で

（六・五・四）怒りや同情を表現する能力を持ち、「自然が彼に教えた、やわらかなささやき声と意味のない言葉の入り混じった音」（六・四・一一）を発することが出来るが、決して人の言葉を学ばない。英雄的な活動から離れて田園にひきこもっているサー・キャリドアは、この巻のクライマックスで、詩人コリン・クラウトのまわりで踊る〈三美神〉の幻に侵入する。コリンの笛はスペンサーの特徴的なこだまする歌（「森中にそのこだまが響きわたっていた」（六・一〇・一〇））に満ちている森を背景にし（「それは広々とした野の中にある丘で／森で周りを囲まれ」（六・十・六））ている。しかしキャリドアは、人目につかない森の端に潜み、学ぶこと《ラーニング》よりも、横目で見ること（leering）に関心を持つ。

森の茂みに身を潜めて、
姿は見られずにすべてを見ていた。
そこで見たのは、大いに目を楽しませてくれ
我ながら、わが目が妬ましくなったほどのもの、
百合のように白い百人の裸の乙女が、
輪になって、楽しく踊っていたのである。

（六・一〇・一一）

裸の乙女たちをもっとよく見ようとして、キャリドアが隠れ場から詮索がましく現れると、〈三美神〉は自分たちの世界に侵入しようとするその視線から姿を消し、詩人のコリン・クラウトは絶望して笛を折る。キャリドアは、その幻にただ精神的陶冶を求めるだけでなく――『妖精の女王』の宮廷風のでしゃばり解説者のように――詩人に幻の説明を求める。コリンは従順に、彼の個人的な森の親交を、宮廷の騎士を教育し得る形に翻訳し始める。

この三人は、人にあらゆる有難い贈り物を授けるのです。
　身体を飾り、心の誉れとなり、
　人を美しく器量よく見せるものを。
　気持ちのいい物腰、親切なもてなし
　甘い外見、心をとらえる友情溢れる尽力、
　そして礼節を完全なものにする全てのものを。
　私たちに教えてくれるのです、各々の身分に応じ、
　友に対し、敵に対して振舞う、礼儀と呼ばれるその技を。

（六・一〇・二三）

秘密の幻についてのコリンの拙劣で解説的で（「教えてくれるのです」）寓意的な注は、十六世紀に最も頻繁に使われた英羅辞書、つまりトマス・クーパー[12]の辞書の〈三美神〉の項目に言い回しがよく似ている。彼は、多分意識的に、詩人というより学校教師らしく聞こえるように努めているのだ。本から学んだ知識に頼る学識の道具立ては、第六巻の幻想を妨げる。そして、キャリドア自身、自分が侵入した幻から教示を得たとは見なし難しい。詩の重点は学識あるヒロイズムから離れて、森の中の幻の空間とその土着のエネルギーへと移っている。詩人その人が原野の生き物となっていて、自分の幻が宮廷的な状況とは決して一致しないであろうことを知っている。

この、土地へのいや増す共感が重要な局面になるのは、「無常篇」すなわちこの詩の最後のあの喚起的断片——おそらく最後に作られたであろうと思われる数節——においてである。その中でスペンサーは、死すべき運命にある主人公たちの弱さを脇に置き、かわりに未開の地の自然のエネルギーに目を向けている。自分が宇宙を支配しているのだという巨人族の女神〈無常〉の申し立てを裁くために、〈自然の女神〉がアイルランドのアーロ・ヒルに呼び出される。「コリン・クラウトを知らぬ者があろうか」（六・一〇・一六）という、彼のもっと前の冷笑的な問いかけのエコーで、「アーロ・ヒルを知らぬ者があろうか」（七・六・三六）とスペンサーは尋ねる。イングランドの読者は多分アーロ・ヒルのことなど聞いたことがないだろう。しかしアイルランドの住人は、アーロ・ヒルのことをきっと知っている。というのは、アーロ・ヒルは、アイルランドの泥棒、謀反人の悪名高い隠れ場だったからである。〈自然の女神〉がその一件を裁くために招じ入れられる前に、スペンサーはアーロの前史について戯れの脱線に浸るが、その中で森のものたちが彼の詩の前景の目立つ位置を占め、彼の書き方は、パトナム[13]が森の生き物を思い浮かべた風刺の趣を幾分帯びている。サテュロスのファウヌスは女神ダイアナの裸身を見たいと思い、覗き見させてもらうために、この処女神が水浴する小川モランナを買収する。ダイアナは罰として、ファウヌスを殺しはしないが（というのは、この土地の生き物である彼は、アドーニスのように「いつまでも生きねばならぬ」から（七・六・五〇））、かわりにその地の景色全部を見捨てて、踏みにじる。

けれど、ダイアナは憤激のあまり、
以後、この美しい小川を見捨ててしまい、
……
この上なく豊かな平野を見下ろすあの山も、
幾千という鮭が育まれている
美しいシューア川も、すっかり見捨ててしまった。

これらすべてと、これまで大事にしていたものすべてを
それ以後は見捨て、そして去るに当たって、
この地に不幸をもたらす醜い呪いを、
即ち、彼女がいつも歩き回った所に
狼が住み着いて、あの森すべてを荒し、
盗賊が付近一帯を荒し回れとの呪いをかけた。
それ以来、森も、あの立派な猟場も、
今日に至るまで狼と盗賊がいっぱいで、
地元の民は、このことを痛いほど思い知らされている。

（七・六・五四〜五）

スペンサーは、今日ではしばしば何よりもまず帝国の——アイルランドの行政責任者としての役割が、植民地での暴力と共に『妖精の女王』全体にしみこんでいる——詩人と見なされる。「無常篇」は、エリザベス朝政府のアイルランド政策に対するスペンサーの批評『アイルランドの現状管見』（一五九六）とおそらく同じ頃か、ことによるともっと後に書かれたものである。この二つの作品を結び付けたい誘惑にかられる。しかし、単純な同一視はうまくいかない。『無

常篇」でアーロ・ヒルを傷つけるのはダイアナの「積極的な」破壊性だが、それに対し『アイルランドの現状管見』でアイルランド支配を危険に陥らせていたのは、女王の外交政策の消極性だった。『アイルランドの現状管見』では、アイルランドで法的、社会的問題を引き起こすのは、「不完全な」植民化である。それに対し「無常篇」では、アイルランドの風景の、倫理的に中立の森の集団は、神の勢力にもイングランドの勢力にも、ダイアナにも処女王にも介入されず、幸福に暮らし続けるだろうということが暗示されている。先に引用した連で、処女神ダイアナはこの地の悪意ある破壊者にされているが、にもかかわらずその悪意は、生命力の鼓動、アイルランドの風景に広がる温和な変化に富む成長力を破壊し尽すことは出来ない。モランナはファウヌスから報酬を与えられ、ダイアナの妨害にもかかわらずファンチンと結婚する。アーロ・ヒルの鮭の繁殖する流れをスペンサーがほめる時、多分、彼の目には植民者の占有の一瞥がある。(『アイルランドの現状管見』で、彼は「ああ、たしかに、天の下のとても美しい、すてきな国なのだ。国中にあらゆる種類の魚がいっぱいのきれいな川が筋目をつけて」(五五九〜六二行)と書いている。)しかしまた、このエピソードには、進みつつある植民地開発以外の何かがある。自分の住む土地の持つ制御しがたいエネルギーと、自分がそれで生計を立てている生命力についての植民者の感覚がある。「無常篇」は、スペンサーの詩における森のものたちの勝利を記すものである。生き生きと永遠に脈打つ土地のエネルギー、それを支配しようとする死すべき運命にある者たちの奮闘に対する勝利、そして帝国に対する勝利を「無常篇」は記している。第六巻の終わりで、スペンサーの疲れたミューズが、彼の読者という粗野な土くれを教化して紳士に作り上げる《ファッション》努力をやめて休む時、自分の「植民」が決してこの土地を変えることはないだろうと感じた植民地の役人の絶望と、死を乗り越えて生き続ける大地の無限の力を宇宙最強の力と感じた詩人の喜び、その両方を私たちは感じるのである。

第七章
愛と帝国

『妖精の女王』についての最近の批評は、二つの論点——この詩の政治学と性の政治学——に強い関心を向けている。どちらの領域も、現代のリベラルな読者に問題を引き起こしている。この詩は、帝国主義に驕《おご》り、女王の絶対的な権威を寿ぐ作品と見られることが多い。また、しばしば、男性優位に基づき、読者の疑惑を招く類の「疑惑」をもって女性を扱う詩だと見られている[*1]。こういった点は、表面上はこの作品の議論の余地のない特質と見えるだろう。主人公は、グロリアーナの帝国を拡大しようと努めていることを率直に示すようなやり方で、征服と破壊に時間を費す。女性、特に女性の下半身が、頻繁に欺瞞と結びつけられている。〈迷妄〉は、蛇のごとき汚穢の中で最期をむかえ（一・一・一四）、デュエッサの狡猾な美しさは、結局、見るも恐ろしい下半身の奇形を覆い隠すものであることが明かされる（一・二・四一）。この詩の多くの箇所で、女性が男性に捕えられ、ときどき女性が男性に拷問される。フロリメルは、この詩に登場するほとんどの場面で、彼女を捕えそうな者から逃げている。彼女は魔女の息子の肉欲から逃れるが、結局淫らな漁師の手に落ち、その漁師からプロテウスによって救われるものの、今度はそのプロテウスによって牢に入れられる。彼女の監禁は、第三巻第八篇から第四巻第十二篇まで、ひとつの巻全体を超えて続く。またこの詩自体が、貪欲で、拘束するような目を女性の登場人物に当てることが間々ある。この詩の寓意の方法は、しばしば一人の人間に複雑な一連の特質を集中するが、こういった人物が女性である場合、その寓意の目は、略奪的、破壊的になりかねない。アモレットはヴィーナスの社で、美徳の作る輪の中から、夫となるサー・スカダムアによって引き抜かれ、後にビュジレインの城に幽閉されて、日毎、愛の神キューピッドの寓意の仮面劇で練り歩くことを強いられているところを、ブリトマートに発見される。愛の恐怖をあらわす擬人化が次々に登場した後、仮面劇のクライマックスの直前に、アモレットが、あらわな胸を「呪わしい鋭利な短剣で深くえぐられて」（三・一二・二〇）登場する。セリーナは、人食い族に囲まれて、彼らの飢えた目が食らいつきたいものを分析する時、いっそう魅惑的でない中心に置かれている。「彼女の象牙色の首、石化石膏のような胸」（六・八・四二）が、メニューに並ぶ料理のように、いとおしげに描写される。

『妖精の女王』のこのような要素について、二つの前置きを述べておかなければならない。第一に、何かをフィクションに表現することは、それを擁護することではない。女によだれをたらす好色な人食い族の群れを表現することは、彼らの貪欲な喜びとの結託に読者を誘うかもしれないが、彼らの無礼を行動様式の典型として推挙するものではない。第二に、過去の作品を単に叱責することには意味がない。スペンサーは、大半の女性が教育を拒まれ、多くの女性が自分の望みをほとんど無視されて嫁がされた時代に生きた。こういったことは彼のせいではない。もちろん文学作品は、振る舞いの不当な形を不可避の範例として広めることに関与し得るから、現在ほど開明的でないという理由で過去を譴責《けんせき》したければ、何らかの非難を正当化できる。この詩は、帝国主義あるいは男性上位のセクシュアリティの形の「内部に潜む矛盾を暴く」、あるいは「問題化する」と述べることで、『妖精の女王』が開明的な二十世紀の作品でないことを批判したいという願望を克服する批評家が、最近幾人もいる[*2]。批評家たちはこうやって、この詩は自分たちの好まないあらゆるイデオロギー上の領域に関わっているけれども、そういう考え方の恣意性あるいは脆《もろ》さを読者に見せるやり方でその領域を扱っているから、まだ読むに耐えるのだと主張出来るのである。

　しかし、この詩のこうした観点への、もっとラディカルなアプローチがある。それは、この詩が理想とする性の政治学は、本当に男性優位を中心に据えているのか、そしてこの詩は単に「帝国主義」なのかと問うことである。これまで本書は、スペンサーのエリザベス朝イングランド観が正統派だったわけではないこと、そして、彼自身の権限を限定し、彼の詩の形についての彼自身の支配を制限する、死すべきものの限界を彼が知っていたことを論じてきた。私がこれまで述べてきたように、彼は表現された文字通りの謙遜と、構造上内在する謙遜、その両方に従う作品を書く詩人である。「無常篇」の最後の何連かで、彼は自分自身と自分の権限を高次の力にゆだねている。そして『妖精の女王』全体として、彼は自分で設定した物語の目標に決して到達しない。『羊飼いの暦』の結びで、この詩はチョーサー[1]の足跡を謙虚にたどるものとして提示されている（「お前の笛をティテュルスの吹き方と競わせ」るな）。この服従の姿勢は、季節の変化と時に支配される詩人という、「十二月」のコリン・クラウトの最後のものの見方によく合っている。スペンサーに深くしみこんだ、人間の能力の限界についての感覚から、彼は傲慢な支配を単純に擁護する者にはなりそうにない。なぜならひとつの勢力あるいは一人の人間が、他の勢力あるいは人間を無制限に支配すべきだと主張することは、人が自分の欲望を実現するために無制限の権力を持っていると仮定することになるからである。この章は『妖精の女王』中の登場人物が、恋人あるいは彼らが探求する世界を、単に征服あるいは支配するわけではないことを示唆するだろう。私はむしろスペンサーが、相互関係と同意を強調する愛の見方、帝国《インペリアル》の権威についての複雑で修正された見方に惹かれていると言いたい。私たちがこれから見るように、これらの領域のいずれにも付随する問題がないわけではない。

この詩の性の政治学は、単に男性支配に根ざすものではない。多くの登場人物が、自分の欲望の対象を捕え、命令し、あるいは陵辱しようとして奮闘するが、実際にはめったに成功しない。スペンサーの女性たちは、しばしば男性の追跡者からひらりと逃げる。彼女らがおびえて馬で走り去る時、髪が森の中をさっと通り過ぎていくのが、あるいは髪が後方にたなびくのが見える。フロリメルは、この詩に登場する大半を逃走に費し、最終的にはどの男性の意志にも服従しない。風変わりなやり方ではあるが、スペンサーの描く女性は、逃走中は自由であり、逃走することによって、強制的に寓意のタブローにされることも一人の男性に屈服を強いられることもない領域に入る。しかしこれはいささか見え透いた弁護のように聞こえる。詩人は逃げるための脚を女性に与えていると言っても、女性を絶えずあわや陵辱の瀬戸際に置いて描く詩人を、たいして弁護することにはならない。しかし、スペンサーの逃げる女性たちの、森の野生の空間に逃げ込む自由は、この詩の性的幻想の決定的な部分である。『妖精の女王』は、人間の計画と願望が達成に至らないであろうことを深い構造的なレベルで確信しており、このため物語は必然的に、陵辱しようとする者がほとんどいつも欲望を遂げそこなうことになる。『妖精の女王』で、女性にとって最も危険な瞬間は多くの場合森や原野でおこり、しばしば、この詩が成り立ついくつかの事件展開の興奮が伝わってくる背景から、ある構成員が、男性の欲望の犠牲者になりそうな女性を救いに、最後の瞬間に現れる。プロテウスによるフロリメルの救出は、このことの、あいまいではあるが有力な一例である。彼はつかみどころのない無常、スペンサーの宇宙を縁取り形作っている生《なま》の潜在力の体現である。彼は捕えられないほど変わりやすく、フロリメルを脅して服従させようとして、妖精の騎士から巨人に、またケンタウロスに変身する（三・八・三九〜四一）。しかし、プロテウスの介入のため、フロリメルを捕えた漁師は彼女を思い通りに出来ない。そしてプロテウス自身は、彼女を無理やり犯すよりもむしろ彼女を説得して同意を得ようと努める。セリーナは同様に、「自ら選んでというよりは偶然に」（六・八・四六）、人食い族に食われることから彼女を救うのにちょうどいい時に森に着いたカレパインに救われる。スペンサー的宇宙には森の勢力がいて、多様な構成要素が偶然に、あるいはより方向性を持つ「運」により、処女のためにいっせいに立ち上がる。支配者になろうとする男たちは、床入りによる結婚の完了間近で、彼らの目論見を（スペンサー自身の言葉を使えば）「唐突に《アブラプトリー》」断ち切られる傾向がある。

理想的な両性の関係についてのこの詩の明確な陳述が、詩の構造のこのような特徴を強める。『妖精の女王』における愛は、強いプラトン的な含みを持って、徳高い男性あるいは女性に理想的に向けられている。それはまた、両性の同意の上に理想的に築かれている。この点でスペンサーは、女性が結婚相手を自由に選ぶ権利を持ち、血統と育ちよりも美徳を高く評価して決めるという、人文主義者の結婚観の論議の伝統の継承者である。この種の論議の最初の英語版、ヘンリー・メドウォール[2]の芝居『フルゲンスとルークリース』（一四九六年頃）で、ルークリースは結婚相手を選ぶ自由を最終的に与えられる。スペンサーの愛における同意の強調は、また、チョーサーの『カンタベリー物語』の中心的な主題を発展させている。第三巻の初めで、ブリトマートは『郷士の話』から取った二行連句の解釈を引き合いに出す。

愛は力ではどうすることも出来ぬもの。
力が入り込めば、やさしい愛の神はさっと
羽ばたいて、たちまち姿を消してしまうもの。

（三・一・二五）

ブリトマートが言及している詩行（「愛は力ではどうすることも出来ぬもの／力が入り込めば、愛の神は／翼をはばたかせ、そしてさらばと、行ってしまう！」（七六四〜六行）は、愛は本来拘束から遠く、本来二人の関係の上に築かれるものなので、誰がその関係を支配しているのかと、取り乱して無様な質問をすると同時に、それを乗り越えなくてはならないというチョーサーの分析を増補したものである[*3]。チョーサーの詩行のブリトマート版は、愛を、フロリメルとアモレットのように、拘束で脅かされれば逃げ出し、そして最終的に逃走の自由という手段に訴え得る「すばやい《ニンブル》」ものとして呈示する。

　しかしスペンサーは、理想的に自発的な愛に惹かれているにもかかわらず、恋人たちの自発的な相互譲渡《ミューチュアル・イールディング》によって生まれる同意の瞬間を表すことが極めて難しいことを知る。『妖精の女王』第一部の出版後、第二部の出版前に出版された『アモレッティと祝婚歌』の一五九五年版は、スペンサーがエリザベス・ボイル[3]との結びつきを計画していたので、結婚について真剣に考えていた時期のものである。このソネットは、キューピッドの圧政と冷たい恋人の冷酷な支配に引き裂かれながら、同意に基づく愛の形を表現するという、ペトラルカ風ソネット[4]の抵抗する語彙の作戦行動を遂行しようと試みる。支配を表現する言葉が『アモレッティ』のはじめの部分に編みこまれ、見え隠れする。「奴隷」「虜」「包囲」「征服」そして「勝利」、すべてがソネット集全体に響き渡る。必死になった恋人が愛する女性の心を包囲し、ペトラルカ風の型に従う暴虐な恋人は、服従を拒む。支配なき愛の唯一の見込みは、二人の恋人の役割がやがて逆転するだろうという希望から生まれる。

ほら、あの女性の暴君は自分の両の目がやってのける
　大虐殺の数々を見て、
　どんなに喜んでいることか。
……
でも、あの人のうぬぼれ心を少しはゆさぶって下さい。

……

こちらも同じ様《イクォール》にあの人を笑えるように、
あの人は私を笑いものにし、私の苦しみを慰みものにしますから。

（ソネット一〇番）

「同じ《イクォール》」という言葉は、ここでは、奴隷が征服者になり、嘲る者が嘲られる者になる、交互の優越性の見込み以上のものを提供してはいない。しかしソネット集は穏和になり、敵対性の弱まった平等性に向かう。ソネット五七番で、恋人たちは休戦協定を宣言する。六四番で彼らはキスをする。そして六五番あたりで、愛の絆は人を自由にするものになっている。

真実の愛が結びつける絆は、楽しいもの、
無理強いもなければ、不幸の恐れもない、
優しい小鳥は、籠の中でも捕われの身とは思わず
心のままに歌い、食べるもの。

（ソネット　六五番）

前の「作家と作品」シリーズでスペンサーについて書いたアラステア・ファウラーは、「ルネサンス期のソネットの、他のどこにも匹敵するものが見つかりそうにないやさしさと感情の相互関係がここにある」[*4]と述べた。しかし貴婦人はどんなに歌ってもまだ籠の鳥だと、人は懐疑的に指摘するかもしれない。束縛するものと支配のメタファーは、『アモレッティ』の愛の言葉から、完全にはもつれをほぐせないとわかる。貴婦人は自発的に服従している時でさえ、やはり恋人の獲物である。実際、自分の恋人に縛られようという彼女自身の自発的な決定が、結局、彼女を閉じ込めるのだ。「まだ半ば震えている身体を私が捕えると／彼女［鹿］は自ら進んでしっかりと縛られた」（ソネット六七番）。彼女は自発的に同意したかもしれないが、それでも震えているスズメのように、捕えた者につながれているとわかる。『アモレッティ』に支配なき愛を探求させようと、スペンサーがどれほど努めても、言葉がそれに抵抗する。

一五九六年の『四つの賛歌』は、服従で始まり相互の謙遜で終わろうとする、同様に気まぐれな愛の議論を示している。「愛の賛歌」は、「帝王然《インペリアル》たる少年」（一二〇行）キューピッドの力を賞賛し、一方、自分のいとしい人の好意を勝ち得るかもしれない「雄雄しい征服」（二二一行）を果たそうと、恋人はもがく。「美の賛歌」は、「星の調和で作られた、同じ心からなる／美しく共鳴しあった天上の音楽」（一九七〜九）に基づく愛に向かって、ためらいがちに進む。「コンセント」［一致・調和］（concent）という言葉に、同音異義語の「コンセント」［同意］（consent）が一瞬ひらめく。しかし、コンセント［一致・調和］の第一義的な意味は、自発的な結びつきというより、本能的な無意識の調和を暗示する。自発的な合意《アコード》に基づく愛は、『賛歌』が向かう理想である。しかしそれは、初めの二つの賛歌に関わる地上的な愛と美から、最後の賛歌の主題である天上の美と天上の愛に向かう時だけ、生きる機会を与えられる理想である。『賛歌』の序文に、後半の詩は、手稿の回覧で広められたとスペンサーが主張している初めの二つの賛歌の持っている若気の多情を取り消して、それを乗り越えようとするパリノードだと述べてある。しかし、この詩の手稿は現存せず、スペンサーの書簡風の献呈辞は、どうやら『四つの賛歌』が宮廷のサークルで好まれたという印象を一般読者に与えるために作られた虚構らしい。後半の詩は同様に愛についての議論を進め、初めの二つの詩に見られる論争の言葉から離れて、ためらいがちに神の愛に向かって進む。「天の愛の賛歌」は、人間のためのキリストの自発的な犠牲と、その犠牲に対する感謝からの人間のキリストへの自発的な服従を、愛の完き例として提示する。それは征服や支配というより、むしろ相互譲渡《ミューチュアル・イールディング》に基づくものである。キリストは自発的に人の姿を取った。だから、同様に自発的な、愛し従おうという決意によってキリストの愛に応えるべきなのだ。「そなた自身をすべて惜しみなく主に捧げねばならぬ／ご自身をすべて惜しみなく、そなたに与え給うた方だから」（二六五〜六行）。理想的な愛は、互いに自発的な贈り物なのである。

一五九六年版の『妖精の女王』は、似たような熱心さをもって愛と自由の関係を探求し、『アモレッティ』に見られるものに似たジレンマに陥っている。第四巻でテムズ川がメドウェイ川に求愛する時、自分の水と一緒になるよう恋人を説得する彼の長い間の努力は、手に負えない恋人が、慈悲深く折れて終わる。

長いことテムズは、（物の本によれば）
その日までメドウェイを自分の床にと口説いてきたが、
気位の高い妖精は、どんなこの世の報酬でも、
どんな懇願にも、愛する気になれなかったが、
今やっと折れて、結婚することになったのである。

（四・十一・八）

結果として生じる結婚は、メドウェイ川の同意から生まれる。しかしスペンサーは、彼女が恋人の懇願に屈する過程を、心乱される性急さをもって疾走する。「折れて」から結婚までに、わずか五シラブルしかない。彼は理論上同意の上の結びつきという理想に惹かれていながら、それを実践で示すことが出来ないのである。第二章で見たように、『祝婚歌』では、結婚の儀式の描写は愛する婦人が結婚に同意する瞬間を圧倒し（「愛する人よ、なぜ顔を赤らめるのか、そなたの

手を／私たちの契りの固めを私に与えるのに」（二二三八～九行）、そして『妖精の女王』でメドウェイ川が折れた後に続くイングランドとアイルランドの川の名の目録は、ケントの川[5]がロンドンのテムズ川とひとつになることを選ぶ重大な瞬間を、同様にかき消してしまう。メドウェイ川の意思はスペンサー的なイメージのタブローに従わせられる。そしてメドウェイ川の結婚が行われている間、舞台裏のフロリメルはプロテウスに捕えられ、水牢に閉じ込められてぐったりし、愛から支配が決して完全には取り除かれないことを思い出させるものとなっている。

私たちの脆《もろ》さ、そして自分の弱さについてのスペンサーの感覚が著しいため、彼の詩全体が甘くとらえどころのないものである。いつもほとんど実現しそうになりながら、手に入りそうに見えるその瞬間に、じらすように私たちの指の間から滑り落ちる理想を彼の詩は提示する。『妖精の女王』は常に実現出来るわけではない野心と大望を持ち、絶えず読者に、自分たちは常に、妖精の女王その人のように、二歩先に、二歩後に、あるいは自分たちを超えたところにある理想を探求しているのだという印象を与える。支配なき愛の理想を示すことが、この詩の到達し得ない最大の目標である。支配なき愛の提示にスペンサーが近付くのは——性のヘルマプロディトス的結合のイメージ、あるいはアドーニスの園に表されているような無性生殖の一瞬の幻の——短い顕現を通してのみである。このような瞬間に、スペンサーはフィクションに遂行可能な、最も偉大で困難な任務を試みているのである。スペンサーは、自分の容認言語では単純に常套句で表せない理想を喚起するために、物語あるいは神話の構造を用いている。しかし『妖精の女王』中の人間と妖精の登場人物に関わる部分で、恋人たちの完全に相互的な結びつきというとらえどころのない理想を実際に行う者は誰もいない。というのは、多分、束縛の要素の「全く」ない愛は、人間にとって、経験とスペンサーの容認言語によってこれが愛だと示される、いらだたしく、不平等で、交互に傲慢になるものとは思えないだろうからである。もっともスペンサーは、貴婦人たちに伴侶を選び、不当な攻撃者に抵抗する自由を与えようという意思をもって、何度も愛と同意のつながりを強調している。ユーナをサテュロスから救う森の騎士サー・サティレインは、フロリメルの帯を賭けた馬上槍試合の後、馬上槍試合の勝利者ブリトマートが偽フロリメルの主人になるのを断ると、誰のものになるか偽フロリメルに自由に決めさせるべきだと主張する。「喜び勇んで来てくれる恋人こそ、嬉しいもの」(四・五・二五)と彼は言う。偽フロリメルは自由に選択し、偽騎士ブラガドッチョを自分の主人として選ぶ。彼女の選択の自由は、理性に基づくものにはならない。また偽フロリメルの選択は、支配なき生活を保証しそうにない。というのは、ブラガドッチョは、前に清純なベルフィービーを襲って暴行しようとしたことがあるからである(二・三・四二)。『妖精の女王』は絶えず自身の理想の代替物を提示する。そして支配なき愛の理想は、この詩がさまざまなゆがんだ形で描き出すもののひとつである。愛における支配の危険についてのブリトマートの詩行は、後でデュエッサによってふしだらの正当化に使われる。

「というのは、愛は自由で、好き勝手な方を向くもので、／力づくで無理に押しつけるものではありませんから」(四・一・四六)。ブリトマートの貞節のエピグラムは、絶え間ない変わりやすさと不実を是認するためにパロディー化される。どのようにしてアモレットをヴィーナスの社から連れ出したかについてのスカダムアの描写も、支配にかき乱されている。「乙女は時にはやさしい涙を浮かべ／何度も何度も放してくれと頼みました」(四・十・五七)。それに続く彼らの関係の歴史は、乱暴な始まりを反映している。ビュジレインによるアモレットの監禁と、キューピッドの仮面劇での彼女の苦しい役割への服従は、恋人の最初の支配に始まり、それが寓意的に発展したものである。それはスペンサーの理想ではない。それは、どうすれば愛が支配から解放され得るかについての複雑な寓意的探求の一部を構成する、はなはだしく欠陥のある愛のイメージなのである。

スペンサーは、支配なき愛を示そうと努めて自分の言葉と格闘しているだけではない。彼はまた、彼の文化の最も勢力のある領域のひとつと格闘している。彼は愛が政治の権威の構造に編みこまれていた時代に生きた。エリザベス一世は、宮廷人を自分の厳然たる意思に従わせるために、愛による拘束をうまく用いることが出来た。彼女が名づけ親になったアリオスト[6]の翻訳者サー・ジョン・ハリントン[7]は、次のように記している。

彼女の演説は、ありったけの親愛の情を得ることが出来、臣下は、彼女の命令にありったけの愛情を示そうと努めた。というのは、彼女は「彼女の国家は、臣民が彼女に対する愛情から喜んでするだろうとわかっていることを、彼らに命ずることを求めたのです」と、よく言ったものだった。ここで彼女は、知恵を十分に示したのである。というのは、君主が強制するのではなく、臣民自身が選択するのだと君主が言った時、誰が君主の信頼を失うことを選んだだろうか、あるいは、誰が君主に愛と従順を示すことを控えようとしただろうか[*5]。

表向きは自由意志による従順を臣下から脅し取るために、想像上の愛の自由をこれほど抜け目なく使える君主の下で、スペンサーは、権力の悪影響に染まらない愛の形を提示する試みに失敗せざるを得なかった。しかし彼はまた自分が奮闘している理想の実現を、自らの手段によって妨げられている。愛の性質を探求するスペンサーの主な方法は、騎士にふさわしい征服の描写を通じて行うことである。女性は現在の主人を戦いで負かした騎士に獲得されるかも知れず、そして彼女は自分を救ってくれた者に結果として束縛されると感じるかもしれない――セリーナは、第六巻第五篇第九連で野人に救い出されるが、むしろ野人が「正当な手段でわが物としたのではなく、／力に訴えて手に入れた」ように見え、アモレットはビュジレインの城での「恐ろしい捕われの身」からブリトマートに救い出され、自分を救い出してくれた者に恩義を感じるが、「しかし、恥辱の恐れと忌まわしい不名誉を懸念して／当然すべきと思うほどには、尽くせなかった」（四・一・八）のである。このような状況では、騎士と貴婦人の関係は明らかに自由意志によるものではなく、征服と拘束から生じる義務に浸されている。

『妖精の女王』が愛を描写するために用いている創作上の典型の人物は、絶えず愛から支配を取り除こうという野心と――しばしば文字通りに――戦っている。ブリトマートが未来の伴侶アーティガルとついに出会った時、この二人は匹敵する力を持つ好敵手として戦い、（どちらも「追いつ、追われつ」（四・六・一八））勝利が二人の間を揺れる。アーティガルはやがて「偶然」にブリトマートの兜の面頬を切り取ってしまい、

するとそれまで見えなかった彼女の天使のような顔が、
赤く輝く朝のような姿で、現れた。

（四・六・一九）

アーティガルは戦い続けようとするが、彼女の顔に驚嘆し、気がつくと剣は彼の手から垂れ下がり、崇拝のために跪こうとしている。彼の勝利は、征服ではなく、本能的な自己征服という結果になる。それに続く戦闘停止で恋人たちは身元を明かし、スペンサーは彼らの不恰好な求愛の中

に、力の上に築かれた関係を超えて相互譲渡《ミューチュアル・イールディング》の上に築かれる関係に進もうとする者たちの、発作的に振り子のように揺れる激情を探求する。彼は、愛の経験を、とまることのない流れとして提示する。ブリトマートは、自分がアーティガルの降伏によって征服されたように見えてはならないことを知っている。彼女は英雄的な怒りの外見を保とうと奮闘し、剣を持つ腕を下げないでおくために戦う。しかし目の前のアーティガル同様、彼女は征服される。「彼女の手は下がり、もはや彼の勇ましい顔に／怒りの武器を向けようとはしなかった」(四・六・二七)。愛は振り子のように揺れる主権の過程、征服しようとする衝動と服従の意志との発作的な戦いの過程である。スペンサーはブリトマートとアーティガルの愛に、「従順を、命令の実行という事柄ではなく、自発的に自己を他者に合わせ、もはや誰の意思が支配し、誰の意思がそれに従うのかを区別することを不可能にする融合」[*6]が愛であるというチョーサー[8]の愛の考え方と共通点の多い関係を呼び起こそうと試みる。一方の恋人が支配権を得て、そして自発的な服従行為により彼らは進んで相手に支配権を譲り返す。やがて彼らの相互譲渡が彼らの関係における力の要素を一瞬均衡状態にもたらした後、アーティガルの征服者ブリトマートは、彼との結婚に同意する。

そしてとうとう、騎士が述べたてる
あまたの誓言、あまたの誓約を入れて、

彼の恋人となり、彼を主人とし、やがては
正式に結婚して二人の合意を成就させることに同意した。

（四・六・四一）

「合意《アコード》」は、互いの同意による取り決めを表すもので、スペンサーにしては強い用語だ。求愛のこの最終的な不可欠の段階で、初期の段階を支配していた意思と意思との戦いを、互いの同意《コンセント》が相殺する。優位を争って振り子のように揺れる不確かさの後、支配権は放棄され、「合意」に取って代わられる。もっとも、その語の音「アコード」に「わが主《ロード》」の記憶が反響する。このエピソードは、同意に基づく愛という見解を、この理想に本来的に敵対する媒介から発展させようと努めるスペンサーを示している。そして、ブリトマートとアーティガルの合意は束の間のものだ。彼らは自分たちの探求を続けるため、すぐ別れる。

『妖精の女王』中にパロディー的対型[9]を持たないエピソードはなく、ブリトマートとアーティガルの求愛も例外ではない。第五巻でアーティガルは、実際もう一人の男性的な女性、アマゾンのラディガンドと戦う。彼女は戦う前に、次の事柄への同意を彼に求める。

もし私が勝てば、あの男は私の掟に従い、

いつも私の命令を守ること、
そしてもしあの男が勝てば私も同じとね。

（五・四・四九）

「そなたの持てるこの世のあらゆる品を私はそなたに授ける」と、チャールズ皇太子は、スペンサーの遠い子孫かもしれないレディ・ダイアナとの結婚式で、間違えて言った。そしてラディガンドの申し出には、この契約上の不平等の気味がある。もし自分が負ければ、アーティガルの法にではなく、自分自身の法に縛られるということをほのめかしているのだ。誰かがある協定に進んで同意するという事実は、彼らが同意した事柄の正当性を保証するものではない。この契約に続く戦いで、アーティガルはラディガンドを倒し、殺すために彼女の兜を取り、そして、またも見事な女性美への屈伏に誘われる。「自然の見事な美の奇跡」、つまりそのアマゾンの容貌に圧倒され、彼は「憐れみの情に貫かれ」る（五・五・一二〜一三）。もはや戦うことが出来ず、代わりに「まごうかたなき戦場で、慈悲を請うた」（五・五・一六）。

こうして彼は打ち負かされた、いや、打ち負かされた
のではなく、自ら進んで彼女に屈《アコード》した。

（五・五・一七）

このエピソードは、ブリトマートとアーティガルの愛の戦いを、「合意《アコード》」という言葉のエコーに至るまでそっくり思いおこさせるものだ。しかしそれは、はじめのエピソードに示された揺れる力の均衡をたたきこわす。ラディガンドはアーティガルの降伏を受け入れるが、慈悲深い譲りあいという相互行為の遂行を拒む。「といって、自分の力に負けた卑しい僕に仕えることに／進んで合意《アコード》する気にはなれなかった」（五・五・二七）。このエピソードは、双方の譲りあいを伴うスペンサー的な愛の理想が、政治的支配に一転し得るやり方を例証している。ラディガンドの無理強いの愛は——スペンサーの女王が臣民から引き出す政治的な愛と、意図的な、心を乱す共鳴の響きを持っていて——アーティガルの同意に基づいてはいるものの、彼女自身の自発的な恭順によって彼の同意に応えるものではない。この権力欲に満ちた愛人は主人公を牢に入れ、そこで彼は（ヘラクレスがオンパレー[10]に強いられたように）女物の服を着て糸を紡ぐことを強いられる。このエピソードは、同意した後で不公平とわかる契約、そして自分を一人の女に従属させる契約に同意することが、男にとってどんなことかを探求していることに我々は気づいてもいい。『妖精の女王』には、たとえばブリトマートがアーティガルとの不平等な関係に同意してしまったことを発見するというエピソードはない。実際、ラディガンドのエピソードの終わりで、ブリトマートはこのアマゾンを殺し、「女たちが長いこと横領していた自由を／その手から奪い、彼女たちを元通り／男性に服従させ、真の正義を授け」る（五・七・四二）のである。この詩の見方にはあの時代の不公平の傾向があり、それが不愉快なほどあからさまに表われている。しかし、『妖精の女王』はある重要な点を主張している。愛は人が同意する時だけ正当に機能することと、そして、愛は相互に譲りあう「合意」に達してはじめて釣り合いのとれた状態になることである。

ラディガンドのエピソードは、『妖精の女王』の性の政治学から、人と人との理想的な政治的関係についての見解に私たちを導く。スペンサーなら「礼儀正しさ《シヴィリティ》」と呼んだだろうと思われる概念が『妖精の女王』を支配している。この用語は十六世紀には広い意味を持っていて、この言葉が今日普通に持っている「丁寧さ《ポライトネス》」という弱い意味よりも、はるかに多くのことを意味している。スペンサーのアイルランドの友人ロドヴィック・ブリスケット[11]の『市民生活論』（*The Discourse of Civil Life*）は、シヴィタス（civitas）すなわち都市あるいは国家に暮らすことを可能にする美徳に関する著作である。そして「礼儀正しさ」は、人との共生を可能にする道徳的資質を意味している。スペンサーの理想的な人間関係は、慈悲深い相互関係である。下位の者あるいは征服された者が、征服者、統治者、あるいは女主人に仕えることを申し出る。そして征服者、統治者、あるいは女主人は、下位の者に慈悲深く自由を与える。同等な者の間の礼にかなったやりとりで統治権は理想的に放棄される。第二巻でプリンス・アーサーは、怒りっぽいパイロクリーズ、サイモクリーズ兄弟の破壊の猛威からガイアンを救う。ガイアンは救われて、（畏敬の念に打たれた半行で（二・八・五五））アーサーに「いつまでもお仕え」すると申し出る。しかしアーサーは、ガイアンに対する自分の権力を慈悲深く放棄し、ガイアンの感謝に拘束されることを拒む。「善い行いをなす者に／無理に報酬を与え、折角の善行を／窮屈な束縛とする必要がありましょうか？」（二・八・五六）。この二人は優雅な共同体を作り上げ、「麗しい合意のもとに」（二・九・二）道を行く。彼らの合意は、優位の相互譲渡に基づいている。ガイアンはアーサーに降伏するが、アーサーはガイアンに対する支配力を慈悲深く放棄する。礼節とは救った人に好意の返礼を無理強いしないことだと執拗に語る同様な関係が、第六巻の礼節の物語に満ち溢れている。サー・キャリドアはブライアーナから、「骨折りの報いとして、無条件でその城を贈り／いついつまでも忠誠を捧げる」（六・一・四六）という申し出を受けるが、この礼儀正しい《コーチャス》騎士は、「自分の善行の報いとして、土地も報酬も／わが手に留めようとは」しない（六・一・四七）。しかし、礼儀正しい合意《シヴィル・アコード》に生きるというこの雅量のある図は、本来、不安定である。それは優越の関係に始まり、当事者双方が、理論上はどちらにも権利のある主張を放棄することに基づく気高い掟《ア・コード・オヴ・ノヴィリティ》に従うことにかかっている。それは当事者双方が「礼儀正しい《シヴィル》」ことにかかっている。

問題はないと考える人がいるかもしれない。しかし、もし当事者の一方が、この礼儀正しいやりとりを受け入れる用意が出来ていなかったとしたらどうなるだろう。『妖精の女王』の中には、そういう例がいろいろある。悪い騎士は、相手を従わせるためだけに体力を使う。偽騎士ブラガドッチョは、持つ資格のない優位を得るために、自分の力を慎みなく使う。トロンパートが彼の前にひれ伏して卑屈に彼を崇拝すると、ブラガドッチョは、お前は奴隷だから俺の鐙にキスをして、この先ずっと俺に仕えて敬意を示すのだと主張し（二・三・八）、自分の主権を控えることを拒む。力関係から生まれる人間関係のモデルは、そういった濫用に機が熟していて、スペンサーはそのことをよく知っているのだ。悪党を定義する特徴のひとつは、悪党が征服した者に対して支配力を放棄出来ないことである。そして「ヴィレン」（villeyn）とは、ごく初期の用法では「身分の低い階層」、あるいは人をジェントルにする道徳的資質と生まれ――つまり、生まれがよく、穏やかな、あるいは「礼儀正しい」こと――に欠けることを意味することがあることを思い出してもいい。この詩の第二部には、人の姿をしているが、慈悲深い相互の礼儀《シヴィリティ》の絆を受け入れることを拒む「悪党の」（villeynous）、あるいは「牛飼い」（cowherd）の騎士がたくさんいる。スペンサーの主人公は、ふつう、このグループの敵どもをただ一掃してしまうより、自分たちの法に従わせようとする。第二巻でパイロクリーズはプリンス・アーサーに殺されるが、それは自分を征服した者の自分に対する優越を認めることを彼が拒んだ後のことである。法の支配への同意は、第五巻においてさえ必要不可欠な要素である。第五巻は、事件展開の大半が、歯向かう者は誰かれかまわず殺しながら世界中を疾走するアーティガルと鉄人小姓タラス（最も初期の、最も情け容赦のないイングランド製ロボットのひとつで、ただ一度だけ、すばらしくぎこちないロボット的な言い方でしゃべる。「この悲しい便り／隠しておきたいけれど、言う必要あります、私わかります」（五・六・一〇））によるものであるため、『妖精の女王』の中で最も暴力的な巻と多くの読者から見なされている。しかし第五巻では、異なる状況下で求められる異なる形の正義が、注意深く識別されている。条件を受け入れることの出来る「礼儀正しい」敵は、条件を受け入れようとせず慈悲深い集団に入ろうとしない、あるいは入れない「礼儀正しくない《アンシヴィル》」敵とは大違いの扱いを受ける。この巻の前半で、アーティガルは正義の執行者としての権威を、武力によってではなく、自分の裁きに対する当事者双方の同意を求めることで確立する。

それで私の判断に従うと誓ってもらいたい。
二人は共にこの言葉に無条件で同意した。

（五・一・二五）

この箇所のキーワードは「無条件に《フランクリー》」である。私たちの用いる「率直に《オープンリー》」の感覚がいくらかあるが、それは騎士たちがアーティガルの裁きに「自発的に《フリーリー》」従うことも意味している。中期英語で「自由な《フランク》」男とは、封建的義務の絆で大君主に拘束されない人間のことであり、この用語はスペンサーにおいては貴族的な独立の含みを持っている。アーティガルは、彼と同じ階級の者で彼の条件を受け入れる「礼儀正しさ」を十分理解している二人の訴訟当事者に出会う。アーティガルは、海が浜に打ち寄せた宝と陸地を誰が所有するかについてのアミダスとプラシダスの論争を解決しようと試み、裁きを下す前にもう一度当事者を説得する。「たしかにあなたがたの争いは、誰か正義の人に／頼む気さえあれば合意がたやすかろう」(五・四・一六)――またも自発的な合意が、正義の実現を可能にする条件である。上位の実力者の権威を受け入れる者は、たいてい『妖精の女王』の中では生きることを許される。通りすがりの騎士のあごひげと、騎士の仕える貴婦人の毛髪で裏打ちしたマントをブライアーナが与えない限り、彼女に愛を「与える《イールド》」ことを拒むサー・クルーダーは、やがてサー・キャリドアに負かされ、「永遠に真の忠誠を誓」(六・一・四四)い、その忠誠の誓いで彼の話は終わる。

しかし『妖精の女王』の後半の巻には、スペンサーの騎士たちが条件付降伏を慈悲深く許す時の、より問題のある瞬間がある。時々、敵が自分たちの法に同意するだろうという騎士たちの思い込みが、危険なものであることが示される。サー・ターピンは旅人を虐げ、カレパインには手ごわい敵とわかる。アーサーは一度彼を負かすが、ブランディーナに乞われて彼を殺さないでおく。次の篇でアーサーは、征服者の法を受け入れることを拒む、改悛の情のないターピンの雇い人たちに再び襲われる。終にアーサーは、その無礼《アンシヴィル》な騎士のかかとを縛って吊るすという手段に訴える（六・七・二七）。第五巻のもっと後の段階でも、アーティガルは礼儀の法を受け入れることが出来ない人間以下の姿のものたちに何度も出会う。スールダンの妻アディシアは、第五巻第八篇四九連で虎に変身させられ、礼儀《アンシヴィル》をわきまえない行いのために荒野へ追放される。長いあごひげと迷彩マントが、間違えようもなくアイルランド人謀反人のマントと長いあごひげやもじゃもじゃ毛[12]を思わせる、捕えがたい毛むくじゃらのマリンジャンは、正義の騎士から逃れるために、狐、茂み、鳥、石、そして終にハリネズミに変身する（六・九・一六〜一九）。こうした人間とは思えない姿のものたちと交渉する、あるいは折り合うための努力はない。そして正義の騎士たちは、しばしば、通りすがりの小人や貴婦人がある者たちの悪辣さについて証言すれば、疑いもせず証言を受け入れてその者たちを殺しに行く。この者たちが倣う「邪まな慣習《ウィキッド・カスタム》」（後半の巻の十八番の文句）は、スペンサーの目から見て、彼らを礼儀の境界の外側——今ならさしずめ「ペイルの向こう」——に置く。この言い回しは、アイルランドに「礼儀」をもたらそうとするイングランドの骨折りから来るものなので、スペンサーに当てはめるに芳しい。「ペイル」とは、もとは柵で囲い込まれていて、その中ではイングランドの法制度が確立されていた地域だった。「ペイルの向こう」の者たちは、礼儀知らず《アンシヴィル》で、粗野で、殺してもいい者たちだった。キャリド

アが言うように、「礼儀」の及ぶ区域の外では

血は決して汚点にはならない。罰されて当然の者を
罰するのは、咎めにはならず、
礼節の掟を破り、
邪まな慣習を作る者、そういう者こそ、
気高い武道と立派な礼節を二つながら辱めるからだ。

（六・一・二六）

スペンサーの「礼儀」の概念は、ラディカルな切れ味を持っている。「邪まな慣習」を作る者はひんぱんに殺され、彼らの殺害は『アイルランドの現状管見』で推進される議論、すなわちイングランドの法律と摩擦をおこすアイルランド人の慣習を根こそぎにするための、成功する唯一の手段は大量殺人だという議論を思い起こさせる。『妖精の女王』の最後の局面あたりで、スペンサーは、「礼儀」とは絶えず縮む円周を持つ魔法の円であって、礼儀正しくない者を礼儀の原理に従わせるか、もしくは、根絶出来ない「邪まな慣習」を持つ者を撲滅することによってのみ守れるものと見ている。この見方は暗い。

私たちは、今、『妖精の女王』が、どの点で帝国の詩なのか、どの点でそうでないのかを考察する段階にいる。『妖精の女王』は、人々《ピープル》（私は意図的に「男たち《メン》」と言わないでいる。というのはブリトマートのような女性もこの社会集団に入り得るので）に与えられた平等の上に理想的に築かれ、恵み深い相互譲渡という理想に基づく礼儀という考え方を提示している。部外者は礼儀という条件に同意すれば、この社会集団に受け入れられる。つまり、この詩の人間関係の手本は、決して強さと権威を単純に同一視していないのである。他の騎士を征服すれば、結果として同等と合意が可能になり得る。しかし、この見方の凄みのある切れ味、有徳な人物を同情をもってではあるがたえず曇らせて悪徳のイメージにしてはじめて資格を与えられる切れ味は、礼儀の外側に、勝利者の差し出す条件を拒むなら処刑してもかまわないものたち、あるいは礼儀正しい人々の恵み深い集団の一員になることが生得的に不可能な、不恰好な、ものも言えないものたちが大勢いることである。こうした人々あるいは生き物は殺される。そして『妖精の女王』の物語が続くうちに、根絶の過程は切迫し、思慮を欠くものになる。しかし、これはスペンサーの見方の苦痛を与える側面なのだが、彼の見方に苦痛を和らげる資質を認めることも肝要である。スペンサーはこれまで見てきたように、絶えず、良いものと悪いもの、野蛮なものと礼儀正しいものを対にしている。女王に顧みられない政策を強く求めながらアイルランドで過ごすうちに、彼は国家の声なき辺境と似たものになった[*7]。すでに見たように、『妖精の女王』第二部は、野生のもの、野蛮なもの、そして森のものに、驚くべき想像上の重みを加えており、教化出来ない外側の野蛮の区域がそれ自体のエネルギーと価値を持っているかもしれないという、少しばかり当惑気味の自覚を何度も示している。スペンサーの見方には、帝国主義の思想家の構造がいくつもある。しかしそれは、同じ意見の政府に理論上好意《アフェクション》を持ち、野蛮なものの制御出来ないエネルギーを生来好むもの《アフィニティ》なのだ。このような特徴は、彼の見方を、包容力のある詩人の――情け容赦ない厳格さが、権力の限界についての不意の自覚によって絶えず阻止される――見方として特徴付けている。

スペンサーが帝国の概念に課す注意深い制限をほぼ完璧に探求し、また、愛は同意の上に築かれるべきだという彼の主張を例示するのが、第四巻の終わりでマリネルとフロリメルの話を締めくくるエピソードである。第四巻第十一篇で、フロリメルは海の支配者プロテウスに捕えられ、彼は賄賂を使って、あるいは力ずくで、彼女の愛を得ようとする。

贈り物もやさしい扱いも、
貞節な心を動かすことができぬと見て取ると、
酷さと畏怖で従わせようと思ったのであった。
(四・十一・二)

一方、フロリメルの恋人マリネルは、プロテウスの広間で行われるテムズ川とメドウェイ川の婚礼に招かれている。マリネルは、スペンサー風の特徴的な嘆きの声が海底にこだまするのを聞く。それは「悩ましい悲しみを哀れに訴えて」いた（四・一二・五）。フロリメルの嘆きは、スペンサーの初期の嘆きの詩の多くに喚起される、不幸な均衡状態にはならない。それはついには自由の身にする。彼女と結婚したいと願い、彼女が結婚したいと願っている当の男性が彼女の嘆きを聞く。マリネルは、母である海のニンフのサイモドースに、自分のために介入し、自分の「思い通り手に入った」（四・一二・一五）恋人を自由の身にして欲しいと頼む。サイモドースは、直接プロテウスにではなく、プロテウスよりも上位の海神ネプチューンに、乙女を自由にするよう訴える。フロリメルは、「所有者のないもの」（waif *OED* 1）として「海神の帝国の《インペリアル》海」（四・十二・三二）を漂っているところを発見されたため、法的にはネプチューンの所有なので、彼はプロテウスに彼女を解放するよう命じる。このエピソードは魅惑的で、きわめて重要である。それは一見絶対的な権威の一形態を、より高次の別の形態の権威に従わせたいという、スペンサーの頻発する願望を示している。威張り散らすプロテウスが、より高次の「帝国の」自然界の権威者よりも下位に置かれることが示される（スペンサーは第五巻第四篇一九連で「帝国の」海とも呼んでいる）。そしてネプチューンは、自分の「帝王としての《インペリアル》」統治権を、他者をただ支配するため、あるいは征服するためだけに使ってはいない。そうするかわりに、彼は嘆願者サイモドースの願いを寛大に聞き届け、暴君の拘束を覆すために行動する。マリネルとフロリメルは「どちらも」結婚を望んでおり、彼らの願望が成就するか否かは帝国の王者の行為にかかっている。スペンサーはこのエピソードで、自分の権力をただ楽しむ、あるいは弱者を支配する、帝国の権威者をあらわしてはいない。彼は、権力者が恋人たちの自由で自発的な結びつきを可能にすることを示している。これは単純な帝国主義擁護ではない。むしろ、臣民の願いを容れるために自分の権力を制限することを進んで選ぶ帝国主義の一形態を描写し擁護する努力を特徴付けるものである。フロリメルのマリネルとの自発的な結びつきは、『羊飼いの暦』以来スペンサーが喚起することに群を抜いて優れていた実り豊かな再生という結果を生む。というのは、ひとたび恋人と結ばれてマリネルは生き返るからだ。

それは丁度、残酷な冬の苦難に萎れていた草が、
日の光が暖かく射してくるのを感じると、
それまで垂れていた頭を上げて、
美しい日光の前に、葉を広げるのに似ていた。

（四・一二・三四）

この箇所のアレキサンダー詩行[13]の広々と広がっていく大らかさは、ネプチューンによる帝権の親切な実践から生じている。恋人たちの自発的な結びつきが、それに続く生命力の約束と共に、ネプチューンの慈悲深い帝王の権威によって可能にされる。

ネプチューンのエピソードは、スペンサーの死から一〇年後、一六〇九年に印刷された「無常篇」に内在する議論と同質である。「無常篇」は、またも、自然の力、至高の仁慈「偉大なデイム〈自然の女神〉」を頂点に頂く権力のヒエラルキーからなる宇宙を喚起する。〈無常〉の一件の裁判の終わりに、〈自然の女神〉は、万物が変化するのは本当だが、そうすることで万物は「自己の完成を成し遂げる」のだという判決を下す。そして彼女は姿を消す。

こうして、女巨人は制せられ、黙らせられ、
ジョーヴは帝王の座を保証された。
そこで、大集会は解散になり、
〈自然の女神〉自身、いずこともなく姿を消したのである。
（七・七・五九）

これが、この詩で最後に、そして最もあいまいに使われた形容詞「帝国の《インペリ》／帝王の《アル》」である。プ

ロテウスがより高次のネプチューンの権威に従うように、ジョーヴは〈自然の女神〉に従属しているので、地上と地中にあるものすべてに対するジョーヴの「帝王としての」権力に権限が与えられていることは、「無常篇」全体の筋の展開から明らかである。変化は自然のプロセスの一部だという議論で、〈自然の女神〉は〈無常〉の宇宙支配の要求を論破する。しかし、そうすることによって彼女がジョーヴを「その帝王の座に」据えて「承認した」のかどうか、全然はっきりしない。むしろ、彼女の判決は自分の権威がジョーヴの権威に勝ることを認めさせたのである。というのは、この一件に判決を下す能力が、彼にではなく彼女にあるとみなされているからである。彼女はまた、〈無常〉のように自分が世界を統治していると考える人物は、実際には、彼らがいてもいなくても進行していくほとんど終わりのないプロセスにおける端役に過ぎないことを暗示している。ジョーヴの帝王としての支配も、〈自然の女神〉その人の容量の大きい影響力に比べれば、彼ら同様ちっぽけに見える。それはまた、決定的に弱くも見える。自分が世界を支配するのだという女巨人〈無常〉の主張の主たる根拠は、彼女の血統に由来する。彼女はタイタンの一族の出身で、タイタンの一族から、「ジョーヴよ、あなたが天の支配権を力に訴えて／…不当にも取り上げた」(七・六・二七)のだと主張する。ジョーヴの支配以前からの巨人族の一人として、〈無常〉は、自分が大地から生まれたこと、もとの支配者の子孫であることを主張する。第二巻第十篇でアーサーがアルマの館で読む英国年代記に、スペンサーは、もともと巨人族が、ブルータスに征服されるまで、英国を支配していたことを指摘している。英国民もアイルランドのイングランド政府も、大地から生まれた巨人族の封じ込めと征服に依存しているのだ。それでも、たとえ基礎的にでも法的訓練を受けたことのある読者なら、誰でも激しく心を乱されたであろうやり方で、〈自然の女神〉は、世襲の権利により世界を支配するという〈無常〉の主張を完全に論駁しそこなっている。これは『妖精の女王』におけるあいまいな終わり方というだけでは不十分だ。それは、この見解が最終段階で解決されること、そして帝国の統治が征服したと主張している土地を土着の勢力がまだ所有しているという思いを、スペンサーが完全には、そして決定的には心から消し去れないでいることを暗示する。植民地の行政責任者にとって、そういった考えは考慮に値しない。それは〈自然の女神〉によってわきに退けられ、〈自然の女神〉の究極の主権は、自然の勢力を人間の勢力の上に置く『妖精の女王』の後半部の一般的な傾向を続ける。作品が必ずしもエリザベス朝の政府の政策と同調したわけではなかった詩人、必ずしも宮廷の中心から歌ったわけではなかった詩人スペンサーは、「無常篇」で、自分が国家の支配者だと誤って空想する者たちを、姿を見せず支配するより偉大な力――神あるいは〈自然の女神〉――の下に帝国の権力を置く最終的な権力図を構成した。第六章で見たように、アイルランドの風景を損おうとするダイアナの骨折りがその地の野生のエネルギーよりも下位に置かれていると同様に、ジョーヴの帝国は、より高次の、目に見えない、生命の維持に不可欠な権威の下に置かれている。限られた管轄権というこの見方を、帝国の君主たらんとするスペンサーの女王の野望に対する最終的な譴責《けんせき》と見なせば、「私たちの言葉と真意が一致しない」[14]この詩の寓意的手法の堂々たる二重性を軽く見ることになるだろう。それほどあからさまなものではない。しかし、〈自然の女神〉の判決が耳に鳴り響くまま一六〇九年版『妖精の女王』の分厚い一冊を読むのをやめて下におろす読者は、人間の帝国は宇宙の究極的な威力《フォース》ではなかったという感覚、男女の力《パワーズ》の上に、またその力を超えたところに、死を免れないものの目にはほとんど見えない野性の神々《パワーズ》がいたという意識をもって本を置くことだろう。

『妖精の女王』が、帝国に、そして愛の帝国に課す制限は、本書で進めてきたスペンサー作品の包括的な見解と同質である。彼は、作り、形をつけ、そして支配しようとする自分の衝動が、完全には自分の自由に出来ないとわかっている外的な力――時の流れ、女王の意思、他人の意思、彼が受け継いだ詩的遺産――によって、常に、多少自覚を伴って、制限を受けている詩人である。筆者は、彼を――度量広く、堂々と、独創的に――自分の詩を完全に支配しているわけではない詩人として提示してきた。彼は詩を向かわせたいと思うとおりの方向に、駆り立てられないでいる。というのは、彼は、時、変化する力、歴史、そして彼の包括的な言語遺産に支配されている、死を免れない詩人だからだ。支配願望とその願望の成就の間の同様なずれが、『妖精の女王』の政治学と帝国の政治学に行き渡っている。権力は決して絶対ではない。それは常に、より高次の力――〈自然の女神〉、ネプチューン、あるいは他人の抵抗する意思――に遭遇し、それらが、スペンサーが雄々しく認めるように、その野心を妨げるのである。

スペンサー年譜

一五五二―四　生地はおそらくロンドン。両親はおそらく洋服屋ジョン・スペンサーとその妻エリザベス。

一五六一　マーチャント・テイラー校[1]に通う。おそらくその創立時（九月二〇日）から。

一五六九　ケンブリッジのペンブルック・ホールにサイザーとして入学する（五月二〇日）。『俗人劇場』（*A Theatre for Worldlings*）が出版業者の登録簿[2]に載る（七月二二日）。

一五七〇　ゲイブリエル・ハーヴィー[3]との友情が始まる。

一五七三　学士号を取得し、学位取得希望者百二〇人中十一番で卒業する。

一五七六　修士号を取得し、学位取得希望者七〇人中六六番で卒業する。

一五七七　ことによるとアイルランドにいて、モロー・オブライエン[4]の処刑（七月十一日）を目撃したかもしれない。

一五七八　ロチェスター主教ジョン・ヤング[5]の秘書になる（四月）。ロンドンでカーク夫人宅に住む。（十二月まで）

一五七九　レスター・ハウスに、おそらくレスター伯[6]の秘書として十二月五日まで住む。ウェストミンスターのセント・マーガレット教会で「エドマンド・スペンサーとマカビアス・チャイルド」が結婚（十月二十七日）したという記録がある。シルヴェイナスとキャサリンの二子が生まれる。『羊飼いの暦』（*The Shepheardes Calender*）が出版業者の登録簿に載る。その直後に印刷される。

一五八〇　グレイ卿[7]がアイルランド総督に任命される（七月十五日）。スペンサーは年俸二〇ポンドでグレイ卿の秘書になる。スペンサーがスマーウィック包囲と、それに続く六百人の降伏者の大虐殺の現場にいたことは、ほぼ確実（十月〜十一月）。スペンサーとハーヴィーの書簡集が活字になる（十二月）。『羊飼いの暦』の第二版。

一五八一　ワイン関税監督官になる（三月二十二日）。ウェクスフォード州エニスコーシーの修道院[8]と水車小屋のリース権を与えられる（十二月六日）。

一五八二　キルデア州のニュー・アビー[9]のリース権を、年三ポンドで取得（八月二四日）。グレイ卿がイングランドへ召還される（八月三〇日）。スペンサーはアイルランドに残る。

一五八三　キルデア州兵員弁務官[10]に任命される（五月十二日）。

一五八四　おそらくマンスター地方議会書記官になり、ロドヴィック・ブリスケット[11]の代理を務める（七月）。

一五八六　『羊飼いの暦』第三版（十二月十七日）。

一五八八　キルコルマン城[12]に居住し始めた可能性がある（一五八九年三月二四日頃には確実に住んでいた）。『妖精の女王』（*The Faerie Queene*）からの引用がエイブラハム・フローンス[13]の『アルカディア的修辞学』（*Arcadian Rhetorike*）に載る。

一五八九　オールド・イングリッシュの隣人ロッシュ卿[14]との法的争い（十月）。出版業者の登録簿に登録された『妖精の女王』の出版を監督するために、ローリー[15]と共にイングランドへ旅する（十二月）。

一五九〇　『妖精の女王』が活字になる。『嘆きの詩』（*Complaints*）が出版業者の登録簿に登録される（十二月）。

一五九一　『ダフナイーダ』（*Daphnaïda*）が活字になる。年額五十ポンドの終身年金を付与される。十二月二十五日『羊飼いの暦』第四版。『嘆きの詩』が活字になる。「ハバードばあさんの話」（"Mother Hubberds Tale"）が公刊を禁じられた可能性がある。『コリン・クラウト故郷へ帰る』（*Colin Clouts Come Home Againe*）に日付が入る（十二月二十七日）。ロッシュ卿との争いが続く。

一五九二　擬プラトン的対話の翻訳『アクシオカス』（*Axiochus*）[16]が、おそらく誤って、スペンサーのものとされる。

一五九四　ロッシュ卿との争いが進む（二月）。エリザベス・ボイル[17]と結婚する（六月十一日）。息子ペレグリンが生まれる。

一五九五　『コリン・クラウト故郷へ帰る』が活字になる。「先ごろ書かれた」『アモレッティと祝婚歌』（*Amoretti and Epithalamion*）が活字になる。

一五九六　『四つの賛歌』（*Fowre Hymnes*）が活字になる。『アイルランドの現状管見』（以下『管見』と略す）（*A Vewe of the Present States of Ireland*）がイングランド滞在中に書かれた可能性がある（六月〜七月）。

一五九七　『羊飼いの暦』第五版。

一五九八　『管見』が出版業者の登録簿に登録されるが、出版許可がおりない（四月十四日）。地代の滞納（二月七日）。ティローンの反乱[18]が起きる（六月）。スペンサーはコークの長官になる。キルコルマンが反乱民の手に落ちる[19]（十月）。ロンドンへ戻る。枢密院[20]へ手紙を届けたことに対し八ポンドが支払われる。

一五九九　ロンドンで死亡（一月十三日）。エセックス伯[21]の費用で葬られる。

一六〇九　「無常篇」（*Mutabilitie Cantos*）を含む『妖精の女王』フォリオ版の初版が出る。

一六一一　詩の全集フォリオ版の初版。

一六一七　詩の全集フォリオ版の第二版。

一六二〇　ウェストミンスター寺院に墓碑が建てられる。

一六三三　『管見』の出版。

一六七九　詩と散文を収める全集の初版の出版。

付録

『妖精の女王』梗概

第一巻　レッドクロス・ナイト、すなわち〈神聖〉の騎士の物語を収める

一　レッドクロス・ナイト（以下レッドクロスと略す）が、怪物〈迷妄〉を打ち負かす。魔法使いアーキメイゴーと出会い、ユーナの幻をユーナと間違える（二八～五五）。

二　レッドクロスはユーナを棄て、サンズフォイを殺し、デュエッサと親しくなる。デュエッサと戯れて木に変身させられたフラデュビオと出会う（二八～四五）。

三　ライオンを伴ったユーナは、アーキメイゴーをレッドクロスと間違える。アーキメイゴーは、サンズロイに倒され、サンズロイはユーナをさらう。

四　レッドクロスとデュエッサは「高慢の館」で〈七つの大罪〉を見る。デュエッサは忠誠の対象をサンズジョイに変える（三八～五一）。

五　レッドクロスはサンズジョイと戦って傷つける。デュエッサは彼の傷を癒すため〈夜〉の助けを求める（二一〇～四四）。レッドクロスは「高慢の館」を去る（四五～五三）。

六　ユーナはフォーンとサテュロスによってサンズロイから救出される。サティレインが彼らから彼女を救出する（二一〇～四八）。

七　レッドクロスは巨人のオーゴグリオに倒される。ユーナはアーサーに会い、アーサーはレッドクロス救出を

八　申し出る（一九～五二）。
九　アーサーはオーゴグリオを倒し、デュエッサの衣服を剥ぎ取る。
一〇　アーサーは妖精の女王グロリアーナの幻を物語る。レッドクロスは〈絶望〉に出会う（二一～五四）。
一一　ユーナとレッドクロスは「神聖の館」を訪れ、そこで教示を得る。
一二　レッドクロスはドラゴンと戦い、「生命の泉」と「生命の木」の助けを得て、やがてドラゴンを倒す。
「エデン」の人々がドラゴンの死体を調べる。レッドクロスとユーナは、彼らを失敗させようとするデュエッサの最後の企ての後、婚約する。

第二巻　サー・ガイアン、すなわち〈節制〉の騎士の物語を収める

一　ガイアンはアーキメイゴーにたぶらかされて、レッドクロスを攻撃する。ガイアンと巡礼は、アクレイジアに殺されたモーダントに遭遇し、モーダントの妻アマヴィアの自殺を目撃する（三五～六一）。
二　この夫婦の子供ラディメインの手は血まみれで、汚れが取れない。ガイアンと巡礼は、メディナとその姉妹エリッサ、ペリッサのもとに滞在する（一三～四六）。
三　偽騎士ブラガドッチョと（ガイアンの馬を盗んだ）彼の従者トロンパートは、森で清らかなベルフィービーに出会う（四-四六）。
四　ガイアンは〈激怒〉と〈機会〉を縛り上げ、フェドンを解放する。フェドンは自分がいかに嫉妬に怒り狂ったかを語る。怒りっぽい騎士パイロクリーズは、〈機会〉を探しに行く（三七～四六）。
五　ガイアンはパイロクリーズと戦い、〈激怒〉と〈機会〉を自由にする。パイロクリーズの好色な兄弟サイモクリーズは、アティン（〈不和〉）にたきつけられてガイアンと戦う（二六～三八）。
六　誘惑者フィードリアはサイモクリーズを虜にし、ガイアンも虜にされそうになって、巡礼から離れる。騎士たちは戦い、フィードリアが戦いをやめさせる。パイロクリーズは興奮して「安逸湖」に飛び込む（四一～五一）。

七　ガイアンは「マモンの洞穴」に降り、そこで富と名声と食べ物の誘惑に抵抗する。彼は「活気溢れる大気」に戻ると、気を失う。
八　パイロクリーズとサイモクリーズは、意識を失ったガイアンを襲う。彼らはアーサーに倒される（二三～五六）。ガイアンが息を吹き返す。
九　ガイアンとアーサーは、人体の寓意表現である「アルマの館」を訪れる。
一〇　アルマの館で、アーサーは英国史を読み、ガイアンは妖精の年代記を読む。
一一　アーサーは「アルマの館」の外でマリジャーとその仲間と戦い、やがて倒す。
一二　ガイアンは「至福の園」へ航海し、園を破壊する。彼はアクレイジアを捕える。

第三巻　ブリトマート、すなわち〈貞節〉の騎士の物語を収める。

一　ガイアンは名を秘したブリトマートに槍試合で倒される。ブリトマートは「歓びの城」でマレカスタから逃れる（二〇～六七）。
二　ブリトマートの過去。彼女は魔法の鏡でアーティガルを見て恋に落ちる（一八～五二）。
三　引き続きブリトマートの過去。彼女と乳母グローシはマーリンを訪ね、彼女とアーティガルの結婚から生まれる子孫について予言を聞く。
四　ブリトマートはマリネルを負傷させ、マリネルは彼の母に看病される。アーサーはフロリメルを追うが徒労に終わる（四四～六一）。
五　アーサーはフロリメルを追い続ける。彼の従者ティミアスは、森の住人に傷つけられ、ベルフィービーに会って恋に落ちる（一三～五五）。
六　クリソゴニーと太陽光線の結合によるベルフィービーとアモレットの誕生の記述で、「アドーニスの園」の描写が導入される。
七　フロリメルは魔女とその息子から逃れ、怪物に追われる。サティレインは怪物を倒し、〈貴婦人たちの従者〉

八　から女巨人ガイアンテを撃退する（二七〜六一）。
九　魔女は偽フロリメルを作り、偽フロリメルは偽騎士ブラガドッチョに誘拐される。フロリメルはプロテウスに捕えられる（二〇〜四三）。サティレインがパリデルに出会う（四四〜五二）。
一〇　パリデルとサティレインとブリトマートがマルベッコーの城に集まり、そこでパリデルがトロイの話と英国前史を語っている時、ヘレノアとパリデルは秋波を交わす。
一一　マルベッコーは駆け落ちしたヘレノアを追いかけ、〈嫉妬〉に変身する。
一二　ブリトマートはアモレットを失ったスカダムアに出会う。彼女は精巧に飾られた「ビュジレインの館」に入る（二五〜五五）。
　　ブリトマートはアモレットを救う。一五九〇年版では、アモレットとスカダムアは再会する。一五九六年版では、スカダムアは絶望のうちに立ち去っている。

第四巻　キャンベルとテラモンド、すなわち〈友情〉の物語を収める

一　デュエッサとアテ（〈不和〉）が、スカダムアを刺激してブリトマートへの嫉妬に怒り狂わせる。
二　パリデルとブランダムーアが偽フロリメルをめぐって仲たがいする。キャンベルの幼年期（三二〜五四）。
三　キャンベルは、プライアモンド、ダイアモンドそしてトライアモンドと戦い、彼らの魂は転生する。キャンビーナが戦いをやめさせる（三七〜五二）。
四　フロリメルの帯をかけた槍試合で、キャンベルとトライアモンドが抜きん出るが、野蛮の騎士（アーティガル）の到着で勝ちを譲り、野蛮の騎士は次にブリトマートに倒される。
五　ブリトマートが槍試合に勝つ。偽フロリメルは、フロリメルの帯を身につけることが出来ない。スカダムアは〈心配〉のもとに滞在する（三二〜四六）。
六　スカダムアとアーティガルはブリトマートと戦う。アーティガルとブリトマートは婚約するが、すぐに別れる（四〇〜四七）。

七　アモレットは無名の情欲の人物に捕われ、ティミアスに救出される。ベルフィービーは不貞のためにティミアスを捨てる（三六～四七）。

八　ティミアスは鳩のおかげでベルフィービーと和解する。アーサーはエミリアとアモレットを〈中傷〉から救い出し、コーフランボーを殺す（一九～六三）。

九　アーサーはアミアスを自由の身にする。パリデルとブリトマートの闘いをやめさせる。

一〇　スカダムアは、自分がどのようにしてアモレットを「ヴィーナスの社」で見つけ、そこから連れ出したかを語る。

一一　テムズ川とメドウェイ川の結婚の行列。

一二　マリネルは結婚式に参列している間に、プロテウスの邸に捕われていたフロリメルを発見する。彼の母サイモドースは、フロリメルを解放してくれるようネプチューンに頼み、ネプチューンは乙女を解放する（二九～三五）。

第五巻　アーティガル、すなわち〈正義〉の騎士の物語を収める

一　アーティガルは、誰が婦人を殺したかについての、従騎士とサー・サングリエールの論争を解決する。

二　アーティガルとタラスは、不正に税を旅人から取り立てるポレントとレディ・ムネラを服従させる。彼らは平等主義の巨人を殺す（二九～五四）。

三　フロリメルとマリネルの結婚式の馬上槍試合は、ブラガドッチョの正体が露見して終る。偽フロリメルは、本物のフロリメルと出会うと、溶けてしまう。

四　アーティガルは、海に打ち寄せられた土地と宝の所有をめぐるアミダスとブラシダスの争いを解決する。アーティガルは、サー・ターピンをアマゾンのプリンセス，ラディガンドから解放しようとする（二一～五一）。

五　アーティガルはアマゾンのラディガンドと戦って屈伏し、ラディガンドは彼と恋に落ちる。彼女の侍女クラ

六　リンダは、（女主人のためにではなく）自分のために彼に求愛する。
七　ブリトマートはアーティガル救出のため出発するが、狡猾なドロンにあやうくだまされかける。
八　ブリトマートは「イシスの宮」で自分とアーティガルの結びつきの寓意を夢に見る。彼女はラディガンドを殺し、アーティガルを自由の身にする（二五〜四五）。
九　アーサーとアーティガルはスールダンを殺す。彼の妻アディシアは虎になる（四五〜五一）。
八　アーサーとアーティガルは、マリンジャンを殺す。彼らはマーシラの宮廷に到着し、詩人のマルフォントが舌を釘付けにされているのを見、デュエッサの裁判を目撃する（二〇〜五〇）。
一〇　アーサーはゲリオーニオの圧政に苦しんでいるベルジを助ける。
一一　アーサーはゲリオーニオと彼の祭壇の下に潜む怪物を殺す。アーティガルは無礼な下層民を相手に戦うサー・ブルボンを助ける（三六〜六五）。
一二　アーサーはアイリーナをグラントートーから解放するが、今度は〈羨望〉〈誹謗〉〈口喧しい獣〉のわめき声に襲われる。

第六巻　サー・キャリドア、すなわち〈礼節〉の物語を収める

一　キャリドアは〈口喧しい獣〉を追跡する。彼は通りがかりの騎士から毛を剥ぎ取るクルーダーとブライアーナを倒す。（二一〜四七）
二　キャリドアはトリストラムが無作法な騎士を殺すのを見て、この野生の少年を自分の従者にする。プリシラを救出する（四〇〜四八）。
三　キャリドアは、プリシラの名誉を守るため嘘をつく。カレパインはタービンと出くわし、彼を避けるため、セリーナの背後に隠れる（二七〜五一）。
四　カレパインとセリーナは野人に助けられる。カレパインは熊から赤ん坊を救う（一七〜四〇）。
五　セリーナと野人は、森でアーサーとティミアスに出会う。隠者の庵で、セリーナとティミアスは〈口喧しい

六　獣〉から受けた傷を治す（三四～四一）。
七　セリーナとティミアスは隠者に癒される。アーサーはタービンに勝つが、殺さない（一七～四二）。
八　アーサーは終にサー・タービンを倒し、かかとから逆さに吊るす。ティミアスとセリーナはミラベラに出会う。彼女は〈軽蔑〉と〈蔑み〉に追われていて、彼らはティミアスを捕える（二八～五〇）。
九　アーサーはティミアスを〈軽蔑〉から解放する。セリーナは人食い人種に捕えられ、カレパインに助けられる（三一～五一）。
一〇　キャリドアはパストレラと出会って恋に落ち、〈口喧しい獣〉を追跡するという彼の探求をやめる。
一一　キャリドアはコリン・クラウトの見る〈三美神〉の踊りの幻を中断させる。山賊がパストレラをさらう（三九～四四）。
一一　キャリドアはパストレラを解放し、健康を取り戻させる。
一二　パストレラは、自分が貴族の生まれであることを発見する。キャリドアは〈口喧しい獣〉を縛り上げる。しかし、〈獣〉は長い間縛られたままではいない。（二二～四一）

第七巻　〈不変〉の物語中の〈無常〉の二編

六　女巨人〈無常〉は、ジョーヴではなく自分が宇宙を支配しているのだと主張する。裁判の場がアイルランドのアーロ・ヒルに設定され、アーロ・ヒルについてスペンサーはファウヌスとダイアナの話を語る（三七～五五）。
七　〈無常〉は、季節と月のページェントを催す。〈自然〉の女神は、変化が宇宙を支配しているのではないという判決を下す（五七～五九）。
八　時の終わりの「永遠の休息の日の姿」を示したまえという祈りの二連。

原注

第一章　伝記的に

*1 Steven G. Ellis, *Tudor Ireland: Crown, Community and the Conflict of Cultures*, 1470-1603 (London and New York, 1985) 266-7.

*2 Ben Jonson, *Works*, ed. C. H. Herford and P. and E. Simpson (11 vols; Oxford, 1925-53), i. 137.

第二章　ルネサンスの詩人として

*1 George Puttenham, *The Arte of English Poesie*, ed. G. Willcock and A. Walker (Cambridge, 1936), 21.

*2 See Ruth Samson Luborsky, "The Allusive Presentation of *The Shepheardes Calender*", *Spenser Studies*, 1 (1980), 29-67.

*3 Jonson, *Works*, viii. 618.

*4 *The First Part of the Elementarie* (London, 1582), 80.

*5 Puttenham, *Arte*, 145.

*6 See A. C. Spearing, *Medieval to Renaissance in English Poetry* (Cambridge, 1985).

第三章　王朝の叙事詩

*1 See Andrew Fichter, *Poets Historical: Dynastic Epic in the Renaissance* (New Haven, Conn., 1982).

第四章　寓意の叙事詩

*1 Puttenham, *Arte*, 186.

第五章　英雄、悪党、その間にあるもの

*1 Sir Philip Sidney, *An Apology for Poetry*, ed. G. Shepherd (Manchester, 1965), 125; cf. Puttenham, *Arte*, 18-19.

第六章　野生の人と土地

*1 See R. Bernheimer, *Wild Men in the Middle Ages* (Cambridge, Mass., 1952).

*2 Puttenham, *Arte*, 31.

*3 See further Richard Tuck, *Philosophy and Government 1572-1651* (Cambridge, 1993).

第七章　愛と帝国

*1 Sheila T. Cavanagh, *Wanton Eyes and Chaste Desires: Female Sexuality in The Faerie Queene* (Bloomington and Indianapolis, 1994), 2.

*2 See e.g. Gary Waller, *Edmund Spenser: A Literary Life* (Basingstoke and London, 1994), esp. ch. 1, and Simon Shepherd, *Spenser* (New York and London, 1989), esp. ch. 2.

*3 See the discussion in Jill Mann, *Chaucer* (Hermel H. Alastair Fowler, *Edmund Spenser* (Writers and their Work; Harlow, 1977), 22.

*4 Alastair Fowler, *Edmund Spenser* (Writers and Their Work; Harlow, 1977), 22.

*5 To Robert Markham, 1606, *in Nugae Antiquae*, ed. Thomas Park, (2 vols.; London, 1804), i. 355-6.

*6 Mann, *Chaucer*, 105.

*7 Patricia Coughlan, “Ireland and Incivility in Spenser”, in Coughlan (ed.), *Spenser and Ireland: An Interdisciplinary Perspective* (Cork, 1989), 70.

参考文献

詳細な参考文献については A. C. Hamilton *et al.*（eds）, *The Spenser Encyclopedia*（本参考文献中）をご参照いただきたい。以下の参考文献は、本書における筆者の関心と結びつく最近の研究書と、スペンサーを他の作家との関わりにおいて考察した研究書にとどめた。

WORKS BY EDMUND SPENSER

Modern editions

The Poetical Works, ed. J.C. Smith and E. de Selincourt（3 vols.; Oxford, 1909-10）. The text of this edition, which has few notes, is reproduced in Hamilton's edition of *The Faerie Queene*.

Works, ed. W. L. Renwick（4 vols.; London, 1928-34）. Does not include *The Faerie Queene* and is now very dated.

The Works of Edmund Spenser: A Variorum Edition, ed. Edwin Greenlaw *et.al.*（10 vols.; Baltimore, 1932-57）. The standard edition. Still very useful on historical background, but cumbersome for normal use.

The Mutabilitie Cantos（1609）, ed. S.P. Zitner（London, 1968）. Contains helpful if elderly, commentary.

The Faerie Queene, ed. A.C. Hamilton（Longman Annotated English Poets; London 1977. The photocopied text is not easy to read. Full notes are helpful, though some show their age. Good bibliography up to 1977.

The Faerie Queene, ed. Thomas P. Roche, Jr. (Harmondsworth, 1978). Straightforward annotations at the back of the book, rather than on the same page.

The Yale Edition of the Shorter Poems of Edmund Spenser, ed. William A. Oram *et.al.* (New Haven, Conn., and London, 1989). Contains helpful, if slightly bland, introductions and useful bibliography. The best available---some misprints, though.

Edmund Spenser's Poetry, selected and edited by H. MacLean and A. L. Prescott (3rd edn., New York and London, 1993). The best selected edition, which also includes a good sample of modern criticism.

Early Editions

A Theatre for Worldlings, Jan van der Noodt (London, 1569). Contains Spenser's translations of Du Bellay, his earliest known verse, later revised in *Complaints*.

The Shepheardes Calender. Conteyning twelve Æglogues proportionable to the twelves monethes (London, 1579). Further editions in 1580, 1586, 1591, 1597, and in folios of 1611 and 1617.

Three Proper, and Wittie, Familiar Letters with Two Other, Very Commendable Letters (London, 1580). Contains three letters by Spenser and two replies by Gabriel Harvey.

The Faerie Queene (London, 1590). Contains Books I-III and the Letter to Ralegh. Also includes final stanzas of Book III in which Scudamour and Amoret are united.

Daphnaïda. An Elegie upon the death of the noble and vertuous Douglas Howard, Daughter and heire of Henry Lord Howard, Viscount Byndon, and wife of Arthure Gorges Esquier (London, 1591). Reprinted with the *Hymnes*.

Complaints. Containing sundrie small Poemes of the Worlds Vanitie (London, 1591). Includes "The Ruines of Time", "The Teares of the Muses", "Virgils Gnat", "Prosopopoia, or Mother Hubberds Tale", "Ruines of Rome; by Bellay", "Muiopotmos: or the Fate of the Butterflie", "Visions of the worlds vanitie", "The Visions of Bellay", "The Visions of Petrarch: formerly translated".

Colin Clouts Come Home Againe (London, 1595). Also includes "Astrophel. A Pastral Elegie upon the death of Sir Philip Sidney", "The Doleful Lay of Clorinda" (which may not be by Spenser), and a group of elegies on Sidney, several by poets, such as Ralegh and Bryskett, who had Irish connections.

Amoretti and Epithalamion (London, 1595). The sonnet sequence and the marriage poem are linked by a group of short-lined poems on love known as "Anacreontics", for their similarity to the idiom of the Greek poet Anacreon.

Fowre Hymnes (London, 1596). Includes "An Hymne in Honour of Love", "An Hymne in Honour of Beautie", "An Hymne of Heavenly Love", "An Hymne of Heavenly Beautie" and *Daphnaïda*.

The Faerie Queene (1596). In two parts. The first reprints 1590 edn., less the Letter to Ralegh and with a revised version of the end of Book III. The second contains Books IV-VI.

Prothalamion or A Spousall Verse (London, 1596).

The Faerie Queene (London, 1609). Contains the Mutabilitie Cantos.

The Faerie Queene: The Shepheards Calendar: Together with the other Works of England's Arch-Poet, Edm. Spenser (London, 1611). The first folio edition of the collected poems, reprinted in 1617. These, combined with the 1609 edition of *The Faerie Queene*, mark a distinct Spenserian revival in the early Jacobean period. Giles and Phineas Fletcher, and Michael Drayton also printed markedly "Spenserian" poems during this period.

A Vewe of the Present State of Ireland (London, 1633). The text was originally intended to be printed in 1598, but was not licensed for publication. This edition was prepared by Sir James Ware, who altered most of Spenser's harshest remarks about the Old English. The work circulated widely in MS, and Bodleian Library MS Rawlinson B 478 is believed to have been prepared for publication.

The Works of that Famous English Poet, Mr Edmond Spenser (London, 1679). The first collected edition of the works in verse and prose.

The Works of Mr Edmund Spenser, ed. J. Hughes (6 vols.; London, 1715).

The Faerie Queene: A New Edition with a Glossary, and Notes Explanatory and Critical, ed. John Upton (London, 1758).

Probably the greatest edition. Many of his notes are reproduced in *Variorum*, but some valuable annotations have not been absorbed into later editions.

"Lost" and Suppositious Works

These items may never have existed, but they indicate the kind of poet which Spenser wished to be thought of as being. Some may have been adapted and included in *The Faerie Queene*. Those marked (SC) are mentioned in the apparatus to *The Shepheardes Calender*. Those marked (L) are mentioned in the Spenser-Harvey correspondence. These tend to be aimed at creating a Chaucerian persona for Spenser, and to link him with the Earl of Leicester. Those marked (C) are mentioned in the printer William Ponsonby's preface to *Complaints*. They are predominantly religious, and their lack of clear parallels with any of Spenser's known works indicates they may be a printer's fantasy.

My Slomber (*L*)
Epithalamion Thamesis (*L*) (also mentioned by William Vallans in 1590, who claims to have seen a Latin version)
Dreames (*SC, L, C*)
Dying Pellicane (*L, C*)
Stemmata Dudleiana (*L*) (presumably a Latin genealogical poem on the lineage of Robert Dudley, Earl of Leicester)
Nine English Comoedies (*L*) (hard to believe that these existed; Harvey compares them to Ariosto's comedies, probably to draw Spenser away from the unprecedented task of writing an English epic, towards translation of Italian comedy)
Legendes (*SC*)
Court of Cupide (*SC*)
Pageaunts (*SC*)
Ecclesiastes (*paraphrase*) (*C*)
Song of Songs (*paraphrase*) (*C*)

A Senights Slumber (C) (probably the same as My Slomber)
The Hell of Lovers (C)
The Howers of the Lord (C)
Purgatorie (C)
The Sacrifice of a Sinner (C)
The Seaven Psalms (C) (presumably the seven penitential psalms, paraphrased by, among others, Sir Thomas Wyatt)

BIOGRAPHICAL STUDIES AND REFERENCE WORKS

Cummings, R. M. (ed.), *Spenser: The Critical Heritage* (London, 1971).

Hamilton, A.C., *et al.* (eds.), *The Spenser Encyclopedia* (Toronto, Buffalo, and London, 1990). A good starting-point. Articles of variable quality (most are excellent) contain a lot of information, and there is a very full bibliography.

Judson, Alexander, *The Life of Edmund Spenser* (vol. xi of *The Works of Edmund Spenser: A Variorum Edition*) (Baltimore, 1945). Still the standard life, despite its tendency to genteel fantasy.

McNeir, W. F., and Provost, F., *Edmund Spenser: An Annotated Bibliography 1937-72* (Pittsburgh, 1975).

Maley, Willy, *A Spenser Chronology* (Basingstoke, 1994). Dry but detailed, with a tendency to overstate the Irish connection.

Osgood, C. G., *A Concordance to the Poems of Edmund Spenser* (Washington, 1915). Not complete (selected examples only of verbal modifiers, etc.), but the only one available.

Wells, W., "Spenser Allusions in the Sixteenth and Seventeenth Centuries", *Studies in Philology*, Supplements 68 (1971) and 69 (1972). The most useful work on Spenser's reception and influence.

Whitman, C.H., *A Subject Index to the Poems of Edmund Spenser* (Washington, 1918; repr. New York, 1966). Scarce but valuable. Indexes characters, actions, and episodes.

CRITICAL WORKS

Alpers, Paul, *The Poetry of The Faerie Queene* (Princeton, 1967; repr. Columbia, 1982). Lucid if rather dated. Still a good starting-point for the bemused.

Bennett, Josephine Waters, *The Evolution of The Faerie Queene* (Chicago, 1942). Speculations about the development of the poem are mostly unprovable, but all are of critical interest.

Berger, Harry, Jr., *Revisionary Play: Studies in the Spenserian Dynamics* (Berkeley and Los Angeles, 1988). A collection of significant essays, some slightly dated, but all worth reading.

Burrow, Colin, *Epic Romance: Homer to Milton* (Oxford, 1993). Relates Spenser to Italian and classical epic.

Canny, Nicholas P., "Edmund Spenser and the Development of an Anglo-Irish Identity", *Yearbook of English Studies*, 23 (1983), 1-19.

Cooper, Helen, *Pastoral: Medieval into Renaissance* (Ipswich, 1977). A very clear and full account of the literary background to *The Shepheardes Calender*.

Coughlan, Patricia, (ed.), *Spenser and Ireland: An Interdisciplinary Perspective* (Cork, 1989). Good but demanding collection of essays.

Empson, William, *Seven Types of Ambiguity* (London, 1930; 3rd edn. New York, 1953), 33-4. The best two pages ever written on the Spenserian stanza.

Fichter, Andrew, *Poets Historical: Dynastic Epic in the Renaissance* (New Haven, Conn., 1982). Very good on the Italian epic background to *The Faerie Queene*.

Fletcher, Angus, *Allegory: The Theory of a Symbolic Mode* (Ithaca, NY, 1964). Although the psychoanalytical framework is not to all tastes, and not, perhaps, for all times, there are still some resonant observations here.

Fowler, Alastair, *Spenser and the Numbers of Time* (London, 1964). Everything you ever wanted to know about number symbolism in *The Faerie Queene*. And then some.

——— *Edmund Spenser* (Writers and their Work; Harlow, 1977). Still a readable introduction, although religious and political questions do not figure large in it.

Greenblatt, Stephen, *Renaissance Self-Fashioning, More to Shakespeare* (Chicago, 1980). Contains a stimulating but a partial study of the colonialism of *The Faerie Queene*.

Hamilton, A. C. (ed.), *Essential Articles for the Study of Edmund Spenser* (Hamden, Conn., 1972). An Elderly but still handy collection.

Helgerson, Richard, *Self-Crowned Laureates: Jonson, Spenser, Milton* (Berkeley and Los Angeles, 1983). Good on the difficulties of being a poet, and on the roles poets make for themselves in the Renaissance.

——— *Forms of Nationhood* (Chicago and London, 1992). A provoking study of the ideology of Englishness in Spenser and later writers.

Hieatt, A. Kent, *Short Time's Endless Monument: The Symbolism of the Numbers in Edmund Spenser's Epithalamion* (New York, 1960). The first and most convincing numerological analysis of Spenser.

Hough, Graham, *A Preface to The Faerie Queene* (London, 1962). Elderly, but still a readable and clear introduction.

Hume, Anthea, *Edmund Spenser: Protestant Poet* (Cambridge, 1984). Decent account of Spenser's religious position.

Johnson, Lynn Staley, *The Shepheardes Calender: An Introduction* (University Park, Pa., and London, 1990). A very good introduction, particularly strong on historical context.

Johnson, William C., *Spenser's Amoretti: Analogies of Love* (London and Toronto, 1990). The most helpful book-length study of Amoretti, some numerological excesses, but mostly sensible.

Jones, H. S. V., *A Spenser Handbook* (New York, 1930). Still a useful source of information since its author believes that information is useful.

Kermode, Frank, *Shakespeare, Spenser, Donne* (London, 1971). Tends to make Spenser more mysterious than he is, but draws attention to the Protestant background.

King, John N., *Spenser's Poetry and the Reformation Tradition* (Princeton, 1990). Shows the extent of Spenser's debt to Reformation iconography.

Lewis, C. S., *The Allegory of Love* (Oxford, 1936), 297-360. Slightly crusty, and not to be trusted on courtly love, but the sort of introduction that makes you like Spenser.

——— *Spenser's Images of Life*, ed. A. Fowler (Cambridge 1967). Uncomplicatedly life-affirming view of Spenser.

McCabe, Richard, "Edmund Spenser, Poet of Exile", *Proceedings of the British Academy*, 80 (1991), 73-103. A concise and pointed account of Spenser's career, with strong emphasis on Ireland.

Miller, David Lee, *The Poem's Two Bodies: The Poetics of the 1590 Faerie Queene* (Princeton, 1988). Sometimes hard going, but insightful.

Montrose, Louis Adrian, " 'Eliza, Queene of Shepheardes' and the Pastoral of Power", *English Literary Renaissance*, 10 (1980), 153-82.

——— "'The Perfecte Paterne of a Poete': The Poetics of Courtship in *The Shepheardes Calender*", *Texas Studies in Language and Literature*, 21 (1979), 34-67.

——— "Of Gentlemen and Shepherds: The Politics of Elizabethan Pastoral Form", *ELH* 50 (1988), 415-59. All three of these intriguing articles explore, from the perspective of cultural materialism, the role Spenser sought to make for himself within his culture.

Norbrook, David, *Poetry and Politics in the English Renaissance* (London, 1984). Excellent on historical and religious context.

Norhnberg, J., *The Analogy of the Faerie Queene* (Princeton, 1976). This very large book can be perplexing, but if patiently read can be rewarding.

O'Connell, Michael C., *Mirror and Veil: The Historical Dimension of Spenser's "Faerie Queene"* (Chapel Hill, NC, 1977). Strong and readable.

Parker, Patricia, *Inescapable Romance: Studies in the Poetics of a Mode* (Princeton, 1979). A lively study of the mode of romance, which mostly wears its theory lightly and with conviction.

Patterson, Annabel, *Pastoral and Ideology: Virgil to Valerie* (Oxford, 1988). Contains an interesting chapter on Spenser and

Marot.

——— *Reading between the Lines* (London, 1994). Includes a stimulating revisionary study of *The Shepheardes Calender*.

Quilligan, Maureen, *The Language of Allegory: Defining the Genre* (Ithaca, NY, 1979). Some stimulating argument about allegory, not always to be taken as gospel.

Rambus, Richard, *Spenser's Secret Career* (Cambridge, 1993). Interesting on Spenser's early years, and on connections between secrecy and secretaryship.

Waller, Gary, *Edmund Spenser* (Basingstoke and London, 1994). Chiefly considers gender, race, and class issues in Spenser.

Whigham, Frank, *Ambition and Privilege; The Social Tropes of Elizabethan Courtesy Theory* (Berkeley and Los Angeles, 1984). Stimulating, if hostile, view of Elizabethan courtesy theory.

BACKGROUND READING

Ariosto, Ludovico, *Orlando Furioso, translated into English Heroical Verse* (1591), trans. Sir John Harington, ed. R. McNulty (Oxford, 1972). A bouncily Byronic translation, which roughens Ariosto up, but still catches his energy. Also includes allegorical commentary.

Auerbach, Eric, "Figura", in *Scenes from the Drama of European Literature* (repr. Manchester, 1984). Still very informative and suggestive on allegorical thinking.

Canny, Nicholas, *The Elizabethan Conquest of Ireland* (Hassocks, 1976).

Collinson Patrick, *The Elizabethan Puritan Movement* (Oxford, 1967, repr. 1990). Excellent discussion of what it meant to be a "puritan".

Ellis, Steven G., *Tudor Ireland: Crown, Community and the Conflict of Cultures, 1479-1603* (London and New York, 1985). Full.

Greene, Thomas M., *The Light in Troy: Imitation and Discovery in Renaissance Poetry* (New York and London, 1982). The best book on the how and why of Renaissance imitations of past works.

Haigh, Christopher, *Elizabeth I* (London and New York, 1988). Readable and vivid portrait. Sometimes slantedly hostile to its subject.

Javitch, Daniel, *Poetry and Courtliness in Elizabethan Poetry* (Princeton 1978). Clear and stimulating, although it may attach too much normative weight to Puttenham.

Kerrigan, John (ed.), *The Motives of Woe: Shakespeare and Female Complaint* (Oxford, 1991). Remarkably full survey of, and critical argument about, the genre of complaint.

King, John N., *English Reformation Literature: The Tudor Origins of the Protestant Tradition* (Princeton, 1982). Gives full early sixteenth-century background to Spenser's Protestant imagery.

Puttenham, George, *The Arte of English Poesie*, ed. G. D. Willcock and A. Walker (Cambridge, 1936). The fullest contemporary manual of poetics.

Sidney, Sir Philip, *An Apology for Poetry*, ed. G. Shepherd (Manchester, 1965).

Smith, G. G., (ed.), *Elizabethan Critical Essays*, (2 vols.; Oxford, 1904). Contains Puttenham's *The Arte of English Poesie* and Sidney's *Apology for Poetry*, as well as other lesser critical works with a bearing on the poetics of Spenser.

Tuck, Richard, *Philosophy and Government 1572-1651* (Cambridge, 1993). Detailed account of late sixteenth-century humanist political thought.

Tasso, Torquato, *Godfrey of Bulloigne* (*Gerusalemme Liberata*), trans. Edward Fairfax (1600), ed. T. M. Lea and K. Gang (Oxford, 1981). Tasso's epic translated by a follower and near contemporary of Spenser is still the best version.

——— *Discourses on the Heroic Poem*, trans., M. Cavalchini and I. Samuel (Oxford, 1973). Near contemporary account of heroic poetry.

Spearing, A. C., *Medieval to Renaissance in English Poetry* (Cambridge, 1985). Provides an account of how "Renaissance" ideas of the dignity of poetry permeate medieval writing.

Wilson, Jean, (ed.), *Entertainments for Elizabeth* (Ipswich, 1980). A good anthology of courtly entertainments, many of which feed *The Faerie Queene*.

訳注

第一章　伝記的に

1　レディ・アン・クリフォード（Lady Anne Clifford, countess of Pembroke, Dorset, and Montgomery（1590–1676））は、第三代カンバーランド伯爵ジョージ・クリフォードとその妻レディ・マーガレット（第二代ベッドフォード伯爵フランシス・ラッセルの娘）のただ一人生き残った娘。スペンサーの『四つの賛歌』はレディ・マーガレットとその妹レディ・アンに献呈された。献呈辞にレディ・マリイ（Marie）とあるのはレディ・アンの誤り。アン・クリフォードは、いとこと母レディ・マーガレットの墓碑を建て、ウェストミンスター寺院にスペンサーの墓碑を建てて、芸術趣味、文学趣味を満足させた。またサミュエル・ダニエルの記念碑も建てた。一族の歴史と父の業績への関心から、父の海の企業を絵入りの本にした。彼女は母と母方のラッセル家の人々と家庭教師サミュエル・ダニエルに教育されたが、母とダニエルが、とりわけ文学、歴史、古典、聖書の知識と敬虔さを彼女に教え、彼女の知識は後にジョン・ダンを驚かせたほどだった。

父ジョージ・クリフォードは、宮廷人、また私奪船の船長として王室に貢献したが、結婚生活における不貞と財産の浪費で名高かった。一六〇五年、弟フランシスに領地と称号（第四代カンバーランド伯爵）を（財政上の理由で）遺贈したが、娘には一万五千ポンドしか残さなかったので、アンの人生は遺産相続の訴訟に支配された。アンの母は娘に代わってクリフォード家の称号請求を起こす。アンは第三代ドーセット伯爵リチャード・サックヴィルと結婚し、夫が彼女の訴訟を行った。領地をフランシスとその男子の後継者に与え、一万七千ポンドをドーセットとアンに与えるというジェイムズ一世の仲裁を彼女が拒んで事態が悪化し、アンの結婚は領地争いと、放蕩、不貞をめぐるドーセットとの喧嘩で傷付けられた。彼の死後、財政上の安寧と領地請求の政治的支持を求めて第四代ペンブルック伯爵フィリップ・ハーバートと結婚するが、夫婦喧嘩の末、別居した。彼は時折、領地請求を起こす時、彼女に加わった。ヘンリー・クリフォードが死に、男子の家系が途絶えた後、彼女の領地入りは敵意に妨げられたが、彼女は領地に役人を任命した。ペンブルックの死後、彼女は豊かな地主としていくつも城を修復し、救貧院を建て、内壁の紋章、飾り板に、父の土地、称号に対する彼女の世襲の権利を公にした。

2　ニコラス・ストーン（Nicholas Stone（1585x8–1647））は一六二〇年代の末にはイングランドの有力な彫刻家、一六三〇年代の末には有力な建築家になっていた。一六三二年から国王お抱えの名石工。最も名高い記念碑、セント・ポール大寺院にあるジョン・ダンの墓碑の、最後のトランペットの音に、経帷子《かたびら》を着た詩人が墓から起き上がるというデザインはダン自身のアイデアで、彼は彫像のモデルにする絵のためにポーズを取った。イングランドの内戦でストーンの職業生活は終わる。おそらく国王に忠誠であったために、彼は隠遁させられ、中傷され、投獄され、ロンドンで亡くなった。

3　ジェイムズ一世（James VI and I（1566–1625））はスコットランド、イングランド及びアイルランドの国王。エディンバラ城で六月十九日に生まれる。スコットランド女王メアリーと二番目の夫ダーンリー卿ヘンリー・ステュアート（Stewart, Lord Darnley（1545/6–1567））の一人息子。スコットランド王ジェイムズ六世となり、エリザベス女王の死後、イングランド王位を継承してイングランド、スコットランド統一王国のジェイムズ一世となった。

彼は、メアリーの面前でイタリア人の寵臣ダヴィド・リッツィオが殺害されることになった陰謀の三ヵ月後に誕生した。メアリーは自分と生まれてくる子供の生命を狙ったものと思い込み、愚かな酒飲みダーンリーとの結婚を最終的に破綻させた。子供が嫡出であることを公布したが、一五六六年の夏から秋にかけてダーンリーと距離を置き、深まり行く政治危機の中で、十二月十七日のスターリング城のチャペル・ロイヤルでのジェイムズの壮麗な洗礼式が最後の正常な外見だったが、ダーンリーは城に住んでいたにもかかわらず出席を拒否し、この儀式さえ損なわれた。王子誕生の翌日、スコットランド長老教会は、女王に王子誕生の祝いを述べ、幼児にプロテスタントの洗礼を授けるためにロジアンのジョン・スポティスウッド（Lothian, Spotiswoode）を送ったが、王子はカトリックとして洗礼を受け、教父フランス王シャルル九世とステュアート朝の王の伝統的な名に因んでチャールズ・ジェイムズと名付けられた。メアリーがStuartというフランス綴りの名を取ったようにスコットランドの王侯よりもフランスの王侯を重視していたことを示す。しかし、彼はジェイムズというスコットランド名で呼ばれている。

一五六七年一月、女王はジェイムズの野心的な祖父第十三代あるいは代四代レノックス伯マシュー・ステュアート（Matthew, Lennox）の影響力に近すぎるスターリングから、比較的安全なエディンバラのホーリールード宮殿に息子と共に移り、病気の夫ダーンリーも父マシューの保護を離れるよう説得されて市の郊外に連れてこられたが、二月九〜十日の夜カーク・オフィールドで殺された。三月、ジェイムズはガヴァナーのマー伯ジョン・アースキン（Erskine, Mar）に保護されてスターリングへ連れ戻された。五月十五日、メアリーは多くの者がダーンリーの殺害者と信じていたボスウェル伯ジェイムズ・ヘップバーンと致命的な再婚をし、このため国民は、一時、一致して彼女に背いた。メアリーは（マー伯を含む）貴族の連合に六月十五日に降参し、十六日にロクリーヴァン城（Lochleven）に投獄された。脅迫され、流産で疲弊し、彼女は七月二十四日に王位放棄にサインし、ジェイムズが七月二十九日、十三ヶ月でプロテスタントとしてスターリングの教区の教会で戴冠した。

ジェイムズの即位は普通ではなかったが、新王の若さはスコットランドでは異常ではなかった。一四〇六年以来どの王も未成年で王位に就き、大立者が王国を支配した。前の王たちは、前王の死後王位を相続したが、ジェイムズの場合、母メアリーは生きていて二〇年間トラブルと悲しむべき政治的問題を起こした。これはメアリーの未成年期に始まりジェイムズの未成年期にまだ展開中だった宗教改革の問題と結びついた。スコットランドのエリートの多くは政策の礎石として「昔からの盟友」フランスとの絆に関心を失い、「昔からの敵」イングランドとの友好をうわべだけにせよ発展し始めた。

ジェイムズが四歳の時任命された主なテューター、ジョージ・ブキャナン（George Buchanan）は、著名なヨーロッパの人文主義者、抵抗理論の解説者、メアリーの誹謗者という属性に加えて相当なサディストで、ジェイムズは晩年になっても、ブキャナンがずっと前に死んだにもかかわらずまだ彼の悪夢を見た。ラテン語とギリシア語の発音をイングランドの宮廷人にほめられると、すぐれた学者をテューターに持ったことを誇りに思った。彼の教育はブキャナンよりはるかにやさしいピーター・ヤング（Young）の存在で和らげられた。一五八三年頃ジェイムズは母の蔵書とテューターたちが彼のために購入した相当な蔵書を持っていた（ブキャナンは自分の著作を寄贈しなかった）。大部分は古典だったが、歴史、政治理論、神学、言語学、地理学、数学も含み、軽い読み物と気晴らしのロマンス、それに弓矢、ゴルフクラブ、狩猟の手袋もあった。

一五六七年の夏の反メアリー連合はその年の末に消滅した。彼女は一五六八年五月にロクリーヴァン城から脱走したものの、異母兄マリ伯ジェイムズ・ステュアート（Moray）にラングサイドで敗北し、エリザベスが自分をスコットランドの王位に戻してくれると信じてイングランドへ逃走した。マリは一五六七年にジェイムズの摂政になった。初め両陣営とも一五六八年～九年にヨークとウェストミンスターの二つの会議で自分たちの正統性をエリザベスに訴えた。マリは不承不承にではあったが、ダーンリーの殺害にメアリーが関わったことの証拠となる、メアリーからボスウェルにあてた（とされる）小箱に入った手紙を差し出し、エリザベスはマリのあげた証拠にはメアリーの不名誉になるものは何もないと宣言したが、マリはスコットランドへイングランドの金五千ポンドを持ち帰った。マリは一五七〇年一月に暗殺され、スコットランドはずるずると内乱に入り込み、内乱はエディンバラ城が王党派の手に落ちる一五七三年まで続いた。ジェイムズのもう二人の摂政、祖父のレノックス伯（一五七〇年七月に選出）とマー伯（一五七一年九月に選出）が亡くなり（レノックスもマリのように暗殺されて）、第四代モートン伯ジェイムズ・ダグラス（Morton）が一五七二年十一月に摂政になった。一五七〇年代は、政治的により安定した。メアリーの問題から離れ、宗教改革された主教制の教会を支持する者と、国王至上主義と主教制を拒絶する者との分裂が一五八〇年代、九〇年代のスコットランドの主な政治的、宗教的問題となった。対立が生まれた頃はイングランド贔屓のモートンがスコットランドを率いていたが、一五七八年に、王を指導者とした第六代アーガイル伯コリン・キャンベル（Colin Campbell, Argyll）と第四代アソル伯ジョン・ステュアート（Atholl）のむさくるしいクーデターで摂政職を失った。ジェイムズは十二歳の誕生日の三ヶ月前に、統治権を陽気に宣言し、一五七九年に目を見張らせるエディンバラ入りをした。神とバッカスの両方を信奉するのが特徴で、これはジェイムズ王の一生にわたる特徴となる。その年の九月にいとこのエズメ・ステュアート（Esmé）がフランスから来て最初の寵臣になり、一五八〇年にレノックス伯に、次いで一五八一年に公爵にされた。

愛情を切望した孤独な十代の若者としてのジェイムズに多くのことが起きた。同じパターンが、ジェイムズの他の三人の寵臣、ハントリー伯ジョージ・ゴードン（Huntly）、イングランドではサマセット伯ロバート・カー（Carr）、バッキンガム公爵ジョージ・ヴィリアーズ（Villiers）に繰り返される。ジェイムズは、王権と権威を主張した。一五七八年にエリザベスは、初めて彼の拒絶を味わう。彼女の猛烈なモートン支持に対する彼の反応は、彼女の切望を拒絶するという決意で示された。彼はモートンを処刑しないと女王に約束しておきながら、一五八一年六月、いざその時になると処刑をやめさせる手立ては何も講じなかった。彼の二枚舌にエリザベスは激怒した。彼は若年ながら洞察力は四十歳以上年上の人間よりも長けていた。その年の初めにスコットランド女王メアリーは、共同君主としてスコットランドを治めるという「協力」の申し出をするが、彼はイングランドの代理母にも、スコットランドの実母にも指導を必要としなかった。

ジェイムズの大きくなりつつある王権の主張を抑えるための最後の必死の試みが一五八二年のリヴァンの奇襲だった。初代ガウリー伯爵ウィリアム・リヴァン（Ruthven, Gowrie）のもとに結集した長老教会派の強硬論者グループが王を誘拐し、リヴァン城に軟禁した。エリザベスの賛成を得て、エディンバラ市とスコットランド長老教会の総会議に支持されて「奇襲派」が権力を行使したが、一五八三年、彼はリヴァン城から逃げ出し、党派を超えた「全員の王」（universal king）になると宣言した。保守派と中道派を後ろ盾に、アラン伯ジェイムズ・ステュアート（Arran）が独立した中道の行政指導者となって浮上すると、一五八四年五月にガウリーを処刑した。ジェイムズの即位の事情、メアリーの存在、エリザベスの介入、宗教的、政治的緊張、すべてがスコットランド王の特権と権威に対する深刻な新しい脅威となったが、ジェイムズ王の未成年期は自信に満ちて終わる。アランが大法官になり、三日後、シアルステインのジョン・メートランド（Maitland of Thirlestane）が国務大臣になり、王の権力を高める重要な立法がなされた。ガウリーの信奉者が亡命から戻り、アランは一五八五年十一月に失脚するが、彼の行政とその外見の多くは残った。

ジェイムズの主な問題は、二世紀にわたって政治を支配してきた力の強すぎる貴族を抑える必要があったことだと考えられてきた。しかし王の未成年期のパターンは変わらず、どの場合も党派が王の身体を拘束し、どの場合にも彼らの尽力は短命だった。スコットランド社会の性質そのものから党派の戦いはほぼ中央に限定された。どの治世にも貴族のごろつきがいて、ジェイムズには――初代ガウリー伯ウィリアム・リヴァン、その息子の第三代ガウリー伯ジョン・リヴァン、一六〇〇年の不可解なガウリーの陰謀の主役リヴァンの長アレキサンダー・リヴァン、王侯がまだ服を着ないでいるうちに寝室に押し入るところまで第二代エセックス伯に似ている、首尾一貫しない、予測しがたい第五代ボスウェル伯フランシス・ステュアート（Bothwell）――の四人がいた。しかし十五、六世紀のスコットランドの王侯の歴史は、強い貴族が自分たちの運を委ねられる国一番のパトロンとしての強い王を求めたことを示している。これは未成年期の王の二番目ジェイムズ一世の十五世紀中頃からの慣習――王が成人すると、自分の名で行われた、自分には制御出来なかった授与には拘束されないとして、未成年期の授与総てを撤回する布告を出すという慣習――にあらわれている。この点についてのジェイムズの見解は、一五八四年に財政官に就任し、一五九九年に大法官になった第三代モントローズ伯ジョン・グレアム（Graham, Montrose）のような貴族の任命に見られる。

ジェイムズの治世中、スコットランドの中央政府は急速に発展した。彼に責任のあることが疑えない領域はたった一つ、税制である。スコットランドは、後にイングランドが同様に苦しむことになる彼の贅沢に苦しんだ。金があれば彼は使った。彼が未成年期を過ぎると出費が急に増え、一五八〇～八一年のレノックスによる王の一家の再編で相当数のスタッフ（二十四人の寝室付きの侍従と六〇人の近衛兵）が増加され、娯楽と楽しみが追求された。同時期、スコットランドに初めて定期的な税制が導入された。

一五八一年からジェイムズの縁談が云々された。一五八七年のナバラ王アンリの妹カトリーヌ・ド・ブルボン（Catherine de Bourbon）との縁談は、アンリがフランスの王位請求の軍事支援を求めたが、ジェイムズは支援しようとせず、特にアンリにカトリーヌのための多額の持参金が出せなかったので壊れ、一五七〇年頃ヨーロッパで最も裕福な国の一つだったデンマークの王フレデリック二世（Frederick II）の次女アン（Anne（Anna）of Denmark（1574-1619））が、若く美しく、受け入れ可能な持参金を持っていたのでまとまった。ジェイムズは、八月二十日の代理による結婚式の後、嵐のためアンが一五八九年にスコットランドへ来れなくなるとオスロへ行き、司教公邸に滞在していたアンと初めて会う。教会の儀式で十一月二十三日に結婚し、旅行し、スカンジナビアの神学者、科学者と議論し、花嫁と恋に落ち、アンの姉エリザベスの結婚まで滞在するよう勧められ四月まで楽しい休暇を過ごした。

一五八一年、十五歳で早くも見られたジェイムズの王権の強い意識から、国会で、限定された最初の撤回を通し、一五八四年にもう一つ限定された法律を通し、一五八七年、二十一歳の時に限定されない法律を作った。一五八四年の国会は教会と国家に対する王の権威を支持し、王と王の両親と祖先の誹謗者（とりわけブキャナンの著作）を攻撃した。一五八七年に、ホーリールード宮殿から国会議事堂まで「馬で進む国会」のための規則を述べた法令で、国会の重要性と威厳を強調し、ジェイムズは宮殿と国会、その両方にふさわしい礼服をデザインする権能を得た。

4　ジョン・ダン（John Donne（1572–1631））は詩人、英国国教会の聖職者。彼は一六三〇年夏頃、主教候補者になっていたが、一六二九年八月以降扁桃膿症で、一六三〇年には熱で頻繁に具合が悪くなったらしい。再婚した娘コンスタンスと共にエセックスのオールドバラ・ハッチ（Aldborough Hatch）に移り住み、十二月十三日に遺書を作成した。死んだという噂を消すためロンドンへ戻り、二月二十五日にホワイトホールで最後の説教をする。この致死性と復活についての瞑想は、後に『死との決闘』（*Deaths Duell*）として印刷される。彼は死に備えて墓碑作成のため経帷子を身につけてポーズを取り、このスケッチが、マーティン・ドルースハウト（Droeshout）による『死との決闘』の扉絵のモデルになった。ダンの医師シメオン・フォックス（Simeon）が費用を出したニコラス・ストーンによる彫刻が、今日セント・ポール大寺院に残っている。

ダンはオックスフォードで学んだ後、一五九二年五月リンカンズ・イン法学院に入る。法曹界には入らなかったが、法律の言葉と思考方法は生涯にわたって彼の多くの作品の独特の特徴となる。後に『唄とソネット』（*Songs and Sonnets*）としてまとめられたサタイアと詩は、社会を論評し愛をうたうために法律用語と特徴を使っている。『風刺詩』は『エレジー』のように十六世紀後半のロンドンの社会生活から生まれ、それを映し出すものだが、姿勢は違う。話し手は都会のアウトサイダーで、宮廷や法廷で昇進や地位を求めることへの不賛成を熱心に示す。こうした初期の詩に、ダンの作品に典型的な声の直接性（無媒介性）があらわれる。生気にあふれて語りかける声は、ダンの詩作品すべての最も印象的な特徴の一つ。

ダンは金物屋組合の理事ジョン・ダンと寸鉄詩作者ジョン・ヘイウッドの末娘エリザベス・ヘイウッドの息子。ダンの母方の曽祖父ジョン・ラスティル（Rastell）は、サー・トマス・モアの妹エリザベスと結婚した。モア家とヘイウッド家とのつながりで、ダンは、ローマ・カトリックの教えに忠実だったために迫害を受けた人々とつながっていた。彼が四歳の時父が亡くなり、母は再婚する。十二歳で、一歳下の弟と共にオックスフォードのハート・ホールに入学する。兄弟の早い入学は、十六歳以上の学生すべてに求められた、エリザベスの国王至上法（一五五九）と三十九か条（the Thirty-nine Articles）への同意の署名を避けるためだったらしい。学位を取得せずに大学を出て（ことによるとケンブリッジへ行き）、外国旅行をしたようだ。義父が一五八八年に亡くなり、母は一五九〇年に再婚する。一五九一年（十九歳）に最も早い肖像画、ことによるとニコラス・ヒリアードによる細密画が作成された。

リンカン法学院の記録にダンは一五九四年の末最初に現れる。彼はエセックスとエフィンガムのハワード卿（Lord Howard of Effingham）の対スペイン遠征でエセックスの軍務につく。オックスフォードとリンカン法学院の学生時代ダンはカトリックだったが、一五九七年頃、対スペイン遠征に船出し、国教忌避者の過去を持つ大物の公的人物サー・トマス・エジャートン（Sir Thomas Egerton）に雇われた。ダンの国教会改宗の時期をはっきり規定するのは難しいが、一六〇一年頃彼はカトリック教徒には閉ざされている領域で昇進が可能だと考えており、（正統ではなかったとしても）英国国教会の儀式で結婚した。七年後反カトリック論争を行い、カトリック教会を批判するために自分の受けたカトリック教徒の教育を用いた。

エジャートンの秘書時代、ダンはエジャートン夫人の姪でサー・ジョージ・モアの娘アン（1584–1617）に会う。彼女はある時期エジャートンのロンドン屋敷ヨーク・ハウスで育てられ、サー・ジョージは、エジャートン夫人の息子フランシス・ウォリー（Wolley）を引き受けた。彼女がヨーク・ハウスにいる間にダンは彼女と密かに結婚する。彼女はすぐ親元に戻るが、二ヵ月後彼は第九代ノーサンバーランド伯爵ヘンリー・パーシーを使者にして結婚を彼女の父親に明かした。サー・ジョージは怒り狂い、直ちにダンをエジャートンの秘書の役目から外して逮捕させたが、ダンはすぐフリート監獄から釈放され、結婚は有効と認められた。サー・ジョージは娘をダンに譲ったが経済的援助は拒んだ。エジャートンは、ダンの義父が傷つきながらも、しぶしぶ娘婿のために復職の懇願に加わっても、元秘書を職に戻すことを拒んだ。仕事も家もなく、ダンと妻は同情心ある友人と親戚の援助に頼り、アンのいとこフランシス・ウォリーが自分の家の部屋をダンに提供し、上の子供たちはこの家で生まれた。一六一〇年四月ダンはオックスフォードのＭＡの名誉学位を得る。役職を求め、援助してくれそうな人の庇護を求めたがうまくいかず、『偽殉教者』（*Pseudo-Martyr*）を出版した時のように聖職者になるよう助言され、ロンドン主教ジョン・キングにより、セント・ポール大寺院の執事、聖職者に任じられた。

「調停者は幸いなるかな」（*Beati pacific*［"Blessed are the peacemakers"］）がモットーのジェイムズ一世は、神聖ローマ帝国皇帝とボヘミアのプロテスタントの仲介をして三十年戦争になる争いをやめさせられると信じており、外交の任務を求めていたダンは一六一九年にドンカスター子爵の礼拝堂付司祭の資格で、ジェイムズ一世が派遣した外交使節団に加わった。大陸から帰ってリンカン法学院の仕事に戻る。エグゼター主教の死でセント・ポール大寺院の首席司祭ヴァレンタイン・ケアリーがその後継者となり、ダンがセント・ポール大寺院の主席司祭になる。クリスマス、イースター、聖霊降臨日に説教する義務があったが、彼は義務以上に説教をした。一六二三年、娘コンスタンスを元俳優でダリッジ校（Dulwich College）の創設者エドワード・アレン（Alleyn）と結婚させる。一六三一年三月三十一日、彼は首席司祭の役宅で亡くなり、四月三日セント・ポール大寺院に葬られた。

5　マーチャント・テイラー校（Merchant Taylor's School）はロンドンのセント・ローレンス・パウントニー教区内サフォーク・レインの東端にあった、エドワード三世の治世中ロンドン市長をつとめた裕福な商人サー・ジョン・パルトニーが建て、バッキンガム公爵、サセックス伯らが所有したマナー・オヴ・ザ・ローズを、マーチャント・テイラーズ・カンパニーが新設のグラマー・スクールを建てるために五六六ポンドで買い取り、一五六一年に改築した。学校の目的は「よりよい教育、行儀、文学を身につけた子供たちを育てること」と記され、学校運営上の規則は念入りに作られていた。スペンサーの他、トマス・キッド、ランスロット・アンドリューズ、トマス・ロッジらがここで学んだ。初代校長はリチャード・マルカスター。この学校はすぐイングランド最大の学校の一つになる。

6　一五六九年二月二十六日、スペンサーは、セント・ポール大寺院の主席司祭の兄弟の裕福な法律家ロバート・ノウェル（Nowell）の遺言で、葬儀のために着るガウンと一シリングを遺贈された三十一人の「ロンドン周辺の貧しい学校生徒」（マーチャント・テイラー校からは六人）の一人だった。

7　リチャード・マルカスター（Richard Mulcaster（1531/2–1611））は学校教師、著述家。彼は 'Peroretion' すなわ

ち『初歩の初歩』（*The First Part of the Elementarie*）の結論部で、英語で本を書く決意を弁護している。「私はローマを愛するが、ロンドンをより愛し、イタリアをひいきするが、イングランドをよりひいきし、ラテン語を尊敬するが、英語を崇拝する」。

マルカスターは才能のある教師で、ギリシア語とラテン語の並外れた訓練と並んで、演技を奨励した。生徒たちは、少なくとも五回、宮廷で上演した。マーチャント・テイラー校の生徒の多くは、専門職、主として傑出した聖職についた。ランスロット・アンドリューズ主教（Lancelot Andrewes）はとりわけ彼を崇拝し、書斎のドアの傍にいる恩師の肖像を持っていた。アンドリューズはマルカスターとその家族を支援し、遺言でマルカスターの息子ピーターに遺贈している。スペンサーはマルカスターの最も有名な生徒だった。（『羊飼いの暦』中のレノック老先生（'Master Wrenock'）は、'Mast. Wrenock' が 'Mownckaster' だから、マルカスター（Mulcaster）のアナグラムだと巧妙に議論されている）。彼はラテン語とギリシア語の学者で、しばしば第一級のヘブライ語学者だったと言われている。サー・ジェイムズ・ホワイトロック（Whitelock）はマーチャント・テイラー校でラテン語、ギリシア語、ヘブライ語を学んだと記述し、ヘブライ語のテューターのところへ行ったと付け加えている。マルカスターはイングランド内外で最も学問のある人々と付き合い、例えばフィリップ・シドニーに当てた手紙がある。彼は一五六一年と一五六八年のロンドン市長のページェントのために詩を書き、ケニルワースでの女王のレセプションのために詩を書いた。

マルカスターの二冊の教育の本『子供の訓練に関する見界』（*Positions Concerning the Training up of Children*）と『初歩の初歩』は、未完ではあるが野心的で学識に富み、彼の時代の教育を分析したもの。『見界』はエリザベスに献呈された。プラトンとアリストテレスによれば、教育は国家の必要に応じてなされるべきであり、これは、教育が金持ちにも貧乏人にも男にも女にも（彼は女性が学校で勉強を続けることを認めていなかったが）開かれるべきだという彼の教育の基本原則を規定している。この作品は並外れて心が広い。レスター伯に献呈された『初歩の初歩』は、読者に学問の初歩（'elements'）を教え込む原則を通して、改革の呪文をかける精巧な理論を始めている。『見界』を一冊持っていたベン・ジョンソンは、『英文法』（*English Grammar*）を書くために、この本のある部分にひどく頼った。

マルカスターは、カーライル付近の市会議員、後のカーライル選出の国会議員ウィリアム・マルカスターとその妻マーガレットの息子。イートン・コレッジからケンブリッジ大学キングズ・コレッジに十六歳で入学。学部生の時にピーターハウスに移り、一五五四年にBAを取得。一五五六年五月にオックスフォード大学クライスト・チャーチへ入学を申請し、十二月にMAを取得。一五五四年から六年までの一時期ロンドンに住んだらしい。一五五五年十二月同名の者が、彼の師、一五五〇年代にロンドンにいた有名な医師、後にゴンヴィル・アンド・キーズ・コレッジを創立するジョン・キーズ博士に盗みを働いた容疑で、ロンドン塔で拷問を受けたらしい。マルカスターは、ケンブリッジのキーズの強い影響力から逃れるためにオックスフォードで学位を取得したのかもしれない。

一五五九年頃、彼はロンドンに落ち着き、その年カーライル選出の二人の議員の一人としてエリザベスの最初の議会の任期を勤め、彼女をロンドン市に迎え入れるページェントに参加して物語を書き、本を女王に贈呈して、四十シリングもらった。この本はおそらく『女王陛下の道行き』(*The Queenes Maiesties Passage*) と題されるパンフレットのもとになるもの。一五六〇年五月キャサリン・アシュリー (Katherine Ashley) と結婚。一五六一年九月ロンドンのマーチャント・テイラー校の初代校長に任命される。一五八六年までここにいて、給料が多すぎるという議論の後、辞職し、次の十年間、聖職者として教えた。一五九六年、セント・ポール校を管理していた絹織物商組合 (the Mercers' Company) に求められ、教頭 (the high-master) として十二年間少年たちを教える。威厳のある、多分少年たちには恐ろしい人物だった。

8 ジョアシャン・デュ・ベレー (Joachim du Bellay (1522–1560)) はフランスのプレイヤード派の詩人で、ロンサールに次ぐ重要な位置を占める。『フランス語の擁護と顕揚』(*La Défense et Illustration de la langue française*) 他、プレイヤード派の理念を体現する詩集をあらわす。詩的なインスピレーションを得ることと、おそらく外交の経験を積むことを希望して一五五三年にローマへ行くが、どちらにも失望する。ローマの堕落を見てフランスに郷愁を感じ、イタリアの文化的、社会的風土を苦々しく思い、一五五七年にフランスに帰国し、死の前年に『ローマの古跡』(*Les Antiquites de Rome*)、『哀惜詩集』(*Les Regrets*)、そして『田園遊楽集』(*Divers jeux rustiques*) の三冊の詩集を出版した。

9 ヤン・ファン・デル・ヌート (Jan van der Noodt (c.1539–c.1595)) はフランス詩人ピエール・ロンサール (Pierre de Ronsard) のアントワープでの弟子。オランダにおける現代詩のパイオニア。言葉は違っても彼は基本的にプレイヤード派に属す。彼の作品の多くは（彼自身によって）フランス語に、スペンサーによって英語に翻訳された。ドイツ語の翻訳もある。彼はオランダでは影響力を持たなかったらしい。

10 トマス・カートライト（Thomas Cartwright（1534/5–1603））は神学者、宗教論争家。十二歳でケンブリッジのクレア・コレッジにサイザーとして入学し、セント・ジョンズ・コレッジの学生になる。メアリー一世治政下の大学を去り、一五六〇年にセント・ジョンズに戻り、フェローシップを認められるが、六月にＭＡを取得し、一五六二年にトリニティ・コレッジのフェローになる。後に長老教会派、共和制の宗教的形態の提唱者となるカートライトは、一五六四年の女王の大学訪問の時の公開討論で「君主制は国家の最良の形態」という命題に反駁してトップに立ち、女王はこれに不愉快だったと言われている。翌年ケンブリッジは国教尊守の儀式のシンボルであるサープリス［儀式で聖職者、聖歌隊の着る白衣］と四角い帽子の着用命令に関する論争で揺れる。ピューリタニズムと呼ばれる初期の示威運動がトリニティ・コレッジに広がる前に彼はケンブリッジから退き、アマーの主教の礼拝堂付司祭になった。

ジョン・ウィットギフト（訳注**11**参照）が一五六八年十二月にイーリーの第三受給聖職者席に任命されて欽定講座の教授職を辞し、その後任にレディ・マーガレット教授ウィリアム・チャダートン（Chaderton）が任命され、新しいレディ・マーガレット教授にトマス・カートライトが任命されると議論が起きた。一五七〇年の春、カートライトは使徒行伝の初めの二章について講義し、長老教会的な教会統治の形を聖書と原始キリスト教会が模範とするものと述べた。これは主教制の廃止要求同然で、彼の学識とレトリックの技に惹かれた若手のケンブリッジの学究の間で相当な支持を得るが、六月に彼に対する苦情がチャダートンからウィリアム・セシルに寄せられる。夏の間、この争点で大学は分裂し、カートライトの支持者は、長の選出で挙がった名前をすべて拒否し、副総長のジョン・メイ（May）は、カートライトの神学博士号授与の許可を拒否した。ウィットギフトは夏の騒乱後、大学の新しい法令の必要性を強調し、ピーターハウスの学寮長アンドリュー・パーンを含む友人たちの助けを得て文書を作成し、大学の統治を副総長と学寮長の手に置いた。この法令はすぐ女王の承認を得て、ウィットギフトの主導的な役割が認められ、彼は副総長になる。十一月、カートライトはトリニティ・コレッジの学寮長公舎で行われた大学副総長の主教区裁判所に呼び出され、彼の講義に基づく論文リストを見せられ、意見の撤回を命じられるが、これを拒否して講座を奪われ、大学での説教を禁じられる。彼は亡命しジュネーブに退く。国教に対する公の批判を禁じる法令四五が、彼の座を奪うために最初に執行される。法令への反対が殉教者カートライトへの支持とごっちゃにされ、一五七二年五月の一六四人の抗議者の中には後に彼の反対者になる後の大主教リチャード・バンクロフトもいた。しかし保守派の改革者はバーリー卿セシルに支持されて自分の立場を守り、深遠に福音主義で穏健なグリンダル大主教でさえ、カートライトに大学での講義を二度と許すべきでないと批判した。

　カートライトはトリニティ・コレッジのフェローのまま一五七一年六月にはジュネーブのアカデミーで教えていたが、翌年の春ケンブリッジに帰る。ウィットギフトは、聖職者の学位を取得していないのでコレッジの法令に反するという瑣末な事柄を根拠に彼をフェローから外し、この決定に幾人かのコレッジのメンバーが抗議し、学寮長辞職の脅しを誘発した。

　ロンドンの説教師ジョン・フィールドとトマス・ウィルコックスによる、エリザベス朝社会の土台そのものへの極端な攻撃『国会への訓戒』（*An Admonition to the Parliament*, 1572）の出版に対するウィットギフトの反論を機に、カートライトとウィットギフトは出版を通して論争を始める。国会への手紙を装った一般人への懇願であるこの本は、それまでの出版物の中で、エリザベス朝の決着に対する最も率直な批判で、ピューリタン自身を分裂させた。下品なスタイルのために悪名高く、衝撃的で、早くも六月にリンカン主教トマス・クーパーの返答を引き出し、八月までに三版を数えた。ウィットギフトは、九月のパーカー大主教への手紙でカートライトをフェローから外したことを知らせ、『訓戒』への論駁を完成させたと宣言し、原文を翌月著者に送ると書いた。その頃『訓戒』の著者が判明し、投獄された。ウィットギフトの本が出版される前に、長老教会の戒律を十分に述べたカートライトの『国会への第二の訓戒』（*A Second Admonition to the Parliament*）が出る。ウィットギフトの『訓戒への返答』（*Answere to the Admonition*）が一五七二年十一月に出て、カートライトの『第二の訓戒』に向けられた部分を含む拡大版が一五七三年二月に出る。カートライトの『ウィットギフト博士への返答』（*Replye to an Answere of Dr. Whitgifte*）が一五七三年四月に出る。主教たちは国教会非信徒への断固たる対処を枢密院に要請され、カートライト逮捕の警告が出され、彼は再び亡命する。パーカーに励まされ、ウィットギフトがこの年彼に対し事細かに書いた返答が『T・Cの返答に反対する訓戒への返答を弁護する』（*Defence of the Aunswere to the Admonition Against the Replie of*

T.C）となって一五七四年に出る。同年三月、カートライトはグリニッジで女王の御前で説教し、主教制支持の政府を弁護し、それがその年遅く出版された。カートライトの支持者がこの論争に加わり、主な反撃がエグザイルの彼自身から一五七五年と一五七七年に来る。ウィットギフトはそれには答えなかった。

一五七三年に逮捕状が出されて、カートライトは亡命し、海外から出版する。一五七八年、ジョン・スタッブスの姉妹と結婚。サー・フランシス・ウォルシンガムは、カートライトの学者としてのエネルギーを反カトリックに向けさせて、彼を穏やかで安全なピューリタンにしようとして、先ごろ出版された新約聖書のカトリック版への論駁を書くことを勧めた。彼はこの企画にしばらく時間を費し、これは彼の死後ライデンで出版されるが、彼を安全にするのは不可能とわかる。彼はこの企画にしばらく時間を費し、これは彼の死後ライデンで出版されるが、彼を安全にするのは不可能とわかる。レスターとバーリーは彼を保護したが、ウィットギフトとバンクロフトのために彼は星室庁で裁かれることになる。彼は六八年の人生のうち、二〇年を一種の亡命者としてイングランドの外で過ごし、三年間を牢で過ごした。

11　ジョン・ウィットギフト（John Whitgift（1530/31?–1604））はカンタベリー大主教。ケンブリッジのクィーンズ・コレッジへ行くが、彼の福音主義の傾向から、ニコラス・リドリーが学寮長のペンブルック・コレッジに移り、一五五〇年に自費生として入学する。彼の学問業績がピーターハウス・コレッジのフェローシップを確実にし、メアリー女王の治世中、彼のプロテスタンティズム傾向にもかかわらず、亡命することを思いとどまらせた学寮長アンドリュー・パーンの支持を得て、MAを取得し、コレッジでの義務を静かに遂行することを可能にした。エリザベスの即位に続き、イーリーの助祭、続いて司祭に任じられ、ケンブリッジのグレート・セント・メアリーズで法皇を反キリストとして糾弾する説教を行い、説教師としての評判を確立する。彼はピーターハウスで一五六三年に神学学士号を取得し、また神学部レディ・マーガレット教授に任命される。最初の講義で再び法皇を反キリストと確認した。彼の強い反教皇姿勢の講義は若いプロテスタントのある者たちの支持を得たが、彼は彼らに対抗した。コレッジの礼拝堂でのサープリス着用の命令に、はじめ反対したにもかかわらず、すぐ政府の政策が正しいと説得され、サープリス着用の弁護に回る。彼は職業生活の早い時期から教会の秩序、聖職者統治の権威に高い敬意を払い、より急進的な仲間のカルヴィン派の者たちと始終反目した。この立場の変化にセシルが気付き、その彼は昇進する。一五六七年、再び「法王は反キリストである」という命題をテーマに神学博士号を取得し、その年、神学部欽定講座担当教授になる。すでにペンブルック・コレッジの学寮長に選ばれていたが、すぐトリニティ・コレッジの学寮長の職を与えられて移る。

トリニティの急進的なフェロー、とりわけトマス・カートライトとの摩擦が、教会改革後のイングランドの教会内のくっきりとした対立の時期を立証する。彼の説教は女王の注意を引き、女王は彼を「ホワイト・ギフト（白い［善の］贈り物）」（White-Gift）と呼ぶ。イーリーの第三受給聖職者席に任命されて欽定講座担当教授を辞し、その後任人事でトマス・カートライトがレディ・マーガレット教授に任命されると論議が起きた。一五七二年ウィットギフトは教会で、より公的役割を持ち始め、『国会への訓戒』の出版で教会に押し寄せた激動の嵐の中でカートライトと論争する（訳注10参照）。一五七七年ウスター主教の座に就き、六月にトリニティ・コレッジの学寮長を辞す。彼をこれほど急速に国家的に著名にしたのはカートライトとの論争で、それははるかに広範な結果を英国国教会にもたらすことになる。一五七〇年から一五七五年まではエリザベス朝の教会の発達における重大な時期であった。女王と権威者はウィットギフトの見解に説得されたが、論争の声音の背後に彼らの一致点を見出すことが重要である。ウィットギフトも反対派もカルヴィン派の神学を共有し、こと教会学に関してはどちらも教会の性質を定義するのに神学と聖書の中心的な役割の重要性を認めていた。一五七〇年代初頭の文化的風土の中で、どちらもローマ教会の堕落と見なしたものを一方に置き、再洗礼論の行き過ぎを他方に置き、両方の邪悪を反対派の見解に見た。

ウィットギフトは一五七七年五月にウスター主教の座に就くと六月にケンブリッジを離れ、カトリックに抗議する主要な武器の一つである説教をまじめに行った。職務停止処分を受けたカンタベリー大主教エドマンド・グリンダルの後継者と目され、一五八三年七月グリンダルが死ぬと十月に大主教の座に就く。彼はエリザベス女王の葬儀をウェストミンスター寺院で執り行い、ジェイムズ一世に冠を授けた。彼の評判は論争に支配され、ストウ（Stow）のような保守派にとって彼は「国家と教会の利益のために生まれた男」だが、マープレレット（Marprelate）のパンフレットの著者にとっては「ランベスの法王」だった。彼は女王の支持を得たが、レスターやウォルシンガムら、より国際的な精神を持つプロテスタントには信用されず、彼の妥協を知らない姿勢は、目的を共有している時でさえバーリーをいらだたせた。

12　カートライトは一五六八年に神学部レディ・マーガレット教授（Lady Margaret Professorship of Divinity）になる。何世紀にもわたって大学への個人の寄付で多くの教授職が設立され寄付者の名がつけられた。ケンブリッジに現存する最古のものが、レディ・マーガレット・ボーフォート（Beaufort（c.1443–1509））の寄付金で一五〇二年に設立された神学部レディ・マーガレット教授。後のロチェスター司教ジョン・フィッシャー（Fisher）が初代教授。レディ・マーガレット・ボーフォートは、エドワード三世の四男ランカスター公爵ジョン・オヴ・ゴーント（Gaunt）の曾孫で、ヘンリー七世の母。オックスフォードとケンブリッジ両大学のパトロネスとして講座のために公平に基金を出していたが、ヘンリー七世の宮廷を訪れたケンブリッジ大学の学生監のフィッシャーに会い、彼の強い影響でケンブリッジにセント・ジョンズ・コレッジとクライスツ・コレッジを設立する基金を出した。

13　ゲイブリエル・ハーヴィー（Gabriel Harvey（1552/3–1631））は学者、作家。エセックス州サフロン・ウォールデンでヨーマンのロープ・メーカー、町の有名人ジョン・ハーヴィーの四人の息子の長男として生まれる。サフロン・ウォールデンのグラマー・スクールからケンブリッジ大学へ進み、一五六六年六月クライスツ・コレッジの自費生として入学し、一五六九年～七〇年にＢＡを取得。一五七〇年十一月、ひとつにはウォールデンの有力者、政治家サー・トマス・スミスの庇護のおかげでペンブルック・コレッジのフェローに選ばれる。ハーヴィーの職業生活における最初の嵐が一五七三年ペンブルックで起き、後にトリニティ・コレッジの学寮長、カンタベリーの主席司祭になるトマス・ネヴィル率いる一団が彼の修士号取得を妨害しようとし、主として彼の知的独自性（とりわけラムスの作品への傾倒と、その結果のアリストテレス誹謗）と横柄な非社交的振る舞いを非難した。ハーヴィーは学寮長ジョン・ヤングに自己弁護の手紙を書き、ヤングは強引に彼の学位を許可した。彼がコレッジのギリシア語講師に就任したため騒動が続くが、一五七四年四月、修辞学の大学講師に任命され、一週間に少なくとも四日コレッジの学生を教えた。

ケンブリッジでの職業生活の早い時期に、ハーヴィーは一五六九年五月にペンブルックに入学したスペンサーと知り合う。一五九九年の詩人の死まで続いたと思われる彼らの友情は、スペンサーが彼に何冊も本を与えた一五七八年に初めて裏付けられた。一五七九年、彼は『羊飼いの暦』でコリン・クラウトの「特別親しい友人ホビノル」として星のように輝く。彼は、この新しい詩人の作品を「強力な弁論術とあなたの稀な学才で」弁護するよう促すＥＫによる献呈辞の名宛人。一年後、一般大衆は『適切、機知に富み、親密さのあらわれた三通の手紙…』(*Three proper, and wittie, familiar letters: lately passed between two universitie men . . . our English refourmed versifying*) でスペンサーとハーヴィーの関係をより深く洞察する機会を与えられる。手紙集には (自分の同意なしに出版されたと、彼は後に信じがたい主張をしているが)、スペンサーの『妖精の女王』への最も初期の予告が含まれている。

ハーヴィーは活動的な生活が瞑想的な生活よりも上位にあると硬く信じ、一五七〇年代、公職への野望を、宮廷との縁故、とりわけプロテスタントのレスター伯のサークルに知己を求めて実現させようとしたが、公務で外国へ行く計画は実現しなかった。同年七月、彼はオードリー・エンドでエリザベスの御前で議論するケンブリッジの学者の一人となり、その機会にラテン語の韻文の四つの大きな二つ折り版の写本を女王に進呈した。同年九月彼は詩を拡大した形で出版し、友人の家で女王に進呈した。改訂版ではエリザベスがオードリー・エンドで手にキスすることを許し、彼がイタリア人に似ていると言ったことを特筆しているが、それとなく女王とカトリックのアランソン公との縁談に一撃を企てたのかも知れない。

ハーヴィーの崇拝するパトロン、役職の模範サー・トマス・スミスの一五七七年八月の死に際し、彼はラテン語のエレジーを書き、翌年 *Smithus, vel . . .* を出版した。スミスの未亡人とその共同遺言執行人はスミスの蔵書の「稀な写本」を何冊か彼に与えた。葬送の式辞を述べたのは、その写本を自分のものにしたいと思っていた執念深い愛書家、ケンブリッジ大学副総長アンドリュー・パーンで、彼は「冗談半分に」ハーヴィーを狐と呼び、若いほう [ハーヴィー] は「真面目半分に、私は…子狐かもしれません。でも狐になるには若すぎましたよ、特にあの方がいらっしゃるところじゃ」と応じた。パーンは彼の機知に富む言葉に沈黙するが、一五七九年、彼が大学代表弁士の候補者になるのに反対し、また一五八五年二月、民事法の法律家になる訓練のためトリニティ・ホールに移っていたハーヴィーの学寮長就任を邪魔して仕返しをした。ハーヴィーは一五八四年に法的訓練を終えてＬＬＢを得るが、博士の学位を取らず、一五八五年七月オックスフォードで民事法の博士号を取得した。彼はトリニティ・ホールのフェローシップを一五九一～二年まで保持していたが、一五八六年から一五八八年まで、アーチ裁判所 (教会法上カンタベリー大主教に属する控訴裁判所) で法的訓練を受けるためロンドンへ移る。彼は法律を宮廷の職務への梯子の一段と見ていた。

ロンドンへ移ってすぐ、ハーヴィーは当時の最も著名なパンフレット作家たちを相手とする自国語の印刷論争に巻き込まれた。これにはいくつかの要因が重なり合い、第一に、彼は横柄さと独自性のために、大学で何年も詩と演劇の風刺の標的になっていた。第二に、彼の運勢は弟たちの運勢、とりわけ、一五八三年四月の土星と木星の結合による劇的、黙示録的動乱を予言した占星術のパンフレットを出版して揶揄された、これもラムスの心酔者リチャードの運勢と緊密に結びついていた。第三に、マーティン・マープレレットなる偽名で書かれた英国国教会のヒエラルキーに対する急進的プロテスタントの攻撃、有名なマープレレット論争で、ジョン・リリーが権力者に代わってやり返し、ハーヴィーあるいは彼の関係者がマープレレットの黒幕だとほのめかした時、新しい戦いが始まろうとした。ハーヴィーは、すぐリリーに反論を書いたが、なぜか出版を差し控える。リチャードは一五九〇年に出版されたらしい二冊のパンフレットの一冊で、二十二歳のトマス・ナッシュがロバート・グリーンの *Menaphone* (1589) の前書きで「彼より上の人たち」を非難したと批判するという過ちを犯した。「上の人たち」の中にサー・トマス・モア、ロジャー・アスカムそして「わが兄ハーヴィー博士」の名があり、グリーンは『成り上りの宮廷人をからかう』(*Quip for an Upstart Courtier* (1592)) の中で、ハーヴィー兄弟と、絞首索とロープ等の道具作りが生業の父親を物笑いの種にした。同年ナッシュは『文なしピアスが悪魔への嘆願』(*Pierce Penniless*) を出版し、(名を挙げず) 傲慢なアリストテレス批判者で、道化リチャード・タールトンやバラッド歌手に予言をからかわれた占星術師、ロープ・メーカーの息子リチャード・ハーヴィーに罵声を浴びせた。ここでリチャードは沈黙し、ハーヴィーが弟の代わりに介入して『四通の手紙』(*Four Letters*) とソネットを出版した。「私的な研究に勤しみ、公の静寂に献身しながら」、家族の名誉を守るため、いやいやながら印刷の道に思い切って進むのだと彼は主張しているが、ハーヴィーは、グリーンの名誉を汚し、ナッシュに対して恩人ぶり、自分をほめるために自分のパンフレットを使った。機会を見つけてナッシュはすばやく『低地諸国への食料供給の手紙と韻文の護送を傍受した変ったニュース』(*Strange newes, of the intercepting certaine letters, and a convoy of verses, . . . to victual the Low Countries*) と題される、ハーヴィーの『四通の手紙』の擬学者風注釈のパンフレットを出した。一五九三年九月、ハーヴィーは『エルサレムを嘆くキリストの涙』(*Christ's Tears over Jerusalem*) の序文にあるナッシュの休戦協定の呼びかけに触発されて別のナッシュ攻撃をした。ナッシュは作戦を変え、今度はハーヴィーを「豊かな学識、礼儀正しい振る舞い、円熟した経験豊かな判断」の持主にした。ハーヴィーの『注目に値する新しい手紙』（*New Letter of Notable Contents*）は、ナッシュの後悔を空虚だとみなした。ののしり続ける衝動は彼自身のものではなかったかもしれず、両陣営とも的を外れていると感じた激論を長びかせたのは、ハーヴィーの印刷屋ジョン・ウルフだった可能性がある。『新しい手紙』に駆り立てられて、ナッシュは一五九四年版『キリストの涙』の前書きの手紙の改訂版で応えた。同年、彼は『不運な旅人たち』（*The Unfortunate Travellers*）中に大学代表弁士を登場させてハーヴィーにもう一撃加えたらしい。最後に一五九六年「いざサフロン・ウォールデンへ――ゲイブリエル・ハーヴィー狩りの顛末」（*Have with you to Saffron-Walden, or, Gabriell Harvey, Hunt is up*）と題される、『ピアスの余分の働き』（*Pierces Supererogation*）の反撃への実質上の猛反撃を出版した。しっぺ返しの応酬が遅れたのは、作品の中心となる奇抜な潤色「絞首索作りの長男」の伝記のために、［ハーヴィーの］生活と会話の完全な情報を得たかったためだとナッシュは主張している。この滑稽な力作には「エイジャックスに放とうとしているゲイブリエル・ハーヴィーの肖像」（'The picture of Gabriell Harvey, as hee is readie to let fly upon Ajax' ［Ajax は 'a jakes' 水洗トイレ］）と称する等身大の木版の肖像画が付いている。

　ナッシュ－ハーヴィー論争は、一五九九年、カンタベリー大主教ジョン・ウィットギフトとロンドン主教リチャード・バンクロフトによる風刺の禁止の布告に、不名誉にも「ナッシュとハーヴィー博士の本は、見つかり次第、没収とし、以後、両人の本の印刷を禁じる」と言及されて終わる。人生の終わりの三十年間ハーヴィーは人々の視界から消え、ナッシュが最後の打撃を加える何年も前にロンドンを離れていた。

　スペンサーとの友情、グリーンとナッシュとの紙上の戦いの他に、彼の蔵書が注目されている。当時最も実質的なものの一つだったようで、現存する百八十冊以上の本が彼のものだったとわかっている。

14　訳注**13**参照。

15　ラムス、フランス名ピエール・ラ・ラメー（Pierre la Ramee（Petrus Ramus））は人文学者。キュ生まれ。パリで教育を受けた。詩人ではなく、フランス語で書く傾向のある人文主義者でもなかったが、プレイヤード派と密接なつながりを持っていた。古典作家論の講師になり、論理学の改善に着手し、シラバスの改革、伝統的な学問分野の再分類（つまり修辞学の位置）、詩の役割におけるアリストテレス論争に顕著な役割を持った。アリストテレス哲学者の反感を呼び、著書『弁証法』（一五四三年）は出版禁止になる。一五五一年にコレージュ・ド・フランスの哲学教授に就任。論議を呼ぶ人物で、後に自分のカルヴィン主義支持を言明し、プロテスタントに改宗した（一五六一年頃）。パリから避難し、ドイツとスイスを旅し、一五七一年にフランスに帰国してサン・バルテルミーの虐殺の犠牲になる。プレイヤード派の詩人に与えた彼の影響等について学者間で重要な意見の相違がある。ラミズム（Ramism）は英国における方が強かった。

16　ＥＫによる書簡風の献呈辞に、ゲイブリエル・ハーヴィーとＥＫが『羊飼いの暦』と新しい詩人を推薦し、詩をサー・フィリップ・シドニーに献呈し、詩の注はＥＫによることが述べてある。

17　キーズ・コレッジ（Caius College）はゴンヴィル・アンド・キーズ（Gonville and Caius）・コレッジのこと。一三四八年と一五五七年に二度設立されたので二つの名を持っている。初めの創立者エドマンド・ゴンヴィルは聖職者で、トリニティ・ホールの創立者ベイトマン（Bateman）司教の友人。彼はコレッジの敷地用の土地を購入した直後に亡くなる。ベイトマンは彼の遺言執行人として新しいコレッジの拡張と寄付のための資金を託された。彼はトリニティ・ホールに近い現在の敷地に移すことから始め、二つのコレッジ間の友好協定（a "Treaty of Amity"）を取りまとめた。彼の精力的な援助なしでは新しいゴンヴィル・ホールは生き残らなかっただろう。ゴンヴィル・ホールの学生は Physwick Hostel に住んでいたが、ヘンリー八世がトリニティ・コレッジ設立のためにホステルを接収したため、ゴンヴィル・ホールは宿舎確保の資金が緊急に必要となる。これを可能にしたのが、一五二九年にゴンヴィル・ホールにジョン・キー（Kaye）の名で入学し、後に姓をラテン語化してキーズとなったジョン・キーズ（1510–1573）。彼はイタリアで学び（1539–44）、パドバ大学で医学の学位を取得し、はるかに進んだ医学の知識を持って帰国し、一五五七年にゴンヴィル・アンド・キーズ・コレッジ設立のための勅許を得て、後に二年間学寮長を務め、土地を購入して（現在のコレッジの敷地を）コレッジに寄付し、ケンブリッジの中でも豊かなコレッジにした。キーズ・コレッジは短くキーズと呼ばれている。

18　レスター伯ロバート・ダドリー（Robert Dudley, earl of Leicester（1532/3–1588））は宮廷人、大立者、エリザベス女王の寵臣。彼はオックスフォードの代表演説者やフランス人法学者も秘書として雇い、印象的な知識人に取り囲まれていた。彼のロンドンの住居レスター・ハウスは一五八〇年代の重要な詩人のサークル（シドニー、ダイアー、スペンサー）の中心とみなされた。彼は知的、芸術的パトロネージにおいても活発で、少なくとも九八冊の本を献呈され、治世中最大の文学のパトロンの一人である。彼の役者の一座は一五五九年には名高く、ピューリタンの追随者の間では議論を呼んだが、彼が劇場の成長に貢献したようには見えない。彼の一家は特に知的、芸術的な環境ではなく、彼は常に活動的なスポーツマンだった。

ロバート・ダドリーはノーサンバーランド公爵ジョン・ダドリーの五男。ダドリーの初期の人をじらす側面は、エリザベスとの幼児期の友情による。彼女が八歳になる前から友だちで、誰よりも彼女のことをよく知っていて、その頃も、結婚適齢期にも、彼女が結婚したいと思ったことはないと言ったという一五六六年の彼の発言はよく知られている。一五四〇年代の初め、彼が皇太子エドワードの一家に属していたことが、彼らの親交の説明になる。彼は豊かな牧畜業者の娘エイミー・ロブサートと結婚する。

摂政ノーサンバーランドは四男ギルフォード・ダドリーをジェイン・グレイと結婚させていた。一五五三年、エドワード六世の死の直後、メアリーを宮廷に連れてくるようロバート・ダドリーを遣るが、メアリーの王位継承を支持する者が多く、ノーサンバーランドは降伏し、ロバートは兄たちに続いてロンドン塔に連行され、枢密院の命によりジェイン・グレイの王位継承の公布をキングズ・リンで行った咎で裁かれる。裁判でノーサンバーランドは、息子たちは自分の命に従ったに過ぎないと言って息子たちの命乞いをして斬首される。翌年春、トマス・ワイアットの反乱に関わった者たちがロンドン塔のダドリー兄弟に加わり、その中にエリザベスがいた。メアリー一世の政府はスペインのフェリペとの結婚が妨害されるのを懸念し、ダドリー兄弟は引き続き牢に入れられていたが、寛大さによって忠誠心を得たいというフェリペの願望で、一五五五年一月出獄を許される。

一五五八年十一月十七日のエリザベスの即位の前夜、ロバート・ダドリーはエリザベスに親しい間柄にあると確認され、十一月十八日、メアリーの印をハットフィールドで彼女に引き渡す証人の一人となり、同日、主馬頭（英国王室第三位の高官）に任命される。同年十二月エリザベスは彼にサリーのキュー・ハウスを与え、彼は一五五九年から女王の寵臣。一五五九年四月に、彼とエリザベスの特殊な関係が取り沙汰され始め、この関係が彼のそれからの人生を定義した。彼女は彼に情緒的に依存し、宮廷への出仕を絶えず求めた。一五六〇年の春、彼の妻はオックスフォード近くのカムナー・ハウスに移り、同年九月に自宅の階段から落ちて、首の骨を折って死ぬ。検死官の意見は事故死だったが、妻の死に関与したという風聞が生涯ロバート・ダドリーに付きまとい、後年ウィリアム・セシルがぶっきらぼうに述べたように、彼は「妻の死に汚された」。一五五九年初頭から、エリザベスの彼に対する愛情が、彼女の他の者との結婚の障害だと認識されていた。彼女はテューダー朝の王位継承のために耐えず結婚を求められ、メアリーとフェリペの結婚の余波でとりわけプロテスタントから国内の人間との結婚を求められたが、彼との結婚は強く反対された。エリザベスは何度も自分たちは兄妹の関係だと説明したが、彼は、実際上、代理夫だった。一五五九年四月ガーター勲位に叙せられ、十一月にウィンザー城の副長官（lieutenant）に任命された。関税なしで羊毛を輸出するライセンス（六千ポンド相当）等さまざまなライセンスを与えられた。一五六三年エリザベスは彼に領地の中核となるケニルワース、デンビー及びチャークの領地を与え、一五六四年にレスター伯ならびにデンビー男爵にした。彼はキュー・ハウスを売却し、ロンドンのテンプル・バー近くのページェット・プレイスを一五七〇年に購入し、レスター・ハウスと改名した。

レスター（レスター伯となったロバート・ダドリーを、以後レスターと表わす）の政治的役割と影響力は書類や手紙類の分散のためによくわからない。初めて関わった高度な政策は、一五六一年、メアリー・ステュアートがスコットランドに帰り、エリザベスが彼女を公式にイングランド王位継承者と認めることを拒んだ時、プロテスタントとなったスコットランドの政治現状を守るため、セシルと共に考案した二人の女王のよい関係を維持するためのものである。このため彼はスコットランドのリーダー、レシントンのウィリアム・メートランドとマリ伯ジェイムズ・ステュアートと緊密に提携した。セシルと彼は一五六二年夏の最初の宗教戦争勃発後の対フランス政策も考案した。十月の枢密院の顧問官への任命で彼の政治的影響力が正式に承認され、女王と親密だったので自動的に枢密院の上級者格の一人になる。スペイン大使ディエゴ・グズマン・デ・シルヴァは、一五六六年八月、彼のことを女王に最も影響力を持つ人物と描写している。

一五六三年の国会で公の論争になった王位継承に関して、レスターとセシルの間に深刻な意見の相違があった。セシルはメアリー・ステュアートを信頼せず、彼女がエリザベスの後継者となることを常に妨害したがったが、レスターはエリザベスと同様、メアリーの王位継承の主張はとめられないと信じていたらしい。しかしエリザベスとは違い、レスターはメアリーとの間に何らかの形の正式な同意が必要と考えた。セシルはエリザベスの血肉を分けた後継者誕生の希望を一五七九年まで持ち、一五六三年中、オーストリアのフェルディナンド一世の息子であるスティリアのカール皇子との結婚話を復活させるが、エリザベスは宗教の違う夫を持つことを拒み、オーストリアとの縁組はこれで行き詰まり、伴侶としてのレスターへの関心が復活する。

メアリーはヘンリー・ダーンリーの結婚でマリ伯と衝突し、マリ伯らスコットランド貴族が反乱を起こし、レスターはマリ伯支援に関わる。メアリーとの対決は延期されるが、この危機はメアリーとアイルランドのシェインとの同盟への恐れに基づく新たなアイルランド政策を刺激し、レスターの義兄弟シドニーが、その秋アイルランド総督に任命され、かつてのルアーヴルの将校たちが、十二月にダブリンへ向かう。

後のジェイムズ六世の誕生が継承問題を緊張させ、この問題が国会を支配し、継承問題解決の圧力に対してエリザベスは結婚への真剣な意志を表明する。二月のダーンリーの殺害と七月のメアリーの退位に、エリザベスはメアリーの退位を受け入れたがらず、マリ伯の摂政就任を支持する枢密院のプロテスタント派を再び結束させる。この結束は一五六八年のフランスと低地諸国との宗教摩擦の勃発で維持された。レスターはプロテスタントの支援要請に最も同情的とみなされ、秋、ユグノー支持の組織作りに動く。一五六八年、メアリーがイングランドへ逃げてきて事態が複雑になる。レスターは一五六八年のメアリーの最初の裁判には直接関わっていないが、裁判の延期を含めてメアリーのイングランドでの幽閉に反対しなかったことは、彼の政治的日和見主義の最も悪名高い例の一つである。あらゆる信頼できる証拠から、セシルとレスターは外交に関しては団結していたことが暗示される。ノーフォークとメアリーの結婚の可能性は、彼女をスコットランドへ戻す暫定的な（妥協の）計画の一部で、スコットランドのメートランドが考え、レスターが関わった。

レスターはエリザベスとアンジュー公アンリ（後のアンリ三世）との縁談、最後の真剣な結婚計画を推進する。一五六八年に彼のフランスの友人たちから出てきた縁談で、一五七〇〜七一年にフランスの宗教戦争を解決し、イングランドとの同盟を打ち立てる方策として取り上げられた。しかしエリザベスはカール皇子に提供した条件を変えようとせず、アンジュー公は妥協せず、縁談は一五七一年の夏、壊れた。カトリーヌ・ド・メディシスは、下の息子アランソン公フランソワが宗教に柔軟性があるとしてエリザベスとの縁談を持ち出してきた。年の差が障害だったが、エリザベスもアランソン公も一五七〇年代、政治的に有利なため、この結婚の計画を活動させておいた。

一五七一年以後エリザベスは中年に近付き、彼女の血肉を分けた跡継ぎ誕生の可能性がなくなり、その結果レスター自身の立場が変化し、後に彼が「ほとんど奴隷よりも不平等で不合理な絆」と描写した関係のために落ち着きをなくす。彼は一五七八年九月、初代エセックス伯未亡人レティスと結婚してエリザベスを怒らせる危険を犯す決意をする。一五七〇年代初頭、自分の領地に注意を払い始め、毎夏あるいは秋、ケニルワースを訪れた。一五六八年、彼はケニルワースで建築を始め、隣接の地所を買ってケニルワースの領地を立て直した。甥のサー・フィリップ・シドニーが潜在的な恩恵受益者だった。ケニルワースの建築はおそらくレスターの主な贅沢だったが、バーリー（バーリー卿となったウィリアム・セシルをバーリーと表わす）ら同僚のものに比べればつつましく、建築の目的は他の多くのエリザベス朝宮廷人と同様、女王の行幸で女王の宿をするため。一五七〇年代初頭レスターは女王に旅を勧め、彼女は一五六八年、一五七二年、そして一五七五年にケニルワースを訪れたが、最後のものが最も有名である。一五七五年の祝賀がレスターとエリザベスの関係の頂点をなし、以後は冷えたものになったというのが定説であるが、一五七七〜八年の冬、彼はグリニッジ・パレスから近距離のエセックスにウォンステッド・ハウスを購入して彼女を規則的にもてなしたので、彼らの関係に本当の変化はなかったことが暗示される。

　エリザベスのレスターへの寛大さは減ずることがなく、この十年間彼はエリザベスの治世中の大パトロンの一人で、影響力は国中に及んだ。海事の冒険は特別の関心事で、ジョン・ホーキンスの二度目の航海（彼の収益は三百一ポンドであった）を後援し、一五七六年のマーティン・フロービシャーの航海、一五八三年のハンフリー・ギルバートの航海とドレイクの世界一周と、西インド諸島航海を後援した。

　レスターのピューリタンのイメージを形成する上で、国教会非信徒者の保護と同様に重要なのは、一五七〇年代の外交政策の新しい文脈である。一五七〇年と一五七一年、ノーフォークの名誉を回復させ、条件付でメアリーをスコットランド女王に復位させる交渉の最終的努力は、最初はスコットランドの反対で、最終的には一五七一年のリドルフィの陰謀が暴かれて、メアリーとノーフォークが罪を負わされて、つぶれた。リドルフィの陰謀はスペインとの断絶をも記し、ネーデルランドの未来に焦点を当てることになった。一五七一〜二年の冬、ネーデルランド計画（オラニエ公ヴィレムの支持者とユグノーが考案した、スペイン王フェリペ二世の総督アルバに対する反乱）を支持する英独仏のプロテスタントの王侯の同盟の計画で、英仏同盟が議論されたが、サン・バルテルミーの虐殺でつぶれた。レスターは結論を出す一人になる。一五七六年にフェリペ二世がオーストリアのドン・ホアン（フェリペ二世の異母弟）を総督に任命してエリザベスを怯えさせた時点からオラニエ公が援助すべき同盟者と見なされ、一五七七年に、軍隊派遣の際はレスターが司令官に就任することが提案された。フランスのアンジュー公アランソンが、彼流のエキセントリックなネーデルランド計画を始める。エリザベスは結婚をちらつかせて彼の関心をネーデルランドからそらそうとした。

アンジュー・エピソードの結果は暴露的である。一五八〇年一月初め、エリザベスはアンジュー公に、彼の求める礼拝の自由を拒んだため、結婚交渉はこの時点で先細りになったが、外交の文脈では劇的変化があった。アンジュー公のネーデルランドへの野心は一五七九年には衰えていたが、一五八〇年初頭、オラニエ公がフェリペ二世への忠誠を放棄し、王権をアンジュー公に申し出た。一五八〇年一月のポルトガル王エンリケの死も、ポルトガルの王位継承に関して、フェリペ二世への挑戦の機会をフランスに提起した。アンジュー公にとってイングランド、特にレスターとの良い関係は、ネーデルランドで彼が保っている尊敬からして不可欠であった。イングランドにとってもアンジュー公がネーデルランドとポルトガルをめぐるフランスとの同盟の要だったので、一五八〇年から一五八四年六月のアンジュー公の死まで、彼との関係がエリザベスの外交政策を支配した。レスターは、ハンティンドン宛の手紙で二人の結婚に強い反対を記している。

エリザベスのより広い外交政策は、アイルランドの第十四代デズモンド伯ジェラルド・フィッツ・ジェイムズ・フィッツジェラルドの反乱と、一五八〇年末のモートン失脚に続くスコットランドの政情不安に妨げられた。サー・ヘンリー・シドニーはアイルランド総督在任中レスターの信奉者とレスター派の人々に頼ったので、レスターはアイルランド政府と深く関わった。シドニーの後継者もレスターの信奉者だったので彼はアイルランドの事情通になり、一五七五年にはアイルランド総督になる可能性があると言われさえした。スペインに後押しされたジェイムズ・フィッツ・モーリス・フィッツジェラルドの上陸はデズモンド伯の反乱を引き起こす。アンジューのイングランド訪問と重なって緊張を引き起こし、枢密院は軍事的反応に結束し、一五八〇年の新しいアイルランド総督第十四代グレイ・オヴ・ウィルトン男爵アーサー・グレイの任命にレスターは関わる。デズモンド伯の反乱による危険がおそらく十一月のスマーウィックの虐殺に対する彼の陰気な反応を説明する。一五八二年、グレイとオーモンドのマンスターの長官職の交代における彼の役割が批判された。

一五八四年、レスターはネーデルランド危機と、彼への批判、息子デンビーの死に遭遇する。一五八四年九月、前の春パリで編集され、息子の死の直前にルーアンでロバート・パーソンズによって印刷された『レスターの国』(*Leicester's Commonwealth*)の最初のパンフレットがロンドンで発見される。レスターとハンティンドンのメアリーに対する脅迫についてのプロパガンダを、一五八二年のカトリックの侵入より早く配布するというパーソンズの計画だった。レスターの最初の妻エイミー・ダドリーの死に始まるレスターの半生記で、彼を好色漢、殺人者、そして専制君主として描いた人格中傷である『レスターの国』の真のインパクトは、後にエリザベスの宮廷の秘密の歴史を提供し、擁護者レスターの評判を落としてピューリタンを攻撃した時に在ったが、一五八四～五年冬のネーデルランド危機に際して、体制を団結させるのに役立った。一五八四年、アンジュー公の死とオラニエ公の暗殺で騒然となったネーデルランド危機で、レスターはイングランド軍を率いてネーデルランドへ派遣され、フラッシングでオランダ国会からネーデルランド総督任命を受諾する。オランダ政府に中心的権威者がいないのが弱点だというイングランド・ネーデルランド双方で広く信じられたことが就任の理由だった。エリザベスは怒って辞任命令を出し、冷静になってレスターに他意のないことを理解するが、彼女が彼の役職を公に否定したことは彼の威信に対する回復不可能な打撃だった。

スペイン軍のパルマ(Parma)公にラインベルグ(Rheinberg)が包囲され、レスターは八月半ば包囲を破るためにヘルダーラントへ前進する。主にスペイン人からなる駐屯地ズトフェンの小競り合いでシドニーが致命傷を負う。甥であり跡継ぎである彼の死にレスターは挫折させられるが、戦に勝った。彼のヘルダーラント作戦はバビントンの陰謀の発覚と同時期に始まり、バーリーもウォルシンガムも、メアリーの処刑に取り掛かりたがらないエリザベスを説得するため、レスターに帰国を望んだ。彼は一五八六年十一月に帰国する。スコットランド女王メアリーの人生の最終段階での彼の主な役割はジェイムズの説得だった。ジェイムズが母の助命嘆願に送ってきた大使を通じて、彼はジェイムズがイングランドの王位継承を望むなら母の処刑を認める必要があると強調し、そうすればジェイムズを支持しようと約束した。この助言をジェイムズは受け入れたらしい。レスターは一五八七年二月、主席秘書のデイヴィソンがメアリーの処刑の署名入りの令状を持ってきた時、バーリーと一緒にその決定を進めるよう後押しした。

レスターの帰国は一五八八年のスペイン海軍の攻撃の脅威についての大論議の時期と重なる。彼のスペイン無敵艦隊打破への貢献は、八月八日のエリザベスのティルベリー訪問の準備をしたことである。ティルベリーの野営地を八月半ばに解散した後、短期間宮廷に戻り、妻レティスとウォリック夫妻と共にケニルワースへ休暇に出かけ、十九日にエリザベス宛ての短い手紙を書き（「彼の最後の手紙」とエリザベスは、後で裏書した）、その一日か二日後、病気になり、九月四日に死んだ。ネーデルランドでの二年間が彼の健康を決定的に弱めた。遺言は死の直後未亡人に渡され、彼女は遺言執行人として彼の負債の悪夢を受け継いだ。土地も動産も負債もおそるべきものだった。特にエリザベスからの巨額の借金とネーデルランドでの出費のための負債であった。ネーデルランドが彼を滅ぼした。

何十年も後、歴史家カムデンの『年代記』（*The Annales*）がレスターを野心的で悪意のある寵臣と描写して、彼に決定的な打撃を加えた。カムデンがレスターに敵意を持った理由は不明だが、ピューリタニズムに対する彼の敵意がその一つであろう。バーリーが彼に『年代記』の執筆をすすめたことから、カムデンはバーリーのレスターに対する長年の憤りの代弁者にすぎないという議論を導いた。『年代記』はエリザベスの治世を平衡とバランスの時代として確立し、その過程で、「偉大な伯爵」は女性的な弱さの単なる脇役にされてしまった。
19　サー・フィリップ・シドニー（Sir Philip Sidney（1554–1586））は作家、宮廷人。彼は一五七七年にカシミール伯やオラニエ公と接触したが、彼はヨーロッパの軍事指導者にならず、プロテスタント同盟は具体化しなかった。二度目の航海から戻ったフロービシャーに同行して新世界へ行くことを考え、三度目の航海に投資したが、イングランドにとどまって宮廷とウィルトンで過ごし、『オールド・アーケイディア』（*The Old Arcadia*）として知られる『アーケイディア』の初版を書き始め、作家としての経歴を始めた。彼は一五七九年に女王とフランスのアンジュー公の縁談に反対した「ムッシューとの結婚に触れた、エリザベス女王への手紙」（"A Letter to Queen Elizabeth touching with the marriage with Monsieur"）の原稿の回覧では罰せられなかったが、公的、政治的生活から退いて執筆することを選んだらしく、一五七八年の帝国の任務の後で書き始めた『オールド・アーケイディア』の大部分はおそらく一五七九年秋から遅くも一五八一年の春までに創作された。彼はこの作品を一五八一～二年に何度も改訂し、妹メアリーに献呈し、ほとんどを彼女のいるところ、多分ウィルトンで書いたと言っている。詩と散文を初めの四巻あるいは四章の各巻の終わりにある韻文のエクローグと結び合わせ、英詩を古典の韻律で書く試みも含め、多岐に亘る詩形を示している。シドニーの文筆活動が一五八〇年に出版されたハーヴィーとスペンサーの往復書簡に瞥見される。ハーヴィーはダイアーと共に彼と交際し、英詩を古典の韻律で書くことに共通の関心を見出している。

シドニーはケントのペンズハーストで、サー・ヘンリー・シドニー（1529–1586）と妻、ノーサンバーランド公爵ジョン・ダドリーと妻ジェイン・ギルフォードの娘メアリーの間に生まれる。母の兄弟には、レディ・ジェイン・グレイと結婚したギルフォード・ダドリー、後のレスター伯ロバート・ダドリー、後のウォリック伯アンブローズ・ダドリーがいる。父方ではいとこはスペインのフェリペ二世の随行員の有力者と結婚した。メアリー一世の夫フェリペ二世（シドニーはその名に因んで名付けられた）が、祖母ノーサンバーランド公爵夫人、初代ベッドフォード伯爵ジョン・ラッセル（娘のアンがアンブローズ・ダドリーの三番目の妻）ら、他の教父母と共に彼の洗礼式で教父になった。妹はマーガレット、エリザベス（後のペンブルック伯爵夫人メアリー・ハーバート）、弟は、後のレスター伯ロバート・シドニーとトマス。一五六四年十月、父の住居ラドロウに近いシュルーズベリー・スクールに、シドニーは後に友人かつ賞賛者となるフルク・グレヴィルと同日入学した。ケンブリッジのセント・ジョンズ・コレッジのフェローだった校長トマス・アシュトンのもとでラテン語といくらかギリシア語を学んだ。ラテン語の芝居に役を持ったらしい。

一五六七年二月二日、シドニーはグレイズイン法学院の一員として登録され、一年後、十三歳でオックスフォード大学クライスト・チャーチの学生になる。学寮長トマス・クーパー宅に下宿し、クーパーは他のフェローと共にシドニーのテューターに。この時の彼らが教えたもう一人の学生がウィリアム・カムデン。シドニーのオックスフォードでの同時代人にグレヴィル、ウォルター・ローリー、ジョージ・ピールがいた。

シドニーとウィリアム・セシルの上の娘アンとの正式の結婚契約書が一五六九年に作成されるが、破棄されたらしく、一五七一年の夏アンは第十七代オックスフォード伯と婚約した。彼はシドニーの敵になる。

シドニーは、一五七二年、スペインに対して英仏を同盟させ、フランスのプロテスタンティズムにいくらか保護を与えたらしいブロワ条約に調印するため、エドワード・ファインズ・ド・クリントンに同行し、初めて大陸を訪問する。クリントンはこの任務のためにリンカン伯位を授けられた。シドニーのパスポートに五月二十五日に女王がサインし、二年間の外国旅行を許されたが亡命者との交際は許されなかった。この訪問の同行者はロドヴィック・ブリスケット。イングランドの使節団は六月にパリ郊外に着き、一週間後、条約が調印され、六月二十三日にリンカンの一行はパリを発つが、シドニーはもう二ヵ月半、後に義父になるイングランド大使サー・フランシス・ウォルシンガムのもとに滞在した。八月彼はシャルル九世の寝室付侍従・男爵にされた。八月十八日のナヴァール王アンリとマルガリート・ド・ヴァロワの結婚と、それに続く祝いの儀式に出席するためにパリにいて、サン・バルテルミーの虐殺（八月二十四日）を安全なウォルシンガムの大使館から目撃する。殺された者の中にシドニーが親しくなっていた有名なプロテスタントの理論家ラムスがいた。この唯一のパリ訪問で出来た友人に、外交官、政治批評家でメランヒトン（ドイツの人文主義者、宗教改革者）の信奉者、ヒューバート・ランゲもいた。この三年間の彼の旅は、彼を教育して、ヨーロッパの様々なプロテスタントの党派を統一し、導くことを求められ得る、国際的に認められる人物として彼を一人前にするためのもので、すでに彼に寄せられていた大きな期待が、彼の生まれと共に彼の個人的な資質からきていることを暗示している。旅の間の導き手はランゲ。フランクフルト、ウィーン、ヴラチスラバ、ヴェニス、パドバ、ジェノヴァ、フィレンツェ、クラクフ等各地の宮廷を訪れた大陸旅行は、彼にヨーロッパのルネサンス宮廷のすばらしさ、ティツィアーノ、ティントレット、ヴェロネーゼの絵画、マニエリストの芸術を称賛させた。様々な政治制度をじかに学び、戦いと馬術に注意を払った。交友は広範囲に亘り、統治者、学者、外交官、印刷屋、そして政治家と接触した。旅の初め、レスターは甥を「若く、未熟」と描写したが、彼は王侯のマナーを身に着けた一人前の男性となって帰国した。

シドニーの性急な帰郷の理由と、戻った時の地位は定かでない。一五七四年四月、サー・ヘンリー・シドニーは、その頃イタリアにいた息子を「成就の保証として」人質にして、六千人の部下と共に仕えることをスペインのフェリペ二世に申し出たと言われている。ダグラス・シェフィールドと関係を持って一五七四年八月に息子が生まれ、翌年エセックス伯夫人レティス・デヴルーと情事を始めたらしいレスターには、将来を約束された甥の帰郷が自分の行動から女王の目をそらすのに好都合だったかもしれない。シドニーは一五七五年五月三十一日に帰国し、程なく宮廷に参内した。短期間病んだ後レスターのケニルワース訪問を中心とする女王の行幸に随行したが、アイルランド総督に再任されていた父に同行してシュローズベリーへ行くため行幸を離れた。ウッドストックで詩人で宮廷人のエドワード・ダイアーに会い、文学上の親友になり、十一歳年長のダイアーはシドニーの助言者、親友としてランゲに代わった。

一五七五～六年の冬、ロンドンに戻り、宮廷人として頭角を現す。ウッドストックか十一月十七日の即位記念日の馬上槍試合で槍試合の騎士になり、出来れば軍務の役職を見つけようと試み始める。初代エセックス伯ウォルター・デヴルーとおそらく一緒にアイルランドへ行く。八月にキルコッレンで父と合流し、ダブリン城に滞在し、先ごろ反乱をおこしたクランリカード伯の息子たちの残党掃討のため、西部へ出発する。ゴールウェイでサー・ヘンリーが「有名な女海賊」と描写している族長グラニア（あるいはグレイス）・オマリーに会い、十一月四日頃、イングランドに戻って、アイルランドの現状をグリニッジで女王に報告した。

シドニーは一五七六～七年の冬を宮廷で過ごす。二月頃、妹メアリーと第二代ペンブルック伯爵ヘンリー・ハーバートの婚儀が整う。一五七七年一月、レスターとダイアーに加わって探検と帝国の大望をジョン・ディーと議論する。シドニーと母とダイアーは一五七六年のマーティン・フロービシャーの最初の航海にそれぞれ二十五ポンド投資していた。神聖ローマ帝国のマクシミリアン二世の死を悼むルドルフ二世への弔問の使節として大陸へ出発する前、彼はケンブリッジの学者ゲイブリエル・ハーヴィーとリヴィウスの『ローマ史』の初めの三巻を読む。かつてハーヴィーの学生だったスペンサーがシドニーの目に留まったのはハーヴィーを通してかもしれない。任務の同行者はグレヴィル、ダイアーら。シドニーは今や女王に任務を与えられたことから来る付加的地位を享受する重要人物で、外交官として重要人物に会うことになっていて、旅の間、彼の父を表すアイルランドの「副王（あるいは国王代理）」とレスター伯、ウォリック伯との関係を説明する銘板が宿の外側に掲げられた。ブリュッセルから一五七七年三月にルーアンに行き、レパントの勝利者オーストリアのドン・ホアン（フェリペ二世の異母弟）に会い、選帝侯フリードリッヒ三世の死を悼むため、息子の宮中伯ヨーハン・カシミールとハイデルベルグで会い、イースターの月曜日に初めて神聖ローマ帝国皇帝と謁見する。

シドニーがプラハで出会った人たちの中にイエズス会修道士エドマンド・キャンピオンがいる。彼は一五六六年にオックスフォードで女王の御前で論争した。同時代のカトリックの記述は、シドニーがキャンピオンに深い影響を受けたことを示唆している。彼も彼の父も、カトリック教徒に対する過酷な処置に概して反対だったようだ。ヴェニスで彼はカトリックの友人と交際した。彼はカトリックに同情的だったようで、終生彼らと付き合ったが、彼らの信仰への固執はなかった。彼は政治的には、ウォルシンガムの娘との結婚、後の文学上の計画、「詩篇」の翻訳等を含め、本質的にプロテスタントの外見を持つ。

プラハの後、シドニー一行はハイデルベルグでフリードリッヒ三世の息子宮中伯ルードヴィッヒに会う。女王はオラニエ公ヴィレムを訪ねるよう指示し、彼はアントワープへ行き、要塞都市で会う。一行はミドルバークスへ移り、レスターの代理でオラニエ公ヴィレムと三度目の妻の二番目の娘の名付け親をつとめる。シドニーの支持者はこの任務は大成功だったと考えたが、プロテスタント同盟にはほとんど進展がなかった。シドニーの結婚についても進展がなく、女王は彼にナイト爵位を授けず、ふさわしい役職も与えなかった。

ヨーハン・カシミール伯がネーデルランド侵攻のため女王の支持を求めたので、シドニーはイングランド軍の指揮官の任命を望み、七月に女王は侵攻の許可を与えるが、レスターは反対され、その年の終わりになっても、何も進展しなかった。ヨーハン・カシミールは、直接エリザベスに援助を求めるためイングランドを訪問し、シドニーと彼の父がケントの海岸でカシミールを迎え、ロンドンまで同行した。訪問は社会的には成功だったが女王は彼の求めに応じなかった。女王とアンジュー公との結婚交渉を任務としてアンジュー公の代理人のジャン・ド・シミエが一月五日にイングランドに到着し、レスターらの失望が深まる。宮廷と枢密院で結婚をめぐる議論がその年中続き、シドニーは一族のつながりからレスター、ウォルシンガム、ペンブルック、ハットン周辺の結婚反対の党派に属していたが、バーリーとサセックスの率いる、完全に結婚を支持するのでないにしても直ちに除外したくないと思う、より小さなグループに反対された。七月、シミエがレスターの秘密結婚を女王に暴露して女王は激怒し、レスターの党派は、アンジュー公自身が八月十七日にイングランドに到着して、もう一撃加えられる。結婚反対の者たちは一五七九年のジョン・スタッブスの『大きくあいた裂け目の発見』(*The Discoverie of a Gaping Gulfe*) の出版と、シドニーの『ムッシューとの結婚に触れた、エリザベス女王への手紙』の原稿の回覧で応じた。シドニーの広く回覧されたパンフレットは、おそらく八月中ごろのアンジューのイングランド到着直後、ペンブルックのロンドン屋敷ベイナーズ・カースルで開かれたレスター出席の会合で作成を依頼された。スタッブスと印刷屋ウィリアム・ページは右手切断で罰されたが、求めもしないシドニーの助言に女王はひどい対応をしていない。

ハーヴィーはシドニーとダイアーを外交官で新ラテン詩人のダニエル・ロジャースとつないだ。シドニーと彼のサークルは、主にロジャースとイングランド大使トマス・ランドルフを通じて文学的、政治的関心を共有していたスコットランド詩人で歴史家ジョージ・ブキャナンと関わりを持った。

一五八一年四月、レスター伯夫人が息子デンビー男爵ロバートを産み、デンビーがシドニーに代わってレスターの跡継ぎとなる。一五八一年一月、シドニーの叔母ハンティングドン伯爵夫人が、養育の責任を取ったペネロピー・デヴルーとその妹ドロシーと共に宮廷に到着する。ペネロピーの父は、死ぬ直前、シドニーと彼女の結婚を願ったが、二月の終わりに第二代リッチ卿が亡くなり、息子ロバートが称号とかなりの富を相続し、二週間もしないうちに似合いの縁組だと話題になり、彼らは結婚した。この間シドニーは宮廷と政治で多忙で、また『オールド・アーケイディア』を書き終えつつあり、改訂しつつあった。自分の王国を得るために女王の援助を求め、どんな遠征でもシドニーの名を加えたいと思っていたポルトガルの僭王ドン・アントニオと関わりを持った。私的な訪問で戻ってきたアンジュー公の御前で、即位記念日の槍試合に役割を持つ。一ヵ月後子供を生んだ妹と共にウィルトンにいて、一月の末アンジュー公に同行してドーバーへ行き、レスター一行の一人としてアントワープへ行く。『アストロフェルとステラ』(*Astrophil and Stella*) は、ペネロピーの結婚と一五八一年のシドニー自身の宮廷との係わり合いを背景に生まれた。一〇八のソネット、十一のソングをちりばめ、星を愛する人アストロフェルの、既婚の星ステラへの報われぬ恋を語る。ペネロピーとリッチ卿の結婚がこの詩を生むインスピレーションになったのは疑いがない。父親がアイルランド総督であるアストロフェルをシドニーと、ステラをペネロピーと同一視することに読者を誘うが、個人の話あるいは平易な歴史物語になることを注意深く避けているので、詩におけるペネロピー・デヴルーの役割とは対照的に、シドニーの人生で彼女がどれほど重要だったのかわからない。

一五八二年の春シドニーはまた宮廷から引き下がり、ヘレフォードとウェールズの辺境でソネット集のほとんどを書いたようだ。『詩の弁護』(*A Defence of Poetry*) もこの時期に書かれたようだ。宮廷に出仕しないことは文学作品の制作の助けになったばかりでなく、節約にもなった。シドニー家の財産は危機的状況にあった。一家は大地主ではなく、アイルランドとウェールズでのヘンリー・シドニーの任務には金がかかった。問題は彼と妻が別々に所帯を構えていること、娘メアリーの持参金三千ポンド、長男の贅沢、長男が重要な役職を得られないでいることにあった。シドニーは一五七二〜五年の大陸旅行の間、彼の地位にふさわしい贅沢をし、一五七七年の春の皇帝への派遣では八四〇ポンドかかった。文学的パトロネージを含むシドニーのパトロネージも相当なものだった。彼は外国で勢力のある人物としてふるまい、そのように扱われたので、本国では彼の力はできる限り小さくしておいた方がいいかもしれなかった。彼が終にナイト爵に叙されたのはヨーハン・カシミールが自分のガーター勲爵士団への就任式にシドニーを代理に指名したからだった。役職も昇進もなく、シドニーの望みは豊かな結婚をすることにあったが、幾つもの縁談は実現せず、一五八三年三月（当時十五歳の）フランセス・ウォルシンガムとの縁談が正式に決まる。相談を受けなかった女王は困惑したが結婚は九月に行われ、結婚の決定の一つとして義父ウォルシンガムはシドニーの負債を千五百ポンドまで裏書することに同意した。彼と義父との政治的同一視は強いようだった。

結婚の翌年は、彼の人生の中で、多分外見上最も密度が濃く、複雑なもので、彼はおそらくこの年に『オールド・アーケイディア』をラディカルに改訂し、現在『ニュー・アーケイディア』として知られるものに変えた。『オールド・アーケイディア』よりも大部で、より暗く、より複雑なエピック・ロマンスとして計画され、二倍の長さになっていたが、第三巻の文章の途中で終わっている。ついに女王に役職を与えられたため、筆を折ったのかもしれない。一五八四年六月一〇日にアンジューが死に、続いてオラニエ公ヴィレムが七月十日に暗殺され、二人の死がネーデルランドを騒然とさせた。レスターの幼い跡継ぎデンビーが死に、シドニーに未来の財産回復への希望が与えられる。その直後『レスターの国』（*Leicester's Commonwealth*）として知られるレスター攻撃が九月に出版されて、叔父への忠誠が試される。彼の跡継ぎという新しい立場で書いた『レスター伯を弁護する』（*Defence of the Earl of Leicester*）は、ダドリー家の上流の身分に向けられた疑問に関わるもの。これに多分オックスフォード伯との喧嘩が反映されている。オックスフォード伯の友人チャールズ・アランデルが、『レスターの国』の出版に関わったとみなされるカトリックの亡命者の首領と考えられていた。

一五八五年の夏、彼は追放された三人のスコットランド貴族（マー伯、アンガス伯、グラーミス伯）とジェイムズ六世の大使とエリザベス女王の仲介者として忙しくスコットランドの事柄に従事し、ジェイムズは彼を大いに賛美し、彼はそれに応えた。十月に娘エリザベスが生まれ、女王が教母として出席した。

シドニーはイングランド軍を率いてネーデルランドへ派遣されたレスターに同行し、十一月十九日一行はフラッシングから四マイルのところに到着する。シドニーは憂鬱で、グレヴィルによればシドニーはイングランドの対スペイン戦の成功についてほとんど幻想を抱かず、甥の能力についてのレスターの評価は低かった。シドニーは十一月二十二日宣誓してフラッシングの長官に就任した。十二月十日オラニエ公ヴィレムの若い息子プリンス・モーリスと共に叔父の国中の巡行に同行し、ライデンで一月九日にオランダ国会と交渉するレスターの代理の一人に指名され、レスターがネーデルランド総督の称号を受けることの決定に関わる。シドニーはジーランド連隊の連隊長にされた。これらすべてを、まだシドニーが傲慢な野心を持っているのではないかと疑っていた女王は喜ばなかった。事実シドニーはイングランド軍の役割を守りから攻めに拡大したいと思っていた。父が五月五日に亡くなるが、女王は彼に帰宅許可を与えず、妻が六月に夫のもとに来て、フラッシングのオラニエ公ヴィレムの未亡人宅に滞在した。彼は弟とスペイン軍攻撃に携わり、プリンス・モーリスと町を急襲し、一週間後、彼を狙って仕掛けられた罠にはまりそうになり、彼の連隊の約四十人が殺された。八月九日に母が死に、妹は具合が悪く、フラッシングの彼の連隊は悪い状態で給料が未払いだった。彼は叔父の政策と行動を批判し始め、一方イングランド人とオランダ人の同盟者の間に口論が起きる。九月の初めドゥースバークスの町の包囲に成功。九月半ばレスターと共にズトフェンに向かい、九月二十二日ズトフェンでの有名な小競り合いで濃霧の中で敵を攻撃したが、自分の連隊を残してきたため単騎奮戦し、馬を殺され、ウィロビー卿ペリグリン・バーティーを助けようとしてマスカット銃で左の膝上を撃たれて傷つき、一時回復するが、十月十七日に亡くなる。
20 サー・エドワード・ダイアー（Sir Edward Dyer（1543–1607））は宮廷人、詩人。父サー・トマス・ダイアーの死で収入のある土地を相続し、レスター伯の従者として宮廷での仕事を始め、ウッドストックの荘園と森林の執事に任命されるが、宮廷での出費で終生借金を背負った。レスターの被後見人として、ダドリーとシドニーの一族、とりわけサー・フィリップ・シドニーと彼の少年時代の友人フルク・グレヴィル（Fulke Greville）と親密で、この三人はシドニーの抒情詩の中で「幸せな三位一体」（happy blessed Trinitie）と歌われている。スペンサーが彼らのアレオパゴス（"Areopagus"）に言及した一五七〇年代後半、彼らは一緒に詩を書いた。

21　ジョージ・ギャスコイン（George Gascoigne（1534/5–1577））は作家、軍人。作家として記憶されているが、彼は昇進を求めて作品を出版した。一五七二年から三年の冬、彼は第十四代グレイ・オヴ・ウィルトン卿アーサーに狩猟に招待され、詩「ギャスコインの猟師としての技量」（'Gascoignes Wodmanship'）を書いてパトロネージのアピールに変える。彼は最晩年の四年間、執筆を通じてパトロネージを確保しようと試みた。最初の試みは、友人の一人が集め、別の友人が密かに出版した、様々な紳士の作品のアンソロジーという体裁の『たくさんのさまざまな花』（*A Hundreth Sundrie Flowres*（1573））だが、これは大失敗で、作家としての機転、宮廷風の間接的な遣り方への精通を印象付ける代わりに、扇情的で不快と見られ、没収された。

エリザベスのケニルワース訪問のための仮面劇とページェント、演説を考案するため、一五七五年、他の作家たちと共にレスター伯に雇われ、女王が狩から戻ると「ツタで全身を包んだ野蛮人」となって現れ、女王のパトロネージを嘆願した。一五七六年何冊か出版する。『サー・ハンフリー・ギルバート元閣下による新航路発見談』（*Discourse of a Discoverie for a New Passage to Cataia by his former colonel, Sir Humphrey Gilbert*）への献呈辞は、ギルバートの意思に反して出版すると明言している。三日後、若さを浪費したことを嘆き、速やかな昇進を求めて『鋼の鏡』（*The Steele Glas*）をグレイ卿に献呈し、五月二日、『最後の審判の日のドラム』（*The Droomme of Doomes Day*）をベッドフォード伯に献呈する。

ギャスコインはカーディントンのサー・ジョン・ギャスコインの長男。サー・ジョンは一五四二年から三年までベッドフォードシャーとバッキンガムシャーの州長官。祖父サー・ウィリアムはウルジー枢機卿一家の出納係り。ギャスコイン最晩年の五年間が他のどの時期よりもよく知られている。一五五五年にグレイズ・イン法学院に入る。おそらく財政を立て直すため裕福な未亡人エリザベス・ボイス（Boyes）と結婚する。彼女の最初の夫はブレトン（Breton）で、彼女はギャスコインと結婚した時、自分がボイスと結婚していると思っていなかったかもしれない。彼女の結婚は法律上の争いになるが、法的手続きの後エリザベスはボイスと離婚する。一五六六年、ギャスコインと妻と息子たちはまだボイスから相当な財産を取り戻そうとしていた。その年ギャスコインと妻は、ブレトンの遺言に反し子供たちの財産を失敬する。

おそらく債務者から逃れ、資産状況を修復するために、一五七二年に、フラッシングがフランスに押えられるのを防ぎ、スペインの圧政に対するネーデルランドの反乱を支援するサー・ハンフリー・ギルバートの作戦行動に参加する。一五七三年、二度目のネーデルランド航海でデルフトのオラニエ公のもとに行くが、オランダ人から裏切りを疑われる。オラニエ公は、オランダ人が「緑の騎士」と渾名をつけた彼を疑わず厚遇し、彼らがミドルバークス（Middelburg）の町を解放しようとするスペイン人を阻止して、翌年この町が降参すると彼に褒美の金を与えた。彼はライデンから三マイルのファルケンバーグ（Valkenburgh）を補強しようとするが、オランダ人は、彼と他のイングランド人の裏切りを疑って軍隊を町に入れようとせず、イングランド人はスペイン人に降伏し、彼は四ヶ月ハールレム（Haarlem）の牢に入れられた後、イングランドに戻った。

22 大学代表弁士［英国大学］公的行事の際に通例ラテン語で演説する。

23 ジョン・ヤング（John Young（c. 1532–1605））はロチェスター主教。ペンブルック・コレッジの学寮長在任中、めったにペンブルック・コレッジへ行かなかったが、彼の学寮長在任は多くの著名な学者、作家に称えられている。スペンサーは一五六九年に入学し、ランスロット・アンドリューズ、エドワード・カーク、トマス・ネヴィル、ゲイブリエル・ハーヴィーは彼のもとでフェローになった。ハーヴィーからヤングに宛てた六通の手紙がハーヴィーのレター・ブックに残っている。部下の忠誠を得る彼の力量をあらわす最たるものは、スペンサーの『羊飼いの暦』中の「忠実なロフィー（Roffy）」という表現。ロフィーは、ロチェスター主教就任後のラテン語の尊称Roffensisの、愛情のこもった短縮形。

ヤングは一五五五年ケンブリッジで修士号を取得。エリザベスの即位までペンブルック・コレッジのフェローとして静かに過ごしたらしい。一五六二年イーリーの助祭に任じられる。一五六三年に神学学士号を取得。フェローシップを辞し、ペンブルックの前学寮長だったロンドン主教エドマンド・グリンダルに、セント・マーティン・ラドギットの教会区主任司祭に任命され、一五六四年にセント・ポール大寺院のカディントン・メイジャーの主教座聖堂参事会員に、一五六五年に司祭に任じられる。一五六七年、グリンダルの助言でジョン・ウィットギフトの後任としてペンブルック学寮長に選ばれる。一五六八～九年、大学の副総長。一五六九年に神学博士の学位を取得する。一五七二年三月にウェストミンスター寺院の第十座席を許され、その年の集会で説教を行う。一五七八年三月、ロチェスター主教に聖別される。

ヤングは、神意の予言として知られる聖職者の勤行の禁止を拒否してカンタベリー大主教グリンダルが職務停止の処分を受け、サー・クリストファー・ハットンが宮廷で影響力をふるった時、女王座裁判所に昇進させられた四人（ジョン・エイルマー、ジョン・ピアス、ジョン・ウィットギフトとヤング）の一人。この四人は厳格で規律にうるさく、国教会非同調にはほとんど同情を示さなかった。ピアスはヨークの大主教になり、ウィットギフトはグリンダルの後を継ぐが、ヤングは二七年間ロチェスター主教に留まった。

24 レティス・ノリス（Lettice Knollys（Dudley; other married name Devereux）（b.1540, d. 1634））はエセックス伯爵夫人、レスター伯爵夫人。サー・フランシス・ノリスとその妻キャサリン（Katherine（ウィリアム・ケアリ（Carey）とその妻メアリー・スタッフォード（旧姓 ブリン（Boleyn））の娘）の十六人の子供のうちの最年長として生れた。父親は皇太子エドワードの主馬頭で、おそらくこの頃からエリザベスと家族ぐるみの親密なつながりがあった。レティスは一五六〇年、後にエセックス伯となるウォルター・デヴルー（Walter Devereux）と結婚する。一五六五年の夏、レスター伯がエリザベス一世に気の進まない行動を取らせるため侍女レティスの機嫌を取っていたとスペイン大使ディエゴ・デ・グズマン・デ・シルヴァ（Diego de Guzman de Silva）が本国に報告し、彼女を宮廷最高の美女の一人で女王のお気に入りと描写している。この時彼女は後にレスターの名付け子となる子（後の第二代エセックス伯）を身ごもっていた。夫は一五七二年に初代エセックス伯となる。一五七三年にアルスターの植民の提案が許可されてアイルランドへ行き、一五七五年十一月までイングランドに帰らず、一五七六年に一時宮廷に戻るがまたアイルランドへ行き、その年の九月に死ぬ。一五七五年にスペインのスパイは、自分の留守の間に妻がレスターの子を二人産んでいたことを彼が発見したというロンドン雀の噂を報告している。エセックス伯が死んで二年後、レスター伯は一五七八年九月二十一日、ウォンステッドでエセックス伯未亡人と秘密裏に結婚する。一五八一年三月、礼拝堂付司祭と立会人は結婚を追認する宣誓証書を作成した（これはエセックス伯未亡人が身ごもっていた子供、一五八一年六月六日ウォンステッドで生まれることになるデンビー男爵ロバート・ダドリー（Denbigh（1581–1584））を嫡出子にするため）。一五七八年十一月始め、彼らの結婚をサセックスがフランス大使カステルノー・ド・モーヴィセール（Mauvissiere）に告げ、アンジュー公の代理人ジャン・ド・シミエがエリザベスに暴露したことがアンジューの求愛に関する最も劇的なエピソードとなる。エリザベスは怒り、一五七六年にした借金の一回目の五千ポンドの返済命令を早めて、意図的にレスターを財政困難に陥らせた。女王のレティスに対する苦く容赦のない敵意は終生続く。彼女は一五七六年九月から未亡人だったが、一五七五年に二人はすでに親密な関係にあるという噂があり、彼らの結婚は、姦通の疑いと彼女の夫が毒を盛られたという噂に信憑性を与えた。カトリックのプロパガンダのパンフレット『レスターの国』は、レスターが妻に娘を産ませたことに復讐するためエセックスがイングランドへ戻ろうとしたので殺されたと主張した。レスターはエセックスを妻から離すためにアルスター遠征を勧めたという説がある。

一五八一年六月、彼女はレスターの息子デンビーをレスター・ハウスで産む。彼が嫡子であることには疑いの余地がない。『レスターの国』は結婚が二度行われたと主張している。一度目はキリングワース（Killingworth）で、二度目はウォンステッドで、ウォリック伯の出席のもとに行われた。彼女は出産のためにレスター・ハウスに移り、レスターの妻として定住したらしい。彼は治世のはじめからレティスの家族に近く、彼女とエセックスの子供たちにも親切だった。モーヴィセールのように『レスターの国』は彼女の彼への影響力を強調し、サー・フランシス・ノリスは彼の子供たち全員の父親ではないかもしれないと、いわれなく当てこすっている。『レスターの国』と"The letter of estate"も彼女の王者のごとき主張と要求を描写し、後者は彼女が女王をしのぐドレスを着ようとして女王に宮廷への参内を禁止されると、ロンドン中を堂々たるパレードをしてそれに応えたという話の情報源。

デンビーは一五八四年七月に亡くなる。レスターは一五八八年九月に亡くなり、レティスは彼の二つの遺言の執行人。大変裕福な未亡人で、エセックスとレスターの寡婦給付で年三千ポンドの収入と六千ポンドの金銀食器類と家具を所有していたが、レスターの非嫡出の息子ロバート・ダドリーがケニルワースを相続し、隣接の荘園の多くが彼女の寡婦給付だったため深刻な法的争いが起こる。また、より深刻な五万ポンドに上るレスターの借金返済のため、彼女はレスター・ハウスを含む寡婦給付の大部分を手放す。レスター・ハウスは息子の第二代エセックス伯に売られ、彼は一五九三年にエセックス・ハウスと名を変えた。

レスターの死もエリザベスの彼女に対する敵意を和らげず、レティスは一五九五年にドレイトン・バセット（Drayton Basset）に引退して余生を送った。息子エセックスはエリザベスの寵臣となり、エリザベスと母を会わせようとしたが、エリザベスは会おうとしなかった。

一五九九年、エセックスは反乱を起こして投獄され、処刑され、彼の私権剥奪がエセックス・ハウスの彼女の残りの財産をめぐる議論へとつながるが、ジェイムズ一世の新しい治世が変化をもたらす。娘レディ・リッチはジェイムズ一世の妃アン・オヴ・デンマークに気に入られ、ジェイムズ一世は一六〇三年にエセックスの領地を彼女の孫第三代エセックス伯に戻し、レスターの負債の残額三九六七ポンドの返済を一蹴した。法廷の寛大さもサー・ロバート・ダドリーとの法的争いで彼女を助けた。最も有力な保護者はサー・ロバート・セシルで、彼はウォリックとレスターの領地の現在の決着は複雑すぎて覆せないという決定を下した。ダドリーが彼女の結婚の適法性に疑義をはさんで名誉を傷付けたと彼女が一六〇四年二月星室庁の法廷に申し立てたのは、セシルの後押しがあったからである。

彼女は、波乱に満ちた個人生活が似かよった娘たちと近しく、娘たちの死後は孫たち、特に第三代エセックスに頼り、一六三四年のクリスマスに亡くなる。レスターと一緒の墓に葬られたいと望み、ウォリックのセント・メアリー教会に翌年二月に葬られた。孫のジャーヴィス・クリフトン（Gervice Clifton）による墓碑銘が加えられたが、他の夫たちには何もふれず、彼女がエセックス伯夫人であったことさえ書かれていない。

25　サー・ウォルター・ローリー（Sir Walter Ralegh（1554–1618））は宮廷人、探検家、作家。彼は一五八六年、デズモンドの没収財産の一部、四万二千エーカーにのぼるマンスターの入植地内の領地を女王に授与されて、アイルランドに領地を持っていた。これは入植地内の誰の領地よりも多く、没収地の配分は一人一万二千エーカーに限られていたため、アイルランド総督サー・ジョン・ペロットは敵意あるコメントをした。ローリーはペロットが「生意気な反対」をしたと非難し、バーリー卿はペロットに、ローリーには「我々が一年がかりでやれるいいことよりも大きな危害を、一時間であなたに加えられる」と警告した。しかしローリーはアイルランドにとどまる準備がなく、自分の土地に借地人――一五八九年頃百四十八人――を入れ、荘園を一五九四年に年二百ポンドで、さまざまなイングランド人に貸した。

ローリーはデボン近くのヘイズで地主ウォルター・ローリーと三番目の妻キャサリンの次男、生き残った三番目の子供として生まれる。古くからこの州に定住した一族で、最近十三世紀中頃までたどれた。父ウォルター・ローリーはメアリー一世の治世下で、一五五五年から五八年まで南西部の海軍中将代理（deputy vice-admiral）を務めた。母キャサリンとオーソー・ギルバート（Otho Gilbert）との最初の結婚で生まれた息子、軍人サー・ハンフリー・ギルバートの冒険家としての経歴が若いローリーに影響を与える。ローリーの『世界史』（*History of the World*, 1614）の記述から、彼が第二次宗教戦争の際、一五六九年からフランスでユグノーの義勇軍の一員として奉仕したことがたどれる。

オックスフォード大学オーリアル・コレッジへ、おそらく一五七二年に入学した。父親の最初の結婚で生まれた兄が二人と三度目の結婚で生まれた兄が一人いて、彼の財産は幾分乏しかった。学位を取らずにオックスフォードを出て、一五七五年二月にミドル・テンプル法学院に入学した。最初に活字になった彼の詩は、一五七六年にジョージ・ギャスコインの『鋼の鏡』中の推奨の詩として出たもの。

母方の叔母キャサリン・アストリー（Astley）は一五四四年からエリザベスのプリンセス時代の家庭教師で、一五五八年に女王の私室付き女官長、翌年寝室付き女官長になり、死ぬまで女王と親しかった。彼は多分ハンフリー・ギルバートを通じて、ウォルシンガムやレスター伯ら主導的な宮廷人に会った。一五七八年六月にギルバートが「どのキリスト教徒の王侯のものでもない、遠くの異教の野蛮な土地」を発見する許可を得た時、ローリーは百トンのはやぶさ号の船長として彼の艦隊で出帆する。ギルバートは嵐、災難、上級指揮官の不和、脱走等にいら立つ。はやぶさ号は大西洋に進路を進め、冬の天候で略奪と冒険を求めたが無駄で、一五七九年にプリモスに戻る。

ロンドンで第十七代オックスフォード伯エドワード・ド・ヴィア、ヘンリー・ハワード卿その他のカトリックの宮廷人の仲間に入り、一五七九年八月のテニスコートの争いの後、オックスフォードからサー・フィリップ・シドニー宛の挑戦状を運んだらしい。しかしオックスフォードとの関係、より重要なハワードとの関係は相互の嫌悪を生む。一五八〇年二月、サー・トマス・ペロットとローリーは、「喧嘩」の後、枢密院によってフリート監獄に入れられた。一ヵ月後、ローリーは別の争いのため王座裁判所監獄で長時間待たされる。宮廷の友人たちの尽力で援軍の船長の任務を得て、デズモンドの反乱の鎮圧のためアイルランドへ派遣される。イタリア人とスペイン人の冒険家の軍隊が反乱民支援のために上陸したケリーのスマーウィックでの攻撃で、彼はアイルランド総督第十四代グレイ・ド・ウィルトン男爵アーサー・グレイに仕えた。四日後、包囲された駐屯地は慈悲を乞い、降伏し、武装を解かれて整然と殺されたが、虐殺を指揮したのはローリーだった。死者の所有物をすみずみまで調べ、特定されていない秘密を含む手紙を発見し、一五八〇年十二月にその手紙を持ってロンドンへ遣られた。彼は一五八一年の初めにアイルランドへ帰るよう命じられるが、これが彼の宮廷の経歴の始まりとされている。

宮廷に戻ったローリーはエリザベス一世の注意を引く。彼が「水溜り」の上にマントを広げ、彼女にその上を歩かせたというよく知られたエピソードは、トマス・フラー（Fuller）の記録したゴシップに基づくのみ。ローリーと彼女が窓ガラスをひっかいてカプレットを書いたという、より信憑性のないもう一つの話も同様。肉体的な魅力もあり、背が高く（六フィート、同時代人のほとんど誰よりも高かった）、若い頃は黒髪で、青白い洗練された面立ちだった。女王はしばらく彼を宮廷にとどまらせた。彼は一五八二年にレスター、初代ハンズドン男爵ヘンリー・ケアリー、シドニーと共に旅をして、アンジュー公フランソワと共に低地諸国へ出発する。オラニエ公ウィリアムはエリザベスの耳にのみ入れる伝言を彼に話した。

ローリーは宮廷人を完璧に演じ、女王にエレガントで時には革新的な詩を書き、彼の「さらば、不実な恋人よ」（"Farewell false love"）は一五八〇年代の初め宮廷で広く読まれ、速やかに女王の寵愛を得る。報いが形になって加わり始め、一五八三年四月ローリーはオックスフォード大学オール・ソウルズ・コレッジから女王に戻ったリース権を得て、すぐ売った。同年エリザベスは自分の気に入りに宮殿の一つ、瀟洒なロンドンの住まい、ストランドのダラム・プレイスを彼に授ける。眺めのいい頂塔があった。景色は彼には大事なもので、彼はその部屋を書斎として使い、後にドーセットのシャーボーン（Sherborne）で同様な高い屋根裏部屋を書斎として使ったと言われている。一五八三年五月に彼はワイン販売のライセンスとぶどう酒商認可のライセンスを認められたが、これは最低でも七百ポンド以上の価値があり、彼の財産の礎石になった。宮廷の中心にいても、彼は死ぬまでデヴォンシャー訛り丸出しでしゃべったという。サー・クリストファー・ハットンの近衛連隊長の職務の後継者に指名されるなど顕職を与えられ、新しく与えられた顕職を維持するため、彼は、一五八六年にスコットランド女王メアリーの陰謀事件で処刑されて私権を剥奪されたアントニー・バビントンのダービシャーの不動産の他、広大な領地を授与される。

ローリーのよく喧伝された北米の植民は一五八三年九月にハンフリー・ギルバートが死んだ後本格的に始まる。

私奪船としての巡航と植民は異父兄ギルバートの北米の大計画の中心的要素で、ローリーは熱心に取り組み、一五八四年の植民化のための開封勅許状を得て、ウォルシンガム、サー・リチャード・グレンヴィルと多くのロンドン商人が彼の計画に署名して寄付を約束した。一五八五年、植民の開封勅許状を得て、グレンヴィルの指揮下に四艘の船と二つの小帆船、六百人の部下を遠征に送り出す。ローリー自身はヴァージニアに行ったことがなかったが、彼がこの遠征隊とその後継者の首領。部下たちはロアノーク島に居を定めるが、グレンヴィルは出来たばかりの植民地の指揮をアイルランドと王室の厩番の任務の経験のある陸軍将校ラルフ・レインに任せて大西洋に船出し、女王から私奪船としての巡航の許可を得た航海に成功する。翌年七月頃、この地の植民者たちはひどい食料不足で、サー・フランシス・ドレイクがカリブからの帰途立ち寄ると、帰り旅のチャンス到来を歓迎した。グレンヴィルが救援遠征隊と共に到着し、植民地が見捨てられているのを発見し、十五人の部下を残した。一五八七年ローリーはジョン・ホワイトの指揮下にもう一度遠征隊を送り出す。私奪船の巡航の根拠地を目的としたレインの植民地とは違い、農場の入植を意図したものだったが、これも不成功に終わる。さまざまな災難の後ホワイトは救援を集めるために国へ帰るが、その時スペイン無敵艦隊来襲の危機を迎えていたエリザベスは更なる遠征隊を送り出すことを禁じた。一五八八年ホワイトが二艘の小帆船を船出させるが、彼らは海賊企業にそれさせられ、一五九〇年に植民地に着くと、植民地はまた見捨てられていて、ローリーは植民地をおろそかにしたと非難された。

シドニーが亡くなった一五八六年十月、低地諸国が彼の注目を引く。シドニーを悼むローリーの正直でエレガントな追悼詩は初期の作品のうち最良のもの。宮廷人としての彼の才能には限界があり、女王との関係における彼の成功にもかかわらず、あるいはその成功のために、多くの敵が出来た。彼には忍耐心と自制心がなかった。

ローリーはジャガイモとタバコのイングランドへの紹介者と長いこと信じられている。ジャガイモはペルー産で、一五七〇年頃セヴィリアに到着し、ヨーロッパに広がった。しかしジョン・ジェラードが一五九七年の『本草書』(*Herball*)で、ヴァージニアから受け取ったジャガイモの根が庭で育っていると書き、主導的な地位の人々は先ごろのイングランドの遠征隊の一つがもたらしたものと信じた。一六九九年にジョン・ホートン(Houghton)は、週刊会報でローリーがジャガイモを初めてアイルランドに持ち込み、イングランドへ広がったと主張した。手稿の「ロイヤル・ソサエティー一六九三年十二月号」に、先祖がジャガイモをローリーにもらってアイルランドに持ち込んだと会長が書いている。ローリーは、ジャガイモの根をアイルランドへ輸入したことに間接的に貢献しているかもしれない。喫煙は、異国風の、論議を呼ぶ習慣だった。クリストファー・コロンブスが一四九二年タバコに言及し、世紀の中頃アンドレ・トレヴィット(Andre Trevet)がヨーロッパに紹介し、一五七一年頃イングランドで栽培され、一五七三年頃、喫煙されていた。ローリーは、おそらく宮廷と島の社会で喫煙を流行させる助けをした。

ローリーの最初の出版作品『アゾーレ諸島におけるリヴェンジ号とスペイン王の無敵艦隊との闘いの真相についての報告』(*A Report of the truth of the fight about the Isles of Azores. . . betwixt the Revenge . . . and an Armada of the king of Spain*)(一般に『リヴェンジ号最後の闘い』(*The Last Fight of the Revenge*)として歴史家の間で知られている)は、エフィンガムのハワード(Effingham)指揮下の英国船隊とはるかに大きい五三艘の船隊から成るスペイン無敵艦隊との惨憺たる邂逅で、グレンヴィル指揮のリヴェンジ号以外の船は何とか逃れたが、グレンヴィルは名誉ある死を遂げたことを扱う。

一五八〇年の後半、ローリーはエリザベスの信頼をとどめ、女王の若い寵臣第二代エセックス伯ロバート・デヴルーの力量を図っていた。ローリーとエセックスは、時に同盟者、時に友人だったが、二人の関係は徐々に不信と疑惑に毒されていく。

一五九九年ローリーは女王からシャーボーンの領地の自由土地保有権を得る。シャーボーンが比較的安全なものとなれば、マンスターの領地の所有にはほとんど利点がないように見え、一六〇二年千五百ポンドでサー・リチャード・ボイルに売る。一方宮廷人兼近衛連隊長の役割で、一六〇一年九月、アンリ四世の大使ビロン男爵(baron de Biron)を記念碑見物にウェストミンスターへエスコートする。一六〇一年の国会で、財政を犠牲にしても戦いを支援しようというセシルの呼びかけにおおっぴらに不同意の意を表し、セシルから離れたことで深刻な事態を招く。第四代ノーフォーク公爵トマス・ハワードの末弟ヘンリー・ハワードは、二年間ジェイムズ六世にあてた手紙で、ローリーがセシルに忠実で無神論者、ジェイムズの王位継承に反対だと書き、何度も彼を中傷した。これがジェイムズ六世(一世)即位後の彼の不運に関係している。

エリザベスが一六〇三年に亡くなった時、ローリーの世界はバラバラに崩れ始める。新国王に会いに行くがそっけなく迎えられ、女王の葬儀に公式の資格で列席したが、それ以後そっけない拒絶の連続で、近衛連隊の独占権と資格を五月に剥奪され、ダラム・プレイスを出るよう通告される。決定的な打撃は七月十五日で、宮廷にいる時に二つのもつれた大逆罪の関係で尋問され、サー・トマス・ボドリー（Bodley）の監視のもとに自宅監禁に置かれた。反乱とスペイン軍侵入を誘発し、それによってジェイムズ一世を殺してアラベラ・ステュアート（Arabella）を女王にすることを狙った、いわゆる陰謀の巻き添えで、彼はロンドン塔に七月二十日に入れられた。彼の政治的失墜により、一般人の想像の中で彼は成り上がりの悪党から人気のある英雄に変容した。

ロンドン塔でローリーは『世界史』(*the History of the World*)を書く。広い読者に向けた出版を意図して一六〇七年頃から書き始め、一六一一年に出版業者の登録簿に載り、一六一四年の末出版された。この本には「前書き」がない。前書きはカンタベリー大主教ジョージ・アボット（Abbot）によって十二月二十二日に削除され、本は王が使用するために王のスパイに押収された。押収命令はすぐ取り下げられ、『世界史』は一六一七年に再版されて人気を博し、十七世紀に少なくとも十七の版が出て、十八世紀に一回、十九世紀に一回、版が出た。

ローリーは一六一六年三月十九日、ロンドン塔から釈放されるとすぐ、エル・ドラドを発見するためにオリノコ川へ行く遠征を計画し、ギアナ艦隊が一六一七年六月にプリモスを出港する。スペイン人居住区サン・トーメ（San Thome）で、町を急襲して奪取するが、スペイン総督もローリーの上の息子ウォルターも死ぬ。問題はどこに鉱山があるのか誰も確かには知らなかったことで、遠征は失敗だった。ローリーをデスティニー号に残して他の船は脱走し、彼は帰国後遠征の失敗の責任を問われた。ジェイムズ一世は彼の死を望み、手段だけが未決定だった。彼の違背を調査する委員会が結成され、枢密院は一六一八年十月二十二日ローリーを呼び出し、十月二十八日にウェストミンスターの王座裁判所の主席裁判官サー・ヘンリー・モンタギュー（Montagu）が判決を追認した。ギアナでやったこと、やらなかったことは法律の問題とは無関係で、法律の問題は一六〇三年十一月に下された処刑判決を王が追認するかどうかだった。ローリーは十月二十九日の朝ウェストミンスターで長い感動的なスピーチをした後処刑された。彼の頭は赤い皮の袋に入れられて、ローリー夫人によって持ち去られ、彼女はそれを、以後、自分の傍に置いた。

26　スペンサーは一五八〇年、年俸二十ポンドでグレイ卿の秘書となった。五十ポンドはその二・五倍。

27　エリザベス・ボイル（Elizabeth Boyle）はノーサンプトンのトウスター（Towcester）から数マイルの小さな村のスティーブン・ボイルとその妻ジョウン（Joan）の娘。スティーブンは一五八二年、子供たちそれぞれに二百五十ポンドの結婚相続分を残して亡くなる。エリザベスにはアレキサンダーとジョージの二人の兄弟がいたが、アレキサンダーはエリザベスのようにアイルランドに移住することになる。もう一人の親族に、後に「コークの大伯爵」と呼ばれるアイルランドの大立者になるリチャード・ボイルがいた。スペンサーの死後、彼がエリザベスの養父のような存在になる。エリザベスはスペンサーの死後、一六〇三年にリチャード（あるいはロジャー）・セッカーストーン（Seckerstone）と再婚し、彼の死後ロバート・ティント（Captain Robert Tynt）と再婚した。

　リチャード・ボイル（Richard Boyle（1566–1643））は地主、行政責任者。ケントの地主ロジャー・ボイル（d.1576）とその妻ジョウン（Joan）の次男として生まれる。ヘレフォードシャーの一家の下の息子だったロジャー・ボイルは上の息子たちをケンブリッジへ送ることが出来、リチャードはカンタベリーのキングズ・スクールからケンブリッジのコーパス・クリスティ・コレッジへ進む。ミドル・テンプル法学院で勉学を続け、財務府財務裁判所裁判官（Chief baron of the exchequer）のサー・リチャード・マヌド（Manwood）の秘書になり、すぐケントの隣人でアイルランド財務府長官（chancellor of the Irish exchequer）のサー・エドワード・ウォーターハウスに注目され、一五八八年に彼と共にアイルランドへ旅する。ボイルは後に、自分は金の腕輪とダイヤモンドの指輪と二十七ポンド三シリングの入った財布を持ってアイルランドに上陸したと主張している。取るに足らない資産ではない（訳注**27**参照）。アイルランドには、マンスター南部のデズモンド伯の反乱で、頭角をあらわす機会がふんだんにあった。一つには敗者の領地を没収し、イングランドの権威を回復させる必要があった。ボイルは苦しむマヌドからサー・ジェフリー・フェントンに鞍替えし、彼をパトロンにした。フェントンは復帰土地管理官《エスチーター》（国王の直臣が相続者なく死んだ場合、あるいは重罪を犯した場合、国王の手中に戻った封土を管理する役人）として、王室が自分のものと主張する「隠された」土地財産と没収を司り、バーリー卿の腹心の友だった。フェントンを通してボイルは復帰土地管理官代理という権力のある役職を確保し、この仕事で彼は適法、違法両方の利得を得、大きな土地を親友や昔馴染みに低い地代で与え、いくらかの、特にコノート以西の地域を自分のものにした。

　一五九五年、ウィリアム・アプスリー（Apsley）の娘でリメリック周辺の土地の共同相続人のジョウン（Joan）

と結婚し、ボイルの個人資産ははるかに大きくなるが、妻は一五九九年死産で死ぬ。彼が関わっていたシステムによるあからさまな開発と、王室のわずかな利益に批判が高まり、彼は重罪で処刑されると噂され、やむなくロンドンへ帰ってミドル・テンプル法学院で働く。ロンドンではアイルランドでの行状がたたるが、サー・ジョージ・カルー（Carew）がマンスターのプレジデントに任命されると、カルーを新しいパトロンとして再びマンスターに落ち着き、ロンドン政府の御おぼえがめでたくなる。初期プランテーションでマンスターに何エーカーもの広大な没収地を与えられていたサー・ウォルター・ローリーが土地を投売りすることを決め、ボイルは彼の所有地を千五百ポンドという安値で買う。このための資金の大半は、カルーを縁組の重要な仲介者として結婚した二度目の妻、サー・ジェフリー・フェントンの娘キャサリン（Catherine（c.1588–1630））の千ポンドの相続分。彼らは一六〇三年に結婚し、七人の息子と八人の娘を得た。彼は結婚式当日ナイト爵位を授与された。四万二千エーカー以上の土地を持ち、マンスターの新来者の中でも傑出した存在で、潜在的にアイルランド一の金持ちの一人になると展望が変わり、領地の防衛、強化、開発が成功に必定と確認し、急速にコーク州とウォーターフォード州の境のブラックウォーター川の肥沃な流域について、また、さらに西の方まで、自分の土地財産の自然の地理と人間地理について、他の追随を許さないほど精通した。彼はまた信頼の置ける才能ある部下を集め、兄のジョン・ボイルも含めて親戚に付近で自立することを奨励した。彼はすでにプランテーションで個人の企業家に千エーカー以上の土地の所有を禁じる政府の禁止に違反しており、やむなくアイルランドとイングランドの政府に参加し、もう一つの戦略として、政策に影響力を増すため、アイルランドに役職を得た。

初期ステュアート朝の王侯も大臣も金に困り、ボイルのようなアイルランドの冒険家の不正蓄積を疑い、相次ぐ行政が在職者の所有物の幾分かを強制的に放出させる方策を考えたが、ボイルのような人間に敵対することは危険と考え、かわりに、一六〇六年、欠陥称号の委員会（commission for defective title）を通して、新しい所有者に、政府に金を払って示談により自分の持っているものの称号を買いとることを奨励した。ボイルは、ローリーが逮捕され、彼の所有地が王室に押収された後、とりわけ不安定だった。一六〇四～五年、宮廷での活動で自分を守り、その結果、王からローリーのアイルランドの地所をあらたに授けられたが、他人の異議申し立てにさらされたままの取得物もあった。ボイルは復帰土地管理官として得たものを守るためダブリンの役人に働きかけ、一六一三年の議会でリズモア出身の議員として出席し、異議申し立てを退け、一六一四年頃、自分の所有地に他人の異議申し立てを受けない特権を得た。一六一三年にアイルランド枢密院の顧問官に任命され、彼の富と重要性が認められた。

借地、借家、聖職者の後援、自分の自治都市での任命を通じて、ボイルは自分の利益になる入植を作り上げた。それは、在地の抜け目のない所有者がアイルランドで達成できるものの模範として計画されていた。同時に平和なプロテスタントの島が出来、イングランドのプロテスタントの利益が躍進し、彼は模範的な地主として支持された。一六四〇年頃、彼のアイルランドの地代はおそらく年額一億八千ポンドに上り、はるかに古い家柄のバトラー家の人々しか彼に匹敵せず、イングランドの観点からも、彼の収入は最も富裕な貴族と同等だった。

初期ステュアート朝アイルランドの金次第の世界では称号を得ることは容易で、ボイルは一六一六年ヨール男爵ボイル卿、一六二〇年コーク伯爵になる。ダンガーヴァン子爵（Dungarvan）という補助的な称号を彼の後継者が使った。こういった栄誉を得るために彼は明らかに四万五千ポンド払った。一六二八年、下の息子たちが父の貢献でボイル子爵、ブログヒル卿（Broghill）になった。全部で十一人の子供が成人し、父親を政治的、社会的に上昇させるために使われ、彼らの結婚がイングランド宮廷で最も影響力のある人物、後のバッキンガム公爵サー・ジョージ・ヴィリアーズ（Villiers）、クリフォード家、ハワード家とのつながりを強め、アイルランドでは同じ戦略で、重要な古い家柄のバリモア伯バリー家とキルデア伯フィッツジェラルド家とつながりを持った。

28　ウィリアム征服王（William the Conqueror）はイングランド王でノルマンディー公爵ウィリアム一世（1027/8–1087）の通称。勇敢残忍で悪魔公の名を得、文学や歌劇の題材になったノルマンディー公爵ロベール（Robert I (le Diable)）の庶子。一〇六六年にハロルド王をヘイスティングズの戦いで破り、イングランド王となる。

ロベールはイングランドの王侯エゼルレッド無策王の息子たち、エドワード（懺悔王）とアルフレッドが一〇一六年から北フランスに亡命していた時相当な支援をした。幼いウィリアムは父の短い統治に始まる勅許状に登場し、初めから跡継ぎになりそうだと認められていたことを示している。一〇三五年一月、彼は正式にロベールの跡継ぎと称され、フランス王アンリ一世がそれを確認した。ニカイアの聖地に巡礼に行ったロベールがニカイアで亡くなると、ウィリアムが八歳でノルマン人の公爵となった。ウィリアムの保護者たちははじめロベール公爵の政策を続けようとしたらしい。とりわけ一〇三六年、クヌートの死に続くイングランドの無秩序から利益を得ようとしたエドワードとアルフレッド兄弟の別々の侵入を支援した。アルフレッドは捕えられて殺され、エドワードはイングランド人が大体ハロルド兎足王を王として受け入れたことを認めて退いた。一〇四〇年代半ば、彼は北フランスの政治に積極的な役割を演じ始め、一〇四九年頃北フランスの最も強力な王侯フランドル伯ボードワン（五世）の娘マティルダとの結婚交渉を始める。この結婚は初め法皇レオ九世によって禁じられ、濃い近親関係を非難されたが、一〇五〇年に執り行われ、記録に残る四人の息子と多分五人の娘を持った。息子たちはノルマンディー公爵ロベール短袴公、ニュー・フォレストの狩の事故で死んだリチャード、イングランド王になるウィリアム・ルーファス、イングランド王でノルマンディー公爵ヘンリー一世。

ノルマン側の資料には、エドワードの死後ウィリアムをイングランド人の王にするというエドワードからウィリアムへの約束を、カンタベリーのノルマン人大司教 Jumieges のロベールが伝えたと記されている。この約束は当時のイングランド側の資料には書かれていないが、ロベール大司教の旅程についての情報は、ウィリアムが一〇五一年にこの約束を知らされていたに違いないことを暗示する。この王位継承の申し出がウェセックス伯ゴドウィンとその一族の一〇五一～二年の反乱と追放の一連の要因の一つと見られる。エドワードがゴドウィンの末の息子と甥を人質としてウィリアムのもとに遣らせたことは、ウィリアムの王位継承に対するゴドウィンの嫌悪を暗示し、イングランド人あるいはデーン系イングランド人の貴族の間に、ウィリアムの王位継承に最初から強い反対があったことを示唆する。

一〇五二年ゴドウィンが強力な軍隊を後ろ盾にイングランドに戻って来ると、たちまちウィリアムへのいかなる申し出も信憑性を疑われた。ゴドウィンの息子、ハロルドとトスティグがウェセックス伯とノーサンブリア伯になり、一〇五七年に亡命していたエドワードと息子エドガー・アザリングが戻ると、ウィリアムがイングランド人の王国を平和裏に継承する見込みはわずかになった。一〇五二年八月頃ジョフロワ伯とアンリ王は反ウィリアムとわかる同盟を結び、ウィリアムの伯父ギヨームは甥に反逆した。アンリ一世とジョフロワ伯が死ぬとウィリアムは北フランスに縄張りを得てノルマンの優勢を終生可能にする情況を作り出した。新しいフランス王は若年でウィリアムの義父フランドル伯の保護下にあった。アンジュー伯領は継承問題を抱え、他の有力な王侯たちはウィリアムの同盟者になった。一〇六六年以前の北フランスでのウィリアムの最後の軍事行動はレンヌまで進軍したブルターニュの破壊的進撃で、ウェセックス伯ハロルドと一緒だった。ハロルドの存在はウィリアムに自分のイングランド人の王国の継承を受け入れる誓いを彼から引き出すことを可能にした。エドワード懺悔王が以前の王位継承の申し出を繰り返すためにハロルドをノルマンディーへ遣ったという基本的な解釈はおそらく信じられる。しかしハロルドが昔のことをそこまで誓言することを予期していたかどうかはわからない。ノルマン側の資料によればウィリアムはポンチュー伯に捕われたハロルドを救出し、傑出した軍人として礼節をわきまえて扱った。宣誓はウィリアムがイングランド人の王国を平和裏に継承することとハロルドの政治的傑出を保証する手段と見られる。実際ウィリアムは、ハロルドが約束を破ってイングランド人の王国を奪取すれば彼を偽誓者にすることが出来た。懺悔王の死後ウィリアムがイングランド侵入を準備していたもう一つのしるしは、一〇六三年前後に息子ロベールを自分の跡継ぎとして指名したこと。一般にノルマン人の統治者は人生の最後の数ヶ月前まで継承を明らかにしない。父がしたようにウィリアムは危険な計画の持ち得る結果に備えた。

ウィリアムの一〇六六年の軍事行動の勝利は、戦と外交と組織化とプロパガンダを組み合わせたことによった。エドワード懺悔王の死の床での王位継承の授与に続くハロルドの戴冠式に対し、ウィリアムは来るべき侵入に教皇の認可を得るためローマに使節を派遣し、教皇旗をかかげて侵入する認可を得た。グレゴリウス七世の後のコメント、征服後の儀式化された苦行、戴冠という全体の道具立てては、教皇旗の論理的な成り行きとみなされる。

ウィリアムの軍勢は、ハロルドが必需品を供給出来ず、自分の民を守ることも出来ないことを証明するために、意図的に周辺の田園地帯を荒らした。心理的圧迫はてきめんだったらしく、ハロルドは九月二十五日のスタンフォード・ブリッジの戦いでハーラル烈王（ノルウェー王）を負かし、十月十三日に戦いの場に着いた。ハロルドの前進を知るとウィリアムは整然と軍を進め、イングランド軍側は現在のバトルの町の険しい分水嶺に閉じ込められるような戦いの場を選んだ。急速前進してウィリアムを驚かせようというハロルドの目論みは失敗し、疲れて人員不足のハロルドの軍隊はウィールの森の南の罠にかかり、ウィリアムの選んだ時に戦わなくてはならなかった。ヘイスティングズの戦いの成り行きは、歴史家の間で論議を呼ぶ。戦いは終日続いたが、これは中世としては並外れて長い時間で、二つの軍隊が同等だったことを示す。両方とも位置的には困難で、ウィリアムの隊は急斜面を登らなくてはならず、イングランド側の作戦行動は周囲の森林地帯に制限された。ウィリアムの大将としての器が決定的な違いで、もう一つの違いはイングランド側に弓手がいなかったことだ。そのため敵の前進を混乱させることが出来ず、その日の終わりのハロルドの死で彼の軍隊は崩壊し、敗北が決定的になった。

イングランド南東への進軍、ロンドン周辺へのウィリアムの行進は、敵が再結集するかもしれないと信じ、敵意を持つ国で死にたくないと思っていた将軍の戦術で、初めにドーヴァー、カンタベリー、ウィンチェスターの重要な都市を固め、背後の安全を確実にした。エドガー・アザリングを王と布告したロンドンの敵は王国の南で徐々に孤立し、ウィリアムがウォリングフォードに着くと降伏する者が出て、彼は一〇六六年のクリスマスにウェストミンスター・アビーで戴冠した。イングランドの年間祭式規定書に従って行われた儀式は、自分が懺悔王に指名された正しい王位継承者だというウィリアムの信念を強調した。戴冠後数週間でさらに他の伯爵たちが降伏し、彼はロンドン市の特権を確認し、ポワティエのウィリアムによればいくつか法律を作った。一〇六七年三月ノルマンディーへ出発する前に、彼は新しいイングランド人臣民と協力して統治することを望むと同時に、ノルマン人、ブルトン人、フランドル人、同行している他のフランス人の支持を受けることを望む王というイメージを投影するためにあらゆることをやったようだ。一〇六六年に続く六年間は、こういったはじめの数ヶ月のアングロ－ノルマン政体の挫折だった。イングランドに入ってくるフランス人が土地に貪欲だっただけでなく、自分を王として示したいというウィリアムの願望と安全を維持する必要から重税が課され、主導的なイングランド人の期待は失望に変わる。スカンジナヴィアからの軍隊の侵入で反乱の誘惑が増した。ヘイスティングズの戦いから一〇七二年のスコットランド王とのアバネシー講和条約締結まで、過酷な要求をする作戦行動の連続が徐々にイングランドとイギリス諸島を征服し、その結果土地台帳ドゥームズデイ・ブック（一〇八五～八六年にウィリアムが作らせた土地調査記録）にはっきり示されるように、一〇八六年頃イングランドのほとんどすべての伯爵領はノルマン人と他のフランス人のものになっていた。

29　一五七二年のアーズ（the Ards）の植民は、枢密院の顧問官サー・トマス・スミス（1513–1577）が、植民共同体を作る目的で、自主的に植民者を集め、資金を調達することを申し出て、一五七一年十一月に彼と息子にアイルランド海とストラングフォード・ロクス（Strangford Lough）の間、ダウン・アンド・アッパー・クランドボイ州、アントリム州（co. Down and Upper Clandeboye, co. Antrim）のアーズ半島に相当な土地が授与され、同名の息子が翌年遠征隊を率いた植民。意識的にローマの手本にならい、サー・トマスはイングランドの人口過剰の問題と、とりわけ次男以下の息子たちの不完全雇用の問題の解決策としてアイルランドの植民を提案した。彼はまたアイルランド経済の潜在的可能性に強い関心を示し、イングランド人の植民者がより生産性の高い農業を行えばアイルランド人から所有地を奪うことが正当化されるだろうと論じた。申し込みと志願者を募る大判紙と本の出版、配布によってこの企画は遂行された。彼らの意図は、ゲールの氏族から土地を取り上げ、土地を耕すために残るだろうと思われるおとなしいと言われるゲールの田舎者［ケルル、中世の最下層の自由民］を自由にすることだった。彼らは氏族の者が地方社会の破壊分子で、平和な重労働のケルルはイングランドの法と慣習に従うだろうと思った。出版物がアイルランドに届くと、自分の土地をスミス父子に与えられた親英派の族長クランダボイのサー・ブライアン・オニールは憤慨する。ダブリン政府はこの計画に気が進まず、外部の干渉が北部の反乱を引き起こすと恐れた。思いがけずサー・トマスが一五七一年十二月にフランスへ派遣され、広く宣伝された論議を呼ぶ企業は未経験の息子の手に残された。

トマス・スミス（1547–1573）は、サー・トマスの跡継ぎの庶出の一人息子。父親の影響力で若い頃は影が薄く、父の大使の任務でフランスへ同行し、レスター伯に仕える前、アイルランドで将校の任務についたとだけ知られている。一五七二年初頭、スミスはリバプールで植民者を募り始めるが、未経験で、植民予定者の振る舞いに市長から苦情が出、資金繰りの問題等で出発が遅れ、集めた八百人中わずか百人と共に、八月アイルランドへ船出した。アイルランド総督フィッツウィリアムはこの事業について打診されず、アイルランドに事実上自治権を持つ植民共同体を設立することを喜ばず、ほとんど援助しなかった。一文無しのスミスはフィッツウィリアムから百ポンド分の小麦を借り、夫人から百ポンド借りざるを得なかった。彼は植民共同体に声高に反対していたオニールと会見を試みるがオニールは断り、あつかましい部外者に土地を譲り渡すことを拒んだ。十月オニールは植民を恐れるゲール人首領たちの後押しでアーズを略奪した。スミスはゲール人の戦い方を知らず、サー・トマスは二百五十人の兵を三月に派遣したが、援軍は到着しなかった。

スミスは一五七三年の初めオニールを攻撃し、マクドナルドの首領の服従を交渉し、ある程度成功した。フィッツウィリアムはアイルランド人の連合を恐れ、スミスの攻撃態勢を助けるためしぶしぶ彼にニューリー（the

Newry）駐屯地の指揮権を与えた。オニールが五月にキャリックファーガス（Carrickfergus）を焼き、スミスをはじめ全員に、植民共同体は補強なしでは生き残れないとわかった。彼は援助を要請したが援助は届かず、兵士の間で暴動が起き、彼は「妬みが敵よりも妨げになる」と書いている。エセックス伯がスミスの事業を援助し、彼が失敗した土地に植民共同体を作るために派遣されるに及び、彼の権威はさらに落ちた。彼は自分の植民の旅が引き起こした敵意から逃れられず、一五七三年十月、アーズのコンバー（Comber）で雇い人のアイルランド人に銃で撃ち殺された。彼は、革新的ではあるが実証されていない父親の植民共同体のアイデアの犠牲者であると同時に、アイルランド事情についての彼自身の無知の犠牲者だった。彼の死はエリザベスの宮廷にショックを与え、詩人が「アイルランドで殺されたトマス・スミスの土まんじゅう」（"Tumulus of Thomes Smith Killed in Ireland"）という題の詩を作った。

サー・トマス・スミスは学者、外交官、政治理論家。エリザベス朝の主要な人文主義者の一人。ゲイブリエル・ハーヴィーのような新星にパトロネージを与え、蔵書収集でも知られる。サフロン・ウォールデンの小規模な牧羊業者の次男に生まれ、不健康のため学問に目を向け、一五二六年にクィーンズ・コレッジに入る前、大学周辺で学ぶため十一歳でケンブリッジへ行く。早熟で一五三〇年に卒業し、一五三三年にMAを取得。王の医師ウィリアム・バッツ（Butts）の目に留まり、王室奨学基金の給費生、大学代表弁士になり、一五四〇年に任命される資格のなかった民事法の欽定講座担当教授になる。一五四〇年五月から四二年一月までヨーロッパを旅し、オルレアン、パリ、パドバを訪れ、人文主義の法律学に親しみ、LLDとDCLを併せ持つ学者となって帰国し、一五四三年副総長の地位に就く。彼にはウィリアム・セシルなど傑出した学生がいたが、徐々に大学とコレッジの運営に関わり、そのため宮廷と接触することになる。

一五四七年二月、スミスはエドワード六世の摂政サマセットの一家に入り、三月に枢密院の事務官になる。彼はまたモールバラの議員として国会に戻り、一五四八年四月に国務大臣に任命されて突出し、悪名高さをしるすことになる。翌年ナイト爵に叙せられる。自分の利益にさとすぎ、マナーが人を苛立たせたため、政治の世界では安楽でなかった。夏の謀反への対応の失策、財政危機、外交政策の失敗に続いてサマセットの体制が崩壊すると、スミスは摂政に近すぎたため嫌われて、国務大臣職を剥奪され、十月、ロンドン塔に入れられる。一五五〇年二月に釈放され、政治的に社会復帰し、エドワード六世とフランスのエリーザベト王女の結婚協定をまとめるため、一五五一年五月ノーサンプトン侯爵に率いられてフランスへ派遣された外交団の要の人物となるが、ノーサンバーランドの体制では十分信頼されず、エリザベスの治世の初期、彼には小さな役割しかなかった。彼の広く読まれた「女王の結婚についての対話」('Dialogue on the queene's marriage'(1561))に表明されたエリザベスと国内の人間との縁組への熱烈な支持は、ロバート・ダドリーとの縁組を苦々しく思っていた国務大臣セシルとの関係をよくすることにはならなかっただろう。ダドリーとの縁組の直接的な危険が去り、スミスはフランス大使に任命され、イングランドを離れる。彼の二度目の大使職は不首尾だった。ルアーヴル(Le Havre)を占領していたイングランド人に援助されたユグノーは、フランスの最初の宗教戦争での軍事的逆転に苦しんでいた。エリザベスの宮廷の分裂した議論と、一五五九年のカトー=カンブレイジー条約の条件でカレーの返還を確実にすることを自分の任務と理解していたスミスと、まだコンデ親王の陣営にいてユグノー全面支持を促すスロックモートンとの間に生まれた緊張関係でスミスは無力にされた。イングランド人のルアーヴル占領でフランス宮廷での彼の立場は弱くなり、接触する相手に事欠いて教皇特使であるフェラーラの枢機卿から情報を得ようとし、枢密院を激怒させた。彼はフランス宮廷とユグノーの合意を妨げられず、この会合で一五六三年秋のルアーヴル奪回のための共同作戦が生まれる。

スミスは一五六七年三月、カレーの返還を求めるため短期間フランス大使の任務についたが実りはなかった。しかし彼の敵スロックモートンが死に、セシルが一五七一年バーリー男爵として貴族に昇格して、彼の運勢は変わる。エセックス州のナイト爵保持者として国会に再び入る直前、一五七一年三月枢密院に戻り、第四代ノーフォーク公爵周辺の共謀者の吟味に関わったことで女王に認められる。一五七一年十二月、エリザベスとアンジュー公の結婚を進めるため再びフランス大使の任務に就き、宗教の問題で結婚話はこわれるが、ブロワ条約は成功させる(一五七二年四月)。英仏は対スペインの防衛同盟に結ばれ、彼は一五七二年七月に国務大臣になる。スミスの暖めていた植民の計画が実現したのはこの時期。

30　第十四代グレイ・オヴ・ウィルトン男爵アーサー・グレイ(Arthur Grey, Baron Grey of Wilton(1536–1593))はアイルランド総督、軍人。彼はアイルランド総督になることを一五八〇年四月に知らされる。彼の任命はレスターの強い支持によった。ウォルター・ローリーはレスターに彼のことを「貴公の方々のお一人」と描写し、彼自身一五八八年頃、レスターに「父が死んでから、私が頼り、従う方はあなただ」と明言している。前任者、レスターの義兄弟サー・ヘンリー・シドニーの訪問を受け、またアイルランド事情について長い手紙を受け取り、レスター信奉者のスペンサーが秘書になった。この点までは彼は「レスター派の総督」であって、独立していたわけではなく、おそらく宗教改革と外交政策の見解を共にしていたサー・フランシス・ウォルシンガムに近かった。

グレイは第十四代デズモンド伯ジェラルド・フィッツ・ジェイムズ・フィッツジェラルドの下でのみならず、ペイル［アイルランドにあったイングランドの支配地］内でも荒れ狂っていたカトリックの反乱の嵐に立ち向かうため、一五八〇年七月アイルランド総督に任命される。マンスターの前にリンスターを安全にしようとして、総督に就任する前に性急に行動し、八月の待ち伏せで歩兵隊の大半を失う。九月七日総督に就任する。スマーウィックで守りを固めるデズモンド支援の六、七百人のイタリア人とスペイン人の排除は二重に必要で、グレイ側の包囲と二日間の砲撃で駐屯軍は交渉を始め、彼は無条件降伏を要求した。他の誰のよりも自分の生命の保証を得ることに熱心だった彼らの司令官セバスティアーノ・ディ・サン・ジョゼッピ（Sebastiano di San Joseppi）との交渉で誤解を生む約束をする必要はなく、サン・ジョゼッピが部下に何を言ったとしても彼らは生命を約束されず降伏し、一握りの司令官以下の将校を除く全員が一五八〇年十一月十日に殺された。グレイの大虐殺のイデオロギー上の理由は、「生まれながらの絶対的な王侯」にではなく「反キリストの忌まわしい若造、あらゆる正しい公国に野心を持つ僭主」に任命された侵入者は、彼にとっては海賊、サタンの稚児ということらしい。スペイン人は、彼がスマーウィック駐屯軍を「盗人」として処刑したというかなり正確な見方をした。彼の行為は、頑強な抵抗で交渉を強いられたという明らかな誇張と共に、偽誓と無慈悲の同義語としてアイルランドのカトリックの史書に記された。

アルスターで彼はターロウ・リナクス・オニールと平和を「繕う」。「自分が確信出来るものでもなく、いいとも思わないが」彼はイングランドの「指示に縛られていた」。エリザベスは彼に「私たちが彼らを根こそぎにしようとしているという、土着のアイルランド人の持つ誤った印象を取り除くよう」指示したが、彼は「アイルランド人は、裏切りに淫し」すぎているので、もう信頼できないという見方をした。オールド・イングリッシュについて、彼は「傷は膿みすぎ、腐食剤と切開が唯一の治療法だが、土地の外科医には出来ないだろう」と感じていた。もし彼がアイルランド出立前にデズモンドを捕えるという目的を達成していれば、彼の過酷さがあれほどとやかく言われることはなかっただろう。致命的な誤りは、ニュージャントの陰謀後、土地を没収された口やかましいペイルの男たちを排除しすぎたことで、彼の「特別な気に入り」への下賜金についての彼らの申し立ては、自分の歳入を欺き取られたと思った女王を激怒させた。

アイルランド人の扱い方は大きな関心事と考えたスペイン大使ドン・ベルナルディーノ・デ・メインドーサーは、グレイの行政を批判し、ウォルシンガムよりもバーリーに苦情を寄せた。ウォルシンガムは彼に親しすぎたのだが、もう一つの理由は総督の悪行が資金の問題だったせいだ。バーリーと記録長官ニコラス・ホワイトは軍事優先政策に批判的な手紙を交わし、後者は、「この乱暴で好戦的な政治形態は」「女王陛下の金庫を空にする」だろうと警告した。バーリーは、後にアイルランド行政の軍事派を批判した。グレイは謀反と戦いながら財政を監視することはできなかったことを認め、ウォーターハウスは彼の「公務が出費の海に溺れた」ことを嘆いた。エリザベスは一五八二年七月に彼を召還し、彼女の財源は「期待していたほど節約されていなかったけれども」、彼女の「嫌悪は」「神の摂理の次に、国全体を安全に保つための第一の手段と認識する必要のある」彼のスマーウィックでの公務を無効にするところまでは「進んでいない」ことを繰り返した。彼は八月三十一日にアイルランドを出立した。グレイの在任期間は、立ち消えになっていた、組織的な植民の到来を告げるものと見られている。

グレイは軍人第十三代グレイ・オヴ・ウィルトン男爵ウィリアム・グレイと、(初代ウスター伯チャールズ・サマセットと二番目の妻エリザベスの娘)メアリーの長男。一五五三年に四男ギルフォード・ダドリーをレディ・ジェイン・グレイと結婚させていたノーサンバーランド公爵ジョン・ダドリーは、エドワード六世の崩御に際し、ジェイン・グレイの王位継承の後押しを得ようとして、彼女の妹メアリー・グレイとアーサー・グレイの結婚を申し入れて、グレイ・オヴ・ウィルトンの忠誠を得ようとしたが失敗した。

アーサー・グレイはギーンで父と合流し、一五五七年のセント・クエンティン作戦行動で初代ペンブルック伯ウィリアム・ハーバートの野戦軍で百人の小槍部隊を指揮した。翌年一月のギーンでの降伏で、彼は父の反撃の試みを支持し、降伏交渉の間、捕虜として身を委ねた。一五六〇年、彼は父の下でスコットランドに二百人の小槍部隊を率いて、肩を撃たれたが回復し、七月十八日、ナイト爵に叙せられた。一五六二年十二月の父の死で第十四代グレイ・オヴ・ウィルトン男爵になり、第九代ズーシュ男爵リチャード・ズーシュの庶出の娘ドロシーと結婚。ギーンでの父の身代金の影響で彼の相続は損なわれ（グレイはギーンでの降伏で捕虜になり、ラ・ロシュフコー伯爵に売られて二万五千クラウンを要求され、カンバーランド伯爵ヘンリー・クリフォードから六〇ポンド与えられ、最終的にエリザベス女王から八千ポンド借りて身代金を払って釈放された）、公職就任が難しくなったが、彼は公の任務を引き受け始め、特許状により、それまで取り戻せなかった二つの荘園を受け取り、三千ポンドの負債を帳消しにされ、一五七二年四月二十三日にガーター勲爵士団の候補者に指名され、六月十七日にその地位に就いた。

彼はエリザベス朝貴族の無法の具現。バッキンガムシャーにある彼のウォダンの猟場からジョン・フォーテスキューのソールダンの荘園まで鹿を追った。一五七三年八月、両家の召使の間で争いが激しくなると、バッキンガムシャーの法廷にフォーテスキューを暴動の咎で起訴させ、傷ついた家来が一人死んだので彼を殺人罪に問おうとした。枢密院が双方に武器の携帯を禁じると、彼は命令を文字通りに解釈し、フリート街でこん棒を持った一団と共にフォーテスキューを待ち伏せて殴り倒し、フリート監獄に送られ、三百五十ポンドの罰金を言い渡され、翌年五月に釈放されている。

彼は聖職者を庇護し、急進的プロテスタンティズムの傾向を持ち、「手に入った、学識ある、論争のよき書物」を読み、アイルランドからイングランドに帰国した後、一五八四年にはカンタベリー大主教ジョン・ウィットギフトの会議を監視するためにレスター、バーリー、ウォルシンガムに加わった。一五八五年、レスターは自分よりはるかによく任務を遂行出来るという理由で、一月のグレイのネーデルランドへの緊急派遣を強く求めた。別人がレスターの後を継いだが、無敵艦隊の上陸に対する反撃方法を助言する委員会でグレイは最高位のメンバーだった。彼はロンドンと女王を守るためにティルベリーへ集まった軍隊で、レスター下の司令官として行動した。

宗教的、国家的安全への関心から、彼は必然的にメアリー・ステュアートの処刑を求める運動家になり、一五八六年の冬、エリザベスへのさまざまな代表団に入り、終にメアリーの裁判の委員になった。彼はまた一五八九年にアランデル伯フィリップ・ハワードを裁く陪審員候補者名簿に載せられた。悪名高くも、彼はメアリーの処刑後、ウィリアム・デイヴィソンは「自分の君主と国の安全を、自分自身の安寧よりも優先させた」として、デイヴィスンをスケープゴートにすることに同意しなかった。

グレイは一五九三年十月にウォダンの自分の家の自分のベッドで、結石という昔からの病気で亡くなった。彼はパトロンのレスターより目立たなかったが、より過激なプロテスタンティズムの擁護者だった。

31 ロドヴィック・ブリスケット（Lodovic Bryskett）はアイルランド政府の役人。サー・フィリップ・シドニーの親友。ロンドン定住のジェノア商人の息子。ケンブリッジに入学し、卒業せずに出た。後にサー・ヘンリー・シドニーの被後見人になり、フィリップ・シドニーの長期にわたるヨーロッパ旅行に同行し、シドニーの死を悼むエレジーで、この旅行に言及している。グレイは、はじめのうち彼の長いロンドン滞在を叱ろうとしたが、すぐ親密になり、ブリスケットもグレイの熱心な支持者になる。スペンサーにとって、この才能豊かな、広く旅をした紳士の到着は喜ばしいことに違いなく、親友になった。

32 一五八一年十二月六日、スペンサーはウェクスフォード州エニスコーシーの修道院と水車小屋（(a Friary and Mill at Enniscorthy）修道院の敷地、水車小屋と果樹園、荘園、廃墟となった城、古い簗、農地を含む）のリース権を授与される。三日後、彼はこの地所をウェクスフォード近くに住む紳士リチャード・シノット（Synnot）に譲渡している。シノットはこの地所の以前の所有者で、異例に早い譲り渡しは彼の強い要求のためかもしれない。

33 一五八二年八月二四日、スペンサーはジェイムズ・ユースタス（Eustace）の反乱による女王の処分で、キルデア州のニュー・アビーと呼ばれる修道院の敷地のリース権を授与される。年三ポンドの地代で二十一年間この地所を所有する権利があった。このアビーはパートレスター（Partlester）男爵ローランド・ユースタスが一四八六年に設立したフランシスコ会の修道院だったが、設立から五三年後の修道院解体で、反乱鎮圧時には廃墟だった。ダブリンから二五マイルのキルコッレン（Kilcullen）の近くにあった。

34 キルコルマン城（Kilcolman Castle）はリメリックとコークの境界付近の城と荘園。前所有者、第十四代デズモンド伯ジェラルド・フィッツジェラルド（Gerald Fitz James Fitzgerald, earl of Desmond（c.1533–1583）貴族）の弟サー・ジョン・フィッツジェラルドは一五八二年一月に捕えられて処刑される。デズモンド伯の領地は没収され、一五八七年の春アンドリュー・リードに割り当てられるが、キルコルマン城と荘園のリース権を一五九〇年にスペンサーが得る。一五九四年から地代は一七ポンド七シリング六二／三ペンス。

第十四代デズモンド伯ジェラルド・フィッツ・ジェイムズ・フィッツジェラルドと弟サー・ジョン・フィッツジェラルド（地主）は、第十三代デズモンド伯ジェイムズ・フィッツ・ジョン・フィッツジェラルドとイーリー・オキャロルの領主サー・マルロニー・マックシェイン（Mulroney MacShane O'Carroll, lord of Ely O'Carroll）の娘モア（More or Maud）の息子。父親は地主の長期不在から来る危険を悟り、息子たちが宮廷で養われる機会を無視した。デズモンドは一五五〇年に第十代デズモンド伯ジェイムズ・フィッツ・モーリス・フィッツジェラルドの娘で唯一の跡継ぎ、サー・フランシス・ブライアン及びオサリー伯並びにオーモンド伯ジェイムズ・バトラーの未亡人ジョウン（Joan）と結婚。一五五八年に父の後を継ぎ、十一月にウォーターフォードでアイルランド総督サセックスの前で臣従の誓いをした。彼はエリザベス女王に寛大に受け入れられ、デズモンドの世襲の領地、役職、特権を一五五九年六月に確約された。しかし結婚による緊密なつながりにもかかわらず、彼は第十代オーモンド伯トマス・バトラーに対する深い敵意も受け継いだ。

デズモンド家とオーモンド家の宿怨の争いはどちらもイングランドの敵対党派に後押しされた。レスター伯はデズモンドを支持し、サセックスはオーモンドを支持し、アイルランドではサー・ヘンリー・シドニーがデズモンドを支持し、サー・ウィリアム・フィッツウィリアムがオーモンドを支持した。一五六〇年にデズモンドはヨールとキンセイルの港の輸入ぶどう酒税とシュア川近くの土地の彼の言うところの権利を、自分のものと主張していたオーモンドと争い、伝統の敵対関係に火をつけた。二人は女王に直接主張を述べるよう召喚される。女王の親戚で一貫して女王に忠実なオーモンドは直ちに従うが、デズモンドは一五六二年五月まで宮廷に現れず、現れた時も多数の供を従えていた。彼はアイルランドの法を大っぴらに無視したことで告発されたが従うことを拒み、女王が（オーモンドの母親でもあった）彼の夫人に手紙を書き、彼は直ちに教育のため大蔵卿の保護に委ねられた。一五六四年に釈放されたが彼は法と秩序を守ること、とりわけ古いゲールの法と慣習の抑制に同意するまでアイルランドへ帰ることを許されなかった。彼の留守中はフィッツジェラルドがマンスターのジェラルド党派の事実上の指導者。

一五六四年十月頃、約束をすぐ忘れてデズモンドは再びオーモンドと争い、オーモンドの領地に侵入し、小作人と家畜を殺してソウモンド伯オブライエン家とライバルの敵対関係に巻き込まれた。一五六五年一月の妻の死で、彼は、大君主デズモンドの要求から解放されるため自発的な支持をオーモンド伯から得ていたディーシーズ子爵モーリス・フィッツジェラルドを相手に、土地に対する主張を押し通し、地代の未払い金と奉仕を取り戻す勇気を得たようだ。一五六五年二月彼らの軍はウォーターフォードのブラックウォーター川のアフェイン（Affane）の津で敵対し、デズモンドは腿に傷を受けてオーモンドに捕われるがすぐ解放された。アフェインはイギリス諸島で二人の貴族が戦った最後の私闘の場となる。二人は再び怒り狂った女王に宮廷への参内を命じられ、平和を守ると約束し、それぞれ二万ポンドの誓約保証金の契約を結んだ。一五五六年一月サー・ヘンリー・シドニーがアイルランド総督として宣誓して就任し、彼らは和解したと告げられたが、宿怨の争いは根深く、シドニーはとりわけ一五六七年一月、特にコーク、ケリー、リメリックそしてウォーターフォードのデズモンドの土地を通ったマンスター旅行後、そしてヨールで宿怨の争いの原因を調査した後、争われている土地が「乱闘の時は」オーモンドの所有で、マンスター地方の無法状態の主な原因がデズモンドにあることを発見した。「未だかつて」「私は彼の中に調和あるいは秩序を守ろうという姿勢を見たことがなく」、彼が「統治の判断力、あるいは統治される意思を欠く人間」であることを発見したとシドニーはエリザベスにあてて書いている。シドニーがマンスターの弱小貴族たちのデズモンドへの従属を廃止しようとしていたので、デズモンドは一族を失墜させようという政府とオーモンドの陰謀を心底恐れていた。デズモンドの地方での野心と力説に例証される強すぎる臣民の権力は、一五六九年のマンスターとコノートの地方議会の導入に見られる中央集権への新しい推進力とはうまくいかなくなった。エリザベスとの縁戚関係でオーモンドのティペレアリーの権利はダブリンの同様な攻撃から守られた。一五六七年三月シドニーはデズモンドを逮捕してダブリン城に投獄し、忠誠心がより確信できる弟フィッツジェラルドにナイト爵位を授け、コークとリメリックとケリーの長官にしてデズモンドの土地を任せたが、女王はシドニーの行動を受け入れ難いと思い、フィッツジェラルドの任命を取り消す。八月にシドニーがアイルランドを去るとフィッツジェラルドはダブリンへおびき出され、十二月に逮捕された。数日のうちにデズモンドと彼はイングランドへ送られ、ロンドン塔へ一五三三年の春まで拘留されたが、フィッツジェラルドの健康の悪化で自宅監禁とされた。デズモンドの二度目の妻エリナー・バトラー（Eleanor Butler（d.1636*8））（ダンボイン卿（Dunboyne）エドマンド・バトラーの娘）は彼が自由の身になるまでイングランドにとどまった。彼らの不在中サー・ジョン・ペロットがマンスター地方議会を設定し、デズモンドの宮中伯領の法律通用権に対する直接の公然たる侮辱、戒厳令を敷いて統治したため、デズモンドの家来だった親族のジェイムズ・フィッツ・モーリス・フィッツジェラルド（James fitz Maurice Fitzgerald（d.1579））がマンスターの執拗な反乱をあおった。シドニーは後に「このサー・ジョン・オヴ・デズモンドへのひ

ど い仕打ちがフィッツ・モーリスの反乱のもと、したがってマンスターのすべての邪悪と損害の源だ」と記している。アイルランドの役人からフィッツ・モーリスに対処する任務に雇うためフィッツジェラルドを釈放するよう、圧力が女王にかかった。

エリザベスは一五七三年の初め態度を和らげ、反乱民と戦うというフィッツジェラルドの誓約と、よい振る舞いを約束するというデズモンドの署名で二人の釈放を命じるが、ダブリンの役人は彼らの平和の意図を納得せず、彼らを再び逮捕した。デズモンドはレスター伯に、彼の土地と城を返すよう女王に嘆願を依頼する手紙を書いた。十一月、彼はペロットの出発の日にダブリン城から逃げ、ペロットの留守中、土地と城とマンスターでの特権を取り返した。彼の敵意をなくそうとして政府は方針を変え、マンスターのテューダー朝プレジデント制度の枠組み内でデズモンドを社会復帰させ、フィッツジェラルドにはデズモンドの主な同盟者として従属的な役割を委ねた。有能さにおいて劣る兄が弟の影を薄くした。一五七四年六月キルデア伯の弟エドワード・フィッツジェラルドとエセックス伯ウォルター・デヴルーによる二つの試みは、デズモンドに無条件降伏させることに失敗したが、彼は自分の忠誠心を主張した。彼はサー・ウィリアム・フィッツウィリアムから、いくつかの城とゲール的な当然の権利と奉仕、隅石、(封建領主が家臣に与えた)お仕着せを放棄せよと圧力をかけられて拒絶し、そうしたために親族に支持され、彼らは七月「アイルランド総督あるいは伯爵の相続分を欲しがる誰からも守る」という誓いを立てた。

デズモンドは首に賞金のかかった反逆者と布告される。サー・ウィリアム・フィッツウィリアムとオーモンドは、一五七四年八月マンスターに前進し、クロンメル近くのデリンロー(Derrinlaw)の城を攻め取り、駐屯軍を切り殺した。九月二日、デズモンドは降伏するためコークへ現れ、九月、彼及び彼と生活を共にする間の妻のために、義父らに彼の土地全部を委託し、娘と息子のための備えをした。反乱はひとまず鎮まる。これら一族の合意と封土公示譲渡は、デズモンドの方では全面反乱を考えていたことを示すが、その頃彼がいとこのジェイムズ・フィッツ・モーリス・フィッツジェラルドと結んでフランス、スペインと法皇の宮廷で同盟者を求めたのは、アイルランド総督シドニーと彼の関係から生まれたことではない。逆に彼はシドニーにフィッツ・モーリスの大陸での交渉を知らせ、デズモンドとオーモンド両方の力を密かに傷つける決意を固めていたマンスターの新プレジデントの恣意的な行為をシドニーにののしり続けた。一五七六年二月、シドニーは「臣民が宮中伯の法律通用権を持っている限り、マンスターに完全な改革はない」と枢密院に書いている。彼の政策は、アイルランドの領主に私軍と私法を捨てさせて、ゲールの軍閥ではなくイングランドの意味での地主にするということだった。フィッツ・モーリスの同盟者の侵入（一五七九年七月）と政府人事の交代（シドニーが役職を退いて一五七八年十二月にアイルランドを去り、裁判官として宣誓就任したドルアリー（Drury）が健康を損ない、精力的なニコラス・マルビー（Malby）に代わり、そして同じほど好戦的なサー・ウィリアム・ペラム（Pelham）に代わったこと）が、デズモンドの全面反乱への徐々の移行を示す。

デズモンドの弟たちフィッツジェラルドとジェイムズは七月フィッツ・モーリスと共同戦線を張った。デズモンドは反乱を牽制しようとしたが、弟たちがデズモンドへの特使二人を八月にベッドで殺した。このゾッとする行為がデズモンドの指導力を深刻な緊張下に置き、またフィッツ・モーリスの死後フィッツジェラルドを反乱の指導者にした。デズモンドは強い宗教心は示さなかったが、カトリックの十字軍を侵入させ、国を挙げての反乱を引き起こそうと骨折っていた教皇特使ニコラス・サンダーの説教とレトリックに影響された。一五七九年八月にリメリックでフィッツ・モーリスが殺された後、デズモンドは、カトリックのヨーロッパ、主にローマとスペインに注目された。フィッツ・モーリスの死後、反乱軍を率いたのは弟フィッツジェラルドで、彼はイエズス会修道士、托鉢修道士、そしてイングランドの国教忌避者の人脈を通じてカトリックの大義の指導者候補になった。このような圧力と一族の野心がデズモンドを次の四年間、反乱の大っぴらな支持に押し出し、一五七九年十一月彼は反逆者と布告され、私権を剥奪された。彼はヨールを行進し、略奪し、焼いた。彼の同盟者もキンセイルで同じことをやった。一五八〇年三月と四月、ペラムがデズモンドの城、先祖代々の家、残っていた要塞を取り、六月、デズモンドとサンダーは辛くもペラムの捕縛を逃れた。一五八〇年八月頃、グレイ・オヴ・ウィルトン卿がマンスターの外に急速に広がりつつあった反乱を鎮圧するためにアイルランド総督として派遣された。一五八〇年九月イタリア人とスペイン人からなる教皇軍がスマーウィックの要塞に上陸するが、デズモンドは彼らを助けようとせず、十一月グレイが攻撃し、駐屯軍が降伏した後、大量虐殺をした。

一五八〇年七月第三代バールティングラス子爵ジェイムズ・ユースタス（Eustace, Viscount Baltinglass）がリンスターで蜂起し、デズモンドのふらつく反乱に息をつかせ、フィッツジェラルドに独立した作戦行動の場を提供した。フィッツジェラルドはバールティングラスとウィクロウ（Wicklow）山脈のゲール人同盟者と連絡をつけたが、統一戦線を張ることが出来ず、一五八二年一月初め、同盟者との相談に向かう途中、マンスター長官ジョン・ズーシュ（Zouche）にコーク州カースルライオンズ（Castlelyons）近くの森の中で急襲されて殺され、死体はコークの「市門の上に三、四年、鎖で吊るされてさらされた」。彼は経験をつんだ指導者で、やみくもに反乱に走ったわけではない。むしろそれは絶望的であったとしても、自分が何の未来も持たない組織と植民の政治状況の出現を阻止しようとする計算された試みだった。

デズモンドを追い詰めるためズーシュ以下四百五十名が送られ、一五八三年一月、オーモンドが世襲の敵を殺すことを命じられたが、デズモンドはそれでもなお二度、注目に値する逃亡をした。マンスターのどの謀反人も降伏すれば恩赦を与えられるという布告が、彼から信奉者の大半を奪い、一五八三年六月、彼は夫人に捨てられ、礼拝堂付牧師、騎兵二人、歩兵一人と少年を除く総てに捨てられ、隠れ場から隠れ場へとコークの東ケリーの境を巧みに逃れたが、一五八三年十一月、グラナギンティ（The Glanaginty）の森の洞穴で、カースルメイン（Castlemaine）駐屯地の五人の兵士に屠殺され、彼の首はイングランドへ送られた。

彼の広い領地は、デズモンド家の不動産の移転を特徴付けた一五八二年の私権剥奪法で没収され、かくしてマンスターの中世史を閉じ、それに続く植民への道を敷いた。彼の未亡人はやがて許され、女王に年金を与えられた。彼のロンドン拘留中に生まれた後の第十五代デズモンド伯ジェイムズ・フィッツ・ジェラルド・フィッツジェラルドは、父の行状の影響で、三十一年の生涯のほとんどを囚人として過ごした。

35　ファーモイ子爵ロッシュ卿モーリス（Maurice, Lord Roche, Viscount Fermoy）はスペンサーの悪天使として名高い。彼のアングロ・ノルマン人の祖先はノルマン人の征服直後アイルランドに来て、カースルタウンロッシュ（Castletownroche）とファーモイ（Fermoy）あたりに定住した。スペンサーの領地の南東。彼らの一族の座カースルタウンロッシュは、キルコルマン城から八マイルのところに建設された。一五八〇年、ロッシュはデズモンド伯の反乱に加わって父親を激怒させるが、忠誠心を取り戻し父親と和解する。頑固で衝動的。一五八七年に父親の称号を名乗り、企業家たちの占拠している土地を自分のものと主張し始めた。スペンサーと裁判で争う。

36　トマス・モア（Sir Thomas More（1478–1535））は大法官、人文主義者。彼は大使の任務でブルージュへ行った時、アントワープで『ユートピア』（一五一六）を書いた。国際的商取引の問題の扱い方に関する彼の専門的見解、とりわけサフォーク侯爵が法皇の明礬を積んだ船を不法に略奪した悪名高い事件を扱った時の彼の学識がヘンリー八世か大法官ウルジー大司教の注意を引き、一五一五年五月、モアは大陸での交渉でイングランドの利益を代表する最初の任務を与えられ、フランドル人と商取引の条約を交わすためブルージュへ行く。彼のブルージュへの大使職の最も長期にわたる特色は、交渉の場ではなく、議事が沈滞した期間に彼が行ったアントワープにあった。エラスムスの友人でアントワープの町の職員ペーター・ヒレス（Peter Giles）に会い、『ユートピア』の中核をアントワープ訪問中に思い描き、秋イングランドへ帰る頃、この典型的な人文主義の対話の第二部の草稿を書き終え、いわゆる「審議会の対話」（'Dialogue of Counsel'）の枠組みを成す導入部の話を付け加えて出版した（一五一六年）。『ユートピア』はモアの最も人気のある遺産。

この作品はモアが王の宮廷周辺の軌道に緊急登場した原因を示す。彼の受けた訓練と彼の性向が、まさにそのためであったことが暗示される。ブルージュから帰って彼はウェストミンスターをしばしば訪れ、ウルジーに会い、一五一七年頃、宣誓して枢密院に入った。英語とラテン語による彼のリチャード三世の歴史、さまざまなラテン語の詩に見られる交渉能力、美徳と政治の関係への彼の永続する関心から、彼は公の政策という実務の領域に進んだ。『ユートピア』の濃密なアイロニーと、初めの部分の特にイングランド的な設定とわかるラテン語の読める同国人、同僚は、イングランドの未来を導き得る者たちで、彼らへのモアの率直な助言が彼の主な動機の一つを開陳している。モアは愉しませると同時に改革するために『ユートピア』を書いた。その時期の何通ものラテン語の手紙も同様（イングランド人僧侶への手紙（一五二〇年）、オックスフォード大学（一五一八年）も学問上、神学上の論争への現実的な解決を与える）。『ユートピア』は出版当初からセンセーションを巻き起こし、版を重ねた。じらすように小説化されたモアと新しく発見された国から帰ってきたばかりの船乗りとのアントワープでの対話と規定され、この作品はイングランドとヨーロッパ社会についてのモアの関心の核心をさらけ出し、政治的、精神的変化の可能性に関する人文主義者の用心深い楽観主義を誇示している。愉快で心を乱すアイロニーに満ちているが、『ユートピア』は出版当時、改革のために文学を使うことが日程表の用務の中で提唱されている、緊密に結びついた学者の強力なコミュニティーがヨーロッパに存在したことの最も精巧で魅力的な宣伝だった。『ユートピア』の密度の高い対話——モルス（Morus）と旅行者ヒスロディー（Hythloday）／ヒュトロダエウス（Hytholodaeus［ギリシア語で饒舌《じょうぜつ》の意］）、第一巻のヒュトロダエウスとモートン大司教、そして導入の献呈辞でのモアとヒレスの対話——はとらえどころがなく、読者の数だけ解釈があり得る。作品中のユートピアとディストピアの要素の混合は深遠な矛盾とパラドックスを生み出し、作者の意図の正確な識別を困難にしているが、モアの人文主義の同時代人は風刺解明の言語学的な鍵を容易に見つけることが出来た——ユートピアとは「どこにもない《ノーホエア》」にあたるギリシア語（ウ・トポス）をもとにモアが作った架空の国名で、この島の特徴は反対のものの名を取って命名されている。『ユートピア』はヨーロッパ社会の近視眼的利益追求、キリスト教の真の敬虔さと慈愛の欠如、不合理性を大まかに風刺している。しかしヒスロディーが描写する島社会は完全に称賛出来るものではない。彼は同時代のヨーロッパの開明的改革の可能性の議論で生まれた私有財産制度に関する議論でユートピアを紹介したに過ぎない。モアと人文主義の同時代人を夢中にさせたものはこの最後のトピックで、当時のイングランドの刑法体系における不公正の例を挙げている。『ユートピア』の最初の「審議会の対話」は、機能しなくなった法制度の不公正を起訴するだけでなく、当時の大法官モートン大司教の仲介による救済条件を規定し、彼を開明的な指導者の例として挙げている。

モアはサー・ジョン・モア（c.1451–1530）と最初の妻アグネスの長男。三男四女の二番目。母はロンドン市民の獣脂ロウソク商で後にロンドン州長官になるトマス・グローンジャー（Graunger）の娘。父は裕福なパン屋ウィリアム・モア（d. 1467）の息子で、法廷法律家になってサーの称号を授けられ、王座裁判所の判事を勤めた。モアの両親はギルド、ロンドン市、王室に仕えた歴史を持つ豊かな一族の出身。モア自身が建てた墓碑の銘によれば、貴族の生まれではないが正直な家系の出身。片足を商業に、片足を法律に入れてロンドンの支配階級になった。サー・ジョンはエドワード四世の治世下で紋章を許され、エドワード四世と後のヘンリー七世の顧問団、特にジョン・モートン司教と親しくなった。トマスは近くのスレッドニードル街のロンドン最良のグラマー・スクール、セント・アントニー校でラテン語を学び、一四八九年頃モートン大司教のランベス・パレスに入る。モートンの家はそれ自体が学校で、正規のレッスンの他に宮廷に匹敵するほど高い文化を持ち、モアの演劇愛好はランベスとその礼拝堂付司祭ヘンリー・メドウォール（Medwall）にたどれる。彼の機知と知性は大司教に強い印象を与え、モートンに個人的に仕えた。彼はモートンをよく憶えていて、エドワード四世の死からヘンリー七世即位までの困難な時期の政治家としての力量をほめている。モートンはモアの潜在的能力を認めてオックスフォードのカンタベリー・コレッジ（後にクライスト・チャーチに合併される）に入れ、彼はこのベネディクト派のコレッジでモートン庇護者の俗人学生として、大学で二年間リベラル・アーツの普通のカリキュラム、中世の大学の初級の三科目の文法、論理学、修辞学を学ぶ。彼がエラスムス、ジョン・コレット、トマス・リナカー等を通じてより広いヨーロッパの学問の世界に直接接したのはこの時期。

一四九九年、モアはリンカンズ・イン法学院にいる間に、生徒の一人マウントジョイ卿ウィリアム・ブラント（Blount）と共にイングランドを初めて訪問したエラスムスに会う。当時オックスフォードにいたエラスムスとモアは親しく文通し、これは生涯続いた。一五〇五年一月、モアはジェイン（c.1489–1511）と結婚し、マーガレット（1505–1544）［Margaret Roper］らが生まれる。

キリスト教徒の生き方に対するモアのバランスの取れたアプローチは、古典のテキストと、より最近のより献身的な作家への関心を結びつけた。カルトジオ会の教義を広める宗教上のテキストと調和して、同時代のイタリア貴族ピコ・デラ・ミランドラの生涯と手紙と韻文を訳して出版する。

一五一八年に王の顧問団に入ってからモアの職業生活は大体ウルジーに舵を取られた。カトリック正統派のためのモアのますます増加する活動は、政治家また外交官としての彼の高まる名声と歩調を合わせた。

一五二五年九月、ルターのドイツ語の聖書に啓発され、ウィリアム・ティンダルは彼の英訳の新約聖書をケルンで印刷し始め、妨害されながらその年その版を完成させた。ルター派の教義は、ケンブリッジでロバート・バーンズ（Barnes）がクリスマス・イヴに行った説教によりイングランドで表面化する。その前月モアはケンブリッジの大学裁判所判事に指名され、大学総長フィッシャー司教に加わったばかりだった。ケンブリッジはロンドンと並んで、プロテスタントの本の配布により、プロテスタント信仰の苗床、中心となり、こういった本の抑圧と論駁が以後モアの職業生活の活動の焦点となる。ルター派の教義との争いにおけるモアの役割が定まる。一五二六年の終わり頃ティンダルの新約聖書の翻訳が外国から船で届き始め、モアの親友ロンドン司教タンスタル（Tunstall）はルター派の危険について二度目の警告を出す。モアは一五二八年三月異端の著作を読み、英語の反駁依頼を引き受け、十五ヶ月もしないうちに見事な『異端についての対話』（*Dialogue Concerning Heresies*（1529））を書き終えた。

王の離婚問題を解決し損なってウルジーが失脚し、代わってモアが大法官に選ばれる。異端に対する彼の立場は広く知られ、王に支持されていたが、彼の新しい役職の問題は他所にあり、法皇がキャサリンのローマへの訴えに耳を貸すことを決めた時、王の離婚を支持するかどうかで王への忠誠が試された。モアはこのことで王を助けることは出来ず、王とキャサリンの結婚は正当だと考え、法皇が結婚を許可した定めを非難する企てを容認せず、大法官の職を辞した。辞職後もあらゆる方面から脅かされている教会のため王との奮闘を続けたが、それは個人として遂行され、政府の政策に反対することだったため、危険で、親しかった王との関係を断ち切った。次の二十ヶ月間、彼はプロテスタントの教義と教会に対するより地方的なイングランドの政治的脅威に反対する五冊の論争の作品を出版し、一五三二年に、ティンダルの聖書の翻訳の基本原則に一つ一つ論駁した大部の『ティンダルの「答」に論駁する』（*Confutation of Tyndale's 'Answer'*）を出版した。

一五三四年四月彼はヘンリーとアン・ブリンとの間に生れる子供に正当な継承権を与える王位継承法（act of succession）への宣誓を求められたが、宣誓の前文が法皇の管轄権を拒むものだったので、王に対する従順の宣誓よりも自分の良心に従う決意を固め、宣誓を拒んだために四月一七日にロンドン塔へ入れられた。王の要求が拒絶されたこととモア投獄の醜聞は政府にとって当惑の種で、クロムウェルを含むさまざまな顧問官が彼を従わせようとしたが、一五三五年七月一日の裁判を経て死刑宣告がなされた。七月六日に彼はロンドン塔で処刑され、彼の首は娘マーガレット・ローパーに託された。

37　ティローンの反乱は一五九五年から一六〇三年まで続いたエリザベス朝最大の反乱。第二代ティローン伯ヒュー・オニール（Hugh O'Neill, earl of Tyrone（c.1550–1616））は、政府と決別する前、軍事力強化のため領地内から人を募り、訓練し、時には彼の任務についたイングランド人兵士に助けられ、スコットランド人傭兵を雇い、武器、軍需品を購入して強化を図った。彼の真の業績はイングランド人隊長による部下の火器の訓練で、二、三の者しか火器を発砲出来なかった部下を、火器が扱え、沼沢地や森林地帯の小競り合いに大胆な兵士にしたこと。

ヒューはアルスター地方のティローンの領地で、地主初代ダンガノン男爵マシュー・オニール（(Feardorcha), baron of Dunganon（d.1558））とその妻、コンスタンティン・マグワイア（Constantine Maguire）の娘シボーン（Siobhan（Joan））の次男。マシューは一五四二年にヘンリー八世がゲール人のティローンの領主コン・オニール

(Conn Bacach)に授けたティローン伯爵領の、イングランドの法に基く後継者に指名されていた。長男ブライアンがその跡継ぎ。ヒューは下の息子だったので見込みは限られ、伯父シェイン・オニール(Shane)が、マシューはケリー(Kelly)という鍛冶屋の庶子だと主張して継承に強く反対したため、彼の限られた見込みはさらに翳った。シェインの反対は一五五八年のマシューの死と一五六二年のブライアンの死につながる。一五五九年にティローンが死に、シェインがゲールの手続きによってオニールの長になり、領地の分割を強要する政府に激しく反対し、有力なオニールに慣習的に地代を払う従属的な小地主たちへの権威を捨てようとせず、政府はこの問題は力で決着をつけるべきだとして、一五六七年にシェインが殺され、その結果ヒュー・オニールが第三代ダンガノン男爵で伯爵領の後継予定者と認められた。

ダンガノンのオウヘイガン家(O'Hagans)とオウクイン家(O'Quinns)での里子は短かったらしい。ヒューはおそらく一五五六年から一五五九年までの一時期ダブリンのサー・ヘンリー・シドニーの一家で過ごし、一五四二年にティローンに割り当てられたダブリン州バルグリッフェン(Balgriffen)の地所のリース権を、ティローンの跡継ぎをイングランドの習慣で育てる費用に充てるために得たイングランドの軍人入植者ジャイルズ・ホヴェンドン(Giles Hovendon)の家族と共に過ごした。この成り行きは、ダンガノンを「物も持たず、友もなかった小さな少年の時から」自分の家で育てたというシドニーの主張と、ホヴェンドンの息子たちが一様にダンガノンの乳兄弟と描写され、最も忠実な支持者だったこととつじつまが合う。シドニーがダンガノンを他のアイルランド貴族の跡継ぎと共に宮廷へ連れて行った一五六七年にホヴェンドンの保護は終わる。

シドニーはシェインの死に続くアルスター地方の再構成のために権威者を求めていたので、ダンガノンはこの権限委任に必要だった。第一の目的はこの地方からスコットランド人マクドナルド一族を追い出し、信頼に足るイングランド人地主、オールド・イングリッシュの地主、ゲール人地主を置くこと、さらに安全性を確保するため大オニール領を有力なオニールのメンバー、領地の周辺に縄張りを持つ主だった者たちとオニール領内の主な氏族長の間で分割する意図があった。政府には彼の祖父の領地すべてを彼に与えるつもりはなかったにしても、ダンガノンはこの計画から利益を受ける立場にあった。

アルスターのためのこういった様々な計画は、一五六八年以後、軍の司令官サー・ニコラス・バガナル(Bagenal)

とダウン州ニューリー（Newry）に入植していた彼の息子ヘンリー・バガナルを含む役人たちが、ダンガノンに男爵としての地位に釣り合う土地を南アマーに獲得することを可能にした理由を説明する。しかし彼を援助したかもしれないシドニーはイングランドに引き止められていて、ダンガノンは十分な支持を欠いた。一五六七年にターロウ・リナクス・オニール（Turlough Luineach）が有力なオニールとしてシェインの後を継ぎ、一五六八年にシドニーが戻ってきた時には、費用がかかると女王が意義を唱えて、シドニーのアルスター改造計画は妥協させられていた。アルスターの系統だった改造計画が始まったのは一五七二年にシドニーがサー・ウィリアム・フィッツウィリアムにアイルランド総督の職務を譲って出立した後で、理論面でも実行面でも以前のものとは基本的に違う計画になっていた。新しい計画を支持する理論は、一五六九～七一年のアイルランド議会での、シェインの私権剥奪によりティローンの全領土に王室が権利を持つという主張。これは世襲の権利による祖父の全領地の所有を主張するダンガノンの希望を終わらせた。この計画の本質は、前もって決定された線に沿って個人が私的に費用をもってこの地域を構成しなおし、その報いに土地と役職を授与されるというもの。この計画に惹きつけられたのが国務大臣サー・トマス・スミスと初代エセックス伯ウォルター・デヴルーで、エセックスはダンガノンでのオニールの権力の中心地の真東、ブラックウォーター川の津の支配を固めることを希望し、その駐屯地にダンガノン自身が必需品を供給することを期待した。スミスとエセックスの関わった作戦行動は近世のアイルランドでイングランド人入植者が行った最も血なまぐさい無益なものの一つだが、ダンガノンが彼らにとって必要不可欠な存在になり、また彼の行動が政府の注意を引いたので、彼にとっては重要だった。彼は入植者たちがイングランドに送った急送文書中、好意的に言及され、エセックスは彼を騎馬軍団係りにし、彼は「軍務」に熱心なので「アルスターで唯一信頼出来、使うに足る男」と推薦した。軍務の見返りに彼はアルスターに持っていた土地を広げるための軍事支援をエセックスから得て、政府から給金を支給される軍隊の隊長に任命され、一五七五年から一五九〇年代の初めまで、デズモンドの反乱を鎮圧するグレイ卿への援助提供も含め様々な政府の用向きに使われた。こうしてダンガノンは、イングランド式の戦争法と、金のない王室直属の隊長がアイルランドで頭角を現す方法に慣れていった。彼は何人かのイングランド人隊長との間に永続的な絆を作り上げた。一方、一五七四年に女王はエセックスに「ダンガノン男爵とオドンネル（Odonnell）の、我らに対する献身を育むために、あらゆる手段を講じる」よう助言し、それを大蔵卿初代バーリー男爵ウィリアム・セシルは、ダンガノンが「彼の権利により、ティローン伯として認められる」ことを意味するものと受け取った。彼はまたこの昇格が、以前のティローン伯領を女王の寵愛を得ている権利主張者の間で分割することと結びつくことも支持した。エリザベスが後にダンガノンを「我ら自身の作ったもの」と描写し、彼が「陛下に無から引き上げられた」ことを認めた時、おそらく彼らはこの介入を念頭においていた。

役人仲間でのダンガノンのいい評判にもかかわらず、政府の黙認で彼が得たもの以上に、彼に土地は与えられなかったが、役人たちは、権力を制限したいと思っていたターロウ・リナクス・オニールか、自分たちの恐れていたマックシェインたち（シェイン・オニールの息子）のどちらかを犠牲にするという条件でなら、ダンガノンが更に地所を拡大するのを大目に見た。これと同時に、彼は、ペイルの南の境界線の向こうのゲールの土地を占める軍の隊長たちの保有する執事領に似た、ペイルの境界付近のアルスターの地域の尉官としていくつかの任命を得た。このようにして公的支持を得てオニール伯領の大部分を握った他、彼は従属的な氏族を自分の兵士が守っている土地に居住するよう勧誘して、ライバルを弱体化した。これは領土内での支持を高めたが、彼は更に高いものを目指し、ターロウ・リナクス・オニールが死にそうに見えた一五七九、一五八三、一五八五年、オニールとして彼を継承することに動き、その称号と権威が王室の敵の手に落ちることを妨げるという理由で自分の行動を正当化した。この時から彼は同盟と同盟の解消の方策として結婚を使った。後にクランダボイ（Clandeboye）を捕えようとするエセックスを支援して疎遠になるクランダボイのブライアン・マック・フェイリム・オニール（Phelim）の娘との最初の結婚で何人か子供を得るが、一五七四年ダンガノンの要請で近親関係を理由に結婚は解消され、彼は同年サー・ヒュー・オドンネルと最初の妻の娘シボーン（あるいはジョウアン（Joanne d.1591））と結婚する。一五七九年にターロウ・リナクス・オニールが健康になって、ダンガノンをオニールの継承者と指名することに同意したように見えたので、ダンガノンは彼の娘との結婚を考え、シボーンは縁を切られる。しかしこの同盟は短命で、ダンガノンは彼女のもとに帰りヒューとヘンリーの二人の息子が生まれる。ダンガノンは、更に彼の姉妹、娘たち、息子たちの結婚交渉等で戦略上の同盟をゲールのアルスター内に作った。

オニール伯爵位を得ようとするダンガノンの奮闘は、アルスターの代理人にしようとした男が思ったほど従順でないという恐怖をダブリンに与えるが、ダブリンとロンドンの高官で彼の忠誠の明言に納得した者もいた。彼は一五四二年にコン・オニールに授けられた称号と所領を獲得する交渉を始め、ダンガノン男爵として一五六九〜七一年のアイルランド議会に認められた。アイルランド総督代十四代グレイ・オヴ・ウィルトン男爵アーサー・グレイが彼に戒厳令の付加的権力を授け、彼の権威は更に増し、役人の世界で名声を得た。サー・ジョン・ペロットがアイルランド総督（一五八四〜八年）になって初めてダンガノンの究極の野心を満足させることと、ある計画の中でアルスターに長期定住することが真剣に考えられた。ペロットはダンガノンがティローン伯として一五八五〜六年のアイルランド議会に認められることに同意する一方で、議会の召集時にターロウ・リナクス・オニールに行列を導かせた。ダンガノンは一五八七年五月にティローン伯として追認された。

ペロットは、イングランドのコモンローを住民の間に広げる予備行為として、前オニール領を個々の地主に分割し、各々の地主に財産を直接受封者の間で再分割させ、州長官の任命の支持を求めるつもりでいた。マンスターとコノートのように、州の行政は、軍隊を養い、新地主の土地に課される示談の地代で維持されるプレジデントが監督することをほのめかし、これはティローンの計画と摩擦を起こした。彼は祖父の持っていたものすべてに対する権利をしつこく主張した。この不一致で最終的な決着が遅れ、一五八七年にティローンは彼の見解を宮廷で述べる機会を与えられた。彼の野心が、ペロットと、アイルランド総督としての最後の任期（一五八八〜一五九四）にアルスターを州にしようとしていたサー・ウィリアム・フィッツウィリアム両方の意図と相容れないことが暴露された。ペロットは究極的にオニール領の中核の部分を二分し、オーマー伯か、クランオニール（Clanoneill）伯になる予定のターロウ・リナクス・オニールに授けられた西の部分からティローンを除こうとしていた。

一五八七年の宮廷訪問の前にティローンはターロウ・リナクス・オニールに与えられようとしていた土地を略奪し、西のオドンネルの同盟者と結んでいた彼の統治者としての権威と信頼を密かに傷つけ、専買権によってペロットの計画を獲得するため勤勉に働き、同時に自分が政府にとって不可欠な人材であることを証明した。彼は時にターロウ・リナクス・オニールと同盟を結び、頻繁にスコットランド人傭兵を入れたマックシェインらに対抗し、頻繁に戒厳令を布告してペイルを点検した。これはアイルランド枢密院と、ペロットの綿密な計画から利益を得ることを望むイングランド人隊長と下級役人との関係をいっそう不安定なものにしたが、ティローンはオニール領内で主として（今やサーの称号を持つ）ターロウ・リナクス・オニールを犠牲にして自分の地位を固めることに成功した。ティローンの宮廷訪問は主にアイルランド枢密院の混乱で目を見張らせる成功となり、エリザベスは親族第十代オーモンド伯トマス・バトラーのティローン支持の助言に耳を傾け、その結果ティローンへの土地の授与はシェインの私権剥奪に続く事情よりも一五四二年のティローンの祖父への授与を反映することになる。イングランド政府はティローンをアルスターにおける主要な僕として受け入れ、これは彼の伯爵領が地方のプレジデントあるいは下級役人の権力の外にあることを暗示した。彼が獲得したものはオーモンドがティペラリー州で享受しているパラティン伯［自領内で王権を行使し得た領主など］の管轄・司法権に近いもので、彼は自分の領地の南の境界とペイルの境界に秩序を保ち、アルスターにスコットランド人傭兵を入れていたマックシェインを容赦なく追跡、投獄し、サー・ターロウ・リナクス・オニールが王室の敵と謀反を企んでいるという理由で侵略を正当化した。

ティローンは特にアルスターで勢力を増しているとしても、アイルランドで増えつつあった役人たちの憤りを買っていた。彼が強くなるのを懸念し、サー・ヘンリー・バガナルは先頭に立って彼の勢力を阻止し、傷つけようとした。バガナルはアイルランド枢密院の顧問官と陸軍元帥の職務を一五九〇年に父親から引継ぎ、アルスターの初代プレジデントになる野心を持っていた。彼はその地方を州にすることに積極的で、また自分と、アルスター関係の委員会に配置されている隊長らのための搾取に奮闘した。ティローンの権力を制限することに失敗し、バガナルは後任のアイルランド総督、イングランドの高位の行政官と女王に、彼の大逆の意図を告発しようとした。最初の告発は彼が一五八八年にアルスター沖に難破したスペイン人を助けて援助を求め、スペイン人傭兵を導入したというもの（彼は決して否定しなかった）、フェリペ二世及びジェイムズ六世との、女王に背く文通、またサー・ターロウ・リナクス・オニールやマックシェインとの私的な血讐等々。さまざまな告発と当てこすりが失敗すると、バガナルはマックシェインの中で最も強力なヒュー・ゲイムリーチ（Geimleach）・オニールを、フィッツウィリアムの指示に反して戒厳令で処刑させたという理由で彼の大逆罪の立証を求め、彼は一五九〇年に再び枢密院に呼び出された。バーリーは面目を失ったペロットの助言で、枢密院は一五八七年の彼への授与を無効にするか削減すべきだと信じたが、枢密院の同僚の顧問官は彼の大逆に納得せず、一五九〇年六月、彼は、イングランドのコモンローの導入を促進するため自分の領地を自由保有不動産に分けることに同意して、アイルランドに帰ることを許された。伝統的な同盟が一変し、役人が今はサー・ターロウ・リナクス・オニールを支持し、生き残ったマックシェインがティローンに敵対していた。ティローンはやけっぱちでバガナルの妹メイベル（Mabel）（1570–71–1595）との結婚で新しい同盟を求めようとした。拒絶されると彼女に駆け落ちを口説き、一五九一年八月ミーの司祭がダブリンで二人を結婚させた。怒り狂ったバガナルは一族の名誉に対する公然たる侮辱と解釈し、ティローンが最初の妻と正式に別れてないと主張して、父の約束した妹の持参金の支払いを拒んだ。これで二人の対抗が強まったが、バガナルがフィッツウィリアムの支持を得てティローンを拘束するかに見えた時、ダブリン城に幽閉されていたヒュー・オドンネルが脱走し、状況が変る。ティローンのかつての義兄弟オドンネルは一五八七年以来人質で、オドンネルの領地の権力はサー・ターロウ・オニールを支持したライバルの手に渡っていた。しかしティルコネルへの帰還に続き、オドンネルはすみやかに支配権を取り戻し、以後、老いつつあるターロウ・オニールには友もなく、彼は一五九五年に死ぬまでティローンに年金をもらった。一五九二年頃、ティローンはアルスター一の権力者だった。

ティローンはバガナルに勝っても新しく告発されないように注意し、一五九〇年に枢密院と同意した条件に彼なりに従った。強制されて同意したと主張しながら彼は自由土地保有権者を選び、弟のコーマック・マック・バロンを全管轄区域の州長官に推薦した。役人たちは新事態を歓迎したが二人の州長官の任命を求めた。これに対するティローンの根深い反対は、先ごろ設立されたアルスターと北コノートの長官――ふつう強欲な軍人――に対する共同体の反応から、自分に制御出来ない長官を任命すれば彼が自分の領地内で不和に直面することを暗示していた。彼は自分の独立を守ったが、イングランド人兵士の集団が彼の同盟者オドンネルとヒュー・マグワイアの領地を含む隣接の領地を荒らしまわり、同盟者が反抗し、とりわけ親戚が訴訟に加わって、ティローンの立場は危険になった。自分は関わらないと彼が公言すると下級役人は嘲り、彼が他のアルスターの領主と共にスペインの軍事支援を確保し、エリザベスからフェリペに鞍替えしようとして先ごろ任命された反宗教改革のアイルランド人司教たちと共謀したと言い立てた。上級役人はもっと用心深く、武装した者たちに謝罪するよう勧告するという条件で、自分はカトリックではないという彼の抗議を受け入れた。ティローンはこの任務でとりわけ困難な課題を二つ遂行するが、ほとんど感謝されなかった。一五九三年にバガナルに同行してマグワイアを従わせよとアイルランド総督に命じられ、彼の忠誠心は更に試された。再びティローンは従うが、直後に起こった摩擦で傷つき、称賛されず、バガナルが手柄を独り占めした。あれやこれやのバガナルとフィッツウィリアムの冷遇に挑発され、彼は役人がアイルランド人貴族の信用を傷つける決意でいる、賄賂が政治プロセスで蔓延している、バガナルが自分を罠にかけようとしている等の不平を述べた。この告発がオーモンドの同情を呼び、ティローンが親族の反乱に加わろうとしているという恐怖をロンドンに与えた。バガナルはティローンには干渉するなと指示され、ティローンの苦情を調査する委員会が任命され、フィッツウィリアムは一五九四年にアイルランド総督の職をサー・ウィリアム・ラッセルと交代させられた。エニスキリンのイングランド人駐屯地がマグワイアとマック・バロンの率いる一団に襲われて完敗したが、ティローンはくじけず、一五九四年八月、招待もないのにダブリンのラッセルの共をして、自分の忠誠心を宣伝した。

ティローンはもはや無条件に従順ではなく、彼は一五九五年に、王室に地代を払う見返りに、駐屯軍配置等、先ごろの刷新から自分たちの領地を免除するよう求めるオドンネル及び近隣のアルスターの領主の請願を伝えた。エリザベスは土地の返還を要求し、アルスター内の政府の入植地を固めるようラッセルに指示した。これと同時に彼らはティローンの領地内のブラックウォーターの砦を含むイングランド駐屯地を包囲し、駐屯地は政府に救援を求め、バガナルは自身の指揮する大部隊の救援遠征の帰途、一七五〇人の部下と共にモナハン州（co. Monaghan）で攻撃され、退却を強いられた。

ティローンは一五九五年六月、ラウズ州ダンドーク（Dundalk, co. Louth）で英語とアイルランド語で謀反人と布告された。父親の胡散臭い血統がこのたびは役人によって蒸し返されたが、彼は九月に指導的オニールとしてサー・ターロウ・オニールの後継者に選ばれ、権威を与えられた。これは彼が長い間アルスターの隣人、大陸の権力者と謀反を企み、最近の騒動すべてを画策してきたのだというバガナルの主張に力を貸した。証拠を検証すれば一五九五年以前ティローンはむしろ政府と共に働こうと奮闘していて、弟コーマック・マック・バロン周辺で組織されていた彼の権威に対する共同体の挑戦に対抗するため、パラティン伯領の管轄権を真剣に求め、彼よりも猛烈な仲間たちを、彼らの縄張りの自治権を交渉するという理解のもとに抑えていた。これに失敗し、彼は、バガナルを助けて自分の支持者に敵対するか、それとも自分の支持者を率いて元帥バガナルに敵対するかの選択を迫られた。「騎士元帥が自分を『厄介ごと』に駆り立てた唯一の男だ」という彼の主張は説得力がある。

彼は有能な司令官の指揮する大規模なプロの軍隊を破ることは出来ないことを知っていたので、用心して、オドンネル、マグワイア、そしてコーマック・マック・バロンが以前フェリペにカトリック教を維持するためと説明した戦いを遂行するために、六千から七千人のスペイン軍を求めた請願を是認し、その間アルスターにあるイングランド駐屯地を孤立させ、時々、注意深く選んだ場所で、救援遠征隊を襲った。彼はオドンネルよりも用心深く進み、スペインの支援を求める一方イングランド政府と交渉した。彼がまだ自分と隣人たちのためのパラティン伯の地位に甘んじようとしていたことを暗示する。彼はアルスターの反乱を宗教十字軍と宣言することに同盟者ほど情熱を持たず、教会の財産を取り戻そうという決意の、大陸で教育を受けたカトリックの司教たちに懐疑的だった。その結果自分の選択を自由にしておきたいと思い、防衛戦を行う一方自分の軍事的地位を強化しようとした。一五九五年から一五九八年までは断続的な戦いで、休戦と恩赦、スペインの支援を期待する一五九六年のアルスターの外に広がった暴動、待ち望んだスペインの軍勢が一五九七年にブリタニー沖で遭難した時の政府の軍事強化で時々中断させられた。第五代バラ男爵トマス・バラ（Burgh）がラッセルの後任のアイルランド総督となり、リチャード・ビンガム（Bingham）が死に、サー・コニヤズ・クリフォード（Conyers）がコノートのプレジデントになった。一五九七年十月にまたスペインの遠征隊が海で遭難し、運が政府の味方のようだったが、政府の最も熟達した軍指導者バラとサー・ジョン・ノリス（Norris）の予期せぬ死で帳消しにされた。

アイルランド枢密院は、和平か戦争続行かで割れるが、戦争続行を選ぶ。一五九八年八月バガナルはブラックウォーター駐屯地救出のために送られてきた四千人の歩兵と三百人の騎兵の指揮を命じられ、ティローンに包囲された。砦に向かう途中、ティローン指揮の同盟軍に阻止され、それに続く八月のイエロー・フォードでの戦闘で、騎兵と武器弾薬をほとんど失い、バガナルと何百人もの部下が死んだ。勝利はティローンの姿勢と戦の性質を変え、彼は宗教に関する控えめと用心深さを放棄した。第一に政府の姿勢が危険に見え、第二に彼の勝利がスペインの具体的な援助の可能性を増し、アイルランドの反対者の多くは彼の指導を進んで受け入れようとしていた。アルスター内で彼の評判が高まり、彼の勝利を称える韻文の賛辞に表された（「ニール（Niall）の子孫の年代記を作ろう」）。同盟者は、ペイルと城壁で囲まれた町、大砲なしでは獲得できない要塞、特に伯爵たちがイングランドに忠誠なオーモンド、ソウマンド（Thomond）、クランリカド（Clanricarde）などいくつかの領地を除くアイルランドのほとんどを攻撃した。先ごろ設立されたマンスターの入植地はティローンの送った遠征隊が襲撃する前に崩壊した。同盟者は軍事力を強め、アルスター外の領域を侵犯して、増えた出費をまかなった。彼らはスペインの新王フェリペ三世に、自分たちを支持することが王の野心に利益をもたらすと納得させようとして、カトリックの司教たちにスペインへのアピールを繰り返した。

イェロー・フォードの勝利はイングランドの軍事的優先順位の再調整をうながし、一五九九年四月エリザベスの寵臣第二代エセックス伯ロバート・デヴルーが、彼女の治世中イングランドを発つ最大の一万七千三百人の軍隊を擁すアイルランド総督に任命された。就任前エセックスは、アルスターの東西の入り口に沿って一連の戦略地点で守りを固め、海路で必需品を供給出来るようロックフォイル（Loughfoyle）の砦を加える戦略に支持を得た。これは同盟者たちを一度に三方向から襲って穀物を荒らし、アルスターの戦闘を支える非戦闘員を殺す計画だったが、遅れた。ダブリンに着き、アルスターを攻撃する前に彼はアイルランド枢密院からレンスターとマンスターの忠実な入植地は攻撃するなと説得された。アルスター戦略の遂行に必要な海路の支援を待つ間、彼はレンスターとマンスターのことに巻き込まれ、一五九九年九月やっとアルスターに向かった時、支援はまだ届かず、戦いの季節は過ぎていた。このようにして当座を凌ぐ他なくなったことが、ダンドーク北の川の津で行われたティローンとエセックスの有名な会談の説明となる。武装を解いたティローンは「馬を腹まで水に浸からせ」て謙遜にかつてのパトロンの息子に、自分は女王に講和を求めると言った。政府の直接の監督から免除される他、彼が何を求めたか不明。宗教を優先させるという彼の主張は明確にエセックスに否定された。エセックスは「宗教における寛容」の「行為を言及されても、自分は与えたことはなく、反逆者に主張されるものでもない」と公言し、はっきりと、やめろ、お前はお前の馬ほども宗教のことなど構っていないと言った。

宮廷のエセックスの敵は、彼のいわゆるティローンへの降参を彼を滅ぼすために使い、エリザベスはティローンに恩赦を与えないことを決意した。第八代マウントジョイ男爵チャールズ・ブラント（Blount）が、エセックスの軍事日程を完遂するため、エセックスには拒まれた必需品を与えられて一六〇〇年二月にアイルランド総督に任命された。ティローンはすぐ閉じ込められ、アルスターで手に入る乏しい必要物資に頼る他なくなった。対決は避けられないと悟り、彼は宗教戦争を宣言し、同盟者を全面的に支援した。イングランド的礼儀正しさを重視すると表明し続けながら、カトリックの聖職者と緊密な関係を作り上げた。サー・ジョン・ハリントンが一五九九年にティローンを訪ねた時の邂逅にこれが暗示されている。ティローンの息子ヒューとヘンリーは「イングランドの服を着て、ベルベットの胴着と金色のレースを身につけ…イングランドの言葉に精通し」、アリオストの英語訳を暗誦し、後にルーアンのセント・アントニーズ・コレッジで反宗教改革の活動者となる聖職者の個人指導を受けていた。

ティローンの反乱は七年続いた。一六〇三年のキンセイルの戦で彼の軍は壊滅状態になるが、それでも彼は私財没収とアルスターの植民に初めに政府が定めた条件を覆すために戦う決意だった。政府軍が彼の中核の縄張りで略奪し穀物を荒らした時でさえ、アルスターの砦で持ちこたえた。役人たちは彼の信奉者が彼を見捨てようとしないことに驚き、彼の死か捕縛か逃亡しか消耗戦を終わらせないだろうと踏んだ。政府側の出費の増加とエリザベスの健康の衰えという二つの要因が彼に味方し、更に、もし彼がスペインへ逃亡すれば、スペインとの戦を終わらせようとする和平の申し入れが複雑になるという状況があったため、一六〇三年二月マウントジョイは国務大臣サー・ロバート・セシルからティローンに慈悲を与える権限を与えられる。

いわゆるメリフォント（Mellifont）の協定（三月三十日）でティローンに究極的に与えられた条件の寛大さは、彼がエリザベスの死を知る前に決着をつけなければというマウントジョイの懸念と、ジェイムズ六世に仕えるという彼の決意の両方によって説明される。彼の粘り強さは報われた。オニールの名と称号を放棄し、スペインとの接触を絶つと約束する代わりに、彼は伯爵領を永遠に保証された。この同意は、長引いた戦で荒廃した領地の統治者としてではあったが、ティローンを一五八七年に享受していたのとほぼ同じ立場に置いたようだった。領地内にライバルはいなかった。ティローンとオドンネルは「一人をティルコネルに、もう一人をティローンに保証してもらうために」一六〇三年にマウントジョイに同行してイングランドへ行き、ジェイムズ一世に会う。この結果はティローンの外交の勝利だった。しかし彼は一六〇七年に、息子とスコットランド貴族第七代アーガイル伯アーチボールド・キャンベル（Archibald Campbell, seventh earl of Argyll）の娘との結婚をまとめる最終段階で、ジェイムズ一世との会見を目前に、ティルコネル伯や家族と共に行方も告げず人知れず船出した。これは歴史上「伯爵たちの逃亡」と呼ばれている。彼はスペインを経て、一六一六年にローマで死んだ。

38　ベン・ジョンソン（Ben Jonson［Benjamin Jonson］（1572–1637））は詩人、劇作家。他の文人、劇作家に対す

る辛辣な批評で知られる。シェイクスピアを「ラテン語は出来なくて、ギリシア語ときたらもっと出来ない」（"Small Latin, less Greek."）と評したことでも有名。彼には妻アンとの間に何人も子供がいた。おそらく一五九六年に生まれた最初のベンジャミンは一六〇三年に疫病で死ぬ。ジョンソンは別居していて、ウィリアム・カムデンの供をしてハンティングドンシャーのサー・ロバート・コットン宅に滞在していたが、成長した姿で夢に現れた子供の額に刀で切ったような赤い十字のしるしがあった。カムデンは幻の話を聞いて「それはただの空想だ」と説得したが、妻から息子の死を知らせる手紙が届いたと、彼は後にドラモンドに語っている。息子の死が感動的な追悼詩「私の最初の息子」（'On my First Son', Epigrams, no.45）を生む。多分一六〇〇年の生後六ヶ月の娘メアリーの死がもう一つの感動的な追悼詩「私の最初の娘」（'On my First Daughter', Epigrams, no.22）を生む。

　ジョンソンはおそらくロンドンかその周辺で生まれる。スコットランド人の先祖を持ち、先祖の国に強い関心を持っていた。Johnstones あるいは Johnstouns 一族は、何世紀もアナンデールとスコットランドとイングランドの境界付近の小競り合いで主役を演じた部族の一族で貴族の軍閥。ジョンソンは彼らの評判に強い印象を受け、彼らの「三つの錘《つむ》、あるいは菱形」の紋章を自分の紋章にした。彼が生まれる一ヶ月前に亡くなった父親についてはほとんど知られていない。ウィリアム・ドラモンド（Drummond）の回想によれば、ジョンソンの父親は「メアリー女王の治世下で領地をすべてなくし」、牢に入れられ、罰金を払わせられ、釈放後「聖職者になった」。南へ移り住む過程で彼の姓はより一般的な Johnson という綴りに変わったが、Jonson が詩人の好んだ綴りで、ベンが、彼が世に知られたいと思った名前。ジョンソンは彼自身の述べたところでは「貧しい育ち」で、幼い頃、母はレンガ職人と再婚した。ロバート・ブレット（Brett）と身元確認されているこのレンガ職人は、一六〇九年に亡くなる頃はタイル職人とレンガ職人の親方で、経済的に余裕のある建築請負人だった。

　フラーは、ジョンソンが「ケンブリッジのセント・ジョンズ・コレッジに入学を許可された」が、資金がなく数週間で義父のリンカンズ・イン法学院の新しい建物の建築を手伝うためにロンドンへ戻されたと信じている（Fuller, *Worthies*, 243）。義父の仕事はジョンソンには耐え難く、レンガ職人という彼の初めの仕事への嘲りが、生涯、彼について回った。一六三三年になっても、『磁気を帯びた貴婦人』（*The Magnetic Lady*）が失敗すると、アレキサンダー・ジルに、劇場を捨ててもとの職業に戻る時だと罵られた。しかしジョンソンは実際はこの職業と長い間つながりを持っていて、タイル職人及びレンガ職人組合の四半期ごとの支払い帖に彼が一五九五年から会費を支払っていること、劇作家として宮廷仮面劇の作家として職業生活の頂点にあった一六一一年になっても支払っていたことが記されている。ジョンソンがギルドの一員であり続けたのは失業に対する防壁で、宮廷や劇場の仕事が不振な時レンガ職人に戻ったということはあり得る。しかしギルドのメンバーシップは市民権を得る手段でもあり、社会的地位の保証でもあった。一六一八年にジョンソンはエディンバラ市に、有名な作家としてではなく「イングランドの『市民』(Burges)、ギルドブラザー」として迎えられた。彼がまだタイル職人及びレンガ職人組合とつながりを持っていたことを示唆する。こういう資格はエディンバラの市民共同体に受け入れられやすくしたかもしれず、更に一六二八年にロンドン市の年代学者への任命を可能にした。

一五九〇年代初頭ジョンソンはネーデルランドへのイングランド遠征軍に加わる。ネーデルランドのイングランド軍が強化された一五九一年の初めに徴募されたらしいが、おそらく一五九二年の秋、帰国する最初の派遣部隊と共に帰り、「慣れた勉強を始め」、劇場の一員となる。彼は「うまい役者ではなかったが、並はずれていい教師だった」というオーブリーの主張には真実味がある。

一五九八年の秋、『十人十色』(*Every Man in his Humour*)がショーディッチのカーテン座で、シェイクスピアの宮内大臣一座によって、シェイクスピアとリチャード・バーベッジを主な役者として上演され、それまでとは大違いの成功をおさめる。「気質」の流行の概念を機知に富むやりかたで利用したこの巧みな構成の町人喜劇(city comedy)は、ジョンソンを一五九〇年代の来るべき劇作家として認めさせた。設定場所はフィレンツェからロンドンへ移り、一六一六年のジョンソン作品集の二つ折り版の初めに高い位置を占め、劇作家としての彼の職業生活の始まりと、新しい種類の自国語の喜劇の到来を象徴的に記している。一五九八年九月『十人十色』の上演中、彼はその前年一緒に牢に入っていたゲイブリエル・スペンサーを決闘で殺し、殺人罪でショーディッチに告発される。何年も後に、彼はスペンサーが先に挑戦してきて、彼の刀よりも十センチも長い刀で彼の腕を傷つけたとドラモンドに語った。そのため彼は「牢へ入れられ、もう少しで絞首台行きだった」(『会話録』(*Conversations*, ll.246–51))。ジョンソンはことによるとヘンズロウか誰かの介入で、いわゆる「免罪詩」(通常ラテン語の聖書『詩篇』第五十一篇の冒頭)を読んで助かる。財産を没収され、重罪犯のしるしに親指の上に烙印を押された。牢で彼はカトリックに改宗する。ジョンソンの現存する初期の詩はこの時期からのもので、あるものには新しい信仰のあとがたどれる。

ジェイムズ一世の治世の初めの一〇年間、長い職業生活中、最も生産的な時期に、ジョンソンは何度も権威筋とのトラブルに巻き込まれた。宮廷での特権的な地位にもかかわらず、彼の作品は彼の個人生活のように規則的に緊密な監視にさらされた。

一六〇六年十一月一〇日、宮廷で『ヒュメナイオス』(*Hymenaei*)が上演される二、三日前、ジョンソンと妻アンは国教忌避の咎で主教区裁判所に出頭し、四月二六日に彼らはこの咎に返答するために再出頭した。同年五月と六月、彼とアンは同じ咎で再び主教区裁判所に出頭する。ジョンソンの喜劇の傑作『ヴォルポーネ、又の名、古狐』(*Volpone, or The Fox*)は(五週間で完成した。Prologue, 1.16)、こういった事件の後、あるいは事件の隙間を縫って異例の速さで書かれた。この芝居の筋と脇筋は、時にジョンソン自身が先ごろ巻き込まれた迷路のように見えるが、ヴェニスのペテンと司法の堕落の目くるめくような描写は同時代のロンドンの罪と罰についての知識で色が添えられている。『ヴォルポーネ』はグローブ座で国王一座によって、おそらく一六〇六年三月の中ごろ上演された。四つ折り版のテキストに付いている補助的な詩から、この時のジョンソンの社会的、知的な交友関係がわかる。この芝居の称賛者に歴史家、詩人のエドマンド・ボルトン(この年の一月、ジョンソンと共に国教忌避の咎で呼び出された)、ジョンソンの当時の共同製作者で同室のジョージ・チャプマン、パトロンのカトリック、オウビーニー卿、ローマ・カトリックから先ごろ改宗したジョン・ダン(一五九〇年代以来親密だったらしい)。数年後、ダンとジョンソンは、規則的にブレッド・ストリートのマーメイド亭に集まったほとんどが法律家と政治家のクラブのメンバーになる。よく知られた伝説とは逆に、シェイクスピアはメンバーではなかった。

一六一〇年五月十四日、パリで起きたアンリ四世暗殺がイングランドで過激主義者の行動に対する恐怖を引き起こし、反カトリックの法律の強化につながる。ジョンソンはこの頃英国国教会に戻るが、死ぬまでカトリックへの共感と関わりを持っていた。

シェイクスピアが死んだ年、一六一六年の二つ折り版の出版はイングランド第一の作家としてのジョンソンの地位を固めた。二月一日、ジョンソンは百マーク(マークはイングランド、スコットランドの昔の貨幣の単位。一マークは十三シリング三ペンス）〔六十六ポンド十三シリング四ペンス（L66 13s.4d）〕の年金をもらうことになり、事実上の桂冠詩人になる。

四十代の後半、一六一八年からジョンソンは一年近く首都を離れ、エディンバラへ行く。一六一九年五月にロンドンに帰り、公的生活を離れて学問に専念する。七月、彼は正式にオックスフォード大学から学位の勧誘を受け、アントニー・ウッドによれば、旧友リチャード・コーベットの招きでクライスト・チャーチにしばらく住んだ。彼は後にオックスフォードの友人関係を広げた。ジョンソンの学者としての地位は明らかに認識されていて、噂では、一六一七年にエドマンド・ボルトンがジェイムズ一世に提案した「王立学会」(an 'Academ Royal') の八十四人の設立メンバーの中に彼の名があった。この計画はなかなか進まず、王が死んで消えた。すぐ後、現在の祝宴事務局長と次期事務局長が死んだ時には祝宴事務局長になる資格を与えられるが、ジョンソンの方が早く死んだ。

ジェイムズ一世の最晩年の五年間、ジョンソンは宮廷生活から疎外されるように感じる。彼は悪魔亭のアポロの間とテンプル・バー近くのセント・ダンスタン亭の会の宴会を愉しみ、宮廷よりもより厳格で厳密な振る舞いと親睦のルール（アポロの間に刻まれていたという「宴会の掟」）を持つ彼の主宰の「ベンの一族」(the tribe of Ben) を描写して自らを慰めた。

39 五十ポンド　訳注**26**参照。

40 ハーヴィー　訳注**13**参照。

41 初代バーリー男爵ウィリアム・セシル（Baron Burghley, William Cecil（1520–21–1598））はエリザベス女王の大臣。リチャード・セシル（d.1553）と、リンカンシャーのボーンのウィリアム・ヘッキントン（Heckington of Bourne）の娘ジェインの息子、デイヴィッド・セシルの孫。祖父デイヴィッドはウェールズとの国境付近の小地主で、ヘンリー・オヴ・リッチモンドの軍のウェールズ進行に加わり、ヘンリー七世の護衛、部屋付き従者として仕えた。ノッティンガムシャーの州長官となり、五回、国会でスタンフォードの自治都市選出の代議士になった。父リチャードはヘンリー八世の部屋付き侍従に任命され、宮内官から衣装所従者に昇進し、ラットランドの州長官、ノッティンガムシャーの治安判事になった。結婚でバーリー卿になり、ウィリアムは一五五三年三月、父の跡を継ぐ。

ウィリアム・セシルはスタンフォードとグランサム（Grantham）のグラマー・スクールで教育を受け、一五三五年にケンブリッジのセント・ジョンズ・コレッジへ入学し、六年間、一五三五年に王の命令で編成された人文主義の学問と宗教改革の著述家を含む新カリキュラムの恩恵を受ける。学位は取得しなかったが、ラテン語もギリシア語も古典の学問をマスターし、後にイタリア語、フランス語、スペイン語に堪能になる。彼がケンブリッジにいた数年は大学が人文主義の学問で沸き立っていた時で、政治社会とその中での個人の役割についてセシルの思考が形成された。市民としての権利・義務と公務の活動についての古典的論文、とりわけキケロの「義務論」（De officiis）が彼の見解に決定的な影響を与え、彼はこういった著述家から、活動的な公的生活になくてはならない、古典的美徳の修養を積んだ人間によって理性的に公平に統治される人間の様々な階級の形成体としての市民社会の概念を得た。

大学の人文主義者のサークルで、セント・ジョンズ・コレッジのフェローで傑出したギリシア語学者ジョン・チーク（Cheke（1514–1557））を通じて彼の妹メアリー（c.1520–1544）に会い（彼女は一家のワイン店で働いていた）結婚した。社会的にも経済的にもセシルの一家とはつりあわず、息子が一五四二年に生まれるが、妻は一五四四年に亡くなり、二年もしないうちに彼はエドワード六世の守役サー・アントニー・クック（Cooke）の四人の娘のうちの一人ミルドレッド（1526–1589）と再婚する。

一五四一年、セシルはグレイズ・イン法学院に移る。新しい治世で彼はケンブリッジと結婚のつながりに助けられ、速やかに昇進する。一五四七年に摂政サマセットに仕え、スコットランドとのピンキー（Pinkie）の戦いに参戦し、翌年サマセットの秘書になる。サマセットの失墜後、ロンドン塔で二ヶ月（一五四九年十一月〜一五五〇年一月）過ごすが、九月頃、枢密院の顧問官、第三国務大臣になる。前摂政とウォリック伯ジョン・ダドリーの一時的な同盟中、セシルは仲介者として行動し、両者の信頼を得る。サマセットの二度目の失墜は彼に影響を及ぼさず、一五五一年十月ダドリーがノーサンバーランド公爵になった時、セシルはナイト爵に叙される。新参の大臣としてセシルは忙しい日課をこなし、役職の可能性を持つ知己を求めて、特に本国あるいは外国で外交官になっているプロテスタントの人文主義者と広く接触する。エドワードの身体が弱り、危機の到来を悟ってセシルは用心のため土地を譲り渡し、貴重品を持ち去る。王冠をジェイン・グレイに渡すという王の文書に署名せよという命令に彼はしぶしぶ従うが、形勢が変わって枢密院からメアリーに使いに遣らされ、自分の前の行為を弁護し、新体制と和解する。メアリー一世の政府の申し出を断り、彼は自らの意思で役職から退く。動機は宗教。カトリックの政策の遂行者となれば心安らかではいられないからだったが、新体制とはいい関係にあった。

セシルは、プリンセス・エリザベスに仕える。サマセットの時代、彼女は彼を任務に用い、一五五〇年に彼女の検査官に任命した。彼は彼女の一家とのつながりを、彼女の貴重品係の遠縁サー・トマス・パリー（Parry）、彼女のテューダーのロジャー・アスカムを通して得た。一五五八年頃、信頼と相互の尊敬という個人的な関係が彼女の即位で公式のものとなり、彼女の治世の最初の日一五五八年十一月十七日、彼は国務大臣に任命される。彼はその地位に付随する権力を直ちに使い、すべての公務を行うことですみやかに先頭に立つ。公的な手紙が、出すものも届くものも、外国のものも国内のものも、すべて通っていくこの役職は、あらゆる公務が集中する引力の中心になる機会を野心的な男に与えた。彼の意見を聞かないでは、何も行われなかっただろう。

セシルは、フランスおよびスコットランドとの和平、そして教会内の改革された政治組織の再確立という初めの二つの政治の実務で重要な役割を持った。一五五九年に、国務大臣となった彼の政策立案者としての役割と今や君主となった女主人との関係を形成することになる最初の重大で困難な事件が起き、イングランドは先例を見ない危機を迎える。古くからの敵フランスがスコットランドに軍隊を置き、スコットランド（とフランス）の女王メアリーが公然とイングランド王位を要求したのである。一五五九年の春、武器を取って古い体制と外国の体制両方に反旗を翻したスコットランド貴族の一団がイングランド政府、とりわけセシルに援助を求めてくる。彼は、いかなる危険を犯しても、どれほど費用がかかってもフランス人を追い出すという大胆な決意と、スコットランドの改革された体制は二つの王国に永続する共通の利益をもたらすだろうという長期的展望をもって対処した。彼はブリテン島への侵入に二つの王国が共に立ち向かうという、彼が長期間遂行することになる「共通の政策」の基礎を固めていた。エリザベスは、自分のわずかな財源を消費し、重大な決定を宮廷から戦場に移す恐れのある計画に強く反対するが、エディンバラ条約（一五六〇年七月）で彼の政策は勝利をおさめ、フランス人と当地のプロテスタントの摂政が追放され、スコットランド議会の法令の発布がローマの管轄権を終わらせ、ミサを廃止した。セシルは女王のために一五六〇年の条約の条件・約款を維持するために、将来スコットランドの事柄に介入する権利も得た。

エイミー・ロブサートの急死で、寵臣ロバート・ダドリーが女王の夫になる可能性が出てくると、セシルは落胆し、公的生活から退くことを考えたようだが、一月十日、女王は被後見人の監督官という実入りのいい職を彼に与えた。これは彼女の彼に対する信頼のしるし。ダドリーと女王の結婚の可能性は徐々になくなり、女王は彼を一五六二年に枢密院の顧問官に昇進させ、一五六四年にレスター伯にし、新しい権威を維持するために必要な土地財産を与え、顕著な政治的職業生活を与えた。セシルは女王の寵臣が枢密院にいることに適応しなくてはならなかったが、エリザベスは、公的な事柄におけるレスターの助言は他の顧問官の助言と同等以上のものではないことを明らかにした。このようにして大臣セシルと寵臣レスターの関係は始まり、レスターの死まで続く。

一五六三年頃スコットランドとフランスと和平を結んだ後、セシルは外交政策の概略を規定し、それに固執した。初めて宗教という形のイデオロギーが君主の他の君主との交際に影響を与えた。

一五六二年に女王が天然痘で死にかけたことから、彼女の結婚と王位継承という厄介な問題が注目され、この問題がその後二十年間セシルの観点から最も重大なこととなる。女王が王位継承を定めずに死ねば、彼がこれまでやってきたことすべては水の泡になる。王位継承への最も明白な競争者は、彼が恐れ、忌み嫌う女性、ギーズの叔父たちの後ろ盾で一五五九年に王位継承権を主張したメアリーであった。

一五七一年、エリザベスはセシルをバーリー男爵として貴族の仲間入りをさせる。一五七二年に彼は国務大臣の職を退き、七月に初代ウィンチェスター侯爵ウィリアム・ポーレット（Paulet）の後任の大蔵卿となり、ガーター君爵位に叙される。プロテスタント擁護の外交政策を推し進め、スコットランド女王メアリーの陰謀と処刑、スペイン無敵艦隊への攻撃準備など、エリザベス朝の主たる国策を立案した。

一五八八年のレスターの死で、枢密院の中でバーリーを除いて最も目立つ存在がいなくなる。ウォルシンガムが二年後に亡くなり、ハットンが一五九一年に亡くなり、大蔵卿バーリーは治世の初めの数年以来、かつてないほど傑出する。一五九〇年代は、高度な政治風土においても政治の性質においてもラディカルな変化があり、バーリーの役割も変る。宮廷は党派に別れ、セシル父子の周りに一つ、第二代エセックス伯ロバート・デヴルーの周りに別の党派が集まった。エセックスは権力を求めただけでなく、イングランドの外交政策のラディカルな見直しを求めた。彼はセシル父子の守りの戦略を攻撃の姿勢に変え、単なる生き残りを完全な勝利に変え、イングランドを指導的なヨーロッパの勢力として浮上させ、その中で自分が軍事の栄光を得ることを求めた。しかし一五九八年頃、エリザベスの寵愛はセシルに傾き、バーリーの息子ロバートが大臣になる。セシルの死の一ヶ月前、枢密院の会議でエリザベスがエセックスの耳を打つという、エセックス失墜の最初の場面が見られた。バーリーの晩年、イングランド人が北方を向いていたので、王位継承の問題は解決に向かい、エリザベス朝の宗教上の決着は社会に定着しつつあり、カトリックが復活する恐れは確実になくなろうとしていた。大陸ではアンリ四世が権力を掌握し、イングランドに対するカトリック同盟の脅威は払拭され、バーリーの公務上の目的はほぼ実現された。

42 スコットランド王ジェイムズ六世の母メアリーは『妖精の女王』中のデュエッサのモデルとされている。第五巻のデュエッサの裁判は、エリザベス女王暗殺計画（リドルフィの陰謀事件、スロックモートン陰謀事件、バビントンの陰謀事件）に関わった咎で、メアリーが裁かれ、死刑を宣告される裁判を髣髴させる。ジェイムズ六世は王権の強い意識を持ち、王の権威に敏感で、未青年期を脱した一五八四年の国会は、王、王の両親、王の祖先の誹謗者を激しく非難し、とりわけブキャナンの著作を攻撃した。訳注**3**参照。

43 スコットランド女王メアリー・ステュアート（Mary [Mary Stewart]（1542–1587）queen of Scots）は、スコットランド王ジェイムズ五世とマリー・ド・ギーズ（Guise（1515–1560））の間にリンリスゴー城で十二月八日に生まれる。ヘンリー八世の姉マーガレットの孫。フランスとの同盟でイングランドと戦って完敗し、フォークランドに退いたジェイムズ五世は十二月十四日に亡くなる。彼女の王位継承は問題なく受け入れられ、彼女の存在が未来のエドワード六世との婚約を含む和平への道を開くが（一五四三年七月一日グリニッジ条約）、すぐスコットランド国会によって破棄され、戦が再開されることになる。摂政アラン伯がイングランドとの和平交渉を公式に拒否した翌日、九月九日、彼女はスターリングで戴冠される。ピンキー（Pinkie）（一五四七年九月一〇日）でスコットランドは敗北し、フランスに軍事援助を求めるが、その代価がメアリーのフランスへの引渡しと後にフランソワ二世（1544–1560）となる皇太子との婚約とわかり、一五四八年二月七日スコットランド議会はスコットランドの自由の尊重を条件に婚約に同意する。彼女とずっと一緒の四人の「女王のメアリー」を含む一行はフランス王室のガレー船で八月十七日に上陸し、彼女の到着でフランスの叔父たち初代ギーズ公クロード（Claud）、第二代ギーズ公フランソワ（1519–1563）、ロレーヌ枢機卿シャルル（1524–1574）の政治的顕著さが強固になる。皇太子の花嫁予定者として彼女は彼と彼の弟妹と共に王宮に住み、後にスペイン王妃となるエリーザベト（Elisabeth）は特別な友達だった。ギーズ家が彼女を陶冶し、祖母アントワネット・ド・ブルボンが彼女を監督した。

メアリーの教育は学問的というより宮廷的で、音楽、歌、ダンス、縫い物、乗馬。ラテン語といくつかの言語の基本を教わるが、スコットランド語や英語の書き言葉は教わらなかった。フランスで過ごした十三年間、彼女は事実上フランス女性として育てられ、フランスを離れた後も彼女はギーズ公と王室の親族を近しいものと感じた。彼女が最も完全に教育されたのは王室における彼女の地位と運命についてで、彼女は幼児からスコットランド女王で、またマーガレット・テューダーの孫としてイングランドの王位継承者と考えられていた。フランスにいる間、彼女はこの地位をフランスを益するために使った。スコットランドの統治者として本来のスコットランドの政策を遂行し、イングランドの王位継承権を主張する者として、イングランドの政治体制に受け入れられるようにしようとした。イングランドからすれば彼女はエリザベスを継承する保守的候補者であり、カトリックであることが問題だった。

メアリーとフランソワは一五五八年四月二十四日にノートルダムで壮麗な結婚式をあげる。公式の結婚協定（一五六八年四月十五日、六月二十五〜二十六日）では、同一の君主に統治されるがスコットランドは別個の国のままというもので、男子が生まれなければ（女子はスコットランドを継承するが、フランスは継承せず）分離に直面する。一方（四月四日）メアリーは、子供が生まれなければフランス王を自分の後継者とし、スコットランドにおけるフランスの軍事費用と自分のフランスでの養育費をフランスに返済するまで、自分の王国を担保とするという秘密文書に調印する。これは事実上軍事力によるフランスのスコットランド継承を正当化した。十五歳の女王が自分の信頼する者たちに促されて二枚舌処置を受け入れたことは驚くにはあたらないが、彼女が二つの矛盾する政策に関わったことは注目に値する。相容れない政策の同時追求は彼女の経歴において繰り返される現象となる。

イングランドのメアリー一世の死（一五五八年十一月十七日）で、皇太子妃がにわかに緊急問題となる。新しい女王エリザベスの嫡出性と宗教は疑わしく、和平交渉の準備は整っていたがイングランドとフランスは交戦中だった。平和を望むアンリ二世は、義理の娘メアリーをイングランド女王として布告することには慎重だったが、すでに熱狂的だったメアリーのフランス王室のページェントとイコノグラフィーにイングランドの王室の紋章が広く用いられ、イングランドを激怒させた。一五五九年七月アンリが亡くなり、フランソワが王位を継ぎ、メアリーはフランス王妃になる。王妃という彼女の新しい地位に助けられてギーズ家の叔父たちが権力を手にし、メアリーの威信はかつてないほど高まる。

スコットランドの王座はプロテスタントと反仏暴動（一五五九-六〇）に揺さぶられ、イングランドが反乱分子側に軍事介入し、エディンバラ条約（一五六〇年七月六日）の締結でフランス占領軍は国を空け、スコットランドを貴族の同盟の手に残し、同盟はすみやかに宗教改革の国会（八月）でプロテスタンティズムを制定する。マリー・ド・ギーズは死ぬ。一五六〇年十二月五日のフランソワの死は、メアリーにとって個人的な悲劇であると共に、彼女の政治的地位を変容させるものだった。新摂政、母后カトリーヌ・ド・メディシスはギーズ一族の高慢の鼻を折ることを望み、フランス王室はこの上メアリーを直接使うことはなく、彼女はイングランド王室の紋章、あるいは称号を使うことをやめる。フランソワの死まで彼女はきらきらしい象徴的な役割を見事に果たした。彼女のスコットランドへの帰郷が明白となる。四月、カトリックの代表者とプロテスタントの代表者がほぼ同時に彼女を訪問し、体制と対決するか、体制を受け入れるかの二つの選択肢をつきつける。メアリーの非嫡出の異母兄でプロテスタントの指導者の一人ジェイムズ・ステュアート卿は、彼女が体制と共に働くなら個人としてカトリックのミサに出てもいいと約束し、メアリーは彼の申し出を受け入れた。未亡人になった女王の帰郷は自然だったが、メアリーのプロテスタンティズムとの共存は、帰郷を実験また冒険にした。八月二十四日の帰国後最初の日曜日、彼女はホーリールード・パレスの彼女の礼拝堂で、ジョン・ノックスに鼓舞された好戦的なプロテスタントの脅しからジェイムズ卿に守られてミサに出る。国会が宗教問題を落ち着かせるまで、現在のプロテスタントの宗教の形を変えようとする企てを禁じ、背いた者は死刑に処すという布告が翌日出される。この布告と再度の布告が彼女の治世中の宗教の法的基盤だった。枢密院を王の統治に代わる王の未成年期の方策とみなした彼女以前のスコットランド王とは違い、彼女は枢密院の助けを借りて統治した。ジェイムズ卿とメートランドが彼女の主導的な顧問官。

メアリーの社会体制の安定はエリザベスとの緊張緩和の遂行にかかっていた。主導的立場にある彼女の貴族、大臣が、彼らの地位を彼らの女王からではなく、イングランドの支援による一五五九～六〇年の改革のおかげで得ていたからである。イングランド王位継承におけるメアリーの地位が決定的とすぐわかり、彼女は自分の継承への指名を確実にすることを政策とする。到着の数日後、エリザベスとの友情とエリザベス死後の自分の継承の確約を求めて、メートランドをイングランドへ遣る。エリザベスはメアリーの友情と、イングランドの王位を求める彼女の一五五八年の主張の放棄と、スコットランドとイングランドにおけるプロテスタンティズムの公約を求めた。メートランドに指導され、メアリーはエディンバラ条約の単純な明確化を求め、継承をはっきり約束されれば、イングランドの王位を放棄するとした。しかしイングランドでは事はそれほど単純ではなかった。エリザベスがそれに満足出来なかっただけでなく、イングランドの政治家たちは、メアリーの指名には決して同意しなかった。

メアリーの頻繁な行幸は政府の重要な方策で、彼女は一五六二年八月から一五六七年九月までに千二百マイル以上行き、北部だけでなく南と西にも行った。地方のエリートの間で彼女の個人的魅力が発揮され、最大限の効果を得、彼女は宮廷そのものを地方に持って行き、地方分権化した王国を統治した。祖父ジェイムズ四世のように彼女が訪問した貴族たちの大半は、彼女が廃位された後の内乱中、彼女を支持した。

メアリーがプロテスタントかつ親英的公約を証明する方法の一つは許容範囲の結婚だった。エリザベスは、ふさわしい結婚をするなら好意を示そうと告げ、ふさわしい夫とは誰かと問われて（寵臣）ロバート・ダドリーだと告げたのは有名な話である。メアリーとその助言者が望んだのは王位継承の確たる約束なので、この計画は壊れる。エリザベスは、メアリーが結婚するかしないでいるか決めるまで後継者を指名しないと宣言する。しかしメアリーの求婚者に、イングランド王位継承者としてメアリーに次ぐ順位にあるいとこダーンリー卿ヘンリー・ステュアート（Darnley（1545/6–1567））がいた。彼の父レノックス伯（Lennox）は一五四〇年代にハミルトン家に敵対してイングランドへ亡命し、ダーンリーはイングランドで生まれた。メアリーとダーンリーの縁組は二人の王位請求権を一つに統合するものだった。彼の宗教は彼の父と同様曖昧《あいまい》で、彼の母は明らかなカトリック、一五六五年の半ば、彼は概してプロテスタントとして振る舞い、自分の結婚のミサにも欠席したにもかかわらず、この結婚でメアリーはフランスとスペイン両方との友好を保ち、カトリックの勢力に関する優位を得た。

五月十五日、メアリーはダーンリーをロス伯（Ross）にし、婚約を実質的に公表した。ダーンリーが自分たちに不利になるように政治地図を書き直しているのに半狂乱になり、摂政マリ（マリ伯爵位を授けられたジェイムス卿）とハミルトン家は五月六日メアリーと袂を分かつ。危険と見て、メアリーは夏の間おおっぴらな反プロテスタント行動を慎み、八月二十九日にホーリールード・パレスの自分の礼拝堂で結婚し、ダーンリーを王と公布した。イングランドはこの結婚を認めず、ダーンリーを新しい称号で呼ぶことも拒絶し、メアリーとエリザベスの外交関係もずたずたになる。イングランド側の姿勢に勇気を得てマリとハミルトン家はおおっぴらに反乱を起こすが、メアリーは大半のプロテスタント、特にダグラス家の長モートン伯（Morton）と同盟を保つ。

一五六五年以後のメアリーの問題の核心は宗教とつながる。プロテスタンティズムが、メアリーの結婚が妨害した英蘇「親交」の欠くべからざる部分だったからである。メートランドの失墜とマリの反乱で、メアリーは新しい顧問官を保守的なプロテスタントの中から選ぶ。これが一五六四年後半にフランスとの通信のために秘書にしたサヴォアの音楽師ダヴィド・リッツィオ（David Riccio）で、彼は腹心になり、彼女に助言した。ダーンリーは虚栄心が強く、愚かで怠け者で乱暴とわかり、メアリーは婚姻による王冠を拒む。十月の終わり頃、結婚はすでに破綻しかけていたが、彼女は妊娠していた。一月の末にメアリーは政策をだしぬけに変え、突然カトリックを公認にするため、国会でミサの合法化を計画する。主導的な貴族と王室の役人がゾッとして計画した反撃、いわゆる「リッツィオ殺害」として知られる事件の後、四月にメアリーは出産のためエディンバラ城に住み、六月十九日、難産の末にジェイムズが誕生する。跡継ぎの誕生は王室の人気を高め、ハミルトンの庇護者パトリック・アダムソンがジェイムズをスコットランド、イングランド、フランス、アイルランドのプリンスと描写するラテン語の詩をパリで出版し、イングランド政府は激怒して彼の処罰を求めた。宮廷はスターリング城での王子の洗礼の準備をし、フランスとイングランドから大使が到着し、三日間祝賀が続く。洗礼（十二月十七日）はカトリックの儀式で、イングランド大使ベッドフォード、スコットランド貴族のほとんどと、まだカトリックを気取っていたダーンリーも欠席した。祝典はメアリーが自分の宮廷で培ってきたルネサンス文化の最高のもので、輝かしい王侯の下に和解のメッセージが送られた。この壮麗な公的なカトリックのジェスチャーと平行して、彼女は注意深くプロテスタント社会への現実的な譲歩をし、十二月二十四日、リッツィオ殺害者は恩赦を与えられ、イングランドから戻った。

一五六七年の初め、一連の惨事からメアリーが廃位される。最初の惨事はダーンリーの殺害で、矛盾する多くの証拠があり、ほとんど全員が彼を殺す動機を持っていたため多くの容疑者を生み出した。メアリーは病気でグラスゴーの父のもとに滞在していたダーンリーを訪ね（一月二十日）、エディンバラで回復期を過ごすよう勧め、彼はカーク・オフィールド（Kirk o'Field）の家へ移る。二月十日早朝カーク・オフィールドの家が爆薬で吹き飛ばされ、さるぐつわをかまされた、あるいは窒息したダーンリーと召使が庭で発見された。メアリーは殺人の後、神経衰弱になり、しばらく欝状態にあった。

国会が閉会になると、ボスウェル伯ジェイムズ・ヘップバーン（Bothwell, James Hepburn）は、早くも女王と結婚したがり、指導的な諸卿を、会合が開かれたと伝えられている旅籠から「エインズリーの夕食」（'Ainslie's supper'）として知られることになる晩餐に招待し、九人の伯爵、七人の諸卿、八人の主教が、彼とメアリーの結婚を推進する誓約にサインした。ボスウェルは直ちに誓約を持って女王に求婚するが、彼女は拒み、彼はそれから独立して行動する。メアリーが四月二十一日に息子に会いにスターリング城へ行った帰り、彼は騎兵の大群を率いて女王の一行を途中で捕らえ、彼女を奪ってダンバーへ連れて行った。一緒に連れて行かれたサー・ジェイムズ・メルヴィル（Melville）によれば「女王は結婚せざるを得なかったのです。彼が女王を強姦し、女王の意思に反して一緒に寝たと言って…。」ボスウェルは五月六日にメアリーをエディンバラへ連れ帰り、五月十五日、ホーリールード宮殿で、ほとんど祝いもなくプロテスタントの儀式で結婚式が行われた。その経験総てがメアリーの憂鬱と悲嘆を深め、彼女とボスウェルは頻繁に喧嘩した。五月一日以降、モートン、アーガイル、そして王子の後見人マー伯を含む貴族の連合が、咎はボスウェルにあるとしてダーンリーの仇を討ち、女王を彼から自由にすることを公然の目的としてスターリング城へ集まり、エディンバラを押さえ、枢密院組織を手中にする。メアリーとボスウェルは次第に支持者たちの下に追い返され、やがて二つの軍隊がカーヴェリーの丘（Carberry）（六月十五日）で対決し、女王軍が減少し始め、女王は、名誉ある扱いをするという約束の下に連合軍に降参するが、約束は守られず、ボスウェルはダンバーへ逃げ、亡命し、女王は再び囚われた。連合側の多くの者は、女王を公然と辱める決意だった。ハミルトン家の者が女王を救出しようとして軍隊を集めていたので、十六日の夜、彼女はロクリーヴァン（Lochleven）の島の要塞に囚人として送られた。その時から彼女が廃位に追いやられた七月二十四日までが重要。メアリーをどうするかの議論で、連合側は彼女が退位すべきだという合意に達したが、これで何人かが離脱した。七月二十四日、リンゼイ卿（Lindsay）とリヴァン（Ruthven）卿が、署名しなければ殺されると言って退位の証書を差し出した。彼女は流産したばかりで具合が悪く、打ちのめされ、スロックモートンらから、生命ながらえるために署名すべきだという手紙を受け取り、署名した。メアリーが退位して息子が王になり（七月二十九日戴冠）、マリがフランスから帰国して摂政に就任することになった。体制にとってこれ以上彼女の使い道はなかった。

一五六七年の後半、メアリーは肉体的にも精神的にも回復し、一五六八年五月二日ロクリーヴァン城から逃げ、シートン卿（Seton）とハミルトン家の者に出迎えられた。彼らも摂政マリも武装を急ぐ。メアリーは自分の復位を認めるという条件で妥協の決着をマリに提供するが、彼は拒む。メアリーの初めの支持者は主としてハミルトン家とアーガイルで、グラスゴー近くのラングサイド（Langside）で戦い（五月十三日）、メアリーの司令官アーガイルが発作を起こし、負けた。死者はほとんどいなかったが女王軍は散り散りになり、多くが捕らえられた。女王はパニックに陥り、女王の一行はエリザベスの支持を求めてイングランドへ行った。初めメアリーのロクリーヴァンからの脱出を歓迎したエリザベスはディレンマに陥る。反乱を是認すれば、大陸の諸勢力の間での彼女の立場、そして多分国内での彼女の立場は悪くなる。しかしマリとその同僚は彼女の最も信頼すべき仲間で、メアリーの復位がマリを滅ぼすことになればイングランドの国益を損なうことになる。

エリザベス、メアリー、マリの三者間の交渉で、各々が自分の言い分を会議で聴取されることを求めた。十月の初めにヨークで召集された会議で、メアリーの権限を委任された委員、主としてレズリーとヘリスはどのようにして彼女を復位させるかについての会議とみなし、ノーフォーク率いるイングランド側の委員もそのように理解して会議が始まった。しかしマリは、自分とメアリーのどちらを採るかと迫られればエリザベスは自分を選ぶと察して、メアリーのボスウェルとの姦通とダーンリー殺害への共犯関係を立証すると称する手紙と書類の入った小箱を持ってきていた。十一月にエリザベスは会議をウェストミンスターに移し、メアリーの罪の尋問が主になった。マリはためらった後、十一月二十六日に正式の殺人告訴を行う。自分と彼女との妥協は不可能であるとエリザベスに示すことを目的として、彼は敵意を持つ証人のいない時、小箱の書類を提出した（十二月七日）。小箱の手紙は、メアリーの真正の手紙を他の資料と混ぜ合わせ、大幅に改竄《ざん》したものであることが明らかで、出所も疑わしかった。この劇的な文書を調べた後、エリザベスは（一五六九年一月十日）どちら側の申し立ても十分に証明されなかったと宣言したが、彼女の行動は公平からほど遠く、会議の前、メアリーの復位のためにセシルは辞職していたらしいが、それを避けるためマリの証拠に飛びつき、マリはスコットランド統治のためイングランドの五千ポンドの助成金を持ち帰り、メアリーはイングランドにとどまる理由はなかったにもかかわらず、とどまった。彼女は今や明白に囚人で、事実上カトリックを行儀よくさせておくための人質だった。

エリザベスが彼女を復位させずフランスにも行かせないことが明らかになった時、メアリーには二つの選択肢があった。一つは四年間彼女を大目に見てきた英蘇プロテスタント体制で名誉回復をはかること。もう一つは彼女のカトリック教を利用してエリザベスの非嫡出性という仮定のもとにイングランド王位を主張し、エリザベスに積極的に敵対することで、これはエリザベスを覆して彼女に取って代わるために自分の運を戦闘的対抗宗教改革の動きとスペインに関わらせることになっただろう。メアリーは両方を取った。彼女は常にエリザベスとの友情と彼女への忠誠を公言し、協力の誓い（the bond of association）に署名を申し出さえした。しかし彼女はエリザベスに陰謀を企てた。早くも一五六八年九月二十四日、彼女はスペイン王妃エリーザベトに、外国の援助が得られればイングランドのカトリックの再組織のために生命をかけると手紙を書き送っている。彼女は二つの姿勢が両立しないことに気づいていた。肝心な点は彼女にとってどちらも真正のものだったことだ。陰謀を企てる時、彼女は本当にエリザベスを倒すことを望んだ。しかしエリザベスとの交渉も本物だった。彼女が予見しなかったことは、イングランド人は彼女の陰謀が本物で、エリザベスとの公言された友好が偽善だと見るだろうということだった。

廃位されてもメアリーは常に女王として扱われ、後見人の監視のもとに自分の一家を維持し、（一五八五年まで）自由に文通し、客を迎えた。投獄というより自宅軟禁で、彼女の一家は宮廷を目指した。一五六九〜八四年の大部分、彼女の後見人は第六代シュローズベリー伯（Shrewsbury）で、彼女は彼の私的な客として扱われ、彼と彼の恐るべき妻ベス・オヴ・ハードウィック（Hardwick）が彼女の通常の相手だった。

態度を明らかにしたカトリック教徒という大陸での自己呈示にもかかわらず、スコットランド人に対しては彼女は寛容な政治家という姿勢を保ち、プロテスタントの礼拝に規則的に出席し、決して国教忌避者ではなく、召使は主としてカトリックだが、執事のアンドリュー・メルヴィルらはプロテスタントで、政治への彼女の多元論者的アプローチのように、彼女はおそらく彼女の宗教的立場――対抗宗教改革への傾倒とプロテスタントとの妥協――が両方とも本物と見ていた。

メアリーとジェイムズの協力の誓いの計画が議論されていた時でさえ、メアリーはおそらくギーズ公が彼女をイングランドの王座に据えるためにスペインの支持を得てイングランドに上陸するという、一五八三年十一月に暴露されたスロックモートン陰謀事件に関わっていた。一五八〇年代半ば、スペインが陰謀を支持しそうだという見込みで国際的な緊張が高まり、一五八四年七月、オラニエ公ヴィレムの暗殺後、オランダ人のスペインに対する抵抗が崩れ始め、イングランドのネーデルランドへの武装介入の可能性が高まり、ついに一五八五年八月に介入が始まった。英西の鋭いぶつかり合いがメアリーの象徴的な価値を増す。彼女のフランスの背景はスペインにとっては彼女の息子の異端と同様、問題だった。一五八六年フェリペ二世はイングランドに侵入してエリザベスを廃位することを計画し、法王との交渉でフェリペはメアリーがエリザベスの王座に座り、フェリペの選んだ夫と結婚し、ジェイムズではなくフェリペが指名した者（長女イサベル（Isabella）を指名する予定）が王位を継承することに同意した。一五七〇年代彼女はしばしばフランスに希望を抱き、フランスと疎遠になるかもしれない親スペインの動きをためらったにもかかわらず、一五八六年五月バビントンの陰謀事件で、彼女はもしジェイムズがプロテスタントのままなら自分の王国の権利をフェリペに遺贈するという意思をスペイン大使に知らせた。一五八六年十一月大逆罪が立証されると彼女はこのことを手紙で法王に知らせ、手紙は公になった。

メアリーに対するイングランド側の行動も挑発的だった。枢密院は一五八四年十月、協力の誓いのスポンサーとなり、何千もの忠実なイングランド人が、女王を守り、王位請求者の名において企てられる暗殺計画のいかなる「王位請求者」も死に処することを誓った。これは、一五八四年十二月から一五八五年三月まで討議された「女王陛下の安全のための法令」（the Act for the Security of the Queene's Royal Person）で緩和され、私刑のかわりに「王位請求者」の裁判の特別委員会が設立され、メアリーの息子を除外していたであろう初めの誓いとは対照的に、この法令は（名指しはせず）メアリーに限定されていた。一五八五年一月、彼女はサー・エイミアス・ポーリット（Amias Paulet）に前より厳重に監禁され、フランス大使経由のものを除いて文通を禁じられ、大使経由の手紙も検査された。

バビントン陰謀事件の発覚で、バーリーとウォルシンガムは嫌がるエリザベスにメアリーの裁判の委員会を任命させ、メアリーは裁判のためフォザリンゲイ城へ移された。証拠は明らかで、裁判は星室庁で続けられ、メアリーは政治的暗殺を企てた咎で有罪を宣告された。国会が十月二十九日に召集されてこの件を審議し、処刑を請願した。十二月四日死刑宣告が公に布告され、国会の責任であることが強調された。ジェイムズ六世の処刑反対の効力ある運動は、彼の王位継承を危険にさらし、英蘇連合を壊すことになっただろうが、彼は母が処刑されるのに自分が何もしないでは臣民の間で評判が悪くなるという微弱な理由で、一月二十六日に最後に慈悲を求めた。一五八七年二月一日エリザベスはメアリーの処刑を許可する命令書に終にサインし、曖昧《あいまい》な矛盾する指示を与えた。彼女はそれを先ごろ主席秘書になったデイヴィソン（Davison）に渡し、ポーリットとその同僚サー・ドルー・ドルリー（Dru Drury）にメアリーの暗殺を依頼する手紙をウォルシンガムに書かせるよう告げた。ポーリットは救出の企てを防ぐために彼女を殺したがっていたが、暗殺者がスケープゴートにされるため、あからさまな暗殺は拒んだ。エリザベスが自分の評判を落とさないでおくだけのためにメアリーを生かしておくことはもうしないことが示されていたが、彼女は処刑に心を乱されていた。デイヴィソンは二月三日に処刑執行命令を受け取るとすぐ主な顧問官を招集した。バーリーに促され、皆、直ちに履行することに同意し、処刑命令がフォザリンゲイに送られ、一五八七年二月八日彼女は斬首された。信仰のために死んだ殉教者としてカトリックのヨーロッパから抗議の叫びがあがったが、彼女は宗教のためにではなく大逆罪のために死んだのだというイングランド側の断固とした主張で相殺された。

44　オラニエ公ヴィレム（William of Orange）の支持者とユグノーが考案した、フェリペの総督アルバに対するネーデルランドのオラニエの反乱を支持する英仏独のプロテスタントの王侯の同盟の計画、ネーデルランド計画が、サン・バルテルミーの虐殺でつぶれ、一五八四年夏のアンジューの死とオラニエの暗殺でもたらされたネーデルランド危機の際のネーデルランドへの軍事介入が、レスターとウォルシンガムの率いる戦争派の、バーリー率いる平和派に対する党派的勝利だったとは、治世の神話の一つである。

エリザベスの即位以来、エドワード朝の聖職者とメアリー治世下の亡命者へのレスターのパトロネージは広範囲に亘り、レスターはエリザベス朝の教会の知的エリートと密接なつながりを持っていた。彼は一六一五年の初め、エリザベス朝の教会内の最初の亀裂である祭服論議で、宗教色を明らかにする。一五六四年十二月三十一日、彼はオックスフォード大学の総長に選ばれ、教会内での彼の役割が増した。祭服の統一の推進力は女王。彼はプロテスタントの聖職者が足りない時に些細な不統一行為のために人を免職するのは無意味だという常識的見解を採ったが、枢密院の顧問官でありながらプロテスタントの非同調者に同情的だという彼の評判は、カンタベリー大主教マシュー・パーカーを困らせた。

一五七一年から一五七三年までの教会の二度目の大きな危機——訓戒論議——で、国教会非信徒者は主教制を攻撃し、ある者は公に長老教会派を擁護した。レスターは祭服論議の時のように個人を匿い、保護したが、保護した者の中にトマス・カートライトのような主導的長老教会員がいたので、主教制への攻撃を意図的に支持しているという印象を避けられず、プロテスタント非信徒者に対するレスターの組織的保護は顕著で、ある筋で悪名高かった。国教会非信徒者がはじめてピューリタンのレッテルを貼られたのは、訓戒論議論争中である。勤行と予言に象徴される擬長老会派的行動と激しい主教攻撃のため、女王が予言の廃止を命じ、カンタベリー大主教エドマンド・グリンダルが一五七七年に立ち上がり、女王が彼を職務停止処分にした時、レスターが一五七六年八月に彼らを弁護したことは有名。訳注**18**、第四章訳注**14**参照。

45 第二代エセックス伯ロバート・デヴルー（Devereux（1565–1601）earl of Essex）は軍人、政治家。女王の寵臣としてレスターの後継者となって以来、半ダースもの出版物（戦と名誉、外国の古典の翻訳、ピューリタンのパンフレット）が毎年献呈された。一五九〇年代、エリザベスでさえ彼ほど献呈されなかった。

エセックスは初代エセックス伯ウォルター・デヴルーの長男。母レティスを通して、彼はブリン‐ケアリー（Boleyn-Carey）の親戚関係でエリザベス女王と縁続き。ペネロピー（Penelope, Lady Rich（1563–1607））とドロシー（b.1564）の二人の姉と弟ウォルターがいた。幼年時代は親仏派の環境にあった。父は彼に冷たく弟に甘かったと言われる。彼の名付け親レスター伯と彼の母の不倫を疑った父とレスター伯が不仲だったという後世の噂によるものらしい。ケンブリッジ大学トリニティ・コレッジ出身。

エセックスの人生は一五七八年九月に彼の母と密かに結婚したレスター伯に影響された。ネーデルランド遠征軍の指揮官にレスターが任命され、エセックスは義父に同行する許可（彼はまだ王室の被後見人だった）を女王に与えられ、一ヵ月後、騎馬軍の総連隊長（colonel-general）に任じられる。多くの騎兵はレスターの広範囲にわたる信奉者だったので、騎兵の指揮は社会的に威信があっただけでなく、レスターの新しい政治的庇護者として、またレスターの支持者の潜在的な将来の指導者という彼の地位を宣言した。

一五八六年九月、彼はレスターのドゥースバークス（Doesburg）占領に同行し、ズトフェンでの有名な小競り合いに遭遇する。シドニーはかつてエセックスの姉ペネロピーと結婚しようとし、後に彼女をアストロフェルに対するステラとしてソネットを書いた。レスターもシドニーをエセックスのもう一人の姉ドロシーと結婚させる計画を立てた。ズトフェンでのシドニーの死はエセックスのシドニーとのつながりを封印した。死に掛けていたシドニーは、最後の瞬間に二振りの「最良の」剣のうちの一振りをエセックスに遺贈し、レスターの片腕としての役割と国際的なプロテスタンティズム防衛におけるイングランドの騎士的擁護者という役割を象徴的にエセックスに譲り渡した。

一五八六年、エセックスは戦争の英雄として、また後見から自由になってイングランドに帰り、速やかに女王の目を捉える。彼はレスターの後ろ盾を持ち、後にヘンリー・ハワード卿が述べたように、「彼の父の最大の敵が、上昇するための彼の手段だった」。彼が義理の息子で、自分がシドニーに抱いていた希望をズトフェンの戦いが打ち砕いたためだけでなく、エセックスの昇進がサー・ウォルター・ローリーの立場を弱めるだろうという理由で、レスターは彼を前に押し出した。ローリーは、近年、特にレスターのネーデルランド遠征中、女王の寵愛を得始めていた。レスターは、ローリーが自分の不在を利用して自分と女王の関係を秘かに傷つけたと信じ、彼を自分が示した好意に対し十分感謝を示さない欲深なアウトサイダーとみなした。エセックスは本能的にローリーに対する義父レスターの敵意を共有し、自分とローリーは女王の寵愛をめぐる競争相手だという認識によって敵意を強めた。

一五八八年九月のレスターの突然の死はエセックスには予期せぬ一撃で、レスターの保護は、彼が義父の恩恵を十分得るには短すぎた。彼は財源にも経験にも欠けたまま政治的期待の重荷を背負わされて残された。レスターの資産の主な受益者となり、一五八九年にレスターの実入りのいい甘口ワインの関税取次ぎ請負の役職を受け継ぎ、それが彼の財政の中枢部分となる。彼は後にウォンステッド、エセックス、一五九三年頃エセックス・ハウスと名称変更したレスター・ハウスのリース権を交渉した。レスターの死は、女王の寵愛をめぐるエセックスとローリーの争いに新たな引き金を引き、この競争が、詩と肖像画——三日月の下で真珠を身につけたローリーの肖像画対ニコラス・ヒリアード作「バラに囲まれた若者」（the Young Man among Roses）のエセックスの細密画——を通じて行われた。

エセックスはまたイングランドの未来の仲裁人となることを切望し、そのため彼と姉のレディー・リッチは一五八九年以来、女王の後継者と目されていたスコットランドのジェイムズ六世とひそかに予備交渉をするが、エセックスの手紙が人目にさらされ不面目な失敗になる。それでもイングランドの未来の方向付けをしたいという彼の願望は小さくならなかった。彼はまた宮廷生活の計算されたなめらかさとあからさまな空とぼけ――レスターはその達人――の類を軽蔑し、宮廷という金メッキの鳥籠のかわりに軍務と皆の見る戦場での美徳という、より直接的な生活に恋焦がれた。軍務は彼が真に脅威とみなす外国の敵、スペイン、法王、フランスのカトリック同盟から自国を守る助けという考えには、利他主義と自己誇張が混じりあい、戦場での武勇が女王と国家の安全のために重要で、王室へのどんな奉公よりも女王の褒美に値するという、彼の全生涯を通じての信念が要約されていた。戦と政治の関係についてのこの根本的な誤解が後に絶え間ない政治的失敗となるが、初めの頃は彼の信念の正しさを証明し、高尚な褒美に値した。

女王の彼に対する暖かなほとんど母性的な感情と、バーリー、ハンズドン卿（Hunsdon）、サー・フランシス・ノリス（Knollys）、サー・フランシス・ウォルシンガム、サー・クリストファー・ハットンら女王の信任厚い宮廷人、ウォリック伯夫人のような影響力のある女性たちの支持を得て、彼ら年長の宮廷人は、彼を短気だが徳高い行動で賞賛が保証されている若い貴族とみなした。彼が女王を含む宮廷人の多くと血縁関係にあり、インサイダーであることの魅力を持っていたのに対し、ローリーは彼らと女王のつながりを乱すおそれのあるあつかましいアウトサイダーで、多くの人の気を悪くさせ、たいていの人から悪く言われた。

エセックスはサー・フィリップ・シドニーの未亡人で、国務大臣ウォルシンガムの娘フランセスとひそかに結婚する。夫人の妊娠が隠しようのなくなった一五九〇年十月、結婚が公にされ、後の第三代エセックス伯へアフォード卿ロバート・デヴルー（Hereford）が誕生する。

アンリ四世（Henri IV）軍との共同作戦で、エセックスは女王軍の中将（lieutenant-general）としてイングランド軍を指揮する。これは二ヶ月の期限付きで、老助言者の助言を尊重することを求められたが、初めて独立した指揮権を与えられ、彼がもはや単なる主戦論の寵臣ではないことを示した。彼はアンリ四世と会見し、生涯の絆を深め、深いフランスびいきと確認され、自分よりも王に仕えるかと疑った女王を怒らせた。単なる寵臣とみなされることから脱しようとして彼はセシル家と衝突し、枢密院に加わる価値があることを証明しようとすればするほど、バーリーのエリザベスへの影響力の大きさを確信させられた。一方ローリーを許し、友人として扱い、彼の息子の名付け親になる。このような寛大さが、エセックスのライバルでさえ彼と仲たがいすることを残念に思うことを説明する。

エセックスは一五九三年二月、枢密院の顧問官になる。彼の目的は女王の主な助言者というバーリーの役割を引き継ぐことだった。彼はフィレンツェと連絡を取り、金と時間を諜報活動につぎ込んだ。真に国際的な政治家になるという彼の野望の全容が一五九五年に初めて明らかになる。秘書を二人から四人に増やし、ヴェニスに自分の外交代理人を置く承認を女王から得る。彼がしばしば「キリスト教世界という舞台」(the stage of Christendom) と呼んだものに彼の姿を投影することに成功した理由の一つは、彼がエリザベスの主たる顧問官としてバーリーを継ぐ者で、ヨーロッパにおけるイングランドの活躍に献身しているという、彼の代理人が勤勉に助長した海外での信用のため。もう一つの理由は、彼がイングランドのカトリック教徒に対し、彼らがスペインと教皇へのスペインの影響に対抗する限り、寛容に対処したこと。彼は断固としてプロテスタントだったが、寛容の擁護者だった。

一五九〇年代初頭、スコットランドのジェイムズ六世は、自国へのエリザベスのうるさい介入、とりわけボスウェル伯への支持に腹を立てた。この政策は女王の命令でバーリーとセシルによって遂行されたので、ジェイムズは彼らを敵とみなし、エセックスのバーリーとの有名な敵対関係、より国際的な見解、そしてエリザベスの死後についての懸念から、自分のイングランド王位継承の擁護者としてエセックスを選ぶ。

エセックスの大きな政治計画は、自分がすぐバーリーの後を継ぎ、大陸での戦争にもっと資金をつぎ込むよう女王を説得できるという予想に基づいていた。女王の次期の主な大臣になるための彼の運動は、政策をめぐる不一致で奨励されたり複雑にされたりした。一五九五年中彼はアンリ四世に引き続き献身し、残存部隊をフランスから撤退させる決意の女王といっそう不仲になった。彼はフランス、オランダとの同盟と資源の蓄えによってしかイングランドはスペインの威嚇を打破出来ないと信じたが、カディズ占拠の希望を邪魔され、一般の支持を集めようとして、スペンサーは「偉大なイングランドの栄光と、世界の大きな驚異」と呼んで彼の評判を支えようとした。彼はついにイングランドの軍事努力の中心になるが、一五九七年初頭の数ヶ月ひどい憂鬱に陥る。顧問官と宮廷人は彼に対抗し、フランシス・ベーコンは、軍事の任務への就任は政治的に危険だとあからさまに警告している。一五九八年初頭エセックスはまだ「大計画を持つ男」("a man of great designs")だったが、ヨーロッパの舞台に立つという彼の野心とはうらはらに自国の政策における彼の位置は徐々に低下し、フランス、オランダと結んで対スペイン戦を起こすという彼の主張はヨーロッパの変わり行く政治思潮に座礁する危険を犯した。一五九七年後半、彼の古くからの戦友アンリ四世はスペインと和平を結ぶ決意を固める。これはイングランドとオランダとフランスの三者同盟の放棄を意味したため、王とプロテスタントの臣民の間に緊張が高まり、オランダもユグノーも、アンリ四世の行動で自分たちの利害が危険にさらされないようエリザベスに働きかけようとして、エセックスを頼った。エリザベスやバーリーとは違い、彼は生涯スペインの「圧政」に運命付けられてを生きた。

フランスとスペインの一五九八年五月のヴェルヴァン条約(Vervins)の和平調印で、エセックスの作戦行動の余地はなくなり、彼はイングランドの講和の邪魔だと非難される。彼は、再び一般読者に訴え、彼が「イングランドを絶えざる戦争状態に置いておこうと」しているという「醜い憎悪すべき中傷」に熱烈な反論を書き、自身の過去の行為を弁護し、背信と悪意の敵と和解することの危険を論じた。アントニー・ベーコン宛ての私信という形の「弁明」("Apologie")は、密かに写本の形で広められたが、大成功で、広く普及した。

エリザベスが新しいアイルランド総督を選び始めた一五九八年六月三十日か七月一日の会議で、将来の政策について議論が辛辣になり、エリザベスがエセックスの叔父サー・ウィリアム・ノリスの就任をほのめかし、エセックスは宮廷での同盟者を失うまいとしてセシルの友人サー・ジョージ・カルー(Carew)を指名し、エリザベスの軽蔑的な反応に怒って背を向けた。この無礼にエリザベスが怒って彼の頭をたたき、彼は本能的に刀に手をかけて海軍大臣に止められた。彼の怒りの退場は、政府になくてはならない人物という彼の評判を台無しにしたが、枢密院はまだ彼なしでは機能せず、彼の凶暴な振る舞いにもかかわらず、エリザベスは彼なしで生きていける確信が持てず、彼がウォンステッドの領地に退いて二週間もしないうちに宮廷への帰参を打診する使いが派遣された。

八月のブラックウォーターでの惨事(アイルランドでの完敗の前触れのよう)と、一ヵ月後のフェリペ二世の死で枢密院へのエセックスの参加が以前よりも緊急になり、彼はアイルランドの軍事的緊急事態で強い立場に置かれたことを認識する。彼は再び女王を意のままにしたようだったが、彼女が彼に示していた好意はきわめて脆かった。いわゆるスクワイア事件（馬の鞍と椅子に毒をしかけて、女王とエセックスを別々に殺そうとした事件）がスペインに対する一般の怒りを引き起こし、和平交渉に打撃を与え、対スペイン戦の英雄、女王の忠実な武官という彼の地位があらためて確認される。アイルランド問題について彼は女王と他の顧問官たちと意見が合わず、自分の指揮官就任を頑固に主張し、過去最大の軍隊を率いてアイルランド遠征に赴く。短期間の猛烈な作戦行動を計画し、ティローン伯の軍勢をアルスターで三回襲撃してつぶし、すぐイングランドへ帰る計画だったが、蓄えも田舎の状態もティローン攻撃を許すものでないことがすぐわかり、アルスター遠征を六月まで延ばし、マンスターに遠征した。この作戦行動は噂されていたスペインの上陸の脅威からアイルランドを安全にしたが、金と時間と蓄えを消費し、ダブリンへ帰る頃彼は疲れ果てて病み、アイルランド人の抵抗に幻滅した。エリザベスは遠征の巨額の出費に怒り、彼がナイト爵を濫発し、さらに多くの兵と物資の供給を求め、ティローンに対して行動を起こさないことにいっそう怒った。エセックスは八月、ティローン攻撃に人が足りないと結論を出すが、女王は北へ進軍せよと命じ、彼は八月の末進軍した。敵の数が勝り、彼はティローンの九月七日の会議要請に同意し、ベラクリンスの津（Bellaclynth ford）で馬を腹まで水につからせて、ティローンと三十分ほど私的な話をし、戦闘中止に同意し、軍隊を解散させて傷の治療にかかる。エリザベスは彼の行動を受け入れず、彼女の怒り狂った手紙に警戒し、彼は先ごろのとどまれという命令にもかかわらず、直ちに宮廷へ戻る。

一五九九年九月二十四日エセックスは僅かな連れと共にイングランドへ船出し、九月二十八日の朝ノンサッチ宮殿に着く。乗馬で泥だらけのまま彼は女王の部屋に突進した。女王の衣服が整わず髪も乱れていたのは有名な話。十一時頃から公式な会見が行われ、昼食後の三度目の会見でエリザベスは彼を咎め始め、枢密院の顧問官に彼の行動を説明するよう命じた。これがエセックスとエリザベスが二人で会った最後であった。彼はその夜遅く自室に閉じ込められ、翌日の午後、枢密院の同僚に何時間も自己弁護した後、ヨーク・ハウスへ囚人として送られた。十一月二十九日、枢密院は星室庁で彼のアイルランドでの行動を激しく非難し、投獄を公に正当化した。

一六〇〇年二月初頭、エセックスは「美徳の誉れ、カリス／神の僕」（'Vertue's honour', 'Grace's servant'）、そして不吉にも「神に選ばれし者」（'God's elected'）と彫り込まれた肖像画の販売に関わる新たなスキャンダルで九月十三日に星室庁で裁かれることになる。彼が女王に従順な手紙を送ると女王は裁判を取りやめ、大逆の嫌疑も退け、三月にエセックス・ハウスに戻ることを許す。五月の初め、「弁明」の海賊版の出版で有罪を宣告されない自宅拘留という異例の立場が注目され、六月にヨーク・ハウスで特別聴聞会が開かれ、彼はアイルランドでの不服従行為のため告発された。彼はあらゆる役職から引退させられ、自宅軟禁を命じられるが、八月、自由を与えられる。ただ解放されても宮廷への参内を禁じられ、これは彼の政治生命が終わったこと、彼が女王の寵愛を取り戻すのを妨げようという彼の敵の決意を意味した。彼は巨額の負債のため引退するわけにいかず、エリザベスが十月に甘口ワインのリース権を更新しなければ破滅するほか無かったが、エリザベスは更新を拒み、エセックスは破滅した。ここから彼のクーデター未遂が起き、捕らわれて処刑されることになる。第二章訳注**44**参照。

46　レスターの甥で跡継ぎと見なされていたシドニーは、ネーデルランドへイングランド軍を率いるレスターに同行し、一五八六年九月二十二日のズトフェンでの有名な小競り合い（補給物資の護衛隊を押さえる計画）で、濃霧の中で敵軍を攻撃する。敵軍は思ったより強大で、自分の連隊を残してきたため単独の軍人として戦ったシドニーは馬を殺され、ウィロビー卿ペリグリン・バーティーを助けようとしてマスカット銃で左の膝上を撃たれ、スペイン軍救援物資を止めることに失敗する。レスターは彼を自分の船でアルンへムへ運び、彼は二十五日間病床に伏し、一時回復するが九月三十日に遺言を書き、十月十七日に遺言補足書を口述させて亡くなる。この遺言で、自分の領地、持ち物を、妻、弟、親族、友人、召使に遺贈し、ダイアーとグレヴィルに本を、そしてエセックスに二振りの「最良の」剣のうちの一振りを遺贈し、レスターの片腕としての役割と、国際的プロテスタンティズム防衛におけるイングランドの騎士的擁護者としての役割を、象徴的にエセックスに譲り渡した。エセックスの後の行動の多くは、シドニーへの言及と彼の死について作られた神話、とりわけ彼が生前勝ち得ていた名声によって死すべき運命を乗り越えたという考えに見られる。

レスターは一五八八年にネーデルランドから帰国して、突然亡くなる。訳注**19**参照。

第二章　ルネサンスの詩人として

1　シドニーの文学者としての経歴で最も重要な事件は、彼が代表的な作品を書いたすぐ後、一五八六年に死んだことであり、その次に重大な事件は、生前、手稿の形で回覧していたこれらの作品が一五九〇年〜一五九八年に活字になったことだとギャビン・アレキサンダーは述べている（Gavin Alexander, *Writing after Sidney* p.xix）。生きていれば、彼の作品は活字にならなかったかも知れなかった。

2　ローリーはおそらく五つの詩を除いて印刷を許さず、他の詩は当時普通だった手稿の形で回覧された。

3　『イングランドのヘリコン山』（*Englands Helicon*（1600））は、エリザベスの治世中編纂された詩集の中でおそらく最良のもの。サリー、シドニー、スペンサー、ローリー、マーロウ、グリーン、ピールらの詩を収め、マーロウの「恋する羊飼」（"The Passionate Shepherd to his Love"）がこの詩集で初めて印刷された（ローリーの返事付）。ニコラス・リング（Ling）が編纂し、文学のパトロン、ロンドンの裕福な食料雑貨商ジョン・ボデナム（Bodenham（c.1559–1610））宛ての献呈詩が付いている。ヘリコンはパルナッソス山麓の泉の名、またボイオティア地方の山の名。ここからミューズに捧げられた霊泉カスタリウス［カスタリア］が流れ出る。天馬ペガサスが蹄で蹴ったところから清烈な泉が湧き出したもので、その後ミューズに捧げられた。

4　ジョージ・パトナム（George Puttenham（1529–1590/91））は作家、文芸批評家。シャーフィールド・アポン・ロンドン（Sherfield upon Loddon）のロバート・パトナムとその妻、サー・リチャード・エリオット（Elyot）の娘マーガレットの次男。一五四六年十一月、十七歳でケンブリッジ大学クライスツ・コレッジに入学するが、学位は取得せず、一五五六年八月、ミドル・テンプル法学院に進む。

『英詩の技法』（*The Arte of English Poesie*）は一五八八年十一月に出版業者の登録簿に載り、一五八九年に匿名で出版され、印刷業者リチャード・フィールドにRFとサインされて、バーリーに献呈された。リチャード・パトナムもジョン・バロン・ラムリー（Lumley）も『英詩の技法』を自分の著作と主張しているが、作者をジョージ・パトナムとする方が、議論の余地がないわけではないにしても強い。『英詩の技法』は訓練中の詩人のための修辞学のハンドブックであるだけでなく、文学史と批評の野心的な作品でもある。ベン・ジョンソンは所持する一冊に注意深く注を付けたが、第二版は出なかった。例の大半が十六世紀初頭から十六世紀中頃の作家のもので、一五八九年頃には幾分古風になっていたせいかもしれない。ハリントンは『狂えるオルランド』（*Orlando Furioso*）の自分の翻訳（一五九一年）の冒頭に置いた「詩の弁明」で、詩は学ぶ技というより神の贈り物であると主張し、パトナム自身の詩的才能を笑っている。

英文学史に散文と韻文が確固たる位置を占めている作家パトナムは、破門者パトナムと容易に相容れない。一五五九年遅くか一五六〇年初頭、パトナムはハンプシャーのピーター・カウドレイ（Cowdray of Herriard, Hampshire）の娘で共同法定相続人、リチャード・ポーレット（Paulet）と第二代ウィンザー男爵ウィリアム（一五五八年八月死亡）の未亡人レディ・ウィンザー、エリザベス（(1520–1588/9)）と結婚する。以後のパトナムについて知られていることはほとんど、レディ・ウィンザーとの結婚の解消と、フランシス・モリスとその妻、パトナムの兄リチャードの娘アン（Anne）とのシャーフィールド荘園の所有権争いを中心とする裁判記録からのものである。レディ・ウィンザーの息子ジョン・ポーレットによれば、彼女はパトナムと結婚して五、六年もしないうちに離婚訴訟を始め、一五六六年に彼と別れた。彼は別居中の妻に支払う義務のあった年百ポンドを支払わず、一五七五年の秋、アーチ裁判所（カンタベリー大主教管轄区の控訴裁判所）は一週三ポンドを彼女に支払うよう命じ、この頃、枢密院が彼女の代理で裁判に関わっている。一五七六年七月パトナムは別居中の妻に支払うべき扶助料を払わないため英国国教会から正式に破門状を送達された。前妻に有利な裁判所の布告を尊重せず、再び訴えられて投獄され、前妻が死ぬまでに四度破門宣告が出された。シャーフィールドをめぐるフランシス・モリスとの戦いは、一五八一年にモリスがイェズス会修道士を匿ったため逮捕されて終わるが、フランシスの死後もパトナムは財産の権利を得られなかった。

「スコットランド女王メアリーのことでエリザベス女王を正当化する」という題の散文でメアリーの処刑を弁護し、メアリーに死を宣告した政府の決定を支持する洗練された法的・政治的議論の提示である、カムデン・ソサエティのために編集された一八六七年のパンフレットは、同時代の二つの原稿からパトナムのものとされており、広く原稿の形で回覧された。彼のこの仕事に報いるため、一五八八年五月、パトナムへの二つのリース権の財産復帰の贈り物に女王がサインした。

5　クリストファー・マーロウ（Christopher Marlowe（*bap.* 1564, d. 1593））は劇作家、詩人。作品は『タンバーレイン大王』（*Tamburlaine the Great*（1587））、『フォースタス博士』（*Dr. Faustus*（1593））、『マルタ島のユダヤ人』（*The Jew of Malta*）、『パリの大虐殺』（*The Massacre at Paris*）など。マーロウは靴屋のジョン・マーロウ（c.1526–1605）の長男で、九人の子供たちの二番目。父は靴屋組合の理事になった。裕福ではなかったが、この一家は、手袋商の息子シェイクスピアのような、この時代に多くの文学的才能を育んだ野心家の熟練工の階級の典型。地方の記録にはジョンの喧嘩っ早さの事例が残っている。この性質は息子に受け継がれ、彼は乱暴な「こと」や、より危険な、権威筋との対立に巻き込まれた。

カンタベリーのキングズ・スクールの生徒として登録され、年四ポンドの奨学金が支給された。校長ジョン・グレスショップ（Gresshop）が死んだ時作成された彼の蔵書目録は、マーロウに開かれた知的世界を垣間見せる。三五〇冊の蔵書、オウィディウス、ペトラルカ、ボッカチオ、モアの『ユートピア』、プラウトゥスの喜劇、フィチーノのネオプラトニズムがあった。目録は広がった水平線の危険も示し、同じ書棚に、古い神学上のパンフレットもあった。

彼はコーパスの学寮長だったマシュー・パーカー大主教の寄付で設けられたパーカー奨学金を支給されてケンブリッジ大学コーパス・クリスティ・コレッジに行く。一五八〇年にマーロウの関わった文学活動がケンブリッジにあり、後に彼がロンドンで交際するロバート・グリーン、トマス・ナッシュ、ゲイブリエル・ハーヴィーなどが大学にいた。一五八一年に入学、一五八四年にBAを取得。一五八五年から彼の出席は不規則になり、食料品購買所での出費は一目でわかるほど多くなる。これは報酬を支払われる仕事で彼がケンブリッジから離れていたことを暗示しており、一五八七年の枢密院のメモがその仕事の性質に糸口を与える。一五八七年の夏、ケンブリッジにいる間に、マーロウがある政治的な「ことがら」（'affaires'）に関わった形跡がある。枢密院はセント・ジェイムズ宮殿での会合で、中傷されてMAの取得に意義を唱えられているクリストファー・モーリー（'Morley'）というケンブリッジの学生のことを審議した。「マーロウは海を渡ってリーム（Reames [Rheims]）に滞在していたと報告されているが、次の卒業式には彼が学位を取得出来るようにするのがいい。というのは、国の利益に関わることに雇われた者が、彼のやったことを知らない者たちに名誉を汚されることを陛下はお喜びにならないから（PRO）。」一五八〇年代、マーロウがサー・フランシス・ウォルシンガム保護下のスパイとして、カトリック・サークルの間を動いていたというのが一つの解釈。政府のスパイというのが、コーパスで一九五三年に発見された、マーロウを描いたものと推測される肖像画の、唯一の可能性のある背景である。しゃれ男風に装った肖像画の人物は貧しい学生のようには見えず、忠実な行いが報いをもたらした若い野心的な行政役人のように見える。肖像画のモットーは、「私に食を与えるものが私を破滅させる」('That which feeds me destroys me')。一五九三年五月三十日の夜、マーロウは、ロンドンの近くのデトフォード・ストランド(Deptford Strand)で刺されて死ぬ。享年二十九歳。これは「居酒屋の喧嘩騒ぎ」(tavern brawl)と説明されているが、その家が居酒屋だった証拠はない。そして殺人は私室で起こったので、喧嘩騒ぎとも呼べない。

6 トマス・ナッシュ 第一章訳注**13**参照。

7 ロバート・グリーン(Robert Greene)は一五五八年に洗礼を受け、一五九二年に死亡した文筆家、劇作家。ケンブリッジ、オックスフォード両大学から修士号を取得。卒業後ロンドンへ移り、後に「大学出の才人」とあだ名を付けられる、パトロンを持たない最初のボヘミアン作家の一人になる。最初の出版『マミリア』(一五八〇年)から十二年以上の間に、彼は二十五の散文作品、宮廷風ロマンス、犯罪の陳述ないし醜聞の暴露「兎[とんま]騙しのパンフレット」('Coney-catching' pamphlet)、臨終の告白を書いた。芝居を六本書き、晩年は劇作家としても知られたが、生前は活字にならなかった。イングランド最初の有名作家。作家ではなく出版業者が作品を所有していた出版業界では、自分の作品を短い断片に分けるのがプロの作家にとって最良の生き残り策と学んだらしく、彼と彼の出版社は時事問題性、簡潔さ、形をなさないことを策略とした。しかし出版業界における成功はパトロンの庇護を得そこなうことでもあった。最も版を重ねたパンフレットは『成り上がり宮廷人のための警句』(一五九二年だけでも六版)だが、初版の最初でゲイブリエル・ハーヴィーの家族を攻撃してハーヴィーの毒舌を誘発し、ハーヴィーは『四通の手紙』で、グリーンが修士号を持ちながらパンフレット作家に成り下がり、犯罪者、芸人という似合わない仲間の中にいると書いた。ハーヴィーは商業出版を犯罪に近いものと見た。

8 ジョージ・ギャスコインは、エリザベスのケニルワース訪問のために仮面劇とページェント、演説を考案するため、一五七五年、他の作家たちと共にレスター伯に雇われる。女王が狩から戻ると、ギャスコインは「蔦で全身を包んだ野蛮人」となって現れ、女王のパトロネージを嘆願した。第一章訳注**21**参照。

9 レスター伯 第一章訳注**18**参照。

10 ウィリアム・カムデン(William Camden(1551–1623))はウェストミンスター校の副校長から始めて、一五九三年から四年は校長として、二十二年間教えた。ジョンソンの学費を出したという。ジョンソンはカムデンへの恩義を記し、彼のことを詩人、聖職者、歴史家、そして劇作家とさえ言って誉めている。ジョンソンのカムデン礼賛、とりわけエピグラム十四は、生徒のために共通の知的な土台を用意したと思われる、教義にとらわれない学問とキリスト教人文主義と並んで、彼が生徒に吹き込んだ愛情と尊敬を伝えている。

カムデンは歴史家、紋章官。彼はロンドンと宗教改革の制度と公共施設に育てられた。一五五二年にエドワード六世が設立した孤児と貧しい子供のための学校クライスツ・ホスピタルに通う。大きな学校で、四百人近い子供が教育を受けた。その後、創立者ジョン・コレット（Colet）による教育改革された人文主義の教育日程表を色濃く残すセント・ポール校に通い、ここで古代趣味を発達させ、彼の未来を形作る文学的、政治的世界と接触する。その後、ウィリアム・セシルに強く影響され、オックスフォード大学と、長く、複雑で、しばしば騒然とした関係を持つ。一五六六年にオックスフォードへ入った時、レスター伯がエリザベスのための大レセプションで大学総長就任を祝った。大学の権威者がしばしば極端なピューリタンの見解を支持した激しい宗教論争の時代だった。彼は同じ思想を持つ学者のコミュニティーと、地理、科学を含む新しい学問が演劇、音楽の上演の伝統と並んで花咲いた大学の恩恵を受けるが、大学内の権力争いの犠牲者でもあった。無一文のカムデンは音楽への情熱を反映する聖歌隊員としてモードリン・コレッジに入る。彼の助言者は、レスターとレスターの支持する急進的ピューリタンへの歯に衣着せぬ敵対者トマス・クーパー。フェローシップを得そこなってブロードゲイツ・ホール（Broadgates Hall）とソーントン（Thornton）の家に入り、新しい分野の勉学の中心クライスト・チャーチへ行き、ソーントンの家でサー・フィリップ・シドニーや古代への興味を持つ人たちと知り合う。カムデンは『ブリタニア』（*Britannia*）でシドニーの励ましに愛情と感謝を述べている。シドニーの『詩の弁護』、スペンサーの『妖精の女王』と並び、カムデンの『ブリタニア』に満ちている詩と神話と歴史の関係についての真剣な考察は、セント・ポール校か、オックスフォードでのこの時期に始まったに違いない。

二十歳でオックスフォードを離れ、ウェストミンスター校の副校長に任命される。この学校の生徒が毎年何人かクライスト・チャーチへ行く正式なつながりがあった。彼はセント・ポール大寺院の知的コミュニティーと密接なつながりを持つ学校と主教座聖堂参事会に加わる。バーリー卿ウィリアム・セシルがウェストミンスター寺院のステュワードに任命され、主教座聖堂参事会と学校を司った。バーリーの政治的、学者的、宗教的見解が染み込こんだ人文主義者の「アカデミー」が想像される。法令により学校は宗教団体から独立していたが、近くの密集した寺院と貴重な空間と建物を共有し、多くの職員が両方で働き、主教座聖堂参事会員が時に学校の教育を助けた。エリザベス朝後期の何十年間のウェストミンスター校の著しさは、ロンドンからウェストミンスターへの社会経済上の重要な移行を示すものだった。この古い学校はバーリーに再建され、複数のライバル校から言語教育が消えていた時にギリシア語をカリキュラムに入れ、初期の校長の頃から深く根付いた音楽と演劇の伝統を持っていた。ヘンリー時代のものとは違うエリザベス朝の人文主義を形成するために、英国国教会の教理問答書と礼拝の儀式の資料に頼ったグラマーと修辞学に補足された古典ギリシア語とラテン語のモデルを組み合わせたユニークなカリキュラムで、教室の授業が、隣接の寺院、国会、そしてウェストミンスター・パレスで実践された。

カムデンはここで教えた二十二年間、一五五九年の宗教上の決着の目的にかなう世俗の教育を普及させた。このことと彼の生徒だったベン・ジョンソンやジョン・ダンらに命じた点から判断すると、彼のプロテスタントの教育は、自分のカトリックの宗教を改革された宗教と和解させる必要を感じた個人に訴えるものだった。

ウェストミンスターの生活の安定で執筆に必要な研究と旅行が可能になり、『ブリタニア』が一五八六年五月二日、三十五歳の誕生日に出版される。彼の出版物のうち『ブリタニア』が最大で最も長続きするインパクトを持つ。一五八七年、一五九〇年、一五九四年、一六〇〇年の増補版（エリザベス女王に献呈）、一六〇七年版（ジェイムズ一世に献呈）一六一〇年のフィリーマン・ホランド（Philemon Holland）による英訳は人気を博した。『ブリタニア』の出版史は古物研究学会（Society of Antiquaries）の形式及び活動とほぼ一致し、ダービー・ハウス（Derby）での毎週の会合でカムデンのクラレンシュウ紋章頭の任命への道が用意される。

健康が衰え、彼は校長という激務から退いて他の職を求めたいという意向を漏らし始め、一五九七年、紋章院の三つの重職の一つクラレンシュウ紋章頭（三人の紋章頭の次席）の職が空き、フルク・グレヴィルから女王に推薦されて就任する。紋章頭は紋章院の長老で、王室の式武官に答え、国中の紋章について決定し、エリザベス朝イングランドでの影響力と権力は相当なものだった。宮廷に参列し、馬上槍試合、公式の行列、貴族の結婚、葬式を司り、紋章を授け、家系を承認し、称号と位階の事柄を決定し、偽り、不正確、あるいは権限のない紋章の図像を没収する力を有した。普通、紋章頭には紋章院内部の人間が昇格し、外部の人間の任命は前例がなかったため、ヨーク紋章官ラルフ・ブルック（Ralph Brook）が彼を攻撃した。気まぐれなエセックスが式武官に任命された時だったので、カムデンのクラレンシュウ紋章頭の任命で、秩序と手順（運営方法）へのバーリーの関心が紋章院ではっきり表された。

大敵ラルフ・ブルックによる一五九九年のカムデン攻撃『大いに称賛された「ブリタニア」の間違いの発見』（*A discoverie of certaine errours . . . in the much commended Britannia, 1594*）は『ブリタニア』第四版に焦点を当てたもので、カムデンは第五版でいくつか自分の間違いを認めている。次の二十年間にブルックは『第二の間違いの発見』（*A Second Discoverie of Errors*）を準備し、ジェイムズ一世に献呈するが、百年間出版されなかった。彼は同時代人のカムデンに対する愛情を過小評価していて、一六一九年彼が『王位継承目録』（*A Catalogue and Succession of Kings*）を出版し、『カムデンの間違い、第二の発見』（*Second Discoverie against Camden*）を完成させつつあった時、赤竜紋章官補のオーガスティン・ヴィンセント（Augustine Vincent）が、ブルックの本の題とあら捜しの方法論をもじって『ヨーク紋章官ラルフ・ブルックの出版した…の間違いの発見』（*A discoverie of errours . . . by Ralph Brooke, York herald*）を出版し、ブルックを攻撃してカムデンの名誉回復をはかった。

『エリザベスの歴史』（*The Annales rerum Anglicarum, et Hibernicarum, regnante Elizabetha, or the History of Elizabeth*）の執筆に七年以上かかった。彼はエリザベスの最初の伝記を書くのにふさわしかった。エリザベスの改革の概念で形成された公共施設で教育を受け、女王の宗教的、政治的、人文主義的見解を体現した、女王に近い制度的、個人的パトロンのネットワークに養われ、彼の個人生活、職業生活はエリザベスに「創造され」、バーリーが彼の象徴的父親だったからである。バーリーは一五九〇年代後半に自分の私的文書と女王の公文書館の資料を彼に提供して『エリザベスの歴史』の執筆を依頼した。カムデンはコットンの蔵書だけでなく私的文書を利用出来、バーリーら女王の宮廷人に近く、女王の治世について特権的眺望を得た。入手可能な資料の山に打ちひしがれながらも彼は不承不承に執筆を引き受ける。母スコットランド女王メアリーの扱い方に関心を持っていたジェイムズもこの計画の遂行を求めた。彼の仕事は、メアリーに批判的なフランスのド・トゥー（De Thou）の『世界史』（*Universal History*）の出版と同時期で、国際社会はイングランド側によるスコットランド女王の記述に特に関心を持った。ジェイムズは母をド・トゥーよりも肯定的に表すことを望んでカムデンに圧力をかけ、母の治世中のスコットランドの出来事を別記するよう求めた。

王の要請で海賊版が印刷されようとしていることを恐れ、カムデンは一五八九年までを扱う最初の三巻を完成させ、一六一五年に印刷されるよう急ぎ、一六一七年に『エリザベスの歴史』を完成させた。第二部を完成させると、彼は、自分の生存中は出版を禁じるという指示と共に原稿をライデンのピエール・デュピュイ（Pierre Dupuy）に送るが、デュピュイは第二部を出版せよという王の圧力に屈したらしい。第四巻を構成する『エリザベスの歴史』第二部は、彼の死後一六二五年にラテン語でライデンで出版され、一六二七年にロンドンで出版された。

『エリザベスの歴史』は長く待ち望まれた成功でもあった。国際的な政治的陰謀の材料が含まれていただけでなく、文学的な趣味がエリザベス朝のものの復活を享受していた時にエリザベスとその宮廷を記念したものだったからである。第一部は一六二五年に、一六二四年のピエール・ド・ベルジャン（Pierre de Bellegent）の仏訳からエイブラハム・ダーシー（Abraham Darcie）に英訳される。精巧な扉絵が、伝記的な、郷愁をそそるエリザベス崇拝を反映し、第四巻も一六二九年に英訳された。『エリザベスの歴史』の年代記風の組み立ては古風で、ド・トゥーの『世界史』の影響を受けた部分もある。この形はエリザベスの国家の事柄への関わりを控えめにし、政治的論争を弱める傾向がある。カムデンは客観的であろうと努め、第一次資料から広く引用し、世俗の権力が人間の事柄を形作る複雑さを認識している。ほぼ公平無私を保っているが、レスター伯を批判的に扱ったように、時に著者の個人的感情を露見させている。カムデンは非公式の宮廷年代記作家及び歴史家として一生仕事を続け、ジェイムズ一世治世中の国内外の出来事を詳細に記録し、それは後にトマス・スミス編の「一六九一年版カムデン書簡集」に印刷された。

一六二〇年オックスフォード大学に歴史学講座（lectureship in civil history）を認めさせ、歴史の世俗的研究への自身の貢献を正式にし、大学のカリキュラムを広げる助けをした。デゴリー・ウェア（Degory Wheare）が最初の歴史学カムデン教授（Camden professor of history）。カムデンは一六二三年に七十三歳で亡くなり、ウェストミンスター寺院に葬られた。同世代と次世代への知的、文学的遺産は多大。彼の作品と友情は作家、歴史家に影響し、歴史的調査探求、作品の形式とジャンルを変容させた。想像力の文学にもノン・フィクションにも深い関心を持ち、シドニー、スペンサー、ジョンソン、ドレイトンらの文学世界と強いつながりを持った。

11　ベン・ジョンソンは幼い頃、教会に維持される小さな小学校で英語の読み書きと文法を習い、多分七歳でウェストミンスター校へ遣られ、副校長ウィリアム・カムデンのもとで学んだ。カムデンはジョンソンのウェストミンスター校の授業料を払ったと言われている。後にジョンソンは彼の生徒だったことと彼との交友を暖かく思い出し、自分のことを「かつての生徒、永遠の友人」とカムデンが言ったと述べている。ウェストミンスター校での他の友人は、カムデンのもう一人の庇護者で、すばらしい書物、写本、手稿のコレクションが後にジョンソンを益することになるロバート・コットン、そして後の詩人、カトリックへの改宗者ヒュー・ホランド。シェイクスピアの霊に捧げたホランドの詩は、ジョンソンの詩と並んで一六二三年の初版の二つ折り版「第一フォリオ」の先頭に載る。ジョンソンはリチャード・コーベット、ジョージ・ハーバート、ヘンリー・キング、エイブラハム・カウリー、ジョン・ドライデンら、彼に続くウェストミンスター校の詩人のように、この学校の修辞学と古典の訓練、とりわけギリシア語、ラテン語の詩と散文の英訳練習の恩恵を受けた。初期英詩の知識を持っていたカムデンは生徒に英語で詩を書くことも勧めたようだ。ウェストミンスター校での規則的な行事、ラテン語の芝居を通して、ジョンソンは自分の芝居を作る手段を経験した。彼はこういった機会に普通上演されるプラウトゥスとテレンティウスの喜劇を好んだ。

スコットランド人を祖先に持つジョンソンは、一六〇三年にエリザベス女王が亡くなった時、追悼詩を書かず、スコットランド王だったジェイムズ六世がイングランド王に即位してジェイムズ一世になったことに促されて精力的に執筆を始め、一六〇五年一月六日、ホワイトホール宮の旧い宴会場で『黒の仮面劇』（*The Masque of Blackness*）を上演して王の寵愛を確かなものにする。アン王妃その人が、この仮面劇の驚くべき工夫を提案した。

ジョンソンの晩年は困難だったが、驚くほど多産で精力的で革新的で、一六一九年を除いて毎年宮廷仮面劇を書いた。最も有名なのが『ジプシーたちの変身』（*The Gypsies Metamorphosed*）で、一六二一年の夏の終わりにバーリー・オン・ザ・ヒル、ビーヴァー、ウィンザーで上演された。『カリポリスによる愛の勝利』（*Love's Triumph through Callipolis*（9 January 1631））と『クロディィリア』（*Chloridia*（22 February 131））が、宮廷での最後の仮面劇、そしてイニゴー・ジョーンズとの長い不幸な共同制作の終わりとなる。ジョーンズが『愛の勝利』のタイトルページで自分の名がジョンソンの名の後に来ること（'The Inventors, Ben Jonson, Inigo Jones）に反対すると、ジョンソンは『クロリディア』のタイトルページからイニゴー・ジョーンズの名を抹消し、より目を見張らせるジョーンズの場面考案（と社会的野心）を、「イニゴー・ジョーンズをいさめる」（'An expostulation with Inigo Jones'（*Ungathered Verse*, no.34））で嘲って仕返しをした。第一章訳注**38**参照。

12　ジェイムズ一世　第一章訳注**3**参照。

13　ウェルギリウス（Virgil［プブリウス・ウェルギリウス・マロ（Publius Vergilius Maro）］（前七〇-前一九年））は古代ローマの詩人。ガリア・キサルピナ（北イタリア）のマントゥア（マントヴァ）に近いアンデスの生まれ。ウェルギリウスの代わりにウィルギリウス（Virgilius）という形も五世紀頃から見られるが、これは誤って伝えられた名。父はウェルギリウス・マロ、母はマギア（またはマイア）・ポラと伝えられる。ウェルギリウスという氏族名もマロというあざなもイタリアの先住民族エトルリア人の言語に由来するが、彼がエトルリア人の血を引いていたとは断定出来ない。父は陶工であったとも役所の使丁のマギウスの使用人であったとも言われ、勤勉なために見込まれてマギウスの婿になり、森林の所有や蜜蜂の飼育で財をなした。

ウェルギリウスは一家が移ったクレモナで十五歳の誕生日に成人式を迎える。父は彼を当時北イタリアの文化の中心地だったメディオラヌム（ミラノ）へやり、次いでローマで修辞学を学ばせた。ローマでの師は、オクタヴィアヌス（後のアウグストゥス）やアントニウスを教えたエピディウスと伝えられている。ローマにはヘレニズム文学の影響を受けた詩人のサークルがあり、北イタリア出身のカトゥッルスはその指導者の一人。ウェルギリウスはこのサークルにも加わって詩作に励む。当時、修辞学は法廷や政治の場に役立つ弁論の術を磨くための必須課程だったが、その頃のローマは共和政末期の混乱期で、政治家になるには弁論の才以上のものが必要だった。彼には雄弁家の素質がなく、修辞学に別れを告げ、同時に詩の女神カメナにも別れを告げるが、彼女たちには、時折、慎み深く自分を訪れてくれるように願う。彼はエピクロス派の哲学者シロの下で哲学を学ぶためにネアポリス（ナポリ）へ移り、医学や数学も修める。

彼がネアポリスへ行った頃カエサル、ポンペイウス、クラッススの三頭政治が瓦解し、カエサルとポンペイウスの確執から前四九年に内乱が勃発する。前四八年にカエサルはポンペイウスを破り、ポンペイウスはエジプトに逃れて殺される。カエサルは相次ぐ遠征によってローマの支配権を握るが、前四四年共和派のブルトゥス（ブルータス）らに暗殺される。カエサルの一族で、彼の遺書により養子・遺産相続人になったオクタウィアヌスは、初めキケロやブルトゥスの共和派に与し、カエサルの片腕だったアントニウスと戦うが、前四三年オクタウィアヌス、アントニウス、レピドゥスの第二次三頭政治が成立した時キケロは失脚して殺され、ブルトゥスらはフィリッピでオクタウィアヌスやアントニウスと戦って破れる。勝利を得たオクタウィアヌスとアントニウスはローマの支配を二分し、前者はイタリアに退役兵士を定住させ、後者はギリシア、小アジアなど東方の地域の混乱を収束することになる。この取り決めでイタリアの多くの土地が退役兵士の定住のために没収され、マントゥア付近にあったウェルギリウスの父の農園も没収された。農園は彼の友人たちの尽力で取り戻されたと言われるが、おそらく彼は、詩人のサークルか自分の詩を通じて知遇を得たポッリオによりオクタウィアヌスに紹介されて、援助を受けた。

ポッリオは前七六年に生まれ、軍人、弁論家、歴史家として活躍し、青年時代にはカトゥッルスのサークルの一員として詩を作った。カエサルの暗殺後アントニウス側につき、前四二年にはガリア・キサルピナで土地の収用と分割の指揮を取った。この頃ウェルギリウスは彼に『牧歌』の第二歌と第三歌を献呈している。更にポッリオの前四一年の執政官就任にあたって作られた第四歌や、前三九年のイリュリア遠征に言及する第八歌は、初期のウェルギリウスがポッリオの庇護を受けていたことを示す。第一歌に登場する牧人ティテュルスは、願いを聞き届けたローマの若者への感謝を歌い、この若者はオクタウィアヌスを指すと解釈されるが、彼がこの頃最も大きい恩顧を受けていたのはポッリオであることは、『牧歌』十編のうち四編までが彼に献呈されている事実から明らかだろう。

『牧歌』第十編は、前三七年頃までに作られたと推定される。ウェルギリウスはこの作品で一躍有名になる。この頃までにマエケナスの知遇を得ていたらしい。マエケナスは、エトルリアの旧い貴族の出身で、早くからオクタウィアヌスの側近として外交手腕を発揮し、オクタウィアヌスが外地へ出征した時は、彼の職務の代行者に任命されるほど重んじられた。彼は莫大な富を所有し、ウェルギリウス、ホラティウス、プロペルティウスら、当時のすぐれた詩人を惜しみなく援助した。ウェルギリウスはホラティウスと親交を結んだ。ホラティウスはウェルギリウスを「私の魂の半分」と呼んでいる。

前三七年頃、ウェルギリウスは『農耕詩』を書き始め、前二九年の夏までに完成させる。彼は、この詩はマエケナスの「決して穏やかでない命令」によって書かれたと言う。またマエケナスの他にオクタウィアヌスに呼びかけ、その名をしばしば挙げているが、この詩が作られたのは、彼自身農村で育ち、大自然の懐の中における農夫の生活を愛し、ローマの偉大さは恵み深い大地に由来すると信じていたからだろう。

彼が『農耕詩』を書いていた頃、オクタウィアヌスとアントニウスの対立は深刻になり、前三六年のレピドゥスの失脚で三頭政治は消滅する。オクタウィアヌスの姉オクタウィアとアントニウスの結婚も決定的破局を数年間遅らせたに過ぎず、アントニウスはオクタウィアと別れてエジプトの女王クレオパトラと結ばれ、一方オクタウィアヌスは、スペイン、シチリア、南イタリアなどの混乱を収めて、アントニウスとの対立の機会をうかがった。前三二年、イタリアと西方の属州はオクタウィアヌスに忠誠を誓い、形の上ではクレオパトラに対してのみ宣戦が布告され、翌年九月、アントニウスとクレオパトラの連合軍はアクティウムの海戦で破れ、この後二人は自殺する。オクタウィアヌスはエジプトに軍を進め、シリアと小アジアを平定し、前二九年にローマに凱旋する。前二七年、国家の支配を元老院に委ね、形式上共和政を復活させるが、実際には大幅な権限を手中に収めて元首政（帝政）を創始する。元老院と国民は彼の功績を称えて黄金の盾と〈アウグストゥス［至高の者］〉の称号を贈り、数十年続いた戦乱に倦んでいたローマ人は彼を救世主として崇め、平和の到来を喜んだ。ウェルギリウスの『農耕詩』には、「ローマの平和」の喜びと、農耕による平和の永続を願う気持ちが読み取れる。

ウェルギリウスは『農耕詩』第三歌の初めで、「私はまもなくカエサル（オクタウィアヌス）の熾烈な戦いを歌い、祖ティトヌスの誕生から彼にいたる年月ほど長く伝えるべく準備をしよう」と言う。オクタウィアヌスの戦いを語る叙事詩の構想を練っていたことが窺《うかが》えるが、オクタウィアヌスを中心とする叙事詩の代わりに、彼の伝説的な祖先アイネイアースを主人公とする『アエネーイス』が作られることになる。『アエネーイス』の評判は高く、アウグストゥスが完成を待ち望んでいたことは、最初の筋書きなり詩の一部なりを送るよう、出征中の北スペインから彼に命じた手紙からも知られる。前十九年、『アエネーイス』を仕上げるため、詩の舞台の一部であるギリシアと小アジアで三年間詩を磨くことにしてギリシアに渡るが、東方からの帰途にあったアウグストゥスにアテーナイで出会い、共にイタリアへ戻ることにし、暑い日にアテーナイ近くのメガラを訪れて病気になる。帰りの航海で病が重くなり、プルンディシウムに上陸後まもなく、五十歳で世を去る。

彼はギリシア旅行に先立ち、自分にもしものことがあれば、未完の『アエネーイス』の原稿を焼き捨てるよう友人ヴァリウス・ルフスに命じたが、友はこれを受け入れようとしなかった。死の直前、自分の手で焼くために原稿を入れた箱を持ってくるよう命じたとも言われる。彼の遺言は、自分の原稿すべてを友人のヴァリウス・ルフスとトゥッカに与え、自ら朱を入れて刊行したもの以外は公表しないよう定めていたが、アウグストゥスの命でヴァリウス・ルフスは僅かな手直しをしただけで未完のまま刊行した。

彼の遺体はネアポリスに運ばれ、プテオリへ向かう街道の傍に埋葬され、墓碑には自作の銘が刻まれた。

マントゥアが私を生み、カラーブリアが世から奪った。今は
ネアポリスが抱きとめる。私は野と畑と英雄を歌った者。

14　ジョン・スケルトン（John Skelton（c.1460–1529））は詩人。彼は「コリン・クラウト」（'Collyn Clout'）で貧しい田舎者のペルソナを採り、それ以前の詩で用いた弱強歩格の七連からなるライム・ロイヤルの代わりに、自分の名をとって「スケルトン風」（'Skeltonics'）と名づけた、より単純で短い行の韻律を用いた。彼の詩は単純で「ぼろになっていても」、「その中に本質がある」ことを彼は強調する。それは同時代の教会のさまざまな側面、とりわけ司教らの職務怠慢、貪欲、俗っぽさに対する攻撃である。

一五二七年か一五二八年に二人のケンブリッジの異端者を向こうに回して書いた詩の中で、スケルトンはケンブリッジを「母校」と呼び、自分はかつて学生だったと述べ、自分が「ケンブリッジで初めに学問の知識を得た」と傍注で述べている。彼はオックスフォード大学で学位を取得し、ウィリアム・キャクストンは一四九〇年頃『エネイドス』（*Eneydos*）の序文で、スケルトンが「先ごろオックスフォード大学で桂冠詩人になった」と述べている。同年、エラスムスは後のヘンリー八世宛ての手紙に、王子の一家に「イングランドの文人の栄光」スケルトンがいると書いている。キャクストンが誉めた頃、スケルトンはある段階で関わりを持っていた一四八九年四月の重税反対の暴動で死んだ第四代ノーサンバーランド伯爵ヘンリー・パーシー（Percy）のために悲歌を書き、ディオドロス・シクロス（Diodorus Siculus）の『歴史文庫』（*Bibliotheca historica*）を訳し終えていた。一四八八年十月の終わりか十一月の初め、彼はテューダー家に仕え始めたらしい。一四九六年頃から一五〇二年か一五〇三年まで、ヘンリー王子のテューターだった。一四九八年に聖職に就く。この時期の彼の作品の多くは彼の立場を反映して多面的な性質をあらわしている。あるものはヘンリー王子が一四九四年十一月一日にヨーク公に叙せられたのを祝う演

説、アーサー王子が一四八九年にプリンス・オヴ・ウェールズの称号を得たことを祝うものだったかもしれない。しかしこの時期に書かれたスケルトンの英詩は、時にそういうものとは大変違う印象を与える。「お行儀のいいマージョリー、ミルクとビール」('Manerly Margery Mylk and Ale') は皮肉な誘惑の詩。活字になったのは一五二七年だがおそらく一四九〇年代に書かれた『男前の馬番を向うに回して』(*Agaynste a Comely Coystrowne*) と『諸悪』(*Dyvers Balettys*) と『慰めの唄』(*Dyties solacyous*) と題する集成に収められた抒情詩の多くは、ロンドンと宮廷の社会的、性的競争を扱う。二つは宮廷の音楽教師志望者に対する風刺、一つは居酒屋の娼婦に騙される男について、もう一つは裕福な騎士の妻と馬番の情事で起こる騒動について。こういう主題の多くは、おそらく一四九八年頃書かれて一四九九年にド・ワード (de Worde) によって印刷された『宮廷の内膳』(*The Bowge of Courte*) に再び現れる。これは伝統的な中世の夢物語の寓意の形を取った、陰気な反宮廷の風刺である。

一五〇四年四月彼はノーフォークのディスにいて、教区のセント・メアリー教会の主任司祭だった。実入りのいい仕事だったが、彼は田舎牧師の暮しを楽しまず、ディスにいた時期に書かれたいくつかの詩は、彼が教区民や聖職者仲間とうまくいかなかったことを暗示する。「雀のフィリップ」('Phyllyp Sparrowe') は、二度未亡人になり、未婚の娘たちを連れて一五〇二年にノリッジ近くのベネディクト派のカロウ寺院 (Carrow Abbey) に移り住んだレディ・エリナー・ウィンダム (Eleanor Wyndham) の娘ジェイン・スクロープ (Scrope) のペットの雀が尼僧院の猫に殺されたのを悲歌にもじった詩。この詩はカトゥッルス (Catullus) がレスビア (Lesbia) の死んだ雀を歌った嘆きの詩、そしてペットの詩を歌った他の古典の詩に負うところがあるが、中世の教会の祈祷書の様々な儀式で組み立てられ、こういった儀式のラテン語の句がジェインの嘆きに点在する。この詩はアレキサンダー・バークリー (Barclay) を怒らせた。ことによると死者のための儀式のパロディか、あるいはジェインの「称賛」にあるスケルトンのいかがわしい好色。これはスケルトンの作品が好意的でない注目を集めた、知られている最初のもの。その後こういうことが頻繁に起こり、スケルトンは論客になる。しかし一五一〇年頃、彼は『大ロンドン史』(*The Great Chronicle of London*) にウィリアム・コーニッシュ (Cornish) やトマス・モアと並んで、同時代の風刺の「有名詩人」と言及される。

一五〇九年にヘンリー八世が即位し、スケルトンは昔の生徒が自分を厚遇してくれることを期待して宮廷に戻ろうとする。一五一二年頃、彼はディスにいた時期の特徴の、怒りの悪態と地方的問題への風刺とは違う詩を書き始める。一五一二年頃、彼は頻繁に「王の弁士」（'orator regius'）という称号を用いる。おそらく自分を外交、秘書、詩人という様々な任務を持つ王のスポークスマンと見ていた。この年、彼は大修道院長ジョン・イズリップ（Islip）の勧めで、ウェストミンスター寺院のヘンリー七世の墓に、フランス人とスコットランド人を怯えさせたことを称えてラテン語の詩の墓碑銘を書く。

「おしゃべり、オウムよ」（'Speke Parott'）の大部分はウルジー枢機卿が威圧的なこと、ヘンリー八世とイングランドの利益よりも、むしろ法王になろうという彼自身の野心に仕えたとスケルトンが受け取った、一五二一年八月二日から十一月二十四日までのパリ講和会議でのウルジーに対する、おぼろげに形を変えた攻撃。彼の他の反ウルジーの詩はより単純でより率直。一五二二年十一月の「君はなぜ宮廷に来ないのか？」（'Why come ye not to courte?'）はより率直なアプローチで同時代の出来事を今日的に扱う問答だが、後半は直接的で痛烈、しばしば高度に個人的なウルジー攻撃。一一六六―一二〇一行のようにウルジーの眼病に言及し、梅毒にかかっていることをほのめかす。しかしスケルトンに関心があるのは彼が枢密院や星室庁で貴族を威圧し、ヘンリー八世と同じほど高位についているやり方。ウルジーがこういう詩のことを知っていたかどうかわからない。彼が死ぬまで印刷されなかったようだが手稿の形で回覧されたかもしれない。

一五二三年十月にリチャード・フェイクス（Fakes）が出版した『月桂詞華集』（'Garlande of Laurell'）はヘンリー八世とウルジーに献呈される。ウルジーはスケルトンに聖職禄を約束したことを思い出す。一五二三年以後、彼の詩はほとんどがウルジーに制作を依頼されたものらしい。以後、彼は実質のある仕事を二つしかしていない。どちらもウルジーに制作を依頼されたもので国家と教会に対する脅威を扱う。一五二三年十一月の初めスコットランドの摂政オールバニー公爵ジョン・ステュアート（Albany）がスコットランド人とフランス人の大軍を率いて国境を越え、ウォーク（Wark）の城を包囲するが失敗する。スケルトンは包囲の失敗を、十一月六日から十二日までの間に書かれた「疑わしいオールバニー公爵」（'The Douty Duke of Albany'）で祝う。この詩の目的はオールバニーの敗北を祝うと共に彼のプロパガンダに反撃することだったらしい。スケルトンは名指しで彼の騎士らしからぬ振る舞いを強調している。一五二七年の末か一五二八年に、スケルトンは一五二七年にウルジーの前に現れた一人の異端者のことを書いている。改宗しなければケンブリッジの学者として静かな人生を送ったはずのトマス・ビルニー（Bilney（c.1495–1531））は、一五一六年にエラスムスの「新約聖書」のラテン語訳を購入し、初めは見事な文体に惹かれたが、自分の罪のために傷つき、絶望していた心が聖パウロの言葉に安らぎを得て、ケンブリッジの初期の宗教改革者となり、ヒュー・ラティマー（Hugh Latimer）を含む改宗者を出す。一五二七年中頃、同僚トマス・アーサーと共に布教の旅に出る。偶像崇拝を攻撃し、大陸から広がってきた異端を恐れる教会の権威筋とトラブルを起こして逮捕され、十一月にウルジーと司教の前に呼び出される。彼がルターとの関わりを否定するとウルジーは関心を失い、ロンドンのタンスタル（Tunstall）司教に任せる。二人は撤回し、十二月に投獄され、一五二九年の初めに釈放される。ビルニーはケンブリッジに戻ると撤回を恥じ、ノリッジで、戸外で説教を始め、撤回を取り消し、禁じられていたティンダルの作品を配る。ロンドンで三月の初めに逮捕され、裁判を受け、一五三一年八月十九日にビショップスゲイトの外のロラーズ・ピット（Lollard's Pit）として知られる処刑場で、自分はカトリックだと断言して炎に包まれて死ぬ。一五二八年にピンスン（Pynson）が出版したスケルトンの詩「先ごろ撤回した若い学者への応答」（'A Replycacion agaynst Certayne Yong Scolers Abjured of Late'）は、組み合わされた戦略の一部らしい。ウルジーが制作を依頼しタンスタルの要請でトマス・モアが書いた「異端についての対話」（Dialogue Concerning Heresies）と、驚くほど似ている。

15　E・K　第一章訳注**16**参照。

16　ヒュー・シングルトン（Hugh Singleton（d. in or before 1593））は本屋兼印刷業者。ジョン・フォックス（Foxe）、ジョン・ノックス（Knox）ら主要なプロテスタントの作品の出版を他の印刷業者に依頼することから本屋としての仕事を始め、一五五四年に「人騒がせな本」を出版した咎でジョン・デイ（Day）と共に逮捕される。一五七九年にジョン・スタッブスの『大きくあいた裂け目の発見』（*A Discoverie of a Gaping Gulf*）とスペンサーの『羊飼いの暦』の初版本を印刷する。どちらもエリザベス女王とフランスの王弟アンジュー公との縁談に反対するもので、より物議をかもす率直な『大きくあいた…』が女王に咎められ、シングルトン、スタッブス、ウィリアム・ページが逮捕され、女王座裁判所で右手切断の上投獄という判決を受けたが、シングルトンは老齢、あるいは印刷業者としての評判のためにこの罰を逃れた。

17 ジョン・スタッブス（John Stubbe［Stubbs］（c.1541–1590））は宗教著述家。ケンブリッジ大学トリニティ・コレッジ出身。リンカンズ・イン法学院に入る。一五七九年八月、エリザベス女王とアンジュー公の縁談に反対する『大きくあいた裂け目の発見』を書き、プロテスタントがカトリックと結婚するのは神の法にそむくという理由でこの結婚を攻撃した。この結婚を支持してサセックス伯があげたあらゆる点にも彼は一五七八年八月のエリザベス宛の手紙と後のメモで答える。ヒュー・シングルトンがこの本を印刷し、エリザベスは激怒して本の発行を禁じ、一〇月十三日、スタッブス、シングルトン、ウィリアム・ページが逮捕され、三人は右手切断の上、投獄という判決を受ける。ハリントンによって印刷され、手稿の形で回覧されてもいるカムデンの目撃証言が処刑台上のスタッブスを物語る。彼は忠誠を主張し、罰に耐える力を彼に与え給えと神に祈るよう民衆に頼み、手が切断されると「神よ、女王を救いたまえ」と叫んで失神し、運び去られた。彼は、以後「左手のジョン・スタッブス」とサインした。女王に対する扇動的な言動を禁じる法令が国会を通過する一五八一年までロンドン塔に入れられていて、後グレート・ヤーマス（Great Yarmouth）から国会議員に出る。

18 アランソン公（Duc d'Alençon）は、ここではカトリーヌ・ド・メディシスの息子フランソワを指す。長兄シャルル九世の死後、次兄アンジュー公アンリが王位を継ぎ、フランソワはアランソン公からアンジュー公（一五五四–八四）になった。兄アンリ三世に対する陰謀、イングランドのエリザベス一世への求婚、スペイン領ネーデルランドへの作戦行動で知られる。

19 ディドー（Dido）はウェルギリウスの『アエネーイス』中のカルタゴの女王。ウェルギリウス以前の古い伝承では、ディドーはフェニキアのテュロス王の娘で、本来はエリッサと呼ばれていた。父の死後、兄弟のピュグマリオーンが王となり、彼女は叔父と結婚する。ピュグマリオーンは彼の巨宝を狙って殺すが、ディドーはテュロスの貴族たちと共に、財宝を船に乗せて逃れ、キュプロス島を経てアフリカに着く。その地の王イアルバースから牛皮で覆えるだけの地面の譲渡を受け、皮を細く刻み、これで取り巻ける地面を得て城を造り、ビュルサ（Byrsa）［牛皮］と呼び、これを中心としてカルタゴが出来上がって繁栄する。イアルバースが彼女に求婚し、これから逃れるために彼女は死んだ夫の霊を鎮めるためと称して三ヶ月の猶予を求め、最後に火葬壇を築いてその上に上って自殺する。その後、この話にアイネイアースが加わり、最初はディドーではなく姉妹のアンナがアイネイアースに恋して自殺したことになっていたらしいが、ウェルギリウスはこれをディドーに変える。アイネイアースが嵐にあってカルタゴに漂着し、女王は彼に恋し、二人は狩の間に結ばれ、イアルバースはこれを知って怒り、ゼウス／ユーピテルに訴える。神はローマが南イタリアに建てられる運命にあることを知っているので、アイネイアースに立ち去ることを命じ、彼は命に従ってディドーを捨てて出航し、ディドーは火葬壇に登って自殺した。

20 グリンダル大主教（Archbishop Grindal（1516x20–1583））はヨークおよびカンタベリー大主教。一五七六年、グリンダルの大主教職を揺さぶる嵐が起きる。彼はレスター伯、バーリー卿、ウォルシンガムから、ミッドランドの説教師たちに関わる「無秩序」の知らせが宮廷に届いたという警告の手紙を受け取る。「神の道を説く勤行」（exercises of prophesying）として知られる、スイスの宗教改革から借りて学問のない聖職者の豚の耳を敬虔な説教師に変えるための組織内の訓練の手段、聖書に基づく説教の授与（conference）は、通常主教によって権威を与えられたが、女王は耳にするたびに禁止を命じ、彼が宮廷に参内するとエリザベスは行動命令をもって立ちはだかった。グリンダルは主教全員に手紙を書き、勤行について好意的な回答を受け取ると「勤行」擁護の論文を書くが、女王は聞き入れなかった。彼は聖アンブロシウスがテオドシウス帝にあてた（帝を破門した時の）書簡を模範にして有名な六千語の手紙を書く。説教は救済の通常の手段であるばかりか秩序と従順の最良の証であり、自分の良心に照らして禁止に同意出来ず、勤行の禁止を命じることはなおさら出来ない。女王を破門することは問題外なので女王に与えられた役職を返上すると彼は申し出る。バーリーとレスターが彼を救うため最善を尽くすが女王みずから有無を言わせぬ言葉で勤行の禁止を主教に書き、グリンダルはランベス・ハウスに幽閉される。

グリンダル事件は、エリザベス朝の政策の十字路、イングランドのみならず、北海のいたるところでプロテスタントの主義・主張が危機的な時に起きた。大主教の不名誉は熱心なプロテスタントにとって落胆させられるもので、バーリーは、暗に、グリンダルを免職するのは「危険だ」と書いた。別の顧問官サー・フランシス・ノリスも、グリンダルの運命を、ネーデルランドとスコットランドでの危険ななりゆきと、自国でのカトリック信仰のつのる脅威と結び付けた。グリンダルは顧問官の前で自分の非を認めるかあるいは「免職される」ために星室庁へ出廷するかを求められるが、健康上の理由で何度も欠席し、女王でさえ彼を欠席のまま免職することをためらう。免職が辞職に変わり、許される希望さえあったが、北部でのピューリタンの無秩序の噂から長い試練が始まる。

一五八一年、カンタベリーの召集でグリンダル自身と他の者たちが彼のために女王の許しを得ようとする努力が頂点に達するが、彼の健康は悪化し、ほとんど盲目になり、クロイドンで七月に亡くなり、八月に葬られた。

グリンダルは、国中で最も宗教心がなく、貪欲な地主に圧迫されていたカンバーランド西部の出身。エリザベスの統治の中心にいたカンタベリー大主教グリンダルとヨーク主教エドウィン・サンズ（Edwin Sandyz）は、古いベネディクト派の修道院の支配する海辺の村セント・ビーズ（St Bees）で「ブラザー」として互いを知っていた。グリンダルはこの修道院をグラマー・スクールに変え、この学校は今も栄えている。生家はセント・ビーズのクロス・ヒルのがっしりした石造りの家。何世紀も、才能のある少年は教育を受け、より豊かな南の聖職者となって北の貧しい環境を逃れた。グリンダルはケンブリッジの経歴をモードリン・コレッジで始め、ペンブルック・コレッジに移る。フェローになり、プレジデントになり、学寮長ニコラス・リドリー主教の不在時は代理を務め、レディ・マーガレット説教者になる。その頃セント・カテリナ・コレッジの学寮長で神学博士、一五五二年には副学長だったサンズとは違い、彼の視野は学究生活を超えてエドワード朝の宗教改革の混乱期にある教会に向けられていた。後にペンブルックは一五五九年に彼を不在学寮長として選び、大学は彼を一五六四年に神学博士にする。

グリンダルは、リドリーの勧めで大司教トマス・クランマーが改宗したのと同時期に改宗する。ペンブルック・コレッジは早熟なプロテスタント改革者の巣だった（メアリー一世治世下の聖書の翻訳者で最初の殉教者ジョン・ロジャース、ジョン・ブラッドフォード、トマス・サンプソン、リドリー主教）。一五四九年、エリザベス女王の大学訪問の行事の一部として行われた討論で、彼は初めて一般人の注意を引く。二年後、より私的な討論がロンドンで、一部はウィリアム・セシルの家で行われた時に、彼はセシルの目に留まる。

リドリーは一五五〇年ロンドン主教になり、セント・ポール大寺院の主教座聖堂参事会の欠員にグリンダルを任じ、彼は聖歌隊長にされる。ウェストミンスター寺院で聖職禄を与えられ、リドリーが北へ帰り、グリンダルがロンドン主教になることになるが、エドワード六世が死に、メアリー一世が即位してエドワード朝の宗教改革の実験が崩壊し、彼はセント・ポール大寺院の聖歌隊長を辞し、ウェストミンスター寺院の聖職禄を辞し、ストラスブールに亡命する。離散したイングランド人社会で、彼は少なくともエドワード朝の祈祷書の「効果と実質」を保持するよう説得する。ジョン・フォックスは反対の立場だったが、明確にイングランドのプロテスタントの意識を作り上げるよう運命づけられた『行伝と事蹟』となる企画では、グリンダルの協力者だった。（第四章訳注7参照）メアリーの死の知らせがストラスブールに届くや否や、グリンダルは冬の困難な旅を敢行し、エリザベスの即位当日、一五五九年一月一五日、ロンドンに着く。

グリンダルは一五五九年のレント、宮廷で説教し、ウェストミンスター寺院の主教らを相手に論争し、主導的な役割を持つ。彼は、時の人セシルと近かった。五月一四日、聖霊降臨祭の日に、礼拝様式統一法（the Act of Uniformity）が実施され、セント・ポール大寺院の外の説教壇（Paul's Cross）で「エドワード王の祈祷書を復活させる」ことをグリンダルが布告する。一五五九年六月、ロンドン主教に指名されたグリンダルとカンタベリー大主教に指名されたマシュー・パーカーが、ロンドンの政治の中心から教会を全体として監督する新しい常任の聖職者に任命される。しかしそれから二〇年以上の主教職は、伝統的な宗教実践を承認するエリザベス朝の宗教上の決着が、グリンダルにとって、耐えなければならないだけでなく人に強要しなくてはならない次善のものであったことの証拠に満ちている。ロンドン主教の地位について公式記録はないが、グリンダルからセシルにあてた現存する九八通の手紙のうちロンドン主教在職中に書かれた六八通は、エリザベス朝体制内での彼の高い地位の証拠となる。グリンダルがロンドンの主教として直面した最初の最大の問題は人的資源。死、免職等で聖職者が減少し、聖職者の権限を与えなくてはならなかった者の大部分は学位取得者ではなく、半分以上が三〇歳以上で（ジョン・フォックスを含む）、聖職叙任候補者の十分の一は亡命から帰ってきた者、そのうちの幾人かは職人出身の福音伝道家だった。

一五六一年から一五六三年に、二つの大惨事があった。一五六一年、セント・ポール大寺院に雷が落ち、尖塔と屋根の大部分が焼け、彼は、文官、特にセシルと協力して再建に必要な資金と材料を調達する。二年後、ロンドンは史上最大の疫病の一つに見舞われる。

一五六六年、グリンダルは、進行しつつあるプロテスタントの主義・主張の指導者であることと主教制の責任を結びつけることの困難さを劇的に表す二度目の危機に見舞われる。一五六五年一月、国教会非信徒の取り締まり、特に聖職者の衣服、主にサープリス（儀式に聖職者、聖歌隊が着る白衣）と四角の帽子あるいは角のついた帽子の着用が決められる。一年後の一五六六年三月、英国教会信奉を拒んだ三十七人のロンドンの聖職者が、停職あるいは免職されると脅かされる。停職処分を受けた者の中にグリンダルの選り抜きの聖職叙任候補者、ロンドンの最も有力な説教壇を支配してきた者、そしてロンドンの敬虔なプロテスタントに容認される牧師が含まれていた。古い教会に従う者と新しい教会に従う者の脆い連合がエリザベス朝の教会だったが、崩壊の危機に瀕していた。懲罰的であるより牧者であれというのがグリンダルの本能で、彼の忍耐は注目に値するが、教区の教会から離れようとする最初の離脱者、分離主義者との二年にわたる格闘は、グリンダルを「狂信的で、矯正不可能な者たち」の断固たる敵にする。分離は「エドワード王の時代に改革された教会」とメアリー時代の殉教者に対する侮辱だった。彼はトマス・カートライトのケンブリッジの講義と、急進的なパンフレット『国会への訓戒』で公表された新しい長老教会派的な傾向にも敵対的だったが、本当に厳格な良心の「間違いが改革されることを願っている敬虔な兄弟たち」に対しては、近付きやすく、同情的だった。

一五七〇年、彼はヨーク大主教になる。彼は、効果的なプロテスタント化という意味での改革の主体だった。プロテスタントの学位取得者が、福音主義者になる潜在的可能性を持って南部から導入される。一五七五年、彼はカンタベリー大主教になる。彼以上に尊敬された主教はいず、重厚で確固としているという評判があったが、この昇進を理解するには、特に宗教と宗教に関する政治的選択が関わっている時には、宮廷の主導的な人物、枢密院の敵対関係に関わるエリザベス朝の高度な政治性を見なくてはならない。

21　ジョアシャン・デュ・ベレー　第一章訳注**8**参照。

22　ジェフリー・チョーサー（Geoffrey Chaucer（c.1340–1400））は詩人、行政官。裕福なぶどう酒商人の息子として、ガスコーニュ人やイタリア人を含むぶどう酒商人と貴族の家もあったロンドンのヴィントリー区のテムズ・ストリートで生まれる。生家はイプスウィッチで羊毛の輸出とワインの輸入を扱っていた裕福な商人の一族。祖父の代にロンドンへ出た。セント・ポール大寺院施物分配所の学校へ行った可能性がある。この学校の図書館はこの世紀の初め相当な蔵書を有することで知られ、チョーサーの知っていた多くのラテン語作家（ウェルギリウス、オウィディウス等）の作品を含むコレクションがあった。ロンドンの裕福な商人の息子が受けたと思われる正規の初等教育に始まり、宮廷の一員、新進の役人として、文学趣味を持つ友人、知人との交友から得られるものを豊かに受容したらしい。

エドワード三世の王子プリンス・ライオネルの妻と王に仕え、一三五九年、ことによると黒太子エドワードの師団の一員としてフランスに遠征し、アルデンヌ地方で捕われ、王が身代金を出して釈放される。

一三六〇年代、彼は行政また外交の任務で時にヨーロッパへも遣わされる従騎士あるいは従者と記されている。一三七二〜三年に、王のためジェノアの元首とイングランドの港の使用について交渉するため、記録に残る最初のイタリア旅行をし、一三七八年にイタリアを再訪する。イタリア訪問は彼の文学上の発展に大きな意味を持った。ペトラルカ、ボッカチオ、ダンテの作品から影響を受け、ペトラルカのラテン語版のグリセルダ（Griselda）はチョーサーの「書記の話」（'Clerk's Tale'）に似ており、『カンツォニエーレ』（*Canzoniere*）のソネットの翻訳を、彼は『トロイルスとクリセイデ』（*Troilus and Criseyde*）中、恋に苦しむトロイルスに語らせている。ボッカチオの『テーセウス物語』（*Teseida*）は「騎士の話」（'The Knight's Tale'）に、『恋の虜』（*Il Filostrato*）は『トロイルスとクリセイデ』に、『デカメロン』（*Decameron*）は『カンタベリー物語』（*The Canterbury Tales*）に、多くの点で似ている。ダンテはプロットこそ提供しなかったが、影響は深い。『神曲』（*Divine commedia*）のエコーが、感情の高まりを表す場面で幾つも現れ、『名声の館』（*The House of Fame*）では滑稽なコンテクストで使われている。ダンテは自分を高い使命を持つ偉大な詩人と見ており、チョーサーも同様。ダンテは『神曲』で古代世界の偉大な詩人たちと会った時、彼らに加わるように勧められるが、一団の後を歩く。チョーサーは『トロイルスとクリセイデ』の最後部で、彼の「小さな本」を、先人の歩いた足跡に接吻するよう送り出すが、実は自信と自負心があり、その自覚は偉大な先人に負う。

チョーサーは、何度も王の任務で出かけた。一三七八年、ミラノの統治者ベルナボ・ヴィスコンティ（Bernabo Visconti）と彼の将軍で義理の息子のサー・ジョン・ホークウッド（Hawkwood）と、戦争の交渉のために遣わされた。彼はヴィスコンティ家のライブラリー（ベルナボのライブラリーとパドバのガレアッツォのライブラリー）に入れたかもしれず、彼を博識にしたのはここらしい。彼の作品には、主としてフランス起源の形式を用いて書いたもの——ジョン・オヴ・ゴーント（Gaunt）公の妻ブランシュ（Blanche）の死（おそらく一三六八年八月）を追悼する長篇詩『公爵夫人の書』（*The Book of the Duchess*（1368?–1372））を最初の作品として、十三世紀の『バラ物語』（*Roman de la rose*）にインスピレーションを得たもの——と、一三七〇年代と八〇年代初頭のイタリアの影響を受けたものがある。彼の最も有名な作品『カンタベリー物語』は晩年の十年間に書かれた。彼は役人としての勤めの傍ら作品を書き、晩年、ロンドンの税関から引退し、ケントに落ち着き、一四〇〇年に亡くなる。キャクストンによれば、チョーサーは、死後、ウェストミンスター寺院内のセント・ベネディクトの礼拝堂に葬られた。今日詩人の墓域（ポエッツ・コーナー）と呼ばれるところにある十六世紀の墓に、多分遺骸が入っている。

23　リチャード・マルカスター　第一章訳注**7**参照。

24　ジョージ・パトナム　訳注**4**参照。

25　英国の九月は日本の晩秋に近く、木々の葉は枯れ落ち、朝夕は暖房が要るほど寒い。

26　ウィリアム・ポンソンビー（William Ponsonby（1546?–1604））は印刷業者兼本屋。彼の名声は主としてスペンサーとのつながりにより、スペンサーの作品十冊を出版した。*The Faerie Queene*（1590）, *Complaints*, *The Tears of the Muses*, *Daphnaïda*（1591）, *Amoretti and Epithalamion*, *Colin Clouts Come Home Again*（1595）, *The Faerie Queene* 4,5,6, *Four Hymns*, *Prothalamion*（1596）。

ポンソンビーは一五七一年一月十一日に出版業者組合に入り、一五七七年に事業を始め、一五八二年にロバート・グリーンのロマンス『マミリア』と『グィドニウス』（*Gwydonius*）を出版する。一五八六年にサー・フルク・グレヴィルを通してサー・フィリップ・シドニーの『アーケイディア』（*Arcadia*）の出版許可を得ようとし、彼の申し出は熱意をもって迎えられなかったが、一五八八年八月二十三日に出版許可を得て一五九〇年に編集出版する。一五九八年にシドニーの妹ペンブルック伯爵夫人が彼の同意のもとに全体を改訂し、「詩の弁護」と他の詩を加えて出版した。

27　ここでマエケナスと呼ばれているのはサー・フランシス・ウォルシンガム（第二章訳注**36**参照）。彼はレスター・サークルの一員でエリザベス女王に仕えた。注目に値する学問のパトロンで、主として宗教、哲学、探検に関する四十冊の本を献呈されている。スペンサーは『妖精の女王』（一五九〇年版）の中で献呈のソネットを書いた。アウグストスはレスター伯を指す。

マエケナス（Gaius（Cilnius）Maecenas（?–前八年））は古代エトルリアの貴族の出身のローマの政治家。早くからオクタウィアヌスの側近として外交手腕を発揮し、彼が外地へ出征した時は、職務の代行者に任命されるほど重んじられた。オクタウィアヌス（アウグストゥス）が皇帝になり、前三一年にローマ帝国を確立する際、アグリッパと共に重要な役割を果たした。莫大な富を所有し、信頼される顧問、外交使節であるだけでなく、確かな判断によって芸術を庇護し、新体制を助け、ホラティウス、ウェルギリウス、プロペルティウスのような詩人を支持した。第三章訳注**4**参照。

28　*OED* は、文芸復興の意味でのルネサンス（Renaissance）の初出を一八四五年（Ford, *Handbook, Spain* II）、この時期に発展した芸術・建築様式の意味での初出を一八四〇年（Trollope, *Summer in Brittany* II）としている。

29　フランチェスコ・ペトラルカ（Francesco Petrarca（1304–1374））（英語表記 Petrarch）はイタリアの詩人、人文主義者。彼は古代文化の再生を目指す新しい文化傾向、すなわち人文主義の先導者として名を高め、古代文化再生の要としてローマの再生を願った。教皇庁のローマ帰還を呼びかけ、一三四〇年にローマ元老院とパリ大学から桂冠詩人として戴冠の招請がなされると、自らの戴冠でラテン文学復興に正当性と権威を付与し、同時に栄誉に浴することを望んでローマを選ぶ。推薦人の役割を学識豊かなナポリ王ロベルトに依頼し、一三四一年ナポリで、王の面前で親しく詩を論じ、『アフリカ』の一節を読むなどして形式的な審査を終え、ローマに上り、カンピドリオの丘にある元老院で、盛大な儀式で桂冠を授けられた。

ペトラルカはイタリア中部トスカーナ地方のアレッツォに生まれる。父ペトラッコはフィレンツェの公証人だったが、一三〇二年にダンテが追放された有名な政変の後、新しい権力者との個人的な対立が原因で亡命し、内陸に約六〇キロ隔たったアレッツォに妻を伴って逃れた。一三〇五年ペトラルカは生後一年に満たない時に母と共にフィレンツェから遠くない父の故郷インチーザに移り、時折父の訪問を受けながら幼児期の六年を過ごし、弟が生まれる。父はフィレンツェへの帰国を断念し、南フランスのアヴィニョンに移転して間もない教皇庁に職を得て、一家は海路プロヴァンスへ渡る。キリスト教の新しい都アヴィニョンは急激な人口流入で住宅が不足し、母子は近郊のカルパントラに落ち着く。十二歳で父に命じられて南フランスのモンペリエの大学で法学を勉強するが、すでに古代ローマ文学に強く惹かれていた。モンペリエで四年間勉学した後、法学研究の最高峰ボローニャ大学へ弟と共に留学するが、法学を学ぶかたわら父に背いてローマ古典の勉強に情熱を注ぐ。当時のボローニャは俗語（ラテン語に対するイタリア語）詩文化の中心地の一つで、清新体派に代表される俗語詩人や作品と直接出会う機会に恵まれて興味を抱き、自分でも初めてイタリア語による詩作を試みる。一三二六年、父の死を機に文学の道に進むことを決意し、法律の勉強をやめてアヴィニョンへ帰る。彼自身が記しているが、翌年四月六日、聖女クララ教会でラウラという女性を目にして決定的な愛に捕えられた。中世俗語詩はダンテに至るまで愛を中心主題に展開されてきたが、彼も伝統に倣って自らの詩的源泉を見出し、新進の俗語詩人として歩み出す。

生活の経済基盤を固める必要から、一三三〇年頃までには下級聖品を受けて聖職者の身分を得ていたらしいが、秘跡を授けるなど教会現場での聖務にはつかなかった。聖職禄に加えて、ローマの名門貴族コロンナ家の庇護も彼の文学活動の大きな支えとなる。ボローニャ滞在時の学友で彼の詩才を早くから認めていたジャコモ・コロンナの知遇を受け、一三三〇年に彼が司教として任地に赴く際、随行を望まれてピレネー山麓ロンベスでひと夏過ごし、アヴィニョンに戻ってジャコモの兄で枢機卿のジョヴァンニ・コロンナに仕える。父子ないし兄弟の関係に近かったというこの柔軟な主従関係は一三四七年まで保たれる。

一三三三年、北フランス、フランドル及びライン地方へ長期旅行に出かけ、各地で古写本の調査発掘に努め、リエージュでキケロの演説文二編を発見する。人文主義の先導者として次第にその名は高まるが、生涯の枕頭の書となる教父アウグスティヌスの『告白』をある修道士から入手したのも同じ一三三三年頃と自ら強調しているように、ペトラルカの精神は、一方で古代文化に惹き付けられながら、他方ではキリスト教思想を志向した。両者を対立矛盾の関係において捉えるのではなく、両立調和をはかるのが彼の課題。このような理想の追求は一三三五年に教皇宛に書簡を送って教皇庁をローマに戻すよう訴えた行為にも示され、この主張は一生繰り返される。彼は一三三七年に初めてローマを訪れ、深い印象を受ける。

一三三七年、アヴィニョンに帰ってまもなく、市の東方二〇キロ、ソルグ川の最上流部の渓谷ヴォークリューズの源泉近くに小さな家を取得して半ば隠遁生活を始める。ヘリコン山の詩泉になぞらえ、古代ローマの文人の生活も見倣いつつ、牧歌的な環境で自由と孤独と静寂の中で詩作と読書と執筆に没頭するためで、「明るい、清らかな、甘い流れ」のほとりを彷徨しながらラウラの幻に揺すぶられる内心の対話をソネットやカンツォーネに歌い続ける一方、ラテン文学の伝統を蘇らせかつ継承しようとして、ラテン語の大作『名士列伝』(*De viris illustribus*)、『アフリカ』の執筆に着手する。一三四〇年ローマ元老院とパリ大学から桂冠詩人として戴冠の招請を受け、ローマを選び、カンピドリオの丘にある元老院で盛大な儀式で桂冠を授けられ、この戴冠式の成功がもたらした名声のおかげで、庇護者との関係で以前よりも大きな自由を確保出来、これ以降、君主の招きで、客人としてイタリア、特に北部の諸都市に滞在することが多くなる。北イタリアを中心にコムーネ（中世自治都市国家）の体制が崩れ、新しく登場した君主制の担い手たちがペトラルカに積極的な関心を寄せたのは、彼の名声のためだけでなく、彼が推進しようとする人文主義のうちに、宗教的権威からの独立を志向する彼らの政治的方向性と共通するものを認めたからだろう。戴冠後パルマの君主アッツォ・ダ・コッレッジォの客になり、パルマ及び郊外のセルヴァピアーナに快適な環境を提供されて一年近く逗留し『アフリカ』執筆に専念する。セルヴァピアーナはいわばイタリアにおけるヴォークリューズ。

プロヴァンスに戻った後一三四二ー四三年にかけて、深刻な精神的危機に直面したらしい。アウグスティヌスの『告白』の贈り主ディオニージ・ダ・ボルゴ・サン・セポルクロ、またナポリ王ロベルトといった知己の死、ペトラルカが一切言及しなかった女性との間に娘が生まれ、弟が修道僧になったこと、こういった一連の出来事が、彼を宗教的煩悶の中に投げ込んだらしい。

一三四三年のロベルト王の死で政情不安に陥っていたナポリへ、教皇とコロンナ枢機卿の使節として派遣され、帰路、ペトラルカにとってイタリアにおける安住の地、パルマに滞在するが、アッツォ・ダ・コッレッジォが支配権をフェラーラのエステ家に売り渡し、これに不満なミラノのヴィスコンティ家とマントヴァのゴンザーガ家がパルマを包囲した。無益な争いに明け暮れるイタリア各地の統治者に向けて、戦禍に苦しむイタリアの地に平和を取り戻すよう、イタリア及びイタリア人という当時まだ斬新だった概念を前面に押し出しながら強い調子で訴えた有名なカンツォーネ「わがイタリアよ」（“Italia mia”）は、この緊迫した情勢下で書かれた。一三四五年に命からがら脱出したペトラルカはヴェローナに非難し、司教座聖堂の書庫でキケロのアッティクス宛ての書簡十六巻を発見し、古典研究史上、特筆すべき功績をあげる。

一三四七年に、貴族の専制支配を倒してローマ共和政の復活を目指すコーラ・ディ・リエンツォの革命がローマに起きると、コロンナ家との関係断絶を承知の上で公然と熱烈な支持を寄せる。コーラの革命は半年で失敗し、応援のためローマへ向かっていたペトラルカは進路を北イタリアに転じる。一三五一年までイタリアに滞在し、生活の拠点を最初はパルマに置き、次いで君主ヤーコポ・ダ・カッラーラの要請を入れてパドバに置きながら、招かれて北イタリアの諸都市を訪れ、カトリックの聖年にあたる一三五〇年にはローマへ巡礼を行い、途中フィレンツェと生地アレッツォに立ち寄る。フィレンツェでペトラルカに私淑する九才年少のボッカッチョに迎えられ、終生の友情を結ぶ。翌年フィレンツェ市はボッカッチョを通して大学教授職と、父親の没収財産の返還を申し出るが、彼は曖昧な返事を残し、教皇の呼び出しに応じてイタリアを去る。イタリア滞在中の一三四八年ヨーロッパ中でペストが大流行し、ラウラも亡くなるが、彼女の死後も彼女への愛を主題に『カンツォニエーレ』を書き続ける。

プロヴァンスではペトラルカを身近にとどめておこうとする教皇から高位聖職を勧められるが、これまでどおり拒んだばかりか教皇庁に対して憎悪の念を募らせ、彼に反感を抱く人物が新教皇に選ばれたのをきっかけにイタリア定住を決意し、一三五三年ヴィスコンティ家の懇請に応じてミラノへ移る。ヴィスコンティ家は当時イタリア最強の専制君主として知られていたため、伝統的な自治都市国家、特にフィレンツェのボッカッチョをはじめとする友人から批判されるが、彼にとっては一貫して研究著述活動の自由こそ最優先すべきであって、権力から独立した超越的立場を獲得することが年来の希望であり、そのためにはヴィスコンティ家の客となるのが最善と判断した。文学活動の自由を保証されるかわり、おおむね儀礼的な外交使節等の大任をしばしば引き受け、ヴェネツィアとジェノヴァの間の和平交渉に平和の仲介者として尽力するなど、知識人の威信を発揮し、かつ高めることに成功する。研究著述の面でも郊外に「孤独な生活」を確保し、一三六一年までの八年間、生涯で最も多産な時期を送る。

一三六一年、ペストの流行を逃れてパドバに移り、翌年さらにヴェネツィアに非難する。息子をペストで亡くす。ミラノを去った後もヴィスコンティ家との関係は維持され、毎年のようにヴィスコンティ家支配下のパヴィーアで夏を過ごし、パドバにもしばしば滞在する。一三六八年にはヴェネツィアから再びパドバに居を移し、最後の庇護者となる君主フランチェスコ・ダ・カッラーラの計らいで、一三七〇年風光明媚な近郊エウガーネイ丘陵のアルクァに終の棲家を定め、娘夫婦、孫娘と暮らし、晩年も『親近書簡』の続編『晩年書簡』、『カンツォニエーレ』、『勝利［凱旋］』（*Triumphs*）の完成に努めた。

ペトラルカの作品は、不朽の名作『カンツォニエーレ』と『勝利』の二つのイタリア語作品と、約二〇篇のラテン語作品に大別される。生前のペトラルカは、俗語詩人としてよりもラテン文化再興を主唱し実践する人文主義の学者、著述家として称賛され、ラテン語作品の方が重視された。没後十五世紀半ばを境に評価が逆転し始め、十六世紀にはペトラルキズモの名で呼ばれる『カンツォニエーレ』の模倣が一世を風靡し、これ以降『カンツォニエーレ』でペトラルカを代表させる見方が定着するが、十九世紀後半から歴史的実証的研究によって他の膨大な作品群の多くが再び注目され、抒情詩人と人文学者の両面を統一した全体像の解明が課題となっている。

30 ジョン・ミルトン（John Milton（1608–1674））は詩人、論争家。代書人ジョン・ミルトンの第三子。彼の子供時代の家庭生活の特徴は音楽。父は個人の家で演奏するために作曲した。ミルトンは音楽が演奏される家庭で育ち、仲間内での歌手、オルガン、バス・ビオールの奏者としての技量を子供の時に身につけた。

ミルトンは後にケンブリッジ大学ジーザス・コレッジの学寮長になるスコットランド人トマス・ヤングら個人教師に教育され、ラテン語、ギリシア語、ヘブライ語、イタリア語、フランス語を（そしてことによるとスペイン語も）教えられ、ヤングがハンブルグの聖職者になった後、セント・ポール校の生徒になる。一六二五年ケンブリッジ大学クライスツ・コレッジに入学。彼のニックネームは「クライスツの貴婦人」。

一六三四年、ミルトンはブリッジウォーター伯ジョン・エジャートンのウェールズのプレジデント就任を祢えてラドロウで上演する仮面劇の作成を依頼され、『コーマス』という題で知られる仮面劇を書く。一六三七年、母セアラが死ぬ。同年八月アングルジーの沖合で溺れたクライスツ・コレッジのフェロー、エドワード・キングの死に際して「リシダス」を作詩。

一六三八―三九年、イタリア旅行。十五ヶ月間のはずだった大陸旅行を、ロンドン、パリ、ニース、ピサ、フィレンツェ、シエナ、ローマまで行き、ナポリ、シシリー、ギリシアへ行くのをとりやめ、帰途につく。変更の理由は「イングランドから内乱の悲しい便りが届き、本国で同胞の市民が自由のために戦っている時に、精神陶冶のため安楽に外国旅行をするのは卑しいと考えたため」。

ロンドンへ帰り、ミルトンは仕立て屋に下宿し、甥エドワードとジョン（フィリップス）を生徒に教師になる。すぐ大きな家へ引越し、他に生徒を取る。父が三百ポンド貸した浪費家の地主で治安判事のリチャード・ポウエルから利子十二ポンドを徴収するため、オックスフォードシャーのフォレスト・ヒルへ出かけ、エドワードによれば「独身男性として出立し、一ヶ月の滞在の後、ポウエルの娘メアリーを妻と」した。ミルトンは十七歳の花嫁を自宅へ連れ帰るが、数週間後メアリーは親元へ帰り、やがて新婚夫婦の別居が明らかになる。結婚がほとんど即座に崩壊した理由は不明だが、彼が学者としてのエネルギーを主教制から離婚に向けなおした事実によって亀裂の深さは立証される。十七世紀イングランドで再婚を許す離婚は国会によってのみ許可された。何世紀も教会法は離婚に六つの理由を求めた――性犯罪、性的違反（姦通、男色、獣姦）、不能、虐待、不貞（変節）、聖職就任、血縁関係。一六四三年、彼は『離婚論』を出版し、離婚のための伝統的な理由では不十分であること、結婚が精神的、情緒的に不毛なものになれば、男性は妻を離婚できることを論じた。彼は結婚における女性の平等な権利を論じてはいない。にもかかわらず、彼の見解はいくつかの点で、離婚のための唯一の理由が結婚の修復不可能な破綻と布告された一九七七年にイングランドの法律が達した立場を先取りしている。彼がメアリーと離婚して他の娘と結婚しようとしていることを知ったポウエル一家は、娘をもとの鞘に戻すことに全力を注ぎ、おそらく一六四五年に和解が成立し、ミルトンは、秋、バービカンの大きな家に引っ越し、妻が加わって翌年娘のアンが生まれる。

チャールズ一世の裁判の間、ミルトンは『王と行政官の在任期間』（*Tenure of Kings and Magistrates*）を書き、本の扉で「権限を持つ人が僭主あるいは邪悪な王の責任を問い、十分確信を持った後、廃位、あるいは死刑にするのは法にかなう」ことを論じる。チャールズは一六四九年一月三十日に処刑され、二週間後ミルトンのパンフレットが出版される。二月十三日の正午、国家評議会は彼を外国語秘書に招くことを決め、二日後、彼は年俸二八八ポンド十三シリング、六と二分の一ペンスで任命される。これはチャールズ一世の処刑から十日後に『王の肖像』（*Eikon Basilike*［"Image of the King"］）が出版される。これはチャールズ一世が書いたものとされ（実は彼の礼拝堂付司祭ジョン・ゴードンが書いた）、たちまち人気を博し、一年もしないうちに様々な言語で約五十の版が出版される。国家評議会は王への同情が共和国を転覆させかねないことを懸念し、はじめジョン・セルデンに公的反答を依頼するが断られ、ミルトンに依頼した。彼は『偶像破壊者』（*Eikonoklastes*［image-breaker］）という題で反答を出版した。この用語は、教会内の長い間の偶像崇拝の伝統の後、「神の命に従おうという熱意のあまり、勇をふるってあらゆる迷信的な偶像を粉々に壊した」ギリシアの皇帝たちが採った姓を喚起することをもくろんだもの。国工殺しは大陸ヨーロッパに警鐘を鳴らし、チャールズ一世擁護の学問的な書物の最初の一冊、学問のあるフランス人プロテスタント、クロード・ド・ソーメイズ（Claude de Saumaise［Claudius Salmasius］）の『チャールズ一世の弁護』

（*Defensio regia pro Carlo I*（'The Royal defence of Charles I'））が一六四九年五月にイングランドに届く。翌年一月国家評議会は、大陸との正常な貿易再開を遅らせると脅したこの有害な書物に反答を用意せよとミルトンに命じる。彼の反論は一六五一年二月まで出版されなかった。この反論は、今日『最初の弁明』（*Defensio prima or First Defence*）というミルトンらしからぬ題で知られるが、彼は時間がなかったこと、健康状態がよくなかったことを遅れた理由にあげている。この本の購読者の一人は第二代ブリッジウォーター伯。彼は子供の頃ミルトンの『コーマス』の兄の役をやったことがある。彼は本に「この本は焼却に値する。著者は絞首刑だ」と書き込みをしている。この意見はイングランドの王党派の典型的な反応で、ヨーロッパの大使館、法廷でこだましていた。ミルトンが国王殺しの弁護を演説したのは、ヨーロッパの教育のある平民に向かってだった。

ミルトンの左目は妻が戻る前に失明しかけていて、一六四八年頃機能しなくなり、一六五二年初頭、右目も悪くなって、一六五一年三月に生まれた息子を自分の目で見ることが出来なかった。一六五二年五月の初め、妻メアリーが娘を産んで亡くなり、ミルトンは、盲目で四人の子供を抱えて残される。六週間後一人息子ジョンが亡くなり、その年ホワイトホールを立ち退かされ、三人の子を連れて引越し、王政復古期までそこにいた。一六五二年八月、「王の血がイングランド人尊属殺人者に対して天に叫ぶ」（*Regii sanguinis clamor ad coelum adversus parricidas Anglicanos*）（'A cry to heaven of the king's blood against the English parricides'）という題のパンフレットが、匿名で、ハーグで出版された。最初のページにミルトンに対する残忍な個人攻撃があり、攻撃再開の二四五行の詩で締めくくられている。著者はほぼ確実に国教会の聖職者ピーター・デュ・ムーラン（Peter Du Moulin）で、ネーデルランドで出版するようサルメイジアス（Salmacius）に送られた。サルメイジアスは改革派教会の聖職者アレキサンダー・モアに原稿を渡し、モア（ラテン語名 Morus）はデュ・ムーランの論文に前書きを書いてアードリアーン・ヴラーク（Adriaan Vlacq）に送り、ヴラークがハーグで出版した。ミルトンは、モアが論文の著者だと思い込んだ。

一六五六年十一月、ミルトンはキャサリン・ウッドストック（bap.1628）と結婚する。翌年十月キャサリンは娘を産み、娘は母と同じ名をつけられるが、四ヵ月後キャサリンが亡くなり、一ヵ月後娘も亡くなる。その直後ミルトンは『失楽園』（*Paradise Lost*）の口述筆記を始め、叙事詩の仕事を規則的に中断し、教会と政治的争点に注意を払って政治的パンフレットの疾風を生み出し、最後の一冊が王政復古の夕方、出版される。チャールズ二世の王政復古が一六六〇年五月八日に布告され、ミルトンはバーソロミュー・クローズの友人宅に隠れる。六月十六日彼に逮捕状が出され、八月十三日彼の本の回収命令が出され、八月二十七日イギリス中世刑事裁判所オールド・ベイリーで公の執行者に焼却される。八月二十八日の「大赦令…」(the Act of Free and General Pardon . . .)に王が賛成するまで彼の生命は宙に浮いていた。恩赦から外された者の中に名がなかったので死刑は免れたが、逮捕と暗殺から免れたわけではなく、隠れ家から出て借家に住んでいたが、秋に逮捕されロンドン塔へ入れられる。十二月十五日ロンドン塔から釈放され入牢中の費用百五十ポンドを支払うよう命じられる。王政復古の影響の一つは彼の蓄え二千ポンドを持っていた間接税務局(the Excise Office)の崩壊で、彼は経済的に困り、過大だと思われる投獄費に抗議した。

一六六三年、ミルトンは五十四歳で三度目の結婚をする。赤毛の花嫁エリザベス(Minshull(1638–1727))は二十四歳。娘たちとは別居していたらしい。

王政復古で『失楽園』の執筆が妨げられ、最終的な形を取ったのは一六五八―六三年。『失楽園』はいくつものジャンルを含む叙事詩で、〈罪〉と〈死〉の記述は寓意、エデンの描写はパストラル、アダムとイヴの庭いじりは農耕詩、アダムとイヴの転落は悲劇である。この詩が作られた危機の時期を反映しているにもかかわらず、『失楽園』は政治的寓意でも実話小説でもなく、むしろホメーロス、ウェルギリウス、ダンテが彼らの言語で達成したものを英語で達成しようとする叙事詩。彼は自分を、神を正しく知ろうとする者に神の遣り方を説明するために神に選ばれた現代の預言者と見ている。共和政の擁護者という彼の評判のため『失楽園』はすぐには出版出来なかったが、一六六七年の春サミュエル・シモンズと、初版が千三百部売れたら五ポンドを受け取り、第二版、第三版は千五百部を超えないで出版し、五ポンドずつ受け取るという契約を交わし、五ポンドを即金で受け取った。一六七一年の秋『楽園回復』(*Paradise Regained, a Poem in IV Books, to which is Added Samson Agonistes*)が出版された。

31 ウェルギリウス　訳注**13**参照。

32 ウェルラミウム(Verulamium)はロンドンの北西二十マイルのセント・オールバンズ(St Albans)の古名。ローマ時代のブリテン第三の都市。聖オールバン(Alban [St Alban, Albanus] (d.c.303?))は、ローマ時代のブリテンのキリスト教殉教者。ディオクレティアヌス帝の迫害の時代、まだキリスト教徒でなかったオールバンは、迫害から逃げてきた名も知れないキリスト教徒の聖職者を客として迎え、その男のマントを着て、男の代わりに裁判官のところに連れて行かれ、自分はキリスト教徒だと述べて処刑されることになる。裁判官は市内での処刑を許さなかった。処刑場に向かうオールバンが川を渡ろうとすると水が引き、処刑場にあてられた競技場に着くと、一番目の処刑役人は刀を捨てて彼の足元に身を投げ、オールバンが水を求めると泉が湧き出て水を供し、彼の首が落ちると同時に、首をはねた処刑役人の両眼が地面に落ちた。

ギルダス（Gildas）がオールバンをウェルラミウム出身の男（Verolamiensis）と最初に確認した。殉教の場所が、ローマ時代のウェルラミウムと聖オールバンに捧げられた古代の大修道院の実際の関係を反映する。七世紀のベーダは、彼の時代まで殉教の地にある教会で病人が癒されたことを記している。セント・オールバン大修道院は聖人の墓の敷地に建てられた墓地のバジリカに始まったことが暗示される。

33　バーリー卿　第一章訳注**41**参照。

34　シドニーは一五八四年のレスターのネーデルランド派遣に同行し、フラッシングの長官になり、ズトフェンの小競り合いで受けた傷がもとで一五八六年に亡くなる。第一章訳注**19**参照。

35　レスター伯は一五八四年に遠征軍を率いてネーデルランドに派遣され、一五八八年に帰国後亡くなる。第一章訳注**18**参照。

36　フランシス・ウォルシンガム（Francis Walsingham（c.1532–1590））は国務大臣。エリザベスの治世中、バーリー、レスターと共に政策遂行に携わる。レスター・サークルの一人。一五九〇年に亡くなる。

ウォルシンガムは法律家で地主のウィリアム・ウォルシンガムの一人息子。エリザベス一世の役人の多くがそうであったように、すでに宮廷とつながりのある一族の出身。ケンブリッジのキングズ・コレッジで学び、彼の位階にふさわしく、学位を取得せずに大学を出た。墓碑によれば、大陸を旅し、グレイズ・イン法学院へ進んだ。メアリー一世の治世中大陸へ戻り、初めバーゼルにいてパドバへ移り、大学の民事法の学生として登録した。後の人生でストレスのたまる時、彼はスイスで過ごした頃をほとんど切望をもって思い出している。何故亡命したのか不明だが、後の仲間の何人もが外国での知己。一五六六年秋の結婚で、後にサー・フィリップ・シドニーの妻になるフランセスが生まれる。

一五六八年頃、おそらくメアリー一世時代の亡命生活でのベッドフォードとのつながりで、彼はサー・ニコラス・スロックモートンの被後見人だった。一五七〇年、彼はフランス語とイタリア語に堪能なため、セシルとレスターの後押しでパリ駐在の大使に任命される。彼が住んでいた二年半、パリは紛争の場所で、その結果彼は国際的人物となり、ここで得た幅広い友人関係を彼の職業生活を通じて維持した。

エリザベスとアンジュー公の縁談とネーデルランド計画がウォルシンガムの大使の任務を支配する。一五六八年に初めてアンジュー公との結婚を提案したユグノーは、安全を維持するため英仏同盟を成立させる手段として蒸し返し、この提案は、息子全員が王になるという予言を信じていたカトリーヌ・ド・メディシスに好意的に受け取られる。ウォルシンガムはネーデルランド計画、すなわちオラニエ公ヴィレムの支持者とユグノーが考案した、フェリペ二世の総督アルバに対するネーデルランドの反乱を支持するための英独仏のプロテスタントの王侯の同盟の計画と深く関わっていた。ウォルシンガムとスミスの交渉でこれが一五七二年四月調印のブロワ条約として結実する。この英仏同盟は防衛に限定されていた。ブロワ条約の交渉は、カトリーヌによる下の息子アランソン公フランソワとの縁談の再燃を伴う。いっそう大きい年齢差（エリザベスはもうすぐ三十九歳、アランソンはたった十七歳）と彼の容貌上の奇形からの反対に、カトリーヌは、彼が兄より宗教に関してより柔軟だと保証し、エリザベスはアランソンとの縁談にいっそう不幸だったが、アランソンは結婚に情熱を示した。

聖バルトロメオ前夜の大虐殺（一五七二年八月二十三日～二十四日）でネーデルランド計画全体が台無しになる。大虐殺は彼に傷跡を残し、フランスに対する将来の態度を決める。王党派との効力ある同盟を通じてスコットランドの保証を得ることが最重要と考え、スコットランドの摂政と直接通信に入る。

一五七三年十二月彼は国務大臣に任命され、翌日枢密院の顧問官に任命される。一五七一年二月セシルはバーリー男爵になるが、ウォルシンガムはゆっくりとレスター、バーリー、ベーコン、そして一五七一年の後にはサセックスという、エリザベスに影響力を持つ主なメンバーに近い地位を得る。一五七七年十二月ナイト爵位を授与される。政治的にはバーリーとレスターに従属した。

聖バルトロメオ前夜の虐殺の数ヵ月後、バーリーはネーデルランドとスペインとの通商を回復するために迅速に動く。バーリーとウォルシンガムに重大な意見の相違があり、バーリーがオランダ人の政治的一貫性を疑い、オラニエに大っぴらな支持を与えるよりフェリペ二世と謀反人との決着の調停を考えた一方、ウォルシンガムは一五七一年以来オラニエ派との緊密なつながりを持っていた。

六月、神聖ローマ帝国皇帝ルドルフ二世が突然ネーデルランド問題解決の調停に乗り出す。エリザベスはウォルシンガムとコーバムの使節団を、総督、オーストリアのドン・ホアンの説得に送り出す。ウォルシンガムはオランダ国会がドン・ホアンと交渉したがらず、アンジューとの協定を捨てたがらないことを発見する。彼はオランダ国会を説得してドン・ホアンに使節団を送らせるが、オランダ国会の申し出た条件は拒絶される。数日後、フェリペがルドルフの仲裁を受け入れたという知らせに、彼はエリザベスが機会を摑み損なったことに欲求不満になる。

一五八三年九月ウォルシンガムのスコットランド滞在中、娘フランセスとシドニーが結婚し、彼の家に住む。

ウォルシンガムの一五八一年の大使職には予期せぬ副作用があった。パリで、ダーンリー殺害に関わった容疑でモートンの失脚後フランスへ逃げていたスコットランド教会聖職者アーチボルド・ダグラスから、ジェイムズが一五六六年のスコットランド女王メアリーの廃位を撤回して彼女と共同統治するなら、彼を王として認めるという彼女と息子の関係修復計画「協力」（"the association"）のことを知る。またイエズス会修道士ウィリアム・クライトン（William Crichton［Creighton］）のスコットランドへの使命を知る。彼のスパイマスターとしての経歴はここから始まる。この陰謀からメアリーをイングランド女王エリザベスにとってかわらせようというスペイン、法皇、イエズス会修道士、ギーズ、あるスコットランド人たち、そしておそらくメアリー自身が関わっていた「イングランド計画」が確認され、この計画が一五八四〜五年のイングランド政策に中心主題を提供する。一五八四年一月スペイン無敵艦隊侵入のパニックで、一ヵ月後オラニエとの海軍の協定、イングランドと連合諸州がより緊密になり、彼は病床で協定原稿を作成する。

一五八四年六月のアンジューの死と七月のオラニエの暗殺で、オランダ人の反乱の運命とフランスの王位継承のより大きな危機が始まる。同時に大きな諜報の不意打ちで、八月にクライトンが反イングランドの大計画についての英語とイタリア語の文書を持ってスコットランドへ航海中、オランダ人の沿岸パトロールに捕まり、この計画は「スペイン王がネーデルランドのトラブルを片付けたら実行される」はずだとクライトンが暴露する。全員出席の枢密院の会議が十月に開かれ、二つの主要な決定がなされる。エリザベスはネーデルランドを崩壊させるわけにいかないことに同意し、これはスコットランドとの決着を含むことになる。もう一つは十月に枢密院によって調印された協力の誓約で、これは署名した者に、エリザベスの生命を守り、「いかなる身分の者であれ、陛下を傷つけることを企てる者を、武器を取って…追跡することを義務づけ」「メンバーは…そのような者（たち）に死を与え…究極の復讐を行」い、「女王の暗殺を企てた、あるいは実行した者による、あるいはその者のための、王位僭称の王位継承者は受け入れない」ことを誓わせた。誓約の的はメアリーとジェイムズ。皮肉なことにメアリーは、彼女自身が求めて署名を許される。題名は同様に皮肉で「メアリーとジェイムズの協力」だった。

一五八六年を支配したのはメアリーの処刑。一五八六年一月からの複雑な諜報操作で、メアリーは、ビール樽に仕込まれてこっそり持ち込まれ、また持ち出された手紙を通して一年以上も文通し、返事を書いた。手紙は、届くものも送るものもウォルシンガムのオフィスを通って解読され、この致命的なメカニズムの中で彼女はエリザベスの命を狙う真正の陰謀への祝福を求めたアントニー・バビントン（Babington）に返事を書いた。ウォルシンガムは何年もメアリーがイングランド計画の中心にいたと確信し、暗殺黙認の自発的意思が彼の疑惑を正当化する。十月十四、十五日にフォザリンゲイ城で裁判が行われ、十月二十五日裁判はウェストミンスターへ移され、ウォルシンガムを含む四十二人の委員会がエリザベスの暗殺を企てた咎でメアリーを有罪とするが、エリザベスは彼女を処刑したがらなかった。第四章訳注**23**参照

メアリーの裁判中、ズトフェンの戦いで受けた傷がもとでサー・フィリップ・シドニーが死に、先ごろの彼の父サー・ヘンリー・シドニーの死で複雑になった財政事情に重荷が加わった。義父ウォルシンガムはシドニーの六千ポンドの負債を引き受けることに直面し、更なる財政的援助を女王に求めて敵意ある反応に出会い、バーリーとレスターの加勢も成功しなかった。ウォルシンガムは十二月の中頃デイヴィソンに印章と玉爾を預けてバーン・エルムス（Barn Elms）の自宅に引っ込み、エリザベスが二月一日デイヴィソンのいるところでメアリーの死刑執行令状にサインした時、グリニッジにいなかった。

彼は対スペイン無敵艦隊作戦の中心にいて、暗殺の危険はあってもエリザベスはティルベリーの軍隊を訪問するというレスターの計画を支持し、八月八日、九日の女王の訪問に同行する。

ウォルシンガムの評価は歴史家の間で変動し、ウィリアム・カムデンら十七世紀の歴史家にとってバーリーと彼はエリザベス朝の国家の一対の柱で、カムデンはウォルシンガムを、賢く、骨身を惜しまず、信心深く、抜け目がなく、王国の利益を考えている人物と描写したが、十九世紀以降の歴史家は、彼の主義主張への当時の姿勢の観点から彼を評価した――プロテスタンティズム、精力的な外交政策、調査と帝国、イングランドにおけるカトリシズムの抑圧、スコットランド女王メアリーの処刑、スコットランドとイングランドの統合、スパイ活動の必要性。ジェイムズ・アントニー・フルード（Froude）によるウルジー失脚からスペイン無敵艦隊撃退（一五五六～九〇）までの英国史は、エリザベスが無能であるにもかかわらずバーリーとウォルシンガムが政府を支えたという古典的な研究を提供し、エリザベスのスパイマスターというウォルシンガムの永続するイメージを作り出した。

37　デュ・ベレー　第一章訳注**8**参照。

38　ローリーは、マンスターでデズモンド伯から没収された四万二千エーカーの土地を授与されていた。スペンサーはキルコルマンの城と荘園領地を授与されていた。ローリーは一五九一年にエリザベス・スロックモートンとの秘密結婚でエリザベス女王の寵愛を失い、ロンドン塔に入れられた。ロンドン塔で、あるいはその後、彼は四百年後にハットフィールド・ハウスで発見されることになるシンシア・ポエムズを書いている。ローリーの詩は本質的に宮廷人の作品。大半が愛に関わり、特にエリザベスへの愛を歌う。彼の詩はひとつには、宮廷で自分の名を高め、とりわけ女王の寵愛を得るための作戦行動だった。詩は、冷たいとか無感動なのではなく、反対に情熱的で、怒って、誇張的で、皮肉で厭世的で、しばしば絶望的。一五九五年頃、彼はまだ女王の寵愛を十分取り戻していなかった。第一章訳注**25**、第四章訳注**22**参照。

39　*OED*は、追放された者の意味で使われたexulの用例の初出として、この箇所を引用している。

40　ロドヴィック・ブリスケット　第一章訳注**31**参照。

41　エリザベス・ボイル　第一章訳注**27**参照。

42　キルコルマン　第一章訳注**34**参照。

43　エリザベス・サマセットとキャサリン・サマセット（Elizabeth Somerset, Katherine）は第四代ウスター伯エドワード・サマセットの娘たち。エリザベスはケントのヘムステッド・プレイスのヘンリー・ギルフォード

（Guilford of Hemsted Place）と、キャサリンはリトルのウィリアム・ピーター（Petre of Writtle）と一五九六年十一月八日にエセックス・ハウスで結婚した。それに先立ち、秋、二人の婚約式がやはりエセックス・ハウスで行われ、「プロサレイミオン」は二人の婚約を祝って書かれた。レスター存命中はレスター・ハウスと名付けられていた家を、レスターの死後、妻レティスが相続し、息子エセックスに売り、彼がエセックス・ハウスと名を変えた。

44　エセックス伯は、シドニーの死で、レスターの片腕としての役割と、国際的プロテスタンティズム防衛における騎士的擁護者としての役割を受け継ぎ、女王の寵臣としてレスターの後継者と見なされていたが、大陸での戦争続行を主張した。そのため大陸から軍隊を撤退させ、和平に向かおうとしていた女王や他の宮廷人と合わなくなり、アイルランド遠征の失敗の責任を問われ、裁判にかけられ、政治生命を失う。巨額の負債のため引退するわけにはいかず、エリザベスが甘口ワインのリース権を更新しなければ破滅するが、エリザベスは更新を拒否し、エセックスの心は決まる。ジェイムズ六世に支援を求め、行動の準備が始まり、エセックス・ハウスは政府に不満を持つ貴族、失業軍人、騒々しいピューリタンの説教の中心になる。一六〇一年二月三日エセックスの熱烈な支持者が、いかにして敵を封じ女王に彼らを糾弾するか、また宮廷、ロンドン塔あるいはロンドン市の支配権を得るかを議論する会合をドルリー・ハウスで開いた。エセックスが二月七日に枢密院に出頭するよう召喚されてパニックに襲われ、ロンドン市当局の助力を要請する計画が採用された。二月八日の朝三人の顧問官とウスター伯が、前日エセックスが来なかったことの説明を求めてエセックス・ハウスに現れる。四人とも彼に好意的だったが彼は彼らを閉じ込め、剣を帯び、ダブレットを着て、鎧は着ず、わずかな銃を持ち、サウサンプトン伯、ベッドフォード伯、ラットランド伯、ノーサンバーランド公爵の弟たちを含む三百人の男たちを引き連れてロンドン市に行進し、歩きながら市民の援助を求めたが、市長は門を閉じよと命じた。彼らは引き返し、中核の一隊のみがエセックス・ハウスに帰り着くが、直ちに海軍大臣の指揮する軍隊に包囲される。ロンドン塔から午後九時頃二台の大砲が届き、エセックスは降伏し、その夜ランベス・パレスで囚人として過ごし、翌朝、ロンドン塔に移され、彼の信奉者も逮捕される。二月十九日、エセックスとサウサンプトンがウェストミンスター・ホールで大逆罪の容疑で裁かれ、枢密院は過去数ヶ月の企てとドルリー・ハウスでの会合を暴露する。エセックスとサウサンプトンは死を宣告された。一六〇一年二月二十五日、エセックスはロンドン塔の中庭で首をはねられた。彼の最後の数時間の敬虔な振る舞いは、死後数年間、広く流布したさまざまな処刑の記述に記されている。彼はタワー・グリーンのセント・ピーター・アド・ヴィンキュラ（St. Peter ad Vincula）礼拝堂に埋葬された。エリザベスはエセックスの思い出に極端に感じやすくなり、彼の死に関わった者は御前から締め出された。エリザベスが死に、ジェイムズ一世が王位に就き、エセックスの運命に対して公に悲しみを表せるようになり、彼の『弁明』に加えて、さまざまなバラードや彼の思い出がジェイムズ一世の治世の初めの数年間に出版された。サウサンプトンがロンドン塔から釈放され、エセックスの息子に伯爵領が戻され、姉レディー・リッチが寵愛されたことにエセックスの名誉回復が反映されている。第一章訳注**45**参照。

第三章　王朝の叙事詩

1　スペンサー詩形（Spenserian stanza）はスペンサーが『妖精の女王』の中で用いた詩形。弱強五歩格八行と弱強六歩格一行からなる。押印形式は ababbcbcc。

2　アレキサンダー詩行（alexandrine）はフランス英雄詩の十二音節の詩行。英詩では五詩脚の英雄詩体中で用いられた弱強六歩格の詩行を言う。

3　ローリー　第一章訳注**25**参照。

4　ウェルギリウス　第二章訳注**13**参照。

5　セルウィウス（Maulus Honoratus Servius（4c–5c.））はローマ帝政期のラテン語文法家。ウェルギリウスの『アエネーイス』『牧歌』『農耕詩』の注釈で知られる。こういった注釈はもともと学校教育用に編まれたため、文法、修辞、文体の面に力点が置かれるが、詩の内容に対する貴重な見解も随所に見られる。この注釈書の写本には四世紀最大の文法学者アエリウス・ドナトゥス（Aelius Donatus）の、一部を除いて散逸したウェルギリウスの注釈がかなり含まれ、ウェルギリウス研究には不可欠の資料となっている。

6　ウェルギリウスは『農耕詩』第三歌の初めで「私はまもなくカエサル（オクタウィアヌス）の熾烈な戦いを歌い……」と書いている。オクタウィアヌスの戦いを語る叙事詩の構想を練ったことが窺えるが、彼を中心とする叙事詩の代わりに彼の伝説的な祖先アイネイアースを主人公とする『アエネーイス』が作られた。

アウグストゥス、ガイユス・ユリウス・カエサル・オクタウィアヌス（Augustus, Gaius Julius Caesar Octavianus（BC 63-AD 14））はローマの初代皇帝（在位前二七～後一四）。カエサルの姪アティアの子。初めガイユス・オクタウィウスを名乗る。四歳の時に父を亡くし、母の手で育てられ、十二歳の時、祖母ユリアの追悼演説を行う。前四四年、カエサルの暗殺に際し、イリュリクムでの学生生活を投げ打ってイタリアに戻り、カエサルの遺言で養子になり、ガイユス・ユリウス・カエサルと改名する。自らはオクタウィアヌスの名は用いなかったらしい。初めキケロやブルトゥスの共和派に与し、カエサルの名と資金を用いて兵を集め、カエサルの片腕だったアントニウスを破り、元老院からまったく非合法的に執政官職を手に入れる（前四三年）。同年アントニウスがレピドゥスと共にガリアから戻ると、彼ら旧敵と取引していわゆる第二次三頭政治を始める。後の権力の再配分で、オクタウィアヌスがローマ世界の西半分を、アントニウスが東半分を支配し、アントニウスがパルティア制圧やクレオパトラとの関係に気を取られている間に、オクタウィアヌスは本国におけるアントニウスの力を弱め、前三一年にアクティウムの海戦でアントニウスを破り、ローマ世界唯一の支配者として勝ち名乗りをあげる。プリンケプス（第一市民）という無難な称号を受けたとはいえ、事実上の専制君主で、新しい名アウグストゥス（尊厳なる者）には歴史的、宗教的な含みがあり、彼の威信を高めるために意識的に選ばれたもの。彼の長い治世は、本国では平和と再建の時代、外では健全な統治と確固たる征服の時代だった。ローマ人は彼にパテル・パトリエ（祖国の父）という称号を与え（前二年）、その死に際し、彼を神（アウグストゥス神）とした。内乱に疲弊したローマを平和の確立によって蘇らせたことから、伝説上の祖、ロムルスになぞらえられる。

アウグストゥスはマエケナスのサークルを通じてホラティウスら詩人と交流し、ウェルギリウスの没後、遺作『アエネーイス』を校訂・刊行させた。ローマ古来の宗教を復興し、風紀糜爛を諌めようとする政策はプロペルティウス、オウディウスらの揶揄を招いた。オウィディウスを黒海西岸に追放したことは有名。

7　マフェウス・ヴェギウス（Mapheus Vegius［［伊］Maffeo Vegio］（1406（07）–1458））はイタリアの司祭、人文学者、教育者。ローディ（Lodi）で生まれローマで死去。ミラノでウェルギリウス、オウィディウス等、古典を学ぶ。パヴィーア大学で哲学、法律を学び、後に詩とギリシア語を学び、同大学の詩学と法律の教授となる。後司祭になり、一四三一年にフィレンツェへ移り、メディチ家と教皇庁を中心とする作家のサークルに加わる。三三年以降教皇庁勅書秘書官。ローマに住み、哲学と神学を研究し、アウグスティヌス会に入会後、人文主義者の著作の中でも最もキリスト教的な「子供の教育とその道徳的修練」(*De educatione liberorum et erorum claris moribus*)を著し、アウグスティヌスとその母モニカをキリスト教教育の模範として称揚し、教父や聖書と並んで古典を学ぶことの重要性、女子教育の必要性を述べ、教育の主目的は道徳の涵養にあるとしている。生涯に五十を超える著作を著し、その中に三十八篇の詩が含まれる。

8　ボイアルド(Boiardo, Matteo maria, conte di Scandino(1441?–1494))はイタリアの詩人。スカンディーノ生まれ。フェラーラで学び、ノレラーラ伯爵の娘と結婚。一四七六年以降のほとんどをフェラーラ公エステ家に仕え、外交の任務に就き、一四八〇年頃から一四八二年までモデナの長官、一四八七年から死ぬまでレッジョの総督。アーサー王伝説と、カロリンガ王朝の伝承のロマンスの要素を結合させた彼の『恋するオルランド』(*Orlando innamorato*)は、人気を失いつつあった騎士道叙事詩に新しい生命を与えた。楽しみは勉強と詩で、ラテン語とイタリア語で膨大な詩を書いた。イタリア語作品のうち『愛についての三冊の本』(*Amorum libri tres*[Three Books on Love])は、アントーニア・カプラーラ(Antonia Caprara)への愛を語り、恋愛詩の多くが様式化された習作だった十五世紀の抒情詩の中で最も個人的で自発的なもの。『恋するオルランド』は一四七六年に書き始められ、三部から成るはずだったが、彼が死んだ時、初めの二部と第三部の一部しか完成していなかった。『恋するオルランド』の重要性は、(アリオストの『狂えるオルランド』(*Orlando furioso*)が続編と理解されている)騎士道恋愛の冒険物語のアーサー王伝説と、特に軍人の名誉と宗教に栄光を与えるカロリンガ王朝の物語を結びつけたことにある。この詩は一つには問答法的で博学な言葉のために、一つにはエピソードと人物の不注意な構成のために、しかし主として彼の時代の傾向とは合わない強い原始的な激情のために、人気がなかった。

9　アリオスト(Ludovico Ariosto(1474–1533))はルネサンス期イタリア最大の詩人。北イタリアのレッジョ・エミーリア(Reggio Emilia)でニコロ・アリオスト伯爵(Count Niccolo (c.1433–c.76))の息子として生まれ、九月八日に洗礼を受け「ニコロ・アリオスト卿の息子ルドヴィーコ・ジョヴァンニ」と記される。家名はボローニャの南方約二〇キロの地名リオストに由来し、詩人の名を記した古文献の中にはデ・リオストあるいはア・リオストと記したものもある。アリオスト一族の名は十二世紀の記録にあり、ボローニャのウーゴ・アリオストの姪「美しいリッパ」と呼ばれたフィリッパがフェラーラ君主エステ家のオビッツォ三世（Obizzo（1294–1352））の寵愛を受けて十三人の子を産み、一三四七年に結婚した。彼女は兄弟をフェラーラに呼び寄せ、アリオスト一族はエステ家宮廷内で勢力を伸ばした。アリオストも後年自分の作品中、出自を「フェラーラの貴族」と記すのを常とした。

アリオストの父ニコロ・アリオスト伯爵もエステ家の廷臣だったが、微妙な職歴を辿る。エステ家によってレッジョの行政長官に任ぜられた父親リナルドを幼くして失い、文芸への造詣も深かった叔父ジャーコモ・アリオストに引き取られ、アリオスト一族と親しい間柄のマントヴァのゴンザーガ家へ派遣される。叔父ジャーコモの指図でニコロはエステ家のためにゴンザーガ家の情報を書き送り、同時にエステ家の情報をゴンザーガ家へ伝えた。両家が友好的な共存関係にある限り情報官ニコロの役割は平穏無事だったが、ひとたび両家に緊張が生じれば、彼の立場は微妙なものになった。

十五世紀後半のフェラーラ（エステ家）とマントヴァ（ゴンザーガ家）の関係はおおむね友好的で協調的だった。両家を取り巻くイタリア半島の強国（ヴェネツィア、ミラノ、フィレンツェ、ローマ教皇庁、ナポリ）は政治的均衡を保ち、その狭間で両都市国家は婚姻関係を結んで連帯していたからである。しかし一四七一年八月エステ家の君主ボルソ公が病没し、継承をめぐってマントヴァとミラノの推すニコロ・デステとヴェネツィアの推すエルコレ・デステの間に争いが生じ、情報官としてのニコロの書簡は微妙な役割を果たした。その結果彼は長年の任地マントヴァを引き上げ、一四七二年一月レッジョの行政長官に任じられ、同地の名家マラグッツィやボイアルドの一族と親しく交わり、一四七三年に二十歳年下のダリーア・マラグッツィ・ヴァレーリと結婚し、翌年ルドヴィーコが生まれ、その後四人の息子と五人の娘が生まれる。ダリーアの持参金が引き渡される前に彼はレッジョ周辺にかなりの領地を手に入れていたが、汚職まがいの行為があったと非難され、一四八一年、ロヴィーゴの行政長官に転任させられる。翌年五月の塩の販売をめぐるヴェネツィアとフェラーラの紛争で、ロヴィーゴの兵員は乏しく、彼の率いる軍隊は撤退し、一家は母の故郷レッジョに難を逃れる。紛争が収まった一四八五年一月、一家はフェラーラに戻り、彼は文人マテオ・マリア・ボイアルドと共に君主に従い平和条約祝賀のためヴェネツィアに赴く。

幼年時代のルドヴィーコにとって最も親しい土地はレッジョで特に母の実家マラグッツィ公の山荘は後年まで彼の好む場所だった。十歳になりフェラーラに起居することになったルドヴィーコは、すぐ下の弟ガブリエルと共に、一四八五年〜一四八九年、初め家庭教師にラテン語を学び、古典の教養を身につける。一四八九年、十五歳でフェラーラ大学に入り、父の意志で法律を学び始める。一三九一年にエステ家君主アルベルトが創設したフェラーラ大学は、一四〇〇年代末にはフランス、ドイツ、オランダなどヨーロッパ各地から学生を集め、イタリア半島でも有数の学問の府になっていた。一四八九年に父がモデナの行政長官となり、一家は同地へ移るが、ルドヴィーコは学業を続けるためフェラーラに残る。その頃のフェラーラはエステ家が政治的かつ文化的に均衡と繁栄を保ち、一四九〇年に公女イザベッラが十六歳でマントヴァの君主フランチェスコ・ゴンザーガに嫁し、華麗な百名の従者の列が彼女に付き添ってポー川を渡り、翌年次女ベアトリーチェがミラノの支配者ルドヴィーコ・スフォルツァすなわちイル・モーロに嫁ぎ、イル・モーロの姪アンナ・スフォルツァがエステ家の嫡子アルフォンソに嫁いだ。

大学へ通う間に彼の気質が法学に向いていないことが次第に明らかになる。父は彼が実学を身につけ、宮廷で速やかに出世することを望んだ。父は厳格な性格や巧みでない行政手腕のために役職を解かれ、そのため一家は安らぎを得ず、宮廷官吏の不安定で時には無常な生活と身分に批判的な目を向けながら彼は成長し、実学よりも倫理と思弁の哲学を好み、美と空想を重んずる性質があった。宮廷内の権力構図はもちろん、宮廷を取り巻くヨーロッパ全土の政治状況もかなり認識し、人文主義の思想に惹かれ、詩や文学に強く魅せられ、早くからラテン語による詩の習作を行い、一五九三年にはエルコレ一世によって設立されたエステ家宮廷の劇団に加わり、舞台にも立った。これは当時上流階級の子弟が宮廷社会へ入る際に踏むべき手段の一つだった。

アリオストは公妃エレオノーラの追悼詩を俗語（イタリア語）で書く。この頃には父も彼の文学志望を認めざるを得なくなり、一五九四年、彼は法学の勉強を放棄して文学修行に転じ、ホラティウスやキケロのラテン語作品の学習に取り組み、アウグスティヌス派の修道士から法衣を捨てて人文主義研究者になったグレゴーリオ・ダ・スポレートの影響を受ける。スポレートはメディチ家のジョヴァンニ（後の教皇レオ十世）の家庭教師だった。フェラーラ宮廷ではパラディーノ宮殿に住み、エステ家廷臣の俊英にラテン文学やギリシア文学を講じた。アラゴン家のイザベッラに息子の家庭教師を依頼されてミラノに移る。

一四〇〇年代の終わりから一五〇〇年代の初め、グァリーノ・ヴェロネーゼ（グァリーノ・デ・グァリーニ、一四〇〇年没）に始まるいわゆるフェラーラ人文主義、フェラーラ・ルネサンス芸術が花咲き、彼らはラテン語だけでなく俗語でも詩文を発表した。とりわけ俗語詩にたけた者にフェラーラ宮廷第一の詩人ボイアルドがいた。エルコレ一世は壮大な都市改造計画を進めつつあり、建築家ピアージョ・ロッセッティがディアマンティ宮殿やスキファノイア宮殿を造営した。このような動きに伴い、ピサネッロ、ヤーコポ・ベッリーニ、マンテーニャ、フランチェスコ・デル・コッサら、彫刻、絵画、その他装飾芸術の分野の才能ある人物が宮殿を訪ね、音楽では北方フランドルの作曲家ジョスカン・デ・プレが宮廷に招かれた。演劇の分野では貴族の子弟が演じる習慣があり、古典劇の復興が盛んで、革新的な技法も創案され、フェラーラ宮廷の華麗な観劇の様相はヨーロッパ全土に伝えられ、ヴェネツィアで一四九一年に印刷業を創始したアルド・マヌーツィオ、学者ピエトロ・ベンボ、文人ジャン・ジョルジョ・トリッシーノなど多くの詩人、文学者がフェラーラ宮廷へ向かった。アリオストはこのような文化的芸術的雰囲気の中で文学を志した。当時ヨーロッパで最も広い文化的視野を備えていたフェラーラ宮廷で貴族として生活したことから、アリオストの詩的世界は桁外れに大きなものとなった。

一四九四年八月フランス王シャルル八世が四万の兵を率いて強力なカルバリン砲と共にアルプスを越え、ミラノ、パヴィーアに立ち寄り、イル・モーロとの連帯を確認しつつ友好関係にあったフェラーラ公国を通ってトスカーナ地方へ下った時、コレッジョの行政長官ボイアルドはエステ家とシャルル八世の協定に従い、フランス軍のために宿舎や兵糧の便宜を図った。シャルル八世がフィレンツェの政権からメディチ家を追い、ナポリを落とし（一四九五年二月）、アルプスを越えて去った後、フェラーラ公国の政治的立場は次第に微妙なものになる。一五〇〇年二月アリオストの父が亡くなり、彼の肩に六人の弟妹と母を扶養する義務がのしかかる。エステ家君主エルコレに任務の拝命を願い、数ヵ月後辺境の地カノッサの城砦司令官に任じられ、一五〇一年の夏、荷駄の中に多数の書物を入れて任地へ向かう。中世の要塞の面影は薄れ、平穏な山岳地帯に捨て置かれたような場所で、新任司令官の役目は閲兵や騎馬の遠乗り程度。風光明媚な砦で読書をし、古典よりも中世の騎士物語に関心が移り、仏語、独語、スペイン語、トスカーナ、ヴェネト、リグリア地方のイタリア俗語で書かれた物語を読みふけり、『デカメロン』等のボッカチオの作品に触れ、ボイアルドの『恋するオルランド』に強く魅せられたという。この時期、連れて行った下女との間に息子が生れる。

アリオストが効率のいい仕事を求め、実務にたければたけるほど、彼の物語詩は虚構の世界へ深く入りこみ、空想文学の枠を大きく膨らませていく。一五〇二年のアルフォンソ公とルクレツィア・ボルジアの結婚で祝婚歌を書く。一五〇〇年に書き始めて一五〇四年に中断したオビッツォ・デステの武勲詩が初めての叙事詩の試み。一五〇三年秋にカノッサの任務を終え、十月にアルフォンソ公の弟イッポリト枢機卿に仕える。これはより大きな報酬が得られたため。一五〇五年頃書き始めた長編叙事詩『狂えるオルランド』はイッポリト枢機卿に献呈され、一五一六年にフェラーラで初版が公刊され始める（一五一六年十月—十七年四月）。枢機卿に仕えていた十三年間、ローマはもちろん、フェラーラ、ミラノ、ボローニャ、モデナ、マントヴァ、フィレンツェなど周辺諸都市へ頻繁に公務の旅をする。フェラーラの自宅から遠くない地区に住んでいた釘屋の娘オルソラ（もしくはオルソリーナ）・サッソマリーノと一五〇八年から親しい仲になり、翌年息子ヴィルジーニオ（Virginio）が生まれる。彼女との仲は一五一三年まで続き、翌年相当な持参金をつけて自家の使用人に嫁がせ、家も購入し、息子には期待を寄せて人文主義の教育も受けさせ、晩年遺産相続の遺言をする。

一五一三年六月十四日、アリオストはフィレンツェの友人宅でアレッサンドラ・ベヌッチ（Alessandra Benucci）という美貌の女性に終生の愛を誓う。彼女の夫ティート・ストロッツィはフィレンツェの名門の一員で、フェラーラ宮廷へ出入りしてエステ家とフィレンツェ金融業界の間を取り持っていた。『狂えるオルランド』の冒頭にムーサの役割も担わされて彼女が登場する。彼女の夫は一五一五年に急死するが、彼女との結婚は後年秘密裏に行われた。一つには彼の聖職禄を失わないため、またアレッサンドラと前夫との間の六人の子供の養育権を手放せば彼女の生活が経済的に困難になるためだった。

一五一七年にイッポリトがハンガリーの総司教に任じられ、アリオストは任地への同行を求められるが断って罷免される。こうしてアレッサンドラの近くに住み続けることが出来たが経済的に不安定になり、一五一八年の春、エステ家のアルフォンソ公に願って宮廷に召し抱えられ、ローマ教皇庁やフィレンツェのメディチ家に使節として派遣される。一五一九年に従兄リナルド・アリオストが遺言を残さず急死して、遺産相続の争いに巻き込まれる。フェラーラ公国と教皇庁との対立という非常事態で俸給の支払いが停止され、経済的に苦しい日々の中で、初版に推敲を加えて『狂えるオルランド』（第二版）を一五二一年に刊行する。

一五二二年二月、エステ家アルフォンソ公は、滞っていた俸給の埋め合わせに彼をガルファニャーナ（Garfagnana）

地方の行政長官に任命する。アペニン山脈の山岳地帯ガルファニャーナはフェラーラ公国の辺境、フィレンツェ共和国と隣接した、党派の争いのある、山賊が跋扈する荒々しいところで、アレッサンドラをフェラーラへ残して赴任する前、彼は次男ヴィルジーニオを正統な相続人とする遺言を書く。一五二五年六月までの長官時代の三年間、彼は『風刺詩』を書き、辺境の任務の困難さを歌い、ヴィルジーニオの勉学を当代随一の学者ベンボに委託する旨の詩等を書く。フェラーラに引き上げて生活にゆとりを得て、外交使節、長老諮問委員、宮廷劇監督官など比較的閑雅な職務に就き、一五二八年にはアレッサンドラと正式に（密かに）結婚し、一五二九年にはかねて購入のミラソーレの居館（現在のアリオスト旧居）に移り、妻と息子ヴィルジーニオと平穏に暮らし、『狂えるオルランド』を推敲し、一五三二年第三版全四十六巻をフェラーラの印刷業者フランチェスコ・ロッソ・ダ・ヴァレンツァから出版する。内扉には親交のあった画家ティツィアーノの描いた肖像画を入れた。エステ家君主アルフォンソに献呈し、ゴンザーガ家のフェデリーコ、イザベッラ、教皇、フランス王、ヴェネツィア総督、ジェノヴァ総督、ヴィスコンティ家、メディチ家に贈呈し、本はヨーロッパ中に広まる。その年の十二月三十一日エステ家宮殿の一翼から出火して三日間燃え続け、演劇の間も苦心して作った舞台も焼け落ちる。アリオストは病の床に伏し二度と起き上がれなかったという。一五三三年七月六日に亡くなり、遺骸は聖ベネディクトゥスの僧院に埋葬された後エステ家礼拝堂に移され、一八〇一年にフェラーラ大学図書館に安置された。

10　エステ家（Este）はイタリアの重要な大公家。十三世紀から十六世紀中フェラーラを統治し、セデナ（Modena）とレッジョ（Reggio）を中世後期から十八世紀まで統治した。古ロンバルドのエステ出身者（the Estensi）がモンセリーシ（Monselice）、ローヴィーゴー（Rovigo）、フリーウリー（Friuli）とエステ（パドバの近く）で支配権を確立し、エステという町の名を自分の名とした。辺境伯アルベルト・アッツォ三世（Alberto Azzo（d. 1097））が一族の祖。息子バヴァリア公爵ヴェルフ四世（Welf）が分家して、バヴァリア、ブラウンシュバイク、リューネブルクの各公爵家（Brunswick, Luneburg）とハノーヴァー選帝侯が出ることになる一家が始まる。オビッツォ一世（Obizzo（d. 1193））がフェラーラの大家の一つとの婚姻で一族に政治的重要性をもたらす。アッツォ六世（d. 1212）の死で一族の影響力は衰えるが、一二四〇年にアッツォ七世がゲルフ党［中世イタリアで皇帝党勢力に対抗して教皇を擁護した教皇派］（the Guelf league）と同盟を結び、一族の力を強くする。ゲルフ党の強さでオビッツォ二世（1264–93）はフェラーラの永続的君主にされ、後にモデナ（一二八八）とレッジョ（一二八九）の君主にされる。ニコロ二世（Nicolo（1361–1388））がエステ城を建て、アルベルト五世（1388–1393）がフェラーラ大学を創立する。ニコロ三世（1393–1441）はエステ一族をイタリア政界の高い地位に押し上げ、レオネッロ（Leonello（1441–1450））がフェラーラを文化の中心地にする。ボルソ（Borso（1450–1471））がフリードリヒ三世（Frederick）によってモデナとレッジョの公爵にされ、法王パウロ二世によってフェラーラの公爵にされる。エルコレ一世（Elcole（1471–1505））がナポリ王の娘との婚姻で政治権力を得、子供たちとイタリアの有力な一族との婚姻で地位を固める。アルフォンソ一世（1505–1574）は法王ユリウス二世にモデナとレッジョを奪われるが、取り返す。エルコレ二世（1534–1559）はフランスのルイ十二世の娘と結婚する。最後のフェラーラ公爵アルフォンソ二世（1559–1597）は嫡出の後継者を持たず、公国をいとこのチェーザレ（1562–1628）に遺す。一五九八年、法王クレメンス七世はチェーザレにモデナとレッジョだけを残してフェラーラを法王直轄地とし、イタリア政治におけるこの一族の重要性を減じた。

11　トルクアート・タッソー（Torquato Tasso（1544–1595））はルネサンス後期のイタリア詩人。ナポリ王国のソレントで三月十一日に誕生。一〇九九年にトルコ人からエルサレムを奪還した第一次十字軍期のエルサレム奪還を扱った叙事詩『エルサレム解放』（*Gerusalemme liberate*（1581））で有名。詩人で宮廷人ベイアナードウ・タッソー（Bernardo）の息子。子供時代は一家の不運で暗かった。父は一五五二年に追放されたサレルノ大公に従い、一家の領地は没収される。母は一五五六年に亡くなり、母の持参金について訴訟が起きる。タッソーは一五五四年にローマで、また二年後にウルビーノ公爵の宮廷で父と一緒になり、公爵の息子と共に教育を受ける。彼はすでに十字軍の話に想像力をかきたてられていて、一五五八年にトルコ人がソレントを攻撃し、姉コルネーリア（Cornelia）が辛くも虐殺を逃れたことに衝撃を受ける。ヴェニスにいる間に彼はオッタヴァ・リーマ（十一シラブルの八行詩）で叙事詩を書き始め、『エルサレム解放』を書き始めるが、詩作をやめて騎士道のテーマに向かい、技巧的ではあるが、詩才を示すものではない『リナルド』（*Rinaldo*（1562））を書く。一五六〇年に法律の勉強にパドバへ行き、人文主義者で批評家のスペローネ・スペローニ（Sperone Speroni）の指導でアリストテレスの『詩学』を学ぶ。おそらくこの頃『詩論』（*Discorsi dell'arte poetica*［Treatise on the Art of Poetry］（1587））を書き始める。

一五六五年エステ枢機卿ルイジ（Luigi）に仕え、フェラーラ公爵アルフォンソ二世の宮廷を頻繁に訪れ、公爵の姉妹ルクレツィアとレオノーラの庇護を得て彼女らのため最良の抒情詩を書く。一五六九年に父が死に、翌年ルクレツィアがフェラーラを去り、彼は枢機卿に従ってパリへ行き、ピエール・ロンサールに会う。一五七一年にフェラーラに戻り公爵の宮廷人になって詩作に専心する。一五七三年に書いた牧歌劇『アミンタ』（*L'Aminta*）が同年上演され、一五八一年に出版される。この劇はフェラーラで享受した幸せな宮廷生活の理想化を反映している。

フェラーラ滞在の初めから書いていた彼の傑作『エルサレム解放』を一五七五年に完成させ、ゴドフロワ・ド・ブイヨン（Godfrey of Buillon）率いる第一次十字軍のエルサレム征服と、アスカロン（Ascalon）の戦いで頂点に達する最後の数ヶ月の行動を物語る。歴史的事件に彼は叙情的で快楽主義の想像力を自由に表現できる想像上のエピソードを加えた。イタリア人英雄リナルド、彼の謀反、サラセン人の乙女アルミーダ（Armida）への愛、彼の後悔、最後の戦いに断固として参戦するエピソードが重要。タッソーは、イタリア人英雄タンクレッド（Tancred）と美しいサラセン人クロリンダ（Clorinda）との恋、心ならずも彼女を戦で殺す話、アンティオキアのプリンセス、エルミニア（Erminia）のタンクレッドへの秘かな恋、エルサレム王アラディーノ（Aladino）に好意的な超自然の介入を付け加える。『エルサレム解放』で、タッソーは彼が生きた時代の倫理的な大望と彼自身の官能的インスピレーションのバランス、ルネサンス期の学者が定めた叙事詩の形式の規則と彼自身の叙情的な空想の衝動のバランスを取ろうと努め、ロマンティックで牧歌的なエピソードを歴史上の事件に加える。

自分の叙事詩の詩的な新しさを意識して、タッソーは批評家に改訂してもらうためにローマへ行く。一五七六年にフェラーラへ帰り、自ら求めた批評を受け入れたいという衝動と、この種の権威者に反抗したいという衝動を覚え、矛盾するムードで改訂を始める。自分の宗教的正統性について根拠のない良心の呵責を覚え、被害妄想に陥り、翌年フェラーラからの突然の出奔と極端な危機の兆候を見せ、フェラーラ公爵の命でサンタ・アンナ病院に監禁される（一五七九―八六）。監禁中、彼は十六世紀のイタリア語の散文の最良の例となる哲学的対話をいくつも書く。一五八一年に『エルサレム解放』の初版と『詩と散文』（*Rime e prose*）の一部が出版される。彼の叙事詩とその直接の先達アリオストの『狂えるオルランド』それぞれの利点について、長い議論がイタリア人批評家の間で始まり、タッソーも『弁明』（*Apologia*（1585））で論争に参加する。

一五八六年七月、タッソーはマンチュア大公ヴィンチェンツォ・ゴンザーガ（Vincenzo Gonzaga）の介入でサンタ・アンナ病院から解放され、マンチュア公の宮廷に受け入られる。創造的インスピレーションが蘇り、悲劇『ノルウェー王ガレアルト』（*Galealto*）を完成させて『ゴート族の王トリッズモンド』（*Re Torrismondo*（1587））と改題する。いつもの不安がぶり返してマンチュアから逃げ出し、主にローマとナポリの間をさまよい、宗教詩「オリーブ山」（Monte Oliveto［Mount of Olives］（1605））と「天地創造の七日間」（Le sette gionate del mondo creato［The Seven Days of Creation］（1607））を書く。一五九二年五月、ローマでクレメンス八世の甥チンツィオ・アルドブランディーニ枢機卿（Cinzio Aldobrandini）に歓待され、彼が当時の倫理的、文学的偏見に屈した度合いを示す失敗作『エルサレム征服』（*Gerusalemme conquistata*（1593））の初版を献呈する。一五九四年六月再びナポリへ行き、そこで『叙事詩論』（*Discorsi del poema*［Treatise on Epic Poetry］）が出版される。十一月にローマへ帰ると、法王は彼に年金を与え、桂冠詩人にすることを約束するが、翌年三月彼は病気になり、数周間後に亡くなる。

12　フェアファクス（Edward Fairfax（1568?–1632x5?））は翻訳家。タッソーの『エルサレム解放』の翻訳『ゴドフロワ・ド・ヴィヨン、すなわちエルサレム奪還』（*Godfrey of Bulloigne*［Godefroi de Buillon］, *or, The Recoverie of Jerusalem*）を一六〇〇年に出版した。彼はカルー訳の最初の五篇（一五九四年）、ハリントン訳のアリオスト、スペンサーの『妖精の女王』を考慮して訳し、つぼを押さえた語り口、広く適切な学識で彼の名声が確立された。

フェアファクスはサー・トマス・フェアファクス（1521–1600）の四人の息子のうちの三番目。彼と弟はブライアン・フェアファクスの『フェアファクス文献集』（*Analecta Fairfaxiana*（c.1705））によれば庶子。父に気に入られ領地の大部分を受け継ぐが、一六〇〇年、追放された長男トマスが武装した男たちを率つれて館に押し入り、父に遺言の書き直しを迫り、エドワードは一五〇ポンドとフューストン（Fewston）のニューホールだけを譲られる。一六〇〇年に結婚。兄と和解し、ニューホールに落ち着き、カントリー・ジェントルマンになる。ウェルギリウスとテオクリトスを模した十二のエクローグを書き、「黒太子の歴史」（"History of the Black Prince"）とジェイムズ一世の追悼詩を書いた。

13　ハーヴィー　第一章訳注**13**参照。

14　マロ（Clement Marot（1496–1544））は「十五世紀フランスのブルゴーニュの宮廷付作者」ジャン・マロ

（Jean）の息子で宮廷詩人。一五一五年から一五二六年までの初期の作品は、彼が中世詩作家の最後の一人であることを暗示する。彼は『バラ物語』とヴィヨン（Villon）の作品を編集し、「嘆きの詩、バラード、そしてロンド」の古い決まった形に満足し、彼の初期の寓意詩『キューピッドの社』（*Le Temple de Cupido*）は「十五世紀フランスのブルゴーニュの宮廷付作者」の目的と形式を十分反映している。しかしウェルギリウスとオウィディウスを訳した人文主義者ピアニング（Pearning）への関心と後期の作品が、彼を最初のルネサンス詩人にする。流れるようなリズム、人をひきつけるユーモア、「詩作家」の過剰をそぎ取った、気楽で官能的な作風は彼をイタリア人と並ぶ作家にし、彼は（エピグラム、エレジー、とりわけ書翰など）新しい表現形式を取り入れ、（遊びのちぐはぐ話のような）古い形式を復活させた。

深いところで宗教改革者に共感し（レントの断食を破って一五二六年に投獄され、教会の追及を恐れて二度パリへ逃げ）、そこから貧乏人の惨めさに焦点をあて、教会が容認している牢獄の現状と攻撃といじめの糾弾に向かう。彼の叙情的な才能はブラゾンから広がって、詩についての洗練された真面目な瞑想、特に詩篇の翻訳（一五四一年、一五四三年）に発展し、何度も重刷されてプロテスタントの伝統になる。

彼の死後「クレマン・マロ風」の詩人たちが彼の作風を真似、彼のような成功を収めようとするが、彼の機知、魅力、技巧を欠き、彼の評判は十年もしないうちに劇的に低下する。ロンサールは彼を賞賛したが、プレイヤード派の詩人は彼を旧式な詩の理想の体現者とした。しかし歴史的には、彼はとりわけ形式の上で詩作家からプレイヤード派への移行期の詩人として重要性を持つ。彼は詩（韻律）の形式の革新、新しい主題とジャンルの開発、詩の世界に個人的な動きと日常の経験を注入することに決定的な役割を果たした。

15　一五七七年の夏、イングランド遠征軍のネーデルランド派遣が強い可能性を持ち、九月にレスターは活発に準備を始めるが、カトリックのネーデルランド人に対する公然のプロテスタント同盟の政治的効果を心配して、はじめにオラニエが後退し、女王はフェリペ二世が居座る可能性があると考えて後退し、イングランド人の小部隊のみが一五七八年の春派遣され、大遠征隊は予備に残された。その間にアンジュー公アランソンが大仰な援助の申し出をもってオランダ国会に近付く。アンジューの介入に対し、エリザベスは彼をネーデルランド計画からそらすため、一五七八年五月、縁談を考慮するとほのめかす。彼は情熱的に反応し、彼女だけに従うと申し出た。一五七八年九月、エリザベスは条件なしの会談が必要な第一ステップだと繰り返し言うが、アンジューは家令ジャン・ド・シミエ率いる代表団を送り、結婚協定を最初に結ぶことを求める。交渉は三月末まで行き詰まり、アンジューは協定なしに来ることに同意し、八月に訪れ、彼女とグリニッジで密かに会うが、何が同意に達したのか定かでなく、シミエはフランスへ持ち帰る協定原稿を強く求め、枢密院は十月初め結婚を一般的な言葉で情熱も持たず議論し、シミエの圧力で初めて、宗教の一文を保留にしたままの原稿が同意に達し、彼は十一月フランスへ帰った。

16 レスターはプロテスタントの擁護者として名高かった。エリザベス女王の寵臣で、エリザベスの即位直後から女王との親密さが取り沙汰され、二人の結婚の可能性もあった。第一章訳注**18**参照。

17 トロイの王子パリスがスパルタ王メネラオスの妃ヘレナを略奪したことから始まったトロイ戦争で、トロイはギリシア軍に包囲された。

18 対型（antitype）は過去にその（象徴的）原型のあるもの。人物、物語など。特に聖書について言う。たとえば「聖母」はイヴの対型、反対の型。

19 モンマスのジェフリー（Monmouth, Geoffrey of［Galfridus Arturus］(d. 1154/5)）はセント・アサフ（St Asaph）の司教、歴史家。ジェフリーの死後の名声は彼の文学作品による。彼は中世で最も人気と影響力のあった『ブリテン列王史』（*Historia regum Britanniae*）の著者。『ブリテン列王史』はブリテン島に人が住みついた出発点、トロイア人の移住者ブルータスの伝説から始め、いくつもの王朝を経て最期の栄光の英国王たち、特にユーサー・ペンドラゴンとアーサーまで、サクソンの侵略以前の生き生きした英国史の記述を提供する。『ブリテン列王史』はアーサー、マーリン、リア王たちを国際的ラテン語読者層に伝え、アングロ・ノルマン語、フランス語、英語、ウェールズ語、ノルド語に翻訳されてさらに広い読者層に届いた。自分が書いたと彼が宣言した唯一の著作。中世期に彼の名で回覧された他の二つは、人気のあるラテン語の散文『マーリンの諸予言』（*Prophetie Merlini*［'The Prophecies of Merlin']）とあまり知られていないラテン語の詩「マーリンの生涯」（*Vita Merlini*［'Life of Merlin']）。『ブリテン列王史』は一一三九年頃、他の二つは一一三〇年代、四〇年代に書かれたらしい。『マーリンの諸予言』は『ブリテン列王史』の要の位置を占める。

『列王史』への最初の反応は、ジェフリーの友人で歴史家リンカンのアレキサンダーの友人の依頼人、一一三九年にカンタベリーのシオボールド（Theobald）大司教と共にローマへ旅したハンティングドンのヘンリーのもの。旅の途中ベック（Bec）のノルマン修道院に泊まった時、歴史家で後にモン・サン・ミッシェルの大修道院長になるロベール（Robert de Torigni）の作品を見せられ、自分の『英国人の歴史』（*Historia anglorum*）の研究で資料が見つからなかった時代の記述を発見して驚き、ほとんど編集せずに要約し、仕事の補足となるブリトン人（［ブレトン人ゲアリン］Guerin the Breton）宛ての手紙を用意した。十二世紀後半の二人の作家、ウェールズのジェラルドとニューバーグ（Newburgh）のウィリアムが、主としてジェフリーによるアーサーの栄光の生涯と不思議な死の扱い方について、ノルマンの侵害に対するケルトの抵抗に焦点を当て、『列王史』に痛烈な非難を浴びせた。しかし『列王史』はすでに大陸とイングランドで歴史の正典となっていて、十六世紀まで歴史家、詩人、劇作家が『列王史』から盗った。

ジェフリーの生涯はほとんど知られていない。彼は一一〇〇年から一一一〇年前後に生まれ、彼の存在が始めて勅許状に記された一一二九年頃、成人した。彼の作品にケルトの資料との関わりが暗示されるため、彼の文化的背景は議論を呼んでいる。初期の学者は彼をウェールズ人かウェールズ語を話す人と考え、彼の父はウェールズ人とされている。同時代人は彼をモンマスのジェフリーではなくジェフリー・アーサー（Geoffrey Arthur［Galfridus Arturus, or Galfridus Artur］）と呼んだ。この名は彼の学者としての関心を反映するニックネームとみなされる。彼自身は「モンマスの」という地名を用いてケルトとのつながりを主張したが、彼のウェールズ語の理解は僅か。一〇六六年以後ウェールズに住んだフランス語を話すエリート、すなわちウォルター・マップとかウェールズのジェラルドといった傑出した作家の身分に位置づけるのがいい。ウィリアム一世がモンマスを一〇八六年以前にウィクスエノック（Wihenoc）に授けて以来ブルトン人の領主がモンマスを所有したので、ジェフリーの祖先はノルマンというよりウィクスエノックか彼の継承者の随員として国境地方に定住したブルトン人だった可能性がある。

一一二九年からセント・アサフの司教に選ばれるまで、彼の足取りが定期的にオックスフォード辺りにたどれる。彼はこの地方の団体に好意的な勅許状に署名している。一一三九年頃彼は時々マジスター（*magister*）と呼ばれているが、これはこの時期のイングランドでは到達出来そうにない学問のレベルを示すもの。この年に建てられたオウズニー修道院（Osney Priory）の設立勅許状に名があることでオックスフォードとの関わりが初めて証明された一一二九年以前に、彼はおそらく大陸の大学（パリ）で教育を受けた。彼をオックスフォード城内のセント・ジョージ教会の法律司祭の一人とみなす人が多い。

オックスフォードの首席司祭ウォルターはジェフリーの影響力ある友人とみなされている。ジェフリーは『ブリテン列王史』第二章で、レトリックの技と外国の歴史について学識のある人物、自分がラテン語に訳したとジェフリーが主張している、英国人の言葉で書かれた古い本を供給してくれた者としてウォルターの名を挙げている。リンカンの司教座聖堂参事会員モンマスのラルフは彼のもう一人の仲間と見なされる。『ブリテン列王史』を献呈された主な辺境の大領主はグラモーガン（Glamorgan）とモンマスのすぐ西、南西ウェールズのグウィンルグ（Gwynllwg）の領主、ヘンリー一世の庶出の息子グロスター伯ロベールとロベールのライバルで隣人のミューラン伯ウォールラン（Waleran, Meulan）。彼はこの地方でジェフリーに強力な庇護を与える見込みがあり、一一三五年にウスター市を獲得し、一一三八年にウスター伯の爵位を得た。ジェフリーの職業生活はオックスフォードのあったリンカン司教区に影響され、彼は『ブリテン列王史』の中核をなす『マーリンの諸予言』をリンカン司教のアレキサンダーに献呈し、最後の作品『マーリンの生涯』をアレキサンダーの後継者ロベール・ド・チェズニー（Chesney）に献呈した。これは、一一四七年のグロスター伯ロベールの死後、新しい庇護を得ようとする彼の必死な運動と解釈されてきた。

地理的な共感と同様、政治的な共感もジェフリーの職業生活の背後にある。一一三九年にマティルダとスティーブンの間に戦いが起きた時、ジェフリーはほぼ確実にアンジュー側の影響下にあった。一一三九年からグロスター伯ロベールはマティルダの主張を支持してイングランドで戦った。モンマスの領主たちはロベールの最も強力な同盟者で、一一四〇年頃もう一人のブリトン人領主ウォリングフォード伯ブライアン・フィッツ（Brian fitz, Count of Wallingford）がマティルダ側と宣言して以来、オックスフォードはアンジュー側に要塞を提供した。ジェフリーはおそらく一一三八年にグロスターがスティーブンとの同盟を翻す前に『ブリテン列王史』を完成させた。献呈者が『ブリテン列王史』作成の日付に最良の手がかりを与え、ほとんどの本がロベールだけに献呈されているが、一冊の写本はロベールとスティーブン王に献呈され、九冊がロベールとウォルターに献呈されている。献呈はほぼ確実に一一三七年のロベールとスティーブンの亀裂以前で、『ブリテン列王史』が一一三八年以前に入手できたことを暗示する。

ジェフリーの人生で最もよく記録に残っているのは彼の最期。彼は一一五一年二月二四日北ウェールズのセント・アサフの司教に選ばれる。その一週間前に司祭になった。これは彼の司教区のあった王国ポウイス（Powys）がノルマン系イギリス人にとって極めて不安定な時期で、一一四九年にポウイスのプリンス、マドグ（Madog ap Maredudd）がオズウェストリー（Oswestry）を奪取し、一一五二年にその息子がモンゴメリー卿スティーブン・フィッツボールドウィンを殺した。ポウイス東部のノルマン系イギリス人地区への襲撃のためジェフリーは司教区に居住出来なかったかもしれない。彼は昇進後長くは生きず、一一五四年十二月二十五日から、彼の継承者と思われるリチャードが就任した翌年十二月二十四日までの間に死んだとされている。

20　ポリドア・ヴァージル（イタリア語名ポリドーロ・ヴェルジリオ（Polydore Vergil［Polidoro Vergilio］（c.1470–1555））は歴史家。ヴァージルは洗練された批判的知性を研究で頻繁に示した。たとえば英国で話されている言語の調査。モンマスのジェフリーの著作を破壊的に分析し、アーサー王の史実性を否定して、アーサーの存在を自著『栄光のブリタニア王アーサーの存在を主張する』（*Assertio inclytissimi Arturii Regis Britanniae*（London, 1544））で証明しようとした古物研究家ジョン・リーランド（Leland）に攻撃される。

ヴァージルはおそらくウルビーノ近くで生まれた。ヴァージル一家には学問の伝統があり、祖父アントニオ・ヴェルジリオ（Antonio）は医学と天文学に造詣が深く、パリ大学で教えたと記され、兄ジョバンニ－マッテーオ（Geovanni-Matteo）は哲学者ピエトロ・ポンポナッツィ（Pietro Pomponazzi）の弟子で、自身もフェラーラとパドバで教えた。聖職者で法律家の叔父テセオ・ピニ（Teseo Pinni）がボヘミアンについて書いた『……の鏡』（*Speculum cerretanorum*）はエラスムスに『伝道の書』で言及され、一五二八年にヴィッテンベルクでマルティン・ルターの前書き付きで出版された。一族の紋章は月桂樹と二匹のトカゲの図像。ポリドアが司教座聖堂助祭だったウェルズ大聖堂の聖歌席の上に、この紋章の旗が掲げられていたと記録されている。

ヴァージルはパドバ大学で学び、ことによるとボローニャでも学んだ。彼の初めの二冊の著書は『金言の書』（*the Proverbiorum liberrlus*（Venice, 1498））と『発案者について』（*De inventoribus rerum*（Venice, 1499））。ことわざの集成である前書は、『格言集』（*Adagia* 1500）を出版したエラスムスとどちらがすぐれているか論争した後『格言の書』（*Adagiorum liber*）と改題して出版された。二人はおそらくエラスムスが一五〇五年にイングランドを再訪した時初めて会って手紙を交わした。『発案者について』の各章は、神々の起源、物事の始まり、人間の創造、言語の始まりから、売春、印刷、最初の温浴にいたるまで、もののはじまりを問う。彼が最も頻繁に引用したのは聖書。彼は批判的な僧侶で、聖職者の独身生活を攻撃し、贖罪、免償を延々と批判した。ルターに二度言及しながら批判しなかったため、カトリックの権威者がこの本を吟味し、著者の存命中の一五五一年にソルボンヌで非難され、一五六四年にトリエントで禁書目録に名が上がり「異端者の書いたもの」と言われ、不適切な箇所を削除され、容認された版が一五七六年にローマで出版された。トマス・ラングリー（Langley）による一五四六年の英訳は、原本の十分の九を削除している。

ヴァージルが最初の二冊を書いたウルビーノでの彼の教育あるいは雇用については明らかでない。『金言の書』はグイドバルド・ダ・モンテフェルトロ公爵（Guidobaldo da Montefeltro）に献呈され、『発案者について』は、公爵の師ロドヴィーコ（Lodovico Odasio）に献呈された。公爵の書庫を使用し、公爵に献呈していることから、彼は公爵に仕えていたと考えられる。

彼がウルビーノを去って法皇アレッサンドロ六世に仕えた事情はわからない。アレッサンドロ六世に親しいアドリアーノ・カステレーシ・ダ・コーネイトー（Adriano Castellesi da Corneto）がイングランドでの権益の代理人として彼を選んだ一五〇二年、初めて法皇の雇い人と記録される。カステレーシは一四九〇年以来、聖庁税（一戸あたり一ペンスの税）の収税人で、ヴァージルは収税人代理としてイングランドへ遣られた。ヴェネツィア大使は一五〇二年にカステレーシを「法皇が気に入っている冷酷で不吉な男」と描写し、別の同時代人ラファエロ・マッフェイ（Raffaelo Maffei）は、彼をアレッサンドロの「あらゆることの代理」と呼んでいる。チェーザレ・ボルジアが一五〇三年一月に行った悪名高い虐殺の共犯者として、カステレーシは枢機卿になった。一五〇二〜三年ボルジアがウルビーノをモンテフェルトロから強奪していた間、ヴァージルはボルジア家のスパイとして働いた。

ヴァージルは一六〇二年にイングランドに着き、ヘンリー七世に迎えられた。彼はすでに二冊の本の著者で、イタリア的なものを切望していたイングランドで有名人として扱われたようだ。彼は学問のあるイングランド人（エラスムスはトマス・モアらを彼の友人としてあげている）に知られるようになった。民法博士（Doctor's

Commons）に属し、コレット（Colet）のセント・ポール校ともいい関係にあったようだ。ヴァージルのイングランドでの成功の一つの尺度は教会の聖職禄の累加で、一五〇七年にリンカンとヘリフォード（Hereford）の大聖堂の聖職禄を得、一五〇八年にウェルズの助祭長になり、一五一三年にセント・ポール大寺院のオックスゲイト（Oxgate）の聖職禄付の聖職に任命された。

雇い主のカステレーシを通じて、ヴァージルはイングランドとウルビーノの復興されたモンテフェルトロの宮廷とのつながりを強める役割を果たしたかもしれない。

ヴァージルは『イングランド史』（*The Anglica historia*）を書いたことで知られている。彼の徹底的なイングランド史の研究は、王位継承の基盤が強固とは言えない、新しいテューダー朝の威信を高めることを求めたヘンリー七世に一五〇六〜七年に勧められて始まったらしい。『イングランド史』の最初の手稿版は一五一三年までの出来事を扱っているが、一五一二―一三年に完成し、一五三四年にバーゼルでヨーハン・ベイベル（Johan Bebel）が出版した。一五四六年に大幅に改訂された第二版が出版され、再び著者に改訂されて扱う範囲を一五三八年までに広げた第三版が一五五五年に出版された。ヴァージルはレオナルド・ブルーニ（Leonardo Bruni）が十五世紀初頭の歴史『フィレンツの人々の歴史』（*History of the Florentine People*）の執筆に取り入れた人文主義者の歴史研究方法に忠実に従い、最初の一行を書き始める前に、入手した資料を比較する厳密なアプローチを取った。ヴァージルは相当な資料を収集し、初期ブリテンについては古典の権威者（シーザー、タキトゥス、プリニウス、ストラボ）を広く用い、おそらく一五一四年にウルビーノへ戻った時、公爵の書庫で読んだ。ローマ以後については、彼は特に聖ギルダス（彼の『ブリタニアの滅亡と征服』（*De excidio et conquestu Britaniae*）を発見し、一五二五年に出版した）、ベーダ（彼は大いに称賛している）、マムズベリー（Malmesbury）のウィリアムらに拠っている。スコットランドのジェイムズ四世にスコットランド王たちの名と功績を知らせて欲しいと依頼するが、ジェイムズは援助を拒み、ダンケルドの司教ガウィン・ダグラスが、一五二二年頃、求められた情報を提供した。鋭い観察者だったので、彼はヘンリー七世に近い宮廷人から同時代の情報も相当得た。

一五一四年二月ヘンリー八世は、十二年間留守にしていた故国を訪ねたがっているからとヴァージルをレオ十世に推薦し、その年ヴァージルは初めにローマを訪ねてカステレーシ枢機卿とトマス・ウルジーの枢機卿の帽子を議諭し、ウルビーノへ行って大聖堂の礼拝堂に六百フロリンを寄進した。

一五一五年にロンドンへ戻ると、ヘンリー八世が聖庁税の収税人としてアンドレア・アンモニウス（Andreas Ammonius）をカステレーシに代わらせる作戦行動を支援し始めていた。アンモニウスは一五〇五年にイングランドへ来て、一五一一年以来ヘンリーのラテン語の秘書だった。カステレーシとヴァージルの文通を途中で押さえ、ウルジー批判の手紙を何通か発見し、手紙を書いたヴァージルは四月から一五一五年の末までロンドン塔に投獄された。レオ十世、ジューリオ・デ・メディチ枢機卿、オックスフォード大学は彼の釈放を王に嘆願するが、ウルジーが九月に枢機卿になり、十二月に大法官になってはじめて釈放された。投獄されたことでヴァージルははっきりウルジーの敵になり、『イングランド史』第三版でウルジー攻撃に過剰なまでの激しい敵意が加わった。彼は収税人代理の役職を失うが聖職禄は保持した。一五一六年、レオ十世とカステレーシは彼をローマへ召喚し、彼は一五一七年の末、イングランドと彼の聖職禄に戻る前にウルビーノを訪れる。この後、彼は何とか政治論争に関わらないで過ごし、宗教的には保守的だったようだが、彼の聖職者としての義務は彼の文学活動やロンドンの社交生活を妨げず、セント・ポール大寺院の教会構内のホールとパーラーと三部屋と四つのベッドと描写される家に住んだ。一五四六年の末ウェルズの助祭長の職を辞し、一五五〇年に役職からの収入を没収されずにウルビーノへ帰る許可を与えられ、ウルビーノで一五五五年四月十八日に死ぬ。彼の家は、今日ウルビーノ大学の所有。

21　ローリー　第一章訳注**25**参照。

22　アレキサンダー詩行　訳注**2**参照。

23　マシュー・ラウネス（Matthew Lownes）はロンドンの本屋、印刷屋。一五九八年四月に『アイルランドの現状管見』を出版業者の登録簿に登録した。これは後にアイルランドのウェアによって出版される。『無常篇』が彼の手に渡った経緯は不明だが、出版業者の登録簿の記録には、ポンソンビーの持っていた『妖精の女王』出版の権利が、一六〇三年にポンソンビーが死んでサイモン・ウォーターソンに渡り、ウォーターソンからマシュー・ラウネスに渡ったと記されている。

24　ポンソンビー　第二章訳注**26**参照。

25　アリオスト　訳注**9**参照。

26　Sabaoth［万軍］がSabbath［安息］と混同された例として*OED*はこの箇所をあげている。

第四章　寓意の叙事詩

1　ローリー　第一章訳注25参照。

2　無敵艦隊はスペイン語でアルマダ・インベンシブレ（la Armada Invencible）。一五八八年スペイン王フェリペ二世がイングランド本土上陸作戦のため派遣した大艦隊のこと。無敵艦隊打破でイングランドは制海権への関心を強め、その後の大発展への第一歩を踏み出し、逆にスペインは没落への道を歩み始めた。

フェリペ二世はローマ・カトリック諸国の指導者として、プロテスタントの保護者エリザベス一世を破らなければならなかった。エリザベスはネーデルランドのプロテスタントがネーデルランド総督パルマ公アレッサンドロ・ファルネーゼに対して起こした反乱を援助し、イングランド海軍はスペインの大西洋航路を脅かした。彼女の家臣フランシス・ドレイクが一五八五年と六年にスペインの中南米植民地を攻撃するに及び、フェリペ二世はイングランド攻撃を決意し、主としてネーデルランド駐屯のパルマ公指揮下のスペイン陸軍を使うことにし、イングランド海軍を破ってドーヴァー海峡の安全を確保すべくスペインから大艦隊を派遣した。

一五八八年にスペインの有能な司令長官サンタ・クルスが急死し、メディナ・シドニアが任命された。彼は誠実だったが海戦の経験がなく、五月二十八日に艦隊はリスボンを出発するが嵐と食料補給などで手間取り、七月二十九日イギリス海峡にさしかかり、イングランド海軍（指令長官はチャールズ・ハワード、副司令長官はドレイク）と接触した。彼はフェリペ二世の命令を忠実に守り、パルマ公の陸軍と合流するまで戦闘を避ける方針で三日月形の陣形を保持して航海を続けた。八月六日無敵艦隊はフランスのカレー沖に錨を下ろしパルマ公との連絡を開始したが、パルマ公の陸軍はほとんど上陸作戦合流の準備が出来ていなかった。イングランド軍は追い風を利用した「火船」作戦を採用し、七日夜、六隻の中型船に火薬と燃えやすいものを積み込んで火を放った。無敵艦隊はこの思い切った大規模な攻撃に混乱し、三日月陣形は崩れ去った。八日朝ハワードは攻撃を開始し、数隻のスペイン軍艦を撃破した。無敵艦隊は弾薬、食料が欠乏し、風向きが変わって窮地を脱したのを機に北へ敗走を始めた。スコットランド沖から大西洋を迂回してスペインへ帰る航海はマストや帆や錨を欠き、食料、水の欠乏と、病人、死人の続出で凄惨を極め、一五八八年九月末までに帰国できた艦船は出発時の約半数、死者は数千人を数えた。一方、火船以外、船を失わず、戦死者百人に満たなかったイングランド海軍も、これほどの勝利と知らず警戒を続けるうちに、病人が多発して三千人もの死者を出し、このためハワードの評判はしばらく芳しくなかった。

3　チョーサー　第二章訳注**22**参照。

4　ラングランド（William Langland（c.1325–c.1390））は詩人。彼の生涯はたった三つの資料——一四〇〇年頃の『農夫ピアスの夢』（*The Vision of Piers the Plowman*）の未完の一冊の最後の一葉にある同時代のメモ、十六世紀の古物収集家、エリザベス女王即位でカンタベリー大聖堂の主教座聖堂参事会員になるジョン・ベイル（Bale（d.1563））の神を賛える言葉、『農夫ピアス』——によって知られるのみである。

5　クインティリアヌス（Quintilian［Marcus Fabius Quintilianus］（b.c. AD 35-d. after 96））はヴェスピアヌス帝時代随一の修辞学教師。スペインに生まれ、ローマで教育を受け、故郷のスペインへ五七年頃帰るまで法廷弁護士。六八年に前スペイン総督だった現皇帝ガルバに呼び戻され、国家から給料をもらう初めての教師になる。ドミティアヌス帝の治世の終わりごろ、彼は皇帝の後継者、甥の子供二人の教育を託され、執政官の地位を得る。ドミティアヌス帝の暗殺後、程なく死ぬ。

修辞学についての彼の著作『弁論術教程』（*Institutio oratoria*）は古代世界の教育理論と文学批評に貢献した。彼はセネカ、ルカヌスとその同時代人による革新の文学趣味への反動を引き起こした。修辞学の理論上の大きな違いはなく、違いは実践面で、より古く、彼がよりよい模範と信じたキケロをよしとしたことにある。この姿勢の変化は、タキトゥスが記録した、より大きな社会的変化（ネロの時代の贅沢から、より真面目な様式への変化）、ヴェスパシアヌス帝の皇帝継承でイタリアと属州出身の人物が高位に昇り、より厳格な行動様式を導入したことによる社会的変化と結び付けられる。

6　オウィディウス（Ovid［プブリウス・オウィディウス・ナソ（Publius Ovidius Naso）］（BC 43-AD 17［18］））は古代ローマの詩人。ローマの東方一四〇キロの、アペニン山中の谷間の町スルモ（スルモナ）に生まれる。旧い騎士階級の裕福な家の出身。十四、五歳の時、一歳上の兄と共に修辞学と弁論術の勉強のためローマに出る。これは地方のこの階級の若者が世に出るためのいわば常道。兄は二十歳で世を去り、オウィディウスはローマでの勉強の後アテネに遊学し、小アジア、シチリアに旅してローマに戻り、法律・裁判関係の官職に就くが、彼の気質に合わず、父の意向に背いて文学の道に進む。彼は貴族メッサラ主催の文学サークルに属す。当時アウグストゥスの下のマエケナスが文学サークルを主催し、ここにウェルギリウスやホラティウスがいた。メッサラのサロンにはプロペルティウスやティブッルスという抒情詩人がいた。

独身者の多いローマの詩人の中では珍しく、オウィディウスは生涯で三度結婚している。娘が一人いるが、これは二度目の妻との子らしい。三度目の妻は有力者パウッルス・ファビィウス・マクシムスと縁続きだった。この妻との結婚生活はきわめて円満で、彼は追放中もローマに残された妻の貞節を称揚している。

『恋のさまざま』(*Amores*)、『恋愛術』(*Ars Amatoria*)、『転身物語』(*Metamorphoses*)、『祭事暦』(*Fasti*) 等をあらわし、名声と人気の絶頂にあった詩人オウィディウスは、後八年、友人と共にエルバ島にいた時ローマに戻るよう通知を受ける。ローマで彼を待っていたのは、正式なものではなかったらしいが裁判で、黒海沿岸のトミへ追放される。彼は追放の原因を次のように語っている――二つの咎、〈詩歌〉と〈過誤〉が私を破滅させた(『悲しみの歌』(*Tristia*) 二、二〇七)。風紀粛清政策を取っていたアウグストゥス帝の怒りを買うような作品としては『恋愛術』以外には考えられないが、『恋愛術』が公刊されたのは追放よりも十年も前のことである。一方〈過誤〉についてもさまざまな憶測がなされてきた。たとえばイシスの秘儀を侵犯したため、アウグストゥスの妃リウィアの入浴を覗き見したため、アウグストゥスの孫娘ユリアとデキムス・シラヌスとの姦通を共謀したか黙認したため、同じ名前のアウグストゥスの娘ユリアとの情事があったため、ユリアの情事を偶然見てしまったため、アウグストゥスとユリアの不倫を知ったため、政治的な事件に巻き込まれたため等々。オウィディウスはアウグストゥス体制にとって邪魔な存在であって、表面的な理由は何でもよかったのかもしれない。

後八年の十一月か十二月、彼はブルンディシウムから船に乗り、途中コリントス地峡で一時陸に上った以外は、トラキア地方のテンピュラの町まで海路をたどり、テンピュラから黒海沿岸のテュニアスまでは陸路、そこから北進してトミまで船旅を続け、約一年の旅をする。トミは黒海の西岸の町で現在のルーマニアのコンスタンツァにあたるが、当時はローマ帝国の辺境で、ことに「都会的な」詩人であったオウィディウスにとって寒冷肌を刺す流刑地そのものだった。彼は追放の旅の途中から詩作を始め、『悲しみの歌』第一巻を書き上げ、トミ到着後も『悲しみの歌』を書き続け、他に『黒海からの手紙』を書き上げる。慣れない気候、少ない書物、病気、文学の友の不在、近辺の蛮族の殺戮といった中で彼はローマ帰還を嘆願するが、十年の流刑の後、後十七年に没する。

7 アリオスト　第三章訳注**9**参照。

8 ノヴェッラ（novella）は十四世紀から十六世紀にかけてイタリアで流行した短編物語。イギリスに入り、エリザベス朝の劇作家に影響を与えた。ボッカチオ作『デカメロン』中の物語のような小品物語。

9 ファブリオー（fabliau）は「韻文世間話」。初期フランス文学の所産で、一二、三世紀に栄えた、悪知恵、偽善、情事等を題材とする、写実的で滑稽な精神を盛った短い詩文の物語を指す。英文学では『カンタベリー物語』中の粉屋の話がその例。

10 エラスムス（Desiderius Erasmus（c.1467–1536））は人文主義者、宗教改革者。一五〇一年、疫病でパリとオルレアンから追われてフランドルに居を定め、フランシスコ会原始教会派の修道士ジャン・ヴィトリエ（Jean Vitrier）に会い、聖パウロ研究を励まされ、オリゲネス理解を助けられ、「使徒書簡」から「ローマ人への手紙」の注釈の準備をしていた時、オリゲネスの説教集からの引用に霊感を得て、最初の偉大な牧会上の論文「キリスト教徒兵士提要」（"Enchiridion militis Christiani"［'Handbook of the Christian Knight'］）を書く。これが一五〇三年二月にアントワープで『著作集』（Lucubratiunculae）に収められ、初版は注目されなかったが一五一五年に独立して印刷され、フローベン（Froben）の一五一八年版の前に七回印刷され、その後ヨーロッパ中に広まり、この世紀の末ラテン語テキスト版は七十を数え、各国語の翻訳が無数に出た。この短い論説の衝撃は今日では一目瞭然ではないが、聖パウロの教えを強調し、俗界に住むキリスト教徒の、神聖に至る平信徒の天職の是認にある。エラスムスの共同体でよき生活を送ることのエラスムスによる擁護、「修道院としての都市」は、信心深い者を、修道院的な理想よりもキリスト教徒の政治形態全体の再生に導き、さらに神秘主義神学の広い底流と共に、十六世紀のスペインで瞑想の復活への拍車となった。

エラスムスは十月二十七日―二十八日の夜ロッテルダムで生まれた。庶子で、彼の血統と姓、幼年時代の記録は不確かだが、彼の書簡その他当時の証拠から理にかなった推測が出来る。ガウダ（Gouda）付近の出身の父はヘラードド・ヒーリー（Gerard Helye）、母はことによるとブレイダー（Breda）近くの医者の娘マルガレータ（Margareta）。

法王の書簡で彼はエラスムス・ロジェーリ（Erasmus Rogerii）と呼ばれているが、これは父の名がロジャー・ヘラード・ヒーリー（Roger）か、母の姓がロジャーであることを暗示する。母の前の結婚で出来たらしい三歳上の異父兄がいた。イタリアで書記官だった父は、政治的、宗教的文化のモデルを古代の都市生活に求め、自分の生きた時代に新しい生命を与えようとした、後に「人文主義者」として知られる人々の憧れた古典ラテン語とギリシア語の読み書きが出来たが、ある時点で聖職者になった。エラスムスは父の蔵書と父がイタリアで写したギリシア語の写本を所有していた。

少年たちはいい教育を受けた。エラスムスはガウダの聖ヨハネ教会付属のピーター・ウィンケル（Pieter Winckel）の学校に行き、後にデヴェンター（Deventer）の学校に行った。母は彼に同行してデヴェンターへ行き、一四八四年に疫病で倒れたらしい。父もそのすぐ後亡くなる。二人の少年はピーター・ウィンケルら二人の保護者に保護され、セアトウクサンボース（'s-Hertogenbosch）の学校に行った。エラスムスによれば、大学に行きたいと思ったのにウィンケルと保護者が聖職につくよう圧力をかけた。ピーターはすでにデルフト近くのシオンでアウグスチノ修道会の会員だった。エラスムスは一四八七年にガウダ近くのスタイン（Steyn）で同じ修道会に入った。

彼はユトレヒト司教によって一四九二年四月に聖職に任ぜられ、すぐ上司の許可を得てカンブレイ（Cambrai）の司教ヘンドリック・ヴァン・ベアクサン（Hendrick van Bergen）に秘書として仕えた。秘書時代に最初の重要な作品、修道会にいる間に執筆され一五一八年に出版された『異教に対抗して』（Antibarbari）を改訂する。これはキリスト教徒の啓示に不可欠なものとして古典の学問を弁護する声明で、著者の文学的才能とすでに顕著だった学識の証拠となる。一四八五年頃ヘンドリックは財政的な援助を約束して、彼にパリで神学を学ばせる。一五〇一年まで彼らの関係は続き、その後ヘンドリックからの補助金は打ち切られる。パリで学んでいる間、収入を補うために取った生徒の中に若き日の第四代マウントジョイ卿ウィリアム・ブラント（Blount）がいて、一四九九年の夏、彼はマウントジョイに同行してイングランドへ行く。これが彼の宮廷、学者の世界へのデビュー。はじめの短期間の英国訪問で、マウントジョイのつながりから、後に彼に強い支持と快適な社会を与えることになる人々と友人になる。その一人トマス・モアは彼を八歳のヘンリー王子に紹介する。一五〇〇年までオックスフォードのアウグスティヌス派のセント・メアリーズ・コレッジに滞在。修道会のリチャード・チャーノック（Charnoch）は彼と似たような気質の人で、ジョン・コレット（Colet）、ウィリアム・グロウシン（Grocyn）、ウィリアム・ラティマー（Latimer）、トマス・リナカー（Linacre）らとの交友から彼は神学に献身しようと決意する。文学的評判が届いていたエラスムスを、チャーノックが徳高い人物としてコレットに推薦し、同年輩の二人は親密になる。他の重要なイングランドの友人はコレットに近いモア。モアとコレットは、エラスムスをオックスフォードのフェロー、ケンブリッジの影響力ある友人に紹介した。彼は深い印象を受け、一五〇〇年一月パリへ向かう。

おそらくコレットは一五〇五～六年のエラスムスのイングランド再訪を経済的に援助した。彼らの友情の著しい証拠は、コレットが親譲りの財産で設立したセント・ポール校へのエラスムスの関与。ウィリアム・リリー（Lily）の上級ラテン語文章論の改訂版が匿名で一五一三年に出版され、エラスムスは「勉学の理由について」（De ratione studii）をセント・ポール校のために書いた。彼はコレットを生涯にわたって賛美している。

ギリシア語の勉学でエラスムスはラテン語訳のウルガタ聖書（四世紀にヒエロニムスが作ったラテン語訳新約聖書で、その改訂版はローマ・カトリック教会の公認聖書。略 Vul.）の改訂という究極の目標に向かい、ヒエロニムスの作品に注釈をつける。ガザのテオドール（Theodore of Gaza）の人気のある文法書の勉強と平行して異教のギリシア作家、エウリピデス、ルキアノス、プルタルコスらの研究に取り掛かる。

一五〇九年四月にヘンリー八世が即位し、マウントジョイとウォーラム（Warham）に促されてエラスムスはイングランドに戻り、最も長く生産的な日々を送る。八月にモアの家へ行き、そこで彼の最も有名な文学作品『痴愚神礼賛』（*the Moriae encomium*［*Praise of folly*］）を完成させる。この複雑な風刺、同時代のキリスト教国に対する彼の批評の精髄は一五一一年に初めて出たが、一五三六年に死ぬまでに三十六のラテン語訳と、チェコ語訳、仏語訳、独語訳が出て、伊語訳が一五三九年に、英訳が一五四九年に出た。彼はそれを福音主義の教えにかなう人文主義の論文「キリスト教徒兵士提要」の目的と完全に一致すると主張した。あらゆるものへの攻撃で、矛盾と逆説に満ちている。「痴愚神」（Folly）の面を付けてはいるが、この作品の深層の目的は後半でよりはっきりするように、その時代のキリスト教国を、新約聖書の理想とりわけ聖パウロの語る理想と対比させることである。一五一一年に彼は『痴愚神礼賛』の印刷の監督のためパリへ行き、イングランドへ帰って大学総長ジョン・フィッシャーの招きでケンブリッジへ通い、一五一四年までいて、神学（聖ヒエロニムスについて）とギリシア語（マニュエル・クリソロラス（Manuel Chrysoloras）の文法とガザのテオドールから）の講義を二つの大学で初めて行った。彼は聖ヒエロニムスの書簡を編集し、使徒書簡、福音書のラテン語訳を完成させ、聖バシリウス（Basil）のイザヤ書の注釈をフィッシャーに贈るために訳した。一五一二年初頭、彼は「文体論」（De copia verborum ac rerum［'Foundations of the abundant style'］）を書き終えてコレットに献呈し、ルキアノスの訳の改訂・拡大版をウォーラム大司教に献呈した。一五一二年の夏、彼はケンブリッジの学者とウォルシンガムの聖母マリアの聖堂に同行し、コレットとカンタベリーに巡礼に行った。ウェストミンスター・アビーのヘンリー七世のチャペルのレディ・マーガレット・ボーフォートの墓の墓碑銘を作った。英仏関係の悪化に乱され、ネーデルランドのプリンス・カール（Charles）とマクシミリアン皇帝の援助を頼り、一五一四年イギリス海峡を渡った。

一五一四年七月頃エラスムスは過去二十年間の研究成果をフローベン出版社（Froben）から出版する準備が出来る。『格言集』（Adagia）の改訂・拡大版、ヒエロニムスの書簡集とセネカのテキストの改訂版、プルタルコスの翻訳、イングランドで行った新約聖書の研究。フローベンの歴史的事業であるエラスムスによる新ラテン語訳と注釈付きの新約聖書のギリシア語テキスト（『校訂版新約聖書』）。彼の注釈で論理的に改訂されたウルガタ版聖書を用意することが目的だったが、最も広く永続的だったのは彼のラテン語訳と組み合わせたギリシア語テキスト。十六世紀に二二九回印刷され、関連論文を育んだ。一五一六年にフローベンからヒエロニムスの作品九巻が出版された。初めの四巻には主としてウォーラム大司教に献呈された書簡が含まれているが、これは特にエラスムスの責任による。モアがエラスムスに託した『ユートピア』がルーアンで十二月に出た。エラスムスは次第に大陸で活動し始めるがイングランドの友人との接触は長く続く。

エラスムスは一五一四年から一五二一年まで、ルーアン、ブルージュ、アントワープを移動しながら主にブラーバントに住んだ。ルーアンで三ヶ国語コレッジの計画に密接に関わり、一五一六年初頭の宮廷顧問官任命でブリュッセルと密接な関わりを持った。ルター周辺に広がる騒動で不利益を被らないよう、ルターの計画から距離を置くためあらゆるレトリックを用いた。一五二一年十一月エラスムスはブラーバントを去り、バーゼルへ戻る。この時点から論争が彼の絶えざる関心事となる。ヒエロニムス版と彼の新約聖書の編集計画に対する保守的批評家との間に、論争が一五一七年にすでに始まっていた。もう一つは彼の熱烈な「三カ国語」擁護、すなわちラテン語、ギリシア語、ヘブライ語が学問とりわけ神学の再興のために必要という、人文学者が仲間内で共有していた教義。一つにはこのためにその頃彼の学問の基盤は三カ国語コレッジが一五二〇年に大学内に実現したルーアンにあった。『格言集』と新約聖書がエラスムスの文学上、神学上の企画の基礎であるとすれば、『対話集』(the Colloquia)は、当時の愚行、教会と世俗の権力の濫用に対する風刺の作戦行動の締めくくり。『対話集』は彼自身の教えと経験に由来し、中世後期の修辞学のハンドブックを基礎に、一五一八年十一月フローベンから出版された、テュータ一仲間で一時期のルームメート、パリ時代の友人アウグスティヌス・ヴィンセンティウス・カミナドゥス(Augustinus Vincentius Caminadus)のノートからの無断の印刷『日常会話文例集』(Familiarium colloquiorum formulae)で最初に予示され、彼はこれをフローベンの一五一九年版で訂正し、これが一五二二年に高度な改訂版が出る前に、少なくとも三十回再版された。その後新しい対話を加え、エラスムスの生存中の最後の一五三三年版まで、定期的に出た。

ルターはスコラ哲学的で、エラスムスに対する彼の態度は初めから矛盾し、彼は一五二〇年にローマと決裂した後、エラスムスを、彼が不可欠と考える種類の革命の障害物にはならなくとも、身の入らない同盟者と見なし、一方エラスムスは教会の統一に対するルターの無関心を懸念した。ローマとサクソニー公、イングランド宮廷等、各方面からの圧力でエラスムスはペンを取り、ルターの教義の中心であるばかりか人文主義の改革プログラムの中心である自由意志の問題に公に反対した。エラスムスのアプローチが帰納法的で共感性のものであるのに対し、ルターは初めに聖書のテキストを教義の枠組み内に置くところから演繹的で体系的。エラスムスがより大きなキリスト教の実践と伝統のコンテクストで聖書理解の多様性を受け入れるのに対し、ルターは人間の救済は神の恩寵のみにより、人間の協力は救済に貢献しないという彼の中心的確信に駆り立てられ、人間を罪人と見た。

一五二九年四月、急進的なプロテスタントの一団の作戦行動が成功し、エラスムスはバーゼルを追われ、ファーディナンド大公の権力下のカトリックの都市フライバーク・イム・ブライスガウ(Freiburg im Breisgau)に移る。健康が衰え、一五三四年、融通の利く宗教政策を採っていたバーゼルに戻り、一五三六年七月十一日ヨーハン(Johann)の息子ヒエロニムス・フローベン(Hieronymus)の家で亡くなり、十八日に大聖堂に葬られた。

11 ジョン・フォックス(John Foxe(1516–87))は殉教史学者。オックスフォード大学ブレイズノーズ・コレッジに入学。モードリン・コレッジのフェローになるが、福音主義に傾倒し、福音主義者が少数派のモードリン・コレッジのフェローを辞す。リッチモンド公爵夫人メアリーに、夫人の刑死した兄、詩人で軍人のサリー伯ヘンリー・ハワードの子供たちの家庭教師を依頼され、彼女の庇護を得て後のノーフォーク公爵トマス・ハワードら三人の子を教える。メアリー一世の即位後、職を失い、大陸へ亡命し、バーゼルの印刷屋に職を得る。印刷屋での仕事は、収入は少なかったが彼をプロテスタントの学者の連絡網の中心に置く。野心的な殉教史の企画、おそらく非公式に企画の先頭にいた後のカンタベリー大主教エドマンド・グリンダルのアイデアによる殉教史（martyrum historia）の英語版とラテン語版の企画で、フォックスがラテン語版を託され、グリンダルのチームが資料を集め、英語版の準備をした。二つの殉教史を可能な限り同じにするというグリンダルの主張にもかかわらず、フォックスは出発当初からメアリーの迫害のみならずロラードとメアリー以前の宗教改革者を含むものを考えていたらしい。グリンダルは二つの版を一五五六年の夏以降すぐ出版することを望み、フォックスは殉教史に献身し、一五五九年の夏、初めのスコープを徹底的に要約してやっと完成させる。英語版は完成しなかったがグリンダルのチームが集めた相当な資料はフォックスに渡され、彼の二番目の殉教史として印刷される。一五五八年九月十七日、グリンダルは、メアリー女王死去の知らせが届くとフォックスに、「より正確で詳しい情報がイングランドから届くまで」殉教史の出版を遅らせるよう手紙を書くが、フォックスは助言を無視して仕事を進め、彼らの集めた資料を含む「殉教史話」（*Rerum . . . commentarii*）を書き上げ、これを一五五九年八月バーゼルでオポリウス（Oporius）とその友人ニコラス・ブリリンガー（Nicholas Brylinger）が印刷した。これが彼の二番目の殉教史である。

イングランドに帰ったフォックスは、グリンダルによって司祭に任じられる。ノリッジ主教となった友人宅に住み、主教区で説教し、公文書と口頭の研究を行った成果が一五六三年にロンドンのジョン・デイに印刷された『行伝と事蹟』の初版本で、直ちにフォックスの『殉教者の書』として知られるようになる。大部の二つ折り判で千八百ページ、『殉教史話』の約三倍の長さになったのは扱う範囲を時間的、地理的に広げたため。ウィクリフからエリザベスの即位までの教会史を扱い、導入部は一〇〇〇年からのローマ教皇史の概観。イングランド史が主であるが大陸の歴史に相当の注意を払っている『行伝と事蹟』とそれ以前の彼の殉教史との大きな違いは、これが公文書のリプリントであること。最も重要な出典はロンドン主教の記録（London Episcopal registers）。彼は一五二〇年代まで遡って体系的に調査した。『行伝と事蹟』は金銭的に成功する。彼はソールズベリ大聖堂のシプトンの受禄聖職者に任じられ、年四〇ポンド弱の収入を得る。

『行伝と事蹟』は本質的に共同企画だった。それはベイル、グリンダル、ブル、パーカーの集めた資料と、写字生とフォックスのためにフィールド・ワークをする多くの人が手伝った彼の研究の上に打ち立てられた。フォックスは『行伝』の作者ではない。全部他人が書いたものだが、そのテキストを形作り、メッセージをコントロールした人としてなら、彼はまぎれもなく『行伝』の作者。『行伝』の執筆のため彼は健康を損なったが、その埋め合わせに彼はイングランドで最初の文学的有名人になった。『行伝』は一五八三年の第四版までが彼の生存中に出版され、その次の百一年間に更に五版が出版された。

12 メアリー一世（Mary I（1516–1558））はイングランドとアイルランドの女王。弟エドワード六世の死後、メアリーの王位継承を妨げるノーサンバーランド公爵の陰謀にあうが、王位に就くと反カトリック法を撤廃し、カトリックの儀式を復活させた。

メアリーはヘンリー八世と最初の妻キャサリン・オヴ・アラゴンの間に、二月十八日グリニッジ宮殿で生まれた。男子の世継を求めるヘンリーの欲求が彼女の人生の初めの二〇年間を支配する。ランカスターとヨークの争いを知る同時代人の心から、異論のある王位継承によって引き起こされる無秩序の恐怖は消えず、新しい王朝としてのテューダー朝、女性の性質についての同時代人の意見、外交上配慮すべき事情、法律などが、娘をめぐるヘンリーの行動を左右し、彼女は人文主義の教育を受けていたにもかかわらず、女性に対する慣習的で保守的な態度が彼女の人生を左右した。

ヘンリーとキャサリンは、メアリーの洗礼を二月二十日グリニッジ宮殿に隣接するフランシスコ会原始会則派修道会の教会で、王女にふさわしく華やかに、また厳かに祝った。重要な貴族が出席し、サリー伯夫人がノーフォーク公とサフォーク公の介添えで彼女を抱いて進み、エドワード四世の娘デヴォン伯夫人キャサリン・コートニー（Catherine Courtenay）、クラレンス公ジョージの娘ソールズベリ伯夫人マーガレット・プール（Margaret Pole）、ノーフォーク公夫人が教母をつとめた。教父はウルジー枢機卿。

両親は幼いメアリーに並々ならぬ注意を払った。キャサリンが何度も妊娠したうちただ一人生き残ったかわいいおませな子供は両親を喜ばせた。幼児の一家をあずかる女性は頻繁に代わり、一五一九年にガヴァネスとなり、一五二五年にその地位に戻ったソールズベリ伯夫人はメアリーに強い影響を与えた。彼女が三歳になる頃、一家は六人の侍従、九人の小姓、三人の下男、部屋付き従者一人、一家の下男を十二人、一生メアリーに仕えた洗濯女をかかえていたが、彼女のための出費を惜しまなかった。一家の費用は一四〇〇ポンド、王室全体の支出額の十八パーセントにのぼった。両親は魅力的な才能ある子供を誇りに思い、外国の大使に見せて喜び、彼らは彼女の愛らしい外見、健康、おませな行動に寸評を加えた。一五一八年二月、ヴェニスの大使セバスティアン・ジュースティニアン（Giustinian）は、ヘンリーに抱かれた二歳のメアリーがヴェニスの聖マルコ寺院のオルガニストの修道士を見て、彼が彼女のために演奏するまで「神父様」と呼んだという有名な出来事を報告した。大使を喜ばせたこの出来事は後に彼女の強いカトリックの先触れと解釈されたが、自信に満ちた幸せな子供の行動以上のものではない。

メアリーは待望の男子の世継ではなかったが、王朝の結婚、つまりヘンリーがヴァロワ家とハプスブルグ家を相手に行った外交のパワーゲームにおける価値ある無形資産で、ヘンリーとウルジーは一五一八年のロンドン条約で具現された英仏同盟と、ヨーロッパ全般の平和に調印するために二歳の幼児を使った。幼いフランス皇太子フランソワ（一五一八〜一五三六）とメアリーの婚約が一五一八年にグリニッジでたいそうな儀式と祝宴で執り行われ、金地の布のドレスを纏い、重いほど宝石で飾られた帽子を被って、彼女は皇太子代理からダイヤの指輪を受け取った。しかしロンドン条約が三年後破綻し始め、カール五世が神聖ローマ帝国皇帝を継承すると、ヘンリーは彼女を新しい同盟の調印のために使い、公開されないブルージュ条約（一五二一）では、彼女よりも十六歳年上のカールとの結婚が用意された。一五二二年の皇帝の六週間のイングランド訪問で、六歳の彼女は彼のためにダンスをして見せた。この小旅行の成功にもかかわらず、ヘンリーとウルジーは一五二四年にスコットランドを中立にするために、若いジェイムズ五世とメアリーの結婚を含む同盟をもちかけた。どの婚約も結婚には至らなかったが、カール五世がパヴィーアでフランソワ一世を捕えて全ヨーロッパの外交形状を変えるまで、この結婚の見込みは一年間、価値ある交渉道具となった。カールがポルトガル王女イサベラ（Isabella）との結婚を発表すると、イングランド人とフランス人は、メアリーとフランソワ一世、あるいは次男オルレアン公アンリとの結婚による普遍的平和の強化を持ちかけた。ヘンリーが彼女の一家を一五二五年にラドロウに構えた時の家庭教師は有名な学者リチャード・

フェザストン（Fetherston）（一五四〇年に国王至上主義を否定して処刑される）。成人すると音楽が大事になり、リュート、ヴァージナル、スピネットの技を身に着けた。母カスティリアのイサベルから人文主義の教育を受けていたキャサリンは娘の教育と知的発達に積極的な関心を持ち、トマス・リナカーは一五二三年にメアリーのためにラテン語の文法書『文法の初歩』（*Rudimenta grammatices*）を書き、フランス語のテューターのジャイルズ・デューイ（Giles Duwes）はフランス語の教育のために同様な作品を書いた。高名なスペイン人人文主義者フワン・ルイス・ビベス（Juan Luis Vives）は一五二三年にキャサリンの招きでイングランドを訪れ、女性の教育についての論文「キリスト教徒の女性の教育について」（De institutione feminae Christianae）とメアリーのための勉学の概説「子供の勉学の理由について」（De ratione studii puerilis）の執筆を依頼された。当時の進歩的な考え方、女性教育を提唱しながら女性を劣った性と見ていた彼は、相反する要素から成るメッセージを発し、読書リストには聖書、教父と二、三の異教の古典があったが、女性が道をそれやすいと信じていたため中世のロマンスは一冊もなかった。にもかかわらず男性と同じ徳を女性に与え、保護者あるいは統治者としての女性の概念を発達させるプラトンの対話篇を読むよう彼女に勧めた。モアの『ユートピア』、エラスムスの『キリスト教徒の君主教育』（*Institutio Christiani principis*）で彼女の教育プログラムは完成された。このようにこの時代の例外的な人文主義の教育を受けていながら、結婚交渉と宮廷の体面から、彼女は王の妻、王の母であるべきであって、自身の権利による統治者ではないという慣習的な信念が強いられた。

幼児期のメアリーは愛された自信のある子供だったが、王位継承の雲が次第に彼女の人生を覆う。ヘンリーは他の女性に心を向け、一五一八年のキャサリンの最後の妊娠が不成功に終わった一年後、王の愛人エリザベス・ブラント（Blount）が健康な男子を産み、ヘンリーはその子を直ちにヘンリー・フィッツロイとして認知する。一五二五年のその子のリッチモンド公爵への昇格も王位継承の問題を解決せず、非嫡出の息子に対する彼の好意的な扱いへのキャサリンの強い反対から、彼はメアリーを嫡子の世継ぎの伝統的な役割であるウェールズ統治に遣ったのかも知れない。彼が公式に彼女をプリンセス・オヴ・ウェールズの地位に置いたという証拠はないが、彼は彼女の地位を王位の世継に上げ、概して儀式的なものであったにせよ、彼女は未来の王としての義務を学んだ。彼女はウェールズで十九ヶ月を過ごしたため、ただの愛人になることを拒否してアン・ブリンがヘンリーの心をつかんだことを知らなかったが、彼女が宮廷に戻った一五二七年頃、両親の関係は変っていて、アンが彼女の地位を脅かした。ヘンリーは次第に彼女に会わなくなり、アンは自分が王と結婚して男子の世継を生んで立場が安全になるまで父娘を離しておこうとし、メアリーの心理的な被害が肉体的不調となった。

メアリーはごく早い時からプリンセスとしてのアイデンティティを持ち、その地位を否定されると足のつま先までテューダー家の者として行動した。ヘンリーが一五三三年四月にアンとの結婚を発表した後、彼女は自分から剥奪されたプリンセスの称号を断念することを拒み、父に反抗したつけがその夏のひどい不調となる。エリザベスが生まれ、枢密院は再びメアリーに自分をプリンセスと呼ぶことをやめるよう命じる。彼女はレディの身分への降格を拒み続け、ヘンリーは十二月になんとしても従わせるという決意のもとに彼女の一家を解散させ、ブリン家の者がエリザベスを保護しているハットフィールドへ彼女を移した。彼女は二人の召使を残してすべてを奪われ、一家を取り仕切るアンの叔母レディ・シェルトンは、彼女が王の命令に反抗し続けるならぶってもいいという許可を与えられていたので、彼女の生活は耐え難かった。彼女はまだ父の愛情を利用出来たが、ヘンリーとアンの結婚によって起こされた出来事の流れを変えることは出来ず、一五三四年四月の王位継承法は、公式にメアリーを非嫡出と宣言し、アンの子供を王の世継に引き上げ、彼女にその継承への宣誓を求めた。彼女は首長令への宣誓を拒み、プリンセスの称号と自分がエリザベスに優先することを主張し続けた。彼女は一つの住居から別の住居へ移され、ヘンリーは徐々に彼女から友好的な訪問者と慰めを奪った。母、友人、信頼出来る召使から引き離され、皇帝カール五世の大使ユースタス・チャプイス（Eustache Chapuys）が宮廷での唯一の助言者、仲裁人となった時、彼女はさらに危険になり、彼が近付くことすら奪われた。皇帝からの決定的な行動がなく、彼は用心を促した。

一五三六年は若いメアリーの最も苦痛な出来事で始まり、運命の逆転で終わる。一五三六年一月七日に母キャサリンが死ぬが、四月頃アンの命が危くなり、五月十九日のアンの処刑でメアリーと父の和解への道が開かれる。ヘンリーは和解のために彼女の完全な服従、彼女の良心と意思をおさえることを求めた。彼女は自分が彼の愛する子であることに訴え、出来る限り持ちこたえたが、ついにクロムウェルとヘンリーは彼女の母の結婚が無効であること、首長令を受け入れなければ処刑台行きだとチャプイスを説得し、彼を通じてメアリーを説得した。母の支えもなく、宮廷の友人が逮捕され、父の残酷な圧力の下でメアリーは降伏する。二週間後ヘンリーと新しい王妃ジェイン・シーモアがハンズドンに彼女を訪問し、彼女の一家が再建され、忠実な召使たちが戻された。ジェインとの仲は良好だったがヘンリーは継承法を変えることはせず、彼女の心理的な傷が残った。エドワードが一五三七年の秋に誕生し、長い間待ち望まれた男子の世継に彼女は幸せな気持ちで自分の敗北を受け入れ、エドワードの洗礼式で教母をつとめ、王室の一員としての生活に落ち着く。田園と宮廷を自由に行き来出来、前より病気をしなくなったが子供の頃の健康は戻らなかった。彼女を嫡出子にすること、継承における彼女の場を決めることを一五四三年までヘンリーは拒否したが、王の未婚の娘としての地位に前よりふさわしい生活をした。ジェイン・シーモアの死は二十代に入った彼女への新たな一撃。ヘンリーはレジナルド・プール枢機卿（Reginald）を嫌い、メアリーの幸せな子供時代に貢献し、アン・ブリン時代にメアリーと母を忠実に支えたソールズベリ伯夫人も含めてプール一族全員を攻撃したため、一五三八年の末メアリーのプール一族との近しさが危険になる。ヘンリーがキャサリン・ハワードと一五四〇年に結婚し、メアリーは頻繁に宮廷の王妃側の建物に住むが、キャサリンが逮捕されてエドワードの一家に遣られた。一五四二年五月熱病にかかり心臓を病み、クリスマス頃「多勢の婦人たち」を連れて宮廷に戻る。彼女の一家に加わったキャサリン・パーがヘンリーの注意を引き、一五四三年七月メアリーは他の十七人と共にヘンリーの最後の結婚式の証人となる。

それからの三年間は成人後のメアリーの最も静かで楽しいもので、彼女はキャサリンと親密になり、宮廷に本拠を置いたらしい。彼女らは四歳しか違わず、ファッションを楽しみ、どちらも人文主義の教育を受けていて知的好奇心を共有し、キャサリンがエラスムスの新約聖書の新訳をやれば、メアリーは「ヨハネによる福音書」（'the Book of St John'）の新訳をやった。友情と人文主義の学問への共通の関心が宗教的見解の違いの架け橋となる。メアリーは一五三六年の父による教会の決着を受け入れ、彼女のカトリック信仰への愛着は強くはあっても人文主義に和らげられた慣習的なものだった。彼女の大っぴらな取るに足らない宮廷の楽しみが弟エドワードの関心を引き、彼はキャサリンに批判を書く。「外国のダンスや楽しみをやめて欲しい。『キリスト教徒のプリンセス』にふさわしくないから」。これは弟が王になった時に彼女を待っていたより陰気な生活の前兆。

一五四七年一月二十八日にヘンリーが亡くなると、彼女は一五四七年四月まで、未亡人となった王妃の一家に住み続けた。ヘンリーの遺言で王位継承における彼女の順位が定められ、自分がイースト・アングリアに相当な領地を与えられていることを徐々に知る。ハンズドンとニューホールのような気に入りの住居を、ハワード家とその一族のイースト・アングリアの縁者からの没収財産と共に与えられ、彼女は初めて自分の信奉者を育てることが出来るようになる。彼女は、これ以上宗教上の変化を起こさせないために、エドワードが成人に達するまで父の宗教的決着をそのままにすべきだという立場を固守して、宗教的保守主義者の希望の的になる。一五四九年の英国国教会の統一法が彼女には譲れない一線を超えたため、サマセットの宗教改革に抵抗し、エドワードが未成年である間、宗教に関する法律だけでなく彼の王としての権威に挑戦した。従えという枢密院の助言に、彼女は「自分の良心に照らして法とはいえないもの以外、何も法を犯していない」と応じ、彼女の一家の三人の召使が呼び出される。メアリーは三十三歳の地主の大物で信奉者を持ち、カール五世は直ちに彼女を統一法の適用から外すという文書の作成を求めた。一五四九年の難しい夏、カールの求めは問題外で、枢密院は、王が成人するまで私的にミサを行ってもいいという妥協の策を提案した。その年の秋、ウォリック伯ジョン・ダドリーは保守派顧問官と結んでサマセットを摂政の地位から追い落とし、さらに宗教上の変更を進め、一五五〇年十二月、彼女の非同調に関する不安定な休戦協定が崩れ、彼女の礼拝に出席出来る人間について枢密院と彼女の意見が一致せず、一五五一年、エドワードが王としての権威を主張して介入し、福音主義の立場から姉を導くことを切望した。枢密院は二、三の召使だけが彼女と共にミサに出ることを主張し、一五五一年三月エドワードが彼女を宮殿に呼び出すと、彼女はロザリオを持つ信奉者を百三〇人従えてロンドン入りし、宗教的保守主義を劇的に演出した。枢密院は、彼女が、本国の宗教上の保守主義者とカール五世の宗教上の変更反対の焦点であると見て、彼女の一家でのミサを禁止した。彼女が拒むと、枢密院は彼女の召使を投獄したが、彼女のパフォーマンスで、もろくはあったが新しい休戦協定が届く。

一五五二年秋、国会は宗教的保守主義者にとっていっそう異論のある別の統一法を通過させた。一ヶ月もしないうちにエドワードは体調を崩し、感染症から回復せず、新しい宗教を破壊することを恐れてノーサンバーランドとエドワードは王位継承を変えることを決める。メアリーの古い宗教への愛着はおそらく臣民の多くと同じで、彼女を除外する理由はなかったが、カール五世の指導を仰ぐ彼女の習慣が現政治指導者にとって警戒すべきものだった。エドワードとノーサンバーランドは、ヘンリー八世の妹メアリーの（該当者のいない）男子の跡継ぎを優先させてメアリーとエリザベスを継承から外そうという「継承の方策」（'Devise for the succession'）を考え出し、ヘンリーの姪の娘レディ・ジェイン・グレイがノーサンバーランドの四男ギルフォードと結婚した後、ジェインとその男子の跡継ぎに王位を継承させるよう文書が変更された。エドワードは衰弱し続け、ノーサンバーランドは顧問官と裁判官を脅して変更した王位継承を認めさせ、ほとんどの者がサインし、ジェインの継承を支持すると宣誓した。その間、政府は、初めエドワードの危篤状態を隠し、一五五三年七月六日の彼の死を隠した。

メアリーは一五四三年の王位継承法による合法的な王位継承者だったが、初めは孤立し、彼女の主張には希望がないように見えた。しかし二週間もしないうちに、ジェインを支持していた勢力ある顧問官たちは、祝祭のための大焚き火を焚き、大喜びでメアリーを女王として布告した。エドワードの死期が迫っていると聞かされていたので、一家のカトリックの侍従たちが準備して、イースト・アングリアの信心家を再集結させ、ノーフォーク、サフォーク、オックスフォードシャー、バッキンガムシャーのテムズバレーの郷紳が彼女を支持したためで、著名な人物がメアリー側につき、政治の中枢にいる者を驚かせた。スペイン大使、枢密院、そしてとりわけノーサンバーランドは、彼女の侍従たちの抜け目なさと大胆さ、毅然たる態度を取ろうとする彼女自身の意思、地方の貴族と庶民の間での彼女の人気を計算違いしていた。彼女を捕えるためにノーサンバーランドが軍隊を引き連れてロンドンを離れると、ロンドン塔の顧問官たちは次第に神経質になって分裂し、七月十九日にシュローズベリー伯、ベッドフォード伯、ペンブルック伯、アランデル伯らに率いられた相当数の者たちが彼女を女王と布告し、王位継承を変えようとしたノーサンバーランドの企ては崩れた。八月三日彼女は金細工と大粒の真珠をびっしり施した紫のベルベットのガウンと、紫のサテンのカートル（長いドレス、スカート）をまとい、意気揚々と多勢の供を連れてロンドンに入り、メアリー一世として統治した。この後、彼女はスペインのフェリペ（後のフェリペ二世）と結婚し、プロテスタントを弾圧してブラッディー・メアリーと呼ばれることになる。

13　アンリ・ブルボン（Henry Bourbon）はアンリ三世が暗殺された後、アンリ四世としてブルボン家最初のフランス王となる。アントワーヌ・ド・ブルボンの三男でカルヴァン主義者として育てられた。旧名ナバラ王アンリ・ド・ナヴァール（Henri de Navarre（1552–1610））。一五七二年マルゴ・ド・ヴァロアと結婚し、サン・バルテルミーの虐殺（一五七二年八月二十四日）後、カトリックの信仰告白によって助命され、三年間フランス宮廷で事実上囚われの身となる。一五七六年に脱出し、改宗を取り消し、再び新教徒軍を率いてギーズ家とカトリック同盟に対抗する。アンリ三世の殺害後、王位を継ぐと、一五九三年七月に再びカトリックに改宗して国を統合する。ナントの勅令によってプロテスタントは信仰の自由を与えられた。

14　一五七一～二年の冬、ネーデルランド計画（オラニエ公ヴィレムの支持者とユグノーが考案した、フェリペ二世の総督アルバに対するネーデルランドの反乱を支持する英仏独のプロテスタントの王侯の同盟の計画）で英仏同盟が議論されたが、サン・バルテルミーの虐殺で同盟はつぶれた。レスターは結論を出す立場の一人だった。フランス王室への不信から一五七三年から一五七六年までの外交政策は複雑になった。一五七六年にネーデルランドでスペインの権威が崩れたため現地の政府が作られ、フェリペ二世がオーストリアのドン・ホアンを――すでに「イングランド計画」の連想があった――総督に任命してエリザベスが怯えた時点からオラニエが後援すべき同盟者とみなされ、一五七六年の終わりにドン・ホアンとの戦いが始まれば、オラニエを公然と援助することが明らかにされ、一五七七年に、軍隊の派遣の際にはレスターが司令官に就任することが提案された。

アンジュー公アランソンが、ユグノーを指揮してサン・バルテルミーの虐殺で殺されたシャティヨン卿コリニーの一五七一年のネーデルランド計画をもとに、彼流のエキセントリックなネーデルランド計画を一五七八年二月に始める。エリザベスは危険な二股提案をし、状況を査定するために特使をネーデルランドへ送る一方、アンジューに結婚をちらつかせて彼の関心をネーデルランドからそらそうとした。一五八四年のアンジューの死とオラニエ公の暗殺で騒然となったネーデルランド危機で、一五八六年レスターはイングランド軍を率いてネーデルランドへ派遣される。ネーデルランドの軍事介入が、レスターとウォルシンガムの率いる戦争派の、バーリー率いる平和派に対する党派的勝利であったとは、治世の神話の一つ。彼はオランダ国会からネーデルランド総督任命を受諾する。第一章訳注**18**参照。

15　シドニーは一五七〇年代後半、ヨーロッパの宮廷への弔問の使節に任命されている。彼の任務の更なる目的は、こういった指導者たちとプロテスタント同盟促進の可能性を調査し、政治的、宗教的事柄の情報を得ることだった。一五八六年九月レスターがネーデルランドへイングランド軍を率いることになった時、シドニーはフラッシングの長官に任命された。第一章訳注**19**参照。

16　ウォルシンガムはネーデルランド計画と深く関わっていた。第二章訳注**36**参照。

17　パトナム　第二章訳注**4**参照。

18　ホブソンの選択（"that or nothing"）とは、ケンブリッジ・ロンドン間を、乗客を乗せ荷物を運んだ運送業者トマス・ホブソン（Hobson（1544–1671））が、個人の乗馬用の貸馬業も営み、馬を疲れさせないために借り手に馬を選ばせず、厳密なローテーションによる順番以外の馬を貸すことを拒否したことから生まれた諺。

19　ジョンソン　第一章訳注**38**参照。

20　ジョン・セルデン（John Selden（1584–1654））は法律家、歴史学者、言語学者、国会議員。クラレンドン伯の感想によれば彼は人間味のある洗練されたマナーの持主で、礼儀正しく丁寧で友人が多く、ロンドンの古物研究サークルと文学サークルとつながりがあった。彼の最初の親友は彼より一年遅くイナー・テンプルに入ったノーフォークのエドワード・ヘイウォード（Heyward）。一六一〇年にヘイウォードは十六部屋並ぶ家を建て、セルデンと最上階の部屋を共有していたが、一六二〇年にセルデンは続き部屋を全部譲り受けた。イナー・テンプル法学院の敷地は、ホワイトフライアーズと、彼のごく初期のパトロンのサー・ヘンリー・グレイ（Grey（1583–1639））とその妻、別のパトロンのアランデル伯トマス・ハワードの義理の姉妹レディ・エリザベス・グレイ（1582–1651［ケント伯爵夫人］の家と隣接していた。セルデンは十歳以上年上のサー・ロバート・コットンと早くから友情を結び、彼のために写字生となり、彼の膨大な蔵書を利用した。彼のサークルには、ジョン・ダン、エドワード・ハーバート、サミュエル・ダニエルらもいた。

セルデンはサセックスの音楽家でヨーマンのジョン・セルデンと、ケントの紳士トマス・ベイカーの一人娘で共同相続人マーガレットの長男。一六〇〇年十月にオックスフォードのハート・ホールに入学し、一六〇二年にクリフォーズ・イン法学院に入り、一六〇三年にイナー・テンプル法学院に入る。コモンローを勉強しながら他の分野の研究を始めた。アントニー・ウッドによればセルデンが恐るべき語学力を身につけたのはオックスフォードよりもむしろロンドン。仏語、独語、西語、伊語、ラテン語、ギリシア語、古英語、ヘブライ語、カルデア語、サマリア語、アラム語、アラビア語、ペルシア語、エチオピア語が彼の出版物中に引用されている。一六〇一年から一六〇五年までウェストミンスターの主席司祭で長い間オリエントの言語の学問の推進者だったランスロット・アンドリュース（Andrewes）の知己。一六〇五年に古代中東の神々についての本の構成を考え、『シリアの神々』

（*Dedis Syris*（1617））として出版したと主張している。コットンに献呈されたブリトン人、サクソン人、初期ノルマン人支配下のイングランドについての本『ブルターニュ系英国選集』（*Analecton Anglobritannicon*（1615））に一六〇七年の日付が入っている。一六〇九年頃彼は初期イングランド支配についての文書と注釈の集成をまとめ、これは『イングランドの…』（*Englands epinomis*（1681））として死後出版された。

一六〇九年に最初の本が出る。『決闘』（*The duello, or, Single Combat*（1610））は、忠誠の証の手段としての一騎打ちの歴史についての短い作品。「イングランド人の持つヤヌスの反対側の顔」（Jani Anglorum facies altera（1610））は、イングランドの古代法についての、内容のあるラテン語の論文で、ソールズベリ伯ロバート・セシルに献呈された。古代ブリトン人とアングロ・サクソン人についての最初の比較的系統だった詳述で、王侯、貴族、聖職者（初めにドルイド、後にキリスト教の司教と僧正）と自由民が共通の君主を戴く構成を描き、法を作り、記憶し、解釈する集団を中心とすることを強調している。

セルデンは一六一二年六月に弁護士になり、一生ロンドンで法廷弁護士として働いた。法律家としての彼の職業生活は他のものへの関心を妨げず、むしろ刺激を与えた。彼は詩を愛し、生存中にジョン・サックリング（Suckling）が一六三七年の詩「詩人の集い」（'Asession of poets'）に彼を入れるほど認められていたが、彼の詩はほとんど残っていない。一六一〇年に彼とヘイウォードは、友人マイケル・ドレイトンの詩の全集のために称賛の詩を書いた。彼は一六一二年にドレイトンの『ポリー・オルビオン』（*Poly-Olbion*）中の歴史的な詩を例証し、すでに Jani Anglorum と『ブルターニュ系英国選集』のためになされた研究を、より広い英語の聴衆に知らしめた。『名誉の称号』（Titles of Honor）で、彼は自分の学問上の尽力と個人生活への友人たちの貢献に感謝している。彼は「愛する友人、かの非凡な詩人マスター・ベン・ジョンソン」を称え、ジョンソンは「尊敬すべき友人（honourable friend）」に称賛の詩で報いた。

21　エリザベス・スロックモートン（Throckmorton（1565受洗–1147））はサー・ニコラス・スロックモートン（1515/16–1571）の娘、エリザベス女王の侍女。ベスとして知られる。ローリーと恋仲になり、結婚がわかれば女王が不快になると承知の上で秘密結婚する。三月に息子が生まれ、エセックスが教父。五月に秘密が明るみに出て、夫妻はロンドン塔に入れられる。息子が死に、十二月にベスはロンドン塔から釈放される。第一章訳注**25**参照。

＊サー・ニコラス・スロックモートンは外交官、議会議員。母方の祖母はパー家（Parr）の出身で、彼は後にヘンリー八世の妃になるキャサリン・パーを本当のいとこと見なした。ヘンリー八世の庶出の息子リッチモンド公ヘンリー・フィッツロイ（Fitzroi）の小姓として仕え、ヘンリー八世とフランソワ一世との会見のため若い公爵についてフランスへ行き、一年近くの滞在でフランス語を覚える。リッチモンドの死後パー家に仕え、王がキャサリン・パーと結婚すると宮廷でキャサリンの一家に加わり、家族はカトリックだったが、キャサリンのひいきの福音主義のサークルに入り始めた。そのつながりと宗教的な立場に助けられ、エドワード六世の治世中、好意を得た。

エドワード六世の死後、ジェイン・グレイを正統な王位継承者に指名して署名した一人。メアリーを女王として布告するのを妨げようとしたという報告がある。かろうじて命ながらえた。彼はエドワードの死をメアリーに告げ、彼女がノーサンバーランドの手に落ちないよう警告するために遣わされ、彼女をロンドンへ護衛した一人。女王とスペインのフェリペ二世との結婚を妨げるワイアットの企てを支持した大逆罪でロンドン塔に入れられるが、彼は女王の結婚に対する嫌悪を隠さず、「スペイン人がこの国に来るのに反対するのは大逆罪ではない」と雄弁に語り、裁判官は彼を放免する。彼は他の嫌疑をかけられることを恐れてフランスに逃げ、自分の無罪を主張する。やがてメアリーは帰国を許し、逃亡時に没収した財産も戻す。メアリーの死の直前、彼は陸軍の任務に就く。

エリザベスの治世中、スロックモートンの主な任務は外交官だった。女王の多くの助言者同様、彼は女王を廃して旧教に戻そうとする大陸のカトリックの陰謀を恐れ、フランスのユグノーを熱心に支持した。一五五九年、初めての大使の任務で、フランスのスコットランドへの影響を阻止し、メアリーの死の直前にフランスに取られたカレーの支配権を取り戻すためフランスへ遣られる。セシルがエディンバラ条約を交渉中、スロックモートンはスコットランド女王メアリーとその夫フランス国王フランソワの承認を求める任務に就く。彼はエリザベスとサー・ロバート・ダドリー（後のレスター伯）の外聞の悪いロマンスの報告に耐えなくてはならなかった。フランソワの死後、メアリーはスコットランドへの帰国の際、イングランドを通る許可を求めるが、彼はエリザベスの許可を得られず、彼女は腹を立てながら船で旅した。彼はイングランドへの帰国を願い出るが、女王は他に有能な外交官がいなかったため彼の嘆願を無視した。彼の夫人が先に帰国し、彼女に促されて女王はサー・トマス・スミスを後任に命じた。スミスはフランスへ行くが、フランスの皇太后カトリーヌ・ド・メディシスはスロックモートンに帰国の許可を与えず、イングランド人がルアーブルを取ると彼を投獄し、スロックモートンのパトロンがダドリーで、スミスがセシルの部下とわかると、彼らは喧嘩し、スロックモートンはカトリックのギーズからもユグノーからも嫌われた。やっと帰国を許されると、すぐスコットランドへ遣られ、メアリーとダーンリーの結婚を阻止し、レスター伯と結婚するようメアリーに勧めよという指示を与えられるが成功しなかった。ダーンリーの殺害とメアリーの廃位、投獄の後、彼はスコットランドへ戻り、メアリーの解放と、彼女とスコットランドの敵対貴族との和合を求めるがこれも達成できず、女王の命令で彼はジェイムズ六世の即位への出席を断り、どちら側からも孤立し、一五六七年に呼び戻されて彼の不首尾な外交生活は終わった。

22　一五九〇年台の初め、ローリーは女王の侍女の一人エリザベス・スロックモートンと恋仲になる。一五九一年に彼女が妊娠し、彼らはエリザベスが不快になることを承知の上で秘密結婚する。三月二十九日に息子が生まれスロックモートン側の名高い祖先に因んでダムリー（Damerei（1592–1593））と名づけられる。エセックスが教父。五月半ばに秘密が明るみに出る。ローリーはセシルに預けられるが、六月二日、自宅に戻る。翌日、ベスは副侍従サー・トマス・ヘニッジの保護下に置かれる。ローリーはダラム・プレイスから、エリザベスの平底舟がブラックフライアーズにいるのを見て、番人ジョージ・カルー（Carew）と芝居がかった取っ組み合いをし、「女王を一目見て、安心するために変装してオールになる。そうしなければ心臓が張り裂けてしまう」と叫んだ。エリザベスはこういったジェスチャーに苛立ち、夫妻は八月七日、ロンドン塔へ送られた。ローリーは不名誉に苛立ち、詩に慰めを求め、ありったけの謙遜で自分たちの釈放を求めた。

ローリーは、ハットフィールド・ハウスで十九世紀中頃発見された四つの手稿、「シンシア詩集」（‘Cynthia poems’）として知られ、一八七〇年に出版された彼の最良の詩の作者。エリザベスに結婚を知られてロンドン塔に入れられていた頃、あるいはその少し後に書かれた。宮廷で彼女に与えられた喜び、そして彼女に見捨てられた絶望を描写する。この詩は、自分の苦しみを女王に知らせ、苦しみから解放されるために女王にあてて書かれた。女王に差し出せるよう、おそらくセシルに与えた。それはアーカイヴの中に入れられて、読まれないまま四百年近くそこにあった。「大洋からシンシアへ」（‘The Ocean to Scinthia’）は、すさまじいほどの詩的な力を持っている。

ローリーが先ごろアゾレス諸島へ送った船隊が、エリザベスの船乗りが捕まえた獲物の中で最大のポルトガルの大帆船を捕まえ、船がダートマスに意気揚々と持ち帰られると、積んであった莫大な宝がその場にいた者たちに略奪されたという話が誇張されてロンドンに伝わり、彼は九月十五日、サー・トマス・ホーキンスの要請とバーリーのとりなしで、法律上はまだ囚人のままダートマスへ送られた。船乗りたちに歓迎され、セシルの監視のもとでよく働いた。エリザベスは、彼と彼の仲間の敢行で得られた三万四千ポンドのうち、二千ポンドしか彼に与えなかったが、彼を許し始めていた。十二月二十二日ベスはロンドン塔から釈放される。息子の死が女王の慈悲を早めたのかもしれない。一五九三年十一月一日、夫妻の二番目の子供ウォルターが洗礼を受ける。一五九二年一月、女王はシャーボーン近くのソールズベリ主教ジョン・コールドウェル（Coldwell）のすべての領地の九十九年のリース権をとりあげ、残る期間をローリーに転貸した。

不名誉の年月にローリーは伝説の帝国エル・ドラド（El Dorado）の計画に没頭する。スペインの力はアメリカの金銀の上に築かれていると見て、イングランドの富の源を新世界に確立する計画が、南米の北海岸に植民帝国を築く計画と平行して進んだ。失われた都市の財宝についての彼の夢が、スペインの現在の軍事的弱さの認識とあいまって、スペイン人旅行者たちの話、金を探してギアナの内陸を旅したトリニダードの総督アントニオ・デ・ベッリオ（Antonio de Berrio）の冒険で強烈になった。彼は妻の甥が集めた資金で一五九五年二月六日プリモスから四艘の船でギアナに向けて船出し、オリノコ川を上る。冬中彼は探検隊の報告「広くて豊かで美しいギアナ帝国の発見」（"The Discoverie of the Large, Rich, and Bewtiful Empire of Guiana"）を書き、セシルとエフィンガムのハワードに献呈した。この本は本国でも外国でも広く読まれ、五年もしないうちにラテン語訳、ドイツ語訳、オランダ語訳が出たが、遠くの驚異の話はセシル父子や女王を動かさなかった。

エリザベスと枢密院の顧問官は復興したスペインのもたらす危険を心配し、顧問官全員がスペイン海軍攻撃を推奨し、一五九六年にエセックスとセシルの関心が合体し、ローリーの海事の知識が突然求められ、彼は議論に深く関わり、誰が何をやるかを決めた。彼は友人エフィンガム指揮下の船団を準備するため、疑問視する宮廷人や女王をなだめながら懸命に働いた。その結果の遠征はエリザベス朝の武器の勝利の一つ。一五九六年六月二十日、船団はカディズ沖に到着し、急襲してスペインの権威を奪った。ローリーの話を一七〇〇年に彼の孫が『カディズでの戦闘談』(*A Relation of the Action at Cadiz*)として出版した。英文学史における最良の戦闘シーンであるスペインのガリオン船への彼自身の攻撃を書き、フェリペ号がどのようにして浅瀬に乗り上げたかを描写した。勝利を評価してエリザベスの心は彼を許すことに傾き、彼は翌年宮廷に戻ることを許され、再び近衛連隊長の地位に就いた。第一章訳注**25**参照。

23 スコットランド女王メアリーはエリザベス暗殺の三つの陰謀――リドルフィの陰謀、スロックモートン陰謀事件、バビントン陰謀事件――に関わった。エリザベスの後援のもとに彼女をスコットランドに復位させる計画の一部として議論されたノーフォークとの縁談が再燃し、破滅的なものになる。一五七一年の初め、メアリーは銀行家で法王のエージェント、ロベルト・リドルフィ(Robert Ridolfi)に、フランス人を糾弾しスペイン人の援助を懇願する手紙を書きながら、フランスに援助を求める手紙を書き、エリザベスには、自分のイングランド王位継承の希望は彼女にかかっていると確約した。彼女はこのように、二つないし三つの矛盾する政策を遂行していたが、最も重大な行動路線は、イングランドのカトリック教徒の蜂起とメアリーの釈放、そしてネーデルランドのスペイン軍のイングランド侵入を同時に求めるリドルフィの陰謀と関わっていた。ノーフォークがエリザベスを拘束してメアリーと結婚し、彼女をイングランド王位につけるという計画が、壮大かつ無能にメアリーの大使レズリーに擁護され、リドルフィによって細部が調整された。メアリーは一五七一年三月、その計画を全面的に承認したが、ノーフォークが九月に逮捕された。メアリーはおそらくギーズ公が彼女をイングランドの王座に据えるためにスペインの支持を得てイングランドに上陸するという、一五八三年十一月に暴露されたスロックモートン陰謀事件に関わっていた。一五八五年に看守がサー・エイミアス・ポーレット(Amyas Paulet)に変わる。一五八六年五月〜六月の、メアリーの前看守シュローズベリーの元小姓でカトリックのアントニー・バビントン(Babington)周辺の陰謀は、カトリックの蜂起、エリザベスの暗殺、スペインの侵入に関わり、イングランドのカトリックがピューリタンに対する自衛から軍事の準備をし、エリザベスを暗殺した直後にメアリーを救出し、スペイン軍が到着するまで守るという計画で、ウォルシンガムの二重スパイはこの陰謀をすべて知っていて、メアリーがそれに関わることを期待して注意深く育てた。ビール樽に隠された暗号の手紙で彼女との通信の道筋が手配され、陰謀者には知られずにウォルシンガムは彼女の手紙をすべて見た。バビントンは陰謀を組織出来なかったが、陰謀に関わった者たちはのめりこみ、侵入、救助、「六人の貴族」による「簒奪者の殺害」を提案し、彼女は多くの忠告を与え、細部にわたって陰謀を裏書した。この「ひどい手紙」（"Bloody Letter"）は彼女に不利な証拠を十分ウォルシンガムに与えたが、彼はより多くを望み、彼女の手紙に六人の紳士の名前と暗殺方法を尋ねる偽の追伸を書いてバビントンに送らせた。彼と陰謀者のほとんどは八月十四日に駆り集められ、彼女の秘書が逮捕され、書類が押収され、彼女は裁判のためフォザリンゲイ城へ移された。証拠は明らかで、星室庁で裁判が続けられ、彼女は政治的に国王暗殺を企てた咎で有罪を宣告された。国会が十月二十九日に召集され、この件を審議し、処刑を請願した。十二月四日死刑宣告が公に布告され、これは国会の責任によることが強調された。第一章訳注**43**参照。

第五章　英雄、悪党、その間にあるもの

1　ローリー　第一章訳注**25**参照。

2　アリオスト　第三章訳注**9**参照。

3　A・C・ハミルトンの一九七七年版の間違いは、二〇〇一年版では直されている。

4　タッソー　第三章訳注**11**参照。

5　ウェルギリウス　第二章訳注**13**参照。

6　叙事詩の冒頭で、詩人は詩神ミューズに霊感を祈願する。ホメーロスの『イーリアス』第一書は、次のように始まる。

　怒りを歌え、女神よ、ペーレウスの子アキレウスの、
おぞましいその怒りこそ、数限りない苦しみをアカイア人らにかつは与え、
また多勢の勇士らが雄々しい魂を冥王が府へと
送り越しつつ…
呉茂一訳『イーリアス』

7　ヘンリー八世（1491–1547）のキャサリン・オヴ・アラゴンとの離婚問題に端を発し、ヘンリーはローマ法王と袂を分かち、カトリックからプロテスタントに国教を変え、自ら英国国教会の首長になる。これが英国国教会の誕生。

一五二九年、キャサリンの産んだ子供のうちメアリーだけが生き残り、イングランドは十二世紀以来初めて王座に女性をいただこうとしていた。カスティリアの女王イサベルの娘キャサリンは何の問題もないと思ったが、ヘンリーと彼の臣民にとっては恐ろしい先行きだった。唯一の解決は再婚による息子の誕生だが、それにはキャサリンが死ぬか、彼女との結婚を終わらせることが必要で、それも近い将来息子が生まれなくては、息子が若年で王位を継承することになる。若年の王には期待出来なかった。王朝の理由による結婚解消は不可能ではなく、現代の意味での「離婚」は教会法のもとでは許されなかったが、血縁関係を厳密に解釈して、結婚の「取り消し」、つまり有効な婚姻は結ばれなかったという宣言が選択可能だった。ヘンリーの兄との結婚で彼女は彼の姉とみなされ、二人の結婚は禁じられたカテゴリーに入った。教会は潜在的な欠陥を不問にし、法王ユリウス二世は結婚を許すローマ教皇の大勅書を発行しており、結婚を無効にするためには法王の特免を誤りとしなくてはならなかった。

　自分の結婚の合法性についてヘンリーが長い間疑いを持っていた証拠があるが、結婚を無効にすることへの秘かな第一歩が一五二七年五月に踏み出された。彼の子供たちは生まれる前に、あるいは幼児のうちに死んだ。『レビ記』二十章二十一に、兄弟の妻と関係を持てば子が出来ないと書いてある。ヘンリーはアン・ブリンを一五二六年の初めから追いかけていたようだが、彼女が結婚に同意した最初のしるしは、一五二七年八月に法王クレメンス七世に送られた二人のための特免の嘆願。キャサリンとの結婚を無効にする決意を固めた後ではじめて、爵位を与えるから愛人になれというヘンリーの誘いをアンが拒んだことが、彼女は理想的な二番目の妻になるだろうということを暗示した。ヘンリーとアンは、二、三ヵ月以内に結婚出来ると思っていたが、五年もかかった（一五三三年に結婚）。結婚が遅れたのは一つには国際情勢のため。一五二五年のパヴィーアでの勝利と二年後のローマの略奪で、キャサリンの甥、神聖ローマ帝国皇帝カールはイタリア支配への道を進む。法王はコニャックの神聖同盟の希望を持っていたが、用心し、ヘンリーの便宜を図って自分の不利益を招くことになるあらゆる誘因を取り除き、彼に譲歩しながら一方では密かにことを遅らせ、意図的に彼を騙した。ヨーロッパでは彼が求めているのは新しいベッドメートだという見方をしていて、彼の頑固な倫理性はルネサンス期の法王にとって理解しがたいものだった。法王が乗り気にならなかったのは、ヘンリーの言い分を認めれば法王ユリウス二世が初めに特免を出して権限を超えたことを認めることになるばかりでなく、法王には彼が聖書を誤解していると信じる理由があったからだ。彼が拠っている聖書の箇所は兄弟の妻との結婚のようだから、これは姦通の禁止だ。おまけに『申命記』二十五章第五節は、未亡人となった義姉妹に息子がなければ、死んだ兄弟の代わりに結婚せよと教えている。

ヘンリーの婚姻を無効にするための闘争は、三段階――一五二七年～一五二九年、一五二九年～一五三〇年、一五三〇年～一五三三年――に分かれる。第一段階の王の政策はウルジーの指導による。ウルジーは三つの前線で戦った。国際問題では皇帝カールの支配から法王を解放しようと奮闘し、ローマではヘンリーの婚姻問題の解決のために交渉し、自国では王の寵愛と政策支配を確保するために奮闘した。キャサリンに何も知らせないでおこうとする試みは失敗し、一五二七年七月、キャサリンは皇帝カールと法王に、アーサーとの結婚は床入りが行われなかったから無効だと述べる。一五二七年十二月、ヘンリーはウルジーとイングランドの主要な擁護者ソールズベリ司教ロレンツォー・カーンペイジョー（Lorenzo Campeggi or Campeggio）にこの件をイングランドで片付ける力を与える教皇特使の権限を求めてローマへ使節を遣る。何度も権限は与えられたが、ヘンリーが安心する最終的な決定を下す力はなかった。一五二九年ブラックフライアーズで法王の法廷が開かれ、キャサリンは六月二十一日、ローマに正式に訴え、後にシェイクスピアで有名になる対決が起き、彼女は、結婚した時自分が処女だったことを認めるようヘンリーに訴えたが、彼は何も言わず、彼女は歩き去った。

一五二九年一月、カーンペイジョーがイングランドに着いて三ヶ月たっても何の進展もないため、アン・ブリンはウルジーの共謀だと決めつけ、彼女のウルジーへの敵意で、ヘンリーの彼への信頼が翳る。ブラックフライアーズの法廷の失敗で、ウルジーに対する不満を表明した書類が王に提出されるが、ヘンリーは十五年間の彼への信頼を断つことが出来なかった。八月末、ヘンリーが結婚の袋小路を打破するためにぜひとも必要と思っているフランスとの同盟にウルジーは反対の助言をして、寵愛を失う。王はウルジーの批判者に屈し、イングランドにおける法王の権威を制限する十四世紀の法令を破った咎で彼を王座裁判所に呼び出すことを許す。ウルジーは有罪となり、大法官を解任され自宅軟禁とされた。婚姻問題はアン・ブリンの叔父、第三代ノーフォーク公トマス・ハワードに率いられる者たちの手に渡るが、誰にも大してアイデアがなく、彼らの関心は王の傍にウルジーが戻るのを妨げることにあった。ウルジーは一五三〇年十一月二十九日に死ぬ。ヨーロッパの大学に相談してみてはどうかというクランマーの何気ない助言から唯一積極的な第一歩が踏み出され、相当な賄賂の負担になったが、八つの有益で好意的な意見と、潜在的に関係のある書類を大量に得る。

一五三〇年の後半、「王の大事」すなわち離婚問題に劇的変化が起きる。ヘンリーは一五二一年にマルティン・ルターの痛烈な反教皇的非難「教会のバビロニア虜囚について」（'De captivitate Babylonica'）に対する反論『マルティン・ルターの七秘蹟論』（*the Assertio septem sacramentorum*）を出版して「信仰の擁護者」の称号を得ていたが、十月、ローマにいる彼の代理人に、キャサリンの訴えを取りあげる法王の権利を否定せよと指示を出した。教会法、神学、ヨーロッパの大学の意見の勉強が続き、一五三一年十一月、クランマーは『最も高名で秀れた諸大学の決断』（*The Determinations of the Most Famous and Excellent Universities*）を出版し、愛に溢れた敬虔な司教の義務はヘンリーのような結婚の件で教皇に面と向かって抵抗することだと主張して、威嚇は新たな段階に達する。同時に学者たちは、聖書、初期キリスト教会の教父に証拠を求めて法王の司法権の問題をくまなく探究し、後の施物官エドワード・フォックスの率いる学者の中におそらくクランマーがいて、一五三〇年八月頃「十分に内容豊富な抜粋」（Collectanea satis copiosa）という不都合なレッテルを貼られた報告書がヘンリーの手中に納まり、教皇は至上という思い込みには何の根拠もないという主張を証明しようとした。王は天から与えられた帝国の権威を有し、王と法王のそれぞれの手に置かれる世俗の権威と教会の権威の「二本の刀」という古い理論の代わりに、二本の刀が王の手に置かれるというもので、王は神の真の代理人だった。フォックスとクランマーはブリンに庇護され、アン自身が、神の計画における統治者の場と役割についてドイツで広まっていた更に革新的な考え、亡命した宗教改革者で聖書の翻訳者ウィリアム・ティンダルが一五二八年十月に出版した『キリスト者の服従』（*The Obedierce of the Christian Man*）でイングランドで流布していた考えをヘンリーに紹介し、本にしるしをつけて貸した。ティンダルは王侯が教会権力に屈することは「あらゆる恥の中でも一番の恥」であるだけでなく、神の秩序の転倒であり、「一人の王、一つの法律が、あらゆる王国での神の定めである」と述べている。ヘンリーは「これは私のための本だ。すべての王が読むべき本だ」と考えた。そのような急進的な考えがオーソドックスな本を書いたヘンリーに訴えたのは、欲しいものを手に入れる新奇な方法が示唆されていたからだけでなく、彼が、神に与えられた自分の権威に大変敏感だったせいだった。

急進的な意見の魅力と、それを脅しに使いたいという気持ちにもかかわらず、教会に忠実であったヘンリーはアンとその支持者の計画に沿って進むことをためらう。ここで、王の疑念と保守派の抵抗を覆すためにトマス・クロムウェルが登場する。彼はウルジーの庇護者で、一五二九年からアンと接触し、ラディカルな考えを吸収していた。一五三一年の国会開会の頃、彼は王の顧問官に就任する。「キリストの法が許す限り」のトロイの木馬が彼の方式かもしれず、第一級の政治の策士だった彼は、教会の役職者が平信徒に権威を濫用しているという問題を庶民院の扇動に利用し、庶民院に聖職者／教会の裁判官の誤りをあげつらった嘆願の草稿を作成し、教会の独立した司法権への直接の挑戦で始めて、「唯一の首長、君主、前述の両陣営の保護者で擁護者、唯一の是正、改革、矯正を絶対的に有する存在」としての王に対する嘆願、換言すれば王が至高の首長であることへのそれとない言及でしめくくり、「王の大事」のラディカルな解決を図った。王は聖職者の屈服を求める法律を作らせた。

同時代人にとって「聖職者の屈服」は「王の大事」をラディカルに解決する勝利だった。翌日モアは辞職し、ヘンリーの問題はイングランド内で決着をつけることが出来たが、奇妙なためらいが続き、法律を有効にする準備が出来ていながら国会は延期され、ローマ法王との交渉が続いた。アンはヘンリーと夜を共にし始め、その年の終わり頃、妊娠らしいと思い、一五三三年一月、二人は新しいホワイトホール・パレスで夜明け前の通常の秘密の儀式で結婚する。アンは復活祭前週の土曜日から宮廷で王妃の地位を与えられ、七週間後、壮麗な戴冠式が行われた。アンは九月七日、エリザベスを生み、次の春頃また妊娠し、ヘンリーは今度は息子だと確信する。

ヘンリーは終にアンとの関係を公にし、トマス・クロムウェルと、一五三三年三月カンタベリー大司教に就任したトマス・クランマーが必要な手続きを行った。国会は「イデオロギー選集」（'Collectanea ideology'）を詳細に述べ、教会の訴訟をイングランドで行う上訴抑制法（an Act in Restraint of Appeals）を通過させ、これがクランマーに「王の大事」を裁き、五月二十三日にキャサリンとの結婚は無効、アンとの結婚は有効、メアリーは非嫡出と宣言する権限を与え、キャサリンは皇太子未亡人の地位に落とされた。ローマ法王はアン・ブリンとの結婚を非難し、ヘンリーにキャサリンを王妃に戻すよう命じた。王は公式に法王の司法権を拒絶し、教会の総会議に訴え、法王は神の下で教会における至高の権威ではないことをほのめかし、教会の分裂を引き起こす動きで応じ、更なる立法がローマとの一切の絆を断ち切った。一五三四年九月にクレメンスの後を継いだパウロ三世はヘンリーをローマの権威下に取り戻そうとして交渉を申し入れるが、今やヘンリーは英国国教会の首長だった。

ヘンリー八世はイングランド及びアイルランドの国王。ヘンリー七世（1457〜1509）とその妻（エドワード四世の一番上の子）エリザベスの間に生まれ、生き残った二番目の息子。一四九一年グリニッジで生まれ、一四九四年十月ヨーク公に叙せられる。ヘンリーの幼年時代は五歳年上の兄アーサーの存在で翳らされた。彼が初めて公式に姿を現したのはアーサーとその花嫁（アラゴンのフェルナンドとカスティリアのイサベルの娘）キャサリン（1485〜1536）の結婚式で、十歳のヘンリーがロンドン中、結婚行列を先導した。十二歳の時、彼の地位と未来は一五〇二年四月二十日のアーサーの死で変わる。十月に彼はコーンウォール公の爵位を授けられ、一五〇三年二月に皇太子及びチェスター伯の爵位を授けられる。

ヘンリーの受けた教育はおそらく兄アーサーの教育と似たもので、文法、詩、修辞学、倫理学と相当な歴史。最初のテューターは詩人ジョン・スケルトン。ヘンリーが哲学と九人のミューズに育てられたというトマス・モアの所見は、彼の教育が人文主義の傾向を持っていたことを暗示し、少年時代のヘンリーに会って手紙を交わしたエラスムスのコメントがこれを裏書する。ヘンリーはフランス語とラテン語を上手に話し、イタリア語を理解し、スペイン語を少し学んだ。彼は書物をよく読み、深くはなくとも本物の知的好奇心を持ち、科学的な器具、地図、天文学に夢中になった。成人したヘンリーは六フィート二インチの背丈があり、血色がよく、どんな集まりも取り仕切り、外交的で愛想がよく魅力的でエネルギーに溢れたスポーツマン、特に軍事の役割に熱心で、武器と築城に情熱を持ち、乗馬と弓矢がうまく、猟と馬上槍試合に夢中というのが臣民の見たヘンリー。しかし何年も経つうちに外向性と上機嫌の背後にある複雑な人格の存在がわかる。幾分内向的で抑制のきいた父親との関係について、プール枢機卿はヘンリー七世は世継ぎの王子に愛情を示さないと公言している。ヘンリー七世の期待はアーサーに集中し、ヘンリーには何の公の権威も与えられなかった。

一五〇九年六月、ヘンリーは兄の未亡人キャサリンと結婚し、合同戴冠式が行われる。その裏で、彼は父ヘンリー七世の死を四十八時間極秘にし、前王の高官をやめさせて財政重視の政治を変えた。これが彼の治世中の象徴となった最初の党派の対決。彼の初期の統治の課題は、伝統的な敵フランスと戦ってヨーロッパでの地位と評判を確立すること。顧問団の大半はヘンリー七世の平和尊重に従い、同盟者を見つける必要もあって一五一二年まで戦いの布告はなされなかった。一五一三年にヘンリー自身がネーデルランドへ出陣し、もう一人の同盟者、神聖ローマ帝国のマクシミリアン一世のわずかな支持を得て、騎兵隊の活躍で勝利を収め、テイルワンとトゥアネイをフランス人から攻め取る。ヘンリーは、一生この成功の名声に包まれて生きるが、彼の不在中、サリー伯がフロッデンでスコットランド人と戦ってジェイムズ四世を戦場で倒し、より重要な勝利を得る。一五一四年の遠征は停止され、法皇の圧力でヘンリーはフランスと和平を結び、妹メアリーをよぼよぼのフランス王ルイ十二世と結婚させた。

一五一二〜一四年のフランスとの戦いで、会議によってではなく主な大臣を通じて行う統治をヘンリーに提供出来る者としてトマス・ウルジーが王の顧問団の中から浮上する。彼のエネルギーと有能さのためではなく、王の求めるものを与えるのが自分の機能だと理解していたからである。この頃のヘンリーの関心は外交で、いかにしてイングランドをイタリアをめぐる戦争の変動する情況に位置付けるかという問題に没頭していた。ヘンリーの教唆でウルジーは一五一四年にヨーク大司教、一五一五年に枢機卿、一五一八年に教皇の特命特使に任命されたが、彼が遂行した政策は、自分が法皇になろうという希望からの教皇庁の支持、権力の釣り合い、和平の探求、個人的出世と、さまざまに解釈されてきた。キャサリンの甥カール五世（一五一七年からスペインのカルロス一世）は、ハプスブルグの土地と神聖ローマ帝国をスペイン王国とアメリカと結びつけ、フランスのフランソワ一世と権力競争を行っていた。イングランドの国力は著しく劣り、フランスの人口はイングランドの六倍、カール五世の収入はヘンリーの七倍だった。ウルジーの目的はヘンリーに彼らと同等の地位を勝ちとらせることで、彼は一五一八年にヨーロッパの列強と二〇の小国をロンドンに集めて条約に調印し同盟を結ぶという成功をおさめる。続いてカール五世は一五二〇年五月のロンドンでの会議への招待を受け入れ、翌月ヘンリーとフランソワ一世はアーダー（フランスとイングランドに占拠されたカレーの境）で会った。どちらのサミットも豪華だったが、とりわけ後者はこのために使われた派手な飾りのため、以後「金繍平原」（the Field of Cloth of Gold）と呼ばれることになる。（訳注**12**参照）しかし「イングランドで結ばれた」見せかけの調和の下に、イタリアをめぐるフランス対神聖ローマ帝国の競争に戻る兆し、ヨーロッパの仲裁人イングランドを第一線から外す兆しがあった。そのため一五二〇年にフランソワ一世とカール五世のより事務的な会見があり、イングランドはカールの同盟者として一五二二年にフランスと戦う。カールは一五二五年二月にフランソワをパヴィーアで捉えるが、フランスを分割しようというヘンリーの荒っぽい提案は拒絶する。イングランドはカールの同盟者になっても何の栄光も得られないため、フランスと和解し、法皇が帝国の権利を持とうとしてコニャックの神聖同盟を寄せ集めた時、ヘンリーはその「保護者」となる。こういった情勢下で「跡を継ぐ息子がいない」ことの危険が次第に彼を苦しめてきたに違いない。彼は一五一九年頃エリザベス・ブラントによって得た非嫡出の息子ヘンリー・フィッツロイを良心の呵責なく認知し、一五二五年にリッチモンド公並びにサマセット公の爵位を授け、嫡出の息子を得るためにキャサリンとの結婚を無効にすることに向かう。

8　ジョン・フォックス　第四章訳注**11**参照。

9　ロラード派（Lollardy）は、はじめウィクリフの信奉者を意味したが、後に、教会を本気で批判する人――教会の財産を渇望した騎士たち、圧政的な寺院に不満を持つ借地人、十分の一税を払うことを拒む教区民、大災害を予言する予言者――のことを言うようになった。

ロラード派は、ウィクリフに従って個人の信仰、神学上の教義、とりわけ聖書を自分たちの教えの基礎とした。聖書が宗教における唯一の権威であり、誰もが自分で読み、解釈する権利を持つとした。ロラード派は、一般に、聖職者の独身制、実体変化説の教義、口頭告白の義務、免償、巡礼を攻撃した。聖職者の行為の正当性（妥当性）は、その聖職者の倫理性によって決まること、そして天賦の才、法皇、教会のヒエラルキー（僧、修道士、修道会の会員）の「個人の宗教」は聖書に反するものとみなした。

ロラード派はいくつかの段階を経る。二十年間学者の支持を得たが、一三八二年にW・コートニー（Courtenay）大司教がウィクリフの教えを非難し、オックスフォードでの本拠をロラード派から奪い始める。リチャード二世の宮廷の騎士の中にロラードの支持者がいたという年代記作者の主張には根拠がある。ヘンリー四世の即位とT・アランデル（Arundel）大司教の復職に続き、信奉者は減少し、一四一四年のサー・J・オールドカースルの蜂起と一四三一年の蜂起未遂の後、地下組織になる。彼らは宗教改革の先駆者。

10　ジョージ・パトナム　第二章訳注**4**参照。

11　シドニー　第一章訳注**19**参照。

12　チョーサー　第二章訳注**22**参照。

13　タンタラスはゼウスとプルートーの子。プリュギアあるいはリューディアのシビュロスの王。富を有し、神々に愛されていたが、地獄に落ちて池の中に首まで浸かり、喉が渇いて水を飲もうとすると水が引き、頭上には実もたわわに果樹の枝が垂れ下がっているが、飢えて、食べようとすれば枝が遠ざかるという永劫の罰を受けた。その原因は、彼が神々の食卓に招かれて、その時の秘密を人間に漏らしたためとも、ネクタルとアンブロシアを神々から得て人間に与えたためとも、わが子ペロプスを殺して料理し、神々に供したためとも言われる。

14 レッドクロス（赤十字の騎士）はセント・ジョージ。

15 モンマスのジェフリー　第三章訳注**19**参照。

16 C・S・ルイス（Clive Staples Lewis（1898–1963））は学者、作家。ベルファースト生まれ。九歳で母を亡くし、私立予科学校の教育、またコレッジの前校長の個人指導を受ける。一九一六年、オックスフォード大学ユニヴァーシティ・コレッジへの古典学の奨学金を得る。第一次世界大戦で塹壕の戦いを経験し、負傷して回復に終戦までかかる。一九一九年一月、古典学を学ぶためオックスフォードへ戻り、戦死した友人の母と共に暮らす。自分のコレッジで哲学講師の一時的なポストに就いた後、一九二五年モードリン・コレッジの英語・英文学のフェローならびにテューターになり、三十年近く教えた。ニュー・ビルディングの彼の部屋で、初め英文学だけでなく、アングロ・サクソン、哲学、政治理論を教えた。何年もの中世文学の広い読書が、中世の寓意を宮廷風恋愛の新しい記述と結びつけた『愛とアレゴリー』（*The Allegory of Love*（1936））として実を結び、賞を得る。

一九四四年、ケンブリッジで行ったクラーク・レクチャーをもとに、人文主義を再評価しフッカーとスペンサーを細部にわたって賞賛した、濃密な『十六世紀英文学史』（*English Literature in the Sixteenth Century*（1954））を書く。この著作により、その年ケンブリッジに設立された中世・ルネサンス英文学講座担当教授（the chair in English Medieval and Renaissance literature）に選ばれる。直ちにフェローシップを彼に申し出たモードリン・コレッジへ移ってからも、週末と休暇はオックスフォードへ汽車で帰った。モードリン・コレッジ（一九五六年）とユニヴァーシティ・コレッジ（一九五九年）は、彼をオナラリー・フェローにした。中世の思想と信念についてのスタンダードなオックスフォードの授業の一つをケンブリッジの聴衆のために『捨てられたイメージ』（*The Discarded Image*（1964））として出版した。講座担当を辞して二、三ヶ月後、ケンブリッジのモードリン・コレッジは彼をオナラリー・フェローにした。

寓意的なサイエンス・フィクション三部作も書いたが、ルイスの作品の中で最も有名なものは子供のためのファンタジー『ナルニア国物語』（*The Chronicles of Narnia*）（1950–1956）。彼はテクノロジーの時代にではなく、文学と想像力の世界に住んでいた。

17　宗教改革期のカトリックもプロテスタントも、自分の主張をパンフレット（小冊子）に印刷して論争を行った。ニコラス・サンダーはカトリックの立場から、アン・ブリンを攻撃し、けがした。

18　ウェルギリウス　第二章訳注**13**参照。

19　ヘンリー八世　訳注**7**参照。

20　アン・ブリン（Anne［Anne Boleyn］（c.1500–1536））はイングランド王妃、ヘンリー八世の二番目の妃。アンはオーモンド伯ならびにウィルトシャー伯トマス・ブリン（Ormond and Wiltshire（1476/7–1539））の娘。姉のメアリー［Stafford（c.1499–1543）］より一つかそこら年下で、弟ジョージ・ブリン（Lord Rochford（c.1504–1536））より多分四つ年上。ブリン家の富は、半世紀前のロンドンの参事会員として得たものによるが、一族はアイルランドのオーモンド伯爵領の称号の所有権を主張できるほど豊かになっていた。宮廷人で外交官の父トマスがオーストリア大公妃マーガレットの宮廷への大使に任命され、大公妃に好印象を与えたことから、娘のアンは適齢の若い貴族に最良の訓練を与え得る最も特権的な宮廷に、大公妃マーガレットの侍女として引き取られ、宮廷の貴婦人のあらゆる技、とりわけ父の望んだ流暢なフランス語を身につけ、フランス語を話すキャサリン・オヴ・アラゴンの一家に場を持てるよう備えた。外交その他の事情でアンはフランス宮廷で何年か過ごし、イングランドの宮廷に場を得るのは予想より遅れたが、キャサリンの侍女となり、やがてヘンリー八世の目を引く。アンはいわゆる美人ではなく、彼女がセンセーションを巻き起こしたのは、容貌ではなく個性と教育で、ヨーロッパの二つの宮廷で育ち、大陸の洗練された文化、マナーを身につけていた彼女は地方宮廷とも言うべきヘンリーの宮廷ではユニークで、人は彼女を生粋のフランス女と思った。

ヘンリーは初め愛妾であった彼女の姉の代わりにしようと思ったが、アンはヘンリーの求愛を拒む。ヘンリーとキャサリンの結婚生活は事実上終わっていて、男子の跡継ぎはなく、ヘンリーはキャサリンとの結婚を無効にしようと思った。結婚を申し込んだ時からアンの態度は変わり、一五二七年にヘンリーの求婚を受け入れるが、キャサリンの甥カール五世の機嫌を損ねないことを第一とする法王の介入により、ヘンリーの離婚問題をイングランド内で解決する法律を有効にする準備の出来た一五三三年まで結婚は行われなかった。この間、二人の間に親しさは増すが、生まれる子供を嫡出子とするために二人が心をくだいたためアンは愛妾ではなかった。法皇庁への挑戦であるキャサリンとの結婚破棄の有効性についてヘンリーは懐疑的だった。一五三二年アンはペンブルック女侯爵の位を授けられる。十二月頃懐妊し、一五三三年一月二十五日に結婚、四月十二日に王妃として認められ、戴冠式がその六週間後に行われ四日間続く。トマス・モアは著名人中、唯一人、戴冠式に欠席した。三ヵ月後の九月七日娘エリザベスが誕生する。

アンはティンダル訳の彩色写本の新約聖書を持っていて、結婚前から英訳聖書の輸入業者を支持し、王妃として福音主義の立場の聖職者を擁護した。とりわけケンブリッジの学者とのつながりが深く、彼らを通じて彼女の影響がエリザベス朝の教会上の決着に流入することになる。

現存するものからアンが相当な教養の持ち主であったことがわかる。若い頃を過ごしたネーデルランドの芸術の影響がある。彼女のバッジは木の切り株にとまっていた白い隼が枯れ木に降り立つとテューダー・ローズがパッと花咲くというデザイン。シンボリズムを開発した証拠さえある。エリザベスのように、アストレア（ゼウスとテミスの娘で正義の女神）と処女マリアと同一視された。ハンス・ホルバイン（弟）に初期の庇護を与え、英国文化に貢献をした。

結婚している間中、アンはキャサリン・オヴ・アラゴンと庶子にされたメアリーをもとの地位に戻そうとする宗教的保守派の攻撃の的だった。一五三六年にキャサリンが死に、その月末のアンの二度目の流産で、ヘンリーはこの結婚が神に反対されているという恐れを抱くが、大臣トマス・クロムウェルはアンを支持した。一五七六年ヘンリーはメアリーのいとこカール五世にアンを王妃として認めさせようとする。修道院のことで、アンと（修道院解体で王の懐を肥やそうとする）クロムウェルの意見が対立し、二人の間に亀裂が入り、事態は劇的に変化する。後にジェイン・シーモアがある修道院を一時的に救おうとした時、ヘンリーが、前の妃は国家のことに首を突っ込みすぎて死んだと思い起こさせたのには意味がある。

一五三六年に保守派もブリン派も、フランス寄り外交をハプスブルグ帝国との関係改善に変えたいというクロムウェルの願いを支持するが、ヘンリーは大使との会見を、アンとの結婚と自分のイングランドでの新しい王権の定義を帝国に認めさせることに使った。アンが王の傍にいる限り、アンを他国に認めさせようという王の決意が外交再編成の障害となる、この王妃が消えなくては自分の身の安全が保障されないという判断から、クロムウェルはアンとアン一派に対する王の信頼を壊すことに着手する。アンの姦通の噂が流れ、クロムウェルは、自分の政敵ノリスも含めてアン一派を逮捕する。疑惑を抱きやすいことで悪名高いヘンリーは、ノリスを最初に、翌日アンとアンの弟、そしてトマス・ワイアットら宮廷人をロンドン塔に送る。トマス・クランマーらアンの支持者はヘンリーに目通りがかなわず、手遅れになる。アンとその愛人とされた者たちが無実だったのは明白で、彼らは無実を訴え続けながら五月十七日に処刑され、その日の午後クランマーがアンとヘンリーの結婚は無効と発表し、五月十九日の朝、アンはカレーから呼び寄せられた処刑役人に、斧ではなく剣で処刑され（これはヘンリーの与えた慈悲）、同日タワー・チャペルに埋葬される。処刑後、クロムウェルはアンの父から役職を取り上げ、ジェインの兄が子爵の身分を得た。ヘンリーのキャサリンとの離別はアン・ブリンとの恋の結果ではなく、最初の結婚が近親相姦だったという彼の確信によったため、メアリーと彼女の支持者たちには何も与えられなかった。訳注**7**参照。

21　メアリー一世　第四章訳注**12**参照。

22　エウリピデス（Euripides（前四八五［四八四または四八〇］—前四〇六））作『花冠を捧げるヒッポリュトス』として同名の前作と区別される作品で、テーセウスの妻パイドラは夫と夫の前妻アマゾーンのヒッポリタの間に生まれたヒッポリュトスに恋し、道ならぬ恋にわが身を責め、やつれ果てる。パイドラの乳母は事情を聞き出すと、死ぬよりましと恋の成就を勧め、恋の取り持ちを買って出る。潔癖なヒッポリュトスは拒絶し、パイドラは彼に言い寄られたと偽りの遺書を残して縊れ死ぬ。

エウリピデスは、アイスキュロス、ソポクレスと並び称される古代ギリシアの悲劇詩人。アテーナイで生まれて活躍し、マケドニアで死んだ。出自、生い立ち、家庭生活について、古来さまざまな逸話がある。二度結婚し、妻はいずれも淫奔であったという。彼はその性狷介、笑わず、人嫌い、殊に女嫌いとされる。他の悲劇詩人同様、素材を古いギリシアの神話伝承に求めた。素材は比較的マイナーでローカルな伝承によるものが多い。『ヒッポリュトス』もその一つ。

第六章　野生の人と土地

1　ジョージ・パトナム　第二章訳注**4**参照。

2　レスター伯は、エリザベス女王のケニルワース訪問のエンターテインメントを考案するためギャスコインらを雇い、ギャスコインは、狩から帰ったエリザベスの前に「蔦で全身を包んだ野蛮人」となって現れ、女王のパトロネージを嘆願した。第一章訳注**18**、**21**参照。

3　エラスムス　第四章訳注**10**参照。

4　ブリスケット　第一章訳注**31**参照。

5　ローリー　第一章訳注**25**参照。

6　エセックス伯　第一章訳注**45**参照。

7　ジョヴァンニ・ボテロ（Giovanni Botero（1544–1617）［あるいはピエモンテのベネ（Bene in Piedment）］）はピエモンテ地方の生まれ。イエズス会に入る（1559–80）が長上と争って去り、ミラノ大司教カルロ・ボッロメーオ、サヴォイ公カルロ・エマヌエーレ一世らに仕え、フランス他ヨーロッパ各地を旅行しつつ政治学の先駆的著書を著した。主著は対抗宗教改革の立場でマキャヴェッリに反論した『国家理由論』（1589）（*Della ragion d'stat*［'On the Reason of State'］Venice, 1599）。政治に倫理的価値を回復させようと努めた。彼は「何故キリスト教徒の王侯は、自分の秘密の会議室の扉をキリストと福音に閉ざし、敵の祭壇ででもあるかのように神の法に反する国家理由を打ち立てるのか？（II.15）」と問う。彼は国家を支える要因についてマキャベッリよりはるかに広い認識を持ち、ジャン・ボーダン（Jean Bodin）からアイデアを得て、経済を重要視し、『都市の偉大さの原因分析』（*Della cause della grandezza e magnificenza della cite*（1588））に社会経済的考察を加え、政治的見解に経済的見解を加えた。

8　（ヤースタス）リプシウス（Justus Lipsius（1547–1606））はユースト・リップス（Joest Lips）とも呼ばれるベルギーの人文主義古典学者。ブリュッセル近郊のオベリッシュ（Overyssche）に生まれ、ルーアンに没す。一五七二年にドイツのイェナで歴史と哲学の教授、一五七八年に新しいライデン大学の歴史と法律の教授、そして一五九二年にルーアンで歴史とラテン語の教授に任命される。彼の最初の学問的出版物は、作品分析批評の伝統的な分野のもの。彼はすぐラテン語散文テキスト編纂の第一人者になる。彼の編纂によるタキトゥスとセネカは長い間テキストの模範として名高く、今日でも注目に値する。彼はその時代の反キケロ風の文体運動の指導者でもあり、彼のラテン語のスタイルはタキトゥスに負うところが大きい。古物研究と歴史研究で名高く、倫理学と政治学の理論に関する論文ではさらに名高かった。彼の一六〇四年のストア主義の概論は、ギリシアのストア主義ではなくローマのストア主義についてで、二世紀以上にわたってこの思想の評価を定めるものとされていた。彼にとって古代の哲学者、歴史家は、単なる研究対象ではなく実践倫理の指導者であり、彼は自分をストア主義者と考えていた。

　彼はカトリックの家庭に育ち、イエズス会の教育を受けたが、真の宗教は宗派や教義の相違には関わらないという信念を得て、一五七二年就任のイェナ大学時代はルター派信徒、七四年ケルン、七六年ルーアンを経て七九～九二年のライデン大学時代はカルヴィン主義者、ルーアンに帰ってカトリックに戻る。古典文献学への貢献としてタキトゥス（一五七五年）、セネカ（一六〇五年）の校訂、ローマ古典作家の研究があり、主著『不動心について』（*De Constantia*（一五八四年））ではストア的道徳観を描いてP・シャロンやモンテーニュなどに影響を与えた。

9　モンテーニュ（Michel Eyquen, seigneur de Montaigne（1533.2.28–1592.9.13））は十六世紀フランスの思索家、モラリスト。『エセー』（『随想録』とも言う。初版一五八〇年）の著者。南西フランス、ペリゴール地方のモンテーニュ（モンターニュ）の城館に生まれる。モンテーニュの名は領地の呼称に由来する。

　ボルドーで海産物などを商っていたエーケ家は、蓄財の結果ミシェルの曽祖父ラモンの代に近郊のモンテーニュの地を買い取り、貴族たるべく地歩を固めた。祖父グリモン、父ピエールの代にボルドー市政に関わり、重きを成すが、家系自体は都市商業によって台頭した新興貴族。

　一五五四年、ペリグーに新設された御用金裁判所の評定官のポストを親族から譲り受け、法官生活に入る。この裁判所は、三年後ボルドー高等法院に吸収され、モンテーニュも同僚と共に移る。高等法院時代の重要な経験は、年長の同僚でユマニストのエチエンヌ・ド・ラ・ボエシー（1539–63）との深い友情。ボエシーは古代のストア派の哲人を思わせる克己的な徳を体現した公明廉直な人物で、性格の異なるモンテーニュに多大の感化を与えた。『エセー』中の「友情について」（De l'amitie（I.28））はその証言であり、初期『エセー』諸章に見られるストア的口吻は友人に触発されたもの。両者の交際はラ・ボエシーの病死により数年で絶たれるが、友情の記憶はモンテーニュの生涯を通じて保たれる。

この頃、旧教、新教両派の対立激化で一五六二年以降数次にわたる内乱が世紀末まで相次ぐ。モンテーニュはパリで旧教信仰の宣誓に加わり、終生旧教の立場を守るが、古典古代の異教的教養にも深く浸った。

一五六五年、ボルドー高等法院評定官の娘フランソワーズ・ド・ラ・シャンセーニュと結婚する。六八年父の病死で領主の地位を受け継ぐ。七〇年夏、三十七歳でボルドー高等法院の官職を退く。〈博学な処女神の胸に憩う〉希望が、翌年の誕生日の日付で自邸の壁に記される。パリで亡きラ・ボエシーの著作刊行に尽力し、刊行する。また王室侍従次官に任じられ、サン・ミシェル勲章を受け、宮廷人としての栄に浴する。

新旧両教徒の対立が激化し、一五七二年パリでサン・バルテルミーの虐殺が起こる。退官隠棲後のモンテーニュが読書余録のようなものを書き始めたのはこの頃。彼は自邸の南端に位置する円筒形三階建の塔の最上階を読書室にし、読書、思索、執筆の場とした。周囲の壁に沿って古今の書物を積み上げ、家族や家政から逃れた空間を確保し、これが『エセー』を生み出す場となる。以後、宗教内乱中、公的私的に連絡・調停の役を果たしたが、それをぬって断続的に、後に『エセー』に結実する文章を執筆する。

一五七七年、新教派の頭目ナヴァール王アンリ（のちのフランス王アンリ四世）より、王室伺候武官の称号を受ける。翌年、最初の腎臓結石症の発作に襲われ、以後持病となる。このころ精力的に執筆。八〇年、ボルドーのシモン・ミランジュ書店から『エセー』初版全二巻（第一巻五七章、第二巻三七章）を刊行。この著述で思索に一応の区切りをつけ、同年六月自邸を出立し、以後十七ヶ月間旅行をする。スイス、ドイツを経由してイタリア各地を旅行する一行は縁者五名、従者十名余。その足跡は、十八世紀に発見された、秘書と彼の手になる『イタリア旅行記』（*Journal de voyage en Italie par la Suisse et l'Allemagne*（1774））にたどられる。温泉での結石治療と見聞を広めるための探訪が目的だったが、最初にパリに立ち寄っているので、フランス王室から何らかの使命を託されていたとも考えられる。パリではアンリ三世から『エセー』献上に対し謝礼を授与される。イタリア各地を巡遊中、八一年九月、ボルドー市参事会によって市長に選出されたことを知らされ、十一月に自邸に帰り着く。

市長の任期は二年で、再選は希だったが、彼は二期、一五八五年七月まで在職する。第一期目の市の情勢は比較的平穏でこの間に文名も高まり、八二年には僅かに加筆して『エセー』第二版を刊行する。市長職第二期目はフランス王位継承をめぐってボルドー周辺で新教徒と神聖同盟（旧教）派が対立し、多難だった。これは王弟の死で新教派のアンリ・ド・ナヴァールが継承権を得たことによる。特に任期末、気勢の上がる神聖同盟派がボルドー市に迫り、モンテーニュは対策に腐心する。かねて親密な接触のあったアンリ・ド・ナヴァールとギュイエンヌ州総督のマティニヨン元帥との調停に努力する。これは王権を尊重しつつ穏健なカトリック的立場で事に当たるポリティーク派の行動様式。

市長退職後も近隣の戦乱は止まず、他方ペストの流行を避けて数ヶ月にわたって家族ぐるみの移動を余儀なくされる。この時期、『エセー』全二巻に大幅に加筆し、第三巻となる各章の多くを書き下ろす。一五八八年パリに上り、アベル・ランジュリエ書店より『エセー』改定増補版全三巻を刊行する。これが生前最後の出版。首都への道中、一行は新教徒の一団に略奪される。到着後もパリは騒然とし、アンリ三世は神聖同盟の勢いに押されてパリを脱出し、彼はこれに従ってルーアンに赴くが、その後パリに戻った際、アンリ三世への報復で同盟派に捉えられ、バスチーユに拘留される。母后カトリーヌ・ド・メディシスの介入で即日釈放されるが、この危機の次第は『家事日記』(*Livre de raison*) に記される。同年十月、王に従ってブロワの全国三部会に赴き、ポリティーク派の法官ド・トゥーやパーキエらと会う。十二月、アンリ三世はブロワで突然神聖同盟の盟主ギーズ公を暗殺する。ボルドーに帰ったモンテーニュは旧教徒の動揺を抑えるためマティニヨンに協力し、アンリ三世とアンリ・ド・ナヴァールの和解のため尽力する。翌年一月母后カトリーヌが死に、両アンリは手を結ぶが、国王は程なく暗殺され、アンリ・ド・ナヴァールが新王宣言をする。この段階でモンテーニュの王臣としての努力は終わり、以後は自邸で、読書と『エセー』への加筆に時を過ごす。戦闘の直中で王位を確立しようとするアンリ四世から王室への招請と政界復帰の誘いを受けるが、彼にその意思はない。再度の増補版を目指しての八八年版『エセー』への精力的な加筆は九二年の彼の死で絶たれるが、九六年グールネー嬢らの手でこれを取り入れた新版が出された。彼自身の加筆による手沢本は「ボルドー本」(Exemplaire de Bordeaux) と称され、ボルドー私立図書館に保存されている。彼の生涯は同時代の事件や動乱に深く関わっており、それが『エセー』に大きく影を落としている。

10　アルダス・マヌティウス（Aldus Manutius (Manutius (Manuzio) Aldo)）は初めてギリシア語のテキストを体系的に出版した。マヌエル・クリソロラス（Manuel Chrysoloras）が授業をするためにフィレンツェへ招かれた十四世紀の終りから、マヌティウスがヴェニスで死んだ一五一五年まで、ギリシア語テキスト研究のインパクトを図表に記すことが出来る。十五世紀は翻訳の先駆となる世紀でもあり、この世紀ほど多くのギリシア語作品がラテン語に訳されたことはなかった。

11 カレピヌス（Anbrogio Calepinus（Calepino）（1435.6.2–1511.11.30）カレピノスとも言う）はイタリアの辞書編纂者。一四五一年ベルガモでアウグスティノ会修道士となり、人文主義の教育を受ける。一五〇二年ラテン語とイタリア語の辞典を編纂・出版し（1505,2 1509,3）これは、後にイタリアの言語学者フォルチェリーニが『ラテン語全辞典』（*Totius latinitatis lexicon*, 1721）として再編集するまで、多くのラテン語辞典の原型となった。

12 トマス・クーパー（Cooper（c.1517–1594））は神学者、ウィンチェスター主教。オックスフォードのモードリン・コレッジの下男から始めて、学位を取得しフェローになる。一五四五年にフェローシップを辞し、トマス・エリオット（Elyot）の辞書の改訂にとりかかり、改訂増補の初版を出版する。ランケ（Lanquet）の『年代記』の第二版（一五六〇年）は、エリザベス女王の治世までの歴史を記述し、『クーパーの年代記』と呼ばれている。彼自身の『シソーラス』を一五六五年に出版。リンカン主教を経てウィンチェスター主教をつとめる。学問、勤労、田園での仕事で十六世紀後半のイングランドの教会を形作ったエリザベス朝の主教の一人。一生きつい仕事に献身し、口喧しい妻を持ち、オックスフォード大学にもよくつとめたが、本当の恋人はエリザベスの治世下で確立された英国国教会。作品、説教、とりわけモードリンの学生を教えたように聖職者を教える能力によって貢献した。

13 ジョージ・パトナム　第二章訳注**4**参照。

第七章　愛と帝国

1 ジェフリー・チョーサー　第二章訳注**22**参照。

2 ヘンリー・メドウォール（Henry Medwall（b. 1462-d.after 1501））は劇作家。父ジョン（d.1491）は、一四四九年頃サザークのセント・マーガレット教会教区の教会書記、オルガニスト、教会委員、旗と楽譜の供給者。一四七五年にヘンリーは兄に続いてイートン校へ入り、そこからケンブリッジのキングズ・コレッジに進む。一四八三年、イーリー司教ジョン・モートン（Morton）がロンドンへ送られるのと同時期にキングズ・コレッジを出て、一四九一年ケンブリッジから民事法で学位を授けられる。ランベス・パレスに住み、礼拝堂付牧師および雑役夫としてモートンに仕える。

メドウォールは名の知れた最初の自国語の劇作家。キングズ・コレッジの学生時代にコレッジの仮装劇を見る。彼のモートンへの奉仕は、若き日のトマス・モアの奉仕と重なる。メドウォールの名で残っている二つのインタールード、英語で書かれた最初の等身大の世俗劇『フルゲンスとルークリース』(*Fulgens and Lucres*)は、一四六〇年頃ウスター伯ジョン・ティプトフト(Tiptoft)が英訳し、キャクストンが一四八一年に印刷した、ブオナコルソ・ダ・モンテマグノ(Buonaccorso da Montemagno)の人文主義のラテン語の論文「真の高貴さ」(De vera nobilitate (c.1428))からプロットを取った。メドウォールの劇では、ローマの政治家フルゲンスの娘ルークリースが、放蕩者の貴族プブリウス・コルネリウス(Publius Cornelius)よりも、徳高い平民ガイウス・フラミニウス(Gaius Flaminius)を夫に選ぶ。脇筋で、抜け目のない侍女が二人の召し使いの求婚者を出し抜く。対照的に『自然』(*Nature*)は、典型的なイングランドの道徳劇の構造と一致する。〈理性〉が〈人間〉を〈官能〉から守ろうとするが徒労に終わる。〈世間〉が〈人間〉を〈世俗愛〉(Worldly Affecyon)に導き、そこから〈プライド〉〈肉欲〉他の罪に導く。〈理性〉に救われ、〈人間〉は再び罪に陥るが、〈年齢〉が彼を無能にし、終に悔悛して、救済を確信して死に臨む。『フルゲンスとルークリース』(c.1512–16)はジョン・ラスティル(Rastell)により、『自然』(c.1530)はウィリアム・ラスティルによってメドウォールの死後出版された。

3 エリザベス・ボイル 第一章訳注**27**参照。

4 ペトラルカ 第二章訳注**29**参照。

5 メドウェイ川のこと。

6 アリオスト 第三章訳注**9**参照。

7 ハリントン(Sir John Harington(bap. 1560, d.1612))は宮廷人で作家。彼の『狂えるオルランド』完訳は苦行だったことを述べる逸話が十八世紀後半に記録されている。彼が訳した『オルランド』第二十八篇のフィアンメッタの話を女官たちが回覧しているのが女王に見つかり、彼は三万三千行全部を訳し終えるまで宮廷に伺候することを禁じられた。一五八〇年代に翻訳されて一五九一年に出版された二つ折り版は、挿絵とインデックスがふんだんに付き、各篇にゴシップめいた注が付いた、本のデザインの傑作。エリザベスに献呈され、ジェイムズ六世、ウィリアム・セシル、そしてパトロンになり得る人に贈呈された。ハリントンのアリオストは「最低の翻訳」だというベン・ジョンソンの呪わしい評価が次代の批評に影響を与えたが、この作品は賞賛され、しばしばスペンサーの『妖精の女王』、タッソーの『エルサレム解放』のフェアファクス訳と並んで、アングロ・イタリアン文学史上の重要な作品とみなされている。

ハリントンは宮廷人ジョン・ハリントン（c.1517–1582）の上の息子。名付け親はエリザベス女王と第二代ペンブルック伯ウィリアム・ハーバート。彼は一五六〇年頃イートン校在学中に、級友たちと共にメアリー一世治世下のエリザベスの苦難をフォックスの『殉教者の書』からラテン語に訳し、成果の一冊を女王に贈る。女王は「ジャック少年」に、一五七六年の国会の閉会の際の、独身を弁護した彼女のスピーチの写しを送り、読んで学べば国会に入れると言った（*Nugae Antiquae*,2,154）。彼はケンブリッジ大学キングズ・コレッジに入学し、学士号と修士号を取得する。在学中に大蔵卿ウィリアム・セシルから助言を受け、国務大臣サー・フランシス・ウォルシンガムの支持に謝意を表している。リンカンズ・イン法学院に入学を許されるが、父の死で切り上げ、バース近くの一族の領地を所有し、その年、ヘンリー八世、エドワード六世、エリザベス一世の治世下の傑出した役人エドワード・ロジャース（c.1500–1568）の孫娘メアリーと結婚する。一五八六年、義兄弟エドワード・ロジャースと共にマンスターの入植地への参入を考えてアイルランドを訪れる。

ハリントンの次の出版物は、馬の愛好家サー・マシュー・アランデルの居城でサウサンプトン伯ヘンリー・ライアスリー（Wriothesley）らの加わった社交の集まりで生まれた。便所の上に原始的な水洗装置の付いた水槽を保つアイデアを、彼は『新廷臣論』（*New Discourse of a State Subject*）中で、召使の寓意画製作者トマス・クーム（Comb）の挿絵つきで説明し、「エイジャックスの変容」（the Metamorphoses of Ajax）と呼んだ。エイジャックス（Ajax）とはエイ・ジェイクス（‘a jakes’）の言葉遊びで「便所」を意味し、オウィディウスのエイジャックス風に変形された装置。ハリントンはこれをミサクモス（Misacmos（“hater of filth” [不潔な物を嫌う者]））という偽名で書いたが、正体の手がかりをいたるところに残し、サー・エイジャックス・ハリントンとして知られた。『新廷臣論』の風刺のため、彼は星室庁に訴えられそうになる。レスター伯についての軽蔑的な短評「ムッシュー（アランソン公）がここにいた時、八匹の犬を連れていた大きな熊」のため彼はしばらく王室の不興を買うが、これは短期間にしてもかなりの人気を博した。水洗便所はパトロンへの贈り物としてリッチモンド宮に一つ取り付け、ロバート・セシルに一つ送った。

一五九九年にハリントンは、第二代ティローン伯ヒュー・オニールの反乱鎮圧の軍隊と共にアイルランドへ帰る。エセックス伯ロバート・デヴルーが、サウサンプトン伯の下で騎馬隊を率いる任務に彼を直接任命する。彼は、エセックスの遠征中ナイト爵位を与えられた多数の軍人の一人。アイルランドからイングランド陸軍の敗北を描写する手紙を送り、またティローンに会った時のことを物語る。彼はティローンの息子たちに『オルランド』を進呈し、伯爵に読んでくれと頼まれて（たまたま）運命の車輪が人を上らせ、また投げ下ろす様を描写した一節、第四十五篇の初めをめくったこと、ティローンと共に朝食を取ったことを思い出す。彼は、エリザベスの不機嫌の真っ最中にイングランドに戻り、エリザベスがエセックスにぶちまけた怒りを分かち合うがすぐ寵愛を取り戻す。

先祖に対する子孫の誇りが『古きたわごと』（*Nugae antiquae*（1768–75））なる歴史的雑録の出版につながり、ハリントンは、子孫のおかげでその時代最もよく記録の残る作家の一人となる。先行する伝記的記述は注意して扱う必要がある。というのは私たちが彼について「知っている」唯一の情報源が、しばしば彼自身だからである。

8　チョーサー　第二章訳注**22**参照。

9　対型　第三章訳注**18**参照。

10　オムパレー（Omphale）はリューディアー人の女王。ヘーラクレースは、弓の競技で自分と息子たちに勝った者に娘をやるというオイカリアーの支配者エウリュトスのもとで弓に勝つが、彼の娘を得られず、狂って、自分に好意的な彼の息子のイーピトスを投げ殺したため、ひどい病気に取り付かれる。自分の身を売って三年間奉公し、殺人のつぐないとしてエウリュトスにその代価を払えば病が癒えるという神託を得る。ヘルメースが彼を買い、そして次にオムパレーが彼を買い、彼は奉公の後、病を逃れた。後世のオウディウスはこのエピソードを語る時、ヘーラクレースに女の服を着せ、羊毛の入った籠を持たせて、糸より、糸つむぎなど女の仕事をさせている。スペンサーの語るラディガンドの国での男の描写は、オウディウスを踏まえたアリオストの『狂えるオルランド』中の「女人国」（第一九篇七二連）の描写を借りたものかもしれないが、それは実はディオドロスの記したアマゾーンの国での男一般の姿である。スペンサーはそれを直接あるいはアリオスト経由で取り入れたようだ。
11 ブリスケット　第一章訳注**31**参照。
12 もじゃもじゃ毛（glibs）は額あるいは目の上の密集した毛。かつてはアイルランド人のものを言った。
13 アレキサンダー詩行　第三章訳注**2**参照。
14 ジョージ・パトナムが『英詩の技法』中、アレゴリアの定義で述べた言葉。本書第四章（一〇八頁）参照。

スペンサー年譜

1 マーチャント・テイラー校　第一章訳注**5**参照。
2 一五六六年、枢密院はパンフレット、芝居、バラードすべてに出版許可を得ることを求める法令を出した。出版物はロンドン書籍出版業組合（The Company of Stationers of London）の出版業者の登録簿（Stationer's Register）に登録された。
3 ゲイブリエル・ハーヴィー　第一章訳注**13**参照。
4 モロー・オブライエン（Morrogh O'Brien）は一五七七年に処刑されたリメリックの有名な謀反人。グレイ卿の供としてのスペンサーのアイルランド到着の公式記録はその三年後であるが、処刑の時のオブライエンの養母の言葉と反応を、『アイルランドの現状管見』中のスペンサーのスポークスマンの一人イレニアスが、「見た、聞いた」と書いていることから、ことによるとスペンサーは目撃したかもしれない。
5 ジョン・ヤング　第一章訳注**23**参照。
6 レスター伯ロバート・ダドリー　第一章訳注**18**参照。
7 グレイ卿　第一章訳注**30**参照。
8 エニスコーシーの修道院　第一章訳注**32**参照。
9 キルデア州のニュー・アビー　第一章訳注**33**参照。
10 キルデア州兵員弁務官（Commissioner for Musters in Co. Kildare）はキルデア州の各バロニー（州の下位区分）あるいは区画の臣民を召集すること、あるいは、そのあたりで調達可能な武器と人員を記録することを求められる役目。

11 ロドヴィック・ブリスケット　第一章訳注**31**参照。

12 キルコルマン城　第一章訳注**34**参照。

13 エイブラハム・フローンス（Abraham Fraunce）は詩人、法律家。ケンブリッジ大学セント・ジョンズ・コレッジの出身。学士号取得と同時にコレッジのフェローに選ばれる。大学の学業を終えると同時に法律の勉強を始め、一五八三年にグレイズ・イン法学院に入学し、法律家になる。学生時代、また法律家になってからも彼は多作で、古典作家、大陸の作家の作品を英国の読者のためにまとめることがうまく、彼の詩、哲学、エンブレム、神話作品の多くは通俗化だったが、想像的で、創造的。作品は皆サー・フィリップ・シドニーのサークルの詩人に献呈された。『アルカディア的修辞学』（*The Arcadian rhetoric, or The precepts of rhetorike made plaine by examples Greeke, Latin, English, Italian, French, Spanish*（1588; the Stationer's register 11 June））は文体上の工夫についてのテキストで、多くの文学作品を例証しており、この中にスペンサーの未刊行の『妖精の女王』からの引用がある。

14 ロッシュ卿　第一章訳注**35**参照。

15 ローリー　第一章訳注**25**参照。

16 『アクシオカス』（*Axiochus*）は、一五九二年、カスバート・バービーが、ロンドンに開いたばかりの店で売りに出したプラトン風の対話の翻訳と、オックスフォード伯の小姓がホワイトホールのページェントで女王の御前で行った演説の両方を収めた小さな本。対話のタイトルページにギリシア語から「Edw. スペンサー」が訳したと書いてある。スペンサーは、普通E. あるいはEd. とつつましく書名した。『妖精の女王』の成功で、バービーはこの出版を企て、翻訳者を「かの立派な学者にして詩人であるエドワード・スペンサー先生」と記したにちがいない。

17 エリザベス・ボイル　第一章訳注**27**参照。

18 ティローンの反乱　第一章訳注**37**参照。

19 マンスターの入植地はティローンの送った遠征隊が襲撃する前に崩壊していた。訳注**18**参照。キルコルマン城については第一章訳注**34**参照。

20　枢密院は国務に関する国王の顧問官の集合体。内閣制度ができるまでは内閣の役割を果たしていた。

21　エセックス伯　第一章訳注45参照。

＊翻訳および訳注に際して、次の文献を参考にさせていただいた。

エドマンド・スペンサー『妖精の女王』和田勇一、福田昇八訳、筑摩書房、二〇〇五年。

エドマンド・スペンサー『スペンサー詩集』和田勇一、吉田正憲、山田知良、藤井良彦、平戸喜文、福田昇八訳、九州大学出版会、二〇〇七年。

アリーギ、ポール『イタリア文学史』野上素一訳、白水社、一九五〇年、一九八八年。

『岩波西洋人名辞典増補版』岩波書店、一九八一年。

大塚高信、寿岳文章、菊野六夫編『固有名詞英語発音辞典』三省堂、一九六九年。

亀井高孝、三上次男、林健太郎、堀米庸三編『世界史年表・地図』吉川弘文館　一九九五年、二〇一〇年。

ギブニー、フランク・B編『ブリタニカ国際大百科事典』東京、TBS-Britannia Co.Ltd.,（1995）一九九八年。

クリスタル、デイヴィッド編『岩波＝ケンブリッジ　世界人名辞典』岩波書店、一九九四年、一九九七年。

『集英社世界文学大事典』集英社、一九九七年。

『世界の名著――エラスムス、トマス・モア』中央公論社、一九七二年。

『世界の名著――モンテーニュ』中央公論社、一九七二年。

高津春繁『ギリシア・ローマ神話辞典』岩波書店、一九六〇年。

トレヴェリアン『イギリス社会史』藤原浩・松浦高嶺訳、東京、みすず書房、一九七一年、二〇〇〇年。

Oxford Dictionary of National Biography（Oxford: Oxford U.P., 2004-2011）

Collier's Encyclopedia, eds. Lauren, S. Bahr and Bernard Johnston（New York, Toronto, and Sydney: P.F.Collier, Inc. 1950, 1993）

The New Encyclopaedia Britannica（Chicago, London, Toronto, Geneva, Sydney, Tokyo, Manila, Seoul, and Johannesburg: Benton Encyclopaedia Britannica, Inc., 1974）

Oxford English Dictionary 2nd edition（Oxford: Oxford U.P., 1991）

Oxford Dictionary of the Christian Church: ed. Cross, F.L., 3rd edition ed. Livingstone, E.A.（Oxford: Oxford U.P., 1957, 1997）

A Pronouncing Dictionary of English Place-Names including standard local and archaic variants, ed. Forster, Klaus（London, Boston, and Henley: Routledge and Kegan Paul, 1981）

Alexander, Gavin, *Writing after Sidney: The Literary Response to Sir Philip Sidney 1586–1640*（Oxford: Oxford U.P., 2006）

Bedders, Frank Stubbings, *Bulldogs and Bedells: A Cambridge Glossary*（Cambridge: Cambridge U.P., 1991, 2001）

Brand, Peter and Lino Pertile, eds., *The Cambridge History of Italian Literature*（Cambridge: Cambridge U.P., 1996, 1999）

Coward, David, *A History of French Literature from Chanson de geste to Cinema*（Oxford: Blackwell Publishing, 2002）

Diodorus Siculus, *Diodorus Siculus* vol. I, trans. C.H.Oldfather Loeb Classical Library（London: William Heinemann Ltd.; Cambridge Massachusetts: Harvard U.P., 1967）

Judson, Alexander C.,*The Life of Edmund Spenser in The Works of Edmund Spenser: A Variorum Edition* Vol.11（1945）ed. Greenlaw, Edwin and others（Baltimore: The Johns Hopkins Press, 1966）

Kenney, E.J. and W.V. Clausen, eds, *The Cambridge History of Classical Literature* II（Cambridge: Cambridge U.P., 1982）

Kinney, A.F., ed., *The Cambridge Companion to English Literature 1500–1600*（Cambridge: Cambridge U.P., 2000）

Martindale, Charles, ed., *The Cambridge Companion to Virgil*（Cambridge: Cambridge U.P., 1997）

McFarlane, I.D., *A Literary History of France: Renaissance France 1470–1589*（London and Tonbridge: Ernest Benn Limited; New York: Barnes&Noble Books, 1974）

Wilkins, Ernest Hatch, *A History of Italian Literature*（London: Geoffrey Cumberlege; Oxford: Oxford U.P., 1954）

訳者あとがき

本書はColin Burrow, *Edmund Spenser*（Plymouth: Northcote House, 1996）の日本語訳である。文中に引用されているスペンサー作品の翻訳は、『妖精の女王』（筑摩書房刊）および『スペンサー詩集』（九州大学出版会刊）の翻訳に拠り、文脈に応じて拙訳を入れた。福田昇八先生をはじめとする訳者の方々に御礼申し上げる。

訳注の人物紹介は、主として*Oxford Dictionary of National Biography*を参照し、人名、地名のカタカナ表記は、主として『岩波=ケンブリッジ世界人名辞典』と『固有名詞英語発音辞典』（三省堂）に拠った。参考にさせていただいた多くの書物は、訳注の最後部に参考文献として記した。感謝申し上げる。

コリン・バロウ氏はGonville and Caius College, CambridgeでBAを取得され、New College, OxfordでD. Philを取得された。ゴンヴィル・アンド・キーズ・コレッジのフェロー、ディレクター・オヴ・スタディーズ、ケンブリッジ大学英文科ルネサンス文学及び比較文学リーダーを経て現職に就かれた。「著者について」で紹介した他に、Cambridge Companion シリーズ中ウェルギリウス、オウィディウス、ローマン・サタイア、一五〇〇年〜一六〇〇年の英文学、スペンサー、ミルトン、ドライデンの巻に執筆され、共著、論文は多数あり、書評活動は幅広い。*Oxford Dictionary of National Biography*（2004）ではアソシエート・エディターをつとめられた。また、*Cambridge Edition of the Works of Ben Jonson*（近刊）の編集を行い、現在、*Oxford English Literary History* 中のエリザベス朝の巻、*Oxford Shakespeare Topics* シリーズの *Shakespeare and Antiquity* の巻、そして文学上のイミテーションの概念と実践について執筆中である。

氏は学者としての学識と文学者の感性をあわせ持ち、その眼力は恐ろしいほど的確である。私は二度の研修休暇でケンブリッジ大学ニューナム・コレッジと英文科に研究の場を持つ機会に恵まれた。二〇〇三年から二〇〇四年の二度目の研修の時、ルネサンス文学および比較文学のシニア・レクチャラーからリーダーになられた氏に学ばせていただき、氏の言葉に何度も目からうろこが落ちる思いをした。氏は英文科のホームページで CERES を担当しておられたが、私はコンピューター画面を前にして、十六世紀の文学を学び、研究することと現代の最新の技術が結びついていることに驚きを禁じ得ず、いろいろな意味で氏は驚異であった。初めて氏の講義に出た時の印象は鮮烈である。学生時代に氏の講義に出たというイギリス人が氏の講義を誉めていたが、講義に出てみてそのよさがわかった。エリザベス朝からジェイムズ朝初期までの詩を取り上げた最初の講義で、氏がサー・ウォルター・ローリーと彼の詩を語られた時、私は衝撃を受け、詩の背景の凄まじさを実感をもって理解した。それまでぬるま湯に浸かっていた心臓を鷲摑みにされたようだった。もっと後のスペンサーの講義でも、氏がスペンサーとスペンサー研究を取り巻く状況を語られた時、私は見事だと思った。国内では読む機会のなかった本書を英文科の図書館で読んだ時も、スペンサーとその時代についての私の常識を覆される思いをした。住まいにしていたクレア・ロードにあるコレッジ・ハウスの自室から、南雲堂の原信雄氏に電話し、この本をぜひ訳したいと提案した。

それからもう何年も経ってしまった。コリン・バロウ氏が、お忙しい中、日本語版に寄せて文章を書いて下さってから四年が過ぎた。原文の粗訳はもっと前に出来上がっていたが、本書を読み、ルネサンス期の人たちがどんな生活をしていたのか、当時の人たちの生活がわかるような、いわば時代が浮かび上がるような訳注をつけるよう心がけるうちに、時間が経ってしまった。

本書が出版に至るまでに、多くの方々にお世話になった。コリン・バロウ氏に紹介して下さった、もと名古屋ブリティッシュ・カウンシル副所長エリザベス・パイク氏、ケンブリッジ大学英文科のラファエル・ライン氏、クリストファー・バーリンソン氏、アンドリュー・ザーカー氏、本書に私の目を向けて下さったリチャード・アクストン氏、マリー・アクストン氏、ニューナム・コレッジのフェローならびにフェロー・エメリタの方々、ジーン・グッダー氏、アン・フィリップス氏、アン・マリンジャー氏、クレア・バーロー氏、大学図書館、英文科図書館、そしてコレッジ・ライブラリーのライブラリアンの方々、エリザベス・リーダムグリーン氏、デビー・ホッダー氏、ジョー、お忙しい中、拙訳に目を通して貴重な助言を下さった岩崎宗治先生、ラテン語と英語表記に助言を下さったアンガス・マッキンドー氏、若い読者の立場からの水渓京子さんのコメント、遅い仕事を辛抱強く待って下さった原信雄氏、そしてコリン・バロウ氏と本書に出会うことを可能にした研修休暇を下さった中京大学と同僚に、記して感謝申し上げる。

小田原謠子

索　引

アイルランド Ireland 26-34, 36, 37, 57-59, 149, 151, 155-159, 181, 186-189, 194
アーキメイゴー Archimago 120, 124, 125, 126
アーサー Arthur 65, 76, 78, 85, 86, 107, 119, 120, 121, 122, 123, 132, 134, 147, 149, 182, 183, 185-186, 193
アスクレピオス Aesculapius 129-130
アーティガル Arthegall 75, 77, 82-83, 101, 114, 134, 140, 144, 146, 147, 149, 176-180, 184-186
アドーニスの園 Adonis, Garden of 75, 103, 138-145, 172
アブラハム Abraham 104
アモレット Amoret 87-88, 97, 98, 104, 110, 135, 138-140, 161, 166, 174
アランソン公フランソワ Alencon, Francois, duc de 40, 76,
アリオスト Ariosto, Lodovico 71, 72, 76, 83, 90, 99, 115, 121, 174, 175
アリストテレス Aristotle 115
アルマ Alma 66, 85, 97, 103, 132, 193
アレオパゴス “Areopagus”, The 25

ヴェギウス，マフェウス Vegius, Mapheus 70,
ヴァージル，ポリドア Vergil, Polydore 81
ウィットギフト，ジョン Whitgift, John 22
ウェルギリウス Virgil 39, 40, 52-53, 54-55, 68-70, 72, 76, 77, 83, 86, 121, 138
ウォルシンガム，サー・フランシス Walsingham, Sir Francis 54, 57, 107
EK 23, 40, 42, 43-44, 48
エセックス伯，デヴルー参照 Essex, Earl of, *see* Devereux
エラスムス・デシデリウス Erasmus, Desiderius 105, 148
エリザベス一世 Elizabeth I 24, 27, 31, 33-36, 40, 41, 76, 77, 81, 83, 84, 110-112, 123, 139, 140, 144, 174, 180, 195
オウィディウス Ovid 96

ガイアン Guyon 66, 68, 74, 75, 96, 101, 114, 115-118, 121, 122, 145, 182
カーク・エドワード Kirke, Edward 24

カートライト，トマス Cartwright, Thomas 22
カムデン，ウィリアム Camden, William 38
カレパイン Calepine 66, 148, 152, 165, 185
キャリドア Calidore 34, 66, 88, 101, 104, 148, 149, 150, 153-155, 182, 185, 186
ギャスコイン，ジョージ Gascoigne, Georoge 25, 38

クィンティリアヌス Quintilian 94
クーパー，トマス Cooper, Thomas 155
クラウト，コリン Colin Clout 23, 26, 34, 39, 44, 45, 48-59, 63, 66, 67, 103, 153-155, 163
クリフォード，アン Clifford, Anne 20
グリーン，ロバート Greene, Robert 38
グリンダル・エドマンド Grindal, Edmund 40

グレイ卿，アーサー Grey, Lord Arthur 28–29
グロリアーナ Gloriana 64, 65, 76, 78, 109, 119, 148, 151, 160

サティレイン Satyrane 147, 152, 173
サマセット，エリザベス Somerset, Elizabeth 62
サマセット，キャサリン Somerset, Katherine 62

ジェイムズ六世，一世 James VI and I 20, 35, 38
ジェフリー（モンマスの）Geoffrey of Monmouth 81, 134
シドニー，サー・フィリップ Sidney, Sir Philip 24, 25, 36, 37, 38, 39, 54, 57, 58, 59, 107, 125–126

至福の園 Bowre of Blisse 68, 96, 115–118, 124, 145
ジョーヴ Jove 129, 132, 192–194
ジョンソン，ベン Jonson, Ben 32, 38, 43, 109
シングルトン，ヒュー Singleton, Hugh 40
心配 Care 98, 103, 130

スカダムア Scudamour 87–88, 97, 135, 161, 174
スケルトン，ジョン Skelton, John 39
スタッブズ，ジョン Stubbes, John 40
ストーン，ニコラス Stone, Nicholas 20
スペンサー，レディ・ダイアナ Spencer, Lady Diana 179
スペンサー，エドマンド Spenser, Edmund
Amoretti 20, 59, 167–169, 171
Colin Clout Come Home Againe 34, 58–59, 151
Complaints 27, 35, 47, 53–57
Daphnaïda 54
Epithalamion 42, 59–61, 63, 167, 171–172
Faerie Queene, The 27, 30, 32, 33, 34, 35, 42, 49, 53, 59, 63, 64–196
Fowre Hymnes 20, 122–123, 169–170
Letter to Ralegh 65, 66, 86, 93, 109, 112, 119
Mutabilitie Cantos 65, 89–92, 136, 155–159, 163, 192–195
Prothalamion 20, 33, 62–63
Shepheardes Calender, The 22, 23, 25, 26, 34, 39–53, 54, 63, 67, 128, 163, 191
Theatre for Worldlings, A 22, 53
Three Letters 24
Vewe of the Present State of Ireland, A 30–35, 157–158, 186
スミス，サー・トマス Smith, Sir Thomas 28
スロックモートン，エリザベス Throckmorton, Elizabeth 110

聖パウロ St Paul 121
セシル（バーリー卿）Cecil, Sir William, Baron Burghley 35, 54
絶望 Despaire 74, 99–100, 103, 130, 143
セリーナ Serena 146, 148, 151, 161, 165, 175
セルヴィウス Servius 69

ダイアー，サー・エドワード Dyer, Sir Edward 24, 25
タッソー，トルクワート Tasso, Torquato 72–73, 121, 122
ダドリー・ロバート（レスター伯）Dudley, Robert, Earl of Leicester 24–26, 35–36, 38, 54, 57, 62, 63, 76, 107, 147
ダン，ジョン Donne, John 20

チャールズ皇太子 Charles, Prince of Wales 179

チャイルド，マカビアス Chylde, Machabyas 26
チョーサー，ジェフリー Chaucer, Geoffrey 43, 50–51, 55, 94, 127–128, 163, 165–166, 177

ティミアス Timias 110, 131
デヴルー，ロバート（エセックス伯）Devereux, Robert, Earl of Essex 35, 36, 62–63, 148
デュエッサ Duessa 105, 110–113, 118, 160, 173
デュ・ベレー，ジョアシャン du Bellay, Joachim 22, 42, 56–57

ナッシュ，トマス Nashe, Thomas 23, 38

偽フロリメル False Florimell, The 118, 126, 127, 173

ヌート，ヤン・ヴァン・デル Noodt, Jan van der 22
ネプチューン Neptune 190–194, 196

ノリス，レティス Knollys, Lettice 26

パイロクリーズ Pyrochles 130, 182, 183
ハーヴィー，ゲイブリエル Harvey, Gabriel 23–25, 35, 75,
パストレラ Pastorella 148
パトナム，ジョージ Puttenham, George 37, 44, 108, 113, 125, 146, 156
バーリー卿，セシル参照 Burghley, Lord, *see* Cecil
パリデル Paridell 78–81, 102
ハリントン，サー・ジョン Harington, Sir John 174

ファウヌス Faunus 156–158
ファウラー，アラステア Fowler, Alastair 169
フェアファクス，エドワード Fairfax, Edward 73
フェリペ（スペインの）Philip of Spain 107
フォックス，ジョン Foxe, John 105, 124
フォルナーリ，シモン Fornari, Simon 72
ブラガドッチョ Braggadocchio 75, 173, 183
プラトン Plato 125, 165
ブリスケット，ロドヴィック Bryskett, Lodovic 29, 59, 148, 181
ブリトマート Britomart 66, 75, 77, 80, 82–84, 87–88, 101, 103, 119, 135, 140, 143–144, 161, 166, 173–178, 180–181, 188
ブリン，アン Boleyn, Anne 139
ブルータス Brutus 81, 194
ブルボン，アンリ Bourbon, Henry 107
プロテウス Proteus 95, 160, 164–165, 172, 189–192
フロリメル Florimell 66, 77, 95, 118, 131, 146, 160, 164–165, 166, 172, 173, 189–192
ペトラルカ，フランチェスコ Petrarch, Francesco 52, 126, 167
ヘラクレス Hercules 134, 180
ベルフィービー Belphoebe 86, 109, 110, 131, 139–140, 173
ヘレノア Helenore 78–80, 101–102
ヘンリー八世 Henry VIII 124, 139

ボイアルド Boiardo, Matteo Maria 70–71
ボイル，エリザベス Boyle, Elizabeth 27, 59, 60–61, 167
ボテーロ，ジョヴァンニ Botero, Giovanni 149
ホメーロス Homer 68–69, 76, 79, 121, 138
ポンソンビー，ウィリアム Ponsonby, William 47, 53, 90

ボンフォント Bonfont 34, 113

マーシラ Mercilla 34, 110, 112-113
マーリン Merlin 82, 84, 141
マルカスター・リチャード Mulcaster, Richard 21, 44
マルベッコー Malbecco 101, 130, 143
マリジャー Maleger 132-135
マリンジャン Malengin 147, 186
マルフォント，ボンフォント参照 Malfont, *see* Bonfont,
マリネル Marinell 66, 77, 131, 188-192
マーロウ Marlowe, Christopher 38
マロ，クレマン Marot, Clement 75-76
ミルトン，ジョン Milton, John 52
メアリー一世 Mary I 105, 140
メアリー，スコットランド女王 Mary, Queen of Scots 35, 111
迷妄 Errour 103, 105, 136-138, 160
メドウォール，ヘンリー Medwall, Henry 165
モア，サー・トマス More, Sir Thomas 31
モンテーニュ，ミシェル・ド Montaigne, Michel de 149

ヤング，ジョン Young, John 26

ユーナ Una 77, 105, 118, 124, 146, 147, 173

ラウネス，マシュー Lownes, Matthew 90
ラディガンド Radigund 178-181
ラメー，ピエール・ラ（ラムス） Ramee, Pierre la（Ramus）23
ラングランド，ウィリアム Langland, William 94

リプシウス，ユストゥス Lipsius, Justus 149

ルイス，C.S. Lewis, C. S. 135-136
レスター伯，ダドリー参照 Leicester, Earl *of*, *see* Dudley
レッドクロス Redcrosse 66, 74, 77, 99-100, 101, 105-106, 120, 121, 123, 124, 129, 130, 131, 132

ローリー，サー・ウォルター Ralegh, Sir Walter 27, 37, 58, 65, 66, 86, 93, 109, 110, 112, 114, 118, 148
ロッシュ卿，モーリス Roche, Maurice, Lord 30

著者について

コリン・バロウ（Colin Burrow）

All Souls College, Oxford のシニア・リサーチ・フェロー。またユニヴァーシティー・レクチャラーとして長年過ごした Gonville and Caius College, Cambridge のエメリタス・フェロー。古典文学と英文学の関係を重点的にルネサンス文学について幅広く執筆。著作として *Epic Romance: Homer to Milton*（Oxford, 1993）、Oxford Shakespeare Topics シリーズの *The Complete Sonnets and Poems*（2002）の編集、*Metaphysical Poetry*（Harmondsworth, 2006）の選集がある。

訳者について

小田原謡子（おだわら　ようこ）

津田塾大学英文科卒業、津田塾大学大学院博士課程修了。Newnham College, Cambridge と英文科でルネサンス期英文学を研究（1987–1988、2003–2004）。現在中京大学教授、愛知日英協会理事。

著書に『詩人の詩人スペンサー』〈共著〉（九州大学出版会、二〇〇六年）、『世紀末のシェイクスピア』〈共著〉（三省堂、二〇〇〇年）、『詩人の王スペンサー』〈共著〉（九州大学出版会、一九九七年）、『愛の航海者たち――イギリス文学に見る愛のかたち』〈共著〉（南雲堂、一九九四年）などがある。

スペンサーとその時代

二〇一一年九月二十九日　第一刷発行

訳　者　小田原謡子
発行者　南雲一範
装幀者　岡孝治
発行所　株式会社南雲堂
東京都新宿区山吹町三六一　郵便番号一六二―〇八〇一
電話　東京（〇三）三二六八―二三八四
振替口座　東京〇〇一六〇―〇―四六八六三
ファクシミリ　（〇三）三二六〇―五四二五
印刷所　壮光舎印刷株式会社
製本所　長山製本

落丁・乱丁本は、小社通販係宛御送付下さい。
送料小社負担にて御取替いたします。
〈1B-315〉〈検印廃止〉

ISBN978-4-523-29315-6　C 3098